# Duistere zaken

Eerder verschenen van Stephen King:

*Carrie*
*Bezeten stad*
*De Shining*
*Dodelijk dilemma*
*Ogen van vuur*
*Cujo*
*Christine*
*4 Seizoenen*
*Dodenwake (Pet Sematary)*
*Satanskinderen*
*Duistere krachten*
*4 x Stephen King*
*It (Het)*
*Silver Bullet*
*Ogen van de draak*
*Misery*
*De gloed*
*De duistere kant*
*Tweeduister*
*Schemerwereld*
*De noodzaak*
*De beproeving*
*De spelbreker*
*Dolores Claiborne*
*Nachtmerries*
*Droomlandschappen*
*Insomnia*
*Rosie*
*Midlife Confidential* (met Amy Tan e.a.)
*De Green Mile*
*Desperation*
*Macabere liefde* (Stephen King e.a.)
*Het meisje dat hield van Tom Gordon*
*De Talisman* (met Peter Straub)
*Zwart huis* (met Peter Straub)
*De storm van de eeuw*
*Vel over been*
*Harten in Atlantis*
*Over leven en schrijven*
*Achtbaan*
*Dromenvanger*
*Alles is eventueel (1408)*
*Een goed huwelijk*
*Het geheim van de Buick*
*De Colorado Kid*
*Mobiel*
*Lisey's verhaal*
*The Mist (Dichte mist)*
*Duma*
*Na zonsondergang*
*Under the Dome (Gevangen)*
*Aardedonker zonder sterren*
*Eenmalige zonde 11.22.1963 (22-11-1963)*
*Mijl 81* (e-only)
*Joyland*
*Hoogste versnelling* (met Joe Hill)
*Het hoge gras* (met Joe Hill)
*Dr. Sleep*
*Mr. Mercedes*
*Revival*
*De eerlijke vinder*
*De bazaar van boze dromen*
*Wisseling van de wacht*
*Schone slaapsters*
*De buitenstaander*
*Gwendy's knoppenkist*
*Verlichting*
*Het Instituut*
*Als het bloedt*
*Later*
*Billy Summers*
*Fairy Tale*
*Holly*
*Duistere zaken*

Onder pseudoniem Richard Bachman:
*De regelaars*
*Razernij*
*De marathon*
*Werk in uitvoering*
*Vlucht naar de top*
*De ontvoering*
*De vervloeking*

De Donkere Toren-serie:
*De wind door het sleutelgat*
*1 De scherpschutter*
*2 Het teken van drie*
*3 Het verloren rijk*
*4 Tovenaarsglas*
*5 Wolven van de Calla*
*6 Een lied van Susannah*
*7 De Donkere Toren*

De Donkere Toren-serie (graphic novels):
*1 De jonge jaren van de scherpschutter*
*2 De lange weg naar huis*
*3 Verraad*
*4 De val van Gilead*
*5 De slag bij Jericho Hill*

De beproeving (graphic novels):
*1 Captain Trips*
*2 Amerikaanse nachtmerries*
*3 De overlevenden*
*4 Zware gevallen*
*5 Niemandsland*
*6 Bij het vallen van de nacht*

boekerij.nl

Stephen King

# *Duistere zaken*

Vertaald door Annemarie Lodewijk

BOEKERIJ

ISBN 978-90-492-0199-9
ISBN 978-94-023-2316-0 (e-book)
ISBN 978-90-528-6596-6 (audio)
NUR 330

Oorspronkelijke titel: *You Like It Darker*
Vertaling: Annemarie Lodewijk
Omslagontwerp: Will Staehle / Unusual Corporation,
bewerkt door DPS Design & Prepress Studio, Amsterdam
Omslagbeeld: © Shutterstock
Zetwerk: Pier Post

*Voor de tweeling,*
*Thomas en Edward*

# Inhoud

# Twee getalenteerde rotzakken

## 1

Mijn vader – mijn beroemde vader – overleed in 2023, op negentigjarige leeftijd. Twee jaar voor zijn dood kreeg hij een e-mail van een freelance schrijfster, Ruth Crawford genaamd, waarin zij hem om een interview vroeg. Ik las hem de mail voor, zoals ik hem al zijn persoonlijke en zakelijke correspondentie voorlas, want tegen die tijd had hij al zijn elektronische apparaten opgegeven – eerst zijn desktopcomputer, daarna zijn laptop en uiteindelijk zijn geliefde telefoon. Zijn ogen bleven tot op het allerlaatst goed, maar hij zei dat het kijken op zijn iPhone hem hoofdpijn bezorgde. Tijdens de receptie na de begrafenis vertelde Doc Goodwin me dat Pa voorafgaand aan de zware beroerte waarschijnlijk een aantal miniberoertes had gehad.

Omstreeks het moment dat hij zijn telefoon opgaf – een jaar of vijf, zes voor zijn dood – ging ik met vervroegd pensioen van mijn functie als hoofd van de Castle County School, en ging fulltime voor mijn vader aan de slag. Er was genoeg te doen. Hij had een huishoudster, maar 's avonds en in de weekends nam ik haar taken waar. Ik hielp hem 's ochtends met aankleden en 's avonds met uitkleden. Ik maakte bijna altijd het eten klaar en ruimde af en toe wat op wanneer Pa midden in de nacht het toilet niet meer haalde.

Hij had ook een klusjesman, maar destijds liep Jimmy Griggs zelf ook tegen de tachtig, dus nam ik de meeste klusjes waar Jimmy niet aan toe kwam ook voor mijn rekening, alles van het mulchen van Pa's dierbare bloemperken tot het ontstoppen van afvoeren. Een particulier verzorgingshuis kwam niet eens ter sprake, hoewel Pa zich dat gemakkelijk had kunnen veroorloven: een twaalftal gigantische bestsellers had hem in de loop van zo'n veertig jaar tot een bijzonder vermogend man gemaakt.

De laatste van zijn 'onderhoudende dikke pillen' (Donna Tartt, *New York Times*) kwam uit toen Pa tweeëntachtig was. Hij deed het obligate rondje interviews, poseerde voor de obligate foto's en kondigde vervolgens aan dat hij ermee ophield. Tegenover de pers deed hij dat waardig, met zijn 'kenmerkende humor' (Ron Charles, *Washington Post*). Tegen mij zei hij: 'Blij dat ik van die onzin af ben.' Behalve het informele interview met Ruth Crawford sprak hij nooit meer in het openbaar. Het werd hem heel vaak gevraagd en hij weigerde altijd weer. Hij had alles gezegd wat hij te zeggen had, zei hij dan, inclusief een paar dingen die hij waarschijnlijk beter voor zich had kunnen houden.

'Als je maar genoeg interviews geeft,' zei hij eens tegen mij, 'ontkom je er niet aan dat je af en toe iets stoms zegt. Dat zijn de citaten die mensen zich blijven herinneren en hoe ouder je bent, hoe groter die kans wordt.'

Toch bleven zijn boeken verkopen, dus gingen zijn zaken ook door. Ik nam nieuwe contracten, ontwerpen voor boekomslagen en af en toe een film- of tv-optie met hem door en las plichtsgetrouw elke aanvraag voor een interview. Hij zei altijd nee, en dat gold ook voor de aanvraag van Ruth Crawford.

'Geef haar het standaardantwoord maar, Mark: voel me erg gevleid, maar nee, bedankt.' Toch aarzelde hij, want deze aanvraag was toch een beetje anders dan anders.

Crawford wilde een artikel schrijven over mijn vader en zijn oude vriend, David 'Butch' LaVerdiere, die in 2019 was overleden. Pa en ik waren naar zijn begrafenis aan de westkust geweest, in een gecharterde Gulfstream. Pa was altijd nogal op de penning – niet gierig, maar het scheelde niet veel – en de krankzinnige uitgave voor dat retourtripje zei veel over zijn gevoel voor de man die ik altijd Oom Butch had genoemd. Dat gevoel was altijd gebleven, ook al hadden de twee mannen elkaar al ruim tien jaar niet meer gezien.

Pa kreeg het verzoek te spreken bij de begrafenis. Ik dacht niet dat hij dat zou doen – zijn weigering om in de openbaarheid te komen gold niet alleen voor interviews – maar hij deed het. Hij liep niet naar het podium, maar stond, met behulp van zijn stok, op van zijn zitplaats. Hij was altijd een goede spreker geweest en dat was hij op zijn oude dag nog steeds.

'Als kinderen, vóór de Tweede Wereldoorlog, zaten Butch en ik op een schooltje met maar één klaslokaal. We groeiden op in een piepklein gehucht zonder verharde wegen, waar we auto's oplapten met polyesterplamuur en waar we ons bezighielden met sport, eerst als speler en later ook als coach. Als volwassen mannen namen we deel aan het gemeentebestuur en onderhielden we de vuilnisbelt – baantjes die, nu ik er achteraf zo op terugkijk, niet veel van elkaar verschilden. We jaagden, we visten, 's zomers blusten we grasbranden en 's winters maakten we de straten sneeuwvrij. Waarbij we trouwens behoorlijk wat brievenbussen omverreden. Ik kende hem al toen niemand buiten een straal van pakweg dertig kilometer zijn naam – of de mijne – kende. Ik had hem moeten opzoeken, maar ik had het druk met mijn eigen zaken. Ik dacht dat we nog tijd genoeg hadden. Dat denken we altijd. En dan is het opeens te laat. Butch was een geweldig kunstenaar, maar hij was ook een goed mens en dat is volgens mij belangrijker. Sommigen hier denken daar misschien anders over en dat is ook goed, dat is ook goed. Waar het om gaat is dat ik altijd achter hem stond en hij altijd achter mij.'

Hij zweeg even, keek naar de grond, en dacht na.

'Zulke vrienden waren we. We waren er voor elkaar.'

Ze deelden alles met elkaar, inclusief hun geheimen.

Ruth Crawford leverde altijd degelijk werk – dat heb ik gecontroleerd. Artikelen van haar hand, voornamelijk profielen van bekende persoonlijkheden, waren verschenen in allerlei kranten en tijdschriften, veelal lokale of regionale (*Yankee, Downeast, New England Life*), maar ook enkele landelijke, waaronder een stuk over het veelgeplaagde stadje Derry in *The New Yorker*. Wat Laird Carmody en Dave LaVerdiere betreft, vond ik dat ze een goede invalshoek had gevonden voor haar voorgestelde artikel. Haar onderwerp was al eerder zijdelings ter sprake gekomen in stukken over Pa of Oom Butch, maar zij wilde het verder uitdiepen: twee mannen uit hetzelfde kleine plaatsje in Maine, die beroemd waren geworden in twee verschillende culturele disciplines. En dat niet alleen. Carmody en LaVerdiere hadden beiden naam gemaakt toen ze halverwege de veertig waren, op een leeftijd waarop de meeste mannen en vrouwen de ambities uit hun jeugd al hebben opgegeven. Waarop ze, zoals Pa het eens uitdrukte, zich al hebben ingegraven in een leven vol sleur en zich daarbij beginnen neer te leggen. Ruth wilde uitzoeken hoe zo'n onwaarschijnlijk toeval had kunnen plaatsvinden... ervan uitgaande dat het toeval wás.

'Moet er dan een reden voor zijn?' vroeg Pa toen ik hem de brief van miss Crawford had voorgelezen. 'Denkt ze dat? Dan kent ze zeker het verhaal niet over die tweelingbroers die op dezelfde dag een enorm geldbedrag wonnen in twee verschillende loterijen.'

'Nou ja, dát was misschien toch niet helemáál toevallig,' zei ik. 'Dat wil zeggen, als jij dat verhaal nu niet ter plekke hebt zitten verzinnen.'

Ik gaf hem even de tijd om te reageren, maar zijn enige reactie was een glimlachje dat van alles kon betekenen. Of niks. Dus ging ik erop door.

'Ik bedoel, die tweeling is misschien wel opgegroeid in een gezin waar flink werd gegokt. Dan zou het al iets minder onwaarschijnlijk zijn, denk je niet? Bovendien, wat dacht je van alle loten die ze moeten hebben gekocht waarmee ze niks hebben gewonnen?'

'Het ontgaat me wat je hiermee wilt zeggen, Mark,' zei Pa. Nog steeds met dat lachje. 'Wíl je er eigenlijk wel iets mee zeggen?'

'Alleen dat ik wel snap waarom die mevrouw wil uitzoeken hoe het komt dat jij en Dave, allebei afkomstig uit Nergenshuizen, halverwege jullie leven zo plotseling tot bloei zijn gekomen.' Ik hield mijn handen aan weerszijden van mijn gezicht, alsof ik een krantenkop omlijstte. 'Toeval of... voorbestemd?'

Pa dacht even na en wreef met een hand over de witte stoppels aan de zijkant van zijn gerimpelde gezicht. Ik dacht echt even dat hij van gedachten zou veranderen en ja zou zeggen. Toen schudde hij zijn hoofd. 'Schrijf haar maar een van die aardige briefjes van je, zeg maar dat ik het niet doe en wens haar veel succes met haar toekomstige projecten.'

Dat deed ik dus, hoewel iets in de manier waarop Pa op dat moment keek me bijbleef. Het was de blik van een man die heel wat zou kunnen vertellen over hoe hij en zijn vriend Butch beroemd en rijk waren geworden... maar die ervoor koos dat niet te doen. Die ervoor koos dat voor zich te houden.

Wellicht was Pa's weigering om te worden geïnterviewd een teleurstelling voor Ruth Crawford, maar ze gaf het project niet op. Ook niet toen ik eveneens een interview weigerde, omdat mijn vader dat niet zou willen nadat hij zelf nee had gezegd, en daar kwam bij dat ik alleen maar wist dat mijn vader altijd dol was geweest op verhalen. Hij las veel en ging nooit de deur uit zonder een paperback in zijn kontzak. Hij vertelde mij geweldige verhalen voor het slapengaan en soms schreef hij ze op in spiraalschriften.

En Oom Butch? Die maakte een wandschildering in mijn slaapkamer: jongetjes die met een bal speelden, jongetjes die vuurvliegjes vingen en jongetjes met hengels. Natuurlijk wilde Ruth de wandschildering zien, maar die was al lang geleden overgeschilderd, toen ik te groot werd voor zulke kinderachtigheden. Toen eerst Pa en daarna Oom Butch opeens zo veel succes kreeg, zat ik op de universiteit van Maine, waar ik onderwijskunde studeerde, indachtig de aloude zinspreuk: hij die kan doet, hij die niet kan onderwijst, en hij die niet kan onderwijzen onderwijst onderwijzers. Het succes van mijn vader en zijn beste vriend was, zei ik, voor mij net zo'n grote verrassing als voor iedereen in de stad.

Dit schreef ik in een brief aan miss Crawford, omdat ik het toch wel – een beetje – vervelend vond dat ze haar interview niet zou krijgen. Ik schreef dat ze vast en zeker dromen hadden gehad, dat hebben de meeste mensen, en dat ze die dromen, net als de meeste mensen, voor zich hadden gehouden. Ik was ervan uitgegaan dat Pa's verhalen en Oom Butch' kleurige schilderijen gewoon hobby's waren, zoals houtsnijden of op een gitaar tokkelen, totdat het geld begon binnen te stromen. Dat typte ik, waarna ik er met de hand nog onder krabbelde: *Niet verkeerd, toch?*

Castle County bestaat uit zevenentwintig gemeentes, waarvan Castle Rock de grootste is. Gates Falls is de op één na grootste. Harlow, waar ik ben opgegroeid, als zoon van Laird en Sheila Carmody, behoort niet eens tot de tien grootste. Het is sinds mijn kindertijd echter wel aanzienlijk gegroeid en mijn vader – die ook zijn hele leven in Harlow had gewoond – zei wel eens dat hij het nog amper herkende. Hij had op een schooltje gezeten dat uit één lokaal bestond – ik zat op een school met vier lokalen (twee klassen per lokaal) en nu staat er een school met acht lokalen, compleet met geothermische verwarming en een koelsysteem. Toen Pa klein was, waren alle wegen onverhard, met uitzondering van Route 9, Portland Road. Toen ik werd geboren, waren alleen Deep Cut Road en Methodist Road nog onverhard. Vandaag de dag zijn ze allemaal bestraat. In de jaren zestig was er één winkel, Brownie's, waar tevens de oude mannen bij elkaar kwamen. Nu zijn er een stuk of drie supermarkten en is er ook een soort centrum (als je het zo kunt noemen) op Quaker Hill Road. We hebben een pizzatent, twee schoonheidssalons en – je zou het bijna niet geloven, maar het is echt waar – een nagelsalon die heel goed schijnt te lopen. Maar een middelbare school hebben we niet – dat is niet veranderd. Kinderen uit Harlow hebben drie mogelijkheden: Castle Rock High, Gates Falls High, of Mountain View Secondary, beter bekend als de Christer Academy. We zijn hier echt een stel achtergebleven boerenkinkels die in pick-ups rijden, naar countrymuziek luisteren, de lokale trots van Maine, koffie met brandy drinken en voornamelijk Republikeins stemmen. Er is niet veel waarvoor we ons op de borst kunnen kloppen, behalve dan voor twee mannen die hiervandaan komen: mijn vader en zijn vriend Butch LaVerdiere. Twee getalenteerde rotzakken, zoals Pa zei tijdens zijn korte, informele gesprekje met Ruth Crawford.

*Zijn je vader en moeder daar dan hun hele leven gebleven?* zou iemand uit de grote stad misschien vragen. *En ben* JIJ *er dan vervolgens ook je hele leven blijven wonen? Zijn jullie gek of zo?*

Nee hoor.

Robert Frost zei al dat thuis de plek is waar ze je, wanneer je ernaartoe gaat, binnen moeten laten. Het is ook de plek waar je begint en, als je mazzel hebt, de plek waar je eindigt. Butch overleed in Seattle, een vreemdeling in een vreemd land. Misschien zat hij daar niet mee, maar ik vraag me toch af of hij op 't laatst niet de voorkeur had gegeven aan een smalle zandweg en het bos dat wij kennen als 30-Mile Wood, aan de oever van het meer.

Hoewel Ruth Crawford het grootste deel van haar research in Harlow deed, waar haar hoofdpersonen opgroeiden, zijn er geen motels, niet eens een bed and breakfast, dus opereerde zij vanuit het Gateway Motel, in Castle Rock. Wat Harlow wél heeft is een bejaardentehuis, en daar interviewde Ruth ene Alden Toothaker, die met mijn pa en zijn vriend op school had gezeten. Alden was degene die haar vertelde hoe Dave aan zijn bijnaam was gekomen. Hij had altijd een tube 'Lucky Tiger Butch Wax' in zijn broekzak zitten en gebruikte het spul veelvuldig om ervoor te zorgen dat de stekeltjes van zijn *flattop*-kapsel aan de voorkant rechtovereind bleven staan. Hij bleef zijn haar (voor zover hij dat op een gegeven moment nog had) zijn hele leven zo dragen. Het werd zijn handelsmerk. Of hij die Butch Wax nog altijd bij zich had toen hij eenmaal beroemd was, dát zou ik echt niet weten. Ik weet niet eens of ze het nog steeds maken.

'Ze trokken op school veel met elkaar op,' vertelde Alden haar. 'Gewoon een paar knullen die graag gingen vissen of jagen met hun vaders. Ze groeiden op in een omgeving waar hard werd gewerkt en zelf verwachtten ze ook nooit iets anders te zullen doen. Misschien krijg je mensen van mijn leeftijd te spreken die je zullen vertellen dat ze altijd al dachten dat die jongens iets gingen bereiken, maar dat zul je van mij niet horen. Het waren doodgewone jongens, tot daar op een gegeven moment verandering in kwam.'

Laird en Butch gingen naar Gates Falls High. Ze volgden daar algemene vakken, bedoeld voor leerlingen die geen plannen hadden om verder te studeren. Niet dat iemand beweerde dat ze niet intelligent genoeg waren, het gebeurde gewoon. Ze kregen vakken als Dagelijkse Wiskunde en Zakelijk Engels, met een lesboek waarin in enkele bladzijden werd uitgelegd hoe een zakelijke brief opgevouwen diende te worden, compleet met diagrammen. Ze brachten veel tijd door met houtbewerken en auto-onderhoud. Ze speelden allebei football en basketbal, hoewel mijn pa daarbij het grootste deel van de tijd op de bank zat. Ze haalden allebei keurige zevens en kwamen op 8 juni 1951 van school.

Dave LaVerdiere ging bij zijn vader, een loodgieter, werken. Laird Carmody en zijn vader knapten auto's op op de familieboerderij en verkochten ze vervolgens door aan PeeWee's Car Mart in Gates Falls. Ook hadden ze een groentekraam op Portland Road waar ze leuk mee verdienden.

Oom Butch en zijn vader konden het niet zo goed met elkaar vinden en uiteindelijk begon Butch voor zichzelf. Hij repareerde kranen, legde leidingen en groef soms waterputten in Gates en Castle Rock (zijn vader had zijn klandizie in Harlow en was niet van plan die te delen). In 1954 begonnen de twee vrienden 'L&D Haulage', wat voornamelijk inhield dat ze het afval van vakantiemensen naar de vuilstort vervoerden. In 1955 kóchten ze de vuilstortplaats. De gemeente Harlow was al lang blij dat ze ervanaf waren. Ze ruimden de boel op, deden aan gecontroleerde afvalverbranding, zetten een primitief recycleprogramma op en hielden het terrein vrij van ongedierte. De gemeente betaalde hun er een vergoeding voor die een leuke aanvulling vormde op het salaris voor hun reguliere werk. Oud ijzer, en vooral koperdraad, bracht ook geld op. In Harlow werden ze de Vuilnistweeling genoemd, maar zowel Alden Toothaker als andere ouwetjes met een intact geheugen verzekerden Ruth Crawford dat dit een onschuldig plagerijtje was en dat dit door de jongens ook als zodanig werd opgevat.

De vuilnisbelt was zo'n twee hectare groot en werd omgeven door een houten omheining. Dave beschilderde die met afbeeldingen van het dorpsleven en voegde er jaarlijks wat nieuws aan toe. Hoewel die omheining al lang verdwenen is (en de vuilnisbelt onder een laag aarde is verdwenen), bestaan er nog wel foto's van. De schilderingen doen veel mensen denken aan Daves latere werk. De quiltkransjes die overgingen in honkbalwedstrijden, honkbalwedstrijden die overgingen in cartooneske karikaturen van reeds lang overleden inwoners van Harlow, taferelen van zaaien in het voorjaar en oogsten in de herfst. Alle aspecten van het plattelandsleven kwamen aan bod, maar Oom Butch voegde er ook Jezus aan toe, met zijn gevolg van apostelen (Judas was de laatste in de rij, met een zelfgenoegzame grijns op zijn gezicht). Het waren niet echt heel bijzondere tafereeltjes, maar ze waren wel uitbundig en vrolijk. Het waren, zou je kunnen zeggen, voorbodes.

Kort na de dood van Oom Butch werd een werk van LaVerdiere, een schilderij waarop Elvis Presley en Marilyn Monroe hand in hand over het met zaagsel bedekte pad van een dorpskermis wandelen, verkocht voor drie miljoen dollar. Het was duizend keer beter dan Oom Butch' vuilstortschilderingen, maar het had er zeker niet misstaan: hetzelfde maffe gevoel voor humor, met tegelijkertijd een ondertoon van wanhoop en – misschien – minachting. Daves vuilstortschilderingen waren de knop – *Elvis & Marilyn* was de bloem.

Oom Butch trouwde nooit, maar Pa wel. Hij had op de middelbare school een vriendinnetje gehad, Sheila Wise, dat na haar eindexamen naar Vermont State Teachers College ging. Toen zij naar Harlow terugkwam om les te gaan geven aan de twee hoogste klassen van de basisschool, bleek ze tot grote vreugde van mijn vader nog vrijgezel te zijn. Hij maakte werk van haar en met succes. In augustus 1957 trouwden ze. Dave LaVerdiere was Pa's getuige. Een jaar later werd ik geboren en werd Pa's beste vriend mijn Oom Butch.

In een recensie van Pa's eerste boek, *The Lightning Storm*, schreef de recensent het volgende: 'In de eerste pakweg honderd pagina's van meneer Carmody's spannende verhaal gebeurt niet zo veel, maar toch voelt de lezer zich gegrepen, want er zit wel degelijk muziek in.' Dat vond ik wel een mooie manier om het te beschrijven.

Voor Ruth Crawford was er niet veel muziek te horen. Het beeld dat ze van Alden en anderen kreeg voorgespiegeld was dat van twee fatsoenlijke, respectabele en doorgaans goudeerlijke mannen. Het waren plattelandsmensen die een plattelandsleven leidden. De een was getrouwd en de ander was wat destijds 'een verstokt vrijgezel' werd genoemd, zonder ook maar een zweem van iets aanstootgevends in zijn privéleven.

Daves jongere zus, Vicky, stemde wel toe in een interview. Zij vertelde Ruth dat Dave wel eens 'de stad in ging' – waarmee ze Lewiston bedoelde – voor een bezoekje aan de nachtclubs in Lower Lisbon Street. 'Dan nam hij het ervan in de Holly,' zei ze, waarmee ze de Holiday Lounge bedoelde (die al lang niet meer bestaat). 'Hij ging vooral als Little Jonna Jaye er optrad. Goeie hemel, wat was hij verkikkerd op haar. Háár bracht hij nooit mee naar huis – dat is hem nooit gelukt – maar dat wil niet zeggen dat hij altijd alleen thuiskwam.'

Hier zweeg Vicky even, vertelde Ruth mij later, waarna ze eraan toevoegde: 'Ik weet wat u nu denkt, mevrouw Crawford, dat denkt tegenwoordig bijna iedereen wanneer een man zijn hele leven geen langdurige relatie met een vrouw heeft, maar zo is het niet. Mijn broer mag dan een beroemd kunstenaar zijn geworden, maar hij was in geen geval gay.'

De mensen mochten de twee mannen graag, dat zei iedereen. En ze wisten wat nabuurschap was. Toen Philly Loubird een hartaanval kreeg terwijl zijn land nog maar half gehooid was en er onweersbuien werden voorspeld, bracht Pa hem naar het ziekenhuis in Castle Rock, terwijl Butch een paar van zijn maten van de vuilstort optrommelde en samen met hen het karwei afmaakte voordat de eerste druppels vielen. Samen met de plaatselijke vrijwillige brandweer bestreden ze grasbranden en zo nu en dan blusten ze een woningbrand. Als hij niet te veel auto's had staan om op te knappen of werkzaamheden op de vuilstort, ging Pa samen met mijn moeder de deuren langs om te collecteren voor wat destijds het 'Armenfonds' werd genoemd. Ze coachten jeugdteams en ze stonden zij aan zij karbonades en kippetjes te bereiden op de voor- en najaarsbarbecues van de vrijwillige brandweer.

Gewone plattelandsmensen die hun plattelandsleven leidden.

Zonder muziek.

Tot er opeens een heel orkest klonk.

Heel veel hiervan wist ik al, maar ik hoorde nog veel meer van Ruth Crawford zelf in de 'Korner Koffee Kup', aan de overkant van het Gateway Motel en vlak bij het postkantoor. Dat is waar Pa's post moest worden opgehaald en over het algemeen was dat heel wat. Nadat ik de post had opgepikt ging ik meestal even naar de Koffee Kup. De koffie is er best oké, maar de bosbessenmuffins? Die krijg je nergens beter.

Ik zat net de post te sorteren en het koren van het kaf te scheiden, toen iemand zei: 'Mag ik erbij komen zitten?'

Het was Ruth Crawford, heel slank en keurig netjes in een witte pantalon, een roze topje en een bijpassend mondkapje – het was het eerste jaar van covid. Ze zat al bijna en ik schoot in de lach. 'Jij weet niet van opgeven, hè?'

'Met verlegenheid heeft nog nooit iemand de Nobelprijs gewonnen,' zei ze en ze zette haar mondkapje af. 'Hoe is de koffie hier?'

'Niet slecht. Zoals je vast wel weet, aangezien je hier pal aan de overkant logeert. De muffins zijn beter. Maar nog steeds geen interview. Sorry, miss Crawford, gaat niet gebeuren.'

'Geen interview, begrepen. Alles wat we zeggen is strikt vertrouwelijk, oké?'

'Hetgeen betekent dat je het niet mag gebruiken.'

'Klopt als een bus.'

De serveerster kwam naar ons toe – Suzie McDonald. Ik vroeg haar of ze nog steeds naar avondschool ging. Ze glimlachte achter haar eigen mondkapje en antwoordde bevestigend. Ruth en ik bestelden koffie en muffins.

'Ken je hier iedereen in de wijde omgeving?' vroeg Ruth toen Suzie weg was.

'Niet iedereen, nee. Ik wist meer en kende veel meer mensen toen ik nog schoolhoofd was. Dit blijft dus onder ons, hè?'

'Absoluut.'

'Suzie heeft op haar zeventiende een baby gekregen en toen hebben haar ouders haar eruit gegooid. Heel religieuze mensen, Kerk van Christus de Verlosser. Ze is toen bij haar tante in Gates gaan wonen. Sindsdien heeft ze haar middelbare school afgemaakt en is ze een vervolgopleiding gaan doen aan de County Extension, die verbonden is aan Bates College. Uiteindelijk wil ze dierenarts worden. Volgens mij gaat haar dat lukken en met haar kleine meid gaat het prima. En jij? Gaat alles naar je zin? Kom je veel te weten over Pa en Oom Butch?'

Ze glimlachte. 'Ik ben te weten gekomen dat je vader nogal een snelheidsduivel was voordat hij met je moeder trouwde – nog gecondoleerd, trouwens.'

'Dank je.' Hoewel mijn moeder in die zomer van 2021 al vijf jaar dood was.

'Je vader heeft ooit een rijontzegging van een jaar gekregen voor het veroorzaken van een aanrijding waarbij een bejaarde boer met zijn Dodge over de kop sloeg, wist je dat?'

Dat wist ik niet en dat vertelde ik haar.

'Ik ben te weten gekomen dat Dave LaVerdiere graag in de kroegen in Lewiston kwam en stapelgek was op een plaatselijke zangeres die zichzelf Little Jonna Jaye noemde. Ik ben te weten gekomen dat hij na het Watergateschandaal de Republikeinse Partij de rug heeft toegekeerd en dat je vader dat nooit heeft gedaan.'

'Nee, Pa zal tot op zijn sterfbed Republikeins blijven stemmen. Maar...' Ik leunde naar voren. 'Nog steeds onder ons, hè?'

'Zeker weten!' Ze lachte, maar haar ogen schitterden van nieuwsgierigheid.

Ik liet mijn stem dalen tot een fluistertoon. 'Hij heeft de tweede keer niet op Trump gestemd. Hij kon zich er niet toe zetten om op Biden te stemmen, maar hij had zijn buik vol van Donald. Ik verwacht van je dat je dit weetje mee je graf in neemt.'

'Dat zweer ik. Ik ben erachter gekomen dat Dave van 1960 tot 1966, toen hij zich terugtrok uit de competitie, de jaarlijkse taart-eetwedstrijd van Harlow heeft gewonnen en dat je vader tot 1972 actief deelnam aan dorpsfestiviteiten, compleet met hele verkleedpartijen. Er bestaan grappige foto's van hem in ouderwetse zwemkleding, met bolhoed... waterproof, neem ik aan.'

'Ik schaamde me dood,' zei ik. 'Ik werd er ontzettend mee gepest op school.'

'Ik ben te weten gekomen dat Dave, toen hij naar het westen ging, alles wat hij nodig meende te hebben in de zadeltassen van zijn Harley Davidson pakte en gewoon vertrok. Jouw vader en moeder hebben toen de rest van zijn bezittingen verkocht in een garageverkoop en hem de opbrengst gestuurd. Je vader heeft ook zijn huis voor hem verkocht.'

'Met een leuke winst,' zei ik. 'Wat goed uitkwam, want tegen die tijd was Oom Butch al fulltime aan het schilderen en hij gebruikte dat geld tot zijn werk begon te verkopen.'

'En inmiddels was je vader fulltime aan het schrijven.'

'Ja, en daarnaast runde hij nog steeds de vuilnisbelt. Dat is hij blijven doen tot hij begin jaren negentig het terrein weer terugverkocht aan de gemeente. Toen is het een stortplaats geworden.'

'Hij heeft ook "PeeWee's Car Mart" gekocht en weer doorverkocht en de opbrengst aan de gemeente geschonken.'

'Echt waar? Dat heeft hij me nooit verteld.' Hoewel ik zeker wist dat mijn moeder het wel had geweten.

'Jazeker en waarom ook niet? Hij had het geld immers niet nodig? Hij verdiende inmiddels zijn geld met schrijven en al dat werk voor de stad was gewoon een hobby.'

'Goede werken doen,' zei ik, 'is nooit een hobby.'

'Heeft je vader je dat geleerd?'

'Mijn moeder.'

'Wat vond zij van die plotselinge omslag in jullie leven? Om nog maar niet te spreken van de wending in het leven van je Oom Butch?'

Ik dacht over haar vraag na terwijl Suzie onze koffie en muffins kwam brengen. Toen zei ik: 'Daar wil ik het eigenlijk niet over hebben, miss Crawford.'

'Zeg maar Ruth.'

'Ruth dan... maar ik wil het er toch niet over hebben.'

Ze smeerde boter op haar muffin. Ze keek me aan met een soort oplettende verbazing – ik weet niet hoe ik het anders moet noemen – die me een ongemakkelijk gevoel bezorgde.

'Met wat ik nu weet kan ik een goed artikel schrijven en aan het tijdschrift *Yankee* verkopen,' zei ze. 'Tienduizend woorden, vol couleur locale en grappige anekdotes. Al die eigenaardigheden van Maine waar mensen zo gek op zijn. Ik heb foto's van Dave LaVerdieres wandschilderingen. Ik heb foto's van je vader – de beroemde schrijver – in een jarentwintigbadpak terwijl plaatsgenoten hem in een bak water proberen te gooien.'

'Drie keer gooien voor twee piek. De opbrengst volledig ten bate van verschillende lokale liefdadige doelen. Er werd altijd gejuicht wanneer hij kopje-onder ging.'

'Ik heb foto's waarop ze kipmaaltijden uitserveerden aan toeristen en zomergasten, foto's waarop ze allebei schorten dragen en malle koksmutsen met: U MAG DE KOK ZOENEN.'

'Er waren genoeg vrouwen die dat deden.'

'Ik heb verhalen over vissen, over jagen, over het verrichten van goede daden – zoals het hooi van het land halen voor die man die een hartaanval kreeg. Ik heb het verhaal over Laird die ging joyriden en zijn rijbewijs kwijtraakte. Dat heb ik allemaal en tegelijkertijd heb ik niks. Dat wil zeggen: niks van enig belang. De mensen vertellen graag verhalen over ze – ik heb Laird Carmody gekend toen hij dit, ik heb Butch LaVerdiere gekend toen hij dat, maar niet één van die verhalen geeft een verklaring voor wat ze wérden. Snap je wat ik bedoel?'

Ik zei dat ik het snapte.

'Jij moet sommige van die dingen weten, Mark. Wat is er in vredesnaam gebéúrd? Wil je me dat alsjeblieft vertellen?'

'Er valt niets te vertellen,' zei ik. Ik loog, en ik denk dat ze dat wel wist.

Ik herinner me een telefoontje dat ik kreeg in het najaar van 1978, toen de huismoeder (die had je in die tijd nog) van mijn studentenhuis hijgend naar de tweede verdieping van Roberts Hall kwam om mij te vertellen dat mijn moeder aan de telefoon was en dat ze overstuur klonk. Ik haastte me naar beneden, naar mevrouw Hathaways kamer, bang voor wat ik misschien te horen zou krijgen.

'Mam? Alles in orde?'

'Ja. Nee. Ik weet het niet. Er is iets met je vader gebeurd toen ze op jacht waren in het 30-Mile Wood.' En toen, alsof ze het bijna was vergeten: 'En ook met Butch.'

Mijn maag draaide om en mijn ballen schoten in mijn onderbuik. 'Hebben ze een ongeluk gehad? Zijn ze gewond? Is er iemand...' Het lukte me niet mijn zin af te maken, alsof de vraag of er iemand dood was het waar zou maken.

'Ze mankeren niets. Lichamelijk althans. Maar er is iets gebeurd. Je vader ziet eruit alsof hij een spook heeft gezien. En Butch... ook. Ze zeggen dat ze verdwaald zijn, maar dat is lariekoek. Die twee kennen het bos daar als hun broekzak. Ik zou graag willen dat je naar huis kwam, Mark. Niet nu meteen, maar dit weekend. Misschien krijg jij hem aan de praat.'

Maar toen ik ernaar vroeg, hield Pa vol dat ze gewoon verdwaald waren, op een gegeven moment de weg terug hadden gevonden naar Jilasi Creek (een verengelste vorm van het Micmac-woord voor hallo), en uiteindelijk waren uitgekomen achter het kerkhof, Harlow Cemetery.

Ik geloofde dat lulverhaal net zomin als Mam. Ik ging terug naar school en vlak voor de kerstvakantie kwam er opeens een afschuwelijke gedachte bij me op, namelijk dat een van hen misschien per ongeluk een andere jager had doodgeschoten – wat meerdere malen per jaar gebeurt tijdens het jachtseizoen – en dat ze hem in het bos hadden begraven.

Op kerstavond, toen Mam al naar bed was, wist ik eindelijk de moed op te brengen hem ernaar te vragen. We zaten in de woonkamer naar de boom te kijken. Pa keek geschrokken... en begon toen te lachen. 'God, nee zeg! Als er zoiets was gebeurd, zouden we dat hebben gemeld en de gevolgen onder ogen hebben gezien. We zijn gewoon verdwaald. Dat kan de besten gebeuren, knul.'

Ik dacht meteen aan mijn moeders reactie en ik zei het bijna hardop: lariekoek.

Mijn vader had een droog gevoel voor humor en dat was met name te merken toen zijn boekhouder langskwam uit New York – dit was rond de tijd dat Pa's laatste roman uitkwam – en Pa vertelde dat zijn vermogen net iets meer dan tien miljoen dollar bedroeg. Geen J.K. Rowling-cijfers (of zelfs maar James Patterson), maar toch aanzienlijk. Pa dacht even na en zei toen: 'Met boeken kun je dus wel wat meer dan een kamer aankleden.'

De boekhouder leek het niet te begrijpen, maar ik wel en ik moest lachen.

'Ik laat je niet berooid achter, Markey,' zei Pa.

Hij moet hebben gezien dat mijn gezicht wat vertrok, of misschien realiseerde hij zich opeens wat hij had gezegd. Hij boog zich naar mij toe en klopte zachtjes op mijn hand, zoals hij dat altijd had gedaan toen ik een klein jongetje was en iets me dwarszat.

Ik was nu geen klein jongetje meer, maar ik was wel alleen. In 1988 trouwde ik met Susan Wiggins, een juriste die werkte voor de officier van justitie. Ze zei dat ze kinderen wilde, maar bleef het steeds voor zich uit schuiven. Kort voordat we twaalf jaar getrouwd waren (ter ere waarvan ik een parelcollier voor haar had gekocht) vertelde ze me dat ze een ander had en bij me wegging. Dat is niet het hele verhaal, er valt natuurlijk altijd meer te vertellen, maar meer hoef je niet te weten, want dit verhaal gaat niet over mij – niet echt. Maar toen mijn vader die opmerking maakte over dat hij me niet berooid zou achterlaten, dacht ik – en volgens mij dachten we dat allebei – eraan aan wie ík op mijn beurt die tien miljoen, of wat er dan nog van over was, zou nalaten wanneer mijn tijd gekomen was.

Waarschijnlijk aan de school waarvan ik hoofd was geweest. Scholen hebben altijd geld nodig.

'Je weet het vast wel,' zei Ruth die dag in de Koffee Kup tegen mij. 'Dat kán gewoon niet anders. Nogmaals, het blijft onder ons.'

'Of het nu wel of niet onder ons blijft, ik weet het werkelijk niet,' zei ik. Het enige wat ik wist was dat er in november 1978, tijdens hun jaarlijkse jachttripje, iets met Pa en Oom Butch was gebeurd. Na dat tripje werd Pa bestsellerauteur van dikke romans, van het soort dat recensenten dubbeldekkers noemen, en werd Dave LaVerdiere eerst beroemd als illustrator en daarna als een schilder 'die het surrealisme van Frida Kahlo combineert met de Amerikaanse romantiek van Norman Rockwell' (*Art Review*).

'Misschien zijn ze naar het kruispunt gegaan,' zei ze, 'je weet wel, net zoals Robert Johnson, die bluesgitarist, schijnt te hebben gedaan, om daar hun ziel aan de duivel te verkopen.'

Ik lachte, hoewel ik zou liegen als ik zou zeggen dat diezelfde gedachte nooit bij mij was opgekomen, vooral op stormachtige zomeravonden wanneer het gerommel van de donder me uit mijn slaap hield. 'Als dat zo is, hebben ze een contract voor heel wat langer dan zeven jaar gesloten. Pa's eerste boek kwam uit in 1980, hetzelfde jaar waarin Oom Butch' portret van John Lennon op de cover van *Time* stond.'

'Bijna veertig jaar, voor LaVerdiere,' zei ze peinzend, 'en je vader is dan wel met pensioen, maar nog steeds zo vitaal als wat.'

'Nou, dat is misschien wat sterk uitgedrukt,' zei ik, denkend aan het ondergepiste beddengoed dat ik die ochtend nog had verschoond alvorens koers te zetten naar de Rock. 'Maar hij leeft nog. Maar nu even over jou? Hoelang denk jij nog in deze contreien rond te blijven snuffelen om zo veel mogelijk rottigheid boven tafel te krijgen over Carmody en LaVerdiere?'

'Nou, nou, dat klinkt wel heel erg negatief.'

'Sorry. Zo bedoelde ik het niet.'

Ze had haar muffin op (ik zei toch al dat ze lekker waren) en zat met haar wijsvinger de laatste kruimels van het schoteltje te snoepen. 'Nog een dag of twee. Ik wil nog een keer terug naar het bejaardentehuis in Harlow, om met LaVerdieres zus te praten als zij daartoe bereid is. Ik houd hier sowieso een goed verkoopbaar artikel aan over, maar bij lange na niet het artikel dat ik voor ogen had.'

'Misschien had je iets voor ogen wat onvindbaar is. Misschien is het wel de bedoeling dat creativiteit een mysterie blijft.'

Ze trok haar neus een beetje op en zei: 'Bespaar me je metafysische bespiegelingen. Vind je het goed als ik betaal?'

'Nee.'

Iedereen in Harlow kent ons huis in Benson Street. Soms komen fans van Pa's boeken tijdens hun vakantie langs om een kijkje te nemen, ook al stelt het huis ze meestal nogal teleur. Het is een huis van het type *saltbox* dat je in New England overal tegenkomt, in een stadje dat er vol mee staat. Iets groter dan de andere huizen, met een groot gazon ervoor, met hier en daar wat bloemperken. Mijn moeder heeft die planten erin gezet en tot haar dood verzorgd. Nu is het Jimmy Griggs, onze klusjesman, die ze water geeft en snoeit. Behalve dan de daglelies die aan de voorkant langs het houten hek groeien. Die verzorgt Pa graag zelf, omdat het Mams lievelingsbloemen waren. Wanneer Pa ze water geeft of er gewoon langs wandelt, langzaam en steunend op zijn stok, denk ik dat hij dat doet om terug te denken aan de vrouw die hij altijd 'mijn lieve Sheila' noemde. Af en toe bukt hij zich om een van de bloemen op hun bladloze bloeistengels te strelen. De bloemen zijn geel, roze en oranje, maar hij houdt vooral van de rode, die hem, zoals hij zelf zegt, doen denken aan haar wangen wanneer ze bloosde. De mensen beschouwden hem als knorrig en een beetje cynisch – en daar kwam dan ook nog die droge humor bij – maar diep in zijn hart was hij altijd al een romanticus en kon hij een beetje sentimenteel zijn. Hij heeft me eens verteld dat hij dat stukje verborgen hield, omdat het snel gekwetst werd.

Ruth wist natuurlijk waar het huis was. Ik had haar meerdere keren langs zien rijden in haar kleine Corolla en één keer was ze zelfs gestopt om foto's te maken. Ze wist ongetwijfeld ook dat Pa meestal halverwege de ochtend langs ons houten tuinhekje liep om naar de daglelies te kijken, en als je nu nog niet weet dat zij een bijzonder vastberaden dame was, heb ik toch echt iets niet goed gedaan.

Twee dagen na ons onderonsje in de Koffee Kup kwam ze langzaam Benson Street binnengereden, en in plaats van langs te rijden, stopte ze pal naast de bordjes aan weerszijden van het hek. Op het ene staat: GELIEVE ONZE PRIVACY TE RESPECTEREN en op het andere: MENEER CARMODY GEEFT GEEN HANDTEKENINGEN. Ik liep met Pa mee, zoals ik dat altijd deed wanneer hij de daglelies inspecteerde. Hij werd in die zomer van 2021 achtentachtig en ondanks zijn stok wankelde hij wel eens.

Ruth stapte uit en kwam naar het hek, hoewel ze geen poging deed het open te maken. Ze was volhardend, maar wist tot hoever ze kon gaan. Verdorie, ik mocht haar, punt uit. Ze droeg een gebloemd mondkapje. Pa droeg er geen. Hij beweerde dat hij er niet goed door kon ademen, maar hij had geen bezwaar tegen de vaccinaties.

Pa bekeek haar met een nieuwsgierige blik, maar ook met een flauw glimlachje. Ze zag er goed uit, vooral in het licht van een zomerochtend. Geruit shirt, spijkerrok, witte sokken en sneakers, haren in een vlotte paardenstaart.

'Zoals u op het bordje kunt lezen, juffrouw, geef ik geen handtekeningen.'

'O, ik denk niet dat ze daarvoor komt,' zei ik. Ik vond haar lef wel amusant.

'Mijn naam is Ruth Crawford, meneer. Ik heb u geschreven en om een interview gevraagd. U hebt mijn verzoek afgewezen, maar ik wilde het toch nog een keer persoonlijk proberen voordat ik weer naar Boston rij.'

'Aha,' zei Pa. 'Over mij en Butch, nietwaar? En is toeval nog steeds uw invalshoek?'

'Jazeker. Ook al heb ik niet het gevoel dat ik heb kunnen doordringen tot de kern, tot het hart van de kwestie.'

'Het hart der duisternis,' zei hij lachend. 'Literair grapje. Daar heb ik er een heel stel van, hoewel ze nogal liggen te verstoffen sinds ik ben opgehouden met het geven van interviews. Een voornemen waaraan ik van plan ben me te houden, ook al lijkt u me een aardige dame en ook al heeft Mark hier mij verteld dat u goed bent in uw werk.'

Ik was zowel verrast als verheugd om te zien hoe hij haar over het houten hek een hand toestak. Het leek haar ook te verrassen, maar ze schudde hem voorzichtig de hand, bang om te hard te knijpen.

'Dank u wel. Ik wilde het toch proberen. Uw bloemen zijn trouwens prachtig. Ik ben dol op daglelies.'

'Is dat echt waar, of zegt u maar wat?'

'Ik ben er echt dol op.'

'Dat was mijn vrouw ook. En omdat u zo aardig bent een compliment te geven voor de bloemen waar mijn vrouw zo van hield, ga ik u een sprookjesaanbod doen.' Zijn ogen schitterden. Haar knappe uiterlijk –

en misschien ook haar lef – liet hem opfleuren op de manier waarop een plens water de bloemen van zijn lieve Sheila opfleurde.

Ze glimlachte. 'En dat is?'

'U kunt drie vragen stellen en u mag de antwoorden in uw artikel zetten. Wat vindt u daarvan?'

Ik vond het geweldig en Ruth Crawford ook, zo te zien. 'Dat is gewoon fantastisch,' zei ze.

'Kom maar op met die vragen, jongedame.'

'Een ogenblikje graag. U zet me onder druk.'

'Dat klopt, maar druk verandert steenkool in diamanten.'

Ze vroeg niet of ze zijn stem mocht opnemen, wat ik verstandig vond. Ze tikte met haar wijsvinger op haar lippen, terwijl ze Pa intussen bleef aankijken. 'Oké, vraag één. Wat trok u het meest aan in meneer LaVerdiere?'

Hij hoefde er niet over na te denken. 'Loyaliteit. Betrouwbaarheid. Die twee komen op hetzelfde neer, denk ik, of in elk geval bijna. Mannen mogen al blij zijn met één goede vriend. Vrouwen hebben er, vermoed ik, meer... maar dat zult u beter weten dan ik.'

Ze dacht even na. 'Ik denk dat ik twee vriendinnen heb die ik mijn diepste geheimen zou toevertrouwen. Nee... drie.'

'Dan mag u zich gelukkig prijzen. Volgende vraag.'

Ze aarzelde, omdat ze er waarschijnlijk wel honderd had en dit korte interview over het hek, waarop ze niet was voorbereid, haar enige kans was. En Pa's – niet erg vriendelijke – glimlach maakte duidelijk dat hij precies wist in welke lastige positie hij haar had gebracht.

'De tijd tikt door, miss Crawford. Nog even en ik moet naar binnen om mijn vermoeide oude pootjes te laten rusten.'

'Goed. Wat is uw beste herinnering aan de tijd die u met uw vriend hebt doorgebracht? De slechtste herinnering wil ik ook weten, maar ik wil mijn laatste vraag nog even bewaren.'

Pa lachte. 'Die krijgt u dan gratis, omdat ik uw volharding bewonder en omdat u een mooie vrouw bent. De slechtste herinnering was in Seattle, de laatste grote reis die ik waarschijnlijk ooit zal maken, toen ik naar een kist stond te kijken in de wetenschap dat mijn oude vriend daarin lag, met zijn getalenteerde rechterhand voor eeuwig verstild.'

'En de beste?'

'Jagen in het 30-Mile Wood,' zei hij prompt. 'We gingen altijd de tweede week van november, vanaf de tijd dat we tieners waren totdat Butch op zijn stalen ros stapte en koers zette naar het westen. We overnachtten dan in het bos, in een kleine blokhut, die mijn grootvader nog had gebouwd. Butch beweerde altijd dat zíjn grootvader had meegeholpen met het dak, maar ik weet niet of dat waar is. De hut stond een meter of vierhonderd voorbij Jilasi Creek. We hadden een oude Willys-jeep en tot 1954 of '55 reden we daarmee over de houten brug, parkeerden aan de overkant en legden dan verder met onze bagage en geweren het laatste stuk naar de blokhut te voet af. Op een gegeven moment vertrouwden we de Willys niet meer op de brug, omdat er veel van de bodem was weggespoeld door overstromingen, dus daarna parkeerden we de jeep vóór de brug en staken we te voet over.'

Hij zuchtte en tuurde in de verte. 'Met al de kaalslag door de Diamond Match Company en die nieuwe woonwijk bij Dark Score Lake, waar de Noonans vroeger woonden, lijkt het 30-Mile Wood tegenwoordig eerder het 20-Mile Wood. Maar destijds was er nog voldoende bos voor twee jongens... en daarna twee jongemannen... om in rond te zwerven. Soms schoten we een hert, en één keer een kalkoen, die heel taai en bitter bleek te zijn, maar het jagen was niet het belangrijkste. We vonden het gewoon fijn om die vijf of zes of zeven dagen op onszelf aangewezen te zijn. Ik denk dat veel mannen het bos in trekken om te drinken en te roken, of misschien om er een nachtje door te brengen met een of ander lekker wijf dat ze in de kroeg hebben opgepikt, maar zulke dingen deden wij niet. Of, nou ja, we dronken wel wat, maar als we een fles whisky bij ons hadden, deden we daar de hele week mee en hielden we nog wat over ook, wat we dan in het vuur gooiden om de vlammen te zien oplaaien. We praatten over God en de Red Sox en politiek en hoe de wereld ten onder zou gaan in een nucleaire vuurzee.

Ik herinner me dat we eens op een omgevallen boomstam zaten en een hertenbok, de grootste die ik ooit heb gezien, een achttienender, misschien wel de grootste die íémand ooit heeft gezien, in elk geval in deze contreien... naar ons toe kwam lopen door het moeras, zo rustig als wat. Ik zette mijn geweer aan mijn schouder en Butch legde een hand op mijn arm. "Niet doen," zei hij. "Doe alsjeblieft niet. Die niet." En dus deed ik het niet.

's Avonds staken we de open haard aan en sloegen we een paar whisky's achterover. Butch had dan een schetsblok bij zich om te tekenen. Terwijl hij dat zat te doen, vroeg hij me wel eens om een verhaal te vertellen en dat deed ik dan. Een van die verhalen werd uiteindelijk mijn eerste boek, *The Lightning Storm*.'

Ik zag aan haar dat ze alles probeerde te onthouden. Voor haar was dit goud en voor mij was dit goud. Pa praatte nooit over de blokhut.

'Ik neem aan dat u nooit het essay hebt gelezen met de titel: "Come Back to the Raft Ag'in, Huck Honey", of wel soms?'

Ruth schudde haar hoofd.

'Nee? Nee, natuurlijk niet. Niemand leest Leslie Fiedler nog en dat is zó jammer. Hij was schaamteloos, slachtte de ene heilige koe na de andere en dat maakte hem zo grappig. In het essay stelde hij dat homo-erotiek de grote aanjager was van Amerikaanse literatuur – dat verhalen over hechte mannenvriendschap in feite verhalen waren over onderdrukt seksueel verlangen. Onzin natuurlijk en het zegt waarschijnlijk meer over Fiedler zelf dan over mannelijke seksualiteit. Omdat... waarom? Kan een van jullie me dat vertellen?'

Ruth keek alsof ze bang was de betovering (die hij zowel over zichzelf als over haar had uitgesproken) te verbreken, dus gaf ik antwoord. 'Omdat het oppervlakkig is. Het verandert mannelijke vriendschap in een schuine grap.'

'Dat is wat al te simpel gezegd, maar het klopt wel,' zei Pa. 'Butch en ik waren vrienden, geen geliefden, en tijdens die weken in de bossen beleefden we die vriendschap in haar meest pure vorm. Wat een soort liefde is. Het was niet dat ik minder van Sheila hield, of dat Butch niet van zijn uitstapjes naar de stad genoot – hij was stapelgek op rock-'n-rollmuziek, die hij "bop" noemde – maar in het 30-Mile Wood vielen al het gedoe, de chaos en de herrie van de wereld gewoon weg.'

'Jullie waren er voor elkaar,' zei ik.

'Precies. Tijd voor de laatste vraag, jongedame.'

Ze aarzelde niet. 'Wat is er gebeurd? Hoe kwam het dat jullie van mannen van dit stadje veranderden in mannen van de wereld? In culturele iconen?'

Er veranderde iets in zijn gezicht en ik moest denken aan het paniekerige telefoontje van mijn moeder toen ik op de universiteit zat: *Je vader kijkt alsof hij een spook heeft gezien*. Volgens mij zag hij dat nu weer. Toen glimlachte hij en was het spook verdwenen.

'We waren gewoon twee getalenteerde rotzakken,' zei hij. 'Laten we het daar maar op houden. Nu moet ik naar binnen en uit deze felle zon.'

'Maar...'

'Nee.' Hij klonk heel kortaf en zij kromp een beetje ineen. 'We zijn klaar.'

'Volgens mij heb je meer gekregen dan je had verwacht,' zei ik tegen haar. 'Wees daar nu maar tevreden mee.'

'Dat zal wel moeten. Dank u wel, meneer Carmody.'

Pa tilde een reumatische hand op ten afscheid. Ik leidde hem terug naar het huis en hielp hem de treden naar de voordeur op. Ruth Crawford bleef nog even staan, stapte toen in haar auto en reed weg. Ik heb haar nooit meer gezien, maar ik heb natuurlijk wel het artikel gelezen dat ze over Pa en Oom Butch schreef. Het las vlot en stond vol grappige anekdotes, ook al ontbrak het aan daadwerkelijk inzicht. Het verscheen in het tijdschrift *Yankee* en het was twee keer zo lang als hun gebruikelijke artikelen. Ze had werkelijk meer gekregen dan ze had verwacht toen ze bij het huis stopte, inclusief de titel: 'Twee getalenteerde rotzakken'.

Mijn moeder – Sheila Wise Carmody, Onze-Lieve-Vrouwe van de Daglelies – overleed in 2016, op achtenzeventigjarige leeftijd. Haar dood kwam als een schok voor iedereen die haar kende. Ze rookte niet, dronk alleen bij speciale gelegenheden een enkel glaasje wijn en had geen last van over- of ondergewicht. Haar moeder was zevenennegentig geworden, haar grootmoeder negenennegentig, maar Mam kreeg een hartaanval toen ze met een lading boodschappen in de kofferbak naar huis reed van de IGA-supermarkt in Castle Rock. Ze zette haar wagen in de berm bij Sirois Hill, trok de handrem aan, zette de motor uit, vouwde haar handen in haar schoot en ging de duisternis in die deze heldere lichtflits die wij leven noemen omringt. Voor mijn vader was de dood van zijn oude vriend Dave LaVerdiere een schok, maar na de dood van zijn vrouw was hij ontroostbaar.

'Ze had moeten blijven leven,' zei hij bij haar begrafenis. 'Iemand op de administratieafdeling heeft een afschuwelijke vergissing begaan.' Niet erg welbespraakt, hij was niet echt op zijn best, maar hij was in shock.

Een half jaar lang sliep Pa beneden op de bedbank. Uiteindelijk, op aandringen van mij, ruimden we de slaapkamer op waar zij meer dan 21.000 nachten samen hadden doorgebracht. De meeste van haar kleren gingen naar de Goodwill in Lewiston, haar favoriete goede doel. Hij verdeelde haar sieraden onder haar vriendinnen, met uitzondering van haar verlovingsring en haar trouwring, die hij tot op de dag van zijn dood in het kleine voorzakje van zijn spijkerbroek droeg.

Het opruimen was een zware klus voor hem (voor ons allebei), maar toen het tijd was om haar werkkamertje, amper groter dan een kast, naast de bijkeuken, uit te ruimen, weigerde hij dat ronduit.

'Ik kan het niet, Mark,' zei hij. 'Ik kan het gewoon niet. Als ik dat doe, stort ik in. Jij zult het moeten doen. Doe al haar paperassen maar in een doos en zet die in de kelder. Ik zal ze op een gegeven moment wel uitzoeken om te bepalen wat we moeten bewaren.'

Maar voor zover ik weet, heeft hij dat nooit gedaan. Die dozen staan nog steeds waar ik ze heb neergezet, onder de pingpongtafel die niemand meer heeft gebruikt sinds Mam en ik er pittige potjes speelden, waarbij Mam elke keer wanneer ik een smash sloeg waar ze niet van terug had kleurrijk kon vloeken. Het uitruimen van haar kleine 'denkkamertje', zoals zij het noemde, was moeilijk. De stoffige pingpongtafel met het slappe, ingezakte groene netje zien staan was zelfs nog moeilijker.

Een dag of twee na Pa's bijzondere voortuininterview met Ruth Crawford dacht ik eraan hoe ik mezelf met een valiumtabletje had gewapend alvorens met een paar lege kartonnen dozen haar denkkamertje binnen te gaan. In de onderste la van haar bureau vond ik een stapeltje spiraalschriften en toen ik er eentje opensloeg, had ik mijn vaders onmiskenbare schuin naar achteren hellende handschrift herkend. Ze dateerden uit de tijd voor zijn doorbraak, waarna elk boek, zelfs het eerste, een bestseller werd.

Zijn eerste drie romans, geschreven voordat tekstverwerkers en computers gemeengoed werden, had hij geschreven op een IBM Selectric, die hij elke middag vanaf het gemeentehuis van Harlow mee naar huis zeulde. Hij gaf me die getypte manuscripten om te lezen en ik herinner me ze nog goed. Op sommige plekken had hij woorden doorgestreept en tussen de regels andere woorden toegevoegd en hij haalde ook wel eens een streep door een paar alinea's als ze te lang werden – zo ging dat voordat de delete-knop werd uitgevonden. Soms gebruikte hij de x-toets en veranderde daarmee *Een prachtige mooie dag* in *Een xxxxxxxxx mooie dag.*

Ik weid hier zo over uit omdat er maar heel weinig doorhalingen of verbeteringen voorkwamen in de voltooide manuscripten van *The Lightning Storm*, *The Terrible Generation* en *Highway 19*. De schriften daarentegen stonden vol met doorhalingen, soms zo krachtig aangebracht dat er scheuren in de pagina's zaten. Op andere pagina's was overal tussen de regels door gekrast en gekrabbeld, alsof het in een vlaag van woede was gebeurd. Er stonden aantekeningen in de kantlijn zoals: *Wat gebeurt er met Tommy?* en: *Denk aan het bureau!!!* In totaal lagen er twaalf schriften en het onderste was heel duidelijk een aanloop naar *The Lightning Storm*. Het was niet heel slecht... maar ook niet heel goed.

Denkend aan Ruths laatste vraag – en aan mijn moeders paniekerige telefoontje in 1978 – pakte ik de kartonnen doos met de schriften. Ik haalde het exemplaar dat ik zocht onder de rest vandaan en begon er, in kleermakerszit en bij het licht van een kaal peertje, wat in te lezen.

> Er kwam een storm aan!
>
> ~~Jason~~ Jack stond op de veranda te kijken hoe zich in het westen zwarte wolken vormden. Hij hoorde het gerommel van de donder! De bliksem ~~sloeg overal in!~~ geselde de bodem als vurige stormrammen! De wind begon te ~~waaien~~ huilen. Jack was als de dood zo bang, maar hij kon niet ophouden met kijken. Eerst vuur, dan regen, dacht hij. EERST VUUR, DAN REGEN!

De woorden riepen een bepaald beeld op en er zat een verhaal in, maar het was hooguit clichématig. Op die pagina en de daaropvolgende, kon ik Pa zien zwoegen om uit te drukken wat hij zag. Alsof hij wist dat wat hij opschreef niet zo goed was en steeds maar bleef proberen, proberen, proberen om het beter te doen. Het was pijnlijk omdat het zo graag goed wilde zijn... en het niet was.

Ik ging naar beneden en pakte een exemplaar van *The Lightning Storm* van de plank in Pa's werkkamer. Ik sloeg de eerste pagina om en las dit:

> Er was storm op komst.
>
> Jack Elway stond op de veranda, met zijn handen in zijn zakken, te kijken hoe in het westen zwarte wolken opstegen als rook en de sterren verduisterden. De donder rommelde. Bliksemflitsen verlichtten de wolken en lieten ze op hersenen lijken, vond hij. De wind begon aan te wakkeren. *Eerst vuur, dan regen*, dacht de jongen. *Eerst vuur, dan regen.* De gedachte maakte hem doodsbang, maar hij kon zijn blik niet afwenden.

Terwijl ik de handgeschreven, slechte tekst (die zo zijn best deed om goed te zijn) zat te vergelijken met de versie in het uiteindelijke boek, dacht ik eerst aan Butch LaVerdieres muurschilderingen op de vuilnisbelt en daarna aan zijn schilderij van Elvis en Marilyn op de kermis, dat drie miljoen dollar had opgebracht. Ik bedacht opnieuw dat het eerste de knop was en het tweede de bloem.

Overal in dit land – in de hele wéreld – maken mannen en vrouwen schilderijen, schrijven ze verhalen en bespelen ze instrumenten. Sommige van die kunstenaars in de dop bezoeken seminars en workshops en cursussen. Sommigen nemen privéles. De vruchten van hun inspanningen worden plichtsgetrouw bewonderd door vrienden en familie, die dingen zeggen als: *Wauw, goed zeg!* om ze vervolgens te vergeten. Toen ik klein was genoot ik altijd van mijn vaders verhalen. Ze boeiden me en ik dacht: *Wauw, Pa, goed zeg!* Net zoals mensen ongetwijfeld langs de vuilnisbelt waren gereden, waar ze Oom Butch' primitieve, drukke muurschilderingen van het leven van alledag hadden gezien en hadden gedacht: *Wauw, goed zeg!*, waarna ze hun weg hadden vervolgd. Want er is altijd wel iemand die schildert, iemand die verhalen vertelt, iemand die 'Call Me the Breeze' speelt op de gitaar. Meestal vergeet je ze weer snel. Soms verstaan ze hun vak. Een heel enkele keer zijn ze onvergetelijk. Ik heb geen idee waar dat aan ligt. En hoe die twee plattelandsjongens de sprong van goed naar goed genoeg naar geweldig hebben kunnen maken, wist ik evenmin.

Maar daar zou ik achter komen.

Twee jaar na zijn korte interview met Ruth Crawford liep Pa de daglelies langs het houten tuinhek weer eens te inspecteren. Hij wees mij net aan hoe er aan de andere kant van het hek, en zelfs aan de overkant van Benson Street, uitlopers van de planten begonnen op te komen, toen ik een zacht gekraak hoorde. Ik dacht dat hij misschien op een gevallen tak was gaan staan. Hij keek me met grote ogen en open mond aan en ik dacht (dat herinner ik me heel duidelijk): *Zo zag Pa eruit toen hij een jongetje was.* Toen zakte hij opzij. Hij greep naar het hek. Ik greep zijn arm. We grepen allebei mis. Hij viel in het gras en begon te gillen.

Ik had niet altijd mijn telefoon bij me – ik ben niet van de generatie die net zomin zonder telefoon rondloopt als zonder ondergoed – maar die dag had ik hem bij me. Ik belde 911 en vertelde dat er een ambulance naar Benson Street 29 moest komen, omdat mijn vader een ongeluk had gehad.

Ik knielde bij Pa neer en probeerde zijn been recht te leggen. Hij schreeuwde het uit en zei nee-nee-nee, het doet pijn, Markey, het doet zo'n pijn. Zijn gezicht zag zo wit als vers gevallen sneeuw, als de onderbuik van Moby Dick, als witte amnesia. Ik voelde me niet vaak oud, waarschijnlijk omdat de man met wie ik onder één dak woonde zoveel ouder was, maar op dat moment voelde ik me echt heel oud. Ik zei tegen mezelf dat ik niet mocht flauwvallen. Ik zei tegen mezelf dat ik geen hartaanval mocht krijgen. En ik hoopte dat de ziekenwagen van Harlow (die door mijn vader en Butch was gefinancierd) in de buurt was, want een ambulance uit Gates Falls zou er een half uur over doen en eentje uit de Rock mogelijk nog langer.

Ik hoor nog steeds mijn vaders geschreeuw. Net voordat de ambulance arriveerde, verloor hij het bewustzijn. Dat was een opluchting. Ze laadden hem met een hydraulische lift achter in de wagen en brachten hem naar St. Stephen's, waar hij werd gestabiliseerd – voor zover dat mogelijk is bij een man van negentig – en waar röntgenfoto's werden gemaakt. Zijn linkerheup was gebroken. Er was geen aanwijsbare oorzaak – het was gewoon gebeurd. Ook was het niet zomaar een breuk, vertelde de orthopeed mij. De heup was geëxplodeerd.

'Ik twijfel een beetje hoe we dit moeten aanpakken,' zei dokter Patel. 'Als hij van uw leeftijd was, zou ik natuurlijk voorstellen hem een nieuwe heup te geven, maar meneer Carmody lijdt aan vergevorderde osteoporose. Zijn botten zijn zo breekbaar als glas. Allemaal. En hij is natuurlijk al op leeftijd.' Hij spreidde zijn handen boven de röntgenfoto's. 'Ik wil graag weten wat u ervan vindt.'

'Is hij wakker?'

Patel belde iemand. Stelde zijn vraag. Luisterde. Hing op. 'Hij is wat suffig van de pijnmedicatie, maar hij is bij kennis en kan vragen beantwoorden. Hij wil u graag spreken.'

Zelfs nu covid op zijn retour was, was er nog ruimtegebrek in het ziekenhuis. Toch had mijn vader een eenpersoonskamer gekregen. Dat was omdat hij geld had, maar ook omdat hij een beroemdheid was. En geliefd in Castle County. Ik had hem eens een T-shirt gegeven met de tekst ROCK STAR WRITER en dat had hij echt gedragen.

Hij was niet meer zo wit als de onderbuik van Moby Dick, maar hij leek wel gekrompen. Zijn gezicht leek ingevallen en glom van het zweet. Zijn haar piekte alle kanten op. 'Ik heb verdomme m'n heup gebroken, Markey.' Zijn stem was niet veel meer dan een fluistering. 'Volgens de arts, die Pakistaan, is het een wonder dat dat vijf jaar geleden al niet is gebeurd, toen we naar Butchies begrafenis gingen. Weet je nog?'

'Natuurlijk weet ik dat nog.' Ik ging naast zijn bed zitten en haalde mijn kam uit mijn zak.

Hij stak een hand op in zijn oude, bevelende stopgebaar. 'Niet doen, ik ben geen baby.'

'Dat weet ik, maar je ziet eruit als een idioot.'

De hand viel terug op het laken. 'Goed dan. Maar alleen omdat ik vroeger jouw poepluiers heb verschoond.'

Ik vermoedde dat dat eerder Mams taak was geweest, maar dat zei ik niet en ik kamde zijn haar zo netjes mogelijk. 'Pa, de dokter probeert te beslissen of je misschien een nieuwe heup moet krij...'

'Stil,' zei hij. 'Mijn broek ligt in de kast.'

'Pa, jij gaat echt nergens he...'

Hij rolde met zijn ogen. 'Jezus christus, dat weet ik ook wel. Ga mijn sleutelbos eens pakken.'

Ik vond hem in zijn linkerzak, onder wat rammelend kleingeld. Hij hield hem met een bevende hand (dat vond ik een naar gezicht) vlak voor zijn ogen en zocht tussen de sleutels tot hij een klein, zilveren exemplaar had gevonden.

'Deze is van mijn onderste bureaula. Als ik deze clusterfuck overleef...'

'Pa, het komt heus wel goe...'

Hij stak de hand met de sleutels op in zijn bekende gebaar. 'Als ik het niet haal, vind je de verklaring voor mijn succes – en dat van Butch – in die la. Alles waar die vrouw... ik kan nu even niet op haar naam komen... zo nieuwsgierig naar was. Ze had het vast niet geloofd en jij zult het ook niet geloven, maar het is echt waar. Noem het mijn laatste epistel aan de wereld.'

'Prima. Ik begrijp het. Maar wat vind je van die operatie?'

'Goed, eens even zien. Laten we hier even goed over nadenken. Als ik me niet laat opereren, wat dan? Een rolstoel? En een verpleger, neem ik aan. Geen knap verpleegstertje, maar een of andere grote beer van een vent met een kaalgeschoren kop, die een voorkeur heeft voor aftershave van English Leather. Want jij bent op jouw leeftijd niet meer in staat om met mij te gaan lopen rondzeulen.'

Daar had hij wel gelijk in.

'Ik denk dat ik het er maar op waag. Het kan zijn dat ik op de operatietafel het loodje leg. Misschien haal ik het, doe ik daarna zes weken fysiotherapie en breek dan de andere heup. Of mijn arm. Of mijn schouder. God heeft een gemeen gevoel voor humor.'

Zijn botten waren breekbaar, maar zijn hersenen functioneerden nog uitstekend, ook al zat hij onder de dope. Ik was blij dat hij mij niet had opgezadeld met de verantwoordelijkheid voor de beslissing – en de consequenties daarvan.

'Ik zal het tegen dokter Patel zeggen.'

'Doe dat,' zei hij, 'en zeg maar dat hij de pijnstillertrein in beweging zet. Ik hou van je, jongen.'

'Ik ook van jou, Pa.'

'Als ik het haal, geef je me mijn sleutels maar weer terug. Zo niet, kijk dan in die la.'

'Begrepen.'

'Hoe heette die vrouw ook weer? Crockett?'

'Crawford. Ruth Crawford.'

'Ze wilde een antwoord. Een verklaring. De Algemene Veldtheorie van Creativiteit, godbetert. En het enige wat ik haar uiteindelijk heb kunnen geven is een nog groter mysterie.' Zijn ogen vielen dicht. 'Geen idee wat ze me hebben gegeven, maar het is wel sterk. Ik heb nu geen pijn. Die zal wel weer terugkomen, maar ik denk dat ik nu wel kan slapen.'

Dat deed hij, om nooit meer wakker te worden. Slaap werd een coma. Hij had jaren eerder al een niet-reanimerenverklaring getekend. Ik zat aan zijn bed en hield zijn hand vast toen zijn hart de volgende avond om 21.19 uur stopte. Hij kreeg niet eens de belangrijkste necrologie in de *New York Times*, omdat diezelfde avond een voormalige staatssecretaris omkwam bij een auto-ongeluk. 'Zie je wel?' zou Pa hebben gezegd. 'Zowel in de dood als in het leven gaat politiek altijd boven kunst.'

Zo'n beetje iedereen in Harlow kwam naar de begrafenisplechtigheid in de Grace Baptist Church, evenals een flinke afvaardiging van de pers. Ruth Crawford kwam niet, zij zat in Californië, maar ze stuurde bloemen en een mooi condoleancebriefje. Gelukkig wist de begrafenisondernemer wat hij kon verwachten en zette hij luidsprekers op het grasveld voor de kerk. Hij bood aan om videoschermen neer te zetten, maar dat weigerde ik op grond van het feit dat het een begrafenis was en geen rockconcert. De plechtigheid op het kerkhof zelf was korter en minder druk en toen ik een week later bloemen (daglelies, natuurlijk) kwam neerleggen, was ik alleen – als het laatste blad aan de familiestamboom van de Carmody's, dat al herfstig bruin begon te kleuren. *Sic transit gloria mundi.*

Ik knielde om de vaas tegen zijn grafsteen te laten rusten. 'Hé, Pa – ik heb de sleutel die je me hebt gegeven. Ik zal je laatste wens respecteren en die la openmaken, maar ik mag doodvallen als er werkelijk iets in ligt wat alles verklaart.'

Het eerste wat ik vond was een dossiermap. Dus óf de sluwe vos had zijn laptop niet helemaal opgegeven, of hij had iemand bij de bibliotheek iets voor hem laten uitprinten, want de pagina die bovenop lag was een artikel uit het tijdschrift *Time* van 23 mei 2022. De kop luidde: CONGRES NEEMT UFO'S EINDELIJK SERIEUS.

Ik las het vluchtig door en maakte eruit op dat ufo's tegenwoordig UAP's worden genoemd – *unidentified anomalous phenomenon*. De hoorzittingen in het Congres, voorgezeten door Adam Schiff, waren de eerste over dit onderwerp die plaatsvonden sinds Project Blue Book, vijftig jaar eerder, en iedereen die een verklaring aflegde benadrukte dat het niet in de eerste plaats ging om kleine groene mannetjes van Mars, of waarvandaan dan ook. Alle getuigen zeiden dat het bestaan van vliegende objecten van buitenaardse origine weliswaar niet kon worden uitgesloten, maar dat het toch hoogst onwaarschijnlijk was. Waar zij zich zorgen om maakten was de mogelijkheid dat een ander land – Rusland, China – hypersonische technologie had ontwikkeld die veel verder was dan de onze.

Onder de uitdraai lagen knipsels, vergeeld en een beetje broos, van september en oktober 1978. Eentje uit de *Press Herald* droeg de kop: MYSTERIEUS LICHT GESIGNALEERD BOVEN MARGINAL WAY. In de *Castle Rock Call* stond: SIGAARVORMIGE 'UFO' GEZIEN BOVEN CASTLE VIEW. Er stond een foto bij van het uitzichtpunt, waarlangs je de roestige Zelfmoordtrappen (die al even lang verdwenen waren als de muurschilderingen van Oom Butch) omhoog zag zigzaggen. Maar geen ufo te bekennen.

Onder de map met knipsels lag een spiraalschrift. Ik sloeg het open, in de verwachting weer een van Pa's vroege probeersels te zien – een aanzet tot *The Terrible Generation* misschien, of tot *Highway 19*. Het was onmiskenbaar zijn naar achteren hellende handschrift, maar zonder doorhalingen, krabbeltjes, of de droedels die hij tekende wanneer hij worstelde om zijn gedachten onder woorden te brengen. Het leek in de verste verte niet op de oudere schriften die ik na het overlijden van mijn moeder had gevonden. Dit was een Laird Carmody die zijn schrijftalent volledig onder controle had, ook al leken sommige letters wat bibberig. Ik wist het niet zeker, maar ik dacht dat het geschreven moest zijn nadat hij had aangekondigd te stoppen met werken.

Pa was een echte romanschrijver en werd doorgaans gerespecteerd om zijn vermogen een verhaal te kunnen vertellen, en ik was er na drie pagina's al achter dat dit een heel ander soort verhaal was, eentje met echte mensen – Laird Carmody en Dave LaVerdiere – als verzonnen personages. Metafictie dus. Niet ongebruikelijk. Er zijn wel meer schrijvers die een beetje met het concept hebben geëxperimenteerd (misschien omdat ze zichzelf belangrijker willen voordoen dan ze zijn). Dave kon er in elk geval niets op tegen hebben, moet Pa hebben gedacht, want zijn oude vriend was immers dood. Als Pa het in zijn ziekenhuiskamer de waarheid had genoemd, moest hij dat hebben gedaan omdat hij in de war was van de pijnstillers en de pijn. Zulke dingen gebeurden nu eenmaal. Had Nathaniel Hawthorne zichzelf aan het eind van zijn leven niet verward met dominee Dimmesdale? Had Emily Dickinson de wereld niet verlaten met de uitspraak: 'Ik moet naar binnen, de mist wordt steeds dichter?'

Mijn vader had nooit fantasy geschreven en ook geen metafictie en dit was beide, maar hij was het schrijven niet verleerd. Ik werd meteen in het verhaal gezogen en las alle pagina's in dat schrift in één adem uit. Niet eens alleen omdat ik de mensen en de plaats van handeling, Harlow, kende. Laird Carmody was altijd al goed geweest in het vertellen van verhalen, zelfs zijn grootste critici erkenden dat, en dit was een goed verhaal. Maar of het waar was?

Dat waagde ik toch te betwijfelen.

## 2

Lang geleden, toen Butch en ik de vuilnisbelt beheerden, hadden we Snuffeldinsdag. Het was een idee van Butch. (We hadden ook Rattenzaterdag, maar dat is een ander verhaal.)

'Als ze komen snuffelen,' zei Butch, 'moeten we ze dat wel op een dag laten doen waarop wij de boel in de gaten kunnen houden om te voorkomen dat een of andere dronkenlap of junk zijn been openhaalt en gangreen oploopt.'

Een van de oude drankorgels die bijna nooit zo'n dinsdag oversloegen was Rennie Lacasse. Hij was wat ze bij ons een ouwe kletsmajoor noemen en praatte waarschijnlijk zelfs in zijn slaap. Wanneer hij over vroeger begon te vertellen, begon hij altijd met: 'Ik ziet 't zogezeid nog voor me as de dag van gisteren.'

Zo voelt voor mij het jachttripje in 1978 dat onze levens veranderde. Wat daar gebeurde 'ziet ik zogezeid nog voor me as de dag van gisteren'.

We vertrokken dat jaar op 11 november, op een zaterdag, en het plan was om de zeventiende of de achttiende weer terug te zijn, misschien iets eerder als een van ons, of wij allebei, een hert schoot. In dat geval zouden we tijd genoeg hebben om onze buit te laten slachten bij Ordway's Slagerij in Gates Falls. Iedereen at graag een stuk wildgebraad met Thanksgiving, vooral Mark, die de eenentwintigste thuis zou komen van de uni.

Butch en ik hadden ergens begin jaren vijftig gezamenlijk een oude Willys-legerjeep gekocht. In 1978 was dit al een oude dame, maar ze fungeerde nog prima om al onze spullen en voorraden in te laden en de bossen mee in te trekken. Sheila voorspelde elk jaar dat NellyBelle ergens in het 30-Mile Wood een aandrijfstang zou breken of haar versnellingsbak zou verliezen, maar dat gebeurde nooit. We zijn met die Willys naar het bos gereden tot Butch naar het westen vertrok. Alleen hebben we na 1978 niet veel meer gejaagd. We vermeden het onderwerp zelfs. Ook al dachten we er natuurlijk wel aan. Dat was onvermijdelijk. Ik had inmiddels mijn eerste boek verkocht en Butch verdiende geld met het maken van stripboeken en beeldromans. Bij lange na niet zo veel als hij later ging verdienen, maar het kon ermee door, zoals Rennie Lacasse zou hebben gezegd.

Ik kuste Sheila, Butch gaf haar een knuffel en daar gingen we. Via Chapel Road naar Cemetery Road en vervolgens nog drie boswegen, de ene nog erger overwoekerd dan de volgende. Tegen die tijd bevonden we ons diep in het 30-Mile Wood en algauw konden we Jilasi Creek horen. Er waren jaren dat het niet meer dan een zacht gemurmel was, maar die zomer en herfst hadden we heel veel regen gehad en de Jilasi bulderde erop los.

'Ik hoop dat de brug er nog staat,' zei Butch.

De brug stond er nog, maar helde wel een beetje naar stuurboord. Aan een van de pijlers was een geel bordje gespijkerd met één woord erop: ONVEILIG. Toen het jaar erop in het voorjaar door regen en smeltwater het water in de rivier nog hoger kwam te staan, werd de brug helemaal overspoeld. Sindsdien moest je ruim dertig kilometer stroomafwaarts rijden om de Jilasi te kunnen oversteken. Bijna helemaal tot aan Bethel.

Wij hadden de waarschuwing op het bordje niet nodig. We durfden al jaren niet meer over de brug te rijden en die dag twijfelden we zelfs of we er wel te voet overheen durfden.

'Hoor eens,' zei Butch, 'ik ben niet van plan die dertig kilometer over Route 119 te rijden en dan nog eens terug, bekijk het maar.'

'Waarschijnlijk zou je door de politie worden aangehouden als je dat probeerde,' zei ik, en ik gaf een klap tegen de zijkant van de Willys. 'Nelly-Belle heeft al sinds 1964 geen keuringsticker meer.'

Hij greep zijn rugzak en zijn slaapzak en liep naar de rand van die krakkemikkige oude, houten brug. Daar bleef hij staan en keek achterom. 'Ga je mee?'

'Ik denk dat ik eerst even blijf kijken of jij de overkant haalt,' zei ik. 'Als de brug het begeeft, vis ik je uit het water. En als je meteen door de stroom wordt meegevoerd, zwaai ik je na.' Ik voelde er weinig voor om allebei tegelijk de brug op te gaan. Daarmee zouden we het noodlot tarten.

Butch liep de brug op. Ik hoorde het holle gebonk van zijn laarzen boven het geluid van stromend water uit. Eenmaal aan de overkant zette hij zijn spullen neer, liet zijn broek zakken en keerde me zijn blote reet toe.

Toen ik de oversteek maakte, voelde ik de brug trillen alsof hij leefde en pijn had. Daarna liepen we – een voor een – nog een keer terug om de kartonnen dozen met proviand op te halen. Ze zaten vol dingen die mannen in het bos eten: kant-en-klaarmaaltijden, blikken soep, sardientjes, eieren, bacon, toetjes, koffie, heel veel brood, twee sixpacks bier en onze jaarlijkse fles Jack Daniel's. En ook nog een paar T-bonesteaks. We waren destijds nog grote eters, ook al aten we verre van gezond. We brachten ook meteen onze geweren en de verbandkist mee. Het was een grote. We waren allebei lid van de vrijwillige brandweer van Harlow en hadden daarvoor verplicht een EHBO-cursus moeten volgen. Sheila stond er altijd op dat we die kist meezeulden voor ons weekje jagen, want er kunnen nu eenmaal ongelukken gebeuren in het bos. Soms heel ernstige.

Terwijl we een dekzeil over NellyBelle spanden om te voorkomen dat ze vol zou regenen, zei Butch: 'Deze keer gaat een van ons de plomp in, wacht maar af.'

Dat gebeurde niet, hoewel we die laatste oversteek samen moesten maken, omdat we allebei één kant van de EHBO-kist vast moesten houden, die vijftien kilo woog en de afmetingen had van een hutkoffer. We overwogen hem in de jeep te laten staan, maar uiteindelijk deden we dat toch niet.

Aan de andere kant van de brug lag een kleine open plek. Het zou een mooi plekje zijn geweest om te vissen, ware het niet dat de Jilasi eerst door Mexico en Rumford stroomde voordat hij bij ons was en alle vis die we zouden vangen giftig zou zijn door het vervuilde afvalwater van textielfabrieken. Voorbij de open plek liep een overwoekerd pad van ongeveer vierhonderd meter dat naar onze blokhut voerde. De hut zag er destijds prima uit, met twee slaapkamers, een houtgestookt fornuis in het keukengedeelte van de woonkamer en buiten, achter de hut, een composttoilet. Geen elektriciteit natuurlijk, maar er was wel een klein pomphuis voor water. Alles wat een stel machtige jagers zich kon wensen.

Tegen de tijd dat we onze spullen naar de hut hadden gesjouwd, was het al bijna donker. Ik maakte het eten klaar (Butch was altijd bereid met alles te helpen, maar die man was in staat water te laten aanbranden, zei Sheila altijd) en Butch maakte vuur in de open haard. Na het eten installeerde ik me met een boek – in zo'n hut in de bossen gaat er niets boven een Agatha Christie – en Butch had een tekenblok, dat hij vol zou tekenen met stripjes, karikaturen en bosgezichten. Zijn Nikon lag op het tafeltje naast hem. Onze geweren stonden in de hoek, ongeladen.

We praatten wat, zoals we daar altijd deden, over het verleden en ook over de dingen die we hoopten voor de toekomst. Die dingen begonnen al wat te vervagen – we waren eigenlijk al van middelbare leeftijd – maar ze leken altijd iets realistischer, iets haalbaarder als we in de bossen waren, waar het altijd zo stil was en het leven minder... druk leek? Nee, dat is niet helemaal het juiste woord. Minder rommelig. Geen rinkelende telefoons en geen brandjes – zowel letterlijk als figuurlijk – om te blussen. Ik geloof niet dat we ooit naar het bos gingen om op jacht te gaan, niet echt, maar als er toevallig een hert langs kwam wandelen, dan zeiden we daar natuurlijk geen nee tegen. Ik denk dat we ernaartoe gingen om er ons beste zelf te zijn. Of ons eerlijkste zelf, misschien. Mijn beste zelf probeerde ik altijd met Sheila te zijn.

Ik weet nog dat ik die avond naar bed ging, de dekens omhoogtrok tot aan mijn kin en lag te luisteren hoe de wind door de bomen zuchtte. Ik weet nog dat ik dacht dat het verflauwen van hoop en ambities grotendeels pijnloos was. Dat was goed, maar het was eigenlijk ook wel afschuwelijk. Ik wilde graag schrijver zijn, maar ik begon nu toch te denken dat ik nooit een goede zou worden. In dat geval zou de wereld gewoon door blijven draaien. Je ontspande je hand... opende je vingers... en er vloog iets weg. Ik weet nog dat ik dacht: misschien is het wel goed zo.

Als ik uit het raam keek, tussen de deinende takken door, kon ik wat sterren zien.

Dat beeld ziet ik zogezeid nog voor me as de dag van gisteren.

De 12e trokken we onze oranje vesten aan, zetten we onze oranje petten op en trokken we het bos in. 's Ochtends gingen we er in ons eentje op uit en vervolgens zagen we elkaar weer voor de lunch en om ervaringen uit te wisselen – wat we hadden gezien en wat juist niet. Die eerste dag troffen we elkaar weer bij de hut en maakte ik een grote pan pasta met kaas en een half pond bacon. (Ik noemde dat Hongaarse goulash, maar elke zichzelf respecterende Hongaar zou na één blik zijn handen voor zijn ogen hebben geslagen.) Die middag gingen we samen op jacht.

De volgende dag picknickten we op de open plek en keken naar NellyBelle, aan de overkant van de kreek – die die dag meer op een rivier leek. Butch maakte sandwiches, dat kon ik hem wel toevertrouwen. Er was zoet water uit de waterput en er waren vruchtentaartjes voor toe: bosbessen voor mij, appel voor Butch.

'Heb jij nog herten gezien?' vroeg Butch, terwijl hij suikerglazuur van zijn vingers likte. Of nou ja, die taartjes zijn niet echt geglazuurd, maar er zit wel een lekker laagje overheen.

'Nee. Vandaag niet en gisteren ook niet. Maar je weet wat de ouwetjes zeggen – de herten weten wanneer het november is en dan verstoppen ze zich.'

'Volgens mij is dat nog waar ook,' zei Butch. 'Ze hebben inderdaad de neiging om na Halloween te verdwijnen. En geweerschoten? Heb je die nog gehoord?'

Ik dacht even na. 'Gisteren een paar, maar vandaag niet.'

'Wil je nou zeggen dat wij de enige jagers zijn in 30-Mile Wood?'

'Jezus, nee zeg. De bossen tussen hier en Dark Score Lake zijn waarschijnlijk het beste jachtterrein in deze county, dat weet jij ook wel. Ik heb vanochtend, toen ik nog maar net op pad was, een paar mannen gezien, ook al zagen zij mij niet. Volgens mij was een van hen Freddy Skillins, die gast die zichzelf timmerman noemt.'

Hij knikte. 'Toen ik daarginds op die heuvel stond, zag ik aan de andere kant drie mannen lopen. Ze leken zó uit een catalogus voor outdoorkleding te zijn weggelopen en ze hadden geweren met telescoopvizier. Die kwamen vast van buiten de staat, dat kan bijna niet anders. En voor elke jager die we zien, lopen er waarschijnlijk nog vijf of tien rond. Er zal dus behoorlijk wat geknald worden, want ik kan me niet voorstellen dat álle herten hebben besloten hun boeltje te pakken en naar Canada te verhuizen, of wel soms?'

'Lijkt me onwaarschijnlijk,' zei ik. 'Ze moeten hier heus ergens zitten, Butchie.'

'Waarom hebben we ze dan nog niet gezien? En luister!'

'Jezus, waar moet ik naar luiste...'

'Hou nou eens even je kop, dan hoor je het vanzelf. Of liever gezegd, dan hoor je het dus niet.'

Ik hield mijn kop. Ik hoorde de Jilasi woest stromen, ongetwijfeld druk bezig de brug te ondermijnen terwijl wij daar in het gras onze laatste vruchtentaartjes zaten op te peuzelen. Ik hoorde ver weg het geronk van een vliegtuig, waarschijnlijk op weg naar Portland Jetport. Maar verder, niets.

Ik keek Butch aan. Hij zat mij met een ernstige blik op zijn gezicht aan te kijken.

'Geen vogels,' zei ik.

'Nee. En daar horen de bossen vol mee te zitten.'

Precies op dat moment liet een kraai een enkel, luid gekras horen.

'Kijk eens aan,' zei ik, met een gevoel van opluchting.

'Eén kraai,' zei hij. 'Meer niet. Waar zijn de roodborstjes?'

'Naar het zuiden gevlogen?'

'Nog niet, niet allemaal. We zouden nu boomklevers en kardinaalvogels moeten horen. Mezen in overvloed en mogelijk een goudvink. Maar je hoort verdomme niet eens een specht.'

Meestal hoor ik de achtergrondgeluiden van het bos niet eens – je raakt eraan gewend – maar inderdaad, nu hij dit zei, waar wáren de vogels? En dan nog iets.

'Eekhoorns,' zei ik. 'Die zouden overal rond moeten scharrelen, druk bezig met hun voorbereidingen op de winter. Ik geloof dat ik er een paar heb gezien...' Ik maakte mijn zin niet af, want eigenlijk wist ik dat niet eens zeker.

'Aliens,' zei Butch op lage, plagerig griezelige toon. 'Misschien besluipen ze ons op dit moment wel vanuit het bos. Met hun desintegrerende laserwapens.'

'Dat heb je in *The Call* gelezen,' zei ik. 'Dat verhaal over die vliegende schotel.'

'Het was geen schotel, maar een sigaar,' zei Butch. 'Een vliegende sigaar.'

'De Tiparillo van Planeet x,' zei ik.

'Waar ze op zoek gingen naar Aardvrouwen!'

We keken elkaar aan en grinnikten.

Die middag kreeg ik een idee voor een verhaal – heel veel later werd dat een boek getiteld *The Terrible Generation* – en 's avonds maakte ik wat aantekeningen in een van mijn spiraalschriften. Ik probeerde net een goede naam te bedenken voor de schurkachtige jongeman om wie het verhaal draaide toen de deur van de blokhut openvloog en Butch naar binnen rende. 'Kom mee, Lare. Dit moet je zien.' Hij greep zijn fototoestel.

'Wat moet ik zien?'

'Kom nou maar mee!'

Ik zag zijn verschrikte ogen, legde mijn schrift weg en liep achter hem aan naar buiten. Terwijl we de paar honderd meter naar de open plek aflegden, vertelde hij me dat hij was gaan kijken of de brug al wat verder was gekanteld (als hij helemaal was ingestort zouden we het hebben gehoord). Toen had hij iets in de lucht gezien en was hij de brug helemaal vergeten.

'Kijk,' zei hij, toen we bij de open plek waren aangekomen en hij wees omhoog.

Inmiddels was het gaan regenen, een lichte miezerregen. Het was helemaal donker en eigenlijk hoorde ik de laaghangende wolken niet te kunnen zien, maar ik zag ze toch, omdat ze verlicht werden door traag bewegende cirkels fel licht. Eerst vijf, toen zeven, toen negen. Ze verschilden in grootte. De kleinste was misschien negen meter in doorsnede. De grootste een meter of dertig. Ze schenen niet náár de wolken, zoals een felle schijnwerper of een sterke zaklamp zou doen, ze bevonden zich ín de wolken.

'Wat zijn dat?' vroeg ik, bijna fluisterend.

'Geen idee, maar het zijn in elk geval geen Tiparillo's.'

'Of Witte Uilen,' zei ik en we begonnen te lachen. Niet zoals je dat doet om iets grappigs, maar meer zoals je dat doet wanneer je je ogen niet kunt geloven van verbazing.

Butch nam foto's. Dit gebeurde jaren voordat chiptechnologie het mogelijk maakte de beelden onmiddellijk te kunnen zien, maar ik zag de foto's later, nadat hij ze had ontwikkeld in zijn eigen kleine doka. Ze vielen tegen. Je zag alleen grote cirkels van licht boven de donkere, grillig gevormde boomtoppen. Ik heb sindsdien foto's van ufo's (of UAP's, net wat je wilt) gezien en die vallen meestal tegen: wazige vormen die van alles kunnen voorstellen, inclusief de nepfoto's van hoaxers. Je had erbij moeten zijn om te begrijpen hoe mooi het was en hoe vreemd: enorme geluidloze lichten die in de wolken bewogen en bijna leken te dansen.

Wat ik me het best kan herinneren – afgezien van een gevoel van diep ontzag – was hoe verdeeld mijn gevoelens waren gedurende de vijf of tien minuten die het duurde. Ik wilde zien wat die lichten veroorzaakte… maar toch ook weer niet. Ik was bang, begrijp je, dat we ons heel dicht in de buurt bevonden van voorwerpen – of misschien zelfs intelligente wezens – uit een andere wereld. Dat maakte me opgewonden, maar ook doodsbang. Terugkijkend op dat eerste contact (want dat was het absoluut), denk ik dat we maar twee dingen konden doen: lachen of gillen. Als ik alleen was geweest, zou ik vrijwel zeker hebben gegild en was ik hard weggelopen, waarschijnlijk om me als een kind onder mijn bed te verstoppen en te ontkennen dat ik iets had gezien. Maar omdat we samen waren, en volwassen mannen, lachten we.

Ik heb het nu over vijf of tien minuten, maar misschien waren het er wel vijftien. Ik weet het niet. Het was lang genoeg voor het gemiezer om uit te groeien tot een echte regenbui. Twee van de heldere cirkels werden kleiner en verdwenen. Daarna verdwenen er nog een stuk of drie. De grootste bleef het langst en begon toen ook te vervagen. Hij bewoog niet heen en weer, maar kromp op een gegeven moment tot hij zo groot was als een bord, toen tot hij zo groot was als een halve dollar, toen tot een penny, toen tot een schitterende stip... en toen was hij weg. Alsof hij recht omhoog werd geschoten.

We stonden daar in de regen te wachten tot er nog iets zou gebeuren. Er gebeurde niets. Na een tijdje greep Butch mijn schouder. Ik schrok ervan.

'Sorry, sorry,' mompelde hij. 'Laten we naar binnen gaan. De lichtshow is voorbij en we raken hier doorweekt.'

Dat deden we. Ik had niet de moeite genomen een jas aan te trekken, dus eenmaal binnen stookte ik het vuur op, dat bijna uit was gegaan, en trok mijn natte hemd uit. Ik wreef huiverend over mijn armen.

'We kunnen mensen vertellen wat we hebben gezien, maar ze zullen het niet geloven,' zei Butch. 'Of ze halen hun schouders op en zeggen dat het een of ander eigenaardig weerverschijnsel was.'

'Misschien was het dat wel. Of... hoe ver is het hiervandaan naar Castle Rock Airport?'

Hij haalde zijn schouders op. 'Het vliegveld ligt zo'n dertig, veertig kilometer verder naar het oosten.'

'De baanverlichting... misschien met die wolken... de neerslag... het zou kunnen, weet je... een of ander prismatisch effect...'

Hij zat op de bank, met zijn fototoestel op zijn schoot, naar me te kijken. Hij had een klein glimlachje op zijn gezicht. Hij zei niets. Dat was ook niet nodig.

'Dat slaat nergens op, hè?' zei ik.

'Inderdaad. Ik weet niet wat het was, maar die lichten kwamen niet van het vliegveld en het was ook geen fucking weerballon. Er waren wel acht of tien van die dingen, misschien wel twaalf, en ze waren gróót.'

'Er zijn nog meer jagers in het bos. Ik heb Freddy Skillins gezien en jij zag die drie andere kerels, die waarschijnlijk niet hier uit de buurt komen. Misschien hebben zij het ook gezien.'

'Misschien wel, maar ik betwijfel het. Ik was gewoon toevallig op het juiste moment op de juiste plek – die open plek aan de oever van de kreek. Maar hoe dan ook, het is voorbij. Ik ga naar bed.'

De volgende dag – dat zal de 14e zijn geweest – bleef het de hele dag regenen. We hadden geen van beiden zin om eropuit te gaan en op jacht te gaan naar herten die we waarschijnlijk toch niet zouden vinden. Ik las en werkte wat aan het idee voor mijn verhaal. Ik probeerde nog steeds een goede naam te bedenken voor de slechterik, maar ik kreeg het niet voor elkaar – misschien omdat ik geen duidelijk idee had waarom de slechterik zo slecht was. Butch bracht het grootste gedeelte van de ochtend door met zijn schetsboek. Hij maakte verschillende tekeningen van de lichten in de wolken, maar gaf het toen gefrustreerd op.

'Ik hoop dat die foto's gelukt zijn, want dit is rotzooi,' zei hij.

Ik bekeek ze en zei tegen hem dat ik ze goed vond, maar dat waren ze niet. Het was geen rotzooi, maar ze brachten niet de vervreemding over van wat we hadden gezien. De grootsheid ervan.

Ik keek naar alle doorgestreepte namen van de jongeman die mijn slechterik moest worden. *Trig Adams*. Nee. *Vic Ellenby*. Nee. *Jack Claggart*. Nee. *Carter Cantwell*. O, gatverdamme. Het verhaal dat ik in gedachten had, leek vormeloos: ik had een idee, maar geen specifieke details. Ik had geen houvast. Het deed me denken aan wat we de vorige avond hadden gezien. Er was daar iets, maar je kon onmogelijk zeggen wat het was, omdat het zich in de wolken bevond.

'Waar ben jij mee bezig?' vroeg Butch.

'Ik nok ermee. Ik denk dat ik een dutje ga doen.'

'Wil je niet lunchen?'

'Geen trek.'

Hij dacht even na en keek toen uit het raam naar de aanhoudende regen. Niets is kouder dan de regen op een koude novemberdag. Het schoot door mijn hoofd dat iemand daar eens een nummer over moest schrijven… wat iemand uiteindelijk ook deed.

'Een dutje? Dat klinkt eigenlijk als een uitstekend idee,' zei Butch. Hij legde zijn schetsboek weg en stond op. 'Ik zal je wat zeggen, Lare. Ik zal mijn hele leven blijven tekenen, maar een kunstenaar word ik nooit.'

Om vier uur die middag hield het op met regenen. Tegen zessen was de bewolking verdwenen en konden we sterren zien en een flinterdun streepje maan – Gods vingernagel noemen de oudjes dat. We aten onze biefstukken (met een heleboel wit brood om het bakvet mee van ons bord te soppen), en gingen toen naar buiten, naar de open plek. We spraken er niet over, we gingen gewoon. We stonden misschien wel een half uur lang omhoog te kijken. Er waren geen lichten, geen schotels, geen vliegende sigaren. We gingen weer naar binnen. Butch vond een pakje kaarten om *cribbage* mee te spelen en we speelden bijna tot tien uur.

'Ik kan de Jilasi hier binnen zelfs horen,' zei ik na het laatste potje.

'Ik weet het. Al die regen heeft de brug geen goed gedaan. Waarom staat daar eigenlijk een fucking brug? Heb jij je dat wel eens afgevraagd?'

'Er zal in de jaren zestig wel iemand zijn geweest die van plan was om het terrein te gaan ontwikkelen. Of houthakkers. Ik denk dat deze bossen voor de Eerste Wereldoorlog wel helemaal zijn leeggehakt.'

'Wat vind je ervan om nog één dag te jagen en dan terug te gaan?'

Ik had het idee dat hij meer in gedachten had dan naar huis te gaan, hoogstwaarschijnlijk met lege handen. Het zien van die lichten in de wolken had iets met hem gedaan. Misschien wel met ons allebei. Ik zal het geen moment van goddelijke inspiratie noemen. Het is gewoon dat je opeens iets ziet, lichten aan de hemel of een bepaalde schaduw op een bepaald tijdstip van de dag die voor je op je pad verschijnt. Je beschouwt het als een voorteken en besluit ernaar te handelen. Je zegt tegen jezelf: toen ik klein was, praatte ik als een kind, begreep ik als een kind en dacht ik als een kind, maar er komt een moment waarop je afscheid moet nemen van kinderlijke dingen.

Het kon ook niets zijn geweest.

'Lare?'

'Mij best. Nog één dag en dan gaan we terug. Ik moet de dakgoten nog schoonmaken voordat het gaat sneeuwen en dat stel ik steeds weer uit.'

De volgende dag was koel en helder en perfect voor de jacht, maar we vonden geen van beiden ook maar een spoor van een enkel witstaarthert. Ik hoorde geen vogelgezang, hooguit zo nu en dan het gekras van een kraai. Ik lette op of ik eekhoorns zag, maar zag er niet één. Ik zag zelfs geen grondeekhoorns en daar zouden de bossen nu vol mee moeten zitten. Ik hoorde een paar geweerschoten, maar die klonken ver weg, in de buurt van het meer, en het betekende niet dat er op herten werd geschoten. Soms raakten jagers verveeld en vonden ze het gewoon leuk een paar schoten te lossen, vooral als is gebleken dat er geen wild is dat ze ermee zouden kunnen opschrikken.

Tussen de middag zagen we elkaar weer bij de blokhut voor de lunch en daarna gingen we er samen op uit. We verwachtten niet langer herten te zien en die zagen we dan ook niet, maar het was een mooie dag om buiten te zijn. We liepen een paar kilometer langs de beek, gingen toen op een omgevallen boomstam zitten en trokken allebei een blikje Budweiser open.

'Dit is gewoon onnatuurlijk,' zei Butch, 'en het bevalt me helemaal niet. Ik zou het liefst nog vanmiddag wegrijden, maar tegen de tijd dat we alles hebben ingeladen is het al bijna donker en ik vertrouw NellyBelles koplampen niet op die bosweggetjes.'

Plotseling stak er een bries op die de bladeren aan de bomen deed ruisen. Ik schrok van het geluid en keek over mijn schouder. Butch deed hetzelfde. Toen keken we elkaar aan en schoten in de lach.

'Beetje schrikkerig?' vroeg ik.

'Wel een beetje, ja. Weet je nog, die keer dat we voor een weddenschap dat oude huis van Spier zijn binnengegaan? Was dat niet in 1946 of zo?'

Ik wist het nog. Toen de Oude Spier terugkwam van Okinawa, had hij nog maar één oog en vervolgens schoot hij zich met een jachtgeweer voor zijn kop in zijn woonkamer. Iedereen had het erover.

'Er werd gezegd dat het er spookte,' zei ik. 'Hoe oud zullen we zijn geweest? Dertien?'

'Zoiets. We gingen naar binnen en namen wat spullen mee om onze vrienden te laten zien dat we het echt hadden gedaan.'

'Ik pakte een schilderij. Een of ander suf landschap dat ik van de muur trok. Wat had jij?'

'Een fucking kussen van de bank,' zei hij lachend. 'Over stom gesproken! Ik moest aan dat huis van Spier denken omdat ik daar destijds hetzelfde gevoel kreeg als ik nu heb. Geen herten, geen vogels, geen eekhoorns. Misschien spookte het niet in dat huis, maar deze bossen...' Hij haalde zijn schouders op en nam een slok van zijn biertje.

'We kunnen ook vandaag al weggaan. Die koplampen zijn vast wel in orde.'

'Nee. Morgen. We pakken vanavond in, gaan vroeg naar bed en vertrekken in alle vroegte. Als jij dat ook goedvindt.'

'Ik vind het prima.'

Alles zou heel anders voor ons zijn gelopen als we vertrouwen hadden gehad in NellyBelles koplampen. Soms denk ik dat we dat hadden. Soms denk ik dat er een Schaduw-Laird is en een Schaduw-Butch die schaduwlevens leefden. Schaduw-Butch ging nooit naar Seattle. Schaduw-Laird schreef nooit een boek, laat staan een stuk of twaalf. Die schaduwen waren gewone, fatsoenlijke mannen die in Harlow een doodgewoon leven leidden. Ze beheerden de vuilnisbelt, ze waren eigenaar van een transportbedrijf en ze deden de gemeentelijke organisatie precies zoals het hoorde, wat inhield dat er bij de algemene vergadering in maart een sluitende boekhouding kon worden overlegd, met minder gezeik van aartsconservatieven die het liefst het armenhuis weer in ere hersteld zagen. Schaduw-Butch trouwde met een meisje dat hij ontmoette in een muziekcafé in Lewiston en kreeg met haar een heel stel schaduwkinderen.

Ik houd mijzelf nu voor dat het maar goed is dat het allemaal niet zo is gelopen. Butch denkt daar ook zo over. Dat weet ik, omdat we elkaar dat vertelden wanneer we elkaar aan de telefoon hadden of, later, contact hadden via Skype of FaceTime. Het was goed zoals het was gegaan. Natuurlijk was het dat. We werden beroemd. We werden rijk. Onze dromen kwamen uit. Helemaal niks mis mee en als ik ooit twijfels heb aan de manier waarop mijn leven is verlopen, ach, heeft iedereen die niet?

Heb jij die niet?

Die avond gooide Butch wat restjes in een pan en noemde het resultaat een stoofpot. We aten het met witbrood en spoelden het weg met water uit de waterput, wat eigenlijk het lekkerste van de hele maaltijd was.

'Ik laat jou nooit meer koken,' zei ik tegen Butch terwijl we ons kleine afwasje deden.

'Na dit fiasco, ga ik je daaraan houden,' zei hij.

We pakten onze spullen in en zetten alles bij de deur. Dutch duwde de grote EHBO-kist opzij met een zijdelingse schop van zijn ene sneaker. 'Waarom nemen we dit ding altijd mee?'

'Omdat Sheila daarop staat. Ze is ervan overtuigd dat een van ons in een zinkgat zal vallen en een been zal breken of dat een van ons zal worden neergeschoten. Waarschijnlijk door iemand uit de grote stad, met een geweer met telescoopvizier.'

'Onzin. Ik denk dat ze gewoon bijgelovig is. Ze gelooft natuurlijk dat die ene keer dat we dit ding niet meeslepen juist die ene keer zal zijn dat we het nodig hebben. Zullen we nog een keer gaan kijken?'

Ik hoefde niet te vragen wat hij bedoelde. 'Dat kunnen we wel doen.'

We gingen naar de open plek om naar de hemel te kijken.

Daarboven was niets te zien, maar er was wel iets op de brug. Of liever gezegd, iemand. Een vrouw, die op haar buik op de planken lag.

'Wat zullen we nou krijgen?' zei Butch en hij rende de brug op. Ik liep achter hem aan. Ik vond het geen prettig idee dat we alle drie tegelijk op de brug zouden zijn, en zo dicht bij elkaar, maar we konden haar daar niet bewusteloos, of misschien zelfs dood, laten liggen. Ze had lang, zwart haar. Er stond die avond een stevige bries en telkens wanneer de wind vat kreeg op haar haar, leek het alsof het één geheel vormde, alsof de lokken aan elkaar klonterden. Het waaierde niet zijdeachtig uiteen, het was een vaste massa.

'Pak haar voeten,' zei Butch. 'We moeten haar hier weg zien te krijgen voordat die hele fucking brug in de fucking beek stort.' Hij had gelijk. Ik hoorde de palen kreunen en de Jilasi woest razen, het water hoger dan ooit als gevolg van alle regen.

Ik greep haar voeten. Ze droeg laarzen en een corduroy broek en daar was iets raars mee. Maar het was donker en ik was bang en het enige wat ik op dat moment wilde was vaste grond onder mijn voeten. Butch tilde haar op aan haar schouders en slaakte een kreet van afschuw.

'Wat?' vroeg ik.

'Laat maar, kom, opschieten nu!'

We droegen haar de brug af, naar de open plek. Het was nog geen twintig meter, maar het leek alsof we er een eeuwigheid over deden.

'Leg haar neer, leg haar neer. Jezus! Jezus christus!'

Butch liet haar bovenlichaam vallen en ze plofte met haar gezicht op de grond, maar daar lette hij niet op. Hij sloeg zijn armen over elkaar en begon zijn handen in zijn oksels te wrijven, alsof hij er iets smerigs vanaf probeerde te krijgen.

Ik wilde haar benen neerleggen, maar verstijfde omdat ik niet kon geloven wat ik meende te zien. Mijn vingers leken in haar laarzen te zijn weggezonken, alsof die van klei waren in plaats van leer. Ik trok mijn handen weg en staarde verbluft naar de afdrukken van mijn vingers, die langzaam wegtrokken. 'Mijn god!'

'Het lijkt wel of... tering, of ze van Play-Doh of iets dergelijks is gemaakt.'

'Butch.'

'Wat? In christusnaam, wát?'

'Haar kleren zijn geen kleren. Het lijkt wel... bodypaint. Of camouflageverf. Of weet ik veel wat.'

Hij bukte zich over haar heen. 'Het is te donker. Heb jij...?'

'Een zaklamp? Nee, die heb ik niet meegenomen. Haar haar...'

Ik raakte het aan en trok mijn hand weer terug. Het was geen haar. Het was iets massiefs, maar wel buigzaam. Geen pruik, eerder alsof het ergens uit gesneden was. Ik wist niet wat het was.

'Is ze dood?' vroeg ik. 'Ze is dood, denk je ook n...'

Maar juist op dat moment nam de vrouw een diepe, raspende hap adem. Een van haar benen bewoog.

'Help me eens haar om te draaien,' zei Butch.

Ik pakte een van haar benen en probeerde niet te letten op die eigenaardige buigzaamheid. Een gedachte – *gummibeertjes* – schoot als een meteoor door mijn hoofd en verdween meteen weer. Butch greep haar schouder. We rolden haar om. Zelfs in het donker konden we zien dat ze jong, mooi en lijkbleek was. We zagen ook nog iets anders. Het was het gezicht van een etalagepop, effen en glad. De ogen waren dicht. Alleen haar oogleden hadden kleur. De kleur van bloeduitstortingen.

*Dit is geen menselijk wezen*, dacht ik.

Ze haalde opnieuw een keer raspend adem. Bij het uitademen leek de adem te blijven steken. Ze nam geen nieuwe teug.

Ik denk dat ik zelf als aan de grond genageld was blijven staan waar ik stond en haar had laten sterven. Butch was degene die haar redde. Hij liet zich op zijn knieën vallen, gebruikte twee vingers om haar mond open te trekken en zette zijn mond op de hare. Hij kneep haar neus dicht en blies zijn adem in haar. Haar borst ging omhoog. Butch draaide zijn hoofd opzij, spuugde iets uit en ademde nog een keer diep in. Hij blies opnieuw lucht in haar longen en haar borst ging weer omhoog. Hij keek op en staarde mij met grote ogen aan. 'Het is alsof je plastic kust,' zei hij, en hij deed het nog eens.

Terwijl hij over haar heen gebogen zat, opende de vrouw haar ogen. Ze keek me aan tussen de borstelige haren van Butch' stekeltjeskapsel door. Toen Butch zijn hoofd weghaalde, nam ze weer een van die raspende, rochelende happen adem.

'De EHBO-kist,' zei Butch. 'De EpiPen. En de Inogen, voor zuurstof. Schiet op, verdomme! Rennen!'

Ik stond te wankelen op mijn benen en even dacht ik dat ik flauw zou vallen. Ik gaf mezelf een pets in mijn gezicht om mijn hoofd helder te krijgen en rende toen terug naar de blokhut. *Zij, het, wat dan ook, is vast dood wanneer ik terugkom*, dacht ik (zoals ik al heb verteld, weet ik alles nog als de dag van gisteren). *En dat is waarschijnlijk maar goed ook.*

De EHBO-kist stond net om het hoekje van de voordeur, met onze rugzakken erbovenop. Ik duwde ze eraf en opende de kist. Die bestond uit twee uitschuifbare laden. In de bovenste zaten drie EpiPennen. Ik pakte er twee en ramde de laden weer dicht, waarbij mijn linker wijsvinger klem kwam te zitten. Die nagel zou zwart worden en eraf vallen, maar op het moment zelf voelde ik het niet eens. Mijn hoofd bonkte. Het voelde alsof ik koorts had.

De Inogen-zuurstoffles met zuurstofmasker en de controller zaten in de onderste lade, samen met fakkels, rollen verband, gaasjes, een plastic spalk, een enkelbrace en verschillende tubes en zalfjes. Er zat ook een zaklamp in, die ik ook meenam. Terwijl ik het licht vlak voor me heen en weer liet schijnen, rende ik het pad weer af.

Butch zat nog op zijn knieën. De vrouw hapte nog steeds af en toe naar adem. Haar ogen waren nog open. Terwijl ik me naast Butch op mijn knieën liet vallen, stopte ze weer met ademhalen.

Hij boog zich over haar heen, zette zijn mond op de hare en blies met kracht lucht in haar. Toen tilde hij zijn hoofd op en zei: 'Bovenbeen, bovenbeen!'

'Weet ik, ik heb die cursus ook gedaan.'

'Doe het dan!'

Hij nam een nieuwe hap lucht en boog zich weer over haar heen. Ik haalde de veiligheidsdop van de Epi, zette hem op haar bovenbeen – het leek een corduroy broek, maar dat was het niet, het was haar been – en luisterde tot ik de klik hoorde. Vervolgens telde ik tot tien. Bij vijf ging er een schok door haar heen.

'Hou hem vast, Lare, hou hem erop!'

'Ik heb 'm. Denk je dat ik de andere ook moet gebruiken?'

'Wacht daar maar even mee, ze ademt weer. Wát ze dan ook mag zijn. Jezus, ze smaakt zo ráár. Het doet me denken aan een van die doorzichtige beschermhoezen die je over meubels kunt leggen. Heb je de zuurstof?'

'Die heb ik hier.'

Ik gaf hem het zuurstofmasker en de fles. Hij zette het masker over haar mond en neus. Ik drukte op de knop van de controller en zag het groene lichtje. 'Vol vermogen?'

'Ja, ja, zo veel mogelijk.' Ik zag een druppel zweet van zijn voorhoofd op het plastic masker vallen en langs de zijkant omlaagglijden als een scheur.

Ik schoof de knop helemaal tot de hoogste stand. De zuurstof begon te sissen. Op deze stand zou de zuurstof binnen vijf minuten op zijn. En hoewel er voor bijna alles een back-up in de EHBO-kist zat (hij was niet voor niks zo zwaar), was dit het enige zuurstofapparaat. We keken elkaar over haar lichaam heen aan.

'Dit is geen menselijk wezen,' zei ik. 'Ik weet niet wat het is, misschien wel een of andere supergeheime cyborg, maar een mens is het niet.'

'Het is geen cyborg.' Hij wees met zijn duim naar de hemel.

Toen de zuurstof op was, haalde Butch het masker weg en bleef zij – zo konden we haar net zo goed blijven noemen – zelfstandig ademen. Het schorre geluid nam af. Toen ik met de zaklamp in haar gezicht scheen, deed ze haar ogen dicht tegen het felle licht.

'Kijk nou,' zei ik. 'Kijk eens naar haar gezicht, Butchie.'

Hij keek eerst naar haar en toen naar mij. 'Het is veranderd.'

'Het is menselijker geworden, zul je bedoelen. En kijk eens naar haar kleren. Die zien er ook beter uit. Veel... godsamme, realistischer.'

'Wat doen we met haar?'

Ik knipte de zaklamp uit. Haar ogen gingen open. Ik zei: 'Kun je me horen?'

Ze knikte.

'Wie ben je?'

Ze deed haar ogen dicht. Ik schudde aan haar schouder en deze keer zonken mijn vingers er niet meer in weg.

'Wát ben je?'

Niets. Ik keek Butch aan.

'Laten we haar naar de hut brengen,' zei hij. 'Ik draag haar wel. Hou die andere EpiPen bij de hand voor als ze weer naar lucht begint te happen.'

Hij tilde haar op en ik hielp hem overeind, maar toen hij eenmaal stond kon hij haar gemakkelijk dragen. Haar donkere haar hing omlaag en bij elke windvlaag wapperde het als normaal haar heen en weer. Het was niet langer één vaste massa.

Ik had de deur van de hut open laten staan. Hij droeg haar naar binnen, legde haar op de bank en ging toen met zijn handen op zijn knieën staan uithijgen. 'Nu wil ik mijn fototoestel. Het zit in mijn rugzak. Wil jij het voor me pakken?'

Het bleek in een paar T-shirts gewikkeld te zitten en ik gaf het aan hem. De vrouw – ze leek inmiddels bijna écht een vrouw – keek naar hem op. Haar ogen hadden een vaalblauwe kleur, als de knieën van een oude spijkerbroek.

'Lach eens,' zei Butch.

Ze lachte niet. Hij nam toch een foto van haar.

'Hoe heet je?' vroeg ik.

Geen antwoord.

Butch nam nog een foto. Ik leunde naar voren en legde mijn hand op haar hals. Ik verwachtte dat ze terug zou deinzen, maar dat deed ze niet. Het zag eruit als huid (tenzij je het van heel dichtbij bekeek), maar het voelde toch niet echt als huid. Ik liet mijn hand misschien twintig tellen liggen en haalde hem toen weg. 'Ze heeft geen hartslag.'

'Nee?' Hij klonk niet verbaasd en ik voelde me niet verbaasd. We waren in shock en ons verwerkingsvermogen was overbelast.

Butch probeerde zijn hand in het rechter voorzakje van haar corduroy broek te laten glijden, maar dat lukte niet. 'Geen echte zak,' zei hij. 'Niets is echt. Het lijkt wel... een vermomming. Volgens mij is zíj een vermomming.'

'Wat doen we met haar, Butch?'

'Al sla je me dood.'

'Politie bellen?'

Hij tilde zijn handen op en liet ze weer vallen. Een heel on-Butchachtig gebaar van besluiteloosheid. 'De dichtstbijzijnde telefoon is in Brownie's Store. Dat is hier kilometers vandaan. En Brownie sluit om zeven uur. En dan zou ik haar over de brug naar de jeep moeten dragen...'

'We zouden kunnen afwisselen.' Ik zei dat nu wel zo stoer, maar ik moest er steeds aan denken hoe mijn vingers waren weggezonken in wat eruit had gezien als laarzen maar dat niet waren.

'Het zou betekenen dat we de brug weer op de proef zouden moeten stellen,' zei hij. 'We kunnen haar wel vervoeren, want ze is nu stabiel, maar... wat? Waar zit je om te lachen?'

Ik gebaarde naar de vrouw – wat eruitzag als een vrouw – op de bank. 'Ze heeft geen hartslag, Butchie. Ze is klinisch dood. Stabieler dan dat kun je haar niet krijgen.'

'Maar ze ademt! En ze...' Hij keek nog even om er zeker van te zijn. 'Ze ligt naar ons te kijken. Luister, Laird, ben jij bereid om op de voorpagina te staan van alle kranten en het belangrijkste nieuwsitem te zijn op elke tv-zender, niet alleen in Maine of in de VS, maar overal ter wereld? Want als we haar meenemen naar de buitenwereld, dan is dat wat er gaat gebeuren. Ze is een alien. Ze is verdomme niet van deze planeet. En ze begeert ook geen Aardvrouwen.'

'Tenzij ze lesbisch is,' zei ik. 'Dan misschien wel.'

We begonnen te lachen zoals je dat doet wanneer je je best doet om niet gek te worden. Ze keek nog steeds naar ons. Geen glimlach, geen frons, gewoon zonder enige uitdrukking. Een vrouw die geen vrouw was, die geen hartslag had maar toch ademde, die kleren droeg die geen kleren waren, maar wel steeds meer op kleren begonnen te lijken. Ik had het gevoel dat Butch, als hij het nu nog eens probeerde, zijn hand wel in haar zak zou kunnen steken. Misschien vond hij er zelfs wat los geld of een half rolletje pepermunt in.

'Hoe is ze op die brug terechtgekomen? Wat denk je dat er met haar is gebeurd?'

'Ik weet het niet. Ik denk...'

Ik kreeg nooit te horen wat hij dacht, want dat was het moment waarop er licht naar binnen stroomde door het op het oosten uitkijkende raam van de woonkamer van onze blokhut. Er ging van alles door me heen. De gedachten kegelden elkaar omver als dominostenen. De eerste was dat de tijd op de een of andere manier was doorgeschoven en dat de zon opkwam. De tweede was dat zonsopkomst nooit voor zo veel fel licht zorgde in onze hut, omdat er aan die kant te veel bomen stonden. Mijn derde gedachte was dat een of andere overheidsorganisatie de vrouw kwam halen en dat ze schijnwerpers gebruikten. De vierde was ook dat iemand haar kwam halen... maar dat het niet de overheid was.

Het licht werd steeds feller. Butch kneep zijn ogen dicht en bracht zijn hand omhoog om ze te beschermen. Ik deed hetzelfde. Ik vroeg me af of we misschien een zware dosis radioactiviteit over ons heen kregen. Net voordat de kamer zo licht werd dat ik totaal werd verblind, keek ik naar de vrouw op de bank. Weet je nog dat ik, net als de oude Rennie Lacasse, zei dat ik 'alles zogezeid nog voor me ziet as de dag van gisteren'? Daar is één uitzondering op. Ik weet niet meer wat ik zag toen ik in die verschrikkelijke felle schittering naar haar keek. Of misschien heb ik het verdrongen. Hoe dan ook, volgens mij keek ik helemaal niet náár haar. Volgens mij keek ik ín haar. En als je me vraagt wat ik zag, is er maar één woord waaraan ik dacht: *gangliën*.

Ik sloeg mijn handen voor mijn ogen. Dat hielp niet. Het licht scheen dwars door mijn handen en door mijn gesloten oogleden. Er was geen sprake van hitte, maar het dreigde evengoed mijn hersenen in de as te leggen. Ik hoorde Butch gillen. Op dat moment verloor ik het bewustzijn en daar was ik blij om.

Toen ik bijkwam, was de afschuwelijke schittering verdwenen. Net als de vrouw. Op de bank, op de plek waar zij had gelegen, zat een jongeman – een jaar of dertig misschien, of nog jonger – met keurig gekamd blond haar met een kaarsrechte scheiding erin. Hij droeg een kaki broek en een doorgestikte bodywarmer. Dwars over zijn borst hing een riempje met een klein schoudertasje eraan. Het eerste wat ik dacht was dat hij een jager van buiten de staat moest zijn, een stedeling met munitie in zijn tasje en een geweer met telescoopvizier bij de hand.

*Waarschijnlijk niet*, was het tweede wat ik dacht.

We hadden een stuk of zes lampen die op batterijen werkten en die had hij allemaal aangedaan. Ze gaven veel licht, maar het was niets vergeleken met die onaards (letterlijk) felle schittering die eerder onze hut had verlicht. Hoevéél eerder was een vraag die ik niet kon beantwoorden. Ik wist niet eens zeker of het wel dezelfde avond was. Ik keek op mijn horloge, maar dat was stil blijven staan.

Butch kwam overeind, keek om zich heen, zag mij, zag de nieuwkomer. Hij stelde een vraag die tegelijkertijd idioot en – gezien de omstandigheden – volledig logisch was. 'Ben jij haar?'

'Nee,' zei de jongeman. 'Die jij bedoelt is weg.'

Ik probeerde op te staan en dat lukte. Ik voelde me niet katterig of versuft. Ik voelde me eerder verkwikt. En hoewel ik genoeg films had gezien over boosaardige indringers uit de ruimte, had ik niet het gevoel dat deze jongeman kwaad in de zin had. Ook geloofde ik niet dat hij een jonge man was, net zomin als ik geloofde dat de vrouw van de brug een jonge vrouw was geweest.

We hadden nog een kan water en drie overgebleven blikjes bier in onze koelbox zitten. Ik dacht even na en pakte een biertje.

'Geef mij er ook eentje,' zei Butch.

Ik gooide het naar hem toe en hij ving het met één hand op. 'En jij, jongeman?' vroeg ik.

'Waarom ook niet?'

Ik gaf hem het laatste blikje. Onze bezoeker zag er heel normaal uit – net als elke jongen die een jachtuitstapje maakte met vrienden of met zijn vader – maar ik zorgde er toch voor dat ik zijn vingers niet aanraakte. Ik kan beschrijven wat er gebeurde, maar wat ik vóélde... dat is veel ingewikkelder. Ik kan alleen benadrukken dat ik me niet bedreigd voelde en later zou Butch hetzelfde zeggen. Natuurlijk verkeerden we in shock.

'Jij bent geen mens, hè?' zei Butch.

De jongeman trok zijn biertje open. 'Nee.'

'Maar je bent er beter aan toe dan zij.'

'Die was zwaargewond. Jullie hebben haar leven gered. Volgens mij met meer geluk dan wijsheid. Voor hetzelfde geld hadden jullie haar geïnjecteerd met iets wat dodelijk voor haar was.'

'Maar de EpiPen werkte,' zei ik.

'Noemen jullie dat zo? Epi? EpiPen?'

'Het is afgeleid van epinefrine. Ik neem aan dat ze er zo slecht aan toe was door een allergie.'

'Misschien wel een bijensteek,' zei Butch en hij haalde zijn schouders op. 'Weet je wat bijen zijn?'

'Ja. Jij hebt haar ook je adem gegeven. Dat heeft haar gered. Adem is leven. Méér dan leven.'

'Ik heb gedaan wat ons is geleerd. Laird zou hetzelfde hebben gedaan.'

Ik vlei mezelf met de gedachte dat dat waar was.

De jongeman nam een slokje bier. 'Mag ik het blikje meenemen wanneer ik wegga?'

Butch ging op de armleuning van een van onze twee oude leunstoelen zitten. 'Nou, ouwe, dan beroof je me wel van het statiegeld, maar in dit geval, oké. Maar begrijp me goed, alleen omdat je van een andere planeet komt.'

Onze bezoeker glimlachte op de manier zoals mensen dat doen wanneer ze begrijpen dat iets een grap is, maar niet doorhebben wat de clou is. Hij had geen accent, maar ik hoorde in hem toch duidelijk iemand die een aangeleerde taal sprak. Hij maakte zijn tasje open. Het ding had geen ritssluiting. Hij streek er gewoon met zijn vinger langs en het ging open. Hij stopte het bierblikje erin.

'De meeste mensen zouden niet hebben gedaan wat jullie deden. De meesten zouden hard zijn weggelopen.'

Butch haalde zijn schouders op. 'Instinct. En wat training, denk ik. Laird en ik zitten bij de plaatselijke vrijwillige brandweer. Weet je wat dat is?'

'Die stoppen het verbrandingsproces voordat het zich kan verspreiden.'

'Ja, zo zou je het ook kunnen zeggen.'

De jongeman stak een hand in zijn tasje en haalde er iets uit wat op een brillenkoker leek. Het was grijs met een zilverkleurige afbeelding in de vorm van een sinusgolf op de bovenkant. Hij legde het op zijn schoot. Hij zei nogmaals: 'De meeste mensen zouden niet hebben gedaan wat jullie deden. Waarvoor onze dank. Voor Ylla.'

Ik kende die naam en hoewel hij hem uitsprak als *Yella*, wist ik precies hoe je het schreef. En ik zag aan zijn ogen dat hij wist dat ik het wist.

'Die naam komt uit *De kronieken van Mars*. Maar jij komt niet van Mars, is het wel?'

Hij glimlachte. 'Absoluut niet. En we zijn hier ook niet voor de Aardvrouwen.'

Butch zette voorzichtig zijn bier neer, alsof een harde klap het blikje in stukken kon breken. 'Je leest onze gedachten.'

'Soms. Niet altijd. Het gaat ongeveer zo.' Met één vinger volgde hij de golvende vorm op het grijze doosje. 'Gedachten zijn niet belangrijk voor ons. Ze komen, ze gaan weer voorbij en dan worden ze vervangen door andere. Heel vluchtig allemaal. Wij zijn meer geïnteresseerd in de motor die ze aandrijft. Voor intelligente wezens is dat... essentieel? Relevant? Betekenisvol? Ik weet het juiste woord niet. Misschien hebben jullie er geen woord voor.'

'Van primair belang?' zei ik.

Hij knikte en glimlachte. 'Juist. Van primair belang. Heel goed.'

'Waar kom je vandaan?' vroeg Butch.

'Dat doet er niet toe.'

'Waarom?' vroeg ik. 'Waarom ben je gekomen?'

'Die vraag is interessanter en omdat jullie Ylla hebben gered, zal ik hem beantwoorden. Wij verzamelen.'

'Wat verzamelen jullie?' vroeg ik en ik dacht aan verhalen die ik had gelezen (en op tv gezien) over aliens die mensen ontvoerden en sondes in hun achterwerk staken. 'Mensen?'

'Nee. Andere dingen. Voorwerpen. Maar niet zoiets als dit.' Hij reikte in zijn tas en toonde ons zijn lege bierblikje. 'Dit vind ik zelf iets bijzonders en betekent verder niets. Er bestaat een mooi woord voor, ik geloof dat het Frans is. Een *venir*?'

'Souvenir,' zei ik.

'Ja. Het is mijn souvenir van deze bijzondere avond. Wij bezoeken rommelmarkten.'

'Dat meen je niet,' zei ik.

'Er bestaan overal andere benamingen voor. In Italië, *vendita in cantiere*. In het Samoaans, *fanua fa'tau*. Sommige van die voorwerpen nemen we mee ter herinnering en sommige om te bestuderen. We hebben film van de dood van die Kennedy van jullie, door een geweerkogel. We hebben een foto met handtekening van Juhjudi.'

'Wacht even.' Butch fronste. 'Heb je het nu over Judge Judy?'

'Ja, Juhjudi. We hebben een foto van Emmett Till, een jongen die geen gezicht meer heeft. Filmpjes van Mickey Mouse. We hebben een straalmotor. Die kwam uit een opslagplaats voor afgedankte voorwerpen.'

*Ze zoeken gewoon tussen het afval,* dacht ik. *Ze verschillen niet heel veel van Rennie Lacasse.*

'We nemen die dingen mee ter herinnering aan jullie wereld, die binnenkort verdwenen zal zijn. We doen hetzelfde in andere werelden, maar er zijn er niet zo veel. Het heelal is koud. Intelligent leven is zeldzaam.'

Het kon mij niet schelen hoe zeldzaam het was. 'Hoe snel zal onze wereld verdwenen zijn? Weet je dat of sla je er alleen maar een slag naar?' En voordat hij kon antwoorden: 'Dat kún je niet weten. Niet met zekerheid.'

'Misschien duurt het nog wat jullie een eeuw noemen, als jullie tenminste, zoals jullie dat zeggen, "geluk" hebben. Een oogwenk in de uitgestrektheid van de tijd.'

'Daar geloof ik niets van,' zei Butch plompverloren. 'Wij hebben onze problemen, maar we zijn niet suïcidaal.' Toen, misschien met de gedachte aan boeddhistische monniken die zichzelf nog niet zo heel lang geleden in brand staken in Vietnam: 'De meesten van ons althans niet.'

'Het is onontkoombaar,' zei de jongeman. Hij keek spijtig. Misschien dacht hij aan de Mona Lisa, of aan de piramiden. Of gewoon aan het feit dat er geen bierblikjes meer zouden zijn, en geen foto's meer met de handtekening van Juhjudi. 'Wanneer emotionele stabiliteit achterblijft bij intelligentie, is het altijd een kwestie van tijd.' Hij wees naar de hoek van de blokhut. 'Jullie zijn kinderen die met wapens spelen.' Hij stond op.

'Ik moet ervandoor. Dit is voor jullie. Een geschenk. Onze manier om jullie te bedanken voor het redden van Ylla.'

Hij hield ons het grijze doosje voor. Butch pakte het aan en bekeek het. 'Ik zie niet hoe het open moet.'

Ik nam het uit zijn hand. Hij had gelijk. Geen scharniertjes, geen deksel.

'Adem op de golf,' zei de jonge man. 'Niet nu, maar wanneer ik weg ben. Wij schenken jullie een ademsleutel omdat jij Ylla de jouwe hebt gegeven. Je hebt haar een deel van jouw leven geschonken.'

'Is dit voor ons allebei?' vroeg ik. Per slot van rekening had alleen Butch de vrouw mond-op-mondbeademing gegeven.

'Ja.'

'Wat doet het precies?'

'Er bestaat geen woord voor wat het doet, alleen primair. Het is een manier om te gebruiken wat je niet gebruikt, vanwege...' Hij boog zich naar voren, fronste zijn voorhoofd en keek toen op. 'Vanwege de ruis in jullie leven. Vanwege jullie gedachten. Gedachten zijn zinloos. Erger nog: ze zijn gevaarlijk.'

Ik begreep er niets van. 'Laat het wensen in vervulling gaan? Net als in een sprookje?'

Hij lachte en keek toen verbaasd... alsof hij niet had geweten dat hij kón lachen. 'Niets kan je geven wat er niet al is. Dat spreekt vanzelf.'

Hij liep naar de deur en keek toen om. 'Ik heb met jullie te doen. Jullie wereld is een levende adem in een universum dat grotendeels gevuld is met dwaallichten.'

Hij ging weg. Ik wachtte tot het licht naar binnen zou stromen, maar dat gebeurde niet. Behalve het grijze doosje dat Butch in zijn hand hield, leek het of het hele intermezzo nooit had plaatsgevonden.

'Lare, is dit echt gebeurd?'

Ik wees naar het doosje.

Hij glimlachte, dat roekeloze glimlachje dat me deed denken aan de tijd toen we jongens waren en de Zelfmoordtrappen in Castle Rock op en neer renden en ze voelden trillen onder onze stampende sneakers. 'Proberen?'

'Je kent het verhaal over het paard van Troje, dat was ook een geschenk...'

'Ja, dus?'

'Wat maakt het ook uit, we doen het. Blaas er je kostbare oeradem over uit, Butchie.'

Hij lachte, schudde zijn hoofd en reikte mij het doosje aan. 'Na jou. En als je het niet overleeft beloof ik je dat ik voor Sheila en Mark zal zorgen.'

'Mark is bijna oud genoeg om voor zichzelf te kunnen zorgen,' zei ik. 'Oké, Sesam, open u.'

Ik blies zachtjes op de golf. Het doosje ging open. Het was leeg. Maar toen ik weer inademde rook ik nog net een flauw vleugje pepermunt. Volgens mij was dat alles.

Het doosje ging vanzelf weer dicht. De onder- en bovenkant gingen naadloos in elkaar over en er waren geen scharnieren. Het zag er volledig massief uit.

'Niks?' zei Butch.

'Niks. Probeer het zelf maar.' Ik stak het hem toe.

Hij pakte het aan en blies zachtjes op de golf. Het doosje ging open. Hij boog zijn hoofd, rook er voorzichtig aan en ademde toen diep in. Het doosje ging dicht. 'Wintergroen?'

'Ik dacht aan pepermunt, maar dat komt eigenlijk op hetzelfde neer.'

'Nou, wat een geschenk zeg,' zei hij. 'Lare... het was toch niet een soort grap, hè? Een jongen en een meisje die net deden alsof ze... je weet wel, om ons voor de gek te houden...' Hij zweeg. 'Nee hè?'

'Nee.'

Hij legde het grijze doosje op het bijzettafeltje naast zijn schetsblok. 'Wat ga jij tegen Sheila zeggen?'

'Niets, denk ik. Ik heb liever dat mijn vrouw niet denkt dat ik gek ben geworden.'

Hij lachte. 'Dan wens ik je veel succes. Jij bent een open boek voor haar.'

Hij had natuurlijk gelijk. En toen Sheila aandrong vertelde ik haar dat we niet waren verdwaald, maar dat we in de bossen op het nippertje aan de dood waren ontsnapt. Een of andere jager had een schot gelost op wat hij aanzag voor een hert en de kogel was precies tussen ons door gegaan. We hadden niet gezien wie het was, vertelde ik haar... en toen ze het Butch vroeg, bevestigde hij mijn verhaal. Hij zei dat het waarschijnlijk iemand was geweest die hier niet vandaan kwam, iemand uit de grote stad of zo. Daar had Butch er een paar van gezien, dus dat was nog waar ook.

Butch geeuwde. 'Ik ga naar bed.'

'Kun jij slápen?' Toen geeuwde ik ook. 'Hoe laat is het eigenlijk?'

Butch keek op zijn horloge en schudde zijn hoofd. 'Staat stil. En het jouwe?'

'Ook, en...' Ik geeuwde nog een keer. '... het is een opwindhorloge. Zou het gewoon moeten doen, maar hij doet 't niet.'

'Lare? Wat wij hebben ingeademd... volgens mij was dat een soort slaapmiddel. Wat als het giftig is?'

'Dan gaan we dood,' zei ik. 'Ik ga naar bed.'

En dat deden we.

Ik droomde van vuur.

Het was al helemaal licht toen ik wakker werd. Butch stond in het keukengedeelte van de woonkamer. De koffiepot stond op het fornuis te dampen. Hij vroeg hoe ik me voelde.

'Goed,' zei ik. 'En jij?'

'Prima de luxe... wat dat ook moge betekenen. Koffie?'

'Ja. En dan moeten we maar eens gaan kijken of de brug er nog staat. Als dat zo is, kunnen we vertrekken. Dan zijn we eerder thuis dan we van plan waren.'

'Wat we andere jaren ook wel eens doen,' zei hij en hij schonk in. Zwarte koffie, heet en sterk. Precies wat je nodig hebt na een ontmoeting met wezens uit een andere wereld. Je zou denken dat het, nu het helemaal licht was, een hallucinatie zou lijken, maar dat was niet zo. Voor mij niet in elk geval en toen ik Butch ernaar vroeg, zei hij hetzelfde.

Het brood was op, maar we hadden nog een paar vruchtentaartjes. Ik stelde me voor hoe Sheila haar hoofd zou schudden en zou zeggen dat alleen mannen in de bossen Hostess Fruit Pies als ontbijt aten.

'Lekker,' zei Butch, kauwend.

'Ja. Echt lekker. Heb jij nog gedroomd over het spul dat we hebben ingeademd, Butchie?'

'Nee.' Hij dacht even na. 'Ik kan het me althans niet herinneren. Maar kijk eens.'

Hij pakte zijn schetsblok en bladerde langs tekeningen die hij gedurende onze avonden had getekend – de gebruikelijke schetsen en karikaturen, waaronder eentje van mij met een grote grijns op mijn bolle hoofd, terwijl ik flensjes sta om te draaien in een koekenpan. Helemaal achterin stopte hij met bladeren en liet mij de tekening zien. Het was onze jonge bezoeker van de vorige avond: blond haar, bodywarmer, kaki broek, schoudertas. Het was geen karikatuur. Het was de man (ik kan hem net zo goed een man noemen) ten voeten uit... op één ding na. Butch had zijn ogen gevuld met sterren.

'Godallemachtig, dat is fantastisch,' zei ik. 'Hoelang ben jij al op?'

'Een uurtje. Ik heb dit in twintig minuten gemaakt. Ik wist gewoon precies wat ik moest doen. Alsof het er al was. Ik heb er niets aan veranderd. Bizar, hè?'

'Bizar,' zei ik.

Ik overwoog hem te vertellen dat ik over een brandende schuur had gedroomd. Het was ongelooflijk levensecht geweest. Ik had al verschillende manieren geprobeerd om een verhaal over een gigantische storm aan te pakken waarmee ik al een hele tijd rondliep. Al jaren eigenlijk. Het idee was bij me opgekomen toen ik ongeveer net zo oud was als mijn zoon nu. Ik probeerde verschillende personages uit en ook een algemene beschrijving van het plaatsje waar het verhaal zich moest gaan afspelen. Ik had zelfs een keer geprobeerd het verhaal te laten beginnen met een weerbericht.

Het werkte allemaal niet. Ik voelde me als iemand die een kluis probeert open te maken terwijl hij de cijfercombinatie is vergeten. En toen, vanochtend, dankzij mijn droom, zag ik opeens de bliksem in een schuur slaan. Ik zag het weervaantje – een haan – rood worden van de hitte terwijl vingers van vuur zich langs het dak van de schuur omlaag verspreidden. Ik had het gevoel dat de rest vanzelf zou volgen. Nee – ik wist het zeker.

Ik pakte het ding dat eruitzag als een brillenkoker van de plek waar we het de vorige avond hadden laten liggen en gooide het van de ene hand in de andere. 'Het komt hierdoor,' zei ik en ik wierp het naar Butch.

Hij ving het en zei: 'Natuurlijk. Wat anders?'

Dit gebeurde allemaal meer dan veertig jaar geleden, maar het verstrijken van de tijd heeft mij nooit doen geloven dat mijn herinnering aan die avond niet klopt. Er is nooit sprake geweest van enige twijfel en ik ben de beelden altijd voor me blijven zien als de dag van gisteren.

Butch herinnerde zich alles net zo duidelijk als ik: Ylla, het licht, de bewusteloosheid, de jongeman, de brillenkoker. Die koker ligt, voor zover ik weet, nog steeds in de blokhut. We zijn er nog een paar novembers naartoe gegaan voordat Butch naar het westen vertrok en dan bliezen we om beurten nog een keer op die reliëfversiering in de vorm van een golf, maar de koker ging nooit meer voor ons open. Ook voor iemand anders zal hij niet meer opengaan, dat weet ik zeker. Tenzij iemand hem heeft gestolen – en waarom zou iemand dat doen? – ligt hij nog steeds op de schoorsteenmantel, waar Butch hem de laatste keer dat we er waren heeft neergelegd.

Het laatste wat Butch tegen me zei voordat we die dag de hut verlieten was dat hij niet meer in zijn schetsboek wilde tekenen. Voorlopig niet meer althans. 'Ik wil schilderen,' zei hij. 'Ik heb wel duizend ideeën.'

Ik had er maar één – de brandende schuur die de eerste scène zou worden in *The Lightening Storm* – maar ik was er zeker van dat er meer zouden volgen. De deur stond open. Ik hoefde er alleen maar doorheen te lopen.

Soms word ik gekweld door de gedachte dat ik een bedrieger ben. Voor zijn dood zei Butch in een aantal interviews precies hetzelfde.

Is dat zo vreemd? Dat geloof ik niet. Toen we in het najaar van 1978 die bossen in gingen waren we iets, maar sindsdien waren we iets anders. We werden wat we werden. Ik denk dat de vraag te maken heeft met talent – zat dat in ons, of werd het ons als een doos bonbons gegeven omdat we Ylla's leven hadden gered? Konden we trots zijn op wat we bereikten en hadden we het allemaal op eigen kracht voor elkaar gekregen, of waren we niets anders dan een stelletje charlatans, die waren gaan strijken met de eer van iets wat we zonder die avond nooit zouden hebben gehad?

En trouwens, wat is talent in vredesnaam? Die vraag stel ik mezelf wel eens wanneer ik me sta te scheren, of – in de tijd dat ik dat nog moest doen – terwijl ik zat te wachten tot de opnames begonnen voor een televisie-interview waarin ik de nieuwste oprisping van mijn fantasie aan de man moest brengen, of wanneer ik de daglelies van wijlen mijn vrouw sta te begieten. Vooral dan. Wat is het nu echt? Waarom ben ik uitverkoren terwijl zo veel anderen zo hard hun best doen en er alles voor over zouden hebben om te worden uitverkoren? Waarom bereiken zo weinigen de top van de piramide? Het schijnt dat talent het antwoord is, maar waar komt het vandaan en hoe groeit het? Waarom groeit het?

*Nou*, zeg ik tegen mezelf, *we noemen het een gave en we noemen onszelf begaafd, maar een gave is nooit iets wat wordt verdiend, is het wel? Het wordt je gegeven. Talent is een zichtbaar gemaakte gunst.*

De jongeman zei: *Niets kan je geven wat er niet al is. Dat spreekt vanzelf.* Daar houd ik me aan vast.

Wat hij natuurlijk ook had gezegd was dat hij met ons te doen had.

3

Daar eindigde Pa's verhaal. Misschien verloor hij zijn belangstelling voor zijn gefantaseerde versie van dat jachttripje in 1978, maar dat denk ik niet. Die laatste paar regels voelden wat mij betreft als een climax.

Ik trok een proefdruk van *The Lightening Storm* van de boekenplank boven zijn bureau, misschien wel dezelfde die ik niet lang na de dood van mijn moeder had ingekeken.

> De schuur werd getroffen door een bliksemflits. Hij sloeg in met een holle knal, als het geluid van een geweerschot dat wordt gedempt door een deken. Jack had amper tijd het te herkennen voordat de eropvolgende donderslag weerklonk. Hij zag hoe het weervaantje – een ijzeren haan – rood verkleurde door de hitte en begon rond te draaien terwijl het slap in elkaar zakte en riviertjes van vuur langs het dak van de schuur omlaagstroomden.

Het kwam niet helemaal overeen met het handgeschreven document, maar het scheelde niet veel. En ik vond het beter.

Wat op zich niets betekent, hield ik mezelf voor. Hij gebruikte die regels, dat beeld, omdat het goed was... of goed genoeg. Meer betekent het niet.

Ik dacht aan mijn moeders telefoontje die dag in november '78. Het was heel wat jaren geleden, maar ik wist nog precies wat het eerste was wat ze zei: *Er is iets met je vader gebeurd tijdens hun jachttripje... en ook met Butch.* Ze wilde niet dat ik halsoverkop naar huis kwam, zei ze, want ze mankeerden geen van beiden iets. Maar of ik in elk geval wel dat weekend wilde komen. Ze zei dat ze beweerden verdwaald te zijn geweest, ook al kenden ze het 30-Mile Wood daar allebei veel te goed voor.

'Als hun broekzak,' mompelde ik. 'Dat zei ze. Maar...'

Ik ging terug naar Pa's manuscript.

*Ik vertelde haar... dat het op het nippertje was geweest in het bos. Een of andere jager had geschoten op wat hij had aangezien voor een hert... de kogel ging tussen ons door.*

Welke versie was de waarheid? Volgens het manuscript geen van de twee. Ik geloof dat dat het moment was waarop ik Pa's verhaal begon te geloven. Of... nee, dat is niet helemaal waar, want het was nog steeds te ongeloofwaardig. Maar op dat moment werd wel de deur naar geloven opengezet.

Heeft hij haar ooit verteld wat volgens hem het echte verhaal was? Was dat mogelijk? Ik dacht van wel. Het huwelijk is eerlijkheid, maar het is ook een opslagplaats van gedeelde geheimen.

Hij had maar de helft van het spiraalschrift volgeschreven. De volgende pagina's waren blanco. Ik pakte het schrift, met de bedoeling het terug te leggen in de onderste la, toen er een velletje papier tussen de laatste bladzijde en de achterkant vandaan fladderde. Ik raapte het op en zag dat het een kwitantie was van de gemeente Harlow, op naam van L&D Haulage, een bedrijf waarvan ik had gedacht dat het al minstens vijftig jaar en misschien zelfs nog langer niet meer bestond. L&D had voor de jaren 2010 tot 2050 ('tegen de geldende tarieven van 2010') onroerendgoedbelasting betaald voor een stuk grond grenzend aan de Jilasi Creek in het gemeentevrije gebied TR-90, en wel in de vorm van een eenmalige betaling.

Ik leunde achterover in Pa's stoel en staarde naar het betreffende bedrag. Volgens mij zei ik: *Holy fuck*. Vooruitbetalen tegen de in 2010 geldende tarieven was waarschijnlijk een uitstekende deal, maar om véértig jaar vooruit te betalen – in een gemeente waar de meeste mensen betalingsachterstanden hadden bij de belasting – was ongehoord. Volgens dit papier had L&D Haulage – oftewel Laird Carmody en Dave LaVerdiere – 110.000 dollar betaald. Natuurlijk konden zij zich dat destijds al veroorloven, maar waarom?

Er leek maar één antwoord mogelijk: ze hadden hun kleine jachthut willen beschermen tegen projectontwikkeling. Waarom? Omdat die buitenaardse brillenkoker daar nog lag? Dat leek onwaarschijnlijk. Ik vermoedde dat indringers die hut al lang geleden hadden ontdaan van alles wat maar enigszins van waarde was. Wat wél waarschijnlijk leek – en nu ook iets gemakkelijker te geloven – was dat mijn vader en zijn vriend hadden besloten de plek te beschermen waar zij kennis hadden gemaakt met wezens uit een andere wereld.

Ik besloot ernaartoe te gaan.

Het netwerk van boswegen dat Pa en oom Butch hadden gebruikt om Jilasi Creek te bereiken bestond al lang niet meer. Je vindt daar nu een woonwijk en een trailerpark, beide Hemlock Run genaamd. TR-90 bestaat evenmin. Vandaag de dag is dat het plaatsje Pritchard, genoemd naar een lokale held die is gesneuveld in Vietnam. Op kaarten en gps is het nog steeds het 30-Mile Wood, maar inmiddels strekken de bossen zich niet langer uit over dertig, maar eerder over tien mijl, als het nog zo veel is. Misschien nog niet eens vijf. De gammele brug is al lang verdwenen, maar iets verder stroomafwaarts staat nu een andere – smalle maar stevige – brug. Dat die brug er staat is te danken aan de Grace of Jesus Baptist Church, een kerk die aan de Pritchard-kant van het riviertje staat. Ik reed de brug over en zette mijn wagen op het parkeerterrein van de kerk, hoewel het water in de Jilasi die dag zo laag stond dat ik bijna naar de overkant had kunnen lopen, als ik eraan had gedacht mijn lieslaarzen mee te nemen.

Ik liep een eindje stroomopwaarts en vond de afgebroken palen van de oude brug diep weggezonken tussen onkruid en varens. Toen ik me omdraaide zag ik het pad naar de blokhut, dat inmiddels grotendeels overwoekerd was door struikgewas en braamstruiken. Er stond een bordje met de tekst NIET BETREDEN VERBODEN TE JAGEN OP LAST VAN DE JACHTOPZIENER. Ik liep (heel voorzichtig, uit angst voor gifsumak of berenklauw) door de struiken. Ongeveer vierhonderd meter, had Pa geschreven, en ik wist van de keren dat ik hier zelf was geweest (een paar keer maar, want ik had niets met het schieten op wezens die niet terug konden schieten) dat dat aardig klopte.

Ik bereikte een afgesloten hek, dat ik me niet kon herinneren. Ook hier stond een bordje, ditmaal met de afbeelding van een kikvors boven de woorden HOP HOP HOP, EIGEN GROND DUS HOEPEL OP. Met een van Pa's sleutels kreeg ik het hek open. Ik liep een bocht om en daar stond de hut. Niemand had hem onderhouden. Het dak was niet ingestort door jaren van sneeuwval, waarschijnlijk omdat het deels werd beschermd door de met elkaar verstrengelde takken van dennen en sparren, maar het zakte wel behoorlijk door en zou het niet lang meer houden. De houten wanden, ooit bruin geschilderd, hadden nauwelijks kleur meer. De ramen waren bedekt met een dikke laag vuil en stuifmeel. De hele hut was een toonbeeld van verlatenheid, maar zo te zien waren er geen vernielingen aangericht, wat ik best een wonder vond. Er schoten me wat regels te binnen van een of ander oud gedicht, dat ik waarschijnlijk op de middelbare school had moeten lezen: *Weef driemaal een cirkel om hem heen en sluit vol angst de ogen.*

Ik vond de juiste sleutel aan Pa's sleutelbos en ging naar binnen, waar het muf, stoffig en warm was. Ook hoorde ik het geritsel en gekrabbel van de huidige bewoners: muizen of grondeekhoorns. Vermoedelijk allebei. Een spel kaarten lag verspreid over de eettafel en op de grond, waarschijnlijk uit elkaar gewaaid door windvlagen vanuit de schoorsteen. Met die kaarten hadden mijn vader en zijn vriend ooit cribbage gespeeld. Voor de open haard lag een waaier van as, maar ik zag geen graffiti en ook geen lege blikjes of drankflessen.

*Er is een cirkel om deze hut geweven*, dacht ik.

Ik hield mezelf voor – gaf mezelf op mijn kop – dat dat belachelijk was, maar misschien was het dat wel niet. Hemlock Run, zowel de woonwijk als het trailerpark, bevond zich hier vlakbij. Ik kon me niet voorstellen dat er nooit kinderen zo ver het bos in gingen en al evenmin dat zij zich dan lieten afschrikken door HOP HOP HOP, EIGEN GROND DUS HOEPEL OP. Maar blijkbaar waren ze hier toch uit de buurt gebleven.

Ik keek naar de bank. Als ik daar nu op ging zitten, zou er een wolk van stof opstuiven en zouden er misschien muizen onder vandaan schieten, maar ik kon wel voor me zien hoe een jongeman met blond haar daar had gezeten, een vreemdeling die door mijn Oom Butch was getekend met sterren in plaats van ogen. Het was makkelijker te geloven dat het echt was gebeurd nu ik hier was, in een hut waarvoor Pa en oom Butch hadden betaald om hem tot halverwege de eeuw veilig bewaard (hoewel niet helemaal onaangetast) te houden.

Veel makkelijker.

Was een van hen misschien teruggekeerd naar deze plek, mogelijk om een doosje op te halen dat eruitzag alsof er een bril in zat? Butch niet, of in elk geval niet toen hij eenmaal naar de westkust was afgereisd... maar volgens mij mijn vader ook niet. Ze waren er helemaal klaar mee en ook al was ik Pa's erfgenaam, toch voelde ik me een indringer.

Ik liep de kamer door en keek op de schoorsteenmantel. Ik verwachtte er niets van, maar het grijze doosje lag er, bedekt door een laag stof. Ik stak mijn hand ernaar uit en vertrok mijn gezicht toen ik mijn hand eromheen sloot, bijna alsof ik bang was dat ik een elektrische schok zou krijgen. Die kreeg ik niet. Ik veegde het stof van de bovenkant en zag de golf, in glanzend zilver aangebracht op iets wat eruitzag als grijs suède. Alleen voelde het niet als suède, maar ook niet echt als metaal. Er was geen naad zichtbaar in het doosje. Het was volmaakt effen en glad.

*Dit heeft op mij liggen wachten*, dacht ik. *Het was allemaal waar, elk woord ervan, en dit maakt nu deel uit van mijn erfenis.*

Geloofde ik mijn vaders verhaal toen? Bijna. En had hij het doosje voor mij achtergelaten? Het antwoord op die vraag is lastiger. Ik kon het die twee getalenteerde rotzakken die hier in november 1978 naartoe waren gekomen om te jagen niet vragen, omdat ze allebei dood waren. Ze hadden hun stempel gedrukt op de wereld – schilderijen, verhalen – en hadden haar vervolgens verlaten.

De jongeman die geen mens was zei dat het geschenk voor hen was, omdat Pa de niet-vrouw een injectie met de EpiPen had gegeven en Oom Butch haar zijn – ik citeer – 'kostbare adem' had gegeven. Maar hij had niet gezegd dat het alléén voor hen was, toch? En als Pa's adem het doosje had geopend, zou dat met de mijne dan misschien ook lukken? Zelfde bloed, zelfde DNA. Zou het voor mij ook Sesam-open-u zijn? Durfde ik het te proberen?

Wat heb ik je over mijzelf verteld? Eens even zien. Je weet dat ik jarenlang hoofd ben geweest van de Castle County School, voordat ik ontslag nam om mijn vaders assistent te worden... om nog maar niet te spreken van het feit dat ik ook degene was die zijn beddengoed verschoonde als hij 's nachts in zijn bed had geplast. Je weet dat ik getrouwd ben geweest en dat mijn vrouw me heeft verlaten. Je weet dat ik op de dag waarop ik in die vervallen blokhut naar een grijs doosje uit een andere wereld stond te kijken helemaal alleen was: ouders dood, vrouw vertrokken, geen kinderen. Dat zijn de dingen die je weet, maar er is nog een hele wereld aan dingen die je niet weet. Ik denk dat dat voor elke man en vrouw op aarde geldt. Ik ga je niet heel veel vertellen, niet alleen omdat dat te veel tijd zou kosten, maar omdat het je zou vervelen. Als ik je zou vertellen dat ik te veel ging drinken nadat Susan bij me was weggegaan, zou je dat dan iets kunnen schelen? Dat ik een korte romance had met internetporno? Dat ik aan zelfmoord dacht, maar nooit echt serieus?

Ik zal je twee dingen vertellen, ook al vind ik ze allebei zo gênant dat ik me er bijna – maar niet echt – voor schaam. Het zijn triestige dingen. De dagdromen van mannen en vrouwen 'van zekere leeftijd' zijn altijd triestig, vind ik, omdat ze zo indruisen tegen de doodgewone, voorspelbare toekomst die ons te wachten staat.

Ik heb wel enig schrijftalent (zoals ik met dit autobiografische verslag hoop aan te tonen) en ik droomde ervan een grote, onvergetelijke roman te schrijven. Ik hield van mijn vader en hou nog steeds van hem, maar het werd vervelend om in zijn schaduw te moeten leven. Ik droomde ervan dat recensenten zouden zeggen: 'De diepte van Mark Carmody's roman doet het werk van zijn vader verbleken. De leerling heeft hier daadwerkelijk de leraar overtroffen.' Zo wil ik niet denken en doorgaans doe ik dat ook niet, maar een deel van mij blijft dat zo voelen en zal dat altijd blijven doen. Dat deel van mij is een holbewoner die veel grijnst maar nooit lacht.

Ik kan pianospelen, maar niet goed. Ik word alleen gevraagd om in de Congokerk de zang te begeleiden als mevrouw Stanhope de stad uit is of zich niet lekker voelt. Achter de piano ben ik een ploeteraar die op de toetsen beukt. Noten lezen doe ik op basisschoolniveau. Er zijn drie of vier stukken die ik uit mijn hoofd aardig kan spelen en mensen krijgen er genoeg van die steeds te horen.

Ik dagdroom over het schrijven van die belangrijke roman, maar dat is niet de grootste droom die ik heb. Zal ik je vertellen welke droom dat is? Ik heb nu al zo veel verteld, dus waarom niet?

Ik ben in een nachtclub en al mijn vrienden zijn er. Mijn vader is er ook. De band heeft het podium verlaten en ik vraag of ik een deuntje mag spelen op de piano. De bandleider zegt natuurlijk ja. Mijn vader kreunt: 'O god, Markey, niet wéér "Bring It On Home to Me!"' Ik zeg (met gepaste bescheidenheid): 'Nee, ik heb iets nieuws ingestudeerd' en ik begin die Albert Ammons-klassieker, 'Boogie Woogie Stomp', te spelen. Mijn vingers vliegen over de toetsen! Gesprekken verstommen! Iedereen staart me aan, verbaasd en vol bewondering! De drummer gaat weer achter zijn drumstel zitten en pakt het ritme op. De blazer haalt krankzinnige tonen uit zijn altsax, zoiets als in 'Tequila'. Het publiek begint mee te klappen. Sommigen zitten mee te swingen op hun stoel. En tegen het eind van het nummer, wanneer ik opsta voor de laatste rechtshandige jazzy *gliss*, precies zoals Jerry Lee Lewis dat deed, staan ze op en roepen om meer.

Je kunt mij niet zien, maar terwijl ik dit opschrijf zit ik te blozen.

Niet alleen omdat het mijn meest gekoesterde fantasie is, maar ook omdat het zo gewoon is. Over de hele wereld, ook op dit moment, staan vrouwen luchtgitaar te spelen als Joan Jett en doen mannen in hun hobbykamer alsof ze Beethovens Vijfde staan te dirigeren. Het zijn doodgewone fantasieën van diegenen die er alles voor over zouden hebben om een uitverkorene te zijn en dat niet zijn.

In die stoffige, op instorten staande hut waar twee mannen ooit een ontmoeting hadden met een wezen uit een andere wereld, bedacht ik hoe geweldig ik het zou vinden om één keer in mijn leven 'Boogie Woogie Stomp' te spelen zoals Albert Ammons dat deed. Eén keer zou genoeg zijn, zei ik tegen mezelf, ook al wist ik dat dat niet zo was – het is nooit genoeg.

Ik blies op de golf. In het midden van het doosje verscheen een streep... bleef even zichtbaar... en verdween toen. Ik bleef nog een poosje staan, met het doosje in mijn hand en zette het toen terug op de schoorsteenmantel.

Ik dacht aan de jongeman die had gezegd: niets kan je geven wat er niet al is.

'Het is oké,' zei ik, met een lachje.

Het was niet oké, het deed pijn, maar ik begreep dat die pijn zou verdwijnen. Ik zou terugkeren naar mijn leven en de pijn zou verdwijnen. Ik moest de zaken van mijn beroemde vader afwikkelen, daar zou ik mijn handen aan vol hebben, en ik zou heel veel geld hebben. Misschien ging ik wel naar Aruba. Het is oké om iets te willen wat je niet kunt krijgen. Daar leer je mee leven.

Dat houd ik mezelf voor en ergens geloof ik het ook wel.

# De vijfde stap

Harold Jamieson, voormalig hoofd technische dienst van de gemeentereiniging van de stad New York, genoot van zijn pensioen. Hij wist van zijn kleine vriendenkring dat dit niet voor iedereen gold, dus hij prees zich gelukkig. Hij had een halve hectare tuin in Upper Manhattan, die hij deelde met meerdere gelijkgezinde tuiniers, hij had Netflix ontdekt en hij had een begin gemaakt met het lezen van de boeken waaraan hij eerder nooit was toegekomen. Hij miste nog steeds zijn vrouw – die vijf jaar eerder aan borstkanker was overleden – maar afgezien van dat blijvende verdriet had hij een behoorlijk vol leven. Elke ochtend, voordat hij opstond, herinnerde hij zichzelf eraan dat hij van de dag moest genieten. Met zijn achtenzestig jaar had hij zelf het idee dat hij nog een aardig eindje levensweg te gaan had, maar het viel niet te ontkennen dat die weg wat smaller begon te worden.

Het fijnste deel van zijn dagen – als het tenminste niet regende, sneeuwde of te koud was – was de stevige wandeling, na het ontbijt, naar Central Park. Hoewel hij een mobiele telefoon had en een elektronische tablet gebruikte (en daar zelfs afhankelijk van was geworden), gaf hij nog steeds de voorkeur aan de papieren versie van de *Times*. In het park ging hij daar dan een uurtje mee op zijn favoriete bankje zitten om alle rubrieken van voor tot achter te lezen, hetgeen weliswaar te prijzen viel, maar waarvan hij ook wel wist dat het niet gekker moest worden.

Op een ochtend, het was half mei, het weer was aan de koele kant, maar uitstekend geschikt om op een bankje te zitten en een krant te lezen, keek hij geërgerd op van zijn krant toen er een man aan de andere kant van zijn bankje kwam zitten, terwijl er toch genoeg lege bankjes in de buurt stonden. Deze indringer in Jamiesons ochtendritueel zag eruit als eind veertig, niet knap maar ook niet lelijk, in feite heel onopvallend. Hetzelfde kon worden gezegd van zijn kleding: wandelschoenen van New Balance, jeans, een Yankee-pet en een Yankee-hoodie waarvan de capuchon op zijn rug hing. Jamieson wierp hem een ongeduldige zijdelingse blik toe en maakte aanstalten naar een ander bankje te verhuizen.

'Niet weggaan,' zei de man. 'Alstublieft. Ik ben hier komen zitten omdat ik om een gunst wil vragen. Het is geen grote gunst en ik betaal ervoor.' Hij stak een hand in de kangoeroebuidel van zijn hoodie en haalde er een briefje van twintig dollar uit.

'Ik verleen geen gunsten aan vreemde mannen,' zei Jamieson en hij stond op.

'Maar daar gaat het nu juist om – dat wij tweeën elkaar niet kennen. Luister even naar wat ik te zeggen heb. Als u nee zegt, is het ook goed. Maar laat me even mijn verhaal doen. Het zou kunnen...' Hij schraapte zijn keel en Jamieson realiseerde zich dat de man zenuwachtig was. Misschien wel meer dan dat, misschien was hij bang. 'Het is niet onmogelijk dat u mijn leven ermee redt.'

Jamieson dacht even na en ging toen weer zitten. Maar zo ver bij de andere man vandaan als hij kon met allebei zijn billen op het bankje. 'Ik geef je een minuutje, maar als het me gek in de oren klinkt, ben ik vertrokken. En stop dat geld maar weg. Dat heb ik niet nodig en ik wil het niet hebben.'

De man keek naar het briefje alsof het hem verbaasde dat hij het nog steeds in zijn hand had en stopte het vervolgens terug in zijn zak. Hij zette zijn handen op zijn bovenbenen en keek ernaar, in plaats van naar Jamieson. 'Ik ben alcoholist. Vier maanden nuchter. Vier maanden en twaalf dagen om precies te zijn.'

'Gefeliciteerd,' zei Jamieson. Hij meende het wel, maar nu wilde hij nog liever opstaan dan zo-even en zo nodig zelfs het park verlaten. Deze vent leek bij zijn volle verstand, maar Jamieson was oud genoeg om te weten dat je soms niet meteen merkt dat iemand een beetje een mafketel is.

'Ik heb het drie keer eerder geprobeerd en één keer heb ik zelfs bijna een jaar gehaald. Ik denk dat dit mijn laatste kans is om de koperen ring te pakken te krijgen. Ik zit bij de AA. Dat is...'

'Ik weet wat dat is. Hoe heet je, meneer Vier Maanden Nuchter?'

'Zeg maar Jack, dat is prima. In de AA gebruiken we geen achternamen.'

Ook dat wist Jamieson. Veel mensen in de programma's op Netflix hadden alcoholproblemen. 'En wat kan ik voor je doen, Jack?'

'De eerste drie keer dat ik het probeerde, had ik geen sponsor binnen het programma – iemand die naar je luistert, die je vragen beantwoordt, iemand die je vertelt wat je moet doen. Deze keer heb ik die wel. Bij de Bowery Sundown-meeting ontmoette ik een man die dingen zei die me aanspraken. Dat gold ook voor de manier waarop hij in het leven stond, begrijpt u wel. Twaalf jaar nuchter, beide benen stevig op de grond, werkt, net als ik, als salesmedewerker.'

Hij had zich half omgedraaid om Jamieson aan te kijken, maar richtte zijn blik nu weer op zijn handen.

'Ik was een kei in mijn werk. Vijf jaar lang heb ik aan het hoofd gestaan van de verkoopafdeling van... nou ja, dat doet er niet toe, maar een grote zaak, u zou het bedrijf zeker kennen. Dat was in San Diego. Tegenwoordig probeer ik wenskaarten en energiedrankjes te slijten aan supermarkten en kruideniers in de hele stad. Afgezakt naar de onderste sport op de ladder, man.'

'Waar gaat het nu precies om?' zei Jamieson, maar niet op onvriendelijke toon, want hij was onwillekeurig toch wel enigszins geïnteresseerd geraakt. Het gebeurde niet elke dag dat een wildvreemde naast je op je bankje kwam zitten en je over zijn problemen begon te vertellen. Vooral niet in New York. 'Ik wilde net een stuk gaan lezen over de Mets. Die zijn de competitie goed begonnen.'

Jack wreef met een hand over zijn mond. 'Ik mocht de man die ik bij de Sundown leerde kennen, dus op een gegeven moment raapte ik na afloop van een meeting al mijn moed bij elkaar en vroeg hem of hij mijn sponsor wilde worden. Dat was in maart. Hij keek me eens goed aan en zei dat hij dat wel wilde doen, maar op twee voorwaarden. Dat ik alles zou doen wat hij zei en dat ik hem zou bellen als ik het gevoel had dat ik wilde drinken. "Dan bel ik je straks elke fucking avond," zei ik en toen zei hij: "Dan bel je me maar elke fucking avond en als ik niet opneem praat je maar tegen het antwoordapparaat." Toen vroeg hij of ik de stappen volgde. Weet je wat dat zijn?'

'Zo ongeveer.'

'Ik zei dat ik daar nog niet aan was toegekomen. Hij zei dat ik, als ik hem als sponsor wilde, daar wel mee moest beginnen. Hij zei dat de eerste drie zowel de moeilijkste als de makkelijkste waren. Samengevat komen ze neer op: "Het lukt me niet om zelf te stoppen, maar met Gods hulp kan ik dat wel, dus wil ik me door hem laten helpen."'

Jamieson kreunde.

'Ik zei dat ik niet in God geloofde, maar die man – Randy, heet hij – zei dat hem dat geen moer kon schelen. Hij zei dat ik elke ochtend op mijn knieën moest om die God in wie ik niet geloofde te vragen mij te helpen weer een dag nuchter te blijven. En als ik niet had gedronken, moest ik van hem voordat ik naar bed ging weer op mijn knieën om God te danken voor mijn nuchtere dag. Randy vroeg of ik daartoe bereid was en ik zei ja. Omdat ik hem anders kwijt zou zijn. Begrijpt u wel?'

'Natuurlijk. Je was wanhopig.'

'Precies! "Het geschenk van wanhoop", noemen ze dat bij de AA. Als ik niet echt zou bidden en alleen maar zou zéggen dat ik het deed, zei Randy, dan zou hij dat weten. Omdat hij zich zelf dertig jaar lang drie slagen in de rondte had gelogen over alles.'

'Dus je deed het? Ook al geloof je niet in God?'

'Ik deed het en het werkt. Wat betreft mijn overtuiging dat God niet bestaat... hoe langer ik nuchter ben, hoe meer ik begin te twijfelen.'

'Als je me wilt vragen om samen met je te bidden, vergeet het dan maar.'

Jack keek glimlachend neer op zijn handen. 'Nee. Ik geneer me nog steeds een beetje voor dat knielen, zelfs wanneer ik helemaal alleen ben. Vorige maand – april – zei Randy dat ik de vierde stap moest zetten. Die houdt in dat je eerlijk en moedig een morele balans van jezelf opmaakt.'

'Heb je dat gedaan?'

'Ja. Randy zei dat ik eerst alle ellendige dingen moest opschrijven, dan de bladzijde moest omslaan en een lijstje moest maken van alle goede dingen. Voor de ellende had ik tien minuten nodig. Voor de goede dingen meer dan een uur. Eerst kon ik niets goeds bedenken, maar uiteindelijk schreef ik: "Ik heb in elk geval gevoel voor humor." Dat heb ik echt. Toen ik dat eenmaal had, lukte het me om nog een paar dingen op te schrijven. Toen ik Randy vertelde dat het me moeite kostte om sterke karaktereigenschappen te bedenken, zei hij dat dat normaal was. "Je hebt bijna dertig jaar gedronken," zei hij. "Dat zorgt voor heel wat littekens en beurse plekken op het beeld dat iemand van zichzelf heeft. Maar als je nuchter blijft, zullen die plekken genezen." Toen zei hij dat ik de lijstjes moest verbranden. Hij zei dat ik me daar beter van zou gaan voelen.'

'En was dat zo?'

'Vreemd genoeg wel, ja. Maar goed, dan komen we dus nu bij Randy's verzoek voor deze maand.'

'Het zal wel eerder een eis zijn, denk ik zo,' zei Jamieson met een glimlachje. Hij vouwde zijn krant op en legde hem naast zich neer.

Jack glimlachte ook. 'Ik geloof dat u de dynamiek tussen sponsor en gesponsorde begint te begrijpen. Randy vertelde me dat het tijd werd voor mijn vijfde stap.'

'En dat is?'

'Je fouten erkennen tegenover God, jezelf en iemand anders,' zei Jack, terwijl hij met zijn vingers aanhalingstekens in de lucht maakte. 'Ik zei dat ik dat zou doen. Dat ik een lijstje zou maken en dat aan hem zou voorlezen. Dan kon God meteen meeluisteren. Twee vliegen in één klap.'

'Daar was hij het zeker niet mee eens?'

'Klopt. Hij droeg me op een wildvreemde te benaderen. Zijn eerste suggestie was een priester of een dominee, maar ik heb sinds mijn twaalfde al geen voet meer in een kerk gezet en ik voel er niets voor om daar nu weer mee te beginnen. Ook al begin ik misschien weer ergens in te geloven – en ik heb nog geen idee wáárin – ik hoef niet in een kerkbank te gaan zitten om dat te voeden.

Jamieson, zelf ook geen kerkganger, knikte.

'Randy zei: "Je loopt gewoon naar iemand toe in Grant Park of Washington Square Park of Central Park en je vraagt hem te luisteren terwijl jij je lijst met fouten opleest. Zo nodig maak je het wat aantrekkelijker door hem een paar dollar aan te bieden. Blijf net zo lang vragen tot iemand toestemt." Hij zei dat het vragen het moeilijkste was en daar had hij gelijk in.'

'Ben ik...' *Je eerste slachtoffer* waren de woorden die hem het eerst te binnen schoten, maar Jamieson besloot dat dat toch niet helemaal eerlijk was. 'Ben ik de eerste die je hebt benaderd?'

'De tweede. Gisteren heb ik het geprobeerd bij een taxichauffeur die geen dienst had en hij zei dat ik moest oprotten.'

Jamieson dacht aan een oude, New Yorkse grap: Iemand van buiten de stad spreekt op Lexington Avenue een man aan en zegt: 'Kunt u mij vertellen hoe ik bij het gemeentehuis kom of kan ik meteen opflikkeren?' Hij besloot de man in de Yankee-kleding niet te zeggen dat hij kon opflikkeren. Hij zou hem aanhoren en dan zou hij de volgende keer dat hij met zijn vriend Alex (een andere pensionado) ging lunchen, een goed verhaal hebben om over te praten.

'Oké, ga je gang.'

Jack stak een hand in de zak van zijn hoodie, haalde er een vel papier uit en vouwde het open. 'Toen ik in de zesde klas zat...'

'Als dit je hele levensverhaal gaat worden, moet je me misschien toch maar dat briefje van twintig geven.'

Jack reikte met zijn andere hand in zijn zak, maar Jamieson wuifde hem weg. 'Grapje.'

'Zeker weten?'

'Ja. Maar maak het niet al te lang. Ik heb om half negen een afspraak.' Dit was niet waar en Jamieson bedacht dat het maar goed was dat hij geen alcoholprobleem had, want volgens de tv-meetings die hij wel eens zag, was eerlijkheid in dat geval erg belangrijk.

'Beetje vaart erachter, ik snap het. Daar gaat-ie dan. Toen ik in de zesde klas zat, kreeg ik ruzie met een ander jongetje en ontstond er een vechtpartij. Ik sloeg hem een kapotte lip en een bloedneus. Toen we bij het schoolhoofd moesten komen, zei ik dat het was omdat hij iets lelijks had gezegd over mijn moeder. Hij ontkende dat natuurlijk, maar we werden allebei naar huis gestuurd met een briefje voor onze ouders. Of in mijn geval alleen voor mijn moeder, want mijn vader was al bij ons weggegaan toen ik twee was.'

'En wat had hij voor lelijks gezegd?'

'Dat was gelogen. Ik had mijn dag niet en dacht dat ik me beter zou gaan voelen van een robbertje vechten met dat jongetje, dat ik niet mocht. Ik weet niet waarom ik hem niet mocht. Er zal wel een reden voor zijn geweest, maar die kan ik me niet herinneren. Ik weet alleen dat liegen daarna een gewoonte begon te worden.

'Op de middelbare school begon ik met drinken. Mijn moeder had een fles wodka, die ze in de vriezer bewaarde. Ik nam er af en toe een slok uit en vulde die aan met water. Uiteindelijk betrapte ze me en verdween de wodka uit de vriezer. Ik wist waar ze de fles bewaarde – op een hoge plank boven het fornuis – maar sindsdien bleef ik eraf. Bovendien zat er waarschijnlijk toch grotendeels water in. Ik spaarde mijn zakgeld en geld dat ik met kwarweitjes verdiende op en kreeg een oude zuiplap zover dat hij miniatuurflesjes drank voor me kocht. Hij kocht er dan vier en hield er eentje voor zichzelf. Ik hield dus zijn drankgebruik in stand. Dat zou mijn sponsor zeggen.'

Jack schudde zijn hoofd.

'Ik weet niet wat er met die vent is gebeurd, Ralph heette hij, alleen noemde ik hem in gedachten Wretched Ralph. Kinderen kunnen wreed zijn. Voor hetzelfde geld is hij dood en heb ik daaraan meegeholpen.'

'Laat je nu niet meeslepen,' zei Jamieson. 'Je hebt vast wel dingen om je schuldig over te voelen zonder er allerlei voor-hetzelfde-geldjes bij te moeten verzinnen.'

Jack keek op en grijnsde. Toen hij dat deed, zag Jamieson dat de man nota bene tranen in zijn ogen had. Niet dat ze over zijn wangen rolden, maar het scheelde niet veel. 'Nu klinkt u net als Randy.'

'Is dat positief?'

'Ik vind van wel. Ik ben blij dat ik u heb gevonden.'

Jamieson merkte dat hij ook best blij was dat hij was gevonden. 'Wat staat er nog meer op die lijst? Want de klok tikt verder.'

'Ik ging naar Brown en studeerde cum laude af, maar ik heb me er grotendeels doorheen gespiekt en gefraudeerd. Daar was ik goed in. En – nu komt het – de studiebegeleider in mijn eindexamenjaar was verslaafd aan cocaïne. Ik ga u nu niet vertellen hoe ik daarachter kwam want, zoals u al zei, de klok tikt verder, maar ik kwam erachter en ik gooide het met hem op een akkoordje. Goede aanbevelingen in ruil voor een K coke. Bovendien betaalde hij me natuurlijk voor het spul. Ik deed niet aan liefdadigheid.'

'En met een K bedoel je een kilo?' vroeg Jamieson. Hij trok zijn wenkbrauwen zo hoog op dat ze bijna zijn haargrens raakten.

'Klopt. Ik haalde het uit Canada en kreeg het over de grens in het reservewiel van mijn oude Ford. Ik deed mijn best eruit te zien als elke andere student die vakantie had gevierd met lol maken en meiden versieren in Toronto, maar mijn hart bonkte in mijn keel en ik wil wedden dat mijn bloeddruk torenhoog was. De auto voor mij bij de grensovergang werd helemaal overhoopgehaald, maar nadat ik mijn rijbewijs had laten zien, kon ik zó doorrijden. Alles ging in die tijd natuurlijk nog wel veel makkelijker.' Hij zweeg even en zei toen: 'Ik heb hem ook nog te veel laten betalen voor die kilo en het verschil in mijn eigen zak gestoken.'

'Maar je hebt zelf niets van die cocaïne gebruikt?'

'Nee, dat is nooit mijn ding geweest. Ik rookte wel eens een jointje, maar wat ik echt wilde – en nog steeds wil – is graanalcohol. Toen ik ging werken loog ik tegen mijn bazen, maar uiteindelijk viel ik toch door de mand. Het was anders dan op de universiteit en er was ook niemand om coke voor te smokkelen. Die kwam ik althans niet tegen.'

'Wat deed je dan precies?'

'Ik poetste mijn verkoopcijfers op. Ik verzon niet-bestaande afspraken om dagen te verklaren waarop ik zo'n zware kater had dat ik niet kon werken. Ik knoeide met onkostendeclaraties. Mijn eerste baan was een goeie. Mogelijkheden te over. En ik heb het verpest.

'Na mijn ontslag besloot ik dat ik behoefte had aan een andere omgeving. Bij de AA noemen ze dat een geografische remedie. Werkt natuurlijk niet, maar dat wist ik toen nog niet. Nu lijkt het heel logisch: als je in Boston een sukkel op het vliegtuig zet, stapt er in L.A. een sukkel uit. Of in Denver. Of in Des Moines. Ik verknalde een tweede baan, niet zo goed als die eerste, maar ook best aardig. Dat was in San Diego. Wat ik toen besloot was dat ik moest trouwen en me moest settelen. Dát zou de oplossing zijn. Dus trouwde ik met een lief meisje dat veel beter had verdiend. Het duurde twee jaar, waarin ik glashard bleef liegen over mijn drankgebruik. Ik verzon allerlei zakelijke afspraken om te verklaren waarom ik laat thuiskwam, verzon symptomen van niet-bestaande griep om te verklaren waarom ik later of helemaal niet naar mijn werk ging. Ik had aandelen kunnen kopen in een van die pepermuntjesfabrieken – Altoids, Breath Savers – maar denkt u dat ze erin trapte?'

'Ik denk het niet,' zei Jamieson. 'Hoor eens, zijn we er al bijna, denk je?'

'Ja. Vijf minuutjes nog. Echt waar.'

'Oké.'

'Er ontstonden ruzies, die steeds erger werden. Af en toe werd er wat met spullen gesmeten en niet alleen door haar. Toen kwam ik op een avond tegen middernacht thuis, stomdronken, en begon zij me uit te kafferen. U weet wel, de hele gebruikelijke riedel, en het was allemaal waar. Het voelde alsof ze me met gifpijltjes bestookte, zonder ook maar één keer te missen.'

Jack keek weer naar zijn handen. Zijn mondhoeken hingen zo ver omlaag dat Jamieson hem heel even op Emmett Kelly vond lijken, die beroemde clown met het droevige gezicht.

'Weet u waaraan ik dacht toen ze zo tegen me stond te schreeuwen? Aan Glenn Ferguson, de jongen die ik in de zesde klas in elkaar had geslagen. Hoe lekker dat voelde. Zo'n gevoel alsof je de pus uit een ontstoken steenpuist knijpt. Het leek me ook wel lekker om háár in elkaar te slaan, en niemand die me naar huis kon sturen met een briefje voor mijn moeder, want mijn moeder was een jaar na mijn afstuderen overleden.'

'Hó even,' zei Jamieson. Het goede gevoel dat deze bekentenis hem had bezorgd was opeens weg en maakte plaats voor een gevoel van ongemak. Hij wist niet zeker of hij wel wilde horen hoe dit verderging.

'Ik ben weggegaan,' zei Jack. 'Maar ik was voldoende geschrokken om te weten dat ik iets aan mijn drankgebruik moest doen. Dat was de eerste keer dat ik de AA probeerde, daar in San Diego. Toen ik terugkwam in New York was ik nuchter, maar dat duurde niet lang. Ik probeerde het nog een keer en ook dat duurde niet lang. Net zomin als de derde poging. Maar nu heb ik Randy en misschien lukt het deze keer wel. Mede dankzij u.' Hij stak zijn hand uit.

'Nou, graag gedaan,' zei Jamieson en hij schudde hem de hand.

'Nog één ding,' zei Jack. Hij hield zijn hand stevig vast. Hij keek Jamieson in de ogen en lachte. 'Ik ben weggegaan, maar eerst heb ik dat kutwijf de strot afgesneden. Ik ben niet gestopt met drinken, maar ik voelde me er wel beter door. Zoals ik me ook beter voelde nadat ik Glenn Ferguson in elkaar had geslagen. En die zuiplap waarover ik u vertelde? Hem in elkaar trappen gaf me ook een goed gevoel. Geen idee of ik hem heb vermoord, maar ik heb hem wel flink afgetuigd.'

Jamieson probeerde zijn hand los te trekken, maar de greep was te sterk. De andere hand zat weer in de zak van de Yankee-hoodie.

'Ik wil echt stoppen met drinken en ik kan de vijfde stap niet helemaal afmaken zonder toe te geven dat ik er echt van geniet om...'

Er leek een gloeiende witte lichtflits tussen Jacks ribben te glijden en toen Jack de druipende ijspriem wegtrok en weer in de zak van zijn hoodie stopte, realiseerde Jamieson zich dat hij geen lucht kreeg.

'... mensen te vermoorden. Het is een afwijking, ik weet het, en waarschijnlijk ook mijn slechtste eigenschap.'

Hij stond op.

'Hartelijk bedankt, sir. Ik weet niet hoe u heet, maar u hebt me geweldig geholpen.'

Hij liep weg in de richting van Central Park West, maar draaide zich nog even om naar Jamieson, die zonder iets te zien naar zijn krant tastte... alsof, misschien, door een snelle blik in de cultuurbijlage alles nog goed kon komen.

'Ik zal vanavond voor u bidden,' zei Jack.

# Willie de Weirdo

Willies vader en moeder vonden hun zoon vreemd, met zijn zorgvuldige bestudering van dode vogels en zijn verzameling dode insecten en de manier waarop hij wel een uur of nog langer naar overdrijvende wolken kon kijken, maar Roxie was de enige die het hardop zei. 'Willie de Weirdo,' noemde ze hem op een avond tijdens het eten toen Willie een clownsgezicht maakte (of dat althans probeerde) in zijn aardappelpuree, waarbij hij jus gebruikte voor de ogen. Willie was tien. Roxie was twaalf en kreeg al borstjes, waarop ze heel erg trots was. Behalve wanneer Willie ernaar zat te gluren, wat haar een akelig gevoel bezorgde.

'Zo mag je hem niet noemen,' zei Moeder. Haar naam was Sharon.

'Maar het is waar,' zei Roxie.

Vader zei: 'Ik denk dat hij dat op school vaak genoeg te horen krijgt.' Hij heette Richard.

Soms – vaak – praatte het gezin over Willie alsof hij er niet bij was. Behalve de oude man aan de andere kant van de tafel.

'Noemen ze je echt zo op school?' vroeg Grootvader. Hij wreef met een vinger tussen zijn neus en bovenlip, een gewoonte van hem nadat hij een vraag had gesteld (of er eentje had beantwoord). Grootvader heette James. Normaal gesproken zei hij niet veel aan tafel. Deels omdat hij nu eenmaal zwijgzaam van aard was en deels omdat eten hem niet meer zo gemakkelijk afging. Hij deed een eeuw over zijn gebraden runderlapjes. Hij had bijna geen tanden meer.

'Ik weet niet,' zei Willie. 'Soms wel.' Hij zat zijn aardappelpuree te bestuderen. De clown grijnsde nu een glimmende bruine grijns, met kleine druppeltjes vet als tanden.

Na het eten ruimden Sharon en Roxie de tafel af. Roxie vond het fijn om samen met haar moeder de afwas te doen. Het was natuurlijk wel een seksistische rolverdeling, maar zo konden ze ongestoord gesprekken hebben over belangrijke zaken. Zoals Willie.

Roxie zei: 'Hij is echt raar. Geef dat nu maar toe. Daarom heeft hij ook remedial teaching.'

Sharon keek over haar schouder om zich ervan te overtuigen dat ze alleen waren. Richard was een blokje om en Willie was na het eten naar Grootvaders kamer gegaan, samen met de man die Rich soms de ouweheer noemde en soms de kostganger. Nooit Pa of mijn vader.

'Willie is anders dan andere jongens,' zei Sharon, 'maar toch houden we van hem. Of niet soms?'

Roxie dacht even na. 'Ik hou wel van hem, denk ik, maar dat betekent niet dat ik hem echt aardig vind. Hij heeft in Opa's kamer een fles vol vuurvliegjes. Hij zegt dat hij graag kijkt hoe ze doven wanneer ze doodgaan. Dat is toch raar? Ze kunnen zo een hoofdstuk over hem schrijven in een boek met een titel als *Seriemoordenaars als kinderen*.'

'Dat mag je nooit meer zeggen,' zei Sharon tegen haar. 'Hij kan heel erg lief zijn.'

Roxie had nooit iets gemerkt wat je lief kon noemen, maar het leek haar beter dat niet te zeggen. Bovendien dacht ze nog steeds aan die vuurvliegjes en hun kleine lichtjes die een voor een uitgingen. 'En Opa zit gewoon mee te kijken. Ze zitten daar altijd met elkaar te praten en verder praat Opa met bijna niemand.'

'Je grootvader heeft een zwaar leven gehad.'

'Hij is niet eens echt mijn opa. Althans, niet mijn biologische opa.'

'Zo goed als. Opa James en Oma Elise hebben je vader geadopteerd toen hij nog maar een baby was. Het is niet zo dat je vader in een weeshuis is opgegroeid en pas op zijn twaalfde of zo is geadopteerd.'

'Papa zegt dat Opa na de dood van Oma Elise vrijwel nooit meer tegen hem heeft gepraat. Hij zegt dat er avonden waren dat ze amper zes woorden met elkaar wisselden. Maar sinds hij bij ons is komen wonen, zitten hij en Willie op zijn kamer honderduit te kletsen.'

'Het is fijn dat ze goed met elkaar kunnen opschieten,' zei Sharon, maar ze keek fronsend neer op haar sopje. 'Het geeft je grootvader een connectie met de wereld, denk ik. Hij is heel oud. Ze hebben Richard pas laat gekregen, toen James en Elise al in de vijftig waren.'

'Ik wist niet dat mensen op die leeftijd nog kunnen adopteren,' zei Roxie.

'Ik weet niet hoe dat allemaal werkt,' zei Moeder. Ze trok de stop uit de gootsteen en het afwaswater begon weg te stromen door de afvoer. Ze hadden wel een vaatwasser, maar die was kapot en Vader – Richard – had hem nog steeds niet laten maken. Er was niet veel geld sinds Grootvader bij hen was komen wonen, want hij kon niet meer bijdragen dan zijn schamele pensioentje. Ook, wist Roxie, waren Pap en Mam al aan het sparen voor haar studie. Waarschijnlijk niet voor Willie, aangezien hij in de remedialklas zat en zo. Hij hield van wolken en dode vogels en stervende vuurvliegjes, maar een studiebol was hij niet.

'Ik geloof niet dat Pap Opa heel erg aardig vindt,' zei Roxie heel zacht.

Moeder liet haar eigen stem nog verder dalen, zodat ze boven het laatste gegorgel in de gootsteen uit moeilijk te verstaan was. 'Dat klopt. Maar Rox?'

'Wat?'

'Zo gaat dat in families. Onthoud dat maar goed voor wanneer je zelf een gezin hebt.'

Roxie was niet van plan ooit zelf kinderen te krijgen, maar als het er toch van zou komen en een van hen net zo zou worden als Willie, zou ze waarschijnlijk in de verleiding komen met hem naar het diepste, donkerste bos te rijden, hem uit te laten stappen en hem daar achter te laten. Als een boze stiefmoeder in een sprookje. Even vroeg ze zich af of dit betekende dat ze zelf ook raar was, maar ze besloot dat dat niet zo was. Ze had haar vader wel eens tegen Moeder horen vertellen dat Willie waarschijnlijk een carrière tegemoetging van boodschappen inpakken bij de supermarkt.

James Jonas Fiedler – alias Grootvader, alias Opa, alias de ouweheer – kwam zijn kamer (zoals Sharon het noemde, hoewel Richard het zijn hok noemde) uit om te eten en soms om op de veranda aan de achterkant van het huis te zitten en een sigaret te roken (drie per dag), maar het grootste deel van de dag bleef hij in de kleine achterkamer die tot vorig jaar Moeders werkkamertje was geweest. Soms keek hij tv op het kleine toestel (drie zenders, geen kabel) dat boven op zijn ladekast stond, maar meestal sliep hij of zat hij rustig uit het raam te kijken, in een van de twee rieten stoelen.

Maar wanneer Willie binnenkwam, deed hij de deur dicht en begon hij te praten. Willie luisterde naar hem en wanneer hij vragen stelde, werden die door Opa altijd beantwoord. Willie wist dat de meeste antwoorden niet waar waren en hij was zich ervan bewust dat het grootste deel van Opa's goede raad slechte raad was – Willie zat in de remedialklas omdat het hem de tijd gaf om na te denken over belangrijker zaken, niet omdat hij dom was – maar toch had Willie plezier in de antwoorden en de raadgevingen. En als het nergens op sloeg, des te beter.

Die avond, terwijl zijn moeder en zus in de keuken over hen stonden te praten, vroeg Willie nog eens aan Grootvader – gewoon om te zien of het klopte met eerdere verhalen – wat voor weer het was geweest in Gettysburg.

Grootvader wreef met een vinger onder zijn neus, alsof hij voelde of er stoppeltjes zaten, en zei peinzend: 'Dag één, bewolkt en een graadje of drieëntwintig. Niet slecht. Dag twee, plaatselijk bewolkt en zevenentwintig graden. Nog steeds niet slecht. Dag drie, de dag van Picketts Charge, ruim dertig graden, met een zon die genadeloos op ons hoofd scheen. En vergeet niet dat we wollen uniformen droegen. We stonken allemaal naar zweet.'

De weersomstandigheden klopten. Tot nu toe ging het goed. 'Ben je er echt bij geweest, Opa?'

'Ja,' zei Grootvader zonder enige aarzeling. Hij wreef met zijn vinger tussen zijn neus en zijn bovenlip, begon toen met een gele vingernagel tussen zijn overgebleven tanden te wroeten en plukte er nog een paar draadjes rundvlees tussen vandaan. 'En ik heb het overleefd en kan het navertellen. Heel veel mannen konden dat niet. Wil je ook iets weten over de 4e juli, Onafhankelijkheidsdag? Die dag wordt vaak vergeten, omdat de veldslag toen afgelopen was.' Hij wachtte niet op Willies antwoord. 'Stromende regen, zuigende modderplassen, mannen die huilden als kleine kinderen. Lee op zijn paard...'

'Traveler.'

'Ja, Traveler. Hij stond met zijn rug naar ons toe. Er zat bloed aan zijn hoed en aan de achterkant van zijn broek. Maar niet zijn bloed. Hij was ongedeerd. Die man was de duivel.'

Willie pakte de fles die op de vensterbank stond (HEINZ RELISH stond er op het verbleekte etiket) en draaide hem heen en weer. Hij genoot van het droge geritsel van de dode vuurvliegjes. Hij stelde zich voor dat het geluid leek op dat van de wind door het hoge kerkhofgras op een hete julidag.

'Vertel eens over de vlaggendrager.'

Grootvader wreef met zijn vinger tussen neus en lip. 'Dat verhaal heb je al twintig keer gehoord.'

'Alleen het einde. Dat gedeelte vind ik het mooist.'

'Die jongen was twaalf. Hij klom naast mij de heuvel op en de vlag, de Stars and Bars, wapperde hoog in de lucht. De onderkant van de vlaggenstok zat in een kleine tinnen houder aan zijn riem. Mijn kameraad Micah Leblanc had die houder gemaakt. We waren halverwege Cemetery Hill toen de jongen midden in zijn keel werd geraakt.'

'Vertel dan over het bloed!'

'Zijn lippen gingen vaneen. Hij had zijn tanden op elkaar geklemd. Van de pijn, denk ik. Het bloed spoot ertussenuit.'

'En het glinsterde...'

'Inderdaad.' Hij veegde weer even snel met een vinger onder zijn neus en peuterde toen weer verder tussen zijn tanden, waar nog steeds een eigenwijs stukje vlees zat. 'Het glinsterde als...'

'Als robijnen in de zon. En u was er echt bij.'

'Dat heb ik toch gezegd? Ik was degene die de Dixievlag opraapte toen de vlaggenjongen neerging. Ik droeg hem al rennend nog zeker twintig stappen voordat we op een steenworp afstand van de stenen muur waarachter de blauwjassen verscholen zaten weer terug moesten. Ik heb de vlag toen weer de heuvel af gedragen. Ik deed mijn best om over de lichamen heen te stappen, maar omdat het er zo veel waren, kon ik niet over alle lijken heen stappen.'

'Vertel eens over die dikke.'

Grootvader wreef over zijn wang – *skritsj* – en daarna weer onder zijn neus – *skratsj*. 'Toen ik op zijn rug stapte liet hij een scheet.'

Willies gezicht vertrok in een geluidloze lach en hij sloeg zijn armen om zijn bovenlichaam. Dat deed hij altijd wanneer hij ergens plezier in had en wanneer Roxie dat vertrokken gezicht en die armen zag, wist ze dat hij raar was.

'Hebbes!' zei Opa, die eindelijk een lang draadje vlees had losgepeuterd. 'Voer maar aan de vuurvliegjes.'

Hij gaf het draadje aan Willie, die het boven op de dode vuurvliegjes in de Heinz-fles liet vallen. 'En nu Cleopatra.'

'Welk verhaal?'

'De boot.'

'Aha, over de boot dus?' Grootvader streelde zijn filtrum, deze keer met zijn nagel – *skritsj!* 'Nou, mij best. De Nijl was zo breed dat we amper de overkant konden zien, maar die dag was het water zo glad als een babybuikje. Ik stond aan het roer...'

Willie leunde ademloos naar voren.

Op een dag, niet lang na de runderlappen en de aardappelpuree met het clownsgezicht, zat Willie na een zware regenbui op een stoeprand. Hij had de bus naar huis weer eens gemist, maar dat gaf niet. Hij zat te kijken naar een dode mol in de goot en wachtte tot het stromende water het dier door een rooster het riool in zou spoelen. Er kwamen een paar grote jongens aangelopen. Ze liepen elkaar wat te stompen en godslasterlijke taal uit te slaan. Toen ze Willie zagen, bleven ze staan.

'Kijk dat jochie zichzelf eens omhelzen,' zei de een.

'Omdat geen enkel meisje het in haar hoofd zou halen dat te doen,' zei de ander.

'Het is een freak,' zei de eerste. 'Moet je die kleine rode oogjes zien.'

'En dat haar,' zei de tweede. 'Alsof iemand een pot haargel over zijn kop heeft gegooid. Hé, mongool!'

Willie liet zijn armen hangen en keek naar hen op.

'Je gezicht heeft verdacht veel weg van mijn reet,' zei de eerste en hij nam de high five van zijn metgezel in ontvangst.

Willie keek weer omlaag naar de dode mol. Die dreef in de richting van het rooster, maar heel erg langzaam. Hij dacht niet dat hij het zou halen. Tenzij het weer ging regenen.

Nummer één gaf hem een schop tegen zijn heup en stelde voor hem in elkaar te slaan.

'Laat hem maar met rust,' zei nummer twee. 'Ik vind zijn zus leuk. Ze heeft een lekker lichaam.'

Ze liepen door. Willie wachtte tot ze uit het zicht waren, stond op, plukte de natte achterkant van zijn broek van zijn kont en liep naar huis. Zijn vader en moeder waren nog niet thuis van hun werk. Roxie was ergens, waarschijnlijk met een van haar vriendinnen. Opa zat in zijn kamer een of andere spelshow op zijn tv te kijken. Toen Willie binnenkwam, zette hij hem uit.

'Je loopt raar,' zei Opa.

'Wat?'

'Mank, je loopt mank. Laten we achter het huis op de veranda gaan zitten. Ik heb zin om te roken. Wat is er gebeurd?'

'Een knul heeft me geschopt,' zei Willie. 'Ik zat naar een mol te kijken. Die was dood. Ik wilde zien of hij in het riool zou spoelen of niet.'

'En?'

'Nee. Tenzij dat is gebeurd toen ik al weg was, maar dat denk ik niet.'

'Dus hij heeft je geschopt?'

'Ja.'

'Aha,' zei Opa en daarmee was het onderwerp afgesloten. Ze liepen naar de veranda en gingen zitten. Opa stak een sigaret op en hoestte het eerste trekje in meerdere pufjes weer uit.

'Vertel eens over die vulkaan onder Yellowstone,' stelde Willie voor.

'Alweer?'

'Ja, alstublieft.'

'Nou, dat is dus een grote. Misschien wel de allergrootste. Op een dag gaat hij uitbarsten en wanneer dat gebeurt neemt hij de hele staat Wyoming mee, plus een stuk van Idaho en het grootste gedeelte van Montana.'

'Maar dat is nog niet alles,' zei Willie.

'Zeg dat wel.' Opa rookte en hoestte. 'Die vulkaan spuwt een miljard ton as in de atmosfeer. Overal ter wereld zullen de gewassen doodgaan. Overal ter wereld zullen de mensen doodgaan. Het internet waar iedereen zo trots op is gaat naar de gallemiezen.'

'Degenen die niet verhongeren zullen stikken,' zei Willie. Zijn ogen glansden. Hij greep naar zijn keel en riep: '*Grrrahh*. Het zou wel eens een kwestie van totaal uitsterven kunnen zijn, net als destijds met de dinosaurussen is gebeurd. Alleen gaat het deze keer om óns.'

'Precies,' zei Grootvader. 'Die jongen die jou heeft geschopt denkt dan echt niet meer aan schoppen. Die loopt dan om zijn mama te roepen.'

'Maar zijn mama is dan dood.'

'Precies,' zei Grootvader.

Die winter veranderde een ziekte in China die aanvankelijk niet meer was dan een kort item in het avondjournaal, in een epidemie waar over de hele wereld mensen aan begonnen te sterven. Ziekenhuizen en mortuaria barstten uit hun voegen. In Europa bleven de mensen grotendeels binnen en wanneer ze naar buiten gingen, zetten ze mondkapjes op. Sommige mensen in Amerika deden dat ook, met name wanneer ze naar de supermarkt gingen. Het was niet zo mooi als een gigantische vulkaanuitbarsting in het Yellowstone National Park, maar Willie vond het toch best mooi. Hij hield het dodental bij op zijn telefoon. De scholen sloten voordat de vakanties begonnen. Roxie huilde omdat ze het eindejaarsbal misliep, maar Willie kon het niet schelen. Wanneer je in de remedialklas zat, had je toch nooit een bal aan het einde van het schooljaar.

In maart van dat jaar begon Grootvader veel meer te hoesten en soms hoestte hij ook bloed op. Vader ging met hem naar de dokter, waar ze, vanwege het virus waar mensen aan doodgingen, op de parkeerplaats in de auto moesten blijven zitten tot ze werden geroepen. Vader en Moeder wisten allebei vrij zeker dat Opa het virus had en dat het waarschijnlijk in huis was gebracht door Roxie of Willie. De meeste kinderen leken niet ziek te worden, of in elk geval niet héél erg ziek, maar ze konden het wel doorgeven, en wanneer oude mensen het opliepen, gingen ze meestal dood. Volgens het nieuws werden in New York koelwagens gebruikt om de lichamen in op te slaan. Het waren voornamelijk lichamen van oude mensen zoals Opa. Willie vroeg zich af hoe die vrachtwagens er vanbinnen uitzagen. Waren de dode mensen in lakens gewikkeld, of lagen ze in lijkzakken? Wat als een van hen nog leefde, maar doodvroor? Willie had het idee dat je er een goede tv-show van zou kunnen maken.

Uiteindelijk bleek Opa het virus niet te hebben. Hij had kanker. De dokter zei dat het was begonnen in zijn pancreas en daarna was uitgezaaid naar zijn longen. Dat vertelde Moeder allemaal tegen Roxie terwijl ze stonden af te wassen en Roxie vertelde het Willie. Normaal gesproken zou ze dat nooit hebben gedaan, want wat er tijdens het afwassen werd besproken, bleef steevast binnen de vier muren van de keuken, maar Roxie kon niet wachten om Willie de Weirdo te vertellen dat zijn geliefde Opa op het punt stond de pijp aan Maarten te geven.

'Papa vroeg of hij naar het ziekenhuis moest,' zei ze tegen Willie, 'en toen zei de dokter: "Als u niet wilt dat hij binnen twee weken overlijdt in plaats van over zes maanden of een jaar, kunt u hem beter mee naar huis nemen." De dokter zei dat het ziekenhuis een virushaard is en dat alle mensen die er werken zich moeten kleden alsof ze in een sciencefictionfilm spelen. Daarom is hij nog steeds hier.'

'Ah-ha,' zei Willie.

Roxie gaf hem een por met haar elleboog. 'Ben je niet verdrietig? Ik bedoel, hij is toch de enige vriend die je hebt? Tenzij je vrienden bent met een paar van je medeweirdo's op die school. Die nu overigens...' Roxie maakte een soort triest *wah-wahh*-trompetgeluid, '... gesloten is, net als die van mij.'

'Hoe moet het wanneer hij niet meer zelf naar de wc kan?' vroeg Willie.

'O, hij blijft gewoon poepen en piesen tot hij doodgaat, alleen doet hij dat dan in bed. Hij zal luiers moeten dragen. Mama zei dat ze hem wel naar een hospice zouden willen brengen, maar dat ze dat niet kunnen betalen.'

'Ah-ha,' zei Willie.

'Waarom ga je nu niet huilen?' zei Roxie. 'Wat ben je toch een fucking weirdo.'

'Opa was heel vroeger politieman in een plaats die Selma heette,' zei Willie tegen haar. 'Daar sloeg hij zwarte mensen in elkaar. Hij zei dat hij dat eigenlijk niet wilde, maar dat het moest. Bevel is nu eenmaal bevel.'

'Tuurlijk,' zei Roxie. 'En nóg heel veel vroeger had hij puntoren en schoenen met gekrulde neuzen en werkte hij in de werkplaats van de Kerstman.'

'Nietes,' zei Willie. 'De Kerstman bestaat niet echt.'

Roxie greep naar haar hoofd.

Grootvader hield het geen jaar meer vol en ook geen zes maanden, of zelfs maar vier. Hij ging snel achteruit. Halverwege dat voorjaar was hij al aan bed gekluisterd en droeg hij Pampers voor volwassenen onder een nachthemd. Het verschonen van de Pampers was natuurlijk Sharons werk. Richard zei dat hij niet tegen de lucht kon.

Toen Willie aanbood haar te helpen als ze hem voordeed wat hij moest doen, keek ze hem aan alsof hij gek was. Wanneer ze naar binnen ging om hem een schone luier te geven of hem zijn kleine maaltijden te voeren, die nu voor hem gepureerd werden in de blender, droeg ze haar mondkapje. Niet dat ze zich zorgen maakte om het virus, want dat had hij niet. Het was de lucht. Die zij 'de stank' noemde.

Willie vond de stank eigenlijk best lekker. Niet dat hij het heerlijk vond, dat zou te ver gaan, maar hij vond het wel lekker – die mengeling van pis en Vicks en een langzaam rottende Opa was in zekere zin net zo interessant als het bestuderen van dode vogels of kijken hoe die dode mol zijn laatste reisje naar het riool maakte – een soort begrafenis in slow motion.

Hoewel er twee rieten stoelen in Opa's kamer stonden, was er nu nog maar eentje in gebruik. Willie trok hem vaak naast het bed om tegen Grootvader te praten.

'Bent u al wat dichterbij?' vroeg hij op een dag.

'Behoorlijk dichtbij,' zei Grootvader. Hij wreef met een bevende vinger onder zijn neus. Zijn vinger was nu geel. Zijn hele huid was geel, omdat hij niet alleen kanker had, maar ook iets wat geelzucht heette. Hij mocht geen sigaretten meer roken.

'Doet het pijn?'

'Wanneer ik hoest,' zei Opa. Zijn stem was laag en hees geworden. Hij leek wel een grommende hond. 'De pillen helpen best goed, maar wanneer ik hoest voelt het alsof ik vanbinnen word verscheurd.'

'En wanneer u hoest, proeft u uw eigen poep,' zei Willie, alsof het de gewoonste zaak van de wereld was.

'Klopt.'

'Bent u verdrietig?'

'Nee hoor. Ik ben er helemaal klaar voor.'

Buiten waren Sharon en Rosie in de tuin bezig. Ze stonden voorovergebogen, zodat Willie alleen hun omhoogstekende achterwerken kon zien. Wat hij prima vond.

'Wanneer u doodgaat, wéét u dat dan?'

'Als ik wakker ben wel, ja.'

'Wat wilt u dat uw laatste gedachte zal zijn?'

'Ik weet het niet. Misschien dat vlaggendragertje bij Gettysburg.'

Willie was een beetje teleurgesteld dat Opa dus niet aan hem zou denken, maar hij had er niet al te veel moeite mee. 'Mag ik kijken?'

'Als je thuis bent,' zei Opa.

'Want ik wil het zien.'

Opa zei niets.

'Denkt u dat er een wit licht zal zijn?'

Terwijl Opa over de vraag nadacht, wreef hij over zijn bovenlip. 'Waarschijnlijk wel. Het is een chemische reactie wanneer de hersenen ermee ophouden. Mensen die denken dat het een deur is die opengaat naar een of ander prachtig leven na de dood houden zichzelf voor de gek.'

'Maar er is toch wel een leven na de dood? Ja toch, Opa?'

James Jonas Fiedler liet die lange, gele vinger weer over het smalle stukje huid onder zijn neus glijden en glimlachte toen zijn paar resterende tanden bloot. 'Je zou raar opkijken.'

'Vertel nog eens van die keer dat u Cleopatra's tieten zag.'

'Nee. Daar ben ik te moe voor.'

Op een avond, een week later, zette Sharon karbonaadjes op tafel en zei tegen haar gezin dat ze ervan moesten genieten – 'geniet maar goed van elke hap', was hoe ze het zei. 'Voorlopig eten we geen karbonaadjes meer. En ook geen spek. De fabrieken waar varkensvlees wordt verwerkt gaan dicht omdat bijna alle arbeiders het virus hebben. De prijs gaat straks door het dak.'

'*A Day No Pigs Would Die!*' riep Roxie uit, terwijl ze een stuk van haar karbonade sneed.

'Wat?' vroeg vader.

'Dat is een jeugdboek waarover ik voor school een boekverslag heb gemaakt. Het gaat over een varkensboerderij en ik heb er een 8½ voor gekregen.' Ze stak een hap in haar mond en draaide zich met een glimlachje om naar Willie. 'Heb jij de laatste tijd nog spannende eerste leesboekjes gelezen?'

'Wat zijn dat?' vroeg Willie.

'Laat hem met rust,' zei Moeder.

Vader had een vogelhuisjesmanie. Een plaatselijk cadeauwinkeltje nam ze in consignatie en verkocht er nota bene een paar. Na het eten ging hij naar zijn kleine werkplaats in de garage om weer een nieuwe te maken. Moeder en Roxie gingen de keuken in om af te wassen en te kletsen. De tafel afruimen was Willies taak. Toen hij klaar was, ging hij naar Opa's kamer. James Fiedler was inmiddels niet meer dan een geraamte met een met huid bedekt doodshoofd. Als er insecten in de kist wisten te komen, dacht Willie, zouden ze er niet veel te eten meer aantreffen. In de kamer hing nog steeds de geur van ziekte, maar de lucht van rottende Opa leek bijna verdwenen.

Opa tilde een hand op en wenkte Willie. Toen Willie naast het bed ging zitten, wenkte Opa hem nog dichterbij. 'Het gaat gebeuren,' fluisterde hij. 'Dit is mijn grote dag.'

Willie trok zijn stoel nog dichterbij. Hij keek in Opa's ogen. 'Hoe voelt het?'

'Fijn,' hijgde Opa.

Willie vroeg zich af of Opa misschien al een eind op weg was en daarom onsamenhangend begon te praten. Dat had hij wel eens in een film gezien.

'Kom nog eens wat dichterbij.'

Willie kon zijn stoel niet dichterbij schuiven, dus boog hij zich over Opa heen, bijna zo dichtbij dat hij zijn verschrompelde lippen kon kussen. 'Ik wil u zien gaan. Ik wil het laatste zijn wat u ziet.'

'Ik wil jou zien gaan,' herhaalde Opa. 'Ik wil het laatste zijn wat jij ziet.'

Zijn hand kwam omhoog en hij greep Willie met verbazende kracht bij zijn nek. Zijn nagels groeven in zijn vlees. Hij trok hem naar zich toe. 'Wil je de dood zien? Kom maar op dan.'

Een paar minuten later bleef Willie voor de keukendeur staan luisteren. 'Morgen brengen we hem naar het ziekenhuis,' zei Sharon. Ze klonk alsof ze bijna moest huilen. 'Het kan me niet schelen wat het kost, ik kan dit niet meer.'

Roxie mompelde iets begripvols.

Willie liep de keuken binnen. 'Jullie hoeven hem niet meer naar het ziekenhuis te brengen,' zei hij. 'Hij is net gestorven.'

Ze draaiden zich naar hem om en keken hem aan met identieke uitdrukkingen van schrik en voorzichtige hoop.

Moeder zei: 'Weet je het zeker?'

'Ja,' zei Willie en hij wreef met één vinger over de huid tussen zijn bovenlip en zijn neus.

# Danny Coughlins nare droom

1

*Het is een nare droom. Danny heeft wel eens eerder naar gedroomd, iedereen heeft van tijd tot tijd een nachtmerrie, maar dit is de allerergste ooit. Aanvankelijk gebeurt er nog niets naars, maar dat helpt niet echt; het gevoel van naderend onheil is zo sterk dat het hem letterlijk een nare smaak in zijn mond bezorgt, alsof hij op een handvol centen zuigt.*

*Hij loopt over de berm van een onverharde weg die met olie is bewerkt om ervoor te zorgen dat het stof niet te veel opwaait. Er is zojuist een maansikkel aan de hemel verschenen. Danny ziet er een scheve grijns in. Of een spottend lachje. Hij passeert een bord met de tekst* COUNTY ROAD F, *alleen zijn de* O *en de* Y *met een spuitbus verf overgespoten, en heeft iemand rechts naast de* F UCK *gekrabbeld, zodat er nu* CUNT ROAD FUCK *staat. Als leuk extraatje zijn er ook nog een paar kogelgaten in geschoten.*

*Aan weerszijden van de weg liggen maïsvelden. De maïs staat nog niet manshoog, maar misschien een meter twintig hoog, wat betekent dat het vroeg in de zomer moet zijn. County Road* F *loopt kaarsrecht een niet al te steile helling op (in Kansas zijn de meeste hellingen niet al te steil). Op het hoogste punt staan de donkere omtrekken van een gebouw dat Danny een gevoel van onberedeneerde weerzin bezorgt. Ergens klinkt een blikkerig geluid:* tinke-tinke-tinke. *Hij wil blijven staan, wil niets met dat vierkante zwarte gebouw te maken hebben, maar zijn benen dragen hem verder. Ze zijn niet te stoppen. Hij heeft er geen controle over. Een licht briesje laat de maïs ruisen en rammelen als botten. Het voelt kil aan op zijn wangen en voorhoofd en hij beseft dat hij loopt te zweten. Zweten in een droom!*

*Wanneer hij bovenaan de helling komt (het 'een heuvelkam' noemen zou nergens op slaan) is er voldoende licht om te zien wat er op het uit betonblokken bestaande gebouw staat.* HILLTOP TEXACO. *Voor het gebouw liggen twee gebarsten betonnen eilandjes waarop ooit benzinepompen hebben gestaan. Het* tinke-tinke-tinke-*geluid is afkomstig van roestige borden die voor het gebouw aan een paal hangen. Op een ervan staat* REG *$1.99, op een ander* MID *$2.19 en op het onderste* HI-TEST *$2.49.*

Hier is niets om me zorgen over te maken, *denkt Danny,* niets om angstig voor te zijn. *En hij maakt zich geen zorgen. Hij is niet angstig. Hij is doodsbang.*

Tinke-tinke-tinke, *doen de borden met hun benzineprijzen van heel lang geleden. Het grote raam van het gebouw is kapot, net als het glas in de deur, maar tussen de glasscherven, die het maanlicht weerkaatsen, ziet Danny onkruid groeien en hij weet dus dat het glas al een hele tijd geleden gebroken is. De vandalen – verveelde plattelandsjongeren naar alle waarschijnlijkheid – hebben er even lol van gehad en zijn weer vertrokken.*

*Danny loopt verder. Om de zijkant van het verlaten benzinestation heen. Hij wil het niet – hij móét. Hij heeft er geen controle over. Nu hoort hij iets anders: gekras en gehijg.*

Ik wil dit niet zien, *denkt hij. Als hij het hardop had gezegd, zou het eruit zijn gekomen als een zacht gekerm.*

*Hij loopt om het gebouw heen en schopt een paar lege motorolieblikken (Havoline, het merk van Texaco) weg. Een verroeste metalen vuilnisemmer ligt op zijn kant op de grond. De inhoud, nog meer blikken, bierflesjes en nog wat papierafval dat niet is weggewaaid, ligt ernaast. Achter het benzinestation staat een schurftige zwerfhond in de met olie doortrokken aarde te graven. De hond hoort Danny en kijkt om, zijn ogen zilveren cirkels in het maanlicht. Hij rimpelt zijn snuit en laat een gegrom horen dat maar één ding kan betekenen: van mij, van mij.*

*'Dat is niet voor jou,' zegt Danny en hij denkt:* Ik wou dat het ook niet voor mij was, maar ik denk dat het dat wel is.

*De hond zakt wat door zijn achterpoten, alsof hij wil springen, maar Danny is niet bang (niet voor het mormel in elk geval). Hij woont tegenwoordig in de stad, maar is opgegroeid op het platteland van Colorado, waar het stierf van de honden en hij weet precies wanneer een dreigement serieus is of niet. Hij bukt zich en raapt een leeg olieblik op. De droom is zó echt, zó gedetailleerd, dat hij het vette laagje gemorste olie aan de zijkant kan voelen. Hij hoeft het blik niet eens te gooien, het is al genoeg om het op te tillen. De hond smeert 'm en rent hinkend weg – kennelijk is er óf iets mis met een van zijn achterpoten, óf hij heeft een wond aan een van zijn voetkussentjes.*

*Danny's voeten voeren hem verder. Hij ziet dat de hond een hand en een deel van een onderarm uit de grond heeft gegraven. Van twee van de vingers resteert alleen het bot. Het vlezige gedeelte van de handpalm is ook verdwenen en zit nu in de hondenbuik. Om de pols – oneetbaar en dus niet interessant voor een hongerige hond – zit een bedelarmband.*

*Danny neemt een hap lucht en opent zijn mond en*

## 2

gilt zichzelf wakker en schiet rechtop overeind in bed, iets wat hij nog nooit heeft gedaan. Goddank woont hij alleen, dus is er niemand om het te horen. Eerst weet hij niet eens waar hij is – dat vervallen tankstation lijkt de werkelijkheid en het ochtendlicht dat door de gordijnen schijnt de droom. Hij wrijft zelfs met zijn hand over het Royals-T-shirt waarmee hij is gaan slapen, om de olie af te vegen die aan de buitenkant van het olieblik zat dat hij heeft opgeraapt. Hij heeft kippenvel over zijn hele lichaam. Zijn ballen voelen zo strak als walnoten. Dan herkent hij zijn slaapkamer en beseft hij dat het allemaal niet echt was, hoe echt het ook had geleken.

Hij trekt het T-shirt en zijn boxershort uit en loopt het piepkleine badkamertje van de trailer in om zich te scheren en de droom van zich af te douchen. Het enige goede van de nare dromen, denkt hij terwijl hij zijn gezicht inzeept, is dat ze nooit lang blijven hangen. Wat dat betreft zijn dromen net suikerspinnen, ze smelten gewoon weg.

## 3

Alleen smelt deze niet. Hij behoudt zijn helderheid onder de douche en ook terwijl hij schone werkkleding aantrekt en zijn sleutelbos aan zijn broeklus hangt en terwijl hij naar de middelbare school rijdt in zijn oude Toyota-pick-up, die nog steeds rijdt als een zonnetje, ook al is de kilometerteller binnenkort, misschien komende herfst, weer eens het hele klokje rond.

De parkeerplaatsen voor leerlingen en docenten zijn zo goed als verlaten, want het is al een paar weken vakantie. Danny rijdt naar de achterkant van de school en parkeert op zijn vaste plek, vlak bij de plek waar normaal gesproken de schoolbussen staan. Er staat geen bordje bij dat het de parkeerplaats van de hoofdconciërge is, maar iedereen weet dat het zijn plekje is.

Dit is zijn favoriete tijd van het jaar, waarin je je werk kunt doen en het vervolgens gedaan blijft… in elk geval voor even. Een gangvloer die in de was is gezet ligt volgende week en zelfs de week erna nog steeds te glanzen. Wanneer je de kauwgom van de vloeren in de kleedkamers van de jongens en de meisjes (de meisjes zijn wat die kauwgom betreft de grootste boosdoeners, hij weet niet waarom) hebt geschraapt, hoef je dat pas in augustus opnieuw te doen. Fris gezeemde ramen hebben even geen last van jonge vingerafdrukken. Wat Danny betreft is de zomervakantie een geweldige uitvinding.

Eén county verderop hebben ze op Hinkle High, waar ze drie fulltime conciërges in dienst hebben, zomercursussen. Ze doen hun best maar, denkt Danny. Er zijn twee jongens die hem deze zomer helpen. Het is hun vakantiebaantje. De goeie, Jesse Jackson, is er al wanneer Danny het magazijn binnenkomt. De ander, die naar Danny's mening geen knip voor zijn neus waard is, is nergens te bekennen.

'Waar is Pat?'

Jesse haalt zijn schouders op. Hij is een zwarte jongen, lang en slank, beweegt zich soepel. Gebouwd voor honkbal en basketbal, niet voor voetbal. 'Kweenie. Zijn auto staat er nog niet. Misschien heeft hij besloten het weekend een dagje eerder te beginnen.'

*Dat zou een slecht idee zijn*, denkt Danny, maar hij vermoedt dat Pat Grady wel eens een jongen zou kunnen zijn met heel veel slechte ideeën.

'Vandaag gaan we de vloeren van de lokalen in de nieuwe vleugel in de was zetten. Je begint in lokaal 12. Schuif alle tafels naar één kant en stapel ze twee bij twee op. Daarna doe je hetzelfde in lokaal 10. Daarna kom ik met de boenmachine. Als Pat nog komt opdagen, zeg je maar dat hij je moet helpen.'

'Goed, meneer Coughlin.'

'Laat dat "meneer" maar zitten, knul. Ik ben gewoon Danny. Denk je dat je dat kunt onthouden?'

Jesse grinnikt. 'Ja, sir.'

'En "sir" hoeft ook niet. Aan de slag jij. Tenzij je eerst koffie wil om op gang te komen.'

'Ik heb onderweg al een beker koffie gehaald bij de Total.'

'Goed zo. Ik moet even iets checken in de bibliotheek en dan ga ik ook aan de gang.'

'Zal ik de boenmachine alvast pakken?'

Danny lacht. Hij begint deze jongen aardig te vinden. 'Zit je op opslag te azen?'

Jesse lacht. 'Dat zit er vast niet in.'

'Mooi. Hier in Wilder County hebben de Republikeinen het voor het zeggen en die houden hun hand stevig op de knip. Oké, haal jij de boenmachine maar en rij hem naar 12. Ik vergeet je steeds te vragen of je misschien naar die andere Jesse Jackson bent genoemd. De beroemde.'

'Ja, meneer. Ik bedoel Danny.'

'Jij komt er wel, knul. Daar heb ik alle vertrouwen in.'

Danny neemt zijn thermosfles koffie mee naar beneden, naar de bibliotheek – nog een voordeeltje van de zomervakantie.

4

Hij zet een van de computers aan en gebruikt de code van de bibliothecaresse om hem te openen. Het wachtwoord dat de kinderen gebruiken blokkeert alles wat ook maar enigszins op porno lijkt, ook toegang tot social media. Met de code van mevrouw Golden heb je toegang tot alles – niet dat Danny van plan is een bezoekje te brengen aan pornosites. Hij opent Firefox en typt *Hilltop Texaco* in. Even blijft zijn vinger boven de entertoets hangen, maar dan voegt hij er voor alle zekerheid *County Road F* aan toe. De droom staat hem nog even helder voor de geest als toen hij wakker werd. Dat zit hem dwars (eerlijk gezegd maakt het hem een beetje bang, zelfs nu het ochtendlicht door de ramen naar binnen valt) en als hij nu niets vindt, hoopt hij het achter zich te kunnen laten.

Hij drukt op enter en één tel later zit hij naar een grijs gebouw van betonblokken te kijken. Op deze foto is het gebouw nieuw in plaats van oud en is het Texaco-bord nog fris en schoon. Het raam in het kantoor en de glazen deur zijn nog intact. De benzinepompen glimmen. Op de bordjes staan de prijzen vermeld als $1.09 voor REG-benzine en $1.21 voor MID.

Kennelijk kon je toen de foto werd gemaakt, wat behoorlijk lang geleden moet zijn, nog geen HI-TEST krijgen. De auto die bij de pompen staat, is een slagschip van een Buick en de weg die ervoor loopt is een geasfalteerde tweebaansweg, in plaats van een onverharde weg. Danny vermoedt dat de Buick rond 1980 in Detroit van de band is gerold.

County Road F is een provinciale weg in Gunnel. Danny heeft nog nooit van die plaats gehoord, maar dat is niet zo vreemd – Kansas is groot en er moeten honderden kleine plaatsjes zijn waarvan hij nog nooit heeft gehoord. Voor hetzelfde geld ligt Gunnel niet eens in Kansas, maar net over de grens met Nebraska. Het tankstation is geopend van zes uur 's ochtends tot tien uur 's avonds. Vrij standaard voor een tankstation op het platteland. Onder de openingstijden staat, in rode letters, één woord: GESLOTEN.

Danny bekijkt deze droom-die-opeens-echt-is met een ontzetting die zo hevig is dat het bijna angst is. Godsamme, misschien is het wel angst. Hij had alleen maar zeker willen weten dat Hilltop Texaco (en de hand die uit de grond stak, laten we die hand niet vergeten) gewoon flauwekul was, iets wat zijn slapende brein heeft gecreëerd, en moet je dit nu zien. Moet je nu eens zien.

*Nou ja, ik zal er ooit eens langs zijn gereden*, redeneert hij. *Dat is het, dat moet het zijn. Heb ik niet ergens gelezen dat het brein nooit iets vergeet, dat het alle oude onbeduidende zaken opslaat, ergens achteraan op de planken?*

Hij speurt naar meer informatie over de Hilltop Texaco en vindt niets. Alleen een Hilltop Bakery (in Des Moines), Hilltop Subaru (in Danvers, Massachusetts) en ontelbare andere Hilltops, waaronder een kinderboerderij in New Hampshire. Elke keer staat er een streep door *Texaco County Road F*, om aan te geven dat voor een deel van zijn zoekopdracht niets is aangetroffen. Maar waarom zou er ook meer informatie over te vinden zijn? Het is gewoon een tankstation ergens midden in de rimboe – of wat zijn vader Oost-Nergenshuizen placht te noemen. Een Texaco-franchise die, ergens in de jaren negentig misschien, failliet is gegaan.

Boven de eerste resultaten staan een paar andere opties: NIEUWS, VIDEO'S, WINKELEN... en AFBEELDINGEN. Hij klikt op AFBEELDINGEN, leunt naar achteren in zijn stoel en kijkt met nog meer ontzetting dan eerst naar wat er op het scherm verschijnt. Wat hij ziet zijn heel veel foto's van Hilltops, inclusief vier stuks van de Texaco. De eerste is een kopie van de afbeelding op de hoofdpagina, maar op een andere foto staat het tankstation er verlaten bij: pompen weg, ramen kapot, overal rotzooi. Dit is het benzinestation dat hij in zijn droom heeft bezocht, exact hetzelfde. Daar kan geen twijfel over bestaan. De vraag is alleen of er nu wel of niet een lichaam begraven ligt in de met olie doordrenkte aarde erachter.

'Krijg nou de pest,' is het enige wat Danny kan uitbrengen. Hij is een man van zesendertig, hij heeft de middelbare school afgemaakt, maar geen vervolgopleiding gedaan, gescheiden, geen kinderen, vaste baan, fan van de Royals, fan van de Chiefs, houdt zich verre van de kroeg na een periode van overmatig drankgebruik die, op z'n minst ten dele, heeft geleid tot zijn breuk met Marjorie. Hij rijdt in een oude pick-up, gaat trouw naar zijn werk, verdient een aardig salaris, houdt ervan zo nu en dan een avondje te bingen op Netflix, gaat om de zoveel tijd bij zijn broer Stevie langs, volgt het nieuws niet op de voet, doet niet aan politiek en heeft geen belangstelling voor bovennatuurlijke verschijnselen. Hij heeft nog nooit een geest gezien, vindt films over demonen en vervloekingen zonde van zijn tijd en zou zonder aarzelen 's nachts in het donker over een kerkhof wandelen als dat de kortste weg zou zijn naar zijn bestemming. Hij gaat niet naar de kerk, denkt niet aan God, denkt niet aan het hiernamaals, neemt het leven zoals het loopt en heeft nog nooit kanttekeningen geplaatst bij de realiteit.

Dat doet hij vanochtend wel. Heel veel zelfs.

Het geluid van een auto met een kapotte uitlaatdemper (of helemaal geen demper) laat hem opschrikken uit een toestand die veel weg heeft van hypnose. Hij kijkt op van het scherm en ziet een oude Mustang de parkeerplaats voor leerlingen op rijden. Pat Grady, zijn andere zomerhulp, heeft eindelijk besloten de onderhoudsploeg van Wilder High met zijn aanwezigheid te komen verblijden. Danny kijkt op zijn horloge en ziet dat het kwart voor acht is.

*Kalm blijven*, denkt hij, terwijl hij opstaat. Dit is een goed advies aan zichzelf, want zijn opvliegendheid heeft hem al vaker in de problemen gebracht. Het is de reden waarom hij een nacht in de cel heeft doorgebracht en waarom hij is gestopt met drinken. Wat zijn huwelijk betreft, dat zou toch wel zijn stukgelopen... ook al hadden ze anders misschien nog wel een jaar of twee doorgesukkeld.

Hij loopt naar de deur aan het eind van de nieuwe vleugel. Jesse heeft intussen de boenmachine gehaald en is druk bezig de tafeltjes in lokaal 12 aan de kant te schuiven en op te stapelen. Danny steekt een hand naar hem op en Jesse doet hetzelfde naar hem.

Pat komt naar de deur geslenterd – geen zorgen, geen probleem – in een spijkerbroek, een T-shirt met afgeknipte mouwen en een Wilder Wildcats-pet achterstevoren op zijn hoofd. Danny wacht hem op bij de deur. Hij weet zijn boosheid te bedwingen, maar ergert zich dood aan de het-interesseert-me-geen-reet-houding van de jongen. En die motorlaarzen die hij draagt, gaan ongetwijfeld zwarte vegen achterlaten op de vloer.

'Hé, Dan, alles oké?'

'Je bent te laat,' zegt Danny, 'dus nee, alles is niet oké. Inklokken om half acht. Het is inmiddels bijna acht uur.'

'O, sorry.' Pat haalt schuldbewust zijn schouders op en glipt langs hem heen naar binnen. Zijn jeans hangt laag op zijn heupen.

'Dit is al de derde keer.'

Pat draait zich om. Zijn lome glimlachje is verdwenen. 'Verslapen, vergeten mijn wekker te zetten, wat zal ik ervan zeggen?'

'Dit is wat ik ervan ga zeggen. Nog één keer te laat en je ligt eruit. Begrepen?'

'Meen je dat nou? Omdat ik twintig minuten te laat ben?'

'Afgelopen woensdag was het een half uur. En ja, dat meen ik. Ga inklokken en daarna ga je Jesse helpen met het verplaatsen van tafels in de nieuwe vleugel.

'Je lievelingetje,' zegt Pat en hij rolt met zijn ogen.

Danny zegt er niets van. Hij weet dat alles wat hij nu nog zegt het verkeerde zal zijn. Zijn zomerhulpjes worden betaald door de school. Danny wil niets zeggen of doen wat Pat Grady (of zijn ouders) reden kan geven om naar de directeur te stappen met een klacht over hoe hij getreiterd is op zijn werk. Hij gaat Pat dus geen luie kleine etterbak noemen. Waarschijnlijk is dat ook niet nodig. Pat ziet het op zijn gezicht en draait zich om naar het magazijn om in te klokken, terwijl hij met één hand zijn jeans ophijst. Danny kan niet zien of Pat de andere hand met opgestoken middelvinger tegen zijn borst houdt, maar het zou hem niet verbazen.

*In juli is die knul vertrokken*, denkt Danny. *En ik heb wel andere dingen om me druk om te maken.*

Jesse staat in de deuropening van lokaal 12. Danny haalt zijn schouders naar hem op. Jesse grijnst voorzichtig en gaat weer verder met het verplaatsen van tafeltjes. Danny steekt de stekker van de boenmachine in een stopcontact. Wanneer Pat terugkomt van het inklokken – met diezelfde lome slentergang – geeft Danny hem opdracht tafels te gaan verschuiven in lokaal 10. Als Pat ook maar één bijdehante opmerking maakt, denkt hij, krijgt hij ter plekke de zak. Maar Pat houdt zijn mond.

Misschien toch niet zo dom als hij eruitziet.

Danny laat zijn telefoon altijd in het handschoenenkastje van zijn Tundra liggen om niet in de verleiding te komen er onder werktijd op te kijken (dat heeft hij Pat en Jesse allebei zien doen – Jesse één keer, Pat veel vaker). Wanneer ze pauzeren voor de lunch gaat hij even naar zijn auto om het plaatsje Gunnel op te zoeken. Het ligt in Dart County, honderdvijfenveertig kilometer naar het noorden. Niet over de grens met Nebraska, maar er vlak tegenaan. Hij zou durven zweren dat hij in zijn hele leven nog nooit in Dart County is geweest, niet eens zo ver noordelijk als Republic County, maar toch moet hij er zijn geweest, dat kan bijna niet anders. Hij gooit zijn telefoon weer in het handschoenenkastje en loopt naar Jesse, die met zijn telefoon in zijn hand aan een van de picknicktafels in de schaduw van de sporthal zijn lunch zit te eten.

'Je bent vergeten je auto op slot te doen. Ik hoorde geen piep.'

Danny grinnikt. 'Wie eruit wil stelen, gaat z'n gang maar. Ze mogen wat mij betreft alles hebben. Bovendien heeft de truck zelf zijn beste tijd wel gehad. Hij heeft bijna driehonderdduizend kilometer op de teller.'

'Maar je bent er gek op. Mijn vader is gek op zijn oude Ford-pick-up.'

'Ik ben er inderdaad erg op gesteld. Heb jij Pat gezien?'

Jesse haalt zijn schouders op. 'Zal wel in zijn auto zitten eten. Hij is dol op die oude Mustang. Ik vind dat hij hem beter zou moeten onderhouden, maar wie ben ik? Denk je dat we de nieuwe vleugel afkrijgen?'

'We gaan een poging wagen,' zegt Danny. 'En lukt het niet, dan gaan we maandag gewoon verder.'

## 5

Die avond belt hij zijn ex, iets wat hij zo nu en dan doet. Hij is in april zelfs naar Wichita geweest voor haar verjaardag. Hij had een shawl voor haar gekocht – in dezelfde kleur blauw als haar ogen – en was even gebleven, om taart en ijs te eten met haar nieuwe liefde. Hij en Margie kunnen veel beter met elkaar opschieten sinds hun scheiding. Soms vindt Danny dat jammer. Soms vindt hij dat het zo hoort.

Ze kletsen wat over ditjes en datjes, over mensen die ze kennen, over haar moeders glaucoom en hoe Danny's broer het doet in zijn nieuwe baan (fantastisch), en dan vraagt hij haar of ze ooit samen naar het noorden zijn gereden, naar Nebraska misschien, naar Franklin of naar Beaver City. Hebben ze niet eens een keer geluncht in Beaver City?

Zij lacht – niet echt haar oude, valse lachje, waar hij altijd helemaal gek van werd, maar het scheelt niet veel. 'Ik zou nooit met jou naar Nebraska zijn gegaan, Danno. Vind je Kansas niet saai genoeg?'

'Weet je dat zeker?'

'Ab-so-luut,' zegt Margie, waarna ze hem vertelt dat ze denkt dat Hal – haar nieuwe liefde – haar binnenkort gaat vragen. En komt hij dan naar de bruiloft?

Danny zegt dat hij dan komt. Ze vraagt of hij goed voor zichzelf zorgt, waarmee ze eigenlijk wil vragen of hij nog steeds van de drank is. Danny zegt van wel, zegt dan dat ze goed naar links en naar rechts moet kijken bij het oversteken (een oud grapje tussen hen) en hangt op.

*Ik zou nooit met jou naar Nebraska zijn gegaan, Danno*, had ze gezegd.

Danny is een paar keer in Lincoln geweest en één keer in Omaha, maar die plaatsen liggen ten oosten van Wilder en Gunnel juist ten noorden ervan. Toch moet hij er een keer geweest zijn en het gewoon vergeten zijn. Misschien toen hij nog dronk? Alleen reed hij nooit wanneer hij stomdronken was, uit angst zijn rijbewijs kwijt te raken of misschien iemand aan te rijden.

*Ik ben daar geweest. Dat kan niet anders, in de tijd toen die provinciale weg nog geasfalteerd was, in plaats van onverhard.*

Hij blijft later op dan normaal en ligt eenmaal in bed nog een tijd te woelen voordat hij eindelijk in slaap valt, bang dat de droom terug zal keren. Dat gebeurt niet, maar de volgende ochtend staat hij hem nog even helder voor de geest: verlaten tankstation, halve maan, zwerfhond, hand, bedelarmband.

## 6

In tegenstelling tot veel mannen van zijn leeftijd en afkomst drinkt Danny niet (dat wil zeggen, niet meer), hij rookt niet en hij pruimt niet.

Hij houdt van sportwedstrijden en zet wel eens vijf dollar in op de Super Bowl, gewoon om het wat spannender te maken, maar verder is hij geen gokker. Hij koopt zelfs geen goedkope krasloten wanneer hij net zijn salaris heeft gehad. Ook zit hij niet achter vrouwen aan. Er is een vrouw in zijn trailerpark bij wie hij van tijd tot tijd langsgaat. Becky is wat vroeger een onbestorven weduwe heette, maar met haar heeft hij meer een oppervlakkige vriendschap dan wat ze in de middagtalkshows 'een relatie' noemen. Soms blijft hij bij Becky slapen. Soms neemt hij een tas boodschappen voor haar mee of past hij op haar dochtertje, als Beck zelf boodschappen moet doen of een kappersafspraak heeft. Ze kunnen het goed met elkaar vinden, maar van liefde is geen sprake.

Op zaterdagochtend vult hij zijn broodtrommel met een paar boterhammen en een stuk taart dat Becky bij hem langs heeft gebracht nadat hij de uitlaat van haar oude Honda Civic had vastgezet. Hij vult zijn thermosfles met zwarte koffie en zet koers naar het noorden. Hij denkt dat hij wel trek zal hebben als hij een blik achter dat verlaten tankstation heeft geworpen en daar niets aantreft. Als hij er te zien krijgt wat hij in zijn droom heeft gezien waarschijnlijk niet.

Met behulp van de gps op zijn telefoon is hij om half elf in Gunnel. Het is een typische dag in Kansas: heet, zonnig, onbewolkt en oninteressant. Het plaatsje bestaat uit niet meer dan een kruidenierszaak, een agrarische groothandel, een café en een roestige watertoren met GUNNEL op de zijkant. Tien minuten nadat hij Gunnel achter zich heeft gelaten, bereikt hij County Road F en neemt die afslag. De weg is geasfalteerd. Niettemin verkrampt zijn maag en gaat zijn hart zo tekeer dat hij het in zijn hals en in zijn slapen voelt bonken.

Hij wordt aan twee kanten ingesloten door maïs. Voedermaïs, niet voor menselijke consumptie. Net als in zijn droom staat het nog niet manshoog, maar het staat er goed bij voor eind juni en waarschijnlijk staat het tegen de tijd dat augustus zich aandient wel bijna twee meter hoog.

*De weg is geasfalteerd en dat is anders dan in die verrekte droom*, denkt hij, maar na een kilometer of drie houdt het asfalt op en daarna is het aangestampte aarde. Weer anderhalve kilometer daarna blijft hij midden op de weg staan (wat geen probleem is aangezien er verder geen verkeer is). Vlak voor hem, aan zijn rechterhand, staat een wegaanduiding voor County Road F die met een spuitbus verf zodanig is beklad dat er CUNT ROAD FUCK staat. Het bestaat niet dat hij dat in zijn droom heeft gezien en toch is het zo. De weg loopt nu wat omhoog. Wanneer hij nog een paar honderd meter doorrijdt, misschien zelfs nog minder, zal hij de vierkante omtrekken zien van het verlaten tankstation.

*Keer om,* denkt hij. *Je wilt daar niet naartoe en niemand zegt dat het moet, dus keer om en ga naar huis.*

Alleen kan hij dat niet. Hij is té nieuwsgierig. Bovendien is er die hond. Als die er echt is, zal hij uiteindelijk het lijk opgraven en het lichaam schenden van een meisje (of vrouw) dat is vermoord en daardoor de ultieme schending al heeft moeten ondergaan. Dat laten gebeuren zou hem nog erger – en langer – dwarszitten dan de droom zelf.

Weet hij zeker dat de hand toebehoort aan een vrouw? Ja, vanwege die bedelarmband. Weet hij zeker dat ze is vermoord? Waarom zou iemand haar daar anders hebben begraven, achter een verlaten tankstation ergens ten noorden van niks en ten zuiden van nergens?

Hij rijdt door. Het tankstation staat er. De verroeste bordjes met de verschillende brandstofprijzen hangen er ook, net als in zijn droom. Er staat hier bovenaan het heuveltje een licht briesje en de bordjes doen *tinke-tinke-tinke* tegen de metalen paal waaraan ze zijn bevestigd.

Danny rijdt het gebarsten asfalt op, waarbij hij uitkijkt om niet door de glasscherven te rijden. Zijn banden zijn niet nieuw en zijn reserveband is zo versleten dat op een paar plekken de voering erdoorheen komt. Het laatste wat hij wil – echt het aller-állerlaatste – is om hier vast te komen zitten.

Hij stapt uit zijn wagen, gooit het portier dicht en schrikt van het geluid dat dit maakt. Stom, maar hij kan er niks aan doen. Je zou wel kunnen stellen dat hij doodsbang is. Ergens in de verte hoort hij het geluid van een tractor. Voor Danny kan het net zo goed van een andere planeet komen. Hij kan zich niet herinneren zich ooit zo verschrikkelijk alleen te hebben gevoeld.

Wanneer hij om het gebouwtje heen loopt, lijkt het alsof hij weer in zijn droom is gestapt; zijn benen lijken uit zichzelf te bewegen, zonder aanwijzingen vanuit de controlekamer. Hij schopt een leeg olieblik weg. Havoline natuurlijk. Op de hoek van het betonnen gebouwtje wil hij eigenlijk even blijven staan om te visualiseren dat hij niets zal zien, echt helemaal niets, maar zijn benen lopen gewoon door. Ze zijn onverbiddelijk. Daar ligt de roestige vuilnisbak, op z'n kant, omringd door afval. De hond is er ook. Hij staat aan de rand van het maïsveld naar hem te kijken.

*Die rothond stond gewoon op me te wachten*, denkt Danny. *Dat mormel wist dat ik zou komen.*

Dit zou een stomme gedachte moeten zijn, maar dat is het niet. Zoals hij hier staat, kilometers verwijderd van het dichtstbijzijnde menselijk wezen (of liever gezegd: lévend menselijk wezen), weet hij dat het dat niet is. Hij heeft van de hond gedroomd en de hond van hem. Zo simpel is dat.

'Rot op!' roept Danny en hij klapt in zijn handen. De hond werpt hem een onheilspellende blik toe en hinkt weg, het maïsveld in.

Danny kijkt naar links en ziet de hand, of wat daarvan over is. En meer. De zwerfhond is flink bezig geweest. Hij heeft een deel van een onderarm blootgelegd. Er glinstert bot door het vlees en er zijn insecten, maar er is nog voldoende van over om te kunnen zien dat de persoon die hier begraven ligt wit is en dat er vlak boven de bedelarmband een tattoo zit. Zo te zien stelt de tatoeage een touw voor, of prikkeldraad. Van dichterbij zou hij kunnen zien wat het is, maar hij voelt er niets voor om ernaartoe te lopen. Eigenlijk wil hij hier alleen maar weg.

Maar als hij weggaat, komt de hond terug. Danny kan hem niet zien, maar hij weet dat het dier vlakbij is. Naar hem kijkt. En wacht tot hij weer alleen is met zijn vroege lunch.

Hij loopt terug naar zijn pick-up, pakt zijn telefoon uit het handschoenenkastje en kijkt ernaar. Als hij hem gebruikt, maakt hij misschien een hartstikke schuldige indruk. Maar die verdomde hond!

Hij krijgt een idee. De vuilnisbak ligt op z'n kant. Hij keert hem helemaal om, waarbij er een hele berg rotzooi (maar godzijdank geen ratten) uit glijdt. Het is een metalen bak die waarschijnlijk een kilo of vijftien weegt. Terwijl hij het zweet langs zijn wangen voelt lopen, grijpt hij de bak vast en drukt hem tegen zich aan, waarna hij ermee naar de hond en de onderarm loopt. Daar laat hij de bak zakken, doet een stap naar achteren en veegt de roest van zijn shirt. Zal dit genoeg zijn, of gaat het de hond lukken het ding om te gooien? Hij weet het niet.

Danny loopt naar de voorkant van het benzinestation en wrikt twee flinke stukken van het afbrokkelende beton los. Hij neemt ze mee naar achteren en legt ze boven op de omgekeerde vuilnisbak. Is dit genoeg? Hij denkt van wel. Voorlopig althans. Als de hond besluit tegen de bak te duwen om bij datgene te komen wat eronder ligt, zal waarschijnlijk een van de stukken beton eraf vallen, boven op zijn kop.

*Ziezo. Wat nu?*

## 7

Tegen de tijd dat hij weer bij zijn pick-up is, kan hij weer wat helderder denken en heeft hij een idee wat hem te doen staat. Hij start de motor en maakt een draai om naar het zuiden te rijden, opnieuw voorzichtig om niet over het kapotte glas te rijden. Er passeert een pick-up, die in noordelijke richting rijdt met een kleine, open aanhanger vol timmerhout. De bestuurder, met een petje tot bijna over zijn oren getrokken, kijkt strak voor zich uit, zonder acht te slaan op Danny. Wat prima is. Wanneer de pick-up over de heuvel is verdwenen, rijdt Danny weg in de richting waaruit hij is gekomen.

Vlak buiten Thompson stopt hij bij een Dollar General-supermarkt en vraagt of ze prepaidtelefoons verkopen. Hij heeft nog nooit zo'n ding gekocht en verwacht dat de winkelbediende hem waarschijnlijk naar een andere zaak zal verwijzen, naar de Walmart in Belleville misschien, maar de jongen verwijst hem naar gangpad 5. Daar liggen er een heleboel, maar de Tracfone lijkt de goedkoopste, het kost niets om hem te activeren en er zit een gebruiksaanwijzing bij.

Danny haalt zijn portefeuille uit zijn broekzak, klaar om af te rekenen met zijn Visa en vraagt zich dan plotseling af hoe hij zo stom kan zijn. Hij stopt zijn portefeuille weer weg, haalt in plaats daarvan zijn papiergeld uit zijn linker voorzakje en betaalt daarmee.

De winkelbediende is een jonge knul met puistjes en een vlassig sikje. Hij kijkt Danny grijnzend aan en vraagt of hij lekker gleuven gaat scoren op Tinder. Hij noemt Danny 'maat'.

Danny heeft geen idee waar hij het over heeft, dus antwoordt hij alleen dat hij geen tasje nodig heeft.

De jongen zegt niets meer, maar rekent af en geeft Danny zijn bonnetje. Buiten gooit Danny het bonnetje in een afvalbak. Hij wil geen enkele registratie van deze aankoop. Het enige wat hij wil is melding maken van het lichaam. De rest laat hij over aan mensen wier beroep het is dit soort dingen te onderzoeken. Hoe eerder hij dit achter de rug heeft, hoe beter.

Het idee het gewoon te laten voor wat het is komt niet eens bij hem op. Vroeg of laat zal die hond – misschien met behulp van soortgenoten – de vuilnisbak omgooien om bij het vlees eronder te komen. Dat kan hij niet laten gebeuren. Achter dat verlaten tankstation ligt iemands vrouw of dochter begraven.

## 8

Na ruim drie kilometer zet hij de wagen op een kleine parkeerplek langs de weg. Er staan twee picknicktafels en een mobiele toiletcabine. Meer stelt het niet voor. Danny opent de blisterverpakking van de Tracfone en leest snel de gebruiksaanwijzing door. Die is makkelijk zat en de telefoon is al voor de helft opgeladen. Drie minuten later is het toestel klaar voor gebruik. Danny overweegt om op te schrijven wat hij wil gaan zeggen, maar bij nader inzien lijkt hem dat toch niet nodig. Hij is van plan het kort te houden, zodat niemand het gesprek kan traceren.

Aanvankelijk was hij van plan het politiebureau in Belleville te bellen, maar dat is in een andere county en het alarmnummer van de Kansas Highway Patrol kent hij uit zijn hoofd. Dat nummer hangt namelijk in het kantoor van de Wilder High School en in de gangen van zowel de oude als de nieuwe vleugel, net als in scholen in de hele staat, vermoedt Danny. Dat dit nummer er hangt voor incidenten met schoolschutters weet iedereen.

Hij toetst het nummer in. Aan de andere kant gaat het toestel maar één keer over.

'Kansas Highway Patrol. Hebt u een noodgeval?'

'Ik wil een begraven lichaam melden. Volgens mij is het een slachtoffer van een moord.'

'Mag ik uw naam, meneer?'

Bijna zegt hij zijn naam. Stom. 'Het lichaam ligt achter een verlaten Texaco-tankstation in Gunnel.'

'Meneer, mag ik alstublieft uw naam?'

'U volgt County Road F. Op een gegeven moment komt u bij een heuvel. Het benzinestation staat bovenaan die heuvel.'

'Meneer...'

'Luister. Het lichaam ligt achter het tankstation, oké? Er stond een hond aan de hand te knagen van degene die daar begraven ligt. Het is een vrouw of misschien een meisje. Ik heb een omgekeerde vuilnisbak over haar hand gezet, maar die zal die hond er wel snel af weten te duwen.'

'Meneer, ik heb uw naam nodig en de plek waarvandaan u op dit moment b...'

'Gunnel. County Road F, een kleine vijf kilometer vanaf de snelweg. Achter het Texaco-station. Haal haar daar weg. Alstublieft. Er moeten mensen zijn die haar missen.'

Hij beëindigt het gesprek. Zijn hart bonkt in zijn borst. Zijn gezicht is nat van het zweet en zijn shirt is vochtig. Hij voelt zich alsof hij zojuist een marathon heeft gelopen en de wegwerptelefoon voelt radioactief aan in zijn hand. Hij neemt hem mee naar de vuilnisbak tussen de picknicktafels, gooit hem erin, bedenkt zich, vist hem er weer uit, veegt hem grondig af aan zijn shirt en gooit hem er opnieuw in. Hij heeft al een kilometer of acht gereden voordat hij denkt aan iets wat hij wel eens in een televisieserie heeft gezien – namelijk dat hij de simkaart er misschien uit had moeten halen. Wat dat ook mag zijn. Maar hij gaat nu niet meer terug. Hij denkt eigenlijk niet dat de politie gesprekken van prepaidtoestellen kan traceren en bovendien gaat hij niet het risico nemen om terug te gaan naar de plek van het misdrijf.

*Welk misdrijf? In godsnaam zeg, je hebt een misdrijf gemeld.*

Het enige wat hij nu wil is naar huis gaan, voor de televisie gaan zitten en vergeten dat dit ooit is gebeurd. Hij denkt er nog even aan de lunch op te eten die hij heeft meegenomen, maar hij heeft geen trek.

## 9

Nu hij niet meer drinkt, slaapt Danny zelfs in het weekend niet meer uit. Zondagochtend staat hij om half zeven op, eet een kom muesli en zet om zeven uur het nieuwsprogramma van KSNB-TV op. Het belangrijkste nieuws is een kettingbotsing waarbij negen auto's betrokken zijn, op de I-70, ten westen van Wilson. Niets over een lichaam dat is aangetroffen achter een verlaten benzinestation. Hij wil de tv net uitzetten wanneer de presentator, die waarschijnlijk zijn ID moet tonen om in een café een biertje te krijgen, zegt: 'Dit bericht komt net binnen. We horen net dat er een lichaam is gevonden dat begraven lag achter een leegstaand gebouw in het kleine plaatsje Gunnel, niet ver van de grens met Nebraska. De politie heeft een provinciale weg even ten noorden van Gunnel afgesloten en voert een onderzoek uit. Wij houden u van verdere ontwikkelingen op de hoogte op onze website en in het avondjournaal.'

Danny kijkt in de loop van de ochtend een paar keer op de website van de zender en ook op de website van KAAS-TV, in Salina. Om kwart voor twaalf toont de website van KAAS een video van veertig seconden van politiewagens die de toegang tot County Road F blokkeren. Aan het verhaal van die ochtend wordt een nieuw detail toegevoegd: er wordt gemeld dat het lichaam dat van een vrouw is. Wat voor Danny geen nieuws is.

Hij gaat naar Becky, aan de andere kant van het trailerpark. Hij krijgt een warme omhelzing van haar dochtertje, Darla Jean, een schattig meisje van negen. Becky vraagt of hij een zak hamburgers wil gaan halen bij de Snack Shack. 'Neem mijn auto maar,' zegt ze.

'Ik wil ook mee!' zegt Darla Jean.

'Dat is goed,' zegt Becky, 'maar dan ga je eerst een schoon shirtje aantrekken. Wat je nu aanhebt is helemaal vies.'

'Ze hoeft zich niet om te kleden,' zegt Danny. 'We blijven in de auto zitten.'

Ze halen de burgers, plus frietjes en frisdrank en gaan achter Becky's trailer in de schaduw zitten eten. Het is een fijne plek. Becky heeft een jacarandaboom, die ze voortdurend water moet geven. Omdat, zegt ze, 'dit soort flora niet in Kansas thuishoort'. Ze vraagt of hij met zijn gedachten ergens anders is, omdat ze alles wat ze hem vertelt moet herhalen. 'Of je bent aan het dementeren, dat kan ook.'

'Ik zat gewoon te denken aan wat ik volgende week allemaal moet doen,' zegt hij.

'Weet je zeker dat je niet aan Margie zat te denken?'

'Die heb ik gisteren nog gesproken,' zegt Danny. 'Ze denkt dat haar vriend haar ten huwelijk gaat vragen.'

'Ben je nog steeds een beetje gek op haar? Is dat het?'

Danny lacht. 'Echt niet.'

'Danny!' roept Darla Jean. 'Kijk eens hoe ik een dubbele radslag maak!'

Dus dat doet hij.

## 10

Die avond heeft KSNB-TV een verslaggever ter plaatse. Ze maakt een onzekere indruk – zeker een weekendinvaller. Ze staat voor de politieauto's die County Road F blokkeren voor de toegestroomde belangstellenden.

'Na een anonieme tip zijn agenten van de Kansas Highway Patrol gistermiddag laat naar een verlaten benzinestation in Gunnel gegaan. Daar werd het lichaam aangetroffen van een onbekende vrouw die begraven was achter het gebouw dat...' Ze raadpleegt haar aantekeningen en veegt wat haar uit haar ogen. '... dat is gesloten in 2012, toen Route 119 is verbreed tot een vierbaansweg. Of de identiteit van de vrouw al bekend is, wil de politie niet zeggen. Haar identiteit zal in elk geval niet worden vrijgegeven aan de pers voordat de naaste familie op de hoogte is gebracht. De politie zegt ook niet of zij is vermoord, maar gezien deze afgelegen plek...' Ze haalt haar schouders op, alsof ze wil zeggen: *Wat kan het anders zijn?* 'Terug naar jou, Pete.'

Danny denkt dat ze gauw genoeg zullen weten wie de vrouw is. Het belangrijkste is dat ze niet weten wie *híj* is. Hij is gewoon 'een anonieme tipgever'.

*Mijn goede daad voor dit jaar*, denkt hij. *En wie zei ook weer dat een goede daad zelden onbestraft blijft?*

Hij klopt het voor alle zekerheid toch maar even af.

## 11

De week erop verschijnt Pat Grady elke dag op tijd op zijn werk. Danny durft zelfs te hopen dat Pat zijn lesje heeft geleerd, maar hij zal nooit de harde werker worden die Jesse Jackson is. Zoals ze vroeger zeiden: dat joch is liever lui dan moe.

Intussen wordt er steeds meer bekend over Danny's droommeisje. Hoewel haar naam niet wordt genoemd, wordt wel bekendgemaakt dat ze vierentwintig was en woonachtig was geweest in Oklahoma City. Volgens een vriendin had het naamloze meisje genoeg gekregen van zowel haar ouders als haar studie en was ze van plan naar Los Angeles te liften, daar een kappersopleiding te gaan volgen en mogelijk werk te vinden als figurant in films of tv-programma's. Ze was niet verder gekomen dan Kansas.

Het lichaam lag er al een tijdje – politierechercheurs zeiden niet hoelang het er had gelegen, maar lang genoeg om 'in verregaande staat van ontbinding' te verkeren.

*Daar zal de hond ook wel wat mee te maken hebben gehad*, denkt Danny.

Volgens een bron bij de politie had ze 'meerdere steekwonden'. Ook was er sprake van 'seksueel geweld', wat een voorzichtige manier was om te zeggen dat ze was verkracht.

Het was die donderdag het eind van de lokale nieuwsberichten waar Danny onrustig van werd. De verslaggever was ouder dan de vrouw die er in het weekend had gestaan. Hij was een man en behoorde overduidelijk tot het eliteteam van de zender. Hij stond voor het benzinestation, waar het asfalt was afgezet met geel politielint. 'Rechercheurs van het Kansas Bureau of Investigation zijn op zoek naar de man die de eerste tip en de locatie van het lichaam heeft doorgegeven. Mocht iemand weten wie hij is, meld dit dan bij de politie. Ook is het mogelijk dat iemand zijn stem herkent. Luister.'

Het scherm toonde het soort silhouet dat sommige mensen gebruiken om op social media hun gezicht te verbergen. Toen hoorde Danny zijn eigen stem. Hij klonk ontzaglijk duidelijk, vrijwel niet vervormd: '*Het lichaam ligt achter een verlaten Texaco-station in Gunnel... County Road F, een kleine vijf kilometer vanaf de snelweg. Achter het Texaco-station. Haal haar daar weg. Alstublieft. Er moeten mensen zijn die haar missen.*'

Hij begon te wensen dat hij het gewoon had laten rusten. Maar toen hij dacht aan die aangevreten hand en onderarm die uit de grond staken, wist hij dat hij dat niet had gekund. Hij zette de televisie uit en zei hardop tegen de lege trailer: 'Wat ik het liefst zou willen is dat ik die klotedroom nooit had gehad.' Hij zweeg even en voegde er toen aan toe: 'En ik hoop dat ik er nooit meer eentje krijg.'

## 12

Vrijdagmiddag gebruikt Danny een zwabber met een lange steel om de bovenkant van de hangende tl-buizen in de kantoorruimte af te stoffen, wanneer een donkerblauwe personenwagen het parkeerterrein voor het personeel op komt rijden. De bestuurder, een vrouw in een witte blouse en een blauwe pantalon, stapt uit. Ze hangt een tas, die bijna zo groot is als een schooltas, over haar schouder. Aan de passagierskant stapt een man in een zwart colbert en slobberige jeans uit. Terwijl hij hen naar de ingang van de school ziet lopen, denkt Danny: *Ik ben erbij.*

Hij zet de zwabber in de hoek en loopt hun tegemoet. Het enige wat hem aan dit bezoekje verbaast is dat het hem niet verbaast. Het lijkt wel of hij het had verwacht.

Van beneden hoort hij heel flauw het geluid van rockmuziek uit de speakers in de sportzaal. Jesse en Pat zijn daar bezig de rotzooi op te ruimen die altijd tevoorschijn komt wanneer de tribunes worden weggereden en ingeklapt tegen de muur worden gezet. Het plan is om aanstaande maandag de hardhouten vloer opnieuw in de lak te gaan zetten, een klus die Danny altijd hoofdpijn bezorgt. Ze kunnen dan dinsdag, de vierde juli, de hele dag de ramen openzetten om de boel te luchten. Nu vraagt hij zich echter af of hij hier volgende week zal zijn. Zichzelf voorhouden dat dit een belachelijke gedachte is, dat hij niets verkeerds heeft gedaan, helpt niet echt. Hij denkt aan een uitspraak die je vaak in politieseries hoort: *Volgens ons hebt u het een en ander uit te leggen.*

De vrouw opent de buitendeur en houdt hem open voor de man. Danny verlaat de kantoorruimte en loopt naar de ingang. De nieuwkomers staan in de hal, bij de prijzenkast met het blauw-gouden WILDCAT PRIDE-spandoek erboven. De vrouw is zo te zien in de dertig en draagt haar donkere haar in een strakke wrong. Aan de linkerkant van haar riem draagt ze een pistool, met de kolf naar buiten gekeerd. Aan de rechterkant draagt ze een penning, blauw met geel en de letters KBI in het midden. Ze is op een strenge manier knap, maar het is met name de man die Danny's aandacht trekt, ook al kan hij aanvankelijk niet zeggen waarom. Later zal de gedachte bij hem opkomen dat je instinctief je aartsvijand herkent wanneer die in je leven verschijnt. Hij zal proberen die gedachte af te doen als onzin, maar zal zich duidelijk herinneren wat er in hem omging op het moment dat hij naar hem toe loopt: *Voor die vent moet ik oppassen.*

De mannelijke helft van het duo is ouder dan de vrouw, maar hoeveel ouder is niet duidelijk. Danny is over het algemeen goed in het schatten van leeftijden, met een marge naar boven of beneden, maar in dit geval heeft hij geen idee. De man zou vijfenveertig kunnen zijn. Of hij zit tegen zijn pensioenleeftijd aan. Hij kan wel ziek zijn, of gewoon moe. Een brede strook dik, golvend haar waarin rood en grijs gelijkelijk vertegenwoordigd zijn, loopt bijna tot op zijn voorhoofd. Het haar is naar achteren gekamd in wat er in Danny's ogen uitziet als een grote V-vorm. De diepe inhammen aan weerszijden ervan glimmen glad en maagdelijk wit. Hij heeft wallen onder zijn donkere, diepliggende ogen. Het zwarte colbert heeft kale ellebogen, alsof het al tientallen keren bij de stomerij is geweest. Hij draagt ook een KBI-penning aan zijn riem, maar geen wapen. Als dat er wel aan zou hangen, zou het gewicht ervan die ruime jeans misschien wel tot op zijn enkels trekken en een grote oudemannenboxershort onthullen, denkt Danny. Hij heeft geen buik aan de voorkant, geen heupen aan de zijkanten en als hij zich zou omdraaien, denkt Danny dat die spijkerbroek een paar platte billen bedekt die het typische kenmerk zijn van zo veel tenger gebouwde witte mannen uit het Midden-Westen. Het enige wat eraan ontbreekt is een zakje Skoal-pruimtabak dat zijn onderlip naar buiten duwt.

De politieman doet met uitgestoken hand een stap naar voren. 'Daniel Coughlin? Ik ben rechercheur Franklin Jalbert, van het Kansas Bureau of Investigation. Dit is mijn partner, rechercheur Ella Davis.'

Jalberts hand is hard en voelt heel warm aan, alsof hij koorts heeft. Danny schudt hem kort en laat hem dan los. De vrouw geeft hem geen hand, maar kijkt hem alleen taxerend aan. Het is alsof ze hem al met gebogen hoofd, onder politiebegeleiding en met handboeien om de rechtszaal ziet binnenlopen, maar toch doet haar blik hem minder dan die van Jalbert. Die blik heeft iets vermoeids, alsof hij al duizenden versies van Danny voorbij heeft zien komen.

'Weet u waarom wij hier zijn?' vraagt Ella Davis.

Danny herkent het soort vraag – alsof je een kerel vraagt of hij zijn vrouw nog steeds slaat – een vraag waarop geen goed antwoord bestaat. 'Kunt u mij dat niet beter vertellen?'

Voordat een van hen kan reageren, gaat de deur aan het einde van de oude vleugel knarsend open en valt met een klap weer dicht. Het is Jesse. 'We zijn klaar met het aanvegen van de vloer onder de tribunes, Danny. Je had de troep moeten zien die er...' Hij ziet de man in het vale, zwarte colbert en de vrouw in de blauwe pantalon en blijft staan.

'Jesse, als jij nu eens...'

Voordat Danny is uitgepraat gaat de deur weer knarsend open en valt hij weer met een klap dicht. Deze keer is het Pat, met zijn jeans laag op zijn heupen, zijn petje achterstevoren op zijn hoofd. Zo te zien heeft hij het helemaal gehad. Hij gaat vlak achter Jesse staan en kijkt met zijn hoofd een beetje schuin naar Danny's bezoekers. Wanneer hij het pistool van de vrouw en de penningen in de gaten krijgt, verschijnt er een flauw glimlachje op zijn gezicht.

Danny probeert het nog een keer. 'Waarom beginnen jullie niet eens lekker vroeg aan je weekend? Ik klok jullie om vier uur wel uit.'

'Meen je dat nou?' vraagt Pat.

Jesse vraagt of hij het zeker weet. Pat geeft hem een stomp tegen zijn schouder, alsof hij wil zeggen: *Verziek dit nou niet.* Hij glimlacht nog steeds, maar niet omdat het weekend een uur vroeger begint. Hij vindt het gewoon mooi dat zijn baas misschien in de problemen zit met de popo.

'Ik weet het zeker. Als jullie nog spullen in het magazijn hebben liggen, neem die dan meteen mee.'

Ze gaan weg. Jesse werpt nog een snelle blik over zijn schouder en Danny wordt geraakt door de bezorgdheid die hij erin ziet. Wanneer de deur dichtvalt, wendt hij zich weer tot Jalbert en Davis en herhaalt zijn vraag. 'Kunt u mij dat niet beter vertellen?'

Davis gaat er niet op in. 'Wij hebben alleen een paar vragen voor u, meneer Coughlin. Waarom gaat u niet even met ons mee? De politie van Manitou is zo vriendelijk geweest hun koffiekamer beschikbaar te stellen. We kunnen er in twintig minuten zijn.'

Danny schudt zijn hoofd. 'Ik heb die jongens beloofd ze om vier uur uit te klokken. We kunnen wel in de bibliotheek gaan zitten.'

Ella Davis werpt een snelle blik op Jalbert, die zijn schouders ophaalt en heel even een glimlachje laat zien. Zijn tanden zijn wit – *geen Skoal dus*, denkt Danny – maar zo klein dat het wel knopjes lijken. *Hij knarsetandt*, denkt Danny. *Daar krijg je dat van.*

'De bibliotheek lijkt me een prima idee,' zegt Jalbert.

'Het is deze kant op.'

Danny loopt de gang in, maar niet voor hen uit – Jalbert loopt links van hem en Davis rechts. Wanneer ze aan een van de bibliotheektafels zitten, vraagt Davis of Danny er bezwaar tegen heeft als ze hun gesprekje opneemt. Danny zegt dat hij dat geen probleem vindt. Ze vist haar telefoon uit haar tas en legt hem voor Danny op tafel.

'Even voor de goede orde,' zegt ze, 'u hóéft niet met ons te praten. U hebt het recht te zwijgen. Alles wat u zegt...'

Jalbert steekt twee vingers omhoog vanaf de tafel en zij houdt onmiddellijk haar mond. 'Ik denk niet dat we meneer Coughlin... hoor eens, mag ik Danny zeggen?'

Danny haalt zijn schouders op. 'Mij best.'

'Ik denk niet dat we hem op dit moment op zijn rechten hoeven te wijzen. Hij heeft het allemaal al eens eerder gehoord, nietwaar, Danny?'

'Zeker.' Hij wil eraan toevoegen: die aanklacht is ingetrokken, daar was Margie het mee eens, want ik was inmiddels gestopt met drinken en haar lastigvallen. Maar hij vermoedt dat Jalbert dat al weet. Hij vermoedt dat deze twee al lang weten wie er achter die telefonische tip heeft gezeten. Lang genoeg om in zijn verleden te duiken, lang genoeg om te weten dat Margie hem een straatverbod had laten opleggen.

Ze wachten tot hij uit zichzelf meer gaat zeggen. Wanneer Danny dat niet doet, rommelt Davis wat in haar bijna-schooltas en haalt er een tablet uit. Ze laat hem een foto zien. Het is er een van een Tracfone-prepaidtoestel in een plastic zakje waaraan een labeltje hangt met de datum waarop het is aangetroffen en de naam van de politieman – G.S. LAING, FORENSISCHE DIENST KBI – die het heeft gevonden.

'Heb jij dit toestel gekocht bij een Dollar General-supermarkt aan Byfield Road in Thompson?' vraagt Davis.

Liegen heeft geen zin. Deze twee hebben bij de winkelmedewerker van de Dollar General ongetwijfeld de politiefoto laten zien die van hem is gemaakt toen hij werd gearresteerd voor het overtreden van het straatverbod. Hij zucht. 'Ja. Ik neem aan dat ik dat sim-ding eruit had moeten halen.'

'Dat had niets uitgemaakt,' zei Jalbert. Hij kijkt Danny niet aan. Hij kijkt uit het raam naar Jesse en naar Pat, die staat te schateren van het lachen. Hij geeft Jesse een stoot tegen zijn schouder en loopt naar zijn auto.

'De agente die je telefoontje opnam zag het telefoonnummer op haar scherm en ook de dichtstbijzijnde gsm-mast.'

'Ah. Daar heb ik niet goed over nagedacht, hè?'

'Nee, Danny, dat kun je wel stellen.' Davis kijkt hem aan met een serieuze blik. Ze glimlacht dus niet, maar laat wel doorschemeren dat ze zou kúnnen glimlachen, als hij haar meer vertelt. 'Het lijkt bijna alsof je gevonden wílde worden. Is dat zo?'

Danny denkt na over haar vraag en komt tot de conclusie dat hij nergens op slaat. 'Welnee. Gewoon niet goed over nagedacht.'

'Maar je geeft wel toe dat je hebt gebeld? Over de locatie van Yvonne Wicker? Zo heette ze. De dode vrouw.'

'Ja.'

Hij weet dat hij nu niet meer terug kan. Hij gelooft niet dat ze hem kunnen arresteren voor de moord. Het idee alleen al. Het ergste wat hij in zijn hele leven ooit heeft gedaan, is dat hij voor het huis van zijn bijna-exvrouw is gaan staan en net zo lang tegen haar heeft staan schreeuwen tot ze de politie belde. De eerste twee keer stuurden ze hem gewoon weg. De derde keer – dat was nadat zij hem een straatverbod had laten opleggen – hadden ze hem gearresteerd en had hij een nacht in de cel doorgebracht.

Ze wachten tot hij verder praat. Danny slaat zijn armen over elkaar en zegt niets. Hij zal het een en ander moeten uitleggen, daar twijfelt hij niet aan, maar hij ziet ertegen op.

'Dus je bent bij het Texaco-station in Gunnel geweest?' zegt Jalbert.

'Ja.'

'Hoe vaak?'

*Twee keer*, denkt Danny. *Eén keer in mijn slaap en één keer wakker.*

'Eén keer.'

'Heb jij een vuilnisemmer over het stoffelijk overschot van dat arme meisje gezet om te voorkomen dat ze zou worden aangevreten door dieren?'

'Ja,' antwoordt Danny. 'Er was een hond. Weten jullie wat daarmee is gebeurd?'

'Die is afgemaakt,' zegt Ella Davis. 'De agenten die een kijkje gingen nemen slaagden er niet in hem weg te jagen en ze wilden ook niet wachten op iemand van de dierenbescherming die uit Belleville moest komen, dus...'

Jalbert legt een hand op haar arm, een vriendelijke hand, en ze zwijgt onmiddellijk en krijgt zelfs een beetje een kleur. *Nooit informatie geven aan een verdachte*, denkt Danny. *Dat weet zij misschien niet, maar hij wel.* En hij denkt opnieuw: *Voor die vent moet ik oppassen.*

Davis veegt met een hand over haar tablet, waarschijnlijk naar een andere foto. 'Ben jij de eigenaar van een witte Toyota Tundra-pick-uptruck uit 2011?'

'Hij is uit 2010. Ik parkeer altijd achter de school, bij de schoolbussen.' Waar zij de wagen dus niet hebben gezien, maar toch weten ze het merk en het model. En hij weet al wat er op de foto staat voordat zij hem die laat zien. Het is zijn auto, op het parkeerterrein van de supermarkt waar hij de telefoon heeft gekocht. Het kenteken is duidelijk zichtbaar.

'Beveiligingscamera?'

'Ja. Ik heb ook foto's waar jij zelf op staat. Wil je die ook zien?'

Danny schudt zijn hoofd.

'Oké, maar hier heb ik er nog een die je misschien interessant vindt.' Deze keer is het een zwart-witfoto van bandensporen op het gebarsten asfalt van de Texaco. 'Als we deze gaan vergelijken met de banden onder jouw pick-up, komen ze dan overeen?'

'Ik neem aan van wel.' Hij heeft er nooit bij stilgestaan dat hij sporen achterliet, maar daar had hij aan moeten denken. Want de rest van County Road F is onverhard. Verdomme, denkt hij, wat kan je toch slordig zijn met het – letterlijk – uitwissen van je sporen als je geen misdrijf hebt gepleegd.

Davis knikt. 'Verder heeft ene Delroy Ferguson, een boer uit de omgeving, een witte pick-up voor het benzinestation zien staan. Dezelfde dag waarop jij vanuit Thompson het politiebureau belde. Hij belde de Highway Patrol en zei dat hij dacht dat er misschien iemand aan het stelen was. Of dat er drugs werden verhandeld.'

Danny zucht. Hij had durven zweren dat die boer uitsluitend oog voor de weg had toen hij met zijn aanhanger vol timmerhout in noordelijke richting over de verder verlaten provinciale weg reed. Hij denkt weer: *Ik ben erbij.*

'Dat was mijn auto, ik was daar, ik heb die telefoon gekocht, ik heb gebeld. Dus waarom kappen we niet met al deze bullshit? Vraag me gewoon waarom ik daar was. Dan vertel ik dat.' Hij wil er bijna aan toevoegen: *Niet dat jullie me zullen geloven*, maar dat ligt misschien te veel voor de hand.

Hij denkt dat Davis de vraag gaat stellen, maar de man in de zwarte jas is haar voor. 'Er was iets geks met die telefoon. Er zaten geen vingerafdrukken op.'

'Nee, die heb ik eraf geveegd. Maar zo te horen had ik dat net zo goed niet kunnen doen.'

'Klopt, klopt. Aan de andere kant heb je het toestel wel contant afgerekend,' zegt Jalbert, bijna achteloos. 'Dat was slim. Zonder de beelden van de beveiligingscamera zou het misschien wel een tijd hebben geduurd om je te vinden. Misschien hadden we je dan wel nooit gevonden.'

'Zoals ik al zei, ik heb er niet goed over nagedacht.' Het is koel in de bibliotheek, maar hij begint te zweten. Hij voelt zijn wangen rood worden. Hij voelt zich ontzettend dom. Een goede daad blijft zelden onbestraft – zeg dat wel.

Jalbert kijkt hoe Pat Grady wegrijdt, met een dreunende motor en een rookwolken uitspuwende uitlaat. Dan vestigt hij zijn ietwat vermoeide blik op Danny. 'Je wilde dat we je zouden vinden, waar of niet?'

'Nee,' zegt Danny, hoewel hij het zich diep in zijn hart toch afvraagt. Jalberts blik is fel. *Ik weet wat ik weet*, zegt die blik. *Ik doe dit werk al een hele tijd, vriend, en ik weet wat ik weet*. 'Ik wilde alleen niet uitleggen hoe ik wist dat die vrouw daar lag. Ik dacht dat niemand me zou geloven. Als ik het over kon doen, zou ik een anonieme brief schrijven.'

Hij zwijgt, kijkt neer op zijn handen en bijt op zijn lip. Dan kijkt hij weer op en vertelt de waarheid. 'Nee. Ik zou precies hetzelfde doen. Vanwege die hond. Die was bezig haar op te graven en aan te vreten. En daar zou hij mee door zijn gegaan. En misschien waren er nog meer honden gekomen zodra hij die hele hand en die arm uit de grond had weten te krijgen. Die zouden lucht hebben gekregen van het...'

Hij zwijgt. Jalbert helpt hem. 'Het lichaam. Het lichaam van die arme Miss Yvonne.'

'Ik wilde niet dat dat zou gebeuren.' Hij moet nog wennen aan haar naam. Yvonne. Mooie naam.

Ella Davis kijkt hem aan alsof hij een akelige ziekte heeft, maar Jalberts enigszins vermoeide blik verandert niet. Hij zegt: 'Vertel het ons dan maar. Hoe wist je dat ze daar lag?'

Dus vertelt Danny hun over de droom. Over het bord waarop CUNT ROAD FUCK te lezen was, de maan, het *tinke-tinke-tinke* van de bordjes die tegen de paal klepperden. Hij vertelt hun hoe zijn benen helemaal vanzelf leken te bewegen. Hij vertelt hun over de hand, de bedelarmband, de hond. Hij vertelt hun alles, maar wat hij niet duidelijk kan maken is hoe kristalhelder de droom was, hoe alles aanvoelde als de werkelijkheid.

'Ik dacht dat de droom gewoon zou vervagen, zoals dat meestal gebeurt zodra je wakker bent. Maar dat gebeurde niet. Dus toen ben ik er uiteindelijk naartoe gereden, omdat ik met eigen ogen wilde zien dat het niets anders was dan een of andere gestoorde film in mijn eigen hoofd. Alleen... was ze er echt. De hond was er. En toen heb ik gebeld.'

Ze kijken hem zwijgend aan. Bedenkelijk. Ella Davis zegt niet: *Denk je nu echt dat we dat verhaal slikken?* Ze hoeft het niet te zeggen. Haar gezicht spreekt boekdelen.

Het blijft stil. Danny weet wat ze nu verwachten. Ze verwachten dat hij nu gaat proberen hen te overtuigen door meer details te vertellen. Dat hij over zijn woorden begint te struikelen, onzin begint uit te kramen. Hij zwijgt. Dat kost moeite.

Jalbert glimlacht. Dat is even schrikken, want het is een goede glimlach. Warm. Alleen doen zijn ogen niet mee. Die blijven hetzelfde. Als een man die een belangrijke waarheid verkondigt, zegt hij: 'Je bent helderziend! Net als Char!'

Davis laat haar ogen rollen.

Danny schudt zijn hoofd. 'Nee, ik ben niet helderziend.'

'Jawel! Dat ben je wel! Allemachtig! Drie! Ik wil wedden dat je de politie al bij andere onderzoeken hebt geholpen, net als bijvoorbeeld Char Margolis en Peter Hurkos. Misschien weet je zelfs wat mensen denken!' Hij tikt op een van zijn diep weggezonken slapen, waar een kluwen kleine blauwe adertjes pulseert.

Danny glimlacht en wijst naar Ella Davis. 'Ik heb geen flauw idee wie die Char Margolis of Peter Hurkos zijn, maar ik weet wel wat zíj denkt. Dat ik uit mijn nek lul.'

Davis lacht humorloos terug. 'Je slaat de spijker op z'n kop.'

Danny richt zich tot Jalbert. 'Ik heb de politie nooit eerder geholpen. Vóór dit alles, bedoel ik.'

'Nee?'

'Ik heb ook nooit eerder zo'n droom gehad.'

'Nooit helderziende momenten gehad? Dat je tegen een vriend hebt gezegd dat hij uit moet kijken op de keldertrap of dat je hebt gezien dat iemand een lelijke val gaat maken?'

'Nee.'

'Zorg in godsnaam dat je op 12 mei de straat niet op gaat? Twaalf?'

'Nee.'

'De ring die je kwijt bent ligt boven op het medicijnkastje in de badkamer?'

'Nee.'

'Alleen deze ene keer dus!' Jalbert probeert verbijstering te veinzen. In zijn ogen is geen verbijstering te zien. Die glijden heen en weer over Danny's gezicht. Ze lijken bijna gewicht te hebben. 'Eén keer!'

'Ja.'

Jalbert schudt zijn hoofd – nog meer verbijstering – en kijkt zijn partner aan. 'Wat moeten we met deze kerel beginnen?'

'Wat dacht je ervan om hem maar te arresteren voor de moord op Yvonne Wicker?'

'Máák het nou een beetje! Ik heb jullie nota bene verteld waar het lichaam lag. Waarom zou ik dat doen als ik haar had vermoord?'

'Publiciteit?' Ze spuugt het woord bijna uit. 'Wat denk je daarvan? Dat doen pyromanen ook altijd. Ze steken iets in de hens, melden de brand, proberen hem te blussen en komen met hun kop in de krant.'

Opeens leunt Jalbert naar voren en grijpt Danny's hand. Zijn aanraking voelt onaangenaam – zo droog en zo warm. Danny probeert zijn hand los te trekken, maar Jalbert heeft een stevige greep. 'Zweer je het?' vraagt hij op een vertrouwelijke fluistertoon. 'Zweer, zweer, zwéér je – drie keer, één en nog twee erbij – dat je Miss Yvonne Wicker niet hebt vermoord?'

'Ja!' Danny rukt zijn hand los. Hij had zich al ongemakkelijk en angstig gevoeld, maar nu raakt hij echt in paniek. De gedachte komt bij hem op dat Franklin Jalbert misschien wel gek is. Waarschijnlijk voert hij een toneelstukje op, maar wat als dat niet zo is? 'Ik heb gedroomd waar haar lichaam lag en dat is alles!'

'Laat me je vertellen,' zegt Ella Davis, 'dat ik in de loop der tijd al heel wat slechte alibi's heb moeten aanhoren, maar dit slaat echt alles. Heel wat beter dan: de hond heeft mijn huiswerk opgegeten.'

Intussen zit Jalbert met een treurige blik zijn hoofd te schudden... maar de ogen veranderen niet. Ze blijven over Danny's gezicht dwalen. Heen en weer gaan ze. 'Ella, ik denk dat we tot de slotsom moeten komen dat deze man onschuldig is.'

'Maar hij wist waar het lichaam lag!'

*Ze volgen een vast scenario*, denkt Danny. *Verdomd als het niet waar is.*

Jalbert blijft zijn hoofd schudden. 'Nee... nee... hij is onschuldig. Deze eenmalig helderziende schoonmaker is onschuldig.'

'Ik ben conciërge!' zegt Danny en hij voelt zich meteen een beetje dom.

'Neem me niet kwalijk, deze eenmalig helderziende conciërge. Dat kunnen we zeggen omdat de man die Miss Yvonne heeft verkracht geen voorbehoedmiddel heeft gebruikt en daardoor een goudmijn aan DNA heeft achtergelaten. Vind je het goed als we een monstertje nemen, Danny? Zodat we je als verdachte kunnen elimineren? Fluitje van een cent, gewoon een wattenstaafje langs de binnenkant van je wang. Vind je dat oké?'

Danny merkt pas hoe gespannen en kaarsrecht hij op zijn stoel heeft gezeten wanneer hij naar achteren leunt. 'Ja! Doe maar!'

Davis duikt meteen weer in haar tas. Een verstandige meid is op alles voorbereid. Ze haalt er een testpakketje uit. Danny kijkt naar Jalbert en wat hij ziet is – misschien – een korte flits van teleurstelling. Danny weet het niet zeker, maar hij denkt dat Jalbert bluft en dat de verkrachter-moordenaar wel degelijk een condoom heeft gebruikt.

'Mond wijd open, meneer de helderziende conciërge,' zegt Davis.

Danny doet zijn mond open en Davis haalt het wattenstaafje langs de binnenkant van zijn wang. Ze bekijkt het goedkeurend en steekt het dan in het buisje. 'Cellen vertellen de waarheid,' zegt ze. 'Die liegen nooit.'

'Daar is het bergingsvoertuig,' zegt Jalbert.

Danny kijkt uit het raam en ziet een wagen met oplegger het parkeerterrein op rijden. Ella Davis kijkt Jalbert aan. Hij geeft haar een knikje en zij duikt weer in haar tas. Ze haalt er twee dunne stapeltjes papier uit, bij elkaar gehouden door paperclips. 'Huiszoekingsbevelen. Een voor je pick-up en een voor je woning op het adres...' Ze kijkt op een van de documenten. 'Oak Drive 919. Wil je ze nog doorlezen?'

Danny schudt zijn hoofd. Wat had hij anders kunnen verwachten?

Jalbert zegt: 'Ga jij ze buiten maar vertellen dat de pick-up aan de achterkant staat en film hoe ze hem op de vrachtwagen zetten, zodat onze conciërge later niet kan zeggen dat we ergens mee hebben gesjoemeld.'

Ze pakt haar telefoon en staat op, maar ze kijkt weifelend. Jalbert glimlacht, waarbij hij die dopjes toont die dienstdoen als zijn tanden, en wappert met een hand in de richting van de deur. 'Wij redden ons hier wel, nietwaar, Danny?'

'Als jij het zegt.'

'Sleutels?' vraagt zij.

'Onder de stoel.' Hij laat de sleutels die aan zijn riem hangen rinkelen. 'Ik heb hier genoeg sleutels voor dit gebouw, daar hoeven mijn autosleutels niet bij. De pick-up zit niet op slot.' En voor de verandering heeft hij zijn telefoon niet in het handschoenenkastje laten liggen.

Ze knikt en loopt weg. Wanneer de deur achter haar dichtvalt, zegt Jalbert: 'Die bergingswagen gaat jouw pick-up naar Great Bend brengen, waar hij van bumper tot knalpijp zal worden onderzocht. Gaan we er iets in vinden wat van Miss Yvonne is geweest?'

'Nee, tenzij jullie het er neerleggen.'

'Een van haar haren misschien? Eén enkele blonde haar?'

'Nee, tenzij...'

'Tenzij wij die er neerleggen, ja. Danny, bij nader inzien gaan we toch een ritje maken, maar niet naar het politiebureau van Manitou. We gaan naar jouw huis. Puur uit nieuwsgierigheid, staan er eigenlijk eiken in het Oak Grove Trailer Park? Vier of vijf? Of misschien maar drie?'

'Nee.'

'Dat dacht ik al. Er zijn op dit moment al politiemensen en een forensisch team. Zit je huissleutel aan dezelfde sleutelhanger als je autosleutels?'

'Ja, maar de deur zit niet op slot.'

Jalbert trekt zijn wenkbrauwen op, die dezelfde mengeling van rood en grijs hebben als de v-vormige haarlok op zijn voorhoofd. 'Jij hebt veel vertrouwen in de mensheid.'

''s Nachts sluit ik wel af. Maar overdag...' Danny haalt zijn schouders op. 'Ik heb niets wat het stelen waard is.'

'Ben je zo iemand die weinig nodig heeft in het leven? Dus je bent niet alleen helderziend, maar ook een volgeling van Thoreau!'

Danny weet net zomin wie dat is als wat Tinder is. Hij vermoedt dat Jalbert dat weet. Zijn ogen dwalen en dwalen. Danny beseft opeens waarom hij het gevoel had dat de blik van de man vermoeid was. Zijn ogen hebben geen enkele glans, geen schittering, alleen een bepaalde gretigheid. *Hij doet me denken aan omgevingsgeluid*, denkt hij. Een vreemde gedachte, maar op de een of andere manier klopt het. Hij vraagt zich af of Jalbert droomt.

'Ik heb een vraag voor je, Danny, een vraag die ik al heb gesteld en die jij al hebt beantwoord, maar deze keer wijs ik je eerst op je rechten. Je hebt het recht om te zwijgen. Mocht je besluiten mijn vraag te beantwoorden – je bent niets verplicht, maar als je het toch doet – kan alles wat je zegt tegen je worden gebruikt in een rechtszaak. Je hebt recht op een advocaat. Indien je je die niet kunt permitteren, zal er een worden toegewezen.' Hij zwijgt even. De kleine witte dopjes laten zich zien. 'Dit heb je zeker al eens eerder gehoord?'

'Inderdaad.' Wat Danny denkt is dat wanneer hij en Jalbert bij zijn trailer arriveren, er al agenten aanwezig zullen zijn. Alle bewoners die niet aan het werk zijn, zullen dat zien en doorvertellen – *de politie kwam Danny Coughlins trailer doorzoeken*. Nog voor de avond zal heel Oak Grove van het nieuws op de hoogte zijn.

'Begrijp je wat je rechten zijn?'

'Jazeker. Maar je neemt niets op. Ze heeft haar telefoon meegenomen.'

'Maakt niet uit. Dit is iets tussen jou en mij.' Jalbert staat op en leunt naar voren, met de toppen van zijn gespreide vingers op de bibliotheektafel. Zijn ogen glijden over Danny's gezicht. 'Goed, nog één keer. Heb jij Yvonne Wicker vermoord?'

'Nee.'

Voor het allereerst lijkt Jalberts glimlach echt. Met een lage, bijna strelende toon in zijn stem, zegt hij: 'Ik denk dat je het wel hebt gedaan. Ik wéét dat je het hebt gedaan. Weet je zeker dat je er niet over wilt praten?'

Danny kijkt op zijn horloge. 'Wat ik wil is die twee jongens uitklokken. En mezelf.'

## 13

In Oak Grove is de situatie precies zoals Danny verwachtte. Voor zijn trailer staan twee politiewagens en een wit busje van de forensische recherche. Een stuk of zes van zijn buren staan ernaar te kijken. Ella Davis is er ook, samen met vier agenten in uniform en twee forensisch rechercheurs die witte overalls, handschoenen en overschoenen dragen. Danny veronderstelt dat ze naar het trailerpark is meegereden met het bergingsvoertuig dat zijn pick-up heeft opgehaald, dus dat moeten de buren ook hebben gezien. Lekker. Gelukkig is Becky niet thuis, dat is een opluchting. Op maandag, woensdag en vrijdag heeft ze een parttimebaantje bij Freddy's Washateria. Darla Jean zit daar dan te kleuren of een boekje te lezen, terwijl Becky wasmachines en drogers leegt en kleren opvouwt.

*Maar ze komt er toch wel achter*, denkt Danny. *Er is vast wel iemand die niet kan wachten om het haar te vertellen. Waarschijnlijk die kletskous Cynthia Babson.*

Hoewel zijn trailer niet op slot zit, hebben ze op Jalbert gewacht. Davis komt naar de wagen toe. Wanneer ze ziet dat Danny voorin heeft gezeten in plaats van achterin, kijkt ze fronsend naar Jalbert, die alleen zijn schouders ophaalt.

Ze zegt: 'Gaan we binnen wapens aantreffen, meneer Coughlin?'

Geen Danny meer dus, en ze praat hard genoeg voor de nieuwsgierige toeschouwers om haar te kunnen verstaan. Wil ze hun duidelijk maken dat Danny Coughlin verdacht wordt van iets ernstigs? Natuurlijk wil ze dat.

'Een .38 semiautomatisch pistool in de la van het nachtkastje. Een Colt Commander.' Hij wil eraan toevoegen dat hij het recht heeft een handvuurwapen te bezitten, aangezien hij nooit voor een misdrijf is veroordeeld, maar hij houdt zijn mond. Hij ziet Bill Dumfries bij zijn trailer staan, met een neutrale blik en zijn vlezige armen over elkaar geslagen voor zijn borst. Wanneer Danny de kans krijgt wil hij Bill graag even spreken.

'Geladen?'

'Ja.'

'Gaan we verdovende middelen, injectienaalden of andere drugsgerelateerde artikelen aantreffen?'

'Alleen aspirine.'

Ze knikt naar de lui van het forensisch team. Die gaan met al hun tassen naar binnen, op de voet gevolgd door een politieman met een videocamera. Hij draagt overschoenen en nitrilhandschoenen, maar geen overall.

'Mag ik naar binnen?' vraagt Danny.

Davis schudt haar hoofd.

'Laat hem maar toekijken vanuit de deuropening,' zegt Jalbert. 'Dat kan geen kwaad.'

Davis kijkt Jalbert weer fronsend aan, maar Danny weet vrij zeker dat ze dit toneelstukje vaker hebben opgevoerd. Ze speelden niet de aardige en de onsympathieke agent, maar de agressieve en de neutrale. Alleen betwijfelt hij of Jalbert wel neutraal is. En Davis is dat evenmin.

Danny loopt de treden op. Het zijn gewoon betonblokken, want na drie jaar heeft hij nog steeds het idee dat zijn trailer in Oak Grove tijdelijk is, maar er staan wel bloemen aan weerskanten. Hij heeft Becky geld gegeven om zaden te kopen en die heeft hij samen met Darla Jean in de grond gestopt.

Hij gaat in de deuropening staan en kijkt toe hoe de forensisch rechercheurs zijn woonruimte doorzoeken, en laden en kasten openen. Ze kijken in de koelkast, in zijn oven, in de magnetron op het aanrecht. Het is om woest van te worden. Hij denkt steeds: *Dit is je dank omdat je wilde helpen, stank voor dank.*

Achter hem zegt Jalbert, heel zacht: 'Je krijgt straks ontvangstbewijzen voor alles wat ze meenemen om te testen.'

Danny schrikt ervan. Hij heeft Jalbert niet horen aankomen. Wat een geruisloze gluiperd.

Uiteindelijk nemen ze alleen zijn pistool en een slagersmes mee. Een van de forensisch rechercheurs stopt ze in plastic zakjes en zijn collega maakt er foto's van – kennelijk is het niet voldoende alles te filmen. Danny heeft drie steakmessen, maar die nemen ze niet mee. Hij vermoedt dat hun gekartelde lemmet niet past bij de verwondingen die op Yvonne Wickers lichaam zijn aangetroffen.

Danny loopt het trapje weer af. Davis en Jalbert staan met hun hoofden dicht bij elkaar te praten. Zij mompelt iets tegen Jalbert, die luistert zonder zijn blik van Danny af te wenden. Jalbert knikt, mompelt iets terug en dan lopen ze terug naar Danny. Ze worden gevolgd door nieuwsgierige blikken. Politiebezoekjes komen wel vaker voor in het trailerpark, maar dit is de eerste keer dat ze voor Danny komen.

Ella Davis zegt op achteloze toon, alsof het een doodgewone vraag is: 'Heb je nog meer moorden gepleegd, Danny? En werd het je nu gewoon een beetje te veel? Was het schuldgevoel in plaats van publiciteit? Was Yvonne Wicker de druppel die de emmer deed overlopen?'

Terwijl hij haar recht in de ogen kijkt, zegt Danny: 'Ik heb niemand vermoord.'

Davis glimlacht. 'Morgen verwachten we je op het politiebureau van Manitou. We hebben nog meer vragen voor je. Wat denk je van tien uur?'

*Dat is nou precies wat ik het liefste doe op mijn zaterdagochtend*, denkt Danny. 'En als ik weiger?'

Ze spert haar ogen wijd open. 'Tja, dat moet je dan zelf weten. Voorals-nog althans. Maar als je niets anders hebt gedaan dan melding maken van de vondst van het lichaam, zou ik denken dat je dit liever opgehelderd wilt zien.'

'Dat is dan afgesproken,' zegt Jalbert en hij veegt zijn handen tegen elkaar af om zijn woorden te benadrukken. 'Tien uur, oké?'

'Ik weet niet of jullie het hebben gezien, maar die lui hebben mijn auto meegenomen.'

'We sturen wel een auto om je op te pikken,' zegt Jalbert.

'Misschien kan ik er een huren bij Budget en jullie de rekening sturen.'

'Dan wens ik je veel succes met het vinden van iemand die daar goedkeuring voor geeft,' zegt Jalbert. 'Bureaucratie.' De dopjestanden blinken even en verdwijnen dan weer. 'Maar je kunt het altijd proberen.'

Davis zegt: 'Wel in de buurt blijven vanavond. Je mag wel de stad uit, maar niet de county.' Ze glimlacht. 'Wij houden je in de gaten.'

'Daar twijfel ik niet aan.' Danny aarzelt even en zegt dan: 'Als jullie zo reageren als iemand eerlijk is, moet ik er niet aan denken hoe jullie iemand behandelen die jullie besodemietert.'

'We wéten...'

Danny heeft er genoeg van. 'Jullie weten niks, rechercheur Davis. En nu wegwezen. Allebei.'

Ze laat zich niet uit het veld slaan, maar ritst het zijvakje van haar tas open en overhandigt hem een visitekaartje. 'Dit is mijn mobiele nummer. Hierop ben ik dag en nacht bereikbaar. Bel me als je besluit om van het vervolggesprek van morgen af te zien. Maar ik zou het je niet willen aanraden.'

Zij en Jalbert stappen in een donkerblauwe personenwagen. Ze rijden naar de ingang van het trailerpark, langs het bord met de tekst: MATIG UW SNELHEID WIJ HOUDEN VAN ONZE KINDEREN.

Danny loopt naar Bill Dumfries. 'Wat had dát in vredesnaam allemaal te betekenen?' vraagt Bill.

'Lang verhaal kort: ik heb het lichaam van een vermoord meisje gevonden in een klein plaatsje ten noorden van hier. Gunnel. Ik heb geprobeerd het anoniem te melden. Daar zijn ze achter gekomen. Nu denken ze dat ik het heb gedaan.'

'Jezus,' zegt Bill en hij schudt zijn hoofd. 'Politieagenten!'

Het klinkt goed en misschien is de twijfel die Danny in Bills ogen meent te zien verbeelding. Het kan Danny niet schelen. Bill heeft zich drie jaar geleden teruggetrokken uit Dumfries Aannemersbedrijf en als iemand in Oak Grove hem een advocaat in de nabije omgeving kan aanraden, is Bill het wel. Hij vraagt het, Bill checkt zijn telefoon en Danny heeft al een naam en een telefoonnummer voordat de donkerblauwe sedan de snelweg op draait. Hij zet de gegevens in zijn contacten.

'Het verbaast me dat ze mijn telefoon niet hebben meegenomen,' zegt Danny. 'Als ik hem in het handschoenenkastje van mijn pick-up had laten liggen, wat ik meestal doe, hadden ze hem nu gehad.'

Bill zegt er vrij zeker van te zijn dat ze daar een apart gerechtelijk bevel voor hadden moeten hebben en zegt dan: 'Misschien vragen ze je morgen je toestel af te geven. Als je er iets op hebt staan wat ze beter niet kunnen zien, zou ik hem maar vernietigen.'

'Dat is niet nodig,' zegt Danny, iets te hard. De mensen staan nog steeds naar hem te kijken en de deur van zijn trailer staat nog open. Hij voelt zich misbruikt en zegt tegen zichzelf dat dat onzin is, maar het gevoel verdwijnt niet. Omdat het geen onzin is.

'Billy!' Het is mevrouw Dumfries, vanuit de deuropening van hun trailer, een dubbelbrede en de meest luxueuze van het hele park. 'Kom binnen, je eten wordt koud!'

Billy kijkt niet achterom, maar steekt snel een duim op naar Danny. Wat beter is dan niks, veronderstelt Danny.

## 14

In de trailer, met de deur dicht, begint Danny plotseling hevig te trillen en moet hij gaan zitten. Het is de eerste keer dat hem dit overkomt sinds hij is gestopt met drinken. Indertijd kreeg hij dit soort aanvallen na een avond zwaar drinken vaak de volgende ochtend, voordat hij zijn eerste kop koffie binnen had. En een paar aspirines. En natuurlijk had hij een aanval gehad toen hij wakker werd in die gevangeniscel in Wichita en geen koffie of aspirine bij de hand had. Dat was het moment geweest waarop hij had besloten de drank af te zweren, omdat hij anders veel ernstiger problemen dreigde te krijgen. Dus was hij gestopt en moet je zien hoe zwaar hij nu in de problemen zat. Een goede daad blijft zelden... enzovoort.

Hij neemt niet de moeite koffie te zetten, maar er staat een sixpack Pepsi in de koelkast. Hij klokt een blikje leeg, laat een stevige boer en voelt het trillen wegtrekken. De advocaat heet Edgar Ball en hij woont in de buurt. Hij verwacht niet Ball zelf aan de lijn te krijgen – het is vrijdagmiddag en al na vijven – maar het ingesproken bericht geeft hem een nummer dat hij kan bellen als het dringend is. Danny draait het nummer.

'Hallo?'

'Spreek ik met Edgar Ball? De advocaat?'

'Jazeker, en ik sta net op het punt mijn vrouw mee uit eten te nemen bij Happy Jack's. Dus vertel me waarom u belt en houd het kort.'

'Mijn naam is Daniel Coughlin. Ik denk dat de politie gelooft dat ik een meisje heb vermoord.' Hij corrigeert zichzelf. 'Ik weet zeker dat ze dat geloven. Ik heb het niet gedaan. Ik heb ze alleen verteld waar het lichaam lag. Ik word morgen op het politiebureau van Manitou verwacht voor verhoor.'

'Gaat het om het meisje Wicklow?'

'Ze heet Wicker, maar ja, om haar gaat het.'

'En de politie van Manitou wil...'

'Nee, de KBI. Ze gebruiken alleen een ruimte in het politiebureau om mij te ondervragen. Ze geven me vanavond om er nog eens goed over na te denken, maar ik denk dat ze me morgen gaan arresteren. Ik heb een advocaat nodig. Ik heb uw naam van Bill Dumfries.'

Op de achtergrond roept een vrouw iets. Ball zegt dat hij binnen twee tellen voor haar neus zal staan. Dan, tegen Danny: 'Ik ben gespecialiseerd in vastgoedzaken, heeft Bill u dat niet verteld? Ik heb sinds het eerste jaar dat ik mijn naambordje op de deur heb geschroefd geen enkele strafzaak meer gedaan, en destijds ging het meestal om rijden onder invloed en kruimeldiefstal.'

'Ik ken geen andere...'

'Hoe laat is uw gesprek?'

'Ze verwachten me om tien uur.'

'Op het politiebureau aan Rampart Street.'

'Als u het zegt.'

'Dan zal ik u bij dat gesprek vertegenwoordigen, dat is wel het minste wat ik kan doen.'

'Dank u...'

'En daarna, als ze echt tot vervolging overgaan, zal ik u een advocaat aanbevelen die zich bezighoudt met strafzaken.'

Danny wil hem bedanken en misschien vragen of hij met Ball kan meerijden naar het politiebureau, maar Ball heeft al opgehangen.

Het is niet veel, maar het is íéts. Hij belt Becky.

'Hé, Beck,' zegt hij wanneer ze opneemt. 'Ik zit hier met een klein probleempje en ik vroeg me af...'

'Ik heb al over je probleempje gehoord,' zegt Becky, 'en zo klein klinkt het niet. Ik werd net gebeld door Cynthia Babson.'

*Natuurlijk*, denkt Danny.

'Zij zegt dat de politie denkt dat jij dat meisje dat ze hebben gevonden hebt vermoord.'

Ze zwijgt en wacht tot hij gaat zeggen dat hij het niet heeft gedaan, dat het te belachelijk voor woorden is, maar dat zou niet nodig moeten zijn.

Ze kent hem al drie jaar, ze hebben één keer per week seks, soms twee keer, hij haalt soms haar dochter van school, dus hij zou dat niet hoeven doen, punt uit.

Hij zegt: 'Ze willen me morgen spreken, die twee rechercheurs van de KBI, en ik vroeg me af of ik jouw auto kan lenen. Ze hebben mijn pick-up naar Great Bend gebracht en ik weet niet wanneer ik hem weer terugkrijg.'

Het blijft lang stil en dan zegt Becky: 'Ik wilde DJ morgen meenemen naar het High Banks-raceautomuseum. Je weet hoe leuk ze die miniraceauto's vindt.'

Danny kent het museum, hoewel hij er zelf nooit is geweest. Hij weet ook dat Darla Jean nog nooit enige belangstelling heeft getoond voor miniraceauto's, niet waar hij bij was tenminste. Als het een poppenmuseum was geweest, was het een ander verhaal geweest.

'Oké. Geen probleem.'

'Jij hebt toch niets met de zaak van dat meisje te maken, Danny?'

Hij zucht. 'Nee, Beck. Ik wist alleen waar ze was, dat is alles.'

'Hoe dan? Hoe wist je dat?'

'Ik heb het gedroomd.'

Ze lijkt op te veren. 'O, echt, wat bijzonder!'

'Ja. Ik moet ervandoor, Becky.'

'Pas goed op jezelf, Danny.'

'Jij ook, Beck.'

*Ze geloofde me in elk geval over die droom*, denkt hij. Aan de andere kant lijkt Becky alles te geloven wat ze in haar favoriete roddelbladen leest, inclusief hoe de geest van koningin Elizabeth rondwaart door Balmoral Castle en het bestaan van intelligente miermensen diep in de regenwouden van het Amazonegebied.

## 15

Ella Davis brengt haar partner naar zijn hotel in Lyons en parkeert onder de overkapping. Jalbert pakt zijn gehavende oude aktetas – zijn metgezel in meer dan twintig jaar recherchewerk dwars door heel Kansas – en zegt tegen haar dat hij morgenochtend om negen uur op het politiebureau van Manitou zal zijn. Ze hoeft hem niet op te halen, hij gaat met zijn eigen auto. Ze kunnen dan nog een keer hun aanvalsplan doornemen voordat Coughlin om tien uur arriveert. Davis zelf gaat naar Great Bend, waar ze bij haar zus logeert. Daar wordt een groot verjaardagsfeest georganiseerd, want Ella's dochtertje wordt acht.

'Hebben we genoeg om hem te arresteren, Frank?'

'Eerst maar eens zien wat het forensisch onderzoek van zijn auto oplevert.'

'Twijfel jij er niet aan dat hij het heeft gedaan?'

'Absoluut niet. Rij voorzichtig, Ella.'

Ze rijdt weg. Jalbert steekt nog een hand naar haar op en gaat dan naar zijn kamer, terwijl hij in het voorbijgaan zijn Chevy Caprice nog even een liefhebbend klopje geeft. Net als zijn aktetas heeft de Caprice hem ook al bij vele zaken vergezeld, van Kansas City aan de ene kant van de staat tot Scott City aan de andere.

Hij heeft een tweekamersuite, verre van luxe. Het ruikt er naar ontsmettingsmiddel en vaag naar schimmel. Het toilet heeft de neiging te sputteren na het doortrekken, tenzij je de storthendel een paar keer op en neer beweegt. De airconditioning rammelt een beetje. Hij heeft wel betere kamers gehad, maar ook veel slechtere. Jalbert laat zijn tas op het bed vallen en opent het combinatieslot. Hij haalt er een dossiermap uit met WICKER op de tab. Hij controleert of de gordijnen goed zijn dichtgetrokken. Hij doet de ketting op de deur en draait het duimslot om. Dan kleedt hij zich helemaal uit, waarbij hij elk kledingstuk netjes opvouwt en op de aktetas legt. Hij gaat in de stoel bij de deur zitten.

'Eén.'

Dan loopt hij naar de stoel bij het kleine (zo goed als onbruikbare) bureau en gaat zitten. 'Eén plus twee, drie erbij: zes.'

Hij gaat op het bed zitten, naast zijn aktetas en opgevouwen kleren. 'Eén, twee, drie, vier, vijf en zes is samen eenentwintig.'

Hij loopt naar de badkamer en gaat op het gesloten deksel van het toilet zitten. Het plastic voelt koud aan onder zijn magere billen.

'Eén, twee, drie, vier, vijf, zes, zeven, acht, negen en tien is samen vijfenvijftig.'

Hij gaat weer naar de eerste stoel, zijn dunne penis bungelt heen en weer, en gaat zitten. 'Plus elf, twaalf, dertien, veertien en vijftien, is honderdtwintig.'

Hij doet nog een rondje, wat hem een bevredigd gevoel geeft. Soms moet hij wel tien of twintig rondjes doen voordat zijn hoofd hem vertelt dat het genoeg is. Hij gunt het zichzelf om even te pissen, want hij heeft het al heel lang opgehouden, en wast zijn handen terwijl hij tot zeventien telt. Hij weet niet waarom zeventien perfect is voor handenwassen, het is gewoon zo. Het werkt ook voor tandenpoetsen. Bij haren wassen moet hij tot vijfentwintig tellen, dat gaat al zo sinds zijn tienertijd.

Hij trekt zijn koffer onder het bed vandaan en trekt schone kleren aan. De kleren die hij heeft uitgetrokken en opgevouwen gaan in de koffer. De koffer gaat terug onder het bed. Op zijn knieën zegt hij: 'Heer, met Uw hulp dien ik de bevolking van Kansas. Morgen, als U het wilt, ga ik de man arresteren die die arme Miss Yvonne heeft vermoord.'

Hij neemt de map mee naar het onhandige bureau en opent het dossier. Hij bekijkt de foto's van Miss Yvonne en neemt ze vijf keer door (als je de getallen één tot en met vijf bij elkaar optelt krijg je vijftien). Ze ziet er verschrikkelijk uit: verschrikkelijk, verschrikkelijk. Deze foto's zouden een hart van steen kunnen breken. Waar hij steeds weer naar terugkeert zijn de bedelarmband – zo te zien ontbreken daar een paar bedeltjes aan – en het zand en de aarde in haar haar. Arme Miss Yvonne! Twintig jaar oud, verkracht en vermoord! De pijn die ze moet hebben gevoeld! De angst! Jalberts pastoor beweert dat alle aardse angst en pijn zullen worden uitgewist in de hemelse vreugde. Het is een mooie gedachte, maar Jalbert is er niet zo zeker van. Jalbert denkt dat sommige trauma's misschien zelfs de dood overstijgen. Een verschrikkelijke gedachte, maar zo voelt dat voor hem.

Hij bekijkt het verslag van de patholoog-anatoom, wat hem voor een probleem stelt. Er staat dat Miss Yvonne minstens tien dagen in de met olie doordrenkte grond heeft gelegen voordat haar lichaam werd opgegraven door de Highway Patrol en dat onmogelijk valt vast te stellen wanneer ze precies is vermoord. Coughlin kan haar meteen achter het verlaten benzinestation hebben begraven, of hij kan het lichaam, om welke gestoorde persoonlijke reden dan ook, een poosje bij zich hebben gehouden. Zonder een meer exact tijdstip van overlijden heeft Coughlin eigenlijk geen alibi nodig: hij is nergens op vast te pinnen.

'Aan de andere kant,' zegt Jalbert, 'wil hij worden opgepakt. Daarom heeft hij zich bekendgemaakt. Zoals een meisje dat nee-nee zegt met haar mond en ja-ja met haar ogen.' Niet dat hij een dergelijke vergelijking tegen iemand anders zou kunnen maken – en al helemaal niet tegen Ella Davis. Vooral niet in deze tijd van #GeloofDeVrouw.

*Ik geloof in Miss Yvonne*, denkt hij.

Het zint hem niet dat ze niet meer hebben en even overweegt hij de stoelen nog een keer te doen, maar hij doet het niet. In plaats daarvan wandelt hij naar de Snack Shack voor een cheeseburger en een milkshake. Hij telt zijn stappen en telt alles bij elkaar op. Dit werkt minder goed dan de stoelen, maar het is kalmerend. Hij zit in zijn hotelkamer, die hij vergeten zal zijn zodra hij hem verlaat, zoals hij al zo veel andere tijdelijke onderkomens is vergeten. Hij eet zijn cheeseburger. Hij drinkt zijn shake tot het rietje begint te sputteren. Hij denkt aan Coughlin en hoe hij vertelde dat hij de plek waar Miss Yvonne lag had gedroomd. Dat is het deel van hem dat wil bekennen. Zodra hij dat toegeeft is hij hier klaar.

## 16

Danny zit naar iets op Netflix te kijken zonder het echt te zien wanneer zijn telefoon overgaat. Hij kijkt op het schermpje, ziet dat het Becky is en denkt dat ze nu wel de tijd heeft gehad om van gedachten te veranderen over het uitlenen van haar auto. Alleen belt ze daar niet voor. Ze vertelt hem dat ze maar beter even een pauze kunnen nemen en elkaar beter een tijdje niet kunnen zien. Tot de politie hem niet meer als verdachte ziet in de Wicker-zaak, zoals natuurlijk zal gebeuren.

'Het gaat namelijk hierom, Danny. Andy heeft het erover weer naar de rechter te stappen en een rechtszaak tegen mij aan te spannen om de voogdij over Darla Jean te krijgen. En als zijn advocaat kan zeggen dat ik omga met iemand die wordt verdacht van... je weet wel, dat meisje... dan kan hij de rechter daar misschien mee overtuigen.'

'Meen je dat nou, Beck? Zei je laatst niet dat hij al zes maanden achterloopt met zijn kinderalimentatie? Ik denk niet dat een rechter staat te springen om DJ over te dragen aan zo'n nietsnut van een vader, denk je ook niet?'

'Ik weet het, maar... Danny, probeer het alsjeblieft te begrijpen... als hij Darla Jean zou hebben, zou hij geen alimentatie voor haar hoeven betalen. Sterker nog... ik weet niet precies hoe die dingen werken, maar misschien zou ik hém dan wel moeten betalen.'

'Wanneer is hij DJ voor het laatst komen ophalen om een weekend bij hem te zijn?'

Ook daar heeft ze een antwoord op, nog meer slap gelul, en hij weet eigenlijk niet waarom hij erover doorgaat. Het is nooit ware liefde geweest, maar gewoon een afspraak tussen twee vrijgezelle mensen die in een trailerpark wonen en de middelbare leeftijd naderen. Wil ze niets meer met hem te maken hebben? Prima, ook al zal hij Darla Jean wel missen, die hem heeft geholpen met het planten van bloemen om zijn betonnen trapje een beetje op te fleuren. DJ is een schatje en...

Opeens komt er een gedachte bij hem op. Onaangenaam, aannemelijk, onaangenaam aannemelijk.

'Ben je soms bang dat ik DJ iets zal aandoen, Becky? Dat ik haar zal aanranden of zo? Gaat het je daarom?'

'Nee, natuurlijk niet!'

Maar hij hoort het in haar stem, of meent het te horen en dat komt op hetzelfde neer.

'Pas goed op jezelf, Beck.'

'Danny...'

Hij beëindigt het gesprek, gaat zitten en kijkt naar de tv, waar een of ander mannelijk stuk onbenul een of ander vrouwelijk stuk onbenul uitlegt dat het allemaal erg ingewikkeld is.

'Nou hè?' zegt Danny en hij gebruikt de afstandsbediening om het programma van het scherm te laten verdwijnen. Hij zit naar het lege televisiescherm te kijken en denkt: *Ik weiger medelijden te hebben met mezelf. Ik heb gewoon op een domme manier melding gemaakt van wat ik heb gevonden en ik weiger medelijden met mezelf te hebben.*

Dan denkt hij aan Jalberts ogen die over zijn gezicht sluipen.

'Voor hem moet je oppassen,' zegt hij. Voor het eerst in twee jaar heeft hij zin in een biertje.

## 17

Jalbert ligt zo recht als een plank in bed naar de prairiewind te luisteren die buiten waait en denkt aan het verhoor van morgen. Hij wil er niet aan denken, hij wil slapen, zodat hij morgenochtend fris is. Coughlin is degene die vannacht klaarwakker moet liggen woelen.

Maar soms kun je de machine niet uitzetten.

Hij zwaait zijn benen uit bed, pakt zijn telefoon en belt George Gibson, die al zeven jaar aan het hoofd staat van de afdeling Forensische Opsporing van de KBI. Zodra de rechter de doorzoekingsbevelen had getekend was Gibson vanuit Wichita hiernaartoe gevlogen. Toen Coughlins pick-uptruck werd afgeleverd stond hij al klaar om direct aan de slag te gaan. Het is een vergissing om hem te bellen, want Gibson gaat hém bellen als hij iets vindt, maar Jalbert kan zich niet bedwingen. Soms – zoals nu bijvoorbeeld – weet hij precies hoe junks zich voelen.

'George, met Frank spreek je. Heb je al iets? Iets wat erop wijst dat het meisje in zijn pick-up is geweest?'

'Nog niets,' zegt Gibson, 'maar we zijn er nog mee bezig.'

'Ik laat mijn telefoon aan staan. Bel me zodra je iets definitiefs hebt gevonden. Maakt niet uit hoe laat.'

'Doe ik. Mag ik dan nu weer aan het werk?'

'Ja. Sorry. Het is gewoon... We doen het voor dat meisje, George. Voor Miss Yvonne. Wij zijn haar...'

'Voorvechters. Bedankt dat je me daar even aan herinnert.'

'Sorry. Sorry. Ga maar weer aan het werk.'

Jalbert beëindigt het gesprek en gaat liggen. Hij begint te tellen en op te tellen. Een plus twee is drie, met drie erbij is zes, vier erbij is tien, vijf erbij is vijftien. Tegen de tijd dat hij bij zeventien erbij is honderddrieënvijftig is aangekomen, begint hij eindelijk te ontspannen. Bij achtentwintig erbij is vierhonderdzes valt hij langzaam in slaap.

## 18

Om twee uur wordt hij wakker van zijn telefoon. Het is Gibson.

'Geef me wat goed nieuws, George.'

'Als ik dat had, zou ik het doen.' George klinkt afgepeigerd. 'De pick-up is schoon. Ik ga naar huis nu ik mijn ogen nog open kan houden.'

Jalbert schiet rechtop overeind in bed. 'Niets? Maak je nou een geintje?'

'Na middernacht maak ik geen geintjes.'

'Heb je hem op de brug gezet? Heb je de bodem gecontroleerd?'

'Je hoeft mij niet te vertellen hoe ik mijn werk moet doen, Frank.'

Gibson lijkt op het punt te staan zijn geduld te verliezen. Jalbert zou nu moeten ophouden. Dat kan hij niet.

'Dan heeft hij hem zeker gewassen? Die klootzak heeft hem gewassen en door een professioneel bedrijf laten schoonmaken.'

'Niet kortgeleden in elk geval. Er zit nog genoeg rommel op van zijn tochtje naar Gunnel. En ik heb ook geen sporen van bleekmiddel gevonden in de cabine of in de laadbak.'

Jalbert had echt meer verwacht. In elk geval íéts.

Gibson zegt: 'Vingerafdrukken, haren, een kledingstuk... dat zou ideaal zijn geweest, de gouden standaard zeg maar, maar het wil nog niet zeggen dat hij haar niet bij zich in de auto heeft gehad. Dus óf hij heeft echt ongelooflijk goed schoonmaakwerk geleverd, of...'

'Of ze heeft nooit in die pick-up gezeten.' Jalbert voelt hoofdpijn opkomen en vreest dat er van slapen niets meer gaat komen. 'Hij kan een andere auto hebben gebruikt om haar te vervoeren. Hij heeft een vriendin in dat trailerpark. Misschien heeft hij haar wagen gebruikt. Als hij niet bekent, moeten we misschien...'

'Er is nog een derde mogelijkheid,' zegt Gibson.

'Wat?' snauwt Jalbert.

'Dat hij onschuldig is.'

Jalbert is zo verbijsterd dat hij een paar seconden niet weet wat hij moet zeggen. Dan begint hij te lachen.

## 19

Wanneer Jalbert de volgende ochtend aankomt bij het politiebureau van Manitou – schone baggy spijkerbroek, schoon overhemd, zelfde zwarte jasje – ziet hij dat Ella Davis hem al voor de deur staat op te wachten. Ze staat een sigaret te roken. Wanneer ze hem ziet aankomen, laat ze de sigaret vallen en trapt hem uit. Even overweegt ze te zeggen dat hij er moe uitziet, maar in plaats daarvan vraagt ze hem wat hij te weten is gekomen over Coughlins pick-up.

'Schoon,' zegt Jalbert en hij zet zijn aktetas tussen zijn degelijke zwarte schoenen. 'Hetgeen betekent dat er voor ons werk aan de winkel is.'

'Het kan ook betekenen dat Yvonne Wicker niet zijn eerste was. Heb je daar al aan gedacht?'

Natuurlijk heeft hij dat. Seriemoordenaars maken er de eerste keer vaak een puinhoop van, maar als ze niet worden gepakt, leren ze van hun fouten. Hij kan Davis vertellen dat er geen resten van bleekmiddel in de wagen zijn gevonden, wat betekent dat Coughlin dat dus niet heeft gebruikt om bloed, andere lichaamsvloeistoffen of DNA-sporen te verwijderen, maar die gedachte komt niet eens bij hem op omdat het niet uitmaakt. Coughlin heeft haar vermoord. Het droomverhaal was óf een halfslachtige poging om op te scheppen – als een pyromaan die komt helpen met het bestrijden van de brand die hij zelf heeft gesticht, zoals Davis al heeft opgemerkt – of omdat het schuldgevoel hem te veel is geworden en hij wil bekennen. Jalbert denkt het laatste en wil hem daar graag bij helpen.

'De nacht van 31 mei heeft Miss Yvonne doorgebracht in een opvanghuis in Arkansas City,' zegt Jalbert. 'Haar handtekening staat in hun register. De volgende ochtend koopt ze koffie en een worstenbroodje bij een Gas-n-Go-benzinestation bij de kruising van de I-35 en... help me eens.'

'State Road 166,' zegt Davis. 'Ze staat op beelden van de beveiligingscamera. Zo duidelijk als wat. Een werknemer zag haar foto in de *Oklahoman* en gaf het door. Die verdient een pluim.'

Jalbert knikt. '1 juni, even na acht uur 's ochtends, gaat ze langs de I-35 staan liften. En dat is de laatste keer dat iemand Miss Yvonne heeft gezien tot de dag dat Coughlin naar Gunnel rijdt en melding maakt van de vondst van haar lichaam. Tot dusverre klopt het toch allemaal?'

Davis knikt.

'Wat we Coughlin straks dus moeten vragen is waar hij is geweest en wat hij heeft gedaan tussen 1 juni en de 24e van die maand, toen hij de politie belde.'

'Hij zal zeggen dat hij dat niet meer weet. Wat niet onredelijk is. Het gebeurt alleen op tv dat mensen zich precies herinneren waar ze waren. Als je mij zou vragen waar ik 5 juni was... of de 10e... dan zou ik je dat ook niet kunnen vertellen. Niet met honderd procent zekerheid.'

'Op de middelbare school waar hij werkt moet hij inklokken, dus daarmee kan hij een deel van die tijd verklaren.'

Zij wil iets zeggen en hij steekt twee vingers in de lucht om haar de mond te snoeren.

'Ik weet wat je denkt, een prikklok weet niet wat je doet nadat je hebt ingeklokt, maar hij heeft natuurlijk die twee jongens die voor hem werken. We gaan met die jongens praten. Kijken of hij hen wel eens een paar uur alleen heeft gelaten, of misschien zelfs een hele dag.'

Davis haalt een notitieboekje uit haar grote tas en begint erin te schrijven. Zonder op te kijken, zegt ze: 'De eerste week van juni was er nog school. Dat heb ik online gecheckt. Als hij er was, moeten veel mensen hem hebben gezien.'

'Dan gaan we met al die mensen praten,' zegt Jalbert. 'Jij en ik samen, Ella. We gaan proberen zo precies mogelijk uit te zoeken waar hij die drie weken allemaal is geweest. We gaan uitzoeken waar de hiaten zitten. De tegenstrijdigheden. Ben je er klaar voor?'

'Ja.'

'Als hij straks tenminste niet gaat bekennen en dat lijkt mij niet helemaal uitgesloten.'

'Er is maar één ding dat me niet lekker zit,' zegt Davis. 'Hoe hij keek toen jij hem vertelde dat de dader sperma heeft achtergelaten. Wat ik toen in zijn blik zag – en aan zijn hele houding, ook dat – was opluchting. Blijdschap, bijna. Hij kon gewoon niet wachten om dat DNA-monster af te staan.'

Jalbert heft zijn handen, met de palmen naar voren, alsof hij de gedachte fysiek probeert weg te duwen. 'Waarom zou hij zich zorgen maken om DNA? Hij wist dat we bluften, omdat hij een condoom gebruikte bij de verkrachting.'

Zij zegt niets, maar er is iets in haar blik wat hem doet fronsen. 'Wat?'

'Het was opluchting,' herhaalt ze. 'Alsof hij níét van dat condoom afwist. Alsof hij écht dacht dat een DNA-vergelijking hem vrij zou pleiten.'

Jalbert lacht. 'Sommige van die criminele types zijn buitengewoon goede acteurs. Ted Bundy had een vriendin. Dennis Rader leidde zijn eigen vrouw om de tuin. Járenlang.'

'Je zult wel gelijk hebben, maar hij was niet zo slim met de prepaidtelefoon die hij gebruikte, hè?'

Weer die frons. 'Kom nou, Ella, hij wilde dat we hem zouden vinden. En gaan we nu zorgen dat we gerechtigheid krijgen voor Miss Yvonne?'

Ze denkt even na. Jalbert is al twintig jaar rechercheur bij de KBI. Zij werkt er pas vijf jaar. Ze vertrouwt op haar intuïtie. Bovendien is het verhaal van die droom zó overduidelijk pure nonsens.

'Zeker.'

Hij klopt op haar schouder. 'Zo mag ik het horen, partner. Laat je niet van de wijs brengen.'

## 20

Het laatste wat Danny wil is dat er straks weer een politiewagen voor zijn trailer staat, dus staat hij om half tien bij de ingang van Oak Grove met zijn handen in zijn zakken te wachten op de patrouillewagen die hem komt oppikken. Hij denkt eraan hoe stom hij heeft gehandeld met dat anonieme telefoontje, waarmee hij het er voor zichzelf alleen maar erger op heeft gemaakt. En hij denkt aan Jalbert. Voor de vrouw is hij niet bang. Voor Jalbert wel. Want Jalbert heeft zijn oordeel al klaar en het enige wat Danny heeft, is een verhaal over een droom en er zijn maar weinig mensen (zoals Becky) die dat zouden geloven.

Nou ja, er is natuurlijk nog wel iets wat in zijn voordeel pleit: hij heeft dat meisje niet vermoord.

Uiteindelijk blijkt dat hij ook wel bij zijn trailer had kunnen wachten, want de agent die hem oppikt rijdt in een neutrale auto. Hij is wel in uniform, maar zoals hij achter het stuur zit, met zijn pet op de stoel naast zich en het bovenste knoopje van zijn overhemd open, had hij een willekeurige burger kunnen zijn.

Hij draait het raampje aan de passagierskant van de wagen omlaag. 'Coughlin?'

'Ja. Kan ik voorin komen zitten?'

'Dat ligt eraan,' zegt de agent. Hij is jong, zeker nog geen vijfentwintig. Dit is Kansas, maar hij heeft de ontspannen, relaxte uitstraling van een surfer. 'Ben je van plan me aan te vallen?'

Danny glimlacht. 'Ik was zeker tot halverwege de middag niet van plan iemand aan te vallen.'

'Oké, dan mag je als een grote jongen naast me komen zitten, maar doe me een lol en houd je handen waar ik ze kan zien.'

Danny stapt in. Hij maakt zijn gordel vast. De dashboardcomputer van de politieman staat niet aan, maar zijn politieradio ratelt voortdurend, te zacht om te verstaan.

'Zo,' zegt de agent. 'Dus je wordt verhoord in ons kleine politiebureau door de KBI. Kicken hoor.'

'Zo zou ik het niet willen noemen,' zegt Danny.

'Maar even onder ons: heb je dat meisje vermoord? Het meisje dat ze in Gunnel hebben gevonden?'

'Nee.'

'Tja, wat zou je anders moeten zeggen?' zegt de agent en hij begint te lachen. Danny verbaast zichzelf door met hem mee te lachen. 'Hoe wist je dat ze daar lag als je haar niet hebt vermoord?'

Danny zucht. Het is nu natuurlijk algemeen bekend. Hij heeft dit over zichzelf afgeroepen. 'Ik zag het in een droom. Toen ben ik ernaartoe gegaan en bleek ze er echt te liggen.'

Hij verwacht dat de agent zal zeggen dat hij nog nooit zoiets belachelijks heeft gehoord, maar dat doet hij niet. 'Er gebeuren soms rare dingen,' zegt hij. 'Ken je Red Bluff, een kleine honderd kilometer ten westen van hier?'

'Ik heb ervan gehoord, maar ik ben er nooit geweest.'

'Een oude dame ging naar de politie en zei dat ze een visioen had gehad van een kleine jongen die in een oude waterput viel. Dit was een jaar of zes of acht geleden. En zal ik je eens wat vertellen? Dat jochie lag echt in die put. En hij leefde nog. Heeft het landelijke nieuws nog gehaald. Zeg maar tegen die lui van de KBI dat ze dat eens moeten googelen. Red Bluff, jongetje in waterput. Dan vinden ze het wel. Maar...'

'Maar wat?'

'Blijf wel bij je verhaal als je dat meisje niet hebt gemold. Ga je verhaal niet veranderen, want dan hang je.'

'Zo te horen ben je geen fan van de KBI.'

De agent haalt zijn schouders op. 'Over het algemeen is er niks mis met die lui. Ze behandelen ons weliswaar als boerenkinkels, maar als je het goed bekijkt zijn we dat natuurlijk ook. We zijn met zes man en we houden snelheidscontroles, meer is het niet. Onze wachtcommandant heeft tegen die twee gezegd dat ze de koffiekamer mogen gebruiken om jou te ondervragen. Wij gebruiken hem ook voor verhoren als dat nodig is, dus er is een camera en een microfoon.'

Hij stopt voor het gebouw. De deur van het politiebureau gaat open en Jalbert komt naar buiten. Hij staat bovenaan de trap in zijn zwarte jas met de kale ellebogen en kijkt omlaag.

'Nog één ding, Coughlin. Wij weten allemaal wat Frank Jalbert voor iemand is. Hij geeft niet op. Bij de Highway Patrol wordt hij verafgood. Ze vinden hem een fucking grootheid. En ik heb het vermoeden dat hij niet in dromen gelooft.'

'Dat wist ik al,' zegt Danny.

# 21

Danny loopt naar boven. Jalbert steekt zijn hand uit. Danny aarzelt, maar schudt hem toch. De hand voelt nog net zo droog en gloeiend als gisteren.

'Bedankt voor je komst, Danny. Laten we naar binnen gaan en dit verhaal rechtzetten, vind je ook niet? De wachtcommandant heeft net een pot verse koffie gezet.'

'Een ogenblikje nog.'

Jalbert fronst.

'Het is pas vijf voor tien,' zegt Danny. 'Ik verwacht nog iemand.'

'O?'

'Een advocaat.'

Jalbert trekt zijn wenkbrauwen op. 'In de regel zijn mensen die menen een advocaat nodig te hebben schuldig.'

'Of verstandig.'

Hier zegt Jalbert niets op.

Edgar Ball arriveert op de kop af om tien uur. Hij rijdt op een gigantische Honda Gold Wing-motor. De motor is zo geruisloos dat Danny een gouwe ouwe – REO Speedwagons 'Take It On The Run' – uit de ingebouwde radio hoort klinken. Ball parkeert de motor, zet hem op de standaard en stapt af. Danny mag hem onmiddellijk, deels vanwege die enorme motor, deels omdat hij van middelbare leeftijd is en een poloshirt draagt dat niets doet om zijn mannenborsten te verhullen en een grote, oude kakikleurige korte broek die tot op zijn knieën hangt. Nog nooit heeft een vastgoedadvocaat zo weinig op een vastgoedadvocaat geleken.

'Ik neem aan dat jij Danny Coughlin bent,' zegt hij en hij steekt een mollige hand uit.

'Dat klopt,' zegt Danny, terwijl hij hem de hand schudt. 'Bedankt voor je komst.'

Ball verplaatst zijn aandacht naar de man in de zwarte jas. 'Ik ben Eddie Ball, advocaat. En u, sir, bent...?'

'Rechercheur Franklin Jalbert, van het Kansas Bureau of Investigation.' Hij kijkt uit over de grotendeels verlaten Manitou Main Street en lijkt Balls uitgestoken hand niet te zien. 'Laten we naar binnen gaan. Wij willen Danny het een en ander vragen.'

'Gaat ú maar naar binnen,' zegt Ball, 'dan komen wij straks ook. Ik wil mijn cliënt eerst nog even onder vier ogen spreken.'

Jalbert fronst. 'We hebben niet de hele dag. Ik wil dit achter de rug hebben en ik weet zeker dat Danny dat ook wil.'

'Vanzelfsprekend, maar dit is een serieuze kwestie,' zegt Ball, nog steeds op vriendelijke toon. 'Als we daar de hele dag voor nodig hebben, dan is dat maar zo. Ik heb het recht mijn cliënt onder vier ogen te spreken voordat u hem gaat verhoren. Als u voor de KBI werkt, dan weet u dat. Wees blij dat ik bereid ben het hier buiten te doen, in plaats van hem achterop mijn slee mee te nemen naar mijn eigen kantoor.'

'Vijf minuten,' zegt Jalbert. Dan, tegen Danny: 'Zo maak je het alleen maar erger voor jezelf, jongen.'

'O, doe me een lol,' zegt Ball, nog even vriendelijk als eerder, 'en bespaar ons de filmmuziek.'

Jalbert toont in een korte grijns zijn grotendeels afgesleten tanden. *Zo kijkt hij inwendig altijd*, denkt Danny.

Zodra Jalbert weg is, zegt Ball: 'Nou, nou, die vindt zichzelf heel wat, hè?'

Danny antwoordt: 'Ja, dat kun je wel zeggen. Eerlijk gezegd word ik wel bang van hem. Met name omdat ik dat meisje niet heb vermoord en hij ervan overtuigd is dat ik dat wel heb gedaan.'

Ball steekt een hand op. 'Ho, niet vooruitlopen op je verklaring. Ik noemde je zojuist mijn cliënt, maar dat ben je niet, dat wil zeggen: nóg niet. Mijn honorarium voor vanochtend is vierhonderd dollar. Eigenlijk zou ik maar tweehonderd moeten vragen, omdat ik het meeste van wat ik ooit over strafrecht heb geweten ben vergeten, maar het is zaterdagochtend en ik zou liever op de golfbaan staan. Ga je daarmee akkoord?'

'Prima, maar ik heb mijn chequeboek niet b...'

'Heb je een dollar?'

'Ja.'

'Dat lijkt me een prima aanbetaling. Geef op.' En wanneer Danny dat heeft gedaan: 'Nu ben je mijn cliënt. Vertel me precies wat er is gebeurd en waarom rechercheur Jalbert het op jou gemunt heeft, wat overduidelijk het geval is. Voeg niets overbodigs toe en verzwijg niets waar je later spijt van zou kunnen krijgen.'

Danny vertelt hem over de droom. Hij vertelt hem hoe hij naar Gunnel is gegaan en daar het Texaco-station heeft gevonden. Hij vertelt hem over de hond. Hij vertelt hem over de hand en de vuilnisbak. Het is een krankzinnig verhaal, maar hij voelt het bloed pas naar zijn wangen stijgen wanneer hij Ball vertelt hoe stom hij het heeft aangepakt met die anonieme tip.

'Ik vind eigenlijk dat het in je voordeel pleit,' zegt Ball. 'Je wist niet wat je deed. En dat je anoniem wenste te blijven is, gezien de manier waarop je aan de informatie bent gekomen, alleszins begrijpelijk.'

'Ik had er beter over na moeten denken,' zegt Danny. 'Ik ging uit van aannames en dat is nu eenmaal...'

'Dat is nu eenmaal nooit handig, ik weet het, dat is een waarheid als een koe. Heb je ooit eerder ervaringen gehad van bovennatuurlijke aard, Daniel?'

'Nee.'

'Denk eens goed na. Het zou bepaald geen kwaad kunnen als je in het verleden ook al...'

'Nee. Dit is het enige.'

Ball zucht en wiegt wat heen en weer. Hij draagt motorlaarzen en kniehoge steunkousen onder zijn oversized korte broek, wat Danny grappig vindt.

'Nou ja,' zegt hij. 'Het is niet anders, en dat is ook een waarheid als een koe.'

Ella Davis komt naar buiten. 'Danny, als je er niets voor voelt een twee uur lange rit naar Great Bend te maken en onze vragen daar te beantwoorden, moeten we nu echt gaan beginnen.'

Ball kijkt haar glimlachend aan. 'En u bent?'

'Rechercheur Davis, KBI, en ik begin mijn geduld te verliezen. Net als Frank.'

'En dát moeten we natuurlijk niet hebben, hè?' zegt Ball. 'En aangezien uw kostbare tijd tevens de kostbare tijd van mijn cliënt is, weet ik zeker dat Daniel uw vragen graag zal willen beantwoorden, zodat hij verder kan met zijn zaterdag.'

## 22

Er staat een rammelende frisdrankautomaat in de koffiekamer van het politiebureau van Manitou. Er is ook een koffiehoek, met een koffiezetapparaat en een schaal met koeken met de tekst TAST TOE erboven. Aan een van de muren hangt een bord met de tekst: WAAKZAAM EN DIENSTBAAR. Aan een andere muur hangt een poster met een afbeelding van O.J. Simpson en zijn advocaat Johnnie Cochran, met de tekst: IT DON'T MEAN SHIT IF THE GLOVE DOESN'T FIT. In het midden van de ruimte staat een tafel met aan beide kanten twee stoelen en een microfoon in het midden. Tussen de frisdrankautomaat en de koffiehoek staat een camera op een statief.

Jalbert wijst met zijn handen naar twee van de stoelen. Danny en zijn kersverse advocaat gaan zitten. Ella Davis neemt tegenover hen plaats en haalt haar notitieboekje tevoorschijn. Jalbert blijft vooralsnog even staan. Hij noemt hardop de datum, het tijdstip en de namen van de aanwezigen. Dan wijst hij Danny opnieuw op zijn rechten en vraagt hem of hij die begrijpt.

'Jazeker,' zegt Danny.

'Ik zeg het maar even, rechercheurs, maar ik houd me als advocaat voornamelijk bezig met vastgoedrecht,' zegt Ball. 'Ik bemiddel bij de koop en verkoop van grond, ik werk samen met een aantal lokale banken, ik breng kopers en verkopers met elkaar in contact, ik stel contracten op en nu en dan een testament. Ik ben geen Perry Mason of Saul Goodman. Ik ben hier alleen om ervoor te zorgen dat dit gesprek respectvol en onbevooroordeeld verloopt.'

'Wie is Saul Goodman?' vraagt Jalbert. Hij klinkt argwanend.

Ball zucht. 'Tv-serie. Fictief personage. Niet belangrijk verder. Stel uw vragen.'

Jalbert zegt: 'U had het over respect. Laat mij dan zeggen wie hier volgens mij respect had verdiend: Yvonne Wicker. In plaats daarvan werd ze verkracht, herhaaldelijk met een mes gestoken en vermoord.'

Er verschijnt voor het eerst een frons op Balls gezicht. 'U bent geen aanklager in deze zaak, sir. U doet er onderzoek naar. Laat dus die toespraken maar zitten en stel uw vragen zodat we hier weg kunnen.'

Jalbert laat zijn tanden weer zien in wat hij zelf waarschijnlijk aanziet voor een glimlach. 'U moet goed begrijpen, meneer Ball, begrijpen en onthouden, dat we het hier hebben over de koelbloedige moord op een weerloze jonge vrouw.'

'Begrepen.' Ball lijkt niet onder de indruk – voor zover Danny dat kan beoordelen althans – maar zijn vriendelijke glimlach is verdwenen.

Jalbert knikt naar zijn partner. Ella Davis zegt: 'Hoe gaat het vandaag met je, Danny? Goed?'

Danny denkt: *Dus we gaan toch 'good cop, bad cop' spelen.*

'Afgezien van het feit dat iedereen in Oak Grove nu denkt dat ik problemen heb met de politie, gaat het goed met mij. Met jou ook?'

'Prima.'

'Ze krijgen nu zeker wel snel te horen om wat voor soort problemen het gaat?'

'Niet van ons,' zegt zij. 'Wij praten niet over onze zaken voordat ze rond zijn.'

*Maar Becky wel,* denkt Danny. *En zodra zij het aan Cynthia Babson heeft verteld, zal het ongetwijfeld viraal gaan.*

'Wij willen graag een kijkje nemen in je telefoon,' zegt Davis. 'Dat is gewoon standaard, hoor. Is dat wat jou betreft oké?' Ze kijkt hem recht in de ogen en glimlacht. 'Mogelijk kan één blik op jouw locaties ervoor zorgen dat we je als verdachte kunnen afstrepen. Dat zou ons tijd besparen en jou een heleboel rompslomp.'

'Slecht idee,' zegt Ball tegen Danny. 'Ik denk dat ze een speciaal gerechtelijk bevel nodig hebben voor je telefoon, anders hadden ze hem al lang van je afgenomen.'

Zonder acht op hem te slaan en nog steeds met haar beste je-kunt-mij-heus-vertrouwen-glimlachje, zegt Davis: 'En je moet hem natuurlijk wel voor ons openen. De privacykwestie ligt erg gevoelig bij Apple.'

Jalbert, die het verhoor vooralsnog overlaat aan de aardige agent, is naar de koffiehoek gelopen. Terwijl hij een kop koffie voor zichzelf inschenkt, zegt hij: 'Je zou er veel vertrouwen mee winnen, Danny.'

Danny zegt bijna: *Jullie vertrouwen mij sowieso voor geen cent,* maar hij houdt zijn mond. Hoe minder hij zegt, hoe beter. Hij heeft Ball – aardige vent, maar dit gaat de man duidelijk boven zijn pet – niet nodig om hem dat te vertellen. Vijandige opmerkingen gaan hem niet helpen, hoe graag hij ze ook zou maken. Hij kan de waarheid vertellen, daar zal hij geen problemen mee krijgen, maar proberen de waarheid úít te leggen misschien wel.

Danny haalt zijn telefoon uit zijn zak en kijkt erop. Het is al 10.23 uur. *Gezelligheid kent geen tijd,* denkt hij en hij stopt het toestel weer weg. 'Ik wacht daar nog even mee tot we weten hoe dit verder gaat verlopen.'

'We hebben geen gerechtelijk bevel nodig,' zegt Jalbert. Nadat hij zijn koffie heeft gepakt, is hij bij de poster van O.J. en diens raadsman gaan staan.

'Ik weet bijna zeker dat dat onzin is,' zegt Ball, 'maar ik kan voor alle zekerheid wel even een collega bellen. Zal ik dat dan maar doen?'

'Ik weet zeker dat Danny de juiste beslissing zal nemen,' zegt Davis. Verdwenen is de vrouw met de staalharde blik die samen met Jalbert naar Wilder High kwam. Deze vrouw is jonger en mooier en straalt uit dat ze aan zijn kant staat.

*Dat probeert ze althans*, denkt Danny.

'Jouw pick-uptruck heeft geen EDR,' zegt ze. 'Weet je wat dat is?'

Danny knikt. 'Dat ding heeft niet eens een achteruitrijcamera. Wanneer je hem in z'n achteruit zet, moet je je daadwerkelijk omdraaien en door de achterruit kijken.'

Ze knikt. 'Daarom zal je ons moeten helpen om te achterhalen waar je de afgelopen paar weken allemaal bent geweest, wil je dat doen?'

'Er valt niet veel te vertellen. Het eerste weekend van de schoolvakantie ben ik naar mijn broer in Boulder geweest. Met het vliegtuig.'

'Dat was het weekend van...?'

Jalbert kijkt op zijn telefoon. 'Van 3 en 4 juni?'

'Dat kan wel kloppen. Hij werkt bij de King Soopers-supermarkt in Table Mesa, in Boulder.' Hij wil eigenlijk nog meer zeggen, want hij is erg trots op Stevie, maar hij laat het daarbij.

Met een ernstige blik in haar grote ogen en nog steeds met die glimlach, zegt Ella Davis: 'Zo precies mogelijk, Danny. Dit is belangrijk.'

*Denk je dat ik dat niet weet?* wil hij zeggen. *Je speelt hier met mijn leven.*

'Ik ben vrijdagmiddag vertrokken. Ik vloog met United. Zondag vloog ik terug. Mijn vlucht naar Great Bend had vertraging en ik was pas na middernacht thuis. Dus in feite was het al maandagochtend toen ik weer in mijn eigen bed lag.'

'Dank je, dat gaan we checken. Verder nog uitstapjes?'

Danny denkt na. 'Ik ben een keer op een zondag naar Wichita gereden, voor een bezoekje aan mijn ex. Dat was vóór mijn droom.'

Jalbert snuift.

Ball, die op zijn eigen telefoon zit te kijken, zegt: 'Kan dat 11 juni zijn geweest?'

Danny denkt na. 'Zou best kunnen. Verder ben ik alleen hier geweest.

Heen en weer naar school, ritjes naar de supermarkt, ik heb een paar keer DJ van school gehaald...'

'DJ?' vraagt Davis.

'Darla Jean. Het dochtertje van mijn vriendin Becky. Leuk kind.' Hij kan het niet laten eraan toe te voegen: 'De kans is groot dat ik haar dankzij jullie voorlopig niet veel te zien zal krijgen.'

Davis negeert wat hij zegt. 'Even voor de duidelijkheid, je bent dus 11 juni naar Wichita geweest, voor een bezoekje aan je ex-vrouw, Marjorie Coughlin?'

'11,' zegt Jalbert en zegt het dan nog een keer, voor alle zekerheid.

'Margie, ja. Maar zij gebruikt tegenwoordig weer haar meisjesnaam, Gervais.' *Ze zei dat ze schoon genoeg had van dat kuch-kuch-Coughlin*, maar dat zegt hij er niet bij. Wanneer je jezelf eenmaal hebt voorgenomen zo min mogelijk prijs te geven, wordt het steeds makkelijker.

'Hé, je bent toch een keer gearresteerd omdat je haar stalkte?' zegt Davis, zogenaamd tussen neus en lippen door.

Ball roert zich, maar voordat hij iets kan zeggen legt Danny een hand op zijn arm. 'Nee. Ik ben gearresteerd voor het feit dat ik het straatverbod negeerde dat ze mij had laten opleggen. En voor huisvredebreuk. Die aangifte werd ingetrokken. Door haar.'

'Oké, goed, en nu kunnen jullie het weer prima met elkaar vinden!' Davis zegt het op warme toon, alsof het een prestatie is van het kaliber vrede tussen Rusland en Oekraïne.

Danny haalt zijn schouders op. 'Beter dan het laatste jaar van ons huwelijk. We hebben die dag samen geluncht en ik heb haar richtingaanwijzers gerepareerd. Doorgeslagen zekeringetje. Dus ja, we kunnen goed met elkaar door één deur.'

'Oké, dat is mooi, dat is mooi,' zegt Davis, nog steeds op warme toon. 'Kun je dan nu uitleggen hoe Yvonne Wickers vingerafdrukken op het dashboard van jouw pick-up terecht zijn gekomen?'

Danny denkt over de vraag na en neemt daarbij het gegeven in acht dat hij in een verhoorruimte zit en niet in een gevangeniscel. Hij glimlacht naar Davis en zegt: 'Je neus wordt steeds langer.'

'Je vindt jezelf een slimme jongen, hè?' zegt Jalbert vanaf zijn plek voor de poster.

Davis werpt hem een blik toe. Jalbert haalt zijn schouders op en knipt met zijn vingers in haar richting, ten teken dat ze door kan gaan. Hij zegt, zonder enige aanleiding (voor zover Danny dat kan beoordelen althans): 'Eén, drie, zes.'

'Wat?'

'Niets. Ga je gang en vertel je verhaaltje.' Lichte nadruk op 'verhaaltje'.

Davis zegt: 'Je hebt soms wat last van woedeaanvallen, nietwaar, Danny?'

'Ik dronk veel. Daar ben ik mee gestopt.'

'Dat is geen erg duidelijk antwoord.' Ze zegt het op verwijtende toon. 'Als we met je ex gaan praten – en dat gaan we zeker doen – wat gaat zij dan zeggen over je driftbuien?'

'Zij zal bevestigen dat ik die had, woedeaanvallen. Verleden tijd.'

'O, helemaal weg dus? Meen je dat nou?'

Ze wacht. Danny zegt niets.

'Sloeg je haar wel eens?'

'Nee.' Waarna hij zichzelf dwingt eraan toe te voegen, omdat het waar is: 'Ik heb haar één keer bij haar arm gegrepen. Dat werd een blauwe plek. Dat was vlak voordat ze me eruit gooide.'

'Nooit bij haar nek?' Ze glimlacht en buigt zich vertrouwelijk naar voren. 'Wie de waarheid spreekt, is de Here welgevallig.'

'Nee.'

'En je hebt haar nooit verkracht?'

'Hé, ho eens even,' zegt Ball. 'Respect, weet je nog?'

'Ik moet dit vragen,' zegt Davis. 'Yvonne Wicker is verkracht.'

'Ik heb mijn vrouw nooit verkracht,' zegt Danny. Hij wordt opnieuw overvallen door een gevoel van onwerkelijkheid en hij denkt: *Ik heb jullie gehólpen. Zonder mijn telefoontje had dat meisje daar nog steeds gelegen, als een soort snackbar voor die zwerfhond.*

'Wanneer ben je voor het laatst in Arkansas City geweest?'

De plotselinge overgang voelt als een zweepslag. 'Wát? Ik ben van m'n leven nog nooit in Arkansas geweest.'

'Ik heb het over Arkansas City, in Kansas. Vlak bij de grens met Oklahoma.'

'Nooit geweest.'

'Nee? Tja, we kunnen het niet checken op de EDR in je pick-up. Die dingen werden pas een jaar later in Toyota Tundra's geïnstalleerd. Maar we zouden het wel op je telefoon kunnen checken, denk je ook niet?'

Danny herhaalt: 'Eerst maar eens zien hoe dit verder verloopt.'

'En Hunnewell? Dat ligt ook in Kans...'

Danny schudt zijn hoofd. 'Ik heb ervan gehoord, maar ik ben er nooit geweest.'

'En de Gas-n-Go, het tankstation op de kruising van de I-35 en de SR 166? Ben je daar wel eens geweest?'

'Niet bij dat station in het bijzonder, denk ik, maar ze lijken allemaal op elkaar.'

'Dénk je? Kom op, Danny. Dit is een ernstige zaak.'

'Als die Gas-n-Go in Hunnewell staat, ben ik er nooit geweest.'

Ze maakt een aantekening en schenkt hem dan een verwijtende blik. 'Als we gewoon even je telefoon konden checken...'

Danny heeft er genoeg van. Hij haalt het toestel uit zijn zak en schuift het over de tafel. Jalbert stuift erop af alsof hij bang is dat Danny zich zal bedenken.

'De code is 7813. En zodra ik mijn toestel terugkrijg, laat ik mijn IT-mannetje ernaar kijken, om te controleren of jullie er zelf niets op hebben gezet.' Dit is pure bluf. Danny heeft geen IT-mannetje.

'Zulke dingen doen wij niet,' zegt Davis.

'Jaja, en jullie liegen zeker ook niet over vingerafdrukken.' Hij zwijgt even. 'Of over DNA uit sperma.'

Even lijkt Davis uit het veld geslagen. Dan buigt ze zich weer naar voren en schenkt hem haar je-kunt-mij-alles-vertellen-glimlach. 'Laten we het over je droom hebben, oké?'

Danny zegt niets.

'Heb je zulke fantasieën wel vaker?'

Ball zegt: 'Kom op nou. Het was geen fantasie als het lichaam van die vrouw werkelijk op die plek bleek te liggen.'

Opnieuw een gesnuif van Jalbert.

'Je moet toch toegeven dat die droom wel verdraaid handig uitkomt,' zegt Davis.

'Niet voor mij,' zegt Danny. 'Moet je zien waar ik nu zit, mens.'

'Wil je ons nog een keer vertellen over die... droom, Danny?'

Hij vertelt hun de droom. Dat is niet moeilijk, want hij staat hem nog volkomen helder voor de geest en hoewel zijn bezoekje aan de plek waar de droom zich afspeelt er veel overeenkomsten mee vertoont, haalt hij de droom en de werkelijkheid niet door elkaar. De droom is de droom, net zo echt als de woorden TAST TOE boven de koeken. Net zo echt als

Jalberts eigenaardig donzige V-vormige haarinplant en zijn gretige maar tegelijk doffe ogen.

Wanneer hij klaar is, vraagt Davis – voor het officiële verslag, veronderstelt Danny, aangezien het hem eerder ook al is gevraagd – of hij vaker bovennatuurlijke visioenen heeft gehad. Danny zegt dat dit niet het geval is.

Jalbert gaat naast zijn partner zitten. Hij laat Danny's telefoon in de zak van zijn zwarte jasje vallen. 'Ben je bereid een leugendetectortest te doen?'

'Mij best, maar daar moet ik zeker voor naar Great Bend? Dan moet het een keer na mijn werk. En ik wil natuurlijk mijn pick-up terug.'

'Op dit moment heb je echt wel grotere zorgen aan je hoofd dan ramen zemen en vloeren vegen,' zegt Jalbert.

'Zijn we hier klaar?' zegt Ball. 'Ik geloof dat meneer Coughlin al jullie vragen wel heeft beantwoord, en heel wat beleefder dan ik zelf in zijn situatie zou hebben gedaan. En hij wil zo snel mogelijk zijn telefoon terug.'

'Nog een paar vragen,' zegt Davis. 'We kunnen je tripjes naar Colorado en naar Wichita natrekken, Danny, maar dan blijft er nog heel veel tijd over tussen de 1e en de 23e. Vind je ook niet?'

Danny zegt: 'Kijk maar naar de locaties op mijn telefoon. Wanneer ik niet thuis ben, ligt die meestal in het handschoenenkastje van mijn auto. De twee jongens die op school voor me werken kunnen je vertellen dat ik daar elke dag ben geweest, van half acht 's ochtends tot vier uur 's middags. Dat is een groot deel van de tijd waarover je meer wil weten.'

Edgar Ball is geen strafrechtadvocaat, maar hij is niet gek. Hij zegt tegen Jalbert: 'O jee. Jullie weten niet wanneer ze is vermoord, is het wel? En zelfs niet wanneer ze precies is ontvoerd.'

Jalbert werpt hem een ijzige blik toe. Ella krijgt een kleur. Ze zegt: 'Dat heeft hier niets mee te maken. Wij proberen Danny uit te sluiten als verdachte.'

'Nee, dat doen jullie niet,' zegt Ball. 'Jullie proberen hem erbij te lappen, maar zolang jullie niet weten wanneer ze precies is overleden hebben jullie niet veel, of wel soms?'

Jalbert loopt terug naar de poster van O.J. en diens raadsman Johnnie Cochran. Davis vraagt Danny de namen van de jongens die voor hem werken.

'Pat Grady en Jesse Jackson, net als die politicus uit de jaren zeventig.'

Davis krabbelt de namen in haar notitieboekje. 'Misschien kan je vriendin ons helpen met het invullen van bepaalde data en tijdstippen waarvoor je nog geen...'

'Ze is *een* vriendin, niet míjn vriendin.' *Dat was ze althans.* 'En laat DJ met rust. Zij is nog maar een kind.'

Jalbert grinnikt. 'Het is niet aan jou om ons te vertellen wat we wel en niet moeten doen.'

'Danny, luister,' zegt Davis.

Hij wijst naar haar. 'Zal ik jou eens wat vertellen? Het begint me behoorlijk tegen te staan om mijn voornaam uit jouw mond te horen komen. Wij zijn geen vrienden, Ella.'

Deze keer is het Ball die zijn hand op Danny's arm legt.

Davis gaat verder alsof Danny niets heeft gezegd. Ze kijkt hem ernstig aan. De glimlach is verdwenen. 'Je draagt een loden last met je mee. Ik kan hem bijna letterlijk zien. Daarom vertel je me dat verhaal over die droom.'

Hij zegt niets.

'Het is ontzettend vergezocht, dat moet je zelf toch toegeven. Ik bedoel, bekijk het eens vanuit ons. Ik denk dat zelfs je advocaat er helemaal niets van gelooft.'

'Daar zou ik maar niet zo zeker van zijn,' zegt Ball. 'Er zijn meer dingen in hemel en aarde, Horatio, dan waar je wijsbegeerte van droomt. Shakespeare.'

'Gelul,' zegt Jalbert vanaf zijn plek bij de poster. 'Ik.'

Danny blijft de vrouw aankijken. Jalbert is een verloren zaak. Davis misschien niet, ondanks haar ruwe bolster.

'Je voelt wroeging, dat weet ik zeker. Dat je die vuilnisbak over Yvonnes hand en arm hebt gezet, zodat de hond er niet meer bij kon, dat was wroeging.'

Hij zegt niets, maar als ze dat werkelijk gelooft, is zij ook een verloren zaak. Het was mededogen, geen wroeging. Mededogen met een dode vrouw met een bedelarmband aan haar verminkte pols. Maar Davis is op dreef, dus ze gaat haar gang maar.

'Wij kunnen je helpen je van die last te bevrijden. Als je eenmaal bent begonnen is dat helemaal niet moeilijk. En er is nog een bonus ook. Als jij schoon schip maakt, kunnen wij je misschien helpen. Kansas kent de doodstraf en...'

'Die is al veertig jaar niet meer uitgevoerd,' zegt Ball. 'Hickock en Smith, die twee waar Truman Capote dat boek over heeft geschreven, waren de laatsten.'

'Misschien wordt hij voor de zaak van dit meisje wel gebruikt,' houdt Davis vol. Danny vindt het interessant dat 'jonge vrouw' opeens 'meisje' is geworden. Maar zo zal de aanklager haar natuurlijk ook noemen: het meisje. Het weerloze meisje. 'Maar als je opbiecht wat je hebt gedaan, wordt het vrijwel zeker niet de doodstraf. Maak het makkelijker voor jezelf en voor ons. Vertel ons wat er werkelijk is gebeurd.'

'Dat heb ik al gedaan,' zegt Danny. 'Ik had een droom. Ik ben eropuit gegaan om voor mezelf te bewijzen dat het niet meer was dan dat, een droom, maar het meisje lag er echt. Ik heb de politie gebeld. Jullie geloven me niet. Dat begrijp ik wel, maar het is toch de waarheid. En laten we nu ophouden met deze onzin. Gaan jullie me arresteren of niet?'

Stilte. Davis blijft hem nog even aankijken met die warme, serieuze blik. Dan verandert haar gezicht. Haar blik wordt niet kil, maar uitdrukkingloos. Professioneel. Ze leunt naar achteren en kijkt Jalbert aan.

'Op dit moment nog niet,' zegt Jalbert. Zijn vermoeide blik zegt: *Maar daar gaat snel verandering in komen, Danny. Heel snel.*

Danny staat op. Zijn benen voelen net als de benen in zijn droom – alsof ze niet van hem zijn en hem misschien helemaal uit zichzelf ergens naartoe gaan brengen. Ball staat ook op. Ze lopen samen naar de deur. Danny vermoedt dat hij wat onvast op zijn benen staat, of bleek ziet, want Ball laat zijn hand op zijn arm liggen. Danny wil niets liever dan deze ruimte achter zich laten, maar hij draait zich om en kijkt Davis aan.

'De moordenaar van die vrouw loopt nog ergens rond,' zegt hij. 'Ik heb het tegen jou, rechercheur Davis, aangezien het geen zin heeft om tegen hem te praten. Hij heeft zijn oordeel al klaar. Jij praat wel veel, maar ik vraag me af of jij er al helemaal uit bent. Zorg dat je hem te pakken krijgt, oké? Kijk niet meer naar mij, maar ga de man zoeken die haar heeft vermoord. Voordat hij het nog een keer doet.'

Misschien ziet hij iets op haar gezicht. Misschien ook niet.

Ball trekt aan zijn arm. 'Kom, Danny. Laten we gaan.'

## 23

Wanneer ze weg zijn, zet Jalbert de camera en de recorder uit. 'Dat was interessant.'

Ze knikt.

Hij kijkt haar nauwlettend aan. 'Twijfel je?'

'Nee.'

'Het leek namelijk een paar keer alsof hij bezig was je te overtuigen.'

'Ik twijfel niet. Hij wist waar ze was omdat hij haar daar zelf heeft neergelegd. Kwestie van logisch nadenken. Het droomverhaal is tv-nonsens.'

Jalbert haalt Danny's telefoon uit zijn jaszak. Hij toetst de code in, swipet door verschillende apps en zet hem dan weer uit. 'We geven deze telefoon zo snel mogelijk af bij de afdeling Forensische Opsporing, zodat ze hem daar helemaal kunnen uitpluizen, niet alleen zijn locaties vanaf 1 juni. E-mails, berichtjes, foto's, zoekgeschiedenis. We klonen hem en dan krijgt hij hem morgen of maandag terug.'

'Gezien de manier waarop hij hem aan ons gaf, denk ik niet dat we veel zullen vinden,' zegt Davis. 'Dat had ik niet verwacht.'

'Hij is een zelfverzekerde klootzak, maar misschien is hij iets vergeten. Eén enkel berichtje kan al genoeg zijn.'

Davis herinnert zich dat Jalbert hetzelfde zei, of bijna hetzelfde, over het feit dat één enkele haar in de cabine van Coughlins pick-uptruck al voldoende zou zijn. Maar ze hebben niets gevonden. Ze zegt: 'We gaan alleen dat ene ritje naar Gunnel vinden. Dat begrijp jij toch ook wel? Zijn telefoon lag in zijn trailer toen hij haar vermoordde en begroef. Reken daar maar op.'

Jalbert zegt: 'Vier.'

'Pardon?'

'Niets. Ik dacht hardop. We krijgen hem wel, Ella. Het zelfvertrouwen van die man... de arrogantie... die gaan hem de kop kosten.'

'Hoe serieus was je over die leugendetectortest?'

Jalbert lacht humorloos. 'Hij is óf een sociopaat óf een onvervalste psychopaat. Dat gevoel had jij toch ook?'

Ze denkt even na en zegt dan: 'Daar ben ik eerlijk gezegd nog niet zo zeker van.'

'Ik wel. Ik heb zulke lui vaker meegemaakt. En negen van de tien keer weten ze de leugendetector te verslaan. Dat zou dus zinloos zijn.'

Ze verlaten de koffiekamer en lopen de gang in. De jonge agent die Coughlin heeft gebracht vraagt hun hoe het is gegaan.

'We draaien langzaam de duimschroeven aan,' zegt Davis. Dat bevalt Jalbert wel en hij geeft een klopje op haar arm.

Wanneer ze buiten zijn, diept Davis haar sigaretten op uit haar tas en biedt Jalbert er ook een aan. Hij schudt zijn hoofd, maar zegt dat zij vooral haar gang moet gaan. Ze gebruikt haar aansteker om er een op te steken en neemt een lange haal. 'Die advocaat had gelijk. We hebben niet veel, hè?'

Jalbert kijkt uit over Main Street, waar niet al te veel gebeurt – zoals gebruikelijk in Manitou. 'Dat komt nog wel, Ella. Wacht maar af. Uiteindelijk wil hij gewoon echt bekennen. Je had hem bijna zover. Hij was aan het wankelen.'

Davis denkt helemaal niet dat hij wankelde, maar dat zegt ze niet. Jalbert doet dit werk al heel lang en ze heeft meer vertrouwen in zijn intuïtie dan in de hare.

'Er zijn twee dingen die me dwars blijven zitten,' zegt ze.

'Wat dan?'

'Hoe opgelucht hij keek toen jij hem vertelde dat je DNA van de dader had en toen ik hem vertelde dat we haar vingerafdrukken op het dashboard van zijn wagen hadden gevonden. Hij wist dat ik loog.'

Jalbert strijkt met een hand door wat er over is van zijn rood-met-grijze haar. 'Hij wist dat je blúfte.'

'Maar zijn reactie op dat DNA, die was zo...'

'Zo wat?'

'Zo onmiddellijk. Alsof hij werkelijk dacht dat hij vrijuit ging.'

Hij kijkt haar aan. 'Denk aan die droom, Ella. Heb je daar ook maar een seconde in geloofd?'

Ze antwoordt zonder enige aarzeling. 'Nee. Hij loog. Er was geen droom.'

Hij knikt. 'Hou dat vooral in gedachten, dan komt het allemaal goed.'

## 24

Jalbert woont als vrijgezel in een kleine vijfkamerwoning in Lawrence, bijna binnen gehoorafstand van het hoofdkantoor in Kansas City, maar hij gaat niet naar huis terug voordat Coughlin is gearresteerd en voorgeleid. Zijn compacte tweekamersuite in Lyons bevindt zich dicht bij Manitou en Great Bend. Nou ja... naar Kansas-begrippen dichtbij. Het is een grote staat, die wat oppervlakte betreft een dertiende plaats bezet. Zulke dingen houdt Jalbert graag bij.

Zaterdagavond staat hij voor het raam te kijken hoe de schemering overgaat in duisternis en denkt aan het verhoor van Coughlin van die ochtend. Ella heeft het goed gedaan. Jalbert had het zelf niet beter kunnen doen, maar toch heeft hij er een onbevredigd gevoel aan overgehouden. Hij had niet verwacht dat Coughlin de hulp van een advocaat zou inroepen, hij had verwacht dat hij zou bekennen.

*Volgende keer*, denkt hij. *We moeten gewoon op hem in blijven praten.*

Daar is hij goed in, maar vanavond kan hij niets doen. Hij heeft helemaal niets te doen. Hij kijkt nooit tv en hij heeft de stoelen al twee keer gedaan. Bij de supermarkt aan de overkant heeft hij een paar voorverpakte wraps gehaald, die hij heeft opgewarmd in de magnetron. Drie minuten, 180 seconden. Eén tot en met achttien bij elkaar opgeteld is 171, dus dan houd je negen over. Jalbert houdt niet van overgebleven getallen, maar soms is het niet anders. De wraps zijn niet echt lekker en hoewel Jalbert onkostenvergoeding krijgt, denkt hij er geen moment aan om via roomservice iets te bestellen. Waarom zou hij? Voedsel is niets anders dan brandstof voor het lichaam.

Hij is nooit getrouwd geweest, hij heeft geen vrienden (hij mag Davis wel, maar ze is een collega en zal dat altijd blijven) en hij heeft geen huisdieren. Als kind heeft hij een keer een parkiet gehad, maar die ging dood. Ondeugden heeft hij niet, tenzij masturberen, wat hij eens per week doet, daaronder valt. Het probleem-Coughlin vreet aan hem. De man doet hem denken aan een vlieg die de opgerolde krant steeds te snel af is.

Jalbert besluit naar bed te gaan. Dan is hij om vier uur weer wakker, maar dat vindt hij niet erg. Hij houdt van de vroege ochtend en misschien wordt hij wel wakker met wat meer helderheid over het probleem-Coughlin. Hij kleedt zich langzaam uit, waarbij hij bij elk kledingstuk dat hij uittrekt tot elf telt. Twee schoenen, twee sokken, broek, onderbroek, overhemd, onderhemd. Dat is bij elkaar 88. Geen goed getal, een getal dat geliefd is onder neofascisten. Hij trekt zijn koffer onder het bed vandaan, haalt het sportbroekje eruit waarin hij slaapt en trekt het aan. Dat is 99. Hij gaat op de bureaustoel zitten om er één aan toe te voegen, zodat hij op honderd zit. Een goed getal, een getal waarop je kunt bouwen. Hij gaat naar de badkamer. Er staat geen weegschaal. Morgen zal hij er een gaan vragen. Hij poetst zijn tanden en telt de poetsbewegingen van zeventien terug naar nul. Hij urineert, wast zijn handen en knielt aan het voeteneinde van het bed. Hij vraagt God hem te helpen gerechtigheid te krijgen voor die arme Miss Yvonne. Dan gaat hij in het donker liggen, met zijn gevouwen handen op zijn smalle borst en wacht op de slaap.

We hebben niet veel, had Ella gezegd, en ze had gelijk. Ze weten dat hij het heeft gedaan, maar de pick-up was helemaal schoon, de trailer was schoon en hij was komen opdagen met een advocaat. Geen heel goede, maar een advocaat is een advocaat. Misschien gaat de telefoon iets opleveren, maar aan de manier te zien waarop Coughlin die had afgegeven...

'Maar niet meteen,' zegt Jalbert. 'Hij heeft eerst de tijd genomen om erover na te denken, of niet soms? Om zeker te weten dat het veilig kon.'

Waarom die advocaat? Is het mogelijk dat Coughlin niet wil bekennen voordat hij zijn vijftien minuten bekendheid heeft gehad als de helderziende die heeft gedroomd waar het lichaam begraven lag? Dat hij in de publiciteit wil komen?

'Als dat het is waar hij op uit is, zal ik ervoor zorgen dat hij zijn zin krijgt,' zegt Jalbert en niet veel later valt hij in slaap.

## 25

Voor Danny is de week van 4 juli een helse week.

Maandag komt Pat Grady niet opdagen voor zijn werk. Danny vraagt Jesse of Pat ziek is.

'Geen idee,' zegt Jesse. 'We werken hier allebei, maar verder zien we elkaar nooit. Misschien dacht hij dat het vandaag ook een vrije dag is, omdat het morgen Independence Day is.'

Danny kijkt hier niet van op. Jesse Jackson is een jongen die ergens gaat komen in het leven. Pat Grady is een jongen die helemaal nergens gaat komen. Behalve misschien in de cafés van Manitou, wanneer hij eenmaal oud genoeg is om te drinken. Er zijn nogal wat cafés. Danny heeft ze indertijd allemaal vanbinnen gezien.

Om een uur of tien komt Pat binnengeslenterd met een of ander verhaal dat hij zijn vader ergens mee moest helpen. Danny vertelt hem dat hij ontslagen is.

Pat staart hem geschokt aan. 'Dat kun je niet doen!'

Danny zegt: 'Ik heb het zojuist gedaan.'

Pat werpt hem een ongelovige blik toe. Het bloed stijgt naar zijn wangen en de puistjes op zijn voorhoofd worden knalrood. Dan loopt hij naar de deur. Daar draait hij zich om en schreeuwt: 'Krijg de tering!'

'Insgelijks,' zegt Danny.

Pat stormt naar buiten. Danny draait zich om en ziet dat Jesse beneden bij de deuren van de sportzaal de vloer staat te dweilen. Hij houdt even op om zijn duim naar Danny op te steken en Danny grijnst. Wanneer Pat wegrijdt horen ze de motor van zijn arme oude, misbruikte Mustang gieren. Zijn banden laten een meterslang spoor achter. *Daar doe je je bandjes geen plezier mee*, denkt Danny. Maar Pat Grady is nu in elk geval één ergernis minder.

Wanneer hij die avond thuiskomt (Jesse geeft hem een lift), staat zijn pick-up voor zijn trailer geparkeerd. Vanbinnen zit hij vol vegen van vingerafdrukpoeder en er hangt een luchtje dat aan ether doet denken, waarschijnlijk van het spul dat ze gebruiken om naar bloedvlekken te zoeken. De sleutels zitten in de bekerhouder en zijn telefoon ligt op de passagiersstoel.

Op dinsdag – een vrije dag, want het is 4 juli, Independence Day – slaapt Danny uit. Terwijl hij aan zijn late ontbijt zit, bedenkt hij dat hij wel zijn sleutels mee naar binnen heeft genomen, maar dat zijn telefoon nog in de auto ligt. Hij gaat hem pakken, voornamelijk om te kijken of hij een appje van Margie heeft, iets met vuurwerk misschien. Hij vindt echter geen 'Vrolijke Fourth of July' van haar, maar wel een voicemail van zijn advocaat, die Danny vraagt hem te bellen. Danny denkt wel te weten waarom.

Hij wenst Ball een fijne feestdag. Ball wenst hem een fijne dag terug. 'Je belt waarschijnlijk voor je honorarium, maar ze hebben mijn wagen gisteren pas teruggebracht.' Hij is zich ervan bewust dat hij nu een beetje als Pat klinkt. 'Ik kom de cheque vanmiddag afgeven op je kantoor.'

'Daar belde ik niet voor. Je staat in de krant.'

Danny fronst. 'Waar heb je het over? De krant van Belleville?'

'Niet de *Telescope*. De *Plains Truth*.'

Danny schuift zijn ontbijtkom weg. 'Je bedoelt dat gratis krantje, dat altijd vol staat met aanbiedingen? Daar kijk ik nooit in.'

'Die krant bedoel ik inderdaad. Sarah, mijn assistente, belde me erover, dus ik heb er eentje meegenomen toen ik mijn ochtenddonut ging halen. Het is zo'n krantje dat het moet hebben van de advertenties, daarom kunnen ze het gratis verspreiden. Die advertenties moeten wel erg veel opbrengen, want je kunt ze echt overal meenemen, bij elke winkel, supermarkt en benzinestation in vier county's. De inhoud – voor zover je daarvan kunt spreken – bestaat voornamelijk uit lokale sportverslagen, rechtsgetinte hoofdartikelen en twee, drie pagina's ingezonden brieven, voornamelijk van het soort waarin wordt getierd en geraasd. Wat nieuws betreft kan het ze niet veel schelen wat ze plaatsen. En in de laatste editie staat dus de naam van de dode vrouw.'

'Die wordt gewoon genoemd?'

'Yep, Yvonne Wicker, uit Oklahoma City. En moet je horen: "De politie ontving een anonieme tip die hen naar het ondiepe graf van de ongelukkige jonge vrouw leidde, achter een verlaten gebouw in Gunnel, een klein plaatsje vlak bij de grens met Nebraska. Volgens een betrouwbare bron is de tipgever ene Daniel M. Coughlin, momenteel werkzaam als conciërge op de Wilder High School. Hij helpt de KBI-rechercheurs bij hun jacht op de moordenaar."'

Danny weet niet wat hij hoort. 'Kunnen ze dat zomaar doen? Mijn naam vrijgeven terwijl mij niets ten laste is gelegd?'

'Normaal gesproken doet een krant dat niet, maar de *Plains Truth* is geen echte krant, maar gewoon leesvoer voor op de plee. Maar dit is nog niet alles. Even verderop staat: "Toen onze bron werd gevraagd hoe meneer Coughlin kon weten waar het lichaam zich bevond, bleef het antwoord uit." Er staat niet dat de lezers hieruit hun eigen conclusie kunnen trekken, maar dat hoeft ook eigenlijk niet.'

'Jalbert,' zegt Danny. Zijn vrije hand balt zich tot een vuist.

'Laten we zeggen dat je gelijk hebt, hij of Davis...'

'Zij niet, hij.'

'... maar probeer het maar eens te bewijzen. Een stuk of vijf, zes agenten op het bureau wisten ervan, die hebben ons zien binnenkomen. Plus degene die jou is komen ophalen en naar het verhoor heeft gereden. En dan zijn er nog de mensen in het trailerpark waar jij woont. Die moeten allemaal een aardig idee hebben gehad waarom de politie bij jou was.'

Natuurlijk, en Becky. Hij heeft haar zelfs van de droom verteld. En toch...

'Hij heeft niet genoeg om me te arresteren, dus doet hij dit.'

'Het helpt niet om overhaaste conclusies te trekken...'

'Kom op, man. Heb je hem soms niet gezien? Gehoord?'

Ball zucht. 'Danny, jij hebt een advocaat nodig die je beter kan adviseren dan ik dat kan. Een strafrechtadvocaat.'

'Voorlopig blijf ik bij jou. Misschien waait het over.'

'Dat zou kunnen.' Het zijn maar drie woorden, maar het is genoeg om Danny duidelijk te maken dat het Ball onwaarschijnlijk lijkt. Misschien zelfs absurd.

## 26

Op de woensdag van de helse week krijgt Danny te horen dat hij zijn baan kwijtraakt.

Tegen het middaguur gaat hij naar buiten, naar zijn pick-up, met de bedoeling zijn lunchpakket te pakken en bij Jesse te gaan zitten, aan een van de picknicktafels achter de school. Hij pakt zijn telefoon uit het handschoenenkastje, checkt zijn e-mails en is meteen zijn eetlust kwijt. Hij heeft er drie. Een van de *Belleville Telescope* en een van de *Plains Truth*, die hem allebei om commentaar vragen over zijn connectie met de moord op Yvonne Wicker. In de mail van de *Plains Truth* wordt hem tevens gevraagd 'berichten dat u in een droom naar het graf van miss Wicker bent geleid' te bevestigen dan wel te ontkennen.

Hij verwijdert beide e-mails. De derde is afkomstig van de onderwijsinspectie van Wilder County en stelt hem op de hoogte van het feit dat vanwege bezuinigingen zijn positie als hoofdconciërge van de Wilder High School is opgeheven. Hij krijgt opdracht deze week nog af te maken, maar vanaf aanstaande maandag is hij zijn baan kwijt.

'Vanwege de spijtige plotselinge aard van deze reorganisatie,' vervolgt de e-mail, 'zal uw salaris voor de hele maand juli en de eerste week van augustus worden doorbetaald.'

Voor eventuele vragen kan hij contact opnemen met de assistent-inspecteur, tevens verantwoordelijk voor de financiële administratie, Susan Eggers. Er staat een telefoonnummer bij en ook een Zoom-link.

Danny leest het clichématige oprotbericht een paar keer door om zeker te weten dat hij het goed begrijpt. Dan gooit hij de telefoon weer in het handschoenenkastje en loopt via de sportzaal naar de picknicktafel.

'Heb je trek in chili?' vraagt Jesse. 'Mijn moeder geeft me altijd te veel mee. Ik heb het opgewarmd in de magnetron.'

'Nee, dank je. Ik heb brood met leverworst en kaas.'

Jesse trekt een gezicht alsof hij iets smerigs ruikt.

'En verder,' vervolgt Danny, 'schijnen ze me te hebben ontslagen.'

Jesse legt zijn plastic lepel neer. 'Wát zeg je?'

'Je hebt me toch verstaan? Vrijdag is mijn laatste werkdag.'

'Waaróm?' Hij zwijgt even en zegt dan: 'Is het vanwege dat meisje?'

'Dat weet jij dus ook al?'

'Dat weet iedereen.'

*Ja, natuurlijk*, denkt Danny. 'Nou ja, dat zeggen ze niet met zoveel woorden, maar dat kunnen ze ook moeilijk doen, hè? Aangezien ik niets anders heb gedaan dan melding maken van de vondst van een lichaam. Ze gooien het op bezuinigingen.'

Hij verwacht nog meer vragen van Jesse over het lichaam en hoe hij dat heeft gevonden, maar Jesse is misschien wel de enige in heel Wilder County die niet alles wil weten over zijn nare droom. Jesse denkt aan heel andere dingen. *Fijne knul*, denkt Danny.

'O, man! En we moeten de vloer van de sportzaal in de lak zetten! Dat kan ik niet in m'n eentje, ik weet niet eens hoe dat moet!'

'Dat is echt geen hogere wiskunde. We doen het morgen wel. Het belangrijkste is dat je, als je eenmaal bent begonnen, in één ruk doorgaat. En draag een halsdoek voor je mond, of een mondkapje. We zetten alle ramen open, maar het gaat sowieso stinken.'

'Ze kunnen me hier toch niet alleen laten zitten!' Jesse zit bijna te jammeren. 'Ik heb geen sleutels! En die wil ik ook niet! Jezus, Danny, ik ben zwart! Stel dat er iets gebeurt – dat er schoonmaakmiddelen verdwijnen, of dingen uit de kantine – wie gaat daar dan de schuld van krijgen?'

'Ik begrijp het en ik zal uitzoeken wat precies de bedoeling is,' zegt Danny. 'Ik heb een telefoonnummer dat ik kan bellen. Ik regel het voor je, voor zover ik dat kan.'

'Kunnen ze dit zomaar doen? Kun je die eikels niet aanklagen of zo?'

'Ik denk 't niet,' zegt Danny. 'Kansas is een zogenaamde *at-will state*. Dat zegt iets over het arbeidsrecht en het houdt in dat mijn werkgever geen reden hoeft op te geven voor mijn ontslag.'

'Maar dat is oneerlijk!'

Danny glimlacht. 'Voor wie van ons?'

'Voor ons allebei, man! Ik bedoel, shít!'

Danny zegt: 'Mag ik misschien toch wat van die chili?'

## 27

Die middag besluit hij Susan Eggers niet te bellen, maar te zoomen. Hij wil haar in de ogen kunnen kijken. Maar eerst zoekt hij het budget van Wilder County voor vorig jaar en dit jaar op. Hij vindt wat hij al verwachtte.

Eggers is een vrouw van middelbare leeftijd met een soort helm van grijs haar, een bril met een rond, goudkleurig montuur en een smal gezicht. Een boekhoudersgezicht, denkt Danny. Ze zit aan haar bureau. Achter haar hangt een ingelijste, uitvergrote versie van het boekomslag van *Het kleine huis op de prairie*, een paar kleine meisjes die met angstige gezichtjes achter in een huifkar zitten.

'Meneer Coughlin,' zegt ze.

'Klopt. De man die u zojuist hebt ontslagen.'

Eggers vouwt haar handen en kijkt recht in de camera op haar computer. 'Onze samenwerking is beëindigd, meneer Coughlin. En hoewel we daar niet toe verplicht waren, hebben we u toch een geldige reden gegeven...'

'Bezuinigingen. Ja. Maar het onderwijsbudget is dit jaar niet gekrompen, het is zelfs tien procent gestegen. Dat heb ik voor alle zekerheid nog even gecheckt.'

Ze schenkt hem een zuinig glimlachje, alsof ze wil zeggen: *O, gij simpele van geest*. 'Ons budget is ingehaald door de inflatie.'

Danny zegt: 'Zullen we het beestje maar gewoon bij de naam noemen, mevrouw Eggers? Jullie hebben onze samenwerking niet "beëindigd", jullie hebben mij gewoon de zak gegeven. En niet vanwege bezuinigingen, maar vanwege geruchten over een misdaad die ik niet heb gepleegd en waarvoor ik niet ben aangeklaagd. Vertel godverdomme de waarheid.'

Susan Eggers is duidelijk niet gewend dat er zo tegen haar wordt gesproken. Ze krijgt een kleur en er verschijnt een verticale groef in haar eerder zo gladde voorhoofd. 'O, gaan we zo beginnen? Goed dan. Ik heb nogal onaangename informatie over u gekregen, meneer Coughlin. Afgezien van uw huidige situatie, bent u eerder al eens gearresteerd voor het schenden van een contactverbod na het stalken van uw ex-vrouw. Ik heb begrepen dat u daarvoor in Wichita in de gevangenis hebt gezeten.'

Dat van de gevangenis klopt, maar hij heeft maar één nacht in de cel doorgebracht en dat was voor dronkenschap en onhandelbaar gedrag. Als hij dat zegt, zal dat zijn zaak geen goed doen... alsof hij hier een zaak van kan maken.

'U hebt ene Jalbert gesproken, nietwaar? U of de schoolinspecteur? Een rechercheur van de KBI? Draagt een zwarte jas en een veel te grote spijkerbroek?'

Ze geeft geen antwoord, maar knippert met haar ogen. Dat is ook een antwoord. 'Meneer Coughlin, volgens mij toont het schoolbestuur zich bijzonder royaal door u de hele maand juli door te betalen voor werk dat u...'

'En de eerste week van augustus, laten we die niet vergeten.'

'Zeker, de hele maand juli en de eerste week van augustus voor werk dat u niet meer gaat verrichten.' Ze aarzelt en twijfelt kennelijk of het verstandig is om verder te gaan, maar hij heeft haar kwaad gemaakt. Als hij de verdomde waarheid wil, dan kan hij die krijgen. 'Laten we zeggen, geheel hypothetisch gesproken, dat uw huidige... situatie... een rol heeft gespeeld. Uw naam staat in de krant, in verband met een gruwelijk misdrijf. Wat zou ú doen als u te horen zou krijgen dat een conciërge op een middelbare school in uw district, een man die elke schooldag in de buurt van tienermeisjes is, ervan beschuldigd is zijn vrouw te hebben mishandeld en nu door de politie wordt verhoord in verband met een verkrachting en een moord?'

Hij kan haar vertellen dat Margie hem nooit heeft beschuldigd van mishandeling en dat ze alleen wilde dat hij om twee uur 's nachts niet voor haar huis stond te schreeuwen – *Kom bij me terug, Margie, ik ga echt veranderen.* Hij kan haar vertellen dat hij geen idee heeft wie Yvonne Wicker heeft vermoord. Hij kan haar vertellen dat hij zeker weet dat dat gratis krantje zijn naam van rechercheur Jalbert heeft doorgekregen, omdat Jalbert wist dat het vod er geen moeite mee zou hebben die te publiceren. Niets van dat alles zal ook maar enig verschil maken voor deze vrouw.

'Was dat alles, meneer Coughlin? Want ik heb nog meer te doen.'

'Nog niet helemaal, want jullie hebben er volgens mij niet bij nagedacht hoe het verder moet op de school wanneer ik weg ben. Wat de, hoe zeg je dat, consequenties zullen zijn. Wie gaat mij vervangen? Ik heb een zomerhulp, een jonge jongen, Jesse Jackson. Dat is een goeie knul en een uitstekende arbeidskracht, maar hij kan het niet in z'n eentje. Ten eerste weet hij niet hoe dat moet. Ten tweede is hij pas zeventien. Te jong voor zo veel verantwoordelijkheid. En ten derde zit hij vanaf september weer de hele week in de klas.'

'Ook onze samenwerking met hem wordt beëindigd,' zegt Eggers. 'Wanneer u vrijdag afsluit, kunt u de sleutels inleveren bij het schoolhoofd, meneer Coates. Volgens mij woont hij ook in Manitou.'

'Krijgt Jesse net als ik de hele maand juli en de eerste week van augustus doorbetaald?' Danny weet al wat het antwoord zal zijn, maar hij wil het haar horen zeggen.

Als hij op enige gêne had gehoopt, komt hij bedrogen uit. Wat hij krijgt is een toegeeflijk glimlachje. 'Ik ben bang van niet.'

'Hij heeft dat geld nodig. Hij helpt zijn familie ermee.'

'Hij vindt vast wel een ander baantje.' Alsof die in Wilder County voor het oprapen liggen. Ze pakt een vel papier van haar bureau, bestudeert het en legt het weer neer. 'Als het goed is had u nog een vakantiehulp, Patrick Grady. Zijn ouders hebben een klacht ingediend. Ze hebben meneer Coates opgebeld en hem verteld dat de jongen ontslag heeft genomen omdat u hem hebt bedreigd.'

Een ogenblik lang is Danny zo verbijsterd en woedend dat hij geen woord kan uitbrengen. Dan zegt hij: 'Pat Grady is ontslagen voor stelselmatig te laat komen en slordig werk. Hij is niet bedreigd, hij is simpelweg een luie lapzwans. Jesse zou u precies hetzelfde vertellen als u hem ernaar zou vragen. Ik betwijfel overigens of u dat gaat doen.'

'Dat lijkt me werkelijk niet nodig. Het schetst weer een deel van een plaatje dat er niet zo mooi uitziet. Een plaatje van uw karakter, meneer Coughlin. Wees blij dat we onze samenwerking beëindigen vanwege bezuinigingen. Dat staat beter op uw cv wanneer u nieuw werk gaat zoeken. En nu, aangezien ik het erg druk heb...'

'Dus de school blijft de rest van de zomer leegstaan?' Ondanks alles vindt Danny dat toch een vervelend idee. Wilder High School is een mooi, oud gebouw en in de loop van een schooljaar ontstaan er zo veel mankementen die onderhoud vergen. Het is bijna juli en hij is nog amper begonnen. 'En hoe moet het dan in het najaar?'

'Dat is niet uw zorg,' zegt Eggers. 'Bedankt voor uw belletje, meneer Coughlin. Ik hoop dat uw huidige problemen worden opgelost. Goedendag.'

'Ja maar, verdomme, wacht eens even...'

Maar het heeft geen zin, want Susan Eggers heeft al opgehangen.

## 28

In de namiddag van de donderdag van de helse week, loopt Danny in de supermarkt in Manitou zijn wekelijkse boodschappen te doen. Hij doet die klus graag op donderdag omdat de meeste werkende mensen op vrijdag uitbetaald krijgen en het op donderdag dus nog niet zo druk is in de supermarkt. Zijn eigen salaris van die week gaat hij de volgende dag rechtstreeks op zijn bankrekening zetten. Hij heeft iets meer dan drieduizend dollar op zijn rekening staan, waar hij niet heel ver mee zal komen. Hij betaalt geen alimentatie aan zijn ex, maar hij stuurt haar toch om de twee weken vijftig of zestig dollar. Dat is hij haar wel schuldig na alle ellende die hij heeft veroorzaakt. Hij zal dat nu niet veel langer kunnen blijven doen en hij ziet nu al op tegen het moment dat hij haar zal moeten opbellen om zijn situatie uit te leggen. Hoewel ze waarschijnlijk al op de hoogte is. Goed nieuws wordt met de benenwagen bezorgd, slecht nieuws met een straaljager. En hij hoeft Stevie niet meer financieel te steunen. Danny's jongere broer woont nog steeds in de woongroep in Melody Heights, maar hij verdient waarschijnlijk meer dan Danny.

*Misschien gaat hij mij op den duur wel ondersteunen*, denkt Danny. *Dat zou nog eens een goeie grap zijn.*

Hij staat op de vleesafdeling te twijfelen tussen een pond- of een kiloverpakking gehakt (dat is het voordeligst), wanneer een luide stem achter hem zegt: 'Daniel Coughlin? Ik heb een paar vragen voor je.'

Het is Jalbert. Natuurlijk is het Jalbert. Vandaag heeft hij zijn zwarte jas verwisseld voor een blauw windjack met KBI op de linkerborst. Hoewel Danny de rug van het jack niet kan zien, weet hij dat dezelfde letters daar ook staan, maar dan groter. Jalbert had naast hem kunnen komen staan en op een normale toon tegen hem kunnen praten, maar hij had hem ook buiten op de parkeerplaats kunnen aanspreken. Andere klanten op de vleesafdeling kijken om en dat is precies wat Jalbert wil.

'Ik heb je vragen al beantwoord.' Danny gooit een pakketje vlees in zijn karretje – een pond in plaats van een kilo, het is tijd om te bezuinigen. 'Als je er nog meer hebt, wil ik mijn advocaat erbij hebben.'

'Dat recht heb je,' zegt Jalbert met diezelfde luide stem. Danny vindt het rossige, pluizige haar van de man bijna op een pijlpunt lijken, of de punt van een roestige speer. De diepliggende ogen kijken Danny aan zoals ze waarschijnlijk naar een nieuwe insectensoort zouden kijken. 'Je hebt recht op een advocaat. Maar dan zal je wel op het politiebureau moeten wachten tot hij er is.'

'Weer die veel te harde stem. Inmiddels beginnen zich mensen te verzamelen aan het begin van het gangpad van de vleesafdeling. Sommigen duwen hun karretje, anderen staan alleen maar te kijken. 'Of we kunnen het hier doen. Aan jou de keus.'

*Waar iedereen het kan horen*, denkt Danny. *Dat zou je wel willen, hè?*

'Wat dacht je van de gulden middenweg? Laten we naar buiten gaan.'

Danny geeft Jalbert niet de kans om te protesteren, maar loopt langs hem heen (waarbij hij zich moet inhouden om in het voorbijgaan niet tegen hem aan te botsen), in de richting van de uitgang. Hij hoeft niet bang te zijn dat de rechercheur zal proberen hem tegen te houden, want Danny is zeker twintig, vijfentwintig kilo zwaarder dan hij en Jalbert draagt ook vandaag geen wapen, alleen zijn politiepenning aan zijn riem. Ook heeft hij zijn ID aan een koord om zijn nek hangen. Danny kijkt niet om om te zien of Jalbert hem volgt.

De caissières zijn gestopt met werken. Twee van hen kent hij van school. Hij kent heel veel mensen van school, omdat hij sinds zijn vertrek uit Wichita altijd op de WHS heeft gewerkt. Wanneer de deuren van de uitgang openschuiven en hij de warme Kansas-avond in loopt, bedenkt hij opeens dat niemand die hij in de gangpaden is gepasseerd hem heeft gegroet, terwijl hij toch verschillende mensen kende, onder wie een paar docenten.

Voorbij het felle licht dat door de ramen van de supermarkt op het trottoir schijnt, draait hij zich om naar Jalbert. 'Je jaagt me op.'

'Ik werk aan mijn zaak. Als er iemand is opgejaagd, is het die arme Miss Yvonne wel. Jij hebt haar de dood in gejaagd. Of niet soms?'

'Jij zegt het.'

'We hebben je telefoon doorgespit. Wat locaties betreft zijn er heel veel gaten. Voor elk van die gaten wil ik een verklaring. Als je die kunt geven.'

'Nee.'

Jalberts wenkbrauwen – net zo pluizig en warrig als het weinige haar dat hem nog rest – schieten omhoog. Er komt een eigenaardige gedachte bij Danny op: *Hij mag mij dan opjagen, maar misschien doe ik wel hetzelfde bij hem. Volgens mij zijn die wallen onder zijn ogen groter en donkerder dan eerst.*

'Nee? Néé? Wil je niet dat we je elimineren als verdachte, Danny?'

'Dat is niet wat jij ermee wilt bereiken. Dat is het laatste wat jij wil.' Hij wijst naar het felgele KBI-logo op de voorkant van Jalberts windjack. 'Je zou net zo goed een spandoek kunnen dragen. Hé, ben je trouwens afgevallen?'

Jalbert doet zijn best niet verbaasd te kijken om deze onverwachte vraag, maar Danny vermoedt dat hij er wel degelijk van opkijkt. Is de wens hier de vader van de gedachte? Misschien.

'Ik wil dat je die lege plekken voor me invult, Danny. Zo veel mogel...'

'Nee.'

'In dat geval ga je me veel vaker zien. Dat besef je toch wel?'

'Hoe zit het met die leugendetectortest? Ik heb mijn auto terug en ik ben volgende week vrijwel elke dag beschikbaar, aangezien jij ervoor hebt gezorgd dat ik mijn baan kwijt ben.'

Jalbert toont de dopjes die bij hem door moeten gaan voor tanden. *Hij zal wel veel zacht voedsel eten*, denkt Danny. 'Het is zo interessant hoe mensen zoals jij – sociopaten – alles wat er misgaat in hun leven weten af te schuiven op anderen.'

'De leugendetector, rechercheur. Hoe zit het daarmee?'

Jalbert wappert met een hand voor zijn gezicht, alsof hij een lastige vlieg verjaagt. 'Sociopaten zijn de leugendetector bijna altijd te slim af. Dat is een bewezen feit.'

'Of je bent gewoon bang dat ik de waarheid spreek.'

'Eenentwintig,' zegt Jalbert.

'Wat?'

'Niets.'

'Voel je je wel goed?' Danny heeft er veel plezier in deze vraag te kunnen stellen. Dat is onaardig en het is gemeen, maar hij is zojuist in zijn eigen omgeving te kakken gezet. Dat wil zeggen: wat vroeger zijn eigen omgeving was.

Jalbert zegt: 'Jij hebt haar vermoord.'

'Niet waar.'

'Kom op, geef het nu maar toe. Neem je verantwoordelijkheid, dan voel je je meteen een stuk beter. We zijn hier alleen. Ik draag geen microfoon en je kunt het later alsnog ontkennen. Doe het voor mij en doe het voor jezelf. Lucht je hart.'

'Er valt niets te bekennen. Ik had een droom. Ik ben naar de plek gegaan waar zij begraven lag. Dat heb ik de politie verteld. Dat is alles.'

Jalbert lacht. 'Je bent wel een volhouder, Danny. Dat moet ik je nageven. Maar dat ben ik ook.'

'Weet je wat? Als jij denkt dat ik het heb gedaan, stel me dan in staat van beschuldiging. Arresteer me.'

Jalbert zegt niets.

'Dat kan je niet, hè? Ik wed dat je met de officier van justitie in Wilder City hebt overlegd en dat hij je heeft verteld dat je niet voldoende bewijs hebt. Je hebt geen forensisch bewijs, geen gefilmd bewijs en geen getuigen. Je hebt alleen een oude man die me bij dat Texaco-station heeft gezien, maar dat was op de dag dat ik die telefonische melding heb gedaan, dus daar heb je niets aan. Eigenlijk komt het erop neer, meneer de rechercheur, dat je goed de lul bent.'

Wat best grappig is, denkt Danny, aangezien hij zelf ook de lul is. Daar heeft Jalbert voor gezorgd.

Jalbert grijnst en prikt zijn wijsvinger in Danny's richting. De grijns herinnert hem aan de maansikkel in zijn droom. 'Jij hebt het gedaan. Dat weet ik zeker en jij weet het ook, achtentwintig.'

Danny zegt: 'Ik ga weer naar binnen om de rest van mijn boodschappen te doen. Als je wilt kun je me volgen. Ik kan je niet tegenhouden en het kwaad is toch al geschied. Dat is gebeurd toen je mijn naam doorgaf aan dat waardeloze krantje.'

Jalbert ontkent het niet en hij volgt Danny ook niet terug naar binnen, de supermarkt in. Zijn taak zit erop. Iedereen kijkt naar Danny terwijl hij loopt te winkelen. Sommigen trekken zelfs hun karretje uit de weg wanneer ze hem zien aankomen.

## 29

Hij gaat naar huis, naar zijn trailer in Oak Grove. Hij ruimt zijn boodschappen op. Hij heeft zichzelf de luxe gegund een pakje Nabisco Pinwheels te kopen – zijn lievelingskoekjes – en was van plan geweest er een paar op te knabbelen voor de tv. Nu heeft hij geen zin meer in tv en al helemaal niet in koekjes. Als hij er nu een zou eten, zou hij er waarschijnlijk in stikken. Hij is nog nooit zo kwaad geweest sinds hij op de lagere school werd gepest door een jongen die groter was dan hij en hij heeft zich ook nog nooit zo... zo...

'Zo in het nauw gedreven gevoeld,' mompelt hij.

Zal hij vannacht kunnen slapen? Dan zal hij toch eerst moeten kalmeren. En hij wil graag kalmeren, hij wil zich herpakken. Jalbert zag eruit alsof hij geen oog dichtdoet en graag zou willen dat Danny ook niet kan slapen. *Word maar een beetje moe, Danny, en doe iets stoms. Heb je zin om me een dreun te verkopen? Stel je eens voor hoe lekker dat zou zijn! Probeer het maar!*

Is er iets wat hij kan doen om de druk een beetje van de ketel te halen? Misschien wel.

Hij pakt zijn portefeuille en rommelt er wat in. Beide rechercheurs hebben hem een kaartje gegeven met hun KBI-telefoon- en toestelnummers op de voorkant en hun privénummers op de achterkant. Voor het geval hij genoeg zou krijgen van zijn ongeloofwaardige droomverhaal en zou besluiten hun te vertellen wat er werkelijk is gebeurd. Hij stopt Jalberts kaartje weer terug en belt het privénummer van Davis. Ze neemt meteen bij de eerste keer overgaan op en haar stem gaat bijna verloren in wat er vlak bij haar, of misschien om haar heen, gaande is. Het is een valse uitvoering van 'Happy Birthday', door jeugdige stemmetjes.

'Hallo, rechercheur Davis. Je spreekt met Danny Coughlin.'

Het blijft even stil, alsof ze niet weet hoe ze moet reageren op dit telefoontje van haar hoofdverdachte, en nog wel om zeven uur 's avonds. Hij overvalt haar waarschijnlijk net zo erg als Jalbert hem heeft overvallen, en dat lijkt Danny alleen maar eerlijk... in de woedende bui waarin hij op dit moment verkeert althans. De stilte duurt lang genoeg voor Danny om '*happy birthday, dear Laurie, happy birthday to you*' te horen en dan zegt Davis: 'Ogenblikje.' En vervolgens, tegen de feestgangers (Danny neemt tenminste aan dat het een feestje is): 'Dit moet even.'

Het gezang sterft weg wanneer zij met haar onverwachte gesprek naar een rustiger plekje verhuist. Zo krijgt hij even de tijd om na te denken over werkwoorden. *Aangesproken?* Nee. *Ondervraagd?* Nee, dat is het ook niet. *Verhoord?* Klopt wel... maar ook niet het juiste woord. Dan weet hij het opeens.

'Wat kan ik voor je doen, Danny?'

'Een half uur geleden ben ik in de supermarkt overvallen door je partner terwijl ik boodschappen liep te doen.'

Weer een korte stilte. Dan: 'We hebben nog steeds vragen over waar je gedurende die drie weken waarover we het hebben allemaal geweest bent. Ik heb je broer gesproken en hij kon bevestigen dat je het eerste weekend van juni bij hem bent geweest. Heeft hij een autismestoornis?'

Danny staat op het punt haar te vragen of ze Stevie niet overstuur heeft gemaakt – hij raakt gemakkelijk van slag wanneer hij uit zijn comfortzone wordt gehaald – maar hij is niet van plan zich te laten afleiden van wat hij haar eigenlijk wil vertellen.

'In plaats van die zwarte jas van hem droeg hij een windjack met KBI op de voor- en de achterkant. Hij had geen megafoon bij zich en dat was ook niet nodig, want hij praatte hard genoeg. Op donderdagavond lopen er niet zo veel mensen te winkelen, maar iedereen die er was kon alles goed horen. En zien.'

'Danny, je klinkt een beetje paranoïde.'

'Noem het maar paranoïde als je voor het oog van zo'n dertig mensen aan de schandpaal wordt genageld. Toen ik besefte waar hij mee bezig was, heb ik ervoor gezorgd dat hij met me mee naar buiten liep. En zal ik je eens wat vertellen? Hij had geen vragen. Zodra we buiten op de stoep stonden, was het weer hetzelfde liedje: je hebt het gedaan, beken nou maar, dan voel je je vast beter.'

'Dat is ook zo,' zegt zij op ernstige toon. 'Dat zul je zien.'

'Ik bel je nu om jóú een paar vragen te stellen.'

'Het is niet aan mij om jouw vragen te beantwoorden, Danny. Het is aan jou om antwoord te geven op de mijne.'

'Maar deze hebben niets met de zaak te maken. Niet rechtstreeks in elk geval. Ze zijn meer van, hoe noem je dat, procedurele aard. Mijn eerste vraag luidt als volgt: Zou jíj in de supermarkt naar me toe zijn gekomen in je politiejas om mij vragen te stellen die iedereen duidelijk kon horen?'

Ze geeft geen antwoord.

'Kom op, het is een eenvoudige vraag. Zou jij me voor het oog van mijn buren in verlegenheid hebben gebracht?'

Deze keer komt haar antwoord onmiddellijk, zacht en woedend. 'Jij hebt Yvonne Wicker heel wat meer aangedaan dan haar in verlegenheid brengen. Je hebt haar verkrácht. Je hebt haar vermóórd!'

'Ooit gehoord van onschuldig tot het tegendeel is bewezen, rechercheur Davis? Ik heb haar gevonden, meer niet. Maar goed, daar hebben we het al zo vaak over gehad en het heeft niets te maken met mijn vraag. Zou jij hetzelfde hebben gedaan als Jalbert, vooral omdat hij helemaal geen nieuwe vragen voor me had?'

Op de achtergrond hoort Danny, heel vaag, feestgedruis. Het duurt best lang voordat ze zegt: 'Elke rechercheur heeft zijn eigen methodes.'

'Is dat je antwoord?'

Ze laat een kort, geïrriteerd lachje horen. 'Ik sta hier niet terecht. Je kunt mij geen kruisverhoor afnemen. Aangezien je niets substantieels te melden hebt, ga ik een eind maken aan dit gesp...'

'Zegt de naam Peter Andersson je iets? Andersson met twee s'en.'

'Waarom zou die naam mij iets zeggen?'

'Hij schrijft voor een gratis krantje, de *Plains Truth*. In dat krantje hebben ze miss Wickers naam bekendgemaakt. Is dát de gebruikelijke procedure? De namen van moordslachtoffers vrijgeven terwijl hun naaste familie nog niet eens is geïnformeerd?'

'Ik... die is wél geïnformeerd!' Eindelijk klinkt Ella Davis nerveus. 'Vorige week!'

'Maar haar naam stond niet in de *Telescope*. Misschien wisten ze hem wel, maar ze hebben hem niet vermeld. De *Plains Truth* wel. En wat denk je van mijn naam? Die hebben ze ook gepubliceerd. Is het bij de KBI een normale gang van zaken om de namen vrij te geven van mensen die niet van een misdaad worden beschuldigd?'

Het blijft weer stil. Danny hoort een zachte knal. Hij vermoedt dat het een feestballon is geweest.

'Is jouw naam gepubliceerd? Wil je me dat nu werkelijk vertellen?'

'Haal maar zo'n krantje, dan kun je het zelf zien. Wij weten wie de informatie heeft laten uitlekken, nietwaar? En we weten ook waarom. Hij heeft geen concrete bewijzen, alleen een verhaal dat hij weigert te geloven. Dat hij niet kán geloven. Omdat hij niet voldoende fantasie heeft om het te geloven. Hetzelfde geldt voor jou, maar jij hebt tenminste mijn naam niet laten uitlekken aan het enige vod dat bereid was hem te publiceren. Daarom bel ik jou.'

'Danny, het...' Ze stopt voordat ze misschien 'spijt me' zou kunnen zeggen. Danny weet niet of ze dat had willen zeggen, maar hij denkt van wel.

Ze begint opnieuw. 'Danny, iedereen kan jouw naam wel aan die krant hebben doorgegeven. Waarschijnlijk was het een van je buren in dat trailerpark. Jouw idee dat Frank Jalbert het speciaal op jou gemunt heeft is echt belachelijk.'

'O ja?'

'Ja.'

'Laat me je vertellen wat ik weet van de *Plains Truth*,' zegt Danny. 'Ik heb er op weg van mijn werk naar huis eentje gehaald. Dit was mijn op twee na laatste werkdag. Ik ben ontslagen. Ook dat heb ik aan jullie te danken.'

Ze zegt niets.

'De inhoud bestaat voornamelijk uit reclame, afgewisseld met een paar lokale nieuwtjes... plus de misdaadverhalen, daar zijn ze gek op. Alles van koeien pesten tot brandstichting. Dat zijn de artikeltjes waarvoor mensen dat verrekte vod meenemen.'

'Danny, volgens mij heeft dit gesprek nu echt lang genoeg geduurd.'

Hij gaat verder. 'De *Plains Truth* heeft geen razende reporters in dienst. Ze doen geen onderzoek. Andersson en een paar anderen zitten op hun reet te wachten tot het nieuws naar ze toe komt. In dit geval dus Wickers naam en de mijne. Iemand heeft het nummer van de krant gebeld en de namen doorgegeven.'

'Als je me nu gaat vragen om uit te zoeken wie dat heeft gedaan, kun je dat wel vergeten. Journalisten beschermen hun bronnen.'

Danny begint te lachen. 'De lui die voor dat flutblaadje werken journalisten noemen, is hetzelfde als een kind met bijles in rekenen Einstein noemen. Ik denk dat Peter Andersson je wel een naam zal vertellen, als hij die tenminste zelf weet. Gewoon een beetje aandringen. Zoals je dat bij mij ook doet.'

Het blijft stil, maar ze heeft nog niet opgehangen. Hij hoort nog steeds, heel flauw, het feestje op de achtergrond. Is Laurie haar dochter? Een nichtje?

'Een naam, niet dé naam,' zegt Danny. 'Als Andersson al om een naam heeft gevraagd, heeft Jalbert waarschijnlijk gezegd dat hij van de politie van Manitou was of van de Highway Patrol en meteen opgehangen. Een krant met een goede reputatie zou nooit een anonieme tip hebben gepubliceerd zonder een tweede bron te raadplegen, maar zij hebben dat wel gedaan, zonder enige gêne. Hij was het, rechercheur. Dat weet ik zeker en ik denk dat jij het ook wel weet.'

'Dag, Danny. Bel me niet meer. Tenzij je een bekentenis wilt afleggen.'

Tijd voor een gokje. 'Gooit hij er bij jou af en toe ook zomaar willekeurige getallen uit? Zonder dat ze ook maar ergens mee te maken hebben, zomaar uit het niets?'

Geen reactie.

'Wil je er niet over praten? Oké. Wens de jarige jet...' begint hij, maar ze is al weg.

Hij belt meteen Stevie in Boulder. Zijn broer neemt op zoals hij dat altijd doet, als een ingesproken voicemailbericht. 'U spreekt met Steven Albert Coughlin.'

'Hoi, Stevie, met...'

'Weet ik, weet ik,' zegt Stevie lachend. 'Danny-Danny-bo-banny, banana-fanna-fo-fanny. Hoe gaat-ie, broer?'

Dit vertelt Danny alles wat hij wil weten. Ella Davis heeft Stevie niet verteld dat zijn grote broer verdacht wordt van moord. Ze heeft het... voorzichtig aangepakt. Misschien zelfs meer dan dat. Misschien is 'diplomatiek' het juiste woord. Danny wil haar niet aardig vinden, maar toch doet hij dat een beetje, al is het alleen maar hiervoor. Stevie heeft zijn speciale gave en hij heeft – langzaam maar zeker – wat sociale vaardigheden ontwikkeld, maar hij is emotioneel heel kwetsbaar.

'Met mij gaat het goed, Stevie. Heeft mijn vriendin Ella Davis jou gebeld?'

'Ja, die dame. Ze zei dat ze politierechercheur was en dat jij haar hielp met een zaak. Help jij de politie met een zaak, Danny-bo-banny?'

'Ik doe mijn best,' zegt hij, en hij stuurt het gesprek dan een andere kant op. Ze praten wat over Nederland, een plaatsje ten westen van Boulder, waar Stevie in het weekend graag lange wandelingen maakt. Ze hebben het over een dansavond waar Stevie met zijn vriendin Janet naartoe is geweest en dat ze na afloop, onderweg naar huis, drie keer hebben gezoend. Iemand zet keiharde muziek op en Stevie roept of het niet wat zachter kan, iets wat hij als tiener nooit zou hebben gedaan – destijds zou hij zichzelf net zo lang hard tegen de zijkant van zijn hoofd hebben geslagen tot iemand hem had gedwongen daarmee op te houden.

Danny zegt dat hij moet ophangen. Zijn woede is bijna verdwenen. Die uitwerking heeft praten met Stevie altijd op hem. Stevie zegt oké en vraagt dan, net als anders: 'Vraag er eens eentje!'

Danny is er klaar voor. 'Koffie van Folgers Special Roast.'

Stevie lacht. Een prachtig, vrolijk geluid. Wanneer hij blij is, is hij ook echt blij. 'Gangpad 5, als je met je gezicht naar de vleesafdeling staat bovenste plank rechts, prijs twaalf dollar en negen cent. En eigenlijk heet het Classic Roast.' Dan laat hij zijn stem zakken en zegt op vertrouwelijke toon: 'Folgers Special Roast zit niet meer in het assortiment.'

'Goeie, Stevie. En nu moet ik ophangen.'

'Oké, Danny-bo-banny. Hou van je.'

'Ik ook van jou.'

Hij is blij dat Davis degene is die met Stevie heeft gesproken. Bij de gedachte dat Jalbert dat zou doen – dat die ook maar enigszins in de buurt van zijn broer zou komen – krijgt Danny het ijskoud.

## 30

Ella Davis stopt haar telefoon in haar broekzak en keert terug naar het feestje. Haar zus deelt taart en ijs uit aan een half dozijn kleine meisjes met feesthoedjes. Davis' dochter, het feestvarken en de ster van het feest, werpt steeds gretige blikken op de stapel cadeautjes op het dressoir. Laurie is vandaag acht jaar geworden. Straks worden de cadeautjes opengemaakt en heel snel weer vergeten – misschien met uitzondering van Adora, een pop die Davis veertig zuurverdiende dollars heeft gekost. De meisjes, opgefokt door alle suiker en van plan om flink feest te vieren, gaan straks spelletjes doen in de woonkamer en hun gegil zal het huis van haar zus vullen. Tegen achten zullen ze dan omvallen van de slaap terwijl ze voor de zoveelste keer *Frozen* kijken op tv.

'Wie was dat?' vraagt haar zus. 'Ging het over je zaak?'

'Ja.' Er is al één schaaltje ijs over de grond gegaan. Mitzi, Regina's beagle, is er als de kippen bij.

'Het was toch niet die man?' vraagt Regina fluisterend. 'Coughlin?' Dan: 'Olivia, gebruik je vork!'

'Nee,' liegt Davis.

'Wanneer gaan jullie hem arresteren?'

'Ik weet het n...'

'Wíé arresteren?' tettert een klein meisje. Ze heet Mary, of Megan. Ella weet het niet precies. 'Wíé arresteren?'

'Niemand,' zegt Regina. 'Dat gaat je niets aan, Marin.'

'Ik weet het niet, Reg. Daar ga ik niet over.'

Wanneer de taart en het ijs zijn uitgedeeld en de meisjes zitten te smullen, excuseert Davis zich en loopt naar de veranda aan de achterkant van het huis om een sigaret op te steken. Het zit haar dwars dat Frank in de supermarkt op Coughlin is afgestapt en met opzet de aandacht op hem heeft gevestigd, alsof hij tegen de omstanders wilde zeggen: *Dit is hem, dit is de dader, kijk maar eens goed naar hem.*

Nog erger vindt ze het dat Jalbert misschien Coughlins naam heeft doorgegeven aan de enige krant die van die informatie gebruik zou maken. Ze wil liever niet geloven dat hij tot zoiets in staat is, en ze gelooft het ook niet helemaal, maar er bestaat geen twijfel over dat Frank op Coughlin gefocust is. Hij is helemaal op hem gefixeerd.

Nee, zegt ze bij zichzelf, hij is gewoon heel toegewijd aan zijn werk.

Wat haar het meest dwarszit is Coughlin zelf. Hij leek echt opgelucht toen Frank zei dat ze DNA hadden gevonden en was onmiddellijk bereid geweest om ter vergelijking een monster af te staan. Hij wist echt dat Davis loog over de vingerafdrukken van het meisje op het dashboard van zijn auto. Maar dat was misschien omdat hij ze had weggeveegd. Het is ook mogelijk dat Wicker – voor Jalbert 'die arme Miss Yvonne' – nooit in de cabine van de pick-up heeft gezeten; misschien heeft hij haar lichaam wel in een stuk zeildoek gewikkeld en in de laadbak gelegd. Als hij zich vervolgens van het zeildoek heeft ontdaan, kan dat ook verklaren waarom ze geen haren, vingerafdrukken of DNA in die laadbak hebben gevonden. Maar waarom heeft hij haar dan niet in dat stuk zeildoek begraven?

Of kan het zo zijn dat Yvonne Wicker helemaal nooit in de auto heeft gezeten of gelegen?

*Nee. Dat weiger ik gewoon te geloven.*

Coughlin heeft ook aangeboden een leugendetectortest af te leggen. Hij heeft er bijna om gesmeekt. Frank is er niet mee akkoord gegaan, en daar had hij goede redenen voor, maar...

Haar zus komt naar buiten. 'Laurie gaat haar cadeautjes openmaken,' zegt ze, met een wat zure ondertoon in haar stem. 'Kom je ook?'

*Ooit gehoord van onschuldig tot het tegendeel is bewezen, rechercheur Davis?*

'Ja,' zegt Ella, terwijl ze haar sigaret uitdrukt. 'Natuurlijk.'

Reggie pakt haar bij haar schouders. 'Je kijkt bezorgd, lieverd. Was hij het toch?'

Davis zucht. 'Ja.'

'Om te vertellen dat hij onschuldig is?'

'Ja.'

'Je zal je beter voelen zodra hij achter slot en grendel zit, hè?'

'Ja.'

Later, wanneer de meisjes in hun pyjamaatjes dicht bij elkaar op de grond zitten in de woonkamer en zoals altijd volledig in vervoering kijken hoe Elsa en Anna 'Voor het eerst na al die jaren' zingen, vraagt Ella aan Reggie of zij wel eens een bovennatuurlijke ervaring heeft gehad. Zoals een droom die is uitgekomen.

'Ik niet, maar mijn vriendin Ida droomde een keer dat Horst een hartaanval zou krijgen en twee weken later kreeg hij die echt.'

'Echt waar?'

'Ja!'

'Dus jij gelooft dat zulke dingen mogelijk zijn.'

Reggie denkt even na. 'Nou, ik denk niet dat Ida loog, maar ik zou er wel méér geloof aan hechten als ze me van die droom had verteld vóórdat Horst zijn hartaanval kreeg. En het kwam ook niet helemaal uit de lucht vallen, als je bedenkt hoe dik hij is. Kijk nou eens naar je meisje, Ella! Ze is dolblij met die pop!'

Laurie drukt Adora, de pop met de kastanjebruine lokken, liefdevol tegen haar borst en opeens ziet Davis een ander beeld voor zich: Danny Coughlin die Yvonne Wicker keer op keer steekt en vervolgens midden in een maïsveld boven op haar gaat liggen en haar verkracht terwijl ze dood ligt te bloeden. Ze weten dat het in een maïsveld was, omdat er maïszijde in haar haar zat.

*Áls hij dat heeft gedaan, verdient hij alles wat Frank voor hem in petto heeft*, denkt ze. Dan, terwijl ze naast haar zus in de deuropening staat, realiseert ze zich dat dit de eerste keer is dat dit dodelijke (en trouweloze, ook dat) drieletterwoord in haar gedachten is opgedoken.

En dan is er nog iets en ze is bereid toe te geven – aan zichzelf, alleen aan zichzelf – dat ze daar pas echt van is geschrokken. *Gooit hij er bij jou af en toe ook zomaar willekeurige getallen uit? Zonder dat ze ook maar ergens mee te maken hebben? Zomaar uit het niets?* Dat heeft ze Frank verschillende keren horen doen, vaker sinds ze aan de moord op Wicker werken, en het heeft waarschijnlijk niets te betekenen, maar hij is afgevallen en hij is ontzettend op Coughlin gefixeerd...

*Gebruik dat woord nou niet! Het is geen kwestie van gefixeerd, het is gewoon pure toewijding. Hij is Wickers pleitbezorger, hij wil gerechtigheid voor haar.*

Maar wat als 'als' toch het enige juiste woord is?

## 31

Halverwege de terugrit naar Lyons parkeert Jalbert zijn wagen op het parkeerterrein, dat vol zit met barsten en kuilen, van een leegstaand winkelcentrum. Hij moet even zijn auto uit en tellen, want hij heeft het gevoel dat hij anders zal ontploffen. Het is nog licht en het wordt pas tegen negenen donker. Ergens, niet ver bij hem vandaan, hoort hij het gelach van een stel meisjes dat naar *Frozen* zit te kijken.

'Hij is tijd aan het rekken,' fluistert Jalbert. 'Die klootzak probeert gewoon tijd te rekken.'

O, zijn hoofd! Het bonkt! Hij strijkt met beide handen door zijn uitgesproken V-vormige haarinplant. Op de inhammen aan weerskanten ervan voelt hij kleine zweetdruppeltjes. Hij moet tellen. Tellen zal hem kalmeren. Dat werkt altijd en zodra hij terug is in zijn hotelkamer, kan hij een rondje stoelen doen. Hij weet dat hij niet zal kunnen slapen voordat hij dat heeft gedaan. Wat ooit een spelletje was om de tijd te doden is veranderd in iets noodzakelijks.

Hij loopt van zijn auto naar de voorkant van een leegstaande lommerd. Drieëndertig stappen, dat is zeventien en zestien. Hij loopt terug, vijftien en veertien. Hij loopt weer terug naar de lommerd: dertien, twaalf, elf – de laatste drie zijn babystapjes omdat het totaal daarmee op zesendertig uitkomt en het moet kloppen. Hij begint zich al wat beter te voelen. Tien, negen, acht en zeven brengen hem terug bij zijn auto. Hij maakt een vuist en tikt er eenentwintig keer mee op de motorkap terwijl hij binnensmonds meetelt.

Hij kan Coughlin nog niet arresteren. Niet vanwege de officier van justitie, maar omdat de directeur van de KBI heeft gezegd dat het niet mag. En Jalbert moet eerlijk toegeven dat de directeur gelijk heeft. Het verhaal van de droom is absurd, maar zonder enig ander bewijs zal zelfs dat plattelandsadvocaatje Edgar Ball erin slagen de zaak te laten seponeren.

Of misschien zou hij dat niet eens hóéven. Als de officier van justitie stom genoeg was om zo'n domme zaak voor te laten komen, zou Coughlin onschuldig worden bevonden en zou hij niet meer opnieuw kunnen worden berecht, aangezien je nooit tweemaal kan worden berecht voor hetzelfde strafbare feit. Jalbert heeft iets nodig om Coughlin open te breken, zodat de hele wereld de psychopaat kan zien die verborgen gaat achter dat verontwaardigde gezicht dat voortdurend zijn eigen onschuld verkondigt. Hij moet het hem moeilijker maken. Hij moet de duimschroeven verder aandraaien.

Jalbert besluit om de winkels heen te lopen en begint zorgvuldig te tellen vanaf één. Hij is bij zesentwintig (351 in totaal) wanneer hij weer bij de voorkant is en een patrouillewagen met flitsende zwaailichten naast zijn neutrale Ford ziet staan. Een politieman gebruikt zijn schoudermicrofoon om het kenteken door te geven. Hij hoort Jalbert aankomen en draait zich om, terwijl zijn hand naar de kolf van zijn Glock glijdt. Dan ziet hij Jalberts KBI-windjack en ontspant.

'Hallo, sir. Ik zag u hier geparkeerd staan en...'

'En je deed wat je moest doen. Met gepaste ijver. Zesentwintig. Goed werk. Ik ga nu mijn hand in mijn zak steken, zodat ik je mijn ID kan laten zien.'

De agent schudt lachend zijn hoofd. 'Dat hoeft niet. U bent toch Frank Jalbert?'

'Ja.' Hij steekt zijn hand uit. De agent schudt hem drie keer, precies genoeg voor een handdruk. 'Wat is je naam, agent?'

'Henry Calten, sir. Werkt u aan de zaak van het dode meisje?'

'Miss Yvonne, ja.' Jalbert schudt zijn hoofd. 'Arme Miss Yvonne. Ik was even gestopt om mijn benen te strekken en na te denken over mijn volgende zet.'

'Die gast die het lichaam heeft gevonden heeft het vast gedaan,' zegt agent Calten. 'Dat denk ik tenminste.'

'Ik ook, agent, maar hij houdt zich gedeisd en hoopt dat de storm gaat liggen.' Jalbert schudt zijn hoofd. 'Eerlijk gezegd zit hij ons een beetje uit te lachen.'

'Dat vind ik vervelend om te horen.'

'We moeten het hem moeilijker maken. Een manier vinden om de duimschroeven aan te draaien.'

'Dan zal ik u verder met rust laten,' zegt Calten, 'maar luister... als ik ergens mee kan helpen, ik weet dat dat niet erg waarschijnlijk is...'

'Niet zo onwaarschijnlijk als je denkt,' zegt Jalbert. 'In deze wereld is alles mogelijk. Zestien.'

Calten fronst. 'Pardon?'

'Dat is een mooi getal, meer niet. Over getallen gesproken, geef mij je telefoonnummer maar.'

'Natuurlijk, dat krijgt u,' zegt Calten enthousiast. Hij haalt een visitekaartje van de Kansas Highway Patrol uit zijn borstzakje en krabbelt zijn privénummer op de achterkant. 'Weet u, ik zat er eigenlijk over te denken zelf ook bij de KBI te solliciteren.'

'Hoe oud ben je?' Jalbert pakt het kaartje aan.

'Vierentwintig.'

'Drie keer acht, mooi. Mag ik je een goede raad geven? Wacht niet te lang. Stel het niet uit. Fijne avond verder.'

'Insgelijks. En als ik, zeg maar, op welke manier dan ook kan helpen...'

'Ik houd het in mijn achterhoofd. Mogelijk hoor je nog van me.'

Agent Calten blijft nog even staan voordat hij weer instapt en draait zich met een grimmig glimlachje om. 'Neem hem te grazen, rechercheur.'

'Dat ben ik zeker van plan.'

## 32

Terug in zijn hotel loopt Jalbert naar de receptie en vraagt of ze klapstoelen hebben. De receptionist denkt dat ze die wel hebben, in de vergaderruimte. Jalbert vraagt de man er drie naar boven te laten brengen, naar kamer 521.

'Bij nader inzien kan ik ze eigenlijk zelf wel halen,' zegt Jalbert en hij voegt de daad bij het woord. Er staan een stuk of twaalf stoelen tegen de muur, dus pakt hij er vier. Vier is een goed getal, beter dan drie. Hij kan niet uitleggen waarom, maar even is veel en veel beter dan oneven. Hij pakt er twee in elke hand en draagt ze naar de lift, zonder acht te slaan op de vragende blik van de receptionist.

Hij klapt er twee open in de kleine zitkamer en twee in de slaapkamer. Nu heeft hij acht stoelen (het bed en de toiletbril tellen ook mee). Als je de getallen van één tot en met acht bij elkaar optelt krijg je zesendertig, van één tot en met vierentwintig wordt driehonderd en van één tot en met veertig 820. Mensen zouden het niet begrijpen (de méeste mensen), maar het is echt iets heel moois, een soort omgekeerd piramidespel, dat geen geld oplevert maar helderheid.

Wanneer hij bijna klaar is met zijn vijfde rondje stoelen, weet hij wat zijn volgende stap moet zijn. Hij klapt de stoelen die hij uit de vergaderruimte heeft gehaald weer op en zet ze naast het kleine bureau. Ze kunnen nog van pas komen. Hij trekt zijn koffer onder het bed vandaan en maakt hem open. Uit het elastische binnenvakje haalt hij een paar dunne rubber handschoenen en trekt die aan. Het is tijd om het iemand wat moeilijker te gaan maken. Dan belt hij agent Calten. Hoog tijd om de duimschroeven verder aan te draaien.

## 33

In de nachtelijke uren van de vrijdag van de helse week, wordt Danny gewekt door een harde metaalachtige bons, gevolgd door het geluid van de draaiende motor van een auto met een kapotte uitlaat of helemaal geen uitlaat. Volgens de wekker op zijn nachtkastje is het 02.19 uur. Hij staat op, pakt de zaklamp die hij altijd klaar heeft liggen voor als de stroom uitvalt en loopt naar het raam van zijn woonkamer. Hij ziet buiten niets bewegen, op een wolk motten na, die rondcirkelen om een lantaarnpaal tussen het kantoortje van het park en de wasserette. Oak Grove is diep in slaap. De harde bons heeft alleen hem wakker gemaakt, omdat hij voor hem bedoeld was.

Danny doet de deur open. Hij vergeet soms 's avonds alles af te sluiten maar na de *Plains Truth* en Jalberts kleine voorstelling denkt hij dat hier verandering in zal moeten komen. Hij loopt het betonnen trapje af en knipt de zaklamp aan, om op zoek te gaan naar de oorzaak van de bons. Daar heeft hij niet lang voor nodig. Er zit een deuk in de aluminium buitenkant van de trailer, vlak onder het geblindeerde badkamerraampje. Danny neemt aan dat zijn nachtelijke bezoeker op dat raam heeft gemikt.

Hij ziet iets roodachtigs in het diepste deel van de deuk. Danny schijnt met zijn zaklamp langs de zijkant van de trailer en daar, op het grind, ligt een baksteen. Er zit een velletje papier omheen gewikkeld, dat er met een touwtje aan is vastgemaakt. Danny weet al wat erop staat, maar gaat toch op zijn hurken zitten om het briefje los te trekken. Het is een korte boodschap, geschreven met een zwart kleurpotlood of een viltstift.

ROT OP VUILE MOORDENAAR. OF ANDERS.

Het eerste wat Danny denkt is: *Vergeet het maar*. Zijn volgende gedachte is: *O ja joh? Is dit soms een film? En ben jij soms Clint Eastwood?*

Zoals hij hier staat, om twee uur 's nachts, met een dreigement in zijn hand en de baksteen waarmee het is bezorgd aan zijn voeten, lijkt vertrekken uit Manitou niet alleen een redelijke, maar ook een aantrekkelijke gedachte. Zijn vriendin Becky – een vriendin voor de lusten, zonder de lasten – is helemaal klaar met hem, zij zal die lieve kleine DJ bij hem weghouden alsof hij een besmettelijke ziekte heeft, en hij is zijn baan kwijt. Daar komt bij dat de halve stad covid lijkt te hebben. Hij vindt het geen prettig idee om te worden weggejaagd als Kaïn nadat hij Abel had vermoord, maar dit trailerpark is nu niet bepaald een hof van Eden. Misschien is het tijd om het eens in Colorado te gaan proberen. Hij denkt dat hij Stevie daar wel blij mee zou maken.

Hij vraagt zich af of de luidruchtige auto die hij weg hoorde rijden de Mustang van Pat Grady was. Dat zou best kunnen, maar wat maakt het uit?

Danny gaat naar binnen en kruipt weer in bed, maar eerst draait hij de deur van de trailer op slot.

## 34

Op zijn laatste dag als werknemer in dienst van het Wilder County School Department brengt Danny boeken vanuit het magazijn naar de lerarenkamer, die feitelijk dienstdoet als lokaal voor geschiedenis en Engels. De boeken moeten daar worden opgestapeld, klaar om aan de leerlingen te worden uitgedeeld wanneer de school in september weer gaat beginnen. Tegen die tijd hoopt Danny Coughlin Wilder County ver achter zich te hebben gelaten.

Jesse komt de hal in rennen. Hij komt uit de nieuwe vleugel, waar hij plinten heeft staan schrobben. Hij ontmoet Danny voor de bibliotheek en zegt: 'Ik zeg het maar even, die politieman van laatst komt eraan. Die met dat gekke...?' Jesse wrijft met twee vingers over zijn voorhoofd, waar bij Jalbert die V-vormige punt haar groeit. 'Hij heeft zijn auto achter de school neergezet.'

'Heeft hij die vrouw bij zich?'

'Nee, hij is alleen.'

'Bedankt, Jesse.'

'Die gast heeft echt de pik op je, hè?'

'Zodra ik klaar ben met deze boeken, kom ik je helpen.'

Jesse houdt vol. 'Hij gaat je toch zeker niet arresteren?'

Daar moet Danny even om lachen. 'Ik denk niet dat hij dat kan doen en dat drijft hem tot waanzin. Schiet jij nu maar op. Laten we er een goede laatste dag van maken.'

Jesse loopt weg. Jalbert is in de hal, waar hij de prijzenkast weer staat te bekijken. Zo te zien heeft hij een opgerolde krant in zijn hand.

*Misschien wil hij me daar een mep mee verkopen*, denkt Danny. Het is een welkom sprankje pret in de angst die hij voelt om Jalbert weer te moeten zien. Hij weet dat het juist Jalberts bedoeling is om hem angst te laten voelen. Danny zou het graag anders zien, maar hij kan er niets aan doen. Hij loopt net de hal in wanneer Jalbert binnenkomt. 'Heb je een fijne Fourth of July gehad?' vraagt hij.

Danny negeert zijn vraag. 'Wat doe jij hier zo helemaal alleen?'

Tot zijn verrassing geeft Jalbert antwoord op zijn vraag. 'Mijn partners dochtertje is ziek. Te veel taart en ijs, denkt ze. Ik wil dat je vanmiddag naar Great Bend komt.'

'Arresteer je me?'

Jalbert toont zijn tandstompjes. 'Nog niet. Ik wil dat je een officiële verklaring komt afleggen. Voor de goede orde. Alles over die droom die je hebt gehad. Wanneer het verhaal van die droom eenmaal in de openbaarheid komt, wed ik dat je er wel mee op tv kunt komen. Meer publiciteit dan je ooit hebt kunnen drómen. Jammer dat Jerry Springer dood is, want je zou prima tussen al die hoeren en klaplopers passen.'

'Dus je beschuldigt mij ervan publiciteitsgeil te zijn terwijl jij zelf degene bent die mijn naam heeft lopen lekken? Dat is zelfs voor jou behoorlijk gestoord.'

'Dat heb ik niet gedaan,' zegt Jalbert, nog steeds glimlachend. 'Zoiets zou ik nooit doen. Het zal wel een van je buren zijn geweest.'

Danny kan Jalbert nu vertellen dat een van zijn buren (of misschien was het Pat Grady) vannacht een baksteen tegen zijn trailer heeft gegooid en kan hem zelfs het briefje laten zien – dat zit in zijn zak – maar het zou geen zin hebben.

In plaats daarvan vraagt Danny aan Jalbert waarom hij er zo lang mee heeft gewacht om hem een verklaring te laten afleggen. 'Zeker omdat je op iets beters hoopte? Een bekentenis in plaats van een verklaring. Alleen vrees ik dat je bazen mijn bekentenis niet erg bevredigend zouden vinden. Denk nou eens na, Jalbert, ik weet niet eens waar ze is gestoken, of hoe vaak, of waarmee.'

'Je was verblind door moordlust,' zegt Jalbert. Hij gelooft net zo heilig in Danny's schuld als Danny's overleden moeder in Christus de Verlosser. 'Dat zie je vaak bij moordzuchtige maniakken en het beschrijft precies wat jij hebt gedaan.'

'Ik heb haar niet vermoord. Ik heb haar alleen gevonden.'

Jalbert toont wat er over is van zijn tanden. 'Vertel nog eens over de paashaas, Danny. Dat vind ik ook zo'n mooi verhaal.'

'Ik ben pas om vier uur klaar met werken. Dat houdt in dat ik pas om half zeven in Great Bend kan zijn, als ik me tenminste aan de maximumsnelheid houd, wat ik zeker van plan ben.'

'Ik wacht op je, en Ella Davis ook. Of je zou iets eerder kunnen stoppen, aangezien het toch je laatste werkdag is.'

Danny wordt zo moe van deze man.

'Ik dacht dat je dit misschien ook wel wilde zien.' Jalbert ontrolt de krant. Het is de *Oklahoman*. Jalbert slaat een pagina op en geeft de krant aan Danny. De kop van het artikel luidt: VERMOORD MEISJE KOMT THUIS. Er staat een foto bij. Het is de foto die Jalbert hem wil laten zien. Danny vermoedt zelfs dat het de werkelijke reden is van Jalberts komst.

De foto vat alles wat je zou moeten weten over menselijk verdriet samen in één enkel beeld. Yvonne Wickers vader omhelst zijn vrouw, die haar gezicht tegen zijn overhemd drukt. Hij kijkt omhoog. Zijn lippen zijn omlaaggetrokken in een wanhopige blik. Zijn nekspieren staan strakgespannen. Zijn ogen zijn stijf dichtgeknepen. Achter hen, naast een lange, zwarte Cadillac met HEARST ROUWCENTRUM op de zijkant, staat een jongen, een tiener, in een trainingsjack en met een honkbalpetje op zijn hoofd. De klep verbergt zijn gezicht, waarmee hij naar de grond kijkt. Danny vermoedt dat het Yvonnes jongere broertje is.

Danny bedenkt dat hij hier naar iets kijkt wat in films en tv-series maar zelden wordt getoond en zelfs niet wordt begrepen: de menselijke tol. De hamer van verdriet en de dwaasheid van verlies. De wrakstukken.

Zijn ogen vullen zich met tranen. Hij kijkt neer op de foto en de koptekst, VERMOORD MEISJE KOMT THUIS, en kijkt vervolgens op naar Jalbert. Tot zijn stomme verbazing ziet hij de man glimlachen.

'O, kijk nou! De moordenaar huilt! Het lijkt wel zo'n Italiaanse opera!'

Danny verkoopt hem bijna een knal. In gedachten doet hij dat echt en raakt hij Jalberts neus zo hard dat het bloed aan weerskanten van zijn mond omlaagdruipt in een rode Fu Manchu-snor. Het enige wat hem ervan weerhoudt is de wetenschap dat het precies is wat Jalbert wil. In plaats daarvan veegt hij met een hand over zijn ogen.

'Vertel me in elk geval dat haar ouders niets over die hond weten. Vertel me dat dan op z'n minst.'

'Geen idee,' zegt Jalbert, bijna vrolijk. 'Ik ben niet degene die hen op de hoogte heeft gebracht, dat heeft een rechercheur uit Oklahoma City gedaan. Ik houd me puur met de zaak bezig, Danny. Met jou dus.'

Danny heeft nog steeds de krant in zijn handen. Het papier is gekreukt. Hij strijkt het glad en houdt de pagina voor aan Jalbert. 'Wil je een andere vader en moeder ook op zo'n foto zien staan? Want degene die haar heeft vermoord heeft er misschien nog niet genoeg van. Voor hetzelfde geld pleegt hij nog twee, drie moorden terwijl jij je op mij fixeert.'

Jalbert deinst terug alsof Danny een hand naar hem heeft uitgestoken. 'Ik fixeer me nergens op, ik doe mijn werk vol toewijding. Ik weet dat jij het hebt gedaan, Danny. Er is nooit een droom geweest. Je had geen droom nodig om naar de plek te gaan waar zij begraven lag, omdat jij haar zelf hebt begraven. Maar goed, daar denken wij dus anders over. Zorg dat je om half zeven in Great Bend bent, anders geef ik je naam en kenteken door aan de Kansas Highway Patrol. Als je wilt kun je je advocaat meenemen. En die krant mag je houden, dan kun je je verlustigen aan wat je haar familie hebt aangedaan. Vier slachtoffers voor de prijs van één.'

De achterkant van zijn jas waait op wanneer hij zich met een ruk omdraait en terugloopt naar de hal.

'Rechercheur Jalbert!'

Hij draait zich met opgetrokken wenkbrauwen om. De gladde schedel aan beide zijden van die eigenaardige v-vormige pluk haar is heel bleek.

'Knars jij met je tanden?'

Jalbert fronst. 'Wat?'

'Je tanden. Die zijn helemaal afgesleten. Misschien moet je eens aan zo'n rubber bitje denken. Die verkopen ze bij Walgreens.'

'Mijn gebit staat hier niet ter discus...'

'Helpt het wanneer je telt?'

Voor het eerst lijkt Jalbert werkelijk uit het veld geslagen.

'Ik heb het vanmorgen voordat ik naar mijn werk ging even opgezocht,' zegt Danny. 'Het heet aritmomanie. Is dat wat je doet? Doe je dat wanneer je 's nachts wakker wordt omdat je aan het tandenknarsen bent?'

Eveneens voor het eerst ziet Danny in Jalberts linkerslaap een adertje kloppen: tikke-tikke-tik.

'Jij hebt haar vermoord, slimmerik. Dat weten wij allebei en je gaat daarvoor de bak in.'

Hij vertrekt. Danny blijft staan, met de verkreukelde krant in zijn hand, en probeert zichzelf te beheersen. Elke ontmoeting met Jalbert is erger dan de vorige. Hij veegt zijn ogen af met de mouw van zijn werkoverhemd. Dan gaat hij weer verder met het sjouwen van de boeken. Laatste dag, dus doe je best.

## 35

In de lunchpauze loopt hij naar zijn pick-uptruck om zijn telefoon te pakken. Hij vindt dat hij Margie moet bellen om haar te vertellen dat hij zijn baan kwijt is en dat Kansas wat hem betreft alle charme kwijt is. Hij denkt aan Boulder. Dat zal ze wel begrijpen, ze mag Stevie graag. Als ze geld nodig heeft, kan hij haar misschien nog wel wat geven... maar niet te veel. Totdat hij weer werk heeft, moet hij leven van wat hij heeft. Bovendien, ze gaat immers trouwen?

Hij opent het portier aan de passagierskant van de wagen, bedenkt dat hij Edgar Ball ook nog moet betalen, en pakt zijn telefoon uit het handschoenenkastje. Terwijl hij terugloopt naar de school, terwijl hij intussen checkt of hij berichtjes heeft, blijft hij plotseling staan. Hij denkt aan iets wat Jesse heeft gezegd: *Hij heeft zijn auto achter de school geparkeerd.* Waarom zou Jalbert dat doen terwijl de personeelsparkeerplaats dichter bij de ingang is? Danny kan maar één reden bedenken.

Hij loopt weer terug naar de Tundra en werpt een vluchtige blik in de laadbak. Daar staat alleen zijn gereedschapskist in, die altijd goed op slot zit. De auto zelf daarentegen is niet afgesloten. Dat doet hij nooit en dat kan Jalbert ook hebben gezien. Misschien heeft Danny het hem en zijn partner wel zelf verteld. Dat kan hij zich niet herinneren.

Hij doorzoekt de in de loop der tijd verzamelde rotzooi in het handschoenenkastje – idioot hoe rommel zich opstapelt – maar verwacht niet iets te vinden en die verwachting komt uit. Daar zou Jalbert nooit iets neerleggen. Zeker niet toen hij eenmaal wist dat Danny daar zijn telefoon bewaarde. De middenconsole lijkt hem waarschijnlijker, maar daar ligt ook niets... hoewel hij wel een zakje M&M's vindt dat hij aan Darla Jean had willen geven, de eerstvolgende keer dat ze met een negen of een tien thuis zou komen. DJ krijgt veel negens en tienen, want ze is een slim meisje.

Hij kijkt in de opbergvakken in de zijpanelen. Niets. Hij kijkt onder de passagiersstoel en vindt niets. Hij kijkt onder de stoel van de bestuurder en daar ligt het, een envelopje van vetvrij papier dat wit poeder bevat dat niets anders kan zijn dan cocaïne, heroïne of fentanyl. Kansas treedt hard op tegen harddrugs, dat weet Danny – de leerlingen krijgen dat tijdens bijeenkomsten in de aula keer op keer te horen. De hoeveelheid poeder is te gering om de indruk te wekken dat het voor de verkoop is bedoeld, maar in Kansas staat alleen op het bezit ervan al een gevangenisstraf van twee jaar.

Wil Jalbert hem voor twee jaar in de gevangenis laten verdwijnen wegens drugsbezit? Nee, maar hij wil hem wel achter de tralies hebben. Zodat hij op hem in kan blijven praten en hem lastig kan blijven vallen. Steeds opnieuw. Net als de bewakers, als Jalbert dat zou vragen.

Achter de stoel ligt het vol met allerlei troep, inclusief een verfrommelde McDonald's-zak. In de zak zit een hamburgerverpakking en zo'n kartonnen doosje waar een stuk warm appelgebak in heeft gezeten. Het heeft precies de goede afmetingen. Danny pakt het envelopje met drugs bij de zijkanten en laat het erin glijden. Hij let erop dat het envelopje niet langs de binnenkant schuurt, waardoor eventuele vingerafdrukken zouden worden uitgewist. De aanwezigheid van vingerafdrukken lijkt hem onwaarschijnlijk, maar niet uitgesloten. Hij stopt het doosje weer in de McDonald's-zak. Wanneer hij weer bij de school is, zit Jesse aan de picknicktafel.

'Ik kom zo,' zegt Danny en hij gaat naar binnen. Hij legt de zak op een hoge plank in het magazijn, achter wat schoonmaakmiddelen. Dan belt hij Edgar Ball.

'Ben jij nog steeds mijn advocaat?'

'Dat blijf ik tot je een professional nodig hebt,' antwoordt Ball. 'Ik vind dit wel interessant.'

Ze zitten een tijdje te praten. Edgar Ball belooft om een uur of twee even langs de school te komen en spreekt met Danny af dat ze elkaar die avond om kwart over zes zullen treffen op het bureau van de KBI in Great Bend. Danny belooft hem een cheque van vierhonderd dollar.

'Maak er maar vijf van, gezien wat je nu van me vraagt,' zegt Ball.

Danny gaat akkoord. Het is niet onredelijk, maar het is wel een flinke hap uit zijn spaargeld. Hij belt Margie en vertelt haar dat hij haar waarschijnlijk een tijdje niet financieel zal kunnen helpen omdat hij zijn baan kwijt is. Ze zegt dat ze het begrijpt.

'Stuur die rechercheurs maar eens bij mij langs,' zegt ze. 'Dan zal ik ze vertellen dat je wel een blaaskaak bent, maar geen moordenaar. Het idee dat jij iemand zou kunnen vermoorden is gewoonweg belachelijk.'

Danny zegt dat ze een schat is. Margie – voor Stevie 'Margie-Margie-bo-bargie' – zegt nou en of ik dat verdomme ben. Hij neemt zijn broodje en zijn thermosfles mee naar de picknicktafel en heeft een gezellige lunch met Jesse.

'Ik zal het hier missen,' zegt Jesse. 'Raar maar waar. En ik ga het werken met jou ook missen. Je bent een prima baas, Danny.'

'Je vindt wel weer iets,' zegt Danny. 'Ik zou best een getuigschrift voor je willen schrijven, maar ja... gezien de omstandigheden...'

'Ja,' zegt Jesse en hij lacht. 'Ik snap wat je bedoelt.'

Om kwart over twee komt Edgar Ball even langs. Danny overhandigt hem de cheque en het McDonald's-zakje. 'Weet je zeker dat je het zo wilt spelen?' vraagt Ball. 'Je steekt er wel je nek mee uit.'

'Die stak ik toch al uit,' zegt Danny. 'Steeds verder en verder.'

## 36

Ze klokken om half vier uit, een half uur eerder dan gebruikelijk. Danny sluit voor de laatste keer af, alle zeven deuren. Jesse geeft Danny een mannenknuffel en Danny beantwoordt die met een paar klappen op zijn rug. Danny zegt tegen Jesse dat hij goed op zichzelf moet passen en af en toe wat van zich moet laten horen. Jesse zegt hetzelfde tegen Danny.

Danny rijdt naar Oak Grove. Hij kijkt regelmatig in zijn achteruitkijkspiegel of de politie hem misschien volgt. Hij ziet niemand. Thuis blijkt er een briefje op zijn voordeur te zijn geplakt. De tekst luidt kort en bondig: *Wegwezen. We moeten jou hier niet.* Hij rukt het van de deur, gooit het in de pedaalemmer, neemt een snelle douche en trekt schone kleren aan. Dan belt hij Ella Davis.

'Je spreekt nogmaals met Danny Coughlin.'

'Wat kan ik voor je doen?'

'Je zou me een beetje kunnen vertrouwen.' Danny vertelt haar wat hij van haar verlangt. Ze zegt geen ja... maar ze zegt ook geen nee.

Hij gaat op weg naar Great Bend en heeft er zo'n vijftig kilometer op zitten wanneer er vanuit een zijweg een patrouillewagen van de Highway Patrol met brandende zwaailichten achter hem komt rijden. De agent laat even zijn sirene horen, wat helemaal niet nodig is, aangezien Danny al aan de kant is gaan staan en zijn raampje omlaagdraait. Zodra dat open is, legt hij zijn beide handen boven op het stuur, waar de agent ze goed kan zien.

De naam van de politieagent is H. Calten. Hij komt met één hand op zijn Glock naar Danny toe gelopen. Het veiligheidsriempje is al los.

'Rijbewijs en kentekenbewijs alstublieft.'

'Mijn rijbewijs zit in mijn portefeuille,' zegt Danny. 'Ik ga nu mijn hand in mijn broekzak steken om die te pakken.' Vervolgens doet hij dat, met uiterst langzame bewegingen. Wanneer hij zijn rijbewijs aan agent Calten heeft overhandigd, zegt hij: 'En dan ga ik nu mijn kentekenbewijs uit mijn handschoenenkastje pakken.'

'Ligt er een wapen in het handschoenenkastje?'

'Nee.'

'En in de middenconsole?'

'Nee.'

'Ga uw gang.'

Wederom in slow motion opent Danny het handschoenenkastje en pakt zijn kentekenbewijs eruit.

'Hebt u een verzekeringsbewijs?'

'Ja.' Hij steekt opnieuw een hand uit naar het handschoenenkastje.

'Laat maar. Blijft u vooral rustig zitten, meneer Coughlin.'

Calten loopt terug naar zijn patrouillewagen en zijn radio. Danny blijft rustig zitten. Er gaan vijf minuten voorbij. Nu komt hij te laat in Great Bend, maar dat is niet erg. Jalbert denkt dat hij helemaal niet komt.

Nadat hij heeft geverifieerd dat de Tundra uit 2011 die hij aan de kant heeft gezet inderdaad eigendom is van Daniel Coughlin – iets wat Calten al lang wist, dat weet Danny vrijwel zeker – komt de man terug met Danny's papieren. Maar hij geeft ze nog niet terug. 'Weet u waarom ik u heb aangehouden, meneer Coughlin?'

Danny zegt dat hij dat niet weet.

'U slingerde over de weg.'

Danny weet dat dat niet waar is, maar houdt zijn mond.

'Hebt u vandaag gedronken, meneer Coughlin?'

'Als u alcohol bedoelt, is het antwoord nee.'

'Mag ik dat controleren? Bent u bereid om te blazen?'

'Ja.'

'En drugs? Hebt u iets gebruikt? Marihuana? Xtc? Cocaïne?'

'Nee.'

'Geeft u mij toestemming uw auto te doorzoeken?'

'Hebt u daar geen gerechtelijk bevel of zoiets voor nodig?'

'Niet als ik u gevaarlijk heb zien rijden. U kunt toestemming geven of ik kan uw voertuig in beslag nemen.'

'Oké,' zegt Danny, terwijl hij het portier opent. 'Ik heb een afspraak, dus begin maar te zoeken.'

Agent Calten maakt een hele voorstelling van het doorzoeken van de cabine en bewaart de plek onder de bestuurdersstoel voor het laatst. Hij blijft er heel lang onder zoeken en gaat zelfs zijn zaklamp uit zijn patrouillewagen halen. Dat gooit hij de deur dicht en kijkt Danny met een effen blik aan.

'Moet ik nog blazen?' vraagt Danny.

'Gaan we bijdehante opmerkingen maken?' Danny kan niet zien of de man een kleur krijgt of te lang in de zon heeft gezeten.

'Nee, maar ik slingerde niet en dat weet u ook wel.'

'Ik ga u een bekeuring geven voor roekeloos rijden, meneer Coughlin.'

'Dat zou ik niet doen,' zegt Danny. 'Als u dat doet, sleep ik u voor de rechter. Waar mijn advocaat zal vragen of u voordat u mij aan de kant zette rechercheur Jalbert van de KBI hebt gesproken. En dan zult u moeten beslissen of u de waarheid gaat vertellen of liever meineed pleegt. Wat misschien wel eens heel vervelende gevolgen voor u kan hebben. Is dat wat u wilt?'

Calten probeert te beslissen of hij dit wil doorzetten. Het komt niet door de zon, het is beslist een blos. Danny vindt het een fijn gevoel zichzelf nu eens niet te hoeven verdedigen. Calten geeft hem zijn rijbewijs en kentekenbewijs terug. 'Probeer voortaan op uw eigen weghelft te blijven, sir.'

Danny gaat bijna nog een stapje verder door Calten te vragen of hij hem dan geen officiële waarschuwing wil geven, maar hij besluit dat het zo wel genoeg is. Calten is gewapend en hij heeft het veiligheidsriempje over de kolf van zijn dienstwapen nog niet vastgemaakt.

'Dat zal ik doen, agent.'

'Wegwezen dan.'

Calten rijdt nog een paar kilometer achter hem aan, pal op Danny's bumper, en neemt dan een afslag. De rest van Danny's rit naar Great Bend verloopt zonder incidenten.

## 37

Edgar Ball staat helemaal achter op het parkeerterrein van het KBI-bureau op hem te wachten. Hij vraagt Danny hoe de reis is verlopen. Danny vertelt hem over agent Calten.

'Ongelooflijk,' zegt Ball. 'Weet je zeker dat je die dope mee terug wilt nemen?'

'Ik denk dat het nu wel veilig kan, Jalbert heeft zijn kans gehad.' Danny hoopt dat hij gelijk heeft en hij hoopt ook dat hij later niet zal worden gearresteerd door rechercheur Davis.

Ball opent zijn kofferbak en overhandigt Danny de McDonald's-zak. Danny zet hem in de middenconsole en deze keer doet hij zijn pick-up op slot.

'Laten we naar binnen gaan,' zegt Danny. 'Kijk goed naar Jalbert wanneer hij mij ziet. Dat wordt interessant.'

Maar dat wordt het niet. Wat ze in zijn ogen zien is hooguit een korte schittering van verbazing, die ook zó weer weg is. Het is druk in de kamer, die uitgerust is met audiovisuele opnameapparatuur. Behalve Jalbert en Davis is er ook nog een dikke, kale man, Albert Heller genaamd, en ene Vernon Ramsey, een keurig in het pak gestoken kleerkast van een kerel. Heller is de officier van justitie van Wilder. Ramsey is een rechercheur uit Oklahoma City. Zes mensen zo dicht op elkaar in een kleine ruimte zorgt voor een claustrofobisch gevoel. Er is in dit gebouw vast wel ergens een ruimere vergaderruimte te vinden, maar vergaderen is niet wat Jalbert en Heller in gedachten hebben. Wat zij in gedachten hebben is Danny laten bekennen. Nu hij hier toch is.

Iedereen stelt zich voor. Er worden handen geschud (Danny en Jalbert passen hiervoor). Danny wordt op zijn rechten gewezen, ditmaal door de officier van justitie. Heller besluit met de vermelding dat 'de heer Coughlin zijn raadsman heeft meegebracht'.

Heller begint door het stellen van dezelfde vragen die Danny tijdens zijn vorige verhoor ook al zijn gesteld. Ze zitten tegenover elkaar, met Edgar Ball aan Danny's kant van de tafel en Ella Davis aan die van Heller. Ramsey leunt tegen de muur, met een onbewogen gezicht. Jalbert staat met zijn armen over elkaar in de hoek.

Desgevraagd vertelt Danny het verhaal van zijn droom. Hij vertelt over zijn rit naar het verlaten benzinestation in Dart County. Hij vertelt over zijn onhandige poging anoniem een tip door te bellen. Wanneer Heller hem vraagt waarom hij heeft gebeld, vertelt Danny hem over de hond. 'Die was bezig haar op te graven. Hij stond aan haar te knagen. U hebt vast de foto's wel gezien.'

Heller zegt dat ze veel meer willen weten over waar Danny de eerste drie weken van juni is geweest. Danny zegt dat hij echt wel wil helpen, maar dat hij geen agenda of zoiets bijhoudt.

Wanneer Heller door zijn vragen heen is, komt Vernon Ramsey, de politieman uit Oklahoma City naar voren. 'Hebt u Yvonne Wicker vermoord?'

'Nee.'

Ramsey stapt weer naar achteren. Hij heeft verder geen vragen. Jalbert fluistert iets in zijn oor en Ramsey knikt, nog steeds met een onbewogen gezicht.

Heller sluit af door Danny te vertellen dat hij de county niet mag verlaten.

Danny schudt zijn hoofd. 'Ik ben niet alleen van plan de county te verlaten, maar ook de staat. Mijn naam heeft in een gratis verkrijgbaar krantje gestaan. Ik ben de hoofdverdachte en iemand wilde ervoor zorgen dat iedereen in Midden-Kansas dat zou weten.' Danny's ogen gaan naar Jalbert. Jalbert kijkt met effen blik terug.

'Ik kan u verzekeren dat niet één van de betrokkenen bij dit moordonderzoek uw naam aan de pers heeft verteld,' zegt Heller. 'Het is erg vervelend, maar niettemin zou het voor u een heel slecht idee zijn Manitou, laat staan Kansas, te verlaten. Het zou conse...'

'Arresteer me dan maar,' zegt Danny. 'Als jullie me in Kansas willen houden, zullen jullie me moeten arresteren.'

Heller staart hem aan. Ella Davis kijkt naar haar handen, die gevouwen voor haar op de tafel liggen. Ramsey lijkt een studie van het plafond te maken. Jalbert staat openlijk woedend naar hem te kijken.

'Dat kunnen jullie niet,' zegt Danny. 'Jullie hebben geen bewijs dat ik Yvonne Wicker heb vermoord, omdat ik dat niet heb gedaan. Ik heb alleen gemeld waar het lichaam lag. Dus ga mij nou niet vertellen dat mijn vertrek consequenties zal hebben.'

'Die zullen er wel degelijk zijn,' zegt Ball, op bijna verontschuldigende toon. 'Een proces wegens onrechtmatige arrestatie. Aangespannen door mij.'

'Ik raad u ten stelligste aan om te blijven waar u bent,' zegt Heller. 'Door weg te gaan zou u alleen maar nog meer de indruk wekken schuldig te zijn.'

Vanuit de hoek klinkt de zachte stem van Jalbert, die zegt: 'Hij is schuldig.'

Danny haalt een opgevouwen velletje papier uit zijn kontzak en geeft het over de tafel niet aan Heller, maar aan Davis. 'Er staat: "Rot op, vuile moordenaar. Of anders." Het zat om een baksteen gewikkeld. Die baksteen werd midden in de nacht tegen de zijkant van mijn trailer gegooid. Dát is een consequentie van het feit dat mijn naam in de krant is komen te staan, meneer Heller. Mijn reputatie is naar de haaien.' Hij kijkt opnieuw snel even naar Jalbert. 'De volgende baksteen zou ik wel eens tegen mijn hoofd kunnen krijgen.'

Ramsey zegt: 'Waar gaat u naartoe?'

'Ik denk aan Colorado. Ik heb daar een broer wonen die ik niet vaak genoeg zie.'

'Het maakt niet uit waar je naartoe gaat,' zegt Jalbert. 'Miss Wicker zal je volgen als een smerige stank. Een stank die je niet van je af zult kunnen spoelen.'

Danny weet dat hij waarschijnlijk gelijk heeft. Hij kijkt Ramsey aan. 'Hebt u helemaal geen andere verdachten op het oog? Een vriendje misschien, dat kwaad was omdat ze het had uitgemaakt? Problemen thuis?'

Ramsey zegt: 'Onze rechercheafdeling heeft niet de gewoonte informatie over verdachten met derden te delen.'

Danny had niet anders verwacht. Hij heeft het idee dat de politie geen verdachten uit Oklahoma in het vizier heeft en dat daar een reden voor is. Hij denkt dat er geen enkele connectie is tussen Yvonne Wicker en haar moordenaar. Ze heeft staan liften, is meegenomen door de verkeerde en dat heeft haar het leven gekost.

Hij staat op. 'Ik ga.'

Niemand houdt hem tegen, maar Jalbert zegt: 'Je komt hier wel weer terug.'

## 38

Op de parkeerplaats schudt Danny de hand van zijn advocaat, die in zijn eigen auto vanuit Manitou hiernaartoe is gereden. Hij heeft niet veel gezegd, behalve dan die klapper over een proces wegens onrechtmatige arrestatie. Dat was een goeie. Wat had hij verder nog kunnen zeggen?

'Weet je zeker dat je het erop wilt wagen met Davis?' vraagt Ball.

Danny haalt zijn schouders op. 'Jij denkt dus dat ze me zal arresteren wanneer ik haar die coke laat zien? Vergeleken bij wat er boven mijn hoofd hangt, is dat een risico van niks.'

Ball wiebelt heen en weer op zijn hakken. 'Als jij haar hebt vermoord, ben je de meest begenadigde leugenaar die ik ooit ben tegengekomen. Nog beter dan mijn oom Red, en dat zou ik nooit voor mogelijk hebben gehouden.'

'Ik heb het niet gedaan,' zegt Danny. Hij krijgt er genoeg van het steeds te moeten zeggen. 'Ik heb een cheque voor je in mijn auto liggen.'

'Hou die voorlopig nog maar even,' zegt Ball. 'Zoals ik eerder al tegen je zei, ik vind dit wel interessant.'

## 39

Het is maar een paar kilometer van het KBI-bureau naar de plek waar hij met Ella Davis heeft afgesproken, maar Danny neemt een omweg via Great Bends onooglijke stadscentrum, terwijl hij steeds in zijn achteruitkijkspiegel kijkt, om te controleren of niemand hem volgt. Wanneer hij eindelijk bij de Coffee Hut arriveert, is het al half negen. Aan de voorkant van de zaak ligt een geasfalteerde parkeerplaats, aan de achterkant is het terrein onverhard. Daar zet Danny zijn wagen neer, naast een Toyota RAV4 SUV. Hij weet bijna zeker dat het de auto van Davis is. Op de passagiersstoel ligt een actiefiguurtje dat hij dankzij Darla Jean herkent. Het is Elsa Oldenburg uit *Frozen*.

Hij gaat naar binnen. Davis zit aan een tafeltje om de hoek van de toonbank, waar zij vanaf de parkeerplaats aan de voorkant niet zichtbaar is.

'Ik dacht niet dat je zou komen,' zegt ze. 'Ik stond op het punt om weg te gaan.'

'Ik wilde zeker weten dat ik niet werd gevolgd. Of in elk geval zo zeker mogelijk.'

Ze trekt haar wenkbrauwen op. 'Je bent echt paranoïde, hè?'

'Ik deed het niet alleen voor mezelf, maar ook voor jou. Ik denk niet dat Jalbert er blij mee zou zijn als hij zou horen dat jij achter zijn rug om met mij afspreekt.'

De komst van een serveerster bespaart haar een antwoord. Danny, die sinds zijn boterham in zijn lunchpauze niets meer heeft gegeten, bestelt gebraden ham met vleesjus en cola.

'Daar slibben je aderen van dicht,' zegt Davis wanneer de serveerster weg is.

'Beter dan een baksteen tegen mijn hoofd.'

'Frank Jalbert denkt dat je dat briefje zelf hebt geschreven.'

'Dat zal best.'

'Waarom zijn we hier, Danny? Ik heb een babysitter die per uur rekent.'

Danny vertelt haar van Jalberts bezoekje aan de school, ogenschijnlijk om Danny te vertellen dat hij een officiële verklaring moet afleggen. En ook om hem de foto van de rouwende familie Wicker in de *Oklahoman* te laten zien.

'Maar hij had nog een reden. Ik zou het niet hebben gemerkt als Jesse – de jongen die bij me werkt – me niet had verteld dat Jalbert zijn auto achter de school had neergezet, terwijl het vanaf de grote parkeerplaats aan de voorkant, die 's zomers altijd leeg is, maar een paar stappen is naar de ingang van de school. Dat wekte mijn argwaan. Ik ben gaan kijken en vond een klein envelopje onder de bestuurdersstoel van mijn pick-up.' Hij schuift de appeltaartverpakking naar haar toe. 'Het zit hierin. Misschien is het heroïne, maar ik denk eerder dat het coke is.'

Voor het eerst sinds hij haar kent verschijnt er een barstje in Davis' beroepsmatige pantser. Ze opent een van de omgevouwen flapjes van het doosje open en kijkt erin.

'Ik heb het envelopje alleen bij de randjes vastgehouden. Ik denk niet dat hij vingerafdrukken heeft achtergelaten, daar is hij te slim voor, maar voor het geval hij een foutje heeft gemaakt, zou je het kunnen checken.'

Ze herstelt zich snel. 'Dus als ik het goed begrijp, beschuldig jij Frank Jalbert, al ruim twintig jaar KBI-rechercheur, een stuk of zes onderscheidingen, waaronder twee voor betoonde moed, ervan dat hij drugs in jouw auto heeft gelegd.'

'Ik geloof heus wel dat hij een kei is in zijn werk, maar hij is ervan overtuigd dat ik die vrouw heb vermoord.' Maar het is meer dan dat. 'Het is een obsessie voor hem en het zou me verbazen als jij dat nog niet hebt gezien.'

'Je kunt dit ook zelf hebben neergelegd, Danny.'

'Ik ben nog niet klaar.' Hij vertelt haar hoe hij onderweg hiernaartoe zogenaamd werd aangehouden en hoelang agent Calten bezig was geweest om onder de bestuurdersstoel te zoeken. 'De rest bekeek hij heel vluchtig, omdat hij wist waar het hoorde te liggen. En als je echt denkt dat ik het zelf heb neergelegd... vraag Jesse Jackson maar waar Jalbert vanmiddag zijn auto parkeerde, dan zal hij het je wel vertellen.'

De serveerster zet Danny's maaltijd op tafel. Davis schuift met de zijkant van haar hand het taartdoosje in haar tas. Wanneer de serveerster weg is, wijst Ella op zijn bord en zegt: 'Dat ziet eruit als iets wat de hond heeft uitgekotst.'

Danny begint te lachen en valt aan op zijn bord. 'Kijk eens aan! Nu klink je gewoon menselijk!'

'Ik bén menselijk, maar ik werk ook voor de recherche van Kansas en dat maakt mij tot een ongelovige Thomas.'

'Jalbert heeft mijn naam doorgegeven aan dat flutkrantje, de *Plains Truth*.'

'Dat zeg jíj. Jij bent al net zo geobsedeerd door hem als hij door jou.'

'Ik moet wel, want hij probeert mij te laten opdraaien voor een misdaad die ik niet heb gepleegd. En wat kan ik doen om terug te vechten? Zijn banden laten leeglopen? En briefje met SCHOP MIJ KEIHARD op de rug van die zwarte jas van hem plakken? Ik kan alleen met jou praten en dat is een risico. Mijn advocaat zei dat je me misschien wel zou arresteren voor drugsbezit.'

'Dat ga ik niet doen.'

Ze kijkt hoe hij eet en speelt met het kleine gouden kruisje dat om haar hals hangt. 'Stel nu eens dat Frank inderdaad jouw naam heeft doorgegeven aan de enige krant die bereid was hem te publiceren, en dat hij cocaïne in je pick-up heeft gelegd. Als het tenminste geen talkpoeder of poedersuiker is. Hypothetisch gesproken dus. Bewijst dat dan dat jij Yvonne Wicker niet hebt verkracht en vermoord? Volgens mij niet.'

Daar kan Danny niets tegen inbrengen.

'Ik zal de inhoud van dit envelopje laten testen en ik ga een praatje maken met die knaap van de *Plains Truth*, Andersson. En als je me het telefoonnummer van je jonge assistent-conciërge stuurt, zal ik met hem ook contact opnemen. En nu moet ik ervandoor.' Ze maakt aanstalten om op te staan.

'Dat gouden kruisje – is dat alleen voor de show, of ben je gelovig?'

'Ik ga naar de kerk,' zegt ze, op haar hoede.

'Dus je kunt wel in God geloven, maar niet dat ik heb gedroomd waar Wickers lichaam lag. Begrijp ik dat goed?'

Ze raakt het gouden kruisje even aan. 'Jezus heeft dertig wonderen verricht, Danny. Jij hebt één droom gehad. Dat is althans wat je zelf beweert. Jij mag betalen. Ik heb alleen koffie gedronken.'

Danny zegt: 'Dame, je weet niet half hoe graag ik zou willen dat ik die verdraaide – nee, die verdomde téringdroom nooit had gehad.'

Ella wacht even. Ze heeft een flauw glimlachje op haar gezicht. 'Je bent een sympathieke vent, Danny. Redelijk. Vriendelijk. Dat is althans het gezicht dat je de wereld laat zien. Wat daarachter schuilgaat weet ik niet. Maar ik zal je een geheimpje verklappen. Met haar handen op de tafel buigt ze zich naar hem toe. Het gouden kruisje bungelt heen en weer. 'Ik zou je graag geloven. Misschien zou ik het zelfs kúnnen, als dit verdomme niet de enige helderziende droom was die je ooit hebt gehad. Waarom jij, vraag ik me dan af.'

'Goeie vraag,' zegt hij. 'Mensen die de loterij winnen vragen zich hetzelfde af. Alleen is dit het tegenovergestelde. Waarom ik? Ik weet het niet. Je vindt het veel makkelijker om te geloven dat ik haar heb vermoord, hè?'

'Absoluut.'

'Doe me één plezier! Wees voorzichtig met Jalbert. Ik denk dat hij gevaarlijk is. Niet alleen omdat hij die drugs heeft neergelegd, of mijn naam heeft vrijgegeven. Dat gedoe met dat tellen is ook bizar. Ik heb het opgezocht. Het heet...'

'Aritmomanie,' zegt ze, en ze kijkt dan alsof ze het terug zou willen nemen. Zonder nog achterom te kijken loopt ze weg. Haar grote tas zwaait heen en weer aan haar schouder. De serveerster komt langs en zegt: 'Bewaar nog een gaatje voor de bosbessentaart, mop.'

'Ik zal het proberen,' zegt Danny.

## 40

Onderweg naar zijn hotel gebruikt Jalbert een wegwerptelefoon om te bellen.

'Er lagen geen verdovende middelen in zijn wagen,' zegt Calten tegen hem. 'Niet onder zijn stoel, nergens.'

'Dat is niet erg,' zegt Jalbert, ook al is het dat wel. 'Dan heeft hij ze gevonden en zich ervan ontdaan. Als een wolf die een val ruikt. En jij weet van niets, oké? Je hebt hem gewoon aangehouden omdat hij zigzaggend over de weg reed.'

'Klopt,' zegt Calten.

'Wellicht is het handig dit gesprek te wissen.'

'Begrepen, rechercheur. Sorry dat het niet is gelukt.'

'Bedankt voor de moeite.'

Jalbert beëindigt het gesprek en schuift zijn wegwerptelefoon onder zijn stoel. Hij is van plan het toestel nog een poosje te houden, een dag of tien misschien (vijf plus vijf, vier plus zes, et cetera) en daarna zal hij het kapotslaan en een nieuwe kopen.

Weet Coughlin dat hij de drugs in zijn auto heeft gelegd? Natuurlijk. Kan hij er iets aan doen? Nee. De politie zou zeggen dat hij het zelf heeft gedaan. Maar dat hij het zakje heeft gevonden... dat had Jalbert niet verwacht. Coughlin lijkt werkelijk op een wolf, een wolf die een val kan ruiken, ook al is die nog zo goed verborgen. Als niemand hem tegenhoudt zal hij opnieuw doden. Hij moet worden tegengehouden, niet alleen voor die arme Miss Yvonne, maar ook voor andere meisjes die misschien zo ongelukkig zijn hem ooit tegen te komen.

*En als hij naar Colorado gaat,* denkt Jalbert, *bestaat de kans dat we hem uit het oog verliezen. Beesten weten hoe ze zich moeten verstoppen. Hoe ze in het struikgewas kunnen verdwijnen.*

Hij moet hier in Kansas worden tegengehouden.

*Arresteer me maar.*

Jalbert moet rustig worden zodat hij over zijn volgende zet kan nadenken. Hij moet tellen.

## 41

De receptionist in het hotel zit door een grappige online catalogus te browsen en bekijkt een T-shirt met de tekst: VOOR BEREN: MENSEN IN SLAAPZAKKEN ZIJN ZACHTE TACO'S. Hij wordt gestoord door een gast die op de receptie af komt lopen… en niet de eerste de beste gast, het is die KBI-rechercheur. Hij ziet er nog kwaad uit ook… echt kwaad. Een knalrood gezicht, helemaal tot in zijn diepe inhammen, terwijl de pluk haar die er nog tussen groeit zo erg in de war zit dat het bijna komisch is… hoewel de receptionist weinig behoefte voelt om te lachen. De ogen van de rechercheur puilen bijna uit en lijken wel bloeddoorlopen. De receptionist verbergt het beeldscherm met de catalogus vol leuke hebbedingetjes haastig onder de overhangende rand van de balie en vraagt wat hij voor de man kan doen.

'De stoelen zijn weg.'

'Welke stoelen, sir?'

'De klapstoelen. Ik had vier stoelen uit de vergaderruimte, of zakenlounge, of hoe jullie dat ook noemen. Ik had ze precies neergezet waar ik ze hebben wilde, en nu zijn ze weg!'

'Dat zal bij het schoonmaken van uw kam…'

'Ik had een bordje NIET STOREN aan mijn deur gehangen!' schreeuwt Jalbert. Een vrouw op weg naar de cadeaushop werpt hem een verschrikte blik toe.

'Die bordjes zijn al behoorlijk oud,' zegt de receptionist, terwijl hij zich afvraagt of de rechercheur gewapend is. 'Ze vallen er wel eens af en dan zien de kamermeisjes niet…'

'Het bordje is er niet af gevallen!' Eigenlijk weet Jalbert dat niet eens zeker, daar is hij te kwaad voor. Hij had zich op die stoelen verheugd.

'Ik zal ervoor zorgen dat iemand ze…'

'Laat maar, ik doe het zelf wel.' Jalbert probeert zijn stem te dempen. Hij is zich ervan bewust dat hij misschien wat overdreven heeft gereageerd, maar het was dan ook een enorme schok geweest om terug te komen in zijn kleine suite en te zien dat die stoelen verdwenen waren. Hij loopt naar de vergaderzaal en pakt vijf stoelen. Alleen voelt twee in de ene hand en drie in de andere niet goed. Onevenwichtig. Hij overweegt een zesde te pakken, of er een terug te zetten. Het is een moeilijke keuze, omdat hij steeds aan Coughlin blijft denken en hoe onbeschaamd hij keek toen hij zei: *Als jullie me in Kansas willen houden, arresteer me dan maar.* Om woest van te worden. Gevolgd door de nauwelijks te verkroppen toevoeging: *Dat kunnen jullie niet.* Nauwelijks te verkroppen omdat het waar was.

*Op dit moment,* denkt hij.

Jalbert kiest uiteindelijk voor vier stoelen en telt zijn stappen terug naar de lift binnensmonds, in viertallen: 'Eén twee drie vier, twéé twee drie vier, dríé twee drie vier.' Hij weet best dat het tellen eigenaardig is, maar het kan ook geen kwaad. Het is een manier om contraproductieve gedachten te onderdrukken en zijn hoofd helder te krijgen. Wanneer hij weer bij de receptie is, is hij inmiddels bij négen twee drie vier, zesendertig in totaal. Tegen de receptionist zegt hij: 'Ik ging mijn boekje te buiten. Ik wil me graag verontschuldigen.'

'Geen probleem,' zegt de jongeman en hij kijkt hoe rechercheur Jalbert naar de liften loopt. Hij lijkt iets te prevelen. De receptionist denkt dat Onze-Lieve-Heer vreemde kostgangers heeft. Hij vindt het wel een originele gedachte, die best leuk zou staan op een T-shirt.

## 42

In zijn compacte hotelsuite zet Jalbert de stoelen neer en doet zijn rondje. Hij weet dat hij dit de laatste tijd erg veel doet, misschien wel te veel, maar het helpt. Het helpt echt. En misschien deed hij het vóór Coughlin ook al veel, misschien is het zelfs een probleem – de stoelen en het tellen. Hij is zich ervan bewust dat hij tegenwoordig bijna onafgebroken getallen in zijn hoofd heeft – hij telt ze op, hij deelt ze – en dat het een verslaving zou kunnen zijn. Als hij aan het tellen is, komt er af en toe zomaar een getal over zijn lippen, als een duveltje uit een doosje. Dat gebeurde bij Calten en, hoewel hij het niet helemaal zeker weet, misschien ook wel bij de receptionist beneden. Die laatste vond hem ook al eigenaardig vanwege de klapstoelen. Eigenlijk moet hij er iets aan doen, voordat het uit de hand loopt – hypnose wellicht? – en dat is hij ook zeker van plan zodra

Coughlin in staat van beschuldiging is gesteld voor de moord op Miss Yvonne, maar intussen moet hij zijn volgende zet voorbereiden. Tellen helpt daarbij. Zijn rondjes langs de stoelen ook.

Hij loopt van een klapstoel naar het bed, dat zijn vier stappen. Van het bed naar het toilet, waarvan de bril omlaag staat, elf erbij. Dat is samen vijftien. Vervolgens naar de stoel bij het bureautje. Dat zijn er weer veertien, dus dat is bij elkaar...

Een ogenblik lang heeft hij geen idee wat dat bij elkaar is en voelt hij een soort paniek opkomen. Die arme Miss Yvonne is afhankelijk van hem, net als haar familie, en als hij al geen simpel optelsommetje meer kan maken, hoe kan hij dan in vredesnaam...

*Negenentwintig*, denkt hij en hij wordt bevangen door een enorm gevoel van opluchting.

Dat hij zo van slag is, is Coughlins schuld. 'Arresteer me dan maar,' mompelt Jalbert, terwijl hij rechtop op een van de klapstoelen zit. 'Dat kunnen jullie niet. Dat kunnen jullie niet.'

Coughlin die de staat wil verlaten? Jalbert kan rekenen zo veel hij wil, maar dáár had hij toch niet op gerekend. Hoe kan hij, rechercheur Jalbert, druk op de ketel houden als Coughlin doodleuk zijn spullen pakt en vertrekt?

Hij rekent. Hij telt op. Af en toe maakt hij wat delingen. De gedachte komt bij hem op, en zeker niet voor het eerst, om Coughlin te vermoorden. Hij weet zeker dat hij ermee weg kan komen als hij heel voorzichtig is en hij zou er de meisjes mee redden die misschien anders hetzelfde lot zou wachten als Miss Yvonne. Maar zonder keiharde bewijzen van Coughlins schuld – of, nog beter, een bekentenis – zou die ellendeling dan sterven als een onschuldig man.

Onacceptabel.

Jalbert gaat van de ene gewone stoel naar de andere, naar het bed, naar een klapstoel, naar een volgende klapstoel. Dan gaat hij even liggen, in de hoop te kunnen slapen, maar zodra hij zijn ogen sluit, ziet hij weer Coughlins brutale gezicht voor zich. *Arresteer me dan maar. Dat kunnen jullie niet, hè?*

Hij springt overeind en begint weer aan een rondje langs de stoelen.

*Laatste keer*, zegt hij tegen zichzelf. *Daarna kan ik slapen. En wanneer ik dan wakker word, weet ik wat ik moet doen.*

Zittend op de toiletbril, slaat hij zijn handen voor zijn gezicht en fluistert: 'Ik doe het voor jou, Miss Yvonne. Alleen voor jou.'

Wat een leugen is, en dat weet hij ook wel. Miss Yvonne is niet meer te helpen. Danny Coughlin leeft. In vrijheid.

## 43

Die zaterdagochtend rijdt Ella Davis naar Manitou. Haar dochtertje zit in de gordel op de achterbank, druk bezig met de iPad Mini die ze voor haar verjaardag heeft gekregen. Ella heeft tegen Danny Coughlin gezegd dat ze een babysitter had, die per uur rekende. Dat was gelogen, maar daar voelt ze zich niet schuldig om. Hij liegt per slot van rekening zelf ook over Yvonne Wicker, en zijn leugen is groter dan de hare.

*Ben je er zeker van dat hij liegt? Helemaal zeker?*

Ella en Laurie logeren bij Regina in Great Bend. Reggie heeft een dochter van Lauries leeftijd en het verjaardagsfeestje was Reggies idee geweest. Ze is gek op Laurie en vindt het heerlijk om op haar te passen wanneer Davis moet werken.

*Honderd procent zeker?*

Ze houdt zichzelf voor dat ze het zeker weet. Waar ze minder zeker van is, is dat hij de locatie van het lichaam heeft doorgebeld uit wroeging en vanuit een verlangen om te worden gestraft voor zijn gruwelijke misdaad. Als dat zo was, zou hij al lang hebben bekend. Wat ze nu denkt is dat het een soort arrogantie is.

'Hij daagt ons gewoon uit,' mompelt ze.

'Wat, mammie?'

'Niets, schatje.'

'Zijn we er bijna?'

'Nog een kilometer of zes, zeven.'

'Fijn. Ik speel bierpong.'

'Wát voor pong?'

'Ik gebruik mijn vinger om kleine balletjes in bekertjes bier te gooien. Wanneer ze erin gaan, hoor je *plons* en krijg ik punten.'

'Dat is leuk, Laurie.'

Ze denkt: *Bierpong. Mijn dochter van acht speelt bierpong.* Ze denkt: *Wat als hij de waarheid zegt? Wat als hij het echt heeft gedroomd?*

Hij vertelt elke keer hetzelfde verhaal, zonder noemenswaardige variaties en zonder de kleine signalen die erop wijzen dat iemand liegt en die ze in haar opleiding heeft leren herkennen: ogen die naar links gaan, het bevochtigen van de lippen, stemverheffing, alsof je met hard praten iemand van de waarheid kunt overtuigen. Hij raakt ook niet verstrikt in zijn eigen leugens door te veel details te vertellen. Is het mogelijk dat hij zelfs zichzelf heeft weten te overtuigen? Dat zijn rationele geest, vol afschuw over wat het beest diep binnen in hem heeft gedaan, zijn eigen werkelijkheid heeft gecreëerd?

Is het mogelijk dat hij de waarheid vertelt?

Vanochtend heeft ze de Jacksons gebeld, in Manitou, en Jesse gevraagd of hij bereid is om met haar te praten. Hij zei zonder enige aarzeling ja en inmiddels is ze er, en rijdt ze de oprit van de Jacksons op. Ze is hier niet omdat ze Danny's verhaal over de droom gelooft. Ze is hier omdat ze hem bíjna gelooft over Jalbert. Als Frank heeft gedaan wat Danny beweert, zou hij daarmee de hele zaak in gevaar kunnen brengen. Bovendien is het verkeerd. Het is fout politiewerk. Het ongemakkelijke gevoel dat haar partner haar bezorgt begint te groeien. Ze is bijna zover dat ze kwaad op hem wordt.

*Onzin, je bent al kwaad op hem.*

'Inderdaad,' zegt ze.

'Wat, mammie?'

'Niks, Laurie.'

Mevrouw Jackson staat de was op te hangen. Een jongetje van Lauries leeftijd zit vlak bij haar op een schommel, terwijl hij dat vreselijke 'Baby Shark'-liedje zingt. Wanneer Davis het achterportier opent en Laurie laat uitstappen, springt het jongetje van zijn schommel en rent op hen af, nieuwsgierig naar het bezoek. Laurie komt dicht bij Ella staan, met een hand op haar moeders been. Mevrouw Jackson draait zich naar Ella om en zegt hallo.

'Hallo. Ik ben rechercheur Davis, ik kom voor Jesse?'

'Hij is binnen. Jesse! Bezoek voor je!'

Het kleine ventje zegt: 'Ik ben Luke. Is dat een iPad Mini?'

'Ja,' zegt Laurie. 'Die heb ik voor mijn verjaardag gekregen.'

'Gaaf!'

'Ik heet Laurie Rose Davis. Ik ben acht jaar.'

'Ik ook,' zegt Luke. 'Wil je op de schommel?'

Laurie kijkt naar Davis op. 'Mag het, mammie?'

'Ja, maar kijk uit dat je je iPad niet laat vallen.'

'Goed mammie.'

Ze hollen naar de schommel.

'Wat een mooi meisje,' zegt mevrouw Jackson. 'Ik heb alleen jongens. Ik zou er wat voor overhebben om er zo eentje te hebben.'

'Ik heb soms mijn handen vol aan haar,' zegt Ella.

'Dan kent u Luke nog niet.' Ze gaat weer verder met het ophangen van de was.

Jesse komt naar buiten. Hij draagt een spijkerbroek en een effen wit T-shirt. Hij loopt regelrecht op Davis af en geeft haar een hand. 'Als het over Danny gaat, wil ik graag met u praten. Maar ik zeg er meteen bij dat ik niet geloof dat hij heeft gedaan wat de politie zegt dat hij heeft gedaan. Hij is een goed mens.'

Dit heeft Davis nu al meerdere keren gehoord, zelfs van Becky Richardson, Danny's voormalige vriendin. Richardson wil nu natuurlijk niets meer met hem te maken hebben, maar ze blijft zeggen dat hij 'ogenschijnlijk de aardigste vent is die je ooit hebt ontmoet'. En Richardson gelooft het droomverhaal.

'Eigenlijk wilde ik het niet speciaal over Danny Coughlin hebben,' zegt Davis. 'Is het waar dat rechercheur Frank Jalbert hem gisteren is komen opzoeken op de school?'

'Ja. Ik mocht die man niet.'

'O? Waarom niet?'

'Hij heeft zijn oordeel al klaar. Dat zag ik aan de manier waarop hij naar Danny keek.'

*Oké*, denkt ze. *Dat heb ik ook gezien. Toch?*

'Volgens Danny zag jij rechercheur Jalbert aan de achterkant van de school parkeren.'

'Dat klopt. Hoezo?'

'Ging hij vlak bij Danny's pick-up staan?'

'Nee, bij de schoolbussen, maar dat is er ook wel dichtbij. Hé, heeft hij soms iets in Danny's auto neergelegd? Om hem erin te luizen? Daar zie ik hem wel voor aan. Hij zag eruit alsof hij op oorlogspad was.'

'Heb je gezíén dat hij iets in Danny's auto legde?'

'Nee...'

'Heb je hem naar Danny's pick-up zien lopen? Heb je gezien dat hij die stond te bekijken? Je weet wel, zoals sommige mannen naar auto's kunnen kijken?'

'Nee, zodra ik hem zag uitstappen ben ik het tegen Danny gaan zeggen. Daarna ben ik weer aan de slag gegaan. Het feit dat het onze laatste werkdag was, zei Danny, was nog geen reden om de boel af te raffelen.'

'Wat vervelend voor je dat je door Coughlins toedoen je baantje kwijt bent.'

Jesses gezicht betrekt. 'Daar kan hij niets aan doen. Die schijterige schoolleiding heeft gezegd dat Danny weg moest en ik ook. Ze kwamen met allerlei onzinredenen, stelletje schijtlijsters...'

'Jesse, let op je taalgebruik,' zegt zijn moeder. 'Je praat met een wetsdienaar.'

'Ik kan hier zo kwaad om worden. Ik denk dat ze allemaal achterlijke dingen hebben verzonnen omdat ze hem niet vanwege dat meisje konden ontslaan. Hebben ze nooit gehoord van onschuldig tot het tegendeel is bewezen?'

*Dat hoor ik tegenwoordig vaker*, denkt Ella.

'Hij moest weg, dus toen moest ik ook maar weg,' zegt Jesse. 'Dat snap ik ergens wel, ik ben maar een vakantiehulpje. Maar ik had dat geld wel nodig voor mijn studie.'

'Je vindt wel iets anders,' zegt Davis.

'Ik heb al iets gevonden. Bij de houtzagerij.' Jesse trekt een gezicht. 'Ik ga beter verdienen, zolang ik mijn hand maar niet afzaag.'

'Als je dat maar laat,' zegt zijn moeder. 'Je hebt die hand nodig.'

Laurie en Luke hebben de schommel verlaten. Ze zitten nu in de schaduw van de enige boom in de kleine tuin, met hun hoofden dicht bij elkaar, op de iPad Mini te kijken. Wanneer Davis even hun kant op kijkt, beginnen de twee kinderen te grinniken om iets wat ze op het schermpje zien. Opeens is Davis blij dat ze is gekomen. Na zo veel tijd met Jalbert te hebben doorgebracht, voelt dit alsof ze vanuit een benauwde kamer opeens in de frisse buitenlucht terecht is gekomen.

'Even voor de duidelijkheid,' zegt Davis, terwijl ze haar notitieboekje uit haar tas haalt. 'Jij hebt dus gezien dat rechercheur Jalbert zijn auto achter de sch...'

'Ja, ook al is de parkeerplaats aan de voorkant veel dichter bij de ingang van het gebouw.'

'Maar je hebt hem niet naar Danny Coughlins pick-uptruck zien lopen, of hem die zien aanraken.'

'Zoals ik al zei, ik moest weer aan het werk.'

'Oké, ik begrijp het.' Ze glimlacht en geeft hem haar visitekaartje. 'Mocht je verder nog iets te binnen schieten...'

'U had hem moeten zien!' barst Jesse opeens uit. 'Zoals hij met die krant voor Danny's gezicht stond te zwaaien. Wat een sukkel! Terwijl Danny de politie juist heeft geholpen! Volgens mij kan het die gast geen moer schelen wie het heeft gedaan, hij wil alleen maar dat Danny de bak in draait.'

'Zo is het genoeg, Jesse,' zegt zijn moeder. 'Laat zien dat je manieren hebt.'

'Dat liet die Jalbert anders ook niet zien,' zegt Jesse en Davis denkt dat hij wel gelijk heeft. Maar het is wel begrijpelijk. Wanneer er een verkrachter-moordenaar voor je staat, is het tonen van manieren wel het laatste waar je aan denkt.

'Bedankt dat je me te woord wilde staan. Kom, Laurie, we gaan weer.'

'We zijn er nét!' moppert Laurie. Ik en Luke spelen Corgi Hop! Het is zó grappig!'

'Vijf minuutjes,' zegt Ella. Haar ex beweert dat ze het meisje verwent en eigenlijk vindt Ella dat hij daar wel gelijk in heeft. Maar Laurie is haar álles en ze houdt zo verschrikkelijk veel van haar. Bij de gedachte dat Coughlin haar, of welk ander meisje dan ook, aan zou raken met zijn vuile, met bloed besmeurde handen, krijgt Ella het ijskoud.

'Mevrouw Jackson, kan ik u, terwijl ik wacht tot die twee klaar zijn met hun spelletje, misschien helpen met het ophangen van de was?'

'Als u wilt,' zegt mevrouw Jackson. Ze klinkt zowel verrast als blij. 'De knijpers zitten in dat zakje.'

De twee vrouwen zijn snel klaar en de laatste twee lakens hangen ze samen op. Davis denkt aan Jalbert die zijn auto vlak bij de pick-up van Coughlin had gezet. Ze gelooft niet, ze kán niet geloven dat Danny Coughlin de plek waar het vermoorde meisje was begraven heeft gedroomd, maar ze neigt er wel steeds meer naar om te geloven dat Frank Jalbert, een onderscheiden rechercheur, drugs in iemands auto heeft neergelegd en vervolgens een politieagent heeft overgehaald om Danny onderweg naar Great Bend aan te houden. Ze kan het alleen niet bewijzen, zoals ze ook niet kan bewijzen dat Danny Coughlin Yvonne Wicker heeft vermoord.

*Laat het rusten*, zegt ze bij zichzelf, terwijl ze de laatste knijper op het laatste laken zet.

Dat zou waarschijnlijk verstandig zijn, maar ze doet het niet. Als Jalbert over de schreef is gegaan, kan ze niet werkloos toezien. En er is nog iemand die ze moet ondervragen. Er zal wel niets uit komen, maar dan kan ze in elk geval zeggen dat ze er alles aan heeft gedaan.

'Hebt u zin in een glas ijsthee?' vraagt mevrouw Jackson terwijl ze haar wasmand oppakt.

'Dat klinkt eerlijk gezegd heel goed,' zegt Ella en ze volgt haar naar het huis.

Eén ding weet ze zeker: dit wordt haar laatste zaak met Jalbert. Als je het goed bekijkt heeft Danny in één ding absoluut gelijk: dat gedoe met dat tellen, de aritmomanie, is griezelig. En het begint erger te worden.

## 44

Zondagochtend om half elf wordt er op de deur van Danny's trailer geklopt. Hij verwacht Jalbert of Davis te zien, maar het is Bill Dumfries, de gepensioneerde aannemer die hem in contact heeft gebracht met Edgar Ball. Hij kijkt wat ongemakkelijk, staat met zijn armen over elkaar voor zijn vlezige borst en maakt geen oogcontact. Danny heeft het idee dat hij hem niet komt uitnodigen om een hapje te komen eten.

'Hé, Danny.'

'Hé. Wat kan ik voor je doen?'

Dumfries zucht. 'Ik weet niet zo goed hoe ik dit moet zeggen, dus ik kom er maar meteen mee voor de dag. De meeste mensen in het park zouden graag zien dat je vertrekt.'

Danny is toch al van plan om weg te gaan, dus dat zou dit op een bepaalde manier gemakkelijker moeten maken, maar dat doet het niet. 'Wil je misschien binnenkomen voor een kop koffie? Zodat we het er even over kunnen hebben?'

'Beter van niet.' Dumfries kijkt naar zijn eigen trailer en Danny ziet dat Althea Dumfries vanuit de deuropening naar hen staat te kijken. Waarschijnlijk om zich ervan te overtuigen dat Danny zijn moordenaarsmes niet trekt om haar man ermee overhoop te steken. Wat in zekere zin wel grappig is, want als Danny zou proberen Bill aan te vallen, zou de man hem waarschijnlijk finaal doormidden breken.

'Er is gisteravond een soort vergadering gehouden,' zegt Dumfries. Er verschijnen rode vlekken in zijn nek en op zijn wangen. 'Sommigen stelden voor een petitie op te stellen, maar ik zei rot toch op, ik praat wel met hem. Ik ga hem wel vertellen hoe de vlag erbij hangt.'

Danny denkt aan zijn moeder, die voor elke gelegenheid een spreekwoord had. Een daarvan was: *Er waait geen wind of hij is iemand gedienstig*. Hier had je die wind en hij kende ook de naam van de boze tovenaar die hem had aangewakkerd. Hoe kwaad hij ook is op Jalbert, toch voelt Danny niet de behoefte de man iets aan te doen. Dat zou zijn situatie bepaald niet ten goede komen. Hij wil alleen maar weg uit zijn invloedssfeer. Hoe eerder hoe beter.

'Vertel de mensen maar dat ze zich geen zorgen hoeven te maken.' Danny zwaait even naar Althea Dumfries en moet zich inhouden om zijn middelvinger niet naar haar op te steken. Ze zwaait niet terug. 'Binnenkort ben ik hier weg. Jullie willen mij hier niet en ik wil hier niet blijven. Mijn moeder zou zeggen dat een goede daad nooit ongestraft blijft.'

'Je hebt haar dus echt niet vermoord.'

'Nee, Bill, ik heb haar echt niet vermoord. En de enige die geneigd is dat te geloven is de advocaat die jij me hebt aanbevolen. Geen idee of je dat ironisch moet noemen of niet.'

'Waar ga je naartoe?'

Bill Dumfries hoeft niet te weten dat Danny daar nog steeds niet helemaal uit is, maar omdat Bill op z'n minst het lef heeft getoond naar hem toe te komen (zonder oogcontact, oké), doet Danny de deur van zijn trailer zachtjes dicht, in plaats van hem in Bills gezicht dicht te smijten.

Terug in zijn woonkamer besluit hij zijn broer te facetimen. Hij weet dat Stevie op dat moment pauze heeft. Stevie leeft volgens een regelmatig schema en raakt overstuur als dat ergens door wordt verstoord. *In dat opzicht*, denkt Danny, *is hij een soort leuke versie van Jalbert.*

Stevie zit boven op een grote doos wc-papier een Twinkie te eten. Hij klaart helemaal op wanneer hij Danny's gezicht ziet. 'Hoe is 't, Danny-bo-banny?'

'Ik denk erover om naar Colorado te verhuizen,' zegt Danny. 'Wat zou jij daarvan vinden?'

Stevie kijkt tegelijkertijd blij en bezorgd. 'Ehhh... zou kunnen. Maar waarom? Waarom zou je dat doen?'

'Omdat ik Kansas beu ben,' zegt Danny. Wat de absolute waarheid is. Dan snapt hij opeens waarom Stevie bezorgd kijkt, en niet meer van zijn cakeje knabbelt. Stevie Coughlin is een gewoontedier – vaste gewoontes geven hem een veilig gevoel. Zijn motto is: zorg dat je overeind blijft, dan val je niet om. Hij is de CIO, de Chief Information Officer, bij King Soopers, hij heeft zelfs een bordje waar dat op staat, en hij is dol op zijn eigen kamer en zijn vrienden in de woongroep.

'Ik bedoel niet dat ik bij je kom wonen,' zegt Danny. 'Misschien kom ik niet eens in Boulder wonen. Ik heb wat plekken bekeken in Longmont, online, begrijp je wel...'

Er verschijnt een opgeluchte glimlach op Stevies gezicht. 'Longmont is leuk!'

Danny betwijfelt of Stevie er ooit is geweest. 'Dat heb ik ook gehoord en je kunt er goedkoop huren. Nou ja... iets goedkoper. We zouden af en toe samen kunnen eten... of een keertje naar de film... je zou me mee kunnen nemen op een van je hikes...'

'West-Magnolia! Mud Lake! Die zou ik je kunnen laten zien! Geweldig om daar te hiken! Mooie natuur! Ik maak er zo veel foto's, niet te geloven gewoon. Mud Lake, ik weet dat het een lelijke naam is, maar het is er echt heel mooi!'

'Klinkt geweldig,' zegt Danny, waarna hij er iets aan toevoegt wat niets anders dan de waarheid is: 'Ik mis je, Stevie.'

Nu Stevie weet dat hij niet weg zal hoeven uit de woongroep of bij Janet, lijkt hij wildenthousiast. 'Ik mis jou ook, Danny-bo-banny. Je moet echt hiernaartoe komen! Rocky Mountain High, in Col-lo-*raaado.*'

'Klinkt goed. Je hoort van me zodra ik meer weet.'

'Goed. Dat is goed. Vraag er eens eentje. Maar vlug, want mijn pauze is bijna voorbij.'

Danny is er weer klaar voor. 'King Oscar-sardientjes.'

Stevie lacht. 'Aan het eind van gangpad 6, bovenste plank links, vlak voor de display aan het eind. Vier stuks voor negen dollar negenennegentig.'

'Je bent een topper, Stevie. Ze mogen blij zijn dat ze jou hebben.'

'Weet ik,' zegt Stevie. En hij grinnikt.

## 45

Maandag wordt Jalbert in Wichita ontboden om verslag te doen van de Yvonne Wicker-zaak. Alle hoge pieten zullen er zijn, evenals de officier van justitie van Wilder County. 'Dart County héééft niet eens een officier van justitie,' zegt Jalbert tegen Davis.

'Wil je dat ik meega?' vraagt Ella.

'Nee. Wat ik van jou wil is dat je Coughlin onder druk gaat zetten om te vertellen waar hij heeft gezeten, al die dagen in de eerste drie weken van juni waarvoor hij nog geen verklaring heeft gegeven. En je moet de deuren langs in dat trailerpark. Met Becky Richardson gaan praten...'

'Ik heb al...'

Hij maakt een afkappende beweging met zijn ene hand, een gebaar dat helemaal niets voor hem is. 'Dan doe je het nog maar een keer. En praat met haar dochter. Vraag of ze zich wel eens ongemakkelijk heeft gevoeld in Coughlins aanwezigheid. Je weet wel wat ik bedoel, aanrakingen.'

'Jezus, Frank!'

'Wat nou "jezus"? Denk je dat wat hij Miss Yvonne heeft aangedaan zomaar uit de lucht is komen vallen? Er moeten voortekenen zijn geweest. Ga je doen wat ik vraag of niet?'

'Ja, natuurlijk.'

'Mooi. Negentien.'

'Wat?'

'Dat is het enige goede priemgetal,' zegt Jalbert, opnieuw met dat afkappende gebaar. 'Laat maar. Klop bij mensen aan. Vind íéts. We kunnen niet toestaan dat hij Wilder County, laat staan de staat, verlaat. Ik ga wel alleen naar Wichita.'

'Denk je dat je ze ervan kunt overtuigen Coughlin te arresteren?'

'Ik ga mijn best doen,' zegt Jalbert, 'maar reken er maar niet op.'

Hij gaat weg. Davis gaat naar Oak Grove en begint bij mensen aan te kloppen, behalve bij Danny Coughlin – na hun gesprek in de Coffee Hut voelt ze er weinig voor hem weer te spreken. Becky Richardson is thuis, maar wilde net weggaan. Ze zegt tegen Davis dat ze iets voor een vriendin moet doen. Bovendien heeft ze niets nieuws te melden, alleen dat zij en Coughlin een relatie hebben gehad, maar inmiddels niet meer. De dochter, Darla Jean, zit voor de tv en staart Davis met grote ogen aan. Ella doet geen poging haar te ondervragen.

Om elf uur, na een aantal gesprekken die niets hebben opgeleverd, behalve het nieuws dat Danny heeft toegezegd het park te zullen verlaten, belt ze de *Plains Truth*. Ze verwacht half en half hun voicemail te krijgen, maar de telefoon wordt opgenomen door een jongeman. 'Hál-looo.'

'Zou ik Peter Andersson even kunnen spreken?'

'Dat ben ik.'

'Meneer Andersson! U spreekt met Ella Davis van het Kansas Bureau of Investigation. Ik zou u graag willen spreken over Daniel Coughlin.'

Het blijft een hele tijd stil. Davis wil net vragen of Andersson nog aan de lijn is wanneer hij weer begint te praten. Hij klink nog jonger dan eerst. 'Ik kreeg een goede tip en die heb ik gepubliceerd, oké? Als ik zijn naam niet had mogen gebruiken, dan wist ik dat echt niet.'

*De wet niet kennen is geen excuus*, denkt Davis, maar in dit geval is er geen wet – gewoon een geaccepteerde gang van zaken.

'Maar als er iets niet klopt in het vervolgartikel, kan ik misschien een rectificatie plaatsen. Dat wil zeggen: als het niet waar is.'

*Welk vervolgartikel?* denkt ze, en ze neemt zich voor het nieuwste nummer van de *Plains Truth* ergens mee te nemen.

'Wat ik van u wil weten, meneer Andersson, is wie u die informatie heeft verstrekt.'

'Een politieman.' Andersson zwijgt even en flapt er dan in één keer uit: 'Hij zei tenminste dat hij een politieman was en ik geloofde hem omdat hij alle details van het onderzoek kende. Hij zei dat het plaatsen van de naam de dader onder druk zou zetten, snapt u, om te bekennen.'

'En die onbekende politieman heeft niet verteld hoe hij heette?'

'Nee...'

'Maar u hebt het verhaal toch geplaatst.'

'Nou ja, is het niet waar dan?' Andersson doet zijn best om strijdlustig te klinken. 'Die Coughlin is immers de man die jullie verdenken van de moord op dat meisje?'

'Meneer Andersson, het lijkt me beter dat ik naar u toe kom,' zegt Davis.

'O, god,' zegt hij, met een stem die jonger klinkt dan ooit.

'Hoe laat schikt het u?'

'Het kan wel hier op de redactie. Daar ben ik nu. Weet u waar het is? Wij zitten in Cathcart.'

'Ik heb het adres.'

'De *Plains Truth* is praktisch een eenmansoperatie. Maar vertelt u mij één ding, mevrouw. Heb ik een wet overtreden toen ik zijn naam publiceerde?'

'Voor zover ik weet niet,' zegt Davis. 'Het was niet illegaal, maar wel een rotstreek. Ik kom vanmiddag bij u langs.'

## 46

Danny weet niet wat zijn volgende pleisterplaats zal zijn – misschien Denver, misschien Longmont, misschien Arvada – maar na bijna drie jaar in Oak Grove, zijn zijn twee kleine koffers niet genoeg voor de bezittingen die hij mee wil nemen. Hij besluit naar de slijterij in Manitou te gaan en te vragen of hij wat lege dozen kan krijgen voor zijn kleren. Misschien kennen ze daar zijn gezicht niet, aangezien hij het zelfs toen hij nog dronk meestal bij bier hield.

Even na de middag doet hij de deur van zijn trailer open en blijft in de deuropening staan. Darla Jean heeft op het asfalt, in de schaduw van het kantoorgebouwtje van Oak Grove, haar poppenhuis neergezet. Het is een groot ding, een soort herenhuis. Het moet een hele klus zijn geweest om het mee te sjouwen. Becky had het voor DJ's zevende verjaardag bij Amazon besteld en was zich vervolgens rot geschrokken toen ze erachter kwam dat het nog in elkaar gezet moest worden. Danny had het in elkaar gezet terwijl DJ hem de verschillende onderdelen aanreikte en ze samen meezongen met de radio. Dat was een fijne dag geweest.

Ze is nu negen en hij heeft 'Marigolds Droomhuis' al bijna een jaar niet gezien. Hij veronderstelt dat ze er in haar eigen kamertje mee speelt. Of dat ze er te groot voor is geworden. Maar als ze het vanuit haar trailer helemaal hiernaartoe heeft gesleept, kan ze daar maar één reden voor hebben gehad.

'Hé DJ, hoe gaat 't ermee?'

Die begroeting was altijd goed geweest voor een glimlach, maar vandaag niet. Ze kijkt hem ernstig aan. 'Ze is weg, als dat de reden was waarom je binnen bleef zitten.'

Danny hoeft niet te vragen over wie DJ het heeft. Ella Davis is in het park geweest. Ze heeft bij mensen aangeklopt en met iedereen gesproken die thuis was. Hij verwachtte dat ze ook bij hem langs zou komen, maar dat is niet gebeurd. Ze heeft haar mondkapje afgezet en is vertrokken.

'Waar is je moeder?'

'Die moest Marielles dienst overnemen in de *diner*. Marielle heeft impetigo.' DJ spreekt het woord heel zorgvuldig uit, lettergreep voor lettergreep. 'Ze zei dat ik wel alleen thuis mocht blijven en dat ze een stuk taart voor me mee zou nemen. Ik hoef geen taart, voor mijn part eet ik nooit meer taart. Ze zei dat ik niet bij jou mocht aankloppen, dus toen ben ik hier maar gaan zitten. Zodat ik je zou zien wanneer je naar buiten kwam.'

Danny loopt het trapje af, loopt tot halverwege de plek waar DJ zit en blijft dan staan. Het poppenhuis is opengeklapt en hij ziet Ken en Barbie aan de keukentafel zitten. Barbie zit met haar benen onhandig recht vooruit, omdat haar knieën niet zo goed kunnen buigen. DJ en Danny hebben het daar in het verleden uitgebreid over gehad, en niet alleen over die benen, maar ook over andere onrealistische attributen van verschillende poppen – plastic huid, eng haar.

'Waarom blijf je daar zo staan?' vraagt DJ.

Omdat hij de ogen kan voelen natuurlijk. De van moord verdachte man en het weerloze kleine meisje. De meeste mensen zijn op hun werk, maar sommige zijn thuis – de mensen met wie rechercheur Davis heeft gesproken – en zij zitten nu vast te kijken. Misschien moet hij zich er niets van aantrekken, maar dat doet hij toch.

Voordat hij een antwoord kan bedenken, zegt ze: 'Mam vroeg of je mij wel eens hebt lastiggevallen. Ik weet best wat ze daarmee bedoelt. Het heeft te maken met uitkijken voor vreemde mannen en toen zei ik: Danny zou mij nóóit lastigvallen, want hij is mijn vríénd.'

Darla Jean begint te huilen.

'DJ, jezus, ga nou niet...'

'Jij hebt dat meisje niet vermoord. Echt niet.' Het is geen vraag.

Iedereen die zit te kijken kan de tering krijgen. Hij loopt naar haar toe en hurkt bij haar neer. 'Nee. Ze denken dat ik het heb gedaan, omdat ik heb gedroomd waar ze begraven lag, maar ik heb haar niet vermoord.'

DJ veegt met een arm over haar ogen. 'Mam zegt dat ik niet meer naar jouw trailer mag gaan en dat je mij niet meer mag ophalen van school. Ze zegt dat ze je gaan arresteren en dat je anders toch weggaat. Gaan ze je arresteren?'

'Dat kunnen ze niet omdat ik niets verkeerds heb gedaan.'

'Ga je wel weg?'

'Ik moet wel. Ik heb geen werk en de meeste mensen willen me hier niet meer.'

'Ik wel! Stel je voor dat Mam Bobby weer terug wil als vriend. Hij kan niet eens de auto repareren als die stukgaat! Ik haat hem. Hij heeft me een keer zonder eten naar mijn kamer gestuurd en toen hield Mam hem niet eens tegen!'

Ze begint te snikken en, fuck iedereen die zit te kijken, Danny slaat een arm om haar heen en trekt haar tegen zich aan. Haar gezichtje voelt warm en nat aan tegen zijn shirt, maar het is oké. Meer dan oké.

'Ze neemt Bob heus niet terug,' zegt hij. 'Ze weet wel beter.'

Hij heeft geen idee of dat waar is, maar hoopt dat hij gelijk heeft. Hij heeft zijn voorganger nooit ontmoet. Voor hetzelfde geld is het een magere, bebrilde boekhouder die ervan geniet kleine meisjes zonder eten naar bed te sturen, maar hij stelt zich een boom van een vent met stekeltjeshaar en een heleboel tatoeages voor. Iemand voor wie zo'n klein meisje echt bang kan zijn.

'Neem mij alsjeblieft mee,' zegt DJ met haar gezicht tegen zijn hemd.

Danny lacht en woelt met een hand door haar donkerblonde haar. 'Dan zullen ze me zeker arresteren.'

Ze kijkt naar hem op en schenkt hem een voorzichtig glimlachje. Op dat moment komt Althea Dumfries haar trailer uit. 'Laat dat kind los!' roept ze. 'Laat dat kind onmiddellijk los of ik bel de politie!'

DJ springt overeind. De tranen stromen nog over haar gezichtje. 'Krijg de tering jij! KRIJG DE TERING, DIK, VET ROTWIJF!'

Danny weet niet wat hij hoort, maar hij is ook een en al bewondering. En ook al weet hij dat Darla Jean zich zojuist flink wat problemen op haar nek heeft gehaald, toch moet hij eerlijk bekennen dat hij het zelf niet beter had kunnen verwoorden.

## 47

Ella Davis wist niet dat plaatsen als Cathcart nog bestonden, zelfs niet in de binnenlanden van Kansas. Het is een stoffig gehucht, zo'n vijfenzestig kilometer ten noorden van Manitou. Er staat een Kwik Shop-supermarkt tegenover de roestige watertoren (met op de zijkant de tekst: WELKOM IN CATHCART WAAR ALLE LEVENS ERTOE DOEN). Davis koopt een blikje RC Cola en pakt uit het rek bij de kassa een *Plains Truth* mee. Danny Coughlin heeft de voorpagina gehaald, tussen een advertentie voor

Royal-autobanden en eentje voor een goedkope meubelzaak waar het iedere dag uitverkoopdag is. De kop luidt: VERDACHTE BEWEERT 'DAT HET ALLEMAAL EEN DROOM WAS'.

Davis zet de airco een standje hoger en leest het artikel alvorens Main Street verder in te rijden. Het is van de hand van Peter Andersson (afgezien van het lokale sportnieuws lijkt Andersson inderdaad verantwoordelijk voor alle artikelen in de *Plains Truth*), en Davis denkt niet dat hij snel een telefoontje zal krijgen van de *New York Times*. Als het Anderssons opzet is geweest een ironisch artikel te schrijven is hij daar niet in geslaagd, uit zijn artikel spreekt hooguit een soort lompe scepsis. Vreemd genoeg zorgt het er alleen maar voor dat ze Danny's versie van het verhaal zou willen geloven. Ze gooit het voddige misbaksel van een krant over haar schouder op de achterbank.

De *Plains Truth* is gevestigd op de begane grond van een wit gebouw, halverwege Main Street. Het staat ingeklemd tussen een discountzaak en een lang geleden gesloten vestiging van Western Auto. Het gebouw is hard aan een likje verf toe. De planken zitten los en de roestige spijkers zorgen voor roestrode strepen. De deur zit op slot. Ze houdt haar handen naast haar ogen om door het raam te turen en ziet een grote, rommelige ruimte, waarover een oude desktopcomputer als een of andere antieke godheid de scepter zwaait. De stoel voor de computer oogt nieuw, maar de rest van het meubilair ziet eruit alsof het van een rommelmarkt komt of bij vuilnisbakken is weggehaald. Een langwerpig mededelingenbord hangt overvol met advertentiedrukproeven en oude kopij, deels vergeeld en omgekruld van ouderdom.

'Hallo, hallo, hallo, bent u Davis?'

Ze draait zich om en ziet een heel erg lange jongeman staan, misschien wel twee meter of langer. Hij is graatmager. Hij is ook opvallend bleek in een jaargetijde waarin de meeste Kansassers op z'n minst een beetje kleur hebben. Eén oog gaat verscholen onder een zwarte spuuglok die haar aan Hitler doet denken. Hij veegt hem met één hand weg, maar hij valt meteen weer terug.

'Dat klopt,' zegt ze.

'Wacht, wacht, dan maak ik de deur open.' Hij voegt de daad bij het woord en ze gaan naar binnen. Ze ruikt luchtverfrisser en daardoorheen, heel vaag, de geur van wiet. 'Ik was even verderop bij Ma. Ze heeft suikerziekte. Vorig jaar een voet kwijtgeraakt. Wilt u misschien iets kouds drinken? Volgens mij staat er nog...'

Ze laat hem haar flesje cola zien.

'O. Mooi, mooi, oké, geweldig. Wat snacks betreft vrees ik dat de kast leeg is.' Hij lacht – of liever gezegd: giechelt – en veegt de spuuglok weer weg. Die valt prompt terug. 'Sorry dat het hier zo warm is. De airco is naar de gallemiezen. Het is ook altijd wat, hè? Ik voel me soms net Sisyfus – én maar sjouwen met dat rotsblok...'

Davis heeft geen idee waar hij het over heeft, maar ze realiseert zich dat hij doodsbang is. Mooi.

'Ik ben hier niet voor snacks.'

'Nee, natuurlijk niet. Coughlin, het artikel over Coughlin.'

'Twéé artikelen, blijkt nu.'

'Twee, ja, klopt, oké. Zoals ik aan de telefoon al heb gezegd, dacht ik dat ik de informatie kreeg van iemand die nauw bij het onderzoek betrokken was. Een politieman. Dat heeft hij zelfs letterlijk gezegd. Kansas Highway Patrol, zei hij.'

'Niet de KBI? Kansas Bureau of Investi...'

'Nee, nee, hij was van de Highway Patrol, dat weet ik zeker, heel zeker, geen twijfel aan.' De spuuglok zwiept heen en weer en Andersson veegt hem naar achteren.

'En hij heeft je ook over die droom verteld?'

'Nou en of, zeer zeker, hij stelde zelfs voor het voor mijn volgende nummer te bewaren. Dat vond ik een goed idee.'

'Neem je wel vaker adviezen aan van anonieme tipgevers, meneer Andersson?'

Hij laat weer dat enge giecheltje horen. Davis kan zich eerder voorstellen dat deze man Yvonne heeft vermoord dan Coughlin. In een televisieserie zou blijken dat hij een seriemoordenaar is met een of ander vreemd alias, zoals 'De Reporter'.

'Ik krijg maar zelden tips, miss Davis. Wij zijn in wezen afhankelijk van advert...'

'Rechercheur Davis,' verbetert ze hem, niet omdat ze haar rang zo geweldig vindt, maar omdat ze nog even goed wil benadrukken wie hier de lakens uitdeelt.

'Ik vraag het nog maar een keer, heb ik iets geplaatst wat niet waar was, rechercheur Davis?'

'Daar mag ik niets over zeggen en daar gaat het ook niet om. Ook al is wat je hebt gedaan zo onverantwoord dat ik moeite zou hebben het te geloven als ik het niet met eigen ogen had gezien.'

'Kom, kom, dat lijkt me een beetje...'

'Ik neem aan dat je geen opname hebt van dat geheimzinnige telefoontje?' Ze heeft er weinig hoop op.

Hij kijkt haar met grote ogen en alweer dat enge giecheltje aan. 'Ik neem álles op.'

Ze denkt dat ze hem verkeerd heeft verstaan. 'Alles? Echt waar? Elk telefoontje?'

'Ik moet wel. Ik werk hier met een budget van bijna niks, miss... rechercheur. Ik werk ook nog parttime bij de houtzagerij buiten de stad. Daar bent u onderweg hiernaartoe langs gereden. Wolf Lumber?'

Ze kan het zich niet herinneren. Ze heeft aan Jalbert zitten denken. Ze gebaart naar Andersson dat hij verder moet gaan.

'Wanneer ik op de zagerij ben of bezig ben bij Ma – zij heeft veel zorg nodig – wordt elk gesprek dat ik krijg, de meeste over advertenties, maar soms ook van Hurd Conway, die de sport doet, opgenomen en gaat rechtstreeks de cloud in, waar alles wordt opgeslagen.'

'En ze worden niet gewist?'

Hij giechelt. 'Waarom zou ik dat doen? Ruimte genoeg in de cloud.' Hij kijkt omhoog. 'In het huis mijns Vaders zijn vele woningen, zoals de Bijbel zegt. Nu heeft mijn ziel meer ruimte en lucht. Shakespeare. Onze manier van werken zou bij een grote stadskrant niet werken, maar hier werkt het prima. Kom, dan zal ik het laten zien.'

Andersson zet zijn computer aan en tikt een wachtwoord in. Davis heeft bepaald geen dwangstoornis op het gebied van orde en netheid, maar het computerscherm staat zo vol iconen dat het pijn aan haar ogen doet om ernaar te kijken. Andersson gaat met zijn muis naar het telefoonicoon en drukt erop. Vanuit twee kanten van de kamer klinkt een ingesproken mededeling keihard uit een paar speakers. Hij vertrekt zijn gezicht en zet het geluid zachter.

'Dit is de *Plains Truth*, de stem van Midden-Kansas en de beste plek voor uw advertenties. Wij zijn een gratis krant waarin verslag wordt gedaan van nieuws en sport, die wekelijks en soms tweewekelijks geheel gratis verkrijgbaar is op meer dan zesduizend locaties in zes county's.'

*Als dat waar is, eet ik mijn slipje op*, denk Ella.

'Hebt u nieuws, toets dan vijf. Hebt u een sportuitslag, toets vier. Wilt u een ongeval melden, toets drie. Als u een advertentie wilt plaatsen, toets twee. Hebt u een vraag over tarieven, toets één. Dat is dus vijf voor nieuws, vier voor sport, drie voor ongevallen, twee voor het plaatsen van een advertentie, één voor tarieven. Dus spreek uw boodschap in, u krijgt daarvoor ruim de tijd!' Er volgt een giecheltje dat ze inmiddels maar al te goed kent. 'Dit is de *Plaaaiiiins Truth*, waar de waarheid ertoe doet!'

Andersson kijkt haar aan. 'Goed hè? Compleet met alle toeters en bellen. Overal is aan gedacht.'

Onder andere omstandigheden had Davis – nieuwsgierig van aard als ze is – Andersson misschien gevraagd hoeveel advertentie-inkomsten de *Plains Truth* genereert. Maar nu niet. 'Kun je dat anonieme telefoontje terugvinden?'

'Ja, natuurlijk. Zeg maar op welke datum ik moet zoeken.'

Dat weet ze niet. 'Probeer maar tussen 30 juni en 4 juli.'

Andersson haalt een bestand op. 'Dat zijn best veel inkomende gesprekken, maar misschien...' Hij fronst. De spuuglok zakt omlaag. 'Er heeft een keer iemand gebeld voor een schoorsteenbrand en volgens mij was het daarna. Ik weet het bijna zeker.'

Andersson klikt, luistert, schudt zijn hoofd en klikt verder. Uiteindelijk klinkt er een boers klinkend type dat zegt dat hij bij Farm Road 17 een schoorsteenbrand heeft gezien. Andersson steekt een duim op naar Davis en gaat naar de volgende boodschap. Ze heeft inmiddels een stoel naast de zijne getrokken.

'Het klinkt vreemd, omdat...'

'Ssst!'

Andersson strijkt met zijn wijsvinger over zijn lippen, alsof hij ze dichtritst.

Het klinkt inderdaad vreemd, omdat de beller een stemvervormer gebruikt, een vocoder misschien. De beller klinkt als een man, daarna als een vrouw en dan weer als een man.

'Hallo, *Plains Truth*. Ik werk bij de Kansas Highway Patrol. Ik werk niet aan de Yvonne Wicker-moord, maar ik heb de verslagen ingezien. Wellicht is het voor jullie lezers interessant te weten dat de man die het lichaam heeft ontdekt Daniel M. Coughlin is. Hij is conciërge op de Wilder High School. Hij woont in het Oak Grove Trailer Park...'

'Het adres heb ik niet geplaatst,' zegt Andersson. 'Dat leek me...'

'Sssst! Ga eens terug.'

Andersson trekt een gezicht en doet iets met zijn muis.

‘Wilder High School. Hij woont in het Oak Grove Trailer Park in Manitou. Als ik jullie was zou ik dit zo snel mogelijk plaatsen.’ Het blijft even stil. ‘Hij is de hoofdverdachte van de KBI omdat hij beweert dat hij in een droom heeft gezien waar het lichaam lag. Het onderzoeksteam gelooft hem niet. Dat laatste zouden jullie misschien moeten bewaren voor een vervolgartikel. Het is maar een idee.’ Weer blijft het even stil. Dan zegt de vocoder: ‘Vijftien. Goedendag.’

Er klinkt een klik, gevolgd door iemand die de *Plains Truth* wil laten weten dat feestelijkheden ter ere van Independence Day in Wilder County helaas zijn uitgesteld tot de 8e. Andersson zet het geluid uit en kijkt Davis aan. ‘Voelt u zich wel goed, mevrouw?’

‘Jawel,’ zegt ze, maar dat is niet waar. Ze is misselijk. ‘Speel het nog eens af.’

Ze pakt haar telefoon en drukt op ‘opnemen’.

## 48

Terug in haar auto, met de airco op de hoogste stand, luistert Davis de opname nogmaals af. Dan zet ze haar telefoon uit en staart door de voorruit naar Cathcarts stoffige Main Street. Ze denkt aan een geval van brandstichting waaraan ze in het voorjaar samen met Jalbert heeft gewerkt. Het was in Lindsborg, een plaatsje op het platteland. Onderweg naar de plek waar het was gebeurd, reden ze langs een weiland waar een paar koeien stonden te grazen. Ella, die die dag op de passagiersplek zat, telde ze hardop, gewoon om iets te doen te hebben.

‘Zeven,’ zei ze hardop.

‘Achtentwintig,’ antwoordde Jalbert onmiddellijk.

Ze keek hem vragend aan en hij vertelde haar dat de getallen één tot en met zeven bij elkaar achtentwintig waren. Hij zei dat hij met dit spelletje de tijd doodde en dat het hem mentaal scherp hield. Ze vermoedde dat haar partner een milde vorm van OCD had. Ze had zelfs op haar telefoon de naam van die specifieke dwangstoornis opgezocht, maar had er verder niet bij stilgestaan. Iedereen had immers wel een bepaalde tic? Zelf kon ze niet slapen voordat alle vuile vaat was afgewassen en opgeruimd... maar ze had nooit de neiging gevoeld alle vuile kopjes en borden te téllen.

Nu ze hier in haar auto zit, denkt ze aan Peter Anderssons ingesproken bericht. Vijf keuzemogelijkheden en wanneer je één, twee, drie, vier en vijf bij elkaar optelde, kreeg je...

'Vijftien,' zegt ze. 'Hij was het dus tóch. Fuck. Fúck!'

Ze blijft nog even zitten en doet haar best zichzelf ervan te overtuigen dat ze het bij het verkeerde eind heeft. Ze krijgt het niet voor elkaar. Op geen enkele manier. Dus belt ze afdeling C van de Kansas Highway Patrol, zegt wie ze is en vraagt of agent Calten haar zo snel mogelijk kan terugbellen.

Terwijl ze het telefoontje – waar ze erg tegen opziet – afwacht, vraagt ze zich af wat ze gaat doen met wat ze nu weet.

## 49

Danny haalt een heel stel lege dozen bij de slijter. Wat hij er ook haalt is een klein flesje Jim Beam. Om vier uur 's middags staan de dozen opgestapeld in zijn slaapkamer en staat het flesje whisky op de keukentafel. Met zijn handen gevouwen voor zich zit hij ernaar te kijken. Hij probeert zich te herinneren wanneer hij voor het laatst whisky heeft gedronken. Niet de avond waarop hij werd gearresteerd omdat hij op Margies gazon naar haar huis stond te schreeuwen. Die avond had hij bier gedronken. Hij had er onderweg van Manitou naar Wichita bijna een heel krat Coors doorheen gejaagd. Hij weet nog hoe hij heeft staan kotsen in de roestvrijstalen wc-pot van de cel waarin ze hem hadden opgesloten, waarna hij niet óp het bed, maar erónder in slaap was gevallen, alsof het een soort boetedoening was om op kaal beton te slapen.

De laatste keer dat hij zich tegoed had gedaan aan het zwaardere werk, was waarschijnlijk die keer toen hij was gaan vissen met Deke Mathers. Op een gegeven moment waren ze allebei zo ver heen dat ze de weg naar Route 327 pas weer terugvonden toen het bijna donker was. Van de kater waren ze allebei zo ziek geweest dat ze hadden gezworen dat ze dit nooit, nóóit meer zouden doen. Hij weet niet hoe het Deke daarmee was vergaan, want sinds hij naar Oak Grove was verhuisd, was Danny hem uit het oog verloren, maar zelf had hij nooit meer een druppel whisky aangeraakt. De laatste paar jaar heeft hij trouwens zelfs geen bier meer gedronken.

Jim Beam gaat zijn problemen niet oplossen, dat weet hij ook wel. Die zullen er nog steeds zijn wanneer hij dinsdagochtend opstaat, alleen heeft hij er dan ook nog een kater bij. Maar het kan er wel voor zorgen dat hij DJ's verdrietige gezichtje niet meer voor zich ziet, al is het maar voor even. Ze zei: *Stel je voor dat Mam Bobby weer terug wil als vriend?* Ze zei: *Hij kan niet eens de auto repareren als die stukgaat!* Ze zei (en dat vindt hij op de een of andere manier het allerergste, al mag God weten waarom): *Ik hoef geen taart, voor mijn part eet ik nooit meer taart.*

'Die droom,' zegt hij. 'Die fucking teringdroom.'

Alleen is de droom niet het eigenlijke probleem. Jalbert is het probleem. Jalbert heeft zijn verdomde leven vergiftigd met zijn versie van Agent Orange. Hij probeert alles te vergiftigen, inclusief een klein meisje dat dacht dat ze best een fijn leventje had: haar mama had eindelijk een vriend die ze aardig vond, die niet schreeuwde en die haar niet zonder eten van tafel stuurde.

Jalbert.

Het is allemaal de schuld van Jalbert.

Danny draait de dop open, houdt de fles schuin naar zich toe en ruikt er eens goed aan. Hij herinnert zich hoeveel plezier hij en Deke Mathers hadden, daar bij de rivier. Dan herinnert hij zich hoe ze zich vloekend door die laatste wirwar van braamstruiken worstelden voordat ze eindelijk bij de weg waren. Dat ze onder de schrammen zaten en dat het zweet dat in die schrammen liep alles nog veel pijnlijker maakte.

*Jalbert zou maar wat graag willen dat je je nu klem zuipt*, denkt hij. *Dat je je klem zuipt en iets stoms doet.*

Hij gaat naar de badkamer, giet de whisky in het toilet en spoelt het weg. Dan begint hij zijn kleren in dozen te pakken. Hij kan Jalbert alleen maar verslaan door weg te gaan, dus gaat hij dat doen. Hij gaat tijd doorbrengen met Stevie, die weet waar alles staat in de 'Table Mesa King Soopers'-supermarkt. En Darla Jean... die zal haar eigen weg moeten vinden. Uiteindelijk doen de meeste kinderen dat, denkt hij bij zichzelf.

## 50

*Ik ben niet boos*, denkt Jalbert wanneer hij terugrijdt naar zijn hotel in Lyons. *Alleen teleurgesteld.*

De bijeenkomst in Wichita is niet goed verlopen. Hij heeft ervoor gepleit Coughlin op te pakken. Achtenveertig uur, heeft hij voorgesteld. We kunnen het beschermende bewaring noemen. Laat hem maar een tijdje zweten. Ik krijg hem wel zover. Hij is er klaar voor. Ik weet het zeker.

*Tegen wie moet hij worden beschermd?* Dat was Tishman, de directeur. Neville, de assistent-directeur, zat naast hem te knikken als een marionet. *De moordenaar? Coughlin heeft nooit beweerd die te kennen. Hij beweert alleen dat hij wist waar het lichaam was omdat hij daarover had gedroomd.*

Jalbert vroeg de aanwezigen – ook Ramsey, de onverstoorbare, gesloten rechercheur uit Oklahoma – of er iemand was die het droomverhaal van Coughlin geloofde. Men was het er unaniem over eens dat het ongeloofwaardig was. Coughlin was de moordenaar. Maar zonder bekentenis en zonder enig fysiek bewijs dat hem met het misdrijf in verband bracht...

En zo voort.

Jalbert moet nodig wat tellen. Daar wordt hij wel rustig van. Met een helder hoofd kan hij na gaan denken over zijn volgende zet. Zodra hij terug is in het hotel gaat hij een rondje langs de stoelen doen, een douche nemen en Ella bellen. Misschien is ze in het trailerpark iets op het spoor gekomen. Of misschien heeft Coughlin zijn mond voorbijgepraat, maar dat is niet erg waarschijnlijk. Hij is een sluwe vos – hij heeft zich immers ook van die verdovende middelen ontdaan? – maar hij betaalt een prijs. Hij is zijn baan kwijt en zijn buren hebben zich tegen hem gekeerd. Hij moet haast wel boos zijn en boze mensen maken fouten.

*Maar ik ben niet boos. Alleen teleurgesteld en waarom? Omdat hij het heeft gedaan en omdat hij het opnieuw gaat doen.*

'Zien ze dat dan niet?' vraagt hij en hij slaat hard op zijn stuur. 'Zijn ze dan echt zó blind?'

Antwoord: dat zijn ze niet.

Alle camerabeelden tussen Arkansas City, waar Miss Yvonne haar laatste nacht heeft doorgebracht, en het benzinestation waar ze het laatst is gezien, zijn bekeken. Er zijn verschillende Tundra's gezien, maar die waren geen van alle wit en ze waren allemaal nieuwer dan die van Danny.

*Hij heeft een andere auto gebruikt toen hij haar meenam*, denkt Jalbert. *Daarom hebben we geen* DNA *of ander bewijsmateriaal gevonden in zijn pick-up. Slim, o zo slim.*

Aanvankelijk geloofde Jalbert – en Ella trouwens ook – dat Danny óf een mediaster wilde worden óf wilde bekennen. Misschien dat Ella dat nog steeds gelooft, maar Jalbert niet meer. *Hij ziet het als een spelletje. Hij wrijft het ons in en zegt bewijs het dan, bewijs het dan, arresteer me dan, arresteer me dan, haha, dat kunnen jullie niet, hè? Jullie weten dat mijn verhaal complete onzin is en jullie kunnen er helemaal niets aan doen.*

Jalbert beukt opnieuw met zijn handen op het stuur.

Vijftien, of zelfs tien jaar geleden, werd het spel nog heel anders gespeeld en golden er heel andere regels. Destijds zou Coughlin met Jalbert en Davis in een klein kamertje gezet zijn en zouden ze hem net zo lang het vuur aan de schenen hebben gelegd tot hij zich gewonnen gaf. Tien, twaalf uur, dat maakte niet uit. Jalbert en Davis zouden elkaar hebben afgewisseld en hem beurtelings hebben bestookt, bam-bam-bam. Ze waren pleitbezorgers voor die arme Miss Yvonne en alle meisjes die misschien na haar zouden komen en ze zouden onvermoeibaar op hem in blijven praten, in een kamer zonder klok.

*Je zult wel honger hebben. Vertel ons iets, dan laten wij wat te eten voor je halen. Hou je van Burger King? Er zit er een hier in de straat. Een Whopper, frietjes, chocolademilkshake, lijkt je dat wat? Vertel ons dan ten minste wanneer je haar hebt begraven. Overdag of 's nachts? Oké, laten we nog een keer bij het begin beginnen.*

Op die manier.

Om de tijd te doden begint Jalbert schuren en silo's en boerderijen te tellen. Hij is bij drieëntwintig (wat, als je de getallen in een rekenkundige reeks bij elkaar optelt neerkomt op 276) wanneer zijn telefoon gaat. Het is Ella. Hij verwacht dat ze gaat vragen hoe het in Wichita is gegaan, maar dat doet ze niet. In plaats daarvan vraagt ze wanneer hij verwacht in zijn hotel terug te zijn. Ze klinkt kortaf en afgemeten, heel anders dan anders. Kan het opwinding zijn omdat ze iets heeft ontdekt?

*Ik ben al blij met de kleinste aanwijzing. We volgen elk spoor, zo nodig dwars door de hel en terug.*

'Over veertig minuten moet ik er wel zijn. Wat heb je voor me?'

'Ik rij nu terug vanuit Manitou. Ik zie je daar.'

'Toe nou, vertel op.' Hij strijkt met zijn hand door het eilandje haar op zijn hoofd. 'Heeft Coughlin je iets verteld?'

'Niet over de telefoon.'

'Maak er maar een half uur van,' zegt Jalbert en hij geeft gas.

## 51

Ella zit in de hotellobby te wachten, wanneer Frank binnenkomt. Ze ziet erg tegen het gesprek op, maar het moet nu eenmaal gebeuren. Het zou nog erger zijn als ze Frank graag zou mogen. Ze heeft vergeefs geprobeerd hem aardig te vinden, maar tot de afgelopen paar dagen had ze nog wel respect voor hem. In zekere zin respecteert ze hem nog steeds. Hij is verschrikkelijk toegewijd aan zijn werk en heeft er alles voor over om gerechtigheid te krijgen voor de vrouw die hij 'die arme Miss Yvonne' noemt. Alleen heeft die toewijding een grens overschreden en op het moment dat dat gebeurde, veranderde het in iets heel anders.

Hij kijkt haar glimlachend aan en toont daarmee die bijna weggesleten tanden, die dringend kronen nodig hebben. Het volle driehoekje haar dat hij nog heeft zit in de war, alsof hij erdoorheen heeft gewoeld. Misschien heeft hij er wel aan getrokken. 'Laten we naar mijn zogenaamde suite gaan. Niet dat die iets voorstelt – mijn enige uitzicht is de parkeerplaats – maar hij past binnen mijn onkostenvergoeding.'

Ella loopt achter hem aan. Ze weet niet waarom hij zo'n sterke connectie heeft gevormd met Yvonne Wicker – of heeft hij die connectie misschien met Coughlin? – maar ze weet wel dat het druk heeft gezet op een of andere fundamentele barst in zijn persoonlijkheid. Wat eerst een haarscheurtje was, is nu een diepe spleet.

Hij maakt de deur open. Ze loopt voor hem uit naar binnen en kijkt om zich heen in de kleine zitkamer van de suite. 'Wat doen die klapstoelen hier?'

'Niks. Ik heb gewoon... niks.'

Hij loopt naar de twee klapstoelen in de zitkamer en klapt ze dicht. Dan gaat hij naar de slaapkamer en komt terug met nog twee exemplaren. Deze zet hij naast de tv tegen de muur. 'Die moet ik straks terugbrengen naar de vergaderruimte. Dat had ik al eerder moeten doen. Heb je trek in iets fris? Er staat genoeg in de minibar.'

'Nee, dank je.'

'Wilde je me spreken over Coughlin? Heeft hij iets prijsgegeven?'

'Ik heb hem niet gesproken.'

Jalbert fronst. 'Ik heb je heel duidelijk gevraagd nog een keer met hem te gaan praten, Ella.' Dan klaart de frons op. 'Was het dan Becky? De vriendin? Of de dochter? Heeft zij...'

'Luister, Frank. Er is geen makkelijke manier om dit te zeggen. Ten eerste moet je je terugtrekken uit het onderzoek.'

Hij kijkt haar met een verbaasd glimlachje aan. Hij heeft geen idee waar ze het over heeft.

'Vervolgens wordt het tijd voor je om met pensioen te gaan. Je hebt je twintig jaar erop zitten. Meer dan dat zelfs.'

'Ik weet niet...'

'En je moet professionele hulp zoeken.'

Het glimlachje is er nog steeds. 'Je praat onzin, Ella. Ik ga niet met pensioen. Ik peins er niet over. Wat ik ga doen – wat wij gaan doen – is Danny Coughlin oppakken en ervoor zorgen dat hij voor de rest van zijn leven achter de tralies verdwijnt.'

Ze schrikt van haar eigen woede, maar later zal ze beseffen dat die er al die tijd al was. 'Met wat jij doet ben je hard bezig elke kans die we hebben om hem op te pakken in gevaar te brengen! Jij hebt zijn naam doorgegeven aan de *Plains Truth*, Frank!'

De glimlach ebt weg. 'Hoe kom je dáár nu bij? Dat is toch te gek voor woorden?'

'Dat is niet gek, dat is een feit. Jij hebt zijn naam bekendgemaakt en je hebt jezelf verraden met dat tellen van je. Aan het eind van het bericht dat je hebt ingesproken, zei je "vijftien". Dat had nergens mee te maken... behalve wanneer je het aantal keuzes in het keuzemenu bij elkaar optelt, van één tot en met vijf, dan krijg je vijftien.'

Nu is de glimlach verdwenen. 'Dus op basis van een getal kom jij tot de overhaaste conclusie dat ik...'

'Af en toe roep je zomaar opeens een willekeurig getal – de helft van de tijd heb je dat zelf niet eens in de gaten. En dat deed je dus op de opname die Peter Andersson voor mij afspeelde. Ik heb het zelf gehoord. Jij kunt het ook horen, als je wilt. Ik heb de opname op mijn telefoon.'

Zijn mond opent zich in een grijns, zodat die afgesleten tanden zichtbaar worden. *Hij knarst ermee*, denkt ze. *Dat kan niet anders.*

'Ik zou niet graag een aanklacht tegen je indienen voor deze valse aantijgingen, Ella. Je bent een goede partner geweest, ik had me geen betere kunnen wensen. Maar als je voet bij stuk houdt, zal ik wel moeten. Je kunt de stem van de beller onmogelijk hebben herkend – niemand zou die kunnen herkennen – want hij werd vervormd door een of ander apparaatje.'

'Ja, dat klopt. Maar hoe weet jij dat?'

Hij knippert met zijn ogen en ze ziet een korte aarzeling. Dan zegt hij: 'Omdat ik dat heb gevraagd. Aan Andersson. Ik heb hem gesproken.'

'Niet waar ik bij was.'

'Nee, hiervandaan. Telefonisch.'

'Zal hij dat bevestigen?'

'Je hoort het mij nu bevestigen.'

'Toch zal ik het hem gaan vragen. Als dat nodig is. En we weten allebei wat hij dan zal antwoorden, of niet soms?'

Jalbert zegt niets. Hij kijkt haar aan alsof ze een wildvreemde is. *En waarschijnlijk voelt dat voor hem op dit moment ook zo.*

Ze wijst naar de stoelen. 'Tel je die ook? Of zet je ze neer en tel je dan de stappen ertussen?'

'Ik denk dat je nu beter kunt gaan.'

'Soms zie ik je lippen bewegen wanneer je bezig bent met tellen. Het heeft zelfs een naam. Aritmomanie.'

'Eruit. Denk maar eens goed na over wat je zegt en dan hebben we het er nog wel over wanneer je niet... niet zo opgefokt bent.'

Plotseling is Davis te moe om te blijven staan. Wie had kunnen denken dat dit soort confrontaties zo vermoeiend waren? Ze gaat zitten en zet haar open tas op het kleine bureau. Haar telefoon zit erin en neemt alles op.

'Je hebt ook verdovende middelen in Coughlins auto gelegd. Bij de school.'

Hij krimpt ineen alsof ze hem een vuistslag heeft gegeven. 'Dat is een schandalige beschuldiging!'

'Het is schandalig dat je dat hebt gedaan. Coughlin kreeg argwaan toen de jongen die voor hem werkt jou achter de school zag parkeren, in plaats van op het parkeerterrein aan de voorkant. Coughlin doorzocht zijn pick-up, vond het spul en gaf het aan mij.'

'Wát? Wanneer?'

'Ik heb met hem afgesproken in een café in Great Bend. Dat was na die bijeenkomst waar hij ons uitdaagde om hem te arresteren. Wat we toen niet konden en nu nog steeds niet kunnen, zoals je ongetwijfeld in Wichita zult hebben gehoord.'

'Hij liegt! En jij hebt dus achter mijn rug met hem afgesproken! Bedankt, partner!'

Ze krijgt onwillekeurig een kleur.

Jalbert brengt zijn handen naar zijn terugwijkende haargrens en strijkt het haar dat er nog zit naar achteren. 'Als er drugs in zijn auto lagen, heeft hij die er zelf neergelegd. Hij is gehaaid, onze jongen, reken maar. En jij geloofde zijn verhaal?' Jalbert schudt zijn hoofd. Hij praat op meelevende toon, maar wat ze in zijn ogen ziet is pure, onverbloemde razernij. *Kijk uit voor deze man*, denkt ze, *daar had Danny gelijk in.*

'Ik wist niet dat jij zo goedgelovig was, Ella. Heeft hij je ook overtuigd van zijn droomverhaal? Sta je nu aan zijn kant?'

'Ik heb agent Calten gesproken.'

Dat snoert hem de mond.

'Coughlin had zijn naamplaatje gezien. Ik heb Calten opgebeld en hem verteld dat ik wist wie de verdovende middelen had neergelegd en het doorzoeken van de pick-up had bedacht. Ik heb gezegd dat ik zijn aandeel in de kwestie stil zou houden als hij me zou vertellen wat zijn rol erin was geweest. Dat heeft hij gedaan.'

Jalbert loopt naar het raam, kijkt naar buiten en komt dan weer terug. 'Ik wilde hem niet oppakken voor drugsbezit. Ik wilde hem oppakken voor Miss Yvonne. Ik wilde hem opsluiten zodat ik de druk kon opvoeren. Waar is het spul nu?'

'Op een veilige plek.' Die laatste vraag maakt haar een beetje bang. Ze gelooft niet echt dat Frank in staat is haar iets aan te doen, maar hij is niet in orde. Daaraan twijfelt ze geen moment.

Hij loopt weer naar het raam en komt terug. Zijn lippen bewegen. Hij is aan het tellen. Is hij zich ervan bewust? Ze denkt van niet.

'Hij heeft haar vermoord. Verkracht en vermoord. Coughlin. Dat weet jij net zo goed als ik.'

Ze denkt aan het moment dat Coughlin haar naar het kruisje vroeg dat ze draagt – droeg ze dat voor de show, of was ze gelovig? Daarna vroeg hij haar waarom ze wel in God kon geloven maar niet in zijn droom.

'Frank, nu moet je even goed naar me luisteren. Op dit moment doet het er even niet meer toe of hij haar heeft vermoord of niet. Hier in deze kamer is het enige wat er nog toe doet dat jij Don Tishman een e-mail gaat sturen waarin je hem vertelt dat je om persoonlijke redenen verlof op moet nemen en dat je van plan bent met pensioen te gaan. '

'Dat nooit!' Hij balt en ontspant zijn vuisten.

'Als je dat niet doet, stap ik naar Tishman om hem te vertellen wat je hebt gedaan. Misschien is dat telefoontje naar Andersson niet genoeg om je te ontslaan, maar dat envelopje verdovende middelen in Coughlins auto zal zeker reden genoeg zijn. Bedenk wel dat het alle argumenten die wij eventueel tegen Danny Coughlin kunnen gebruiken zodanig zal vertroebelen dat zelfs een onervaren strafrechtadvocaat als Ball hem vrij zal kunnen krijgen.'

'Zou je dat werkelijk doen?'

'Jij hebt het ook gedaan!' roept Davis uit. 'Jij hebt de zaak genaaid, je hebt jezelf genaaid en je hebt mij ook genaaid! Kijk nou eens wat een puinhoop je ervan hebt gemaakt!'

'We kunnen hem er niet mee laten wegkomen,' zegt Jalbert. Hij kijkt om zich heen, maar lijkt niets te zien. 'Hij heeft het gedaan.'

'Als je dat zo zeker weet, verkloot dan niet elke kans die we hebben om dat te bewijzen. Ik ga nu weg. Het is geen gemakkelijke beslissing, dat weet ik. Slaap er maar een nachtje over.'

'Slapen?' zegt hij en hij begint te lachen. 'Slápen?'

'Ik bel je morgenochtend om te horen hoe je erover denkt. Maar volgens mij is wel duidelijk wat je te doen staat. Als jij je terugtrekt hebben we nog een kans om Coughlin achter de tralies te krijgen. Dan komt er geen ellendig gedoe over ondergeschoven bewijsmateriaal en behoud jij gewoon recht op je pensioen.'

*'Denk je dat mijn pensioen me iets kan schelen?'* roept hij. Zijn nekspieren zijn tot het uiterste gespannen. Ella blijft hem recht in de ogen kijken.

'Nu misschien niet, in alle emotie, maar later ongetwijfeld wel. En ik weet dat je nog steeds om Yvonne Wicker geeft. Denk goed na, Frank. Ik laat dit alleen gaan als jij je terugtrekt, maar doe je dat niet, dan gaat de beerput open en maak dan je borst maar nat.'

Ze loopt naar de deur. Het heeft nog nooit zo lang geduurd om een paar stappen te zetten, want ze verwacht steeds dat hij achter haar aan zal komen, maar dat doet hij niet. In de gang, nadat ze de deur achter zich dicht heeft getrokken, laat ze adem ontsnappen die ze onbewust heeft lopen inhouden. Ze wil net haar tas dichtritsen, wanneer ze achter zich een kletterend lawaai hoort. Daar gaat iets kapot. Wil ze weten wat het is? Ze wil het niet weten. Ella loopt langzaam en met vaste tred de gang in.

Terug in haar auto, laat ze haar hoofd hangen en begint te huilen. Er was daarbinnen even een moment geweest, heel kort maar, waarop ze werkelijk dacht dat hij haar zou vermoorden.

## 52

Frank Jalbert heeft gedurende zijn carrière als rechercheur in honderden motelkamers verbleven, kriskras door Kansas, van noord naar zuid en van oost naar west. Bijna al die kamers hadden plastic bekertjes in plastic zakjes, meestal bedrukt met teksten als: HYGIËNISCH VERPAKT VOOR UW VEILIGHEID. De glazen boven op de minibar in zijn kleine suite in het Celebration Centre Hotel zijn stomtoevallig van echt glas. Dat voelt hij aan het gewicht van het glas dat hij heeft opgepakt, maar dan is het al te laat om te stoppen – en waarschijnlijk was hij sowieso niet gestopt. Hij smijt het glas tegen de deur waardoor Davis zojuist is vertrokken en het spat met een klap uiteen.

*Beter dat glas dan zij*, denkt hij. *Alsof ik haar ooit iets zou aandoen.*

Natuurlijk niet. Ze mag dan een verraadster zijn, maar ze hebben behoorlijk lang samengewerkt en heel wat slechte jongens en meisjes in de kraag gevat. Hij heeft Ella veel geleerd en zij leerde graag van hem. Alleen lijkt het er nu op dat ze niet genoeg heeft geleerd. Ze snapt niet hoe gevaarlijk Coughlin is. Hij vraagt zich af of ze na hun verraderlijke ontmoeting in dat café misschien nog ergens anders naartoe zijn gegaan? Naar een motel misschien?

*Nee, nee, dat zou ze nooit doen. Niet met de hoofdverdachte in een moordzaak.*

Nooit? Echt niet? Nóóit?

Coughlin is bepaald geen onaantrekkelijke man en hij heeft iets onschuldigs, een ik-vertel-heus-de-waarheid-blik. Sommige mensen vinden dat wellicht aantrekkelijk. Is het werkelijk uitgesloten dat zij... en hij... een soort bizarre vorm van het stockholmsyndroom...?

Ondanks haar verraad kan hij zich dat van haar niet voorstellen. En laat Ella verder ook maar zitten. Zij is niet belangrijk meer. De vraag is nu wat hij aan Coughlin gaat doen.

Het antwoord lijkt te zijn... niets. Zij heeft hem klemgezet. *Dus die verrekte laffe hond van een politieagent moest zo nodig alles opbiechten, hè?*

Het idee om met pensioen te gaan, zoals zij suggereerde, is verschrikkelijk. Alsof hij naar de rand van een afgrond wordt gedirigeerd. Hij kan zich niet voorstellen hoe het zal zijn om in die diepte te springen. Afgezien van de dagelijkse kruiswoordpuzzel in de krant en zo nu en dan een legpuzzel, heeft hij geen hobby's. Zijn vakanties bestaan altijd uit doelloze zwerftochten in een gehuurde camper, bezienswaardigheden bezoeken die hem niet interesseren en foto's nemen die hij later nog maar zelden bekijkt. Elk uur voelt als drie uur. Pensionering zou die lange uren nog eens met duizend, met tweeduizend en uiteindelijk met tienduizend vermenigvuldigen. Elk uur gekweld door gedachten aan Danny Coughlin die hem over de tafel aankijkt met die onschuldige 'ik doe geen vlieg kwaad'-blik en tegen hem zegt: *Arresteer me dan. Dat kunnen jullie niet, hè?* Gedachten aan Danny Coughlin die in een andere staat stopt voor een ander jong meisje dat met haar duim omhoog en een rugzak op haar rug langs de kant van de weg staat.

*En wat kan ik doen?*

Nou ja, er is iets wat hij kan doen: de glasscherven oprapen. Hij pakt een prullenbak, gaat op zijn knieën zitten en begint ermee. Algauw heeft hij 57 scherven en als hij de getallen van 1 tot en met 57 bij elkaar optelt komt hij uit op 1653.

*Ik zou haar nooit iets hebben aangedaan, echt nóóit. Maar er was één moment...*

Opeens voelt hij een scherpe pijn in de muis van zijn hand. Er welt een bloeddruppel op. Jalbert realiseert zich dat hij de tel is kwijtgeraakt. Hij overweegt weer van voor af aan te beginnen.

## 53

Danny Coughlins laatste week in Manitou, Kansas, voelt tegelijkertijd verdrietig en als een opluchting.

Dinsdag vindt hij een grote hoop hondenstront in zijn brievenbus. Hij trekt een paar rubber handschoenen aan, haalt het weg en maakt de binnenkant van de brievenbus schoon. Wanneer hij hier weg is, gaat iemand anders die brievenbus immers gebruiken.

Woensdag gaat hij naar de supermarkt voor een paar laatste boodschappen, waaronder een biefstuk die hij vrijdagavond wil eten bij wijze van afscheidsetentje. Hij is niet lang in de zaak, maar wanneer hij weer naar buiten komt heeft zijn pick-up twee lege achterbanden.

*Ze zijn gelukkig niet lekgestoken*, denkt hij, maar dat is waarschijnlijk alleen omdat de dader geen mes bij zich had. Hij belt Jesse, omdat Jesses nummer in zijn telefoon staat en hij niemand anders kan bedenken die hem misschien wil helpen. Jesse zegt dat zijn vader veel spullen heeft achtergelaten toen hij zijn gezin in de steek liet en dat daar onder andere een Hausbell-bandenpomp bij zit. 'Ik ben over twintig minuutjes bij je,' zegt hij.

Terwijl Danny naast zijn pick-up staat te wachten, worden hem van alle kanten vuile blikken toegeworpen. Jesse arriveert in zijn gammele Caprice en de achterbanden van de Tundra zijn in no-time weer rijklaar. Danny bedankt hem en merkt tot zijn schrik dat hij tranen voelt opwellen.

'Graag gedaan,' zegt Jesse en hij steekt zijn hand uit. 'Hoor eens, man, ik wil dit echt nog een keer zeggen. Ik weet dat jij dat meisje niet hebt vermoord.'

'Dan wil ik je daar ook voor bedanken. Hoe gaat het bij de houtzagerij? Ik reed er laatst langs en toen zag ik dat je bezig was een pick-up vol te laden met timmerhout.'

Jesse haalt zijn schouders op. 'Ik krijg ervoor betaald. En jij, Danny? Wat ga jij nu doen?'

'Ik vertrek komend weekend. Ik denk dat ik eerst naar Longmont ga. Ik zet wel ergens mijn tent op. Ik heb genoeg spullen om een poosje te kamperen, en dan ga ik werk zoeken. En woonruimte.'

Jesse zucht. 'Zoals de zaken er nu voor staan, is dat misschien wel het beste. Stuur me een berichtje wanneer je een nieuw adres hebt.' Hij kijkt Danny aan met de verlegen blik van een zeventienjarige. 'Ik bedoel, laten we contact houden.'

'Dat zal ik doen,' zegt Danny. 'Zorg dat je geen vingers kwijtraakt in die houtzagerij.'

Jesse grijnst. 'Dat zei mijn moeder ook al. Ze zegt dat ik nu de man in huis ben.'

Donderdag, wanneer hij het grootste deel van zijn spullen heeft ingepakt en klaargezet om in te laden, en de trailer er kaal uitziet, krijgt hij terwijl hij aan zijn eerste kop koffie zit een telefoontje van Edgar Ball. Ball zegt: 'Ik heb slecht nieuws, goed nieuws en heel goed nieuws. Dat denk ik althans. Waar zal ik mee beginnen?'

Danny zet met een klap zijn beker neer. 'Hebben ze hem? De vent die haar heeft vermoord?'

'Zo goed nou ook weer niet, vrees ik,' zegt Ball. 'Het slechte nieuws is dat je niet meer alleen in de *Plains Truth* staat. Je staat nu ook in de *Telescope*, de *Wichita Eagle*, de *Kansas City Star* en de *Oklahoman*. Compleet met foto.'

'Fuck,' zegt Danny.

'Het goede nieuws is dat de foto die ze hebben gebruikt zeker tien jaar oud moet zijn. Je hebt haar tot op je schouders en een snorretje. Zo te zien sta je voor een café, maar misschien denk ik dat omdat je in elke hand een flesje bier hebt.'

'Dat moet de Golden Rope zijn, in Kingman. Voordat ik met Margie trouwde, ging ik daar vaak drinken. Ik geloof dat die tent later is afgebrand.'

'Dat zou ik niet weten,' zegt Ball opgewekt, maar je lijkt in elk geval totaal niet meer op die foto.' Ben je klaar voor het beste nieuws?'

'Kom maar op.'

'Ik heb het van een vriendin die administratief werk doet bij Afdeling F van de Highway Patrol. Dat is in Kechi, vlak bij Wichita. Ik heb ooit iets met de dame in kwestie gehad, maar dat was in een vorig leven. Zij weet dat ik voor jou werk. Ze belde me gisteravond en vertelde me dat Frank Jalbert verlof neemt en het gerucht gaat zelfs dat hij met pensioen gaat.'

Danny voelt een brede grijns op zijn gezicht verschijnen. Het is de eerste echte lach sinds hij wakker werd uit die vervloekte droom. Hij heeft aan niets anders kunnen denken dan aan Jalbert. Zelfs een praatje met Stevie kan de rechercheur niet helemaal uit zijn gedachten verdrijven. Hij doet Danny aan een of ander dier denken – een veelvraat misschien? – die ook nadat hij zijn prooi heeft doodgebeten weigert hem los te laten.

'Dat is nog eens echt goed nieuws!'

'Zullen we het gaan vieren bij Dabney's? Uitgebreid ontbijt? Ik trakteer.'

Dabney's is twee dorpen verder, dus dat moet wel kunnen, vooral als de foto die in de kranten staat nog uit de tijd is dat Danny nog probeerde te lijken op Lonesome Dave Peverett, de leadzanger van Foghat.

'Klinkt goed. Misschien breng ik iemand mee. Die knul die bij me werkte als vakantiehulp.'

Maar Jesse zegt dat hij niet kan, ook al was hij graag meegegaan. Hij moet om acht uur op zijn werk zijn. 'Bovendien was mijn moeder behoorlijk kwaad dat ik jou gisteren ging helpen. Ik heb haar verteld dat je niet hebt gedaan waarvan ze je beschuldigen, maar zij zei dat dat niet uitmaakt, omdat ik een zwarte jongen ben en jij... nou ja, je weet wel.'

'Een witte man die van moord wordt beschuldigd,' zegt Danny. 'Ik begrijp het.'

'Dat dus. Maar als ik niet hoefde te werken zou ik echt wel meegaan.'

'Dat doet me goed, Jess, maar je moeder heeft waarschijnlijk wel gelijk.'

Hij rijdt naar Dabney's. Ball is er al. Ze bestellen een enorm ontbijt en eten alles op. Danny biedt aan de helft te betalen, maar daar wil Ball niets van weten. Hij vraagt Danny wat zijn plannen zijn. Danny vertelt hem van zijn plan om naar Colorado te gaan om dichter bij zijn broer te zijn, die een autismestoornis heeft, maar een gave heeft die door een psycholoog die hem in zijn tienerjaren heeft onderzocht *global recognition* werd genoemd. Het komt er in wezen op neer dat hij weet waar alles is. Zo zitten ze nog een tijdje te kletsen.

'Ik heb trouwens nog eens zitten denken,' zegt Ball wanneer ze het restaurant verlaten. 'Ik denk er al aan sinds onze eerste aanvaring met die eikel van een Jalbert, maar toen ik de reacties in de *Eagle* en de *Telescope* las dacht ik, ja, dat zou wel eens kunnen lukken.'

'Ik heb geen flauw idee waar je het over hebt. Welke reacties?'

'Ik neem aan dat je die niet leest. Het is het equivalent van wat vroeger de ingezonden brieven waren. Wanneer je een artikel hebt gelezen, kun je erop reageren. Op de artikelen over jou komen altijd veel reacties.'

'Knoop 'm op aan de hoogste boom,' zegt Danny.

'Die zitten er ook bij, ja, maar het zou je verbazen hoeveel mensen geloven dat je werkelijk hebt gedroomd waar het lichaam lag. Iedereen – degenen die je geloven, bedoel ik – heeft wel een verhaal over een oma die wist dat de gastank ging ontploffen en ervoor zorgde dat iedereen het huis verliet, of dat het vliegtuig zou neerstorten, zodat haar familie een latere vlucht nam...'

'Dat zijn voorspellende dromen,' zegt Danny. Hij heeft er het een en ander over gelezen. 'Dat is iets anders.'

'Oké, maar er zijn ook reacties bij van mensen die droomden waar een verloren ring kon worden teruggevonden, of een weggelopen hond en in één geval zelfs een vermist kind. Die vrouw beweert te hebben gedroomd dat een buurjongetje in een oude waterput viel en daar werd hij inderdaad gevonden. Jij bent niet de enige, Danny. En de mensen zijn dol op dit soort dingen, omdat het ze het idee geeft dat er meer tussen hemel en aarde is dan wij weten.' Hij zwijgt even. 'En verder zijn er natuurlijk ook mensen die vinden dat je ongelooflijk uit je nek lult.'

Danny schiet in de lach.

Wanneer ze bij Danny's auto staan, zegt Ball: 'Maar goed, ik zal je vertellen waar ik aan heb zitten denken. Het zou een manier kunnen zijn om wat geld te verdienen, maar dat is niet het belangrijkste. Het zou een manier zijn om terug te knokken.'

'Je denkt aan... wat? Een proces aanspannen?'

'Precies. Wegens bedreiging en intimidatie. Er heeft toch iemand een baksteen tegen je trailer gegooid?'

'Ja, maar...'

'Hondenpoep in je brievenbus, je banden leeg laten lopen...'

'Dat lijkt me niet genoeg,' zegt Danny. 'En bovendien mag Jalbert dan wel met pensioen gaan, maar voordat hij mij in het vizier kreeg, had hij een goede reputatie.'

'Ja, maar hij heeft wel verdovende middelen in je auto gelegd,' zegt Ball, 'en als we de agent die jou heeft aangehouden in de getuigenbank krijgen en onder ede... Zullen we naar jouw trailer gaan en het verder bespreken? Ik bedoel, wat kun je verder nog doen?'

'Niet veel,' moet Danny toegeven. 'Goed, dat kunnen we wel doen.'

Hij rijdt terug naar Oak Grove, met Ball vlak achter hem op zijn Honda. Wanneer Danny vlak voor zijn trailer stopt, ziet hij iemand op het trapje van betonblokken zitten, met gebogen hoofd en de handen bungelend tussen zijn knieën. Danny stapt uit, sluit het portier en blijft even zo staan, getroffen – overweldigd bijna – door een déjà vu. Zijn bezoeker draagt een trainingsjack met een grote letter erop – waar heeft hij dat jack eerder gezien? Balls Honda Gold Wing komt achter zijn pick-up tot stilstand. De jongen gaat staan en kijkt op. Dan weet Danny het. Het is de jongen van de krantenfoto, de jongen die voor de lijkwagen stond, achter zijn diepbedroefde ouders.

'Vuile klootzak, jij hebt mijn zus vermoord,' zegt de jongen. Hij steekt een hand in de rechterzak van zijn jas en haalt er een revolver uit.

Achter Danny stapt nu ook Ball af, maar dat gebeurt in een ander universum.

'Rustig aan, knul. Ik heb het niet...'

Verder komt hij niet voordat de jongen schiet. Danny voelt een soort enorme vuistslag in zijn maag. Hij zet een stap naar achteren en dan komt de pijn, als de ergste aanval van brandend maagzuur die hij ooit heeft gehad. De pijn trekt omhoog naar zijn keel en omlaag naar zijn bovenbenen. Hij grijpt achter zich naar de deurkruk van zijn Tundra en kan die nauwelijks voelen wanneer hij hem vindt. Zijn benen voelen heel raar aan. Hij draagt ze op niet door te zakken. Er stroomt iets warms over zijn maag. Zijn shirt en jeans kleuren rood.

'Hé!' schreeuwt Ball vanuit dat andere universum. 'Hé, vuurwapen!'

*Je meent 't*, denkt Danny. Hij gebruikt zijn gewicht om de deur van de Tundra open te trekken. De enige reden waarom Danny niet ter plekke neervalt is omdat hij onderweg zijn raampje heeft opengedraaid. De ochtend was zo heerlijk koel en fris. Dat lijkt nu in een ander leven te zijn gebeurd. Hij haakt zijn arm door het raampje en om de deurstijl en zijn lichaam maakt een draai, als een stripper aan een paal. De jongen lost nogmaals een schot en er klinkt een *pling* wanneer de kogel de deur onder het open raampje raakt.

'Die knul heeft een vuurwapen!' schreeuwt Edgar Ball.

De volgende kogel gaat door het open raampje en suist langs Danny's rechteroor. Hij ziet dat de wangen van de jongen nat zijn van de tranen. Hij ziet Althea Dumfries op het trapje voor haar trailer staan – *de meest luxueuze in het park*, denkt Danny. Idioot, wat er door je hoofd gaat wanneer je wordt beschoten. Ze lijkt een geroosterde boterham vast te houden, met een hap eruit.

Danny zakt op zijn knieën. De pijn in zijn buik is ondraaglijk. Hij hoort weer een *pling* wanneer een volgende kogel de open deur van de Tundra raakt. Dan ligt hij op de grond. Hij ziet de voeten van de jongen. Hij draagt sneakers van Converse. De jongen laat de revolver op de grond vallen en Danny ziet het wapen liggen. Ball staat nog steeds te schreeuwen. *Ball staat te janken*, denkt hij en dan glijdt de wereld weg in duisternis.

## 54

Hij komt bij op een brancard. Edgar Ball staat met grote ogen op hem neer te kijken. Er zitten aarde en gras op zijn wangen en voorhoofd. Hij zegt iets, misschien zoiets als *hou vol, vriend*, en dan stoot de brancard ergens tegenaan en volgt er een explosie van pijn, wordt de hele wereld pijn. Danny probeert te gillen en kan alleen maar kreunen. Even ziet hij blauwe lucht, daarna is er een plafond boven hem en denkt hij: *Misschien is dit wel een ambulance, hoe komt die hier zo snel, hoelang ben ik buiten westen geweest?*

Iemand zegt: 'Een klein prikje en dan voel je je wat beter.'

Er komt een prikje. Gevolgd door duisternis.

## 55

Wanneer de duisternis verdwijnt ziet hij boven zich lichten voorbijglijden. Het lijkt wel een scène uit een film. Uit een luidspreker klinkt een oproep voor dokter Broder. *Dokter Broder, spoed*, wordt er gezegd. Danny probeert te spreken. *Is dat The Good Doctor, die van tv?*, probeert hij te zeggen, bij wijze van grapje, hij weet heus wel beter, maar het enige wat eruit komt zijn wat gedempte klanken omdat er een soort masker over zijn mond en neus zit. Deuren knallen open. Hij ziet nog fellere lichten en groene tegelwanden. Hij veronderstelt dat het een operatiekamer is en hij wil zeggen dat hij niet weet of hij zich wel een operatie kan veroorloven omdat hij zijn baan kwijt is. Handen tillen hem op en o jezus christus het doet zo'n pijn.

Hij voelt weer een prik. En het wordt weer donker.

## 56

Nu ligt hij in een bed. Het zal wel een ziekenhuisbed zijn. Er is licht, maar niet die wrede we-gaan-je-opensnijden-lampen die hij boven zich had gezien in die operatiekamer. Nee, dit is daglicht. Margie, zijn ex, zit bij zijn bed. Ze heeft zich helemaal opgetut en als ze dat voor hem heeft gedaan, denkt Danny, dan gaat hij waarschijnlijk dood. Zijn maag voelt stijf. Zo stijf als een plank. Verband, misschien, en er hangt een infuus aan een haak en hij denkt: *Als ze nog van alles in me stoppen ga ik misschien toch niet dood.* Margie vraagt: 'Hoe voel je je, Danno', net als vroeger, toen ze nog bij elkaar waren, en hij probeert te antwoorden, maar dat lukt niet.

Duisternis.

## 57

Hij doet zijn ogen open en Edgar Ball zit bij zijn bed. Geen vieze vegen op zijn gezicht, dus hij moet zich gewassen hebben. Hoeveel tijd is er verstreken? Danny heeft geen idee. 'Het was kantje boord, maar je komt er weer bovenop,' zegt Ball tegen hem en Danny denkt: *Dat zeggen ze allemaal.* Maar het kan natuurlijk ook waar zijn.

'Je hebt geluk gehad dat je achter die autodeur kon komen. Als hij met een zwaarder kaliber had geschoten, waren de kogels er dwars doorheen gegaan. Maar het was een .32.'

'Jongen,' weet hij moeizaam uit te brengen.

'Albert Wicker,' zegt Ball. 'Het broertje van Yvonne Wicker.'

*Wist ik*, probeert Danny te zeggen.

'Hij schoot drie of vier keer, liet het wapen vallen en liep zó langs mij heen. Hij liep naar de straat, ging op de stoep zitten en wachtte op de politie. In een film zou ik hem tegen de grond hebben gewerkt, maar in werkelijkheid ben ik al bij het eerste schot plat op de grond gaan liggen, achter mijn motor. Sorry.'

'Oké,' zegt Danny. 'Je... oké.'

'Bedankt. Nu hebben we echt een reden voor een proces, Danny. Zodra je bent hersteld.'

Danny probeert te glimlachen. Hij doet zijn ogen dicht.

Duisternis.

## 58

Is zijn volgende bezoeker Jesse? Of droomt hij dat? Hij zit onder de dope, dus hij weet het niet zeker. Maar hij weet wel zeker (bíjna zeker) dat hij een donkerbruine hand op zijn witte ziet liggen.

## 59

De volgende keer dat hij bij zijn positieven komt is het Ella Davis. Hij is iets sterker en zij ziet er wat jonger uit in een vale jeans en een T-shirt met een boothals. Ze draagt haar haar los. En ze glimlacht.

'Danny? Ben je wakker?'

'Ja.' Een schor gekraak. 'Water. Is er...'

Ze houdt hem een glas voor. Er steekt een buigzaam rietje uit. Hij drinkt en dat voelt hemels aan in zijn keel.

'Danny, we hebben hem.'

'De jongen?' Zijn stem is al wat krachtiger. 'Volgens mij zei Edgar dat de politie...'

'Niet de jongen, hém. De moordenaar van Yvonne Wicker. Hij... dringt dit wel tot je door? Begrijp je wat ik zeg?'

'Ja.' Voelt hij zich opgelucht? Gerehabiliteerd? Hij weet het niet. Hij weet niet eens hoe ernstig zijn verwondingen zijn en of hij ooit weer helemaal de oude zal worden. Wat als hij de rest van zijn leven in een plastic zakje zal moeten kakken?

'Hij heeft bekend, Danny. De moord op Wicker en nog twee anderen. In Illinois en Missouri wordt op dit moment naar de lichamen gezocht.'

'Mooi,' zegt Danny. Hij is doodmoe. Hij wil dat ze weggaat.

'Ik ben naar de kerk geweest en ik heb voor je gebeden.'

'Het helpt als je gelooft,' zegt Danny.

Hij voelt dat ze zijn hand pakt. Haar huid voelt koel op de zijne. Hij denkt dat hij haar nu zou moeten vertellen dat hij haar niets kwalijk neemt, dat het niet haar schuld is, maar het hele idee van schuld lijkt opeens zo zinloos. Hij draait zijn hoofd om. Zweeft weg.

Duisternis.

## 60

De derde dag heeft hij verschrikkelijk veel pijn, maar is hij wel weer helemaal bij. Hij begrijpt dat hij in het Regional Hospital in Great Bend ligt en dat hij hier minstens een week, misschien tien dagen moet blijven. De kogel heeft zijn maag geperforeerd. Alles is weliswaar weer netjes dichtgenaaid, maar Broder, zijn behandelend arts, zegt dat, als hij probeert te lopen, al is het maar naar het toilet, de kans bestaat dat de wond weer opengaat. 'Wees blij dat het geen dumdumkogel was en een zwaarder kaliber. Dan zou de schade vele malen groter zijn geweest. Je mag een tijdje geen vast voedsel hebben. Hopelijk hou je van roereieren en yoghurt.'

In bed liggen betekent de ondersteek, maar die vernedering wordt verzacht door het feit dat een katheter en een stoma hem bespaard zijn gebleven. Hij krijgt te horen dat Margie hem al zo snel mocht bezoeken omdat ze beweerde zijn vrouw te zijn, wat ze niet is. Edgar Ball mocht hem bezoeken omdat hij beweerde zijn advocaat te zijn, wat hij inderdaad is. Ella Davis mocht ook bij hem, omdat zij een agent van de KBI is en omdat ze goed nieuws voor hem had – heel goed nieuws. En Jesse? Dat kan een hallucinatie zijn geweest, vanwege de vele medicatie, maar eigenlijk gelooft Danny dat niet. Hij denkt dat Jesse stiekem naar binnen is geglipt en zijn hand heeft gepakt. Op een gegeven moment zal hij hem dat toch eens vragen.

Stevie weet van niets en dat is prima. Hij zou erdoor van slag raken. Danny zal het hem wel een keer vertellen, maar dat komt later wel.

Aan het eind van de middag van zijn vierde dag in het ziekenhuis, mag hij bij het raam van zijn kamer gaan zitten – twee stappen, ondersteund door een paar verplegers. Terwijl hij zit te genieten van het gevoel van zon op zijn gezicht, komt Edgar Ball zijn kamer binnen. Hij gaat op het bed zitten en vraagt Danny hoe het gaat.

'Niet slecht. Ze houden me lekker onder de dope.'

'Wat wil je weten?'

'Alles.'

'Dat vergt wel erg veel van mijn vermogen om kort samen te vatten. Ze geven me maar twintig minuten. Dan moeten ze je weer in bed leggen om je te irrigeren.' Ball trekt een gezicht. 'Ik wil niet eens weten wat dat inhoudt.'

'Davis heeft me verteld dat ze de moordenaar van Yvonne Wicker te pakken hebben, maar ik was alweer buiten westen voordat ze me de details kon vertellen. Begin daar maar mee.'

Zijn naam is Andrew Iverson, zonder vaste woon- of verblijfplaats. Een rondreizende klusjesman. Hij was op weg naar het westen, in een kleine blauwe bestelwagen met ANDY I., LOODGIETERSWERK EN VERWARMING op de zijkant. De bestelwagen dook op op camerabeelden in Arkansas City, waar Wicker voor het laatst heeft overnacht, en bij de benzinepomp waar ze voor het laatst is gezien. Hij komt ook voor op camerabeelden in Great Bend, Manitou en Cawker City.'

'Cawker ligt toch vlak bij Dart County?'

'Ja. Waarschijnlijk lag Wicker dood achter in zijn bestelwagen toen hij daardoorheen reed. Hij was op zoek naar een afgelegen plek om haar te begraven.'

'En die heeft hij gevonden.'

'In de encyclopedie hoort Iversons foto thuis onder het trefwoord "seriemoordenaars". Hij rijdt, stopt ergens, doet wat klussen – alleen tegen contante betaling, zei hij tegen de politie, want dat laat geen sporen na.'

'Heb je dat van Davis gehoord?'

'Ja. We hebben een lang gesprek gehad. Ze vindt het echt verschrikkelijk, wat er allemaal is gebeurd.'

*Ze is niet de enige*, denkt Danny.

'Iverson heeft een meisje in Illinois vermoord en ook nog een in Missouri. Hij heeft ze begraven op afgelegen plekken op het platteland. De politie heeft er al een gevonden, naar de anderen zijn ze nog op zoek. In Wyoming pikte hij een vierde meisje op, dat buiten het plaatsje Glenrock stond te liften. Hij reed met haar een zijweggetje op en probeerde haar daar te verkrachten. Zij had een mes in haar laars. Terwijl hij zijn broek omlaagtrok, heeft ze hem vier keer gestoken.'

'Goed van haar,' zegt Danny. Hij denkt aan de hond die aan Yvonne Wickers arm stond te knagen. 'Verdomd goed van haar.'

'Volgens Davis ging het hier om een stoere meid. Ze trapte hem uit het busje, reed richting Casper tot ze bereik had en belde de politie. Hij was niet meer waar het meisje zei dat hij was, maar ze konden een spoor van bloed volgen naar een schuur in de buurt. Hij lag in een paardenstal, bewusteloos door bloedverlies. Davis zegt dat hij het wel zal overleven.'

'Heeft hij bekend? Ze zei dat hij heeft bekend. Tenzij ik dat heb gedroomd.'

'Dat heb je niet gedroomd. Verwondingen doen pijn, zoals je volgens mij wel weet. Jij had één schotwond. Iverson is vier keer gestoken, een keer in zijn wang, een keer in zijn schouder, een keer in zijn zij en een keer in zijn been. Hij wilde pijnstillers. De politie wilde informatie. Iedereen heeft gekregen wat hij wilde.'

'Heeft Davis je dat allemaal verteld?'

'Inderdaad, en ze heeft mij gevraagd het allemaal aan jou te vertellen. Ik denk dat ze je niet meer onder ogen durft te komen.'

'Dat snap ik wel, maar uiteindelijk heeft ze toch haar werk gedaan.'

'Ze heeft het opgenomen tegen Jalbert, als je dat soms bedoelt, maar dat is weer een ander verhaal. Mijn twintig minuten zitten er bijna op. Herinner je je de bedelarmband die Yvonne Wicker droeg?'

Danny weet het nog. Hij heeft de armband twee keer gezien, een keer in zijn droom en een keer in het echt.

'Iverson had twee van de bedeltjes in een koeltas zitten. Als een soort trofeeën. Er zat nog meer in. Van de twee anderen.'

'Waar is de jongen die mij heeft neergeschoten?'

'Albert Wicker zit nu samen met zijn ouders in een motel in Manitou. Hij is op borgtocht vrij. Nou ja, dat heeft hij aan zijn ouders te danken. Ik ken de advocaat die hem heeft bijgestaan bij zijn voorgeleiding. Hij zegt dat de Wickers een tweede hypotheek op hun huis hebben genomen om de borgsom bij elkaar te krijgen.'

Danny denkt daar even over na. Dochter dood, zoon die mogelijk wordt aangeklaagd voor poging tot moord, ouders die bankroet dreigen te gaan. *En ik lig in het ziekenhuis met een gat in mijn maag*, denkt Danny. Die rondreizende loodgieter heeft heel wat op zijn geweten en dat is alleen nog maar de steeds groter wordende kring van pijn en verdriet rond de jonge vrouw die door Jalbert steevast 'die arme Miss Yvonne' werd genoemd. Danny zou willen dat het meisje dat is ontkomen, het legendarische Laatste Meisje, Iverson voor alle zekerheid ook nog in zijn ballen had gestoken.

'Ik wil geen aangifte doen,' zegt Danny.

Edgar Ball glimlacht. 'Verbaast mij dat? Nee, dat verbaast mij niet. Maar het is niet helemaal aan jou. Wicker zal een poosje moeten zitten, maar gezien de verzachtende omstandigheden zal het misschien niet erg lang zijn.'

Een verpleegster steekt haar hoofd om het hoekje van de deur. 'Meneer, mijn goede vriend Danny moet nu echt rusten. Bovendien heeft hij een bepaalde verzorging nodig waarvan u vast geen getuige wilt zijn.'

'Irrigeren,' zegt Danny somber. 'Dat gebeurt nou nooit wanneer er op tv iemand is neergeschoten.'

'Nog vijf minuutjes,' zegt Ball. 'Alstublieft.'

'U krijgt er nog drie,' zegt de verpleegster en ze verlaat de kamer.

'Ik heb een gesprek gehad met Don Tishman, die officieel de leiding had over het onderzoek van de KBI. Ik heb de feiten van de kwestie met Jalbert op tafel gelegd, maar het leek me beter de naam van de agent die jou heeft aangehouden en je auto heeft doorzocht niet te noemen.'

'Voor een plattelandsadvocaat die gespecialiseerd is in vastgoedcontracten heb je het behoorlijk druk gehad.'

Danny bedoelt het luchtig, als een grapje bijna, maar Ball krijgt een kleur en kijkt naar zijn handen. 'Ik had die knul echt tegen de grond moeten werken. Dat had ik kunnen doen, want hij had alleen maar aandacht voor jou. In plaats daarvan liet ik me meteen plat op de grond vallen.'

Danny zegt nogmaals dat de werkelijkheid nu eenmaal anders is dan op tv.

Ball kijkt op. 'Dat snap ik, maar daarom hoef ik er nog niet blij mee te zijn. Geen enkele man ziet zichzelf graag als een lafaard, en al helemaal niet als hij op zo'n bruut van een motor rijdt.'

'Ik zou een Honda Gold Wing geen bruut willen noemen, Edgar. Een Harley Softail, dat is pas een bruut van een motor.'

'Maar goed, we zijn dus tot een afspraak gekomen. Geloof ik. Er moeten nog wat details worden uitgewerkt, maar... ja, het ziet er goed uit. In ruil voor jouw stilzwijgen over Jalbert – die inderdaad met pensioen gaat – worden al jouw dokterskosten betaald door de staat Kansas, waarna er ook nog wat geld overblijft. Geen vermogen, maar een leuk bedrag, van vijf cijfers. Daarmee kun je je verhuizing naar Colorado bekostigen, mocht je besluiten om alsnog te gaan.'

Deze keer steekt de verpleegster niet alleen haar hoofd om het hoekje van de deur. Ze wijst met haar vinger naar Ball. 'Nu vraag ik het niet meer. Nu zég ik u dat u weg moet.'

'Ik ga al,' zegt Ball en hij staat op. 'Weet je, als je wilt kun je je baan terugkrijgen. Zodra je voldoende hersteld bent om weer aan de slag te gaan.'

'Goed om te weten,' zegt Danny.

Hij is absoluut niet van plan om in Kansas te blijven. Iemand heeft een baksteen tegen zijn trailer gegooid. Iemand heeft stront in zijn brievenbus gestopt. Bill Dumfries heeft hem, namens al die fijne bewoners van Oak Grove, te kennen gegeven dat hij moet ophoepelen. Wat daar tegenover staat is Darla Jean die naast haar poppenhuis op de grond had gezeten terwijl de tranen over haar wangen rolden. Maar hij denkt niet dat dat zwaar genoeg weegt om de weegschaal te laten doorslaan. Hij heeft een broer in Colorado en als neergeschoten worden één ding doet, dan is het wel dat het je duidelijk maakt hoe kort de tijd is die je krijgt om samen te zijn met de mensen van wie je houdt.

'Allemaal vanwege één enkele droom,' zegt hij met een bittere klank in zijn stem. 'Een droom die er niet eens toe heeft bijgedragen om die vent te pakken te krijgen.'

'Maar denk eens aan het avontuur dat je hebt beleefd.'

Danny steekt een middelvinger naar hem op.

'Duidelijk,' zegt Bill en hij vertrekt.

## 61

Terwijl Albert Wicker zijn eerste middag in de gevangenis van Wilder

County doorbrengt, zich amper bewust van wat hij heeft gedaan – de afgelopen dagen zijn in een waas verlopen en die bewuste ochtend al helemaal – werkt Franklin Jalbert in zijn ochtendjas in zijn eetkamer aan een legpuzzel van duizend stukjes.

Wanneer de puzzel af is, zal er een collage van filmaffiches te zien zijn – klassiekers als *Casablanca, It's a Wonderful Life* en *Jaws*, in totaal vierentwintig stuks. Jalbert houdt het aantal puzzelstukjes dat hij al heeft neergelegd goed bij. Na tien stukjes zet hij één stap (op de plaats, alsof hij marcheert, zodat hij weer kan gaan zitten). Na twintig stukjes zet hij er twee, een bij zijn stoel vandaan en een terug. Hij is bij achthonderd stukjes, bijna klaar dus, wanneer zijn telefoon gaat. Hij kijkt op het schermpje en ziet H. Allard staan. Hank Allard is een vriend van hem, een inspecteur bij de Kansas Highway Patrol. Jalbert weet niet wat hij zal doen – opnemen of de volgende serie stappen zetten, één tot en met tachtig.

Hij kiest voor de stappen. 3240 – best veel! Hij begint bij tachtig en telt terug. De stappen brengen hem tot in de kleine achtertuin van zijn woning en weer terug. Hij ziet dat hij met eerdere series al een pad in het gras heeft platgetreden, een diepe vore zelfs. Hij is zich ervan bewust dat het stappen tellen – en de rondjes langs de stoelen, die ook – nadat het hem niet is gelukt Danny Coughlin te arresteren nog verder uit de hand is gelopen. Davis noemde het aritmomanie. Wanneer hij bezig is met de stappen die te maken hebben met de puzzel, voelt Jalbert zich vaak net een hamster in een looprad, zo'n hamster die almaar door blijft rennen, die al rennend alles laat lopen en nooit een eindbestemming bereikt. Maar dat is niet erg. Wat Davis niet kon weten is dat deze kleine gekte hem behoedt voor een veel grotere gekte, namelijk dat hij moet nadenken over een toekomst waarin zijn werk niet langer een rol speelt. Hoeveel puzzels kan hij leggen voordat hij de zinloosheid van verder leven onder ogen zal moeten zien en de loop van zijn dienstwapen diep in zijn mond zal steken? Boem, weg. God weet dat hij niet de eerste zou zijn. God weet dat hij eraan heeft gedacht. Dat hij eraan denkt.

Wanneer hij weer terug is bij de veranda is hij bij vijf. Tegen de tijd dat hij bij nul is, staat hij in de keuken. Tijd voor de volgende tien puzzelstukjes en dan gaat hij terugtellen vanaf eenentachtig. Misschien eerst de oneven en dan pas de even getallen. Daarna is het tijd voor de lunch en een middagdutje. Hij is dol op zijn dutjes. Zalige vergetelheid!

Zijn telefoon ligt naast de grotendeels voltooide legpuzzel (op dit moment werkt hij aan *De tien geboden*, een film die hij persoonlijk zeker niet tot de klassiekers rekent). Hank Allard heeft een bericht op zijn voicemail achtergelaten en hij klinkt opgewonden.

'Bel me terug, ik heb nieuws. Dit wil je horen.'

Jalbert kan zich geen enkel nieuws voorstellen dat hij wil horen, maar hij belt toch terug. Allard neemt gelijk op en laat er geen gras over groeien. 'Die Coughlin van jou is neergeschoten.'

'Wát?' Jalbert staat op, waarbij hij zo hard tegen de tafel stoot dat de bijna voltooide puzzel zowat over de rand glijdt. Er vallen een paar stukjes op de grond.

Allard begint te lachen. 'Yvonne Wickers broer heeft die klootzak neergeschoten. Over gerechtigheid gesproken. Boem, pak aan!'

'Is hij dood?'

'Dat kunnen we alleen maar hopen. De eerste politieman ter plaatse zei dat er sprake was van heel veel bloed en meerdere kogelgaten in de auto van die ellendeling. Ze hebben hem per ambulance naar het regionale ziekenhuis gebracht, in plaats van naar dat kleine rotziekenhuisje in Manitou, dus het was wel ernstig. Misschien is hij onderweg wel bezweken.'

Jalbert schudt een vuist naar het plafond en denkt: *Wat een geweldige afsluiting.* 'God heeft gedaan wat ik niet kon doen.' Zijn stem klinkt ietwat onvast.

'Daar kan ik het alleen maar mee eens zijn,' zegt Allard.

'Hou me op de hoogte. Je weet dat ik niet meer werk.'

'Klotezooi. Maar wat verwacht je anders in deze klotewereld,' zegt Allard. 'Reken maar dat ik je op de hoogte zal houden.'

Die avond gaat Jalbert naar een café en wordt voor het eerst in twintig jaar dronken. Hij telt geen stappen, wat een hele opluchting is. Stappen tellen en langs de stoelen gaan is zwaar werk. Zo veel getallen om bij te houden en je raakt zo gemakkelijk de tel kwijt. Hij veronderstelt dat niemand dat zou geloven, maar het is echt waar. En als je de tel kwijtraakt, moet je opnieuw beginnen.

Terwijl Jalbert aan zijn tweede whisky soda zit, belt Allard weer. Jalbert moet schreeuwen om boven het lawaai uit te komen van de tv, de jukebox en een stel uitgelaten zomerstudenten. 'Is hij dood!?'

'Nee! In kritieke toestand! In zijn maag geschoten!'

Eerst voelt Jalbert zich teleurgesteld, maar vervolgens is hij blij. Is dat niet beter dan levenslang de gevangenis in, waar Coughlin drie maaltijden per dag zou krijgen, een tv in zijn cel en tijd op de luchtplaats? Een schot in je buik is heel pijnlijk. Jalbert heeft gehoord dat de pijn ondraaglijk moet zijn en bovendien is het een verwonding waarvan Coughlin – afhankelijk van het kaliber van de kogel – misschien wel helemaal nooit meer volledig zal herstellen.

'Misschien is dat juist goed!' roept hij.

'Ik begrijp je helemaal, vriend,' zegt Allard. 'En als ik het zo hoor, weet ik volgens mij waar je bent. Neem er eentje voor mij.'

'Ik neem er wel twee,' lacht Jalbert. Het is zijn eerste echte lach in lange tijd en de kater waarmee hij de volgende ochtend opstaat voelt volkomen gerechtvaardigd. Hij maakt een lange wandeling zonder zijn stappen te tellen en intussen hoopt – bidt hij bijna – dat Coughlin in leven zal blijven en een of andere ernstige infectie oploopt. Dat misschien zijn maag wel moet worden verwijderd. Kon je eigenlijk leven zonder maag? Moest je dan op sondevoeding leven? En als dat zo was, zou dat dan een nog zwaardere straf zijn?

Jalbert denkt van wel.

Tegen de middag is zijn kater verdwenen. Hij gebruikt een stevige lunch en denkt er niet eens aan om naar zijn eetkamer te gaan en verder te werken aan zijn Klassieke Filmaffiches-puzzel. Hij zit net te overwegen om Coughlin bloemen te sturen (met een kaartje erbij met de tekst *Geen beterschap*) wanneer zijn telefoon gaat. Het is zijn ex-partner.

'Frank, ik heb fantastisch nieuws.'

'Ik heb het al gehoord. Coughlin is in zijn buik geschoten. Hij ligt in het ziekenh...'

'Ze hebben hem!'

Jalbert schudt zijn hoofd. Hij kan haar niet helemaal volgen. 'Heb je het nu over Yvonne Wickers broer, of heb je bewijs ontdekt over Coughlin? Ja? Is dat het?' Hij hoopt het van harte. Neergeschoten én de cel in, hoe geweldig zou dat z...

'De man die haar heeft vermoord! Ze hebben hem opgepakt in Iowa! Hij heet Andrew Iverson!'

Jalbert fronst. Zijn hoofdpijn komt weer opzetten. 'Ik heb geen idee waar je het over hebt. Coughlin is de moordenaar van die arme Miss...'

'Iverson probeerde nog een meisje te verkrachten. Zij heeft hem neergestoken en is vervolgens gevlucht!' Davis vertelt hem het hele verhaal en bewaart het beste voor het laatst: twee van de bedeltjes van Yvonne Wickers armbandje in Iversons koeltas.

'We hebben helemaal voor niets een onschuldig man opgejaagd,' besluit ze. 'Omdat we niet konden geloven.'

Jalbert schiet rechtovereind. Zijn hoofdpijn is erger dan ooit. Hij zal er iets aan moeten doen. Een paar aspirines slikken. En dan langs de stoelen gaan. 'We hebben hem niet opgejaagd, Ella. We zijn zijn gangen nagegaan. Gezien de informatie die we hadden, stonden we daarbij volkomen in ons recht. Het was onze taak.'

'Hou op met dat "wij", Frank.' Nu klinkt ze wat vermoeid. 'Ik heb zijn naam niet doorgespeeld naar dat gratis krantje en ik heb geen drugs in zijn wagen neergelegd. Die dingen heb je helemaal zelf gedaan. En het is ook niet mijn schuld dat er op hem is geschoten.'

'Je bent een beetje in de war.'

'Ik heb hem verteld dat ik naar de kerk ben gegaan en voor hem heb gebeden en weet je wat hij zei? "Het helpt als je gelooft." Dat ga ik in het vervolg in gedachten houden.'

'Dan kun je maar beter ontslag nemen bij de politie en werk zoeken als... als voodoopriesteres of zoiets.'

'Voel je je dan zelfs niet een heel klein beetje schuldig, Frank?'

'Nee. En nu ga ik ophangen, Ella. Bel me alsjeblieft niet meer.'

Hij beëindigt het gesprek. Hij legt tien stukjes aan zijn legpuzzel en gaat dan stappen tellen tot in zijn achtertuin: van eenentachtig terug tot één. Een totaal aantal stappen van 3321. Een goed getal, maar hij heeft nog steeds hoofdpijn.

## 62

Danny's avondeten na het bezoekje van Edgar Ball bestaat uit groene smurrie die eruitziet als vloeibaar snot en smaakt naar v8. Als v8 tenminste smerig smaakt. Hij weet het echter allemaal weg te krijgen, omdat hij voor het eerst sinds hij is bijgekomen in het ziekenhuis echt honger heeft. Of eigenlijk voor het eerst sinds zijn tochtje naar Gunnel, in Dart County. Alles is nu anders. Hij voelt zich verlost.

Om negen uur komt er een verpleegster binnen met een paar pijnstillers. Hij zegt dat hij ze niet nodig heeft, niet meteen althans. Zij fronst haar wenkbrauwen. 'Echt niet? Denk je dat je kunt slapen?'

'Ik denk het wel. Leg ze maar op het nachtkastje, voor als ik ze later alsnog wil.'

Ze doet wat hij vraagt, controleert zijn verband op doorlekken, vindt niets en wenst hem goedenacht. Danny wenst haar hetzelfde. Zijn maag doet pijn, maar tenzij hij een plotselinge beweging maakt, is het nu alleen nog maar een doffe, bonkende pijn. Hij pakt de afstandsbediening van de tv, zapt langs een paar zenders en zet het toestel uit. Hij denkt aan Edgar Ball die zei dat hij zijn oude baan weer terug kan krijgen als hij dat wil. De gedachte doet hem letterlijk pijn. Er zijn mensen in Manitou die altijd zullen blijven geloven dat hij ergens schuld aan heeft. Roddels zijn net radioactief afval. Ze hebben een lange en zwaar giftige halveringstijd.

Stevie heeft hem een e-mail gestuurd met bijlages over verscheidene huurwoningen in Longmont. Een week geleden had hij die bij lange na niet kunnen betalen, maar als Edgar gelijk heeft en hij, Danny, een leuk bedragje krijgt uitbetaald...

Hij ligt daar nog steeds aan te denken wanneer hij in de eerste goede slaap valt sinds de nacht voordat hij die onverklaarbare droom droomde.

Het duurt tot 01.20 uur, wanneer de tweede droom begint.

## 63

Als hij niet aan een zaak werkt – en dankzij Ella Davis is dat allemaal verleden tijd – gaat Jalbert elke avond om half tien naar bed. Dat schijnt de gezondste tijd te zijn om naar bed te gaan, heeft hij op internet gelezen, maar vanavond kan hij de slaap niet vatten.

Alléén vanavond niet? Was het maar waar. Sinds hij heeft gehoord dat een rondreizende loodgieter, ene Andrew Iverson, is gearresteerd voor de moord op Yvonne Wicker en twee anderen, is hij hooguit een paar keer kort ingedommeld.

Wie is de kwaaie pier in het hele verhaal? Frank Jalbert! En wie is de grote verliezer in het hele verhaal? Frank Jalbert!

Twintig goede jaren, een half dozijn onderscheidingen, allemaal door de plee gespoeld. Alles waar hij zijn hele leven aan heeft gewijd is weg. Zijn naam is door het slijk gehaald. Terwijl Danny lekker ligt te slapen in Great Bend, ligt Jalbert klaarwakker in Lawrence. Zijn gedachten hebben zich tegen hem gekeerd. Ze knauwen en bijten als een schurftige hond die tot bloedens toe in zijn eigen flanken bijt.

Na anderhalf uur draaien en woelen, gooit hij de dekens van zich af en staat op. Hij moet lopen en hij moet tellen. Als hij dat niet doet wordt hij gek. De gedachte zijn dienstwapen in zijn mond te steken komt ook weer op, maar als hij dat doet, gunt hij Coughlin daarmee dan niet de ultieme overwinning? En Ella! Ella, die zei: *We hebben helemaal voor niets een onschuldig man opgejaagd... omdat we niet konden geloven*. Dat sloeg nergens op en bovendien was het wel lekker makkelijk natuurlijk, om achteraf kritiek te leveren. Hadden ze soms jarenlange ervaring met op feiten gebaseerd politiewerk overboord moeten gooien omdat een schoolconciërge beweerde iets te hebben gedróómd? Toen covid dwars door Amerika raasde, zeiden ze: geloof in de wetenschap. Als politieman geloofde je in logica. Was dat onzin, of was de wereld soms gek geworden?

'Ella geloofde ook dat hij haar had vermoord,' zegt hij wanneer hij op deze warme zomeravond het huis verlaat. 'Dat geloofde zij net zo goed als ik.'

Hij loopt op zijn pantoffels door West 6th Street, langs de Walgreens en de Hy-Vee, langs Dillons en Starbucks en The Big Biscuit, die inmiddels dicht is en donker. Hij loopt langs de Six Mile Chop House en de Alvadora Apartments, waar hij ooit een moordenaar heeft gearresteerd die nu zijn verdiende straf uitzit in El Dorado. Hij loopt helemaal naar het snelwegknooppunt van Highway 40. Hij telt zijn stappen. Hij is bij 154, een getal dat bij elkaar opgeteld 11.935 oplevert. Dan wordt hij overvallen door een plotselinge flits van inzicht – van lógica.

Is het dat meisje in Wyoming gelukt aan Andrew Iverson te ontsnappen? Andrew Iverson, in zijn kleine loodgieters- en verwarmingsbusje?

Ja. Dat kan Jalbert wel geloven.

Heeft Iverson twee andere meisje vermoord, het ene in Illinois en het andere in Missouri?

Ook dat wil hij geloven.

Had Andrew Iverson twee van de bedeltjes van de armband van die arme Miss Yvonne in zijn koeltas?

Oké, stel dat dat zo was. *En stel nou dat Danny Coughlin ze daarin heeft gestopt.*

Het is allemaal volkomen logisch als je dat newagegezeik buiten beschouwing laat. Misschien dat Ella die gekkigheid nu gelooft, maar dat heeft Jalbert nooit gedaan en dat zal hij ook nooit doen. Vertrouw op de wetenschap, vertrouw op de logica.

Coughlin en Iverson kenden elkaar. Hij weet het zeker. Dat spreekt vanzelf. Jalbert weet ook zeker dat het degelijke politiewerk dat ervoor nodig zou zijn om die connectie te ontdekken nooit zal worden gedaan. Waarom zou een rechercheur van de KBI daar zelfs maar een poging toe doen wanneer de oplossing van de zaak hem kant-en-klaar op een presenteerblaadje wordt aangeboden? En wanneer Danny Coughlin hier hoogstwaarschijnlijk uit tevoorschijn zal komen als een held die alleen maar zijn burgerplicht heeft willen doen? En paranormaal begaafde held!

Het enige wat Jalbert zich nog afvraagt terwijl hij staat te kijken hoe nachtelijk verkeer voorbijraast over Highway 40, is of Iverson die arme Miss Yvonne vasthield terwijl Coughlin haar verkrachtte, of dat Coughlin haar vasthield terwijl Iverson zijn smerige gang met haar ging.

Zijn zij het eerste moordteam? Nee, natuurlijk niet. Er zijn anderen geweest. Ian Brady en Myra Hindley. Kenneth Bianchi en Angelo Bruno. Dick Hickock en Perry Smith, die laatste twee nota bene hier in Kansas.

Achter hem rijdt een auto voorbij en een jonge stem roept: 'Hé, ouwe, je loopt in je *pyjaaaama!*'

Het lachen sterft weg. Jalbert hoort het niet. Hij probeert de puzzelstukjes in elkaar te passen zoals hij dat met de stukjes van zijn Klassieke Filmaffiches-puzzel heeft gedaan en ze passen allemaal perfect.

Iverson heeft Coughlin gebeld vanaf de plek waar hij die arme Miss Yvonne heeft opgepikt – ergens in de buurt van dat benzinestation – en heeft hem gevraagd of hij, Coughlin, zin had in een verzetje. En toen ze met haar klaar waren heeft Coughlin een paar bedeltjes van de armband van die arme Miss Yvonne af gehaald en heeft hij tegen Iverson gezegd... gezegd...

'Hier, neem jij deze maar,' mompelt Jalbert. 'Lekker om je bij af te trekken.'

Geen lulkoek over dromen, maar gewoon pure logica.

*Coughlin dacht: zo heb ik niet alleen plezier van de verkrachting en de moord, maar ga ik ook nog eens met de eer strijken voor het feit dat ik haar heb gevonden.*

Het is volkomen logisch. Verrukkelijk logisch. Want Coughlin wist natuurlijk van tevoren dat ze erachter zouden komen wie er achter dat belachelijke anonieme telefoontje zat. Dat kon toch niet anders?

Terwijl Jalbert zonder zelfs maar te tellen naar huis loopt, komt de gedachte bij hem op dat hij misschien zelf wel wat onderzoek kan doen. Een beetje spitten. Uitzoeken waar Coughlin en Iverson elkaar van kennen. Van school misschien. Daarna e-mails en appjes. Iverson heeft nog meer moorden gepleegd, dus het lijkt waarschijnlijk dat Coughlin dat ook heeft gedaan.

Waarschijnlijk? Zeg maar zéker.

Maar wees nu even reëel: hij beschikt niet over de middelen om een dergelijk onderzoek op te zetten en als hij die wel had, zou hij de aandacht op zich vestigen en zouden zij – de KBI, de pers – hem ervan weerhouden. Zij hebben hún verhaal, compleet met goh-wauw droominformatie – niemand zou het zijne geloven. *Wees tevreden met je pensioen en hou verder je kop*, zouden ze zeggen. *Je mag blij zijn dat je dat nog krijgt na wat jij hebt gedaan.*

En wat dan? Waar was de gerechtigheid voor die arme Miss Yvonne? Wie zou er voor haar opkomen?

Ook dat lijkt Jalbert volkomen duidelijk.

Hij zal zelf met Danny Coughlin moeten afrekenen. Vannacht nog. Morgenochtend loopt het ziekenhuis waar Coughlin op dit moment ligt te herstellen weer vol mensen, maar in de komende nachtelijke uren zullen dat er veel minder zijn. Coughlin wordt niet bewaakt. Waarom zou hij worden bewaakt, zolang die blinde idioten bij de KBI denken dat de moordenaar van die arme Miss Yvonne met handboeien vastgeketend ligt aan zijn eigen ziekenhuisbed in Wyoming? Coughlin is de paranormaal begaafde held!

Eenmaal thuis trekt Jalbert een spijkerbroek en zijn zwarte colbert aan, het jasje dat hij altijd droeg toen hij nog werkte. Hij bevestigt zijn penning aan zijn riem, wat in wezen niet mag nu hij met pensioen is, maar het kan van pas komen als iemand die nog late dienst heeft vragen gaat stellen.

Ten slotte voegt hij er ook nog zijn dienstwapen aan toe.

## 64

Om kwart over twee 's nachts zit Chuck Beeson, een verpleger op de tweede verdieping van het regionale ziekenhuis, *Fruit Ninja* te spelen op zijn telefoon.

'Chuck? Chuck!'

Hij draait zich om en ziet tot zijn schrik Danny Coughlin aan komen hinken. Danny's ziekenhuispyjama wappert om zijn benen. Hij loopt op blote voeten. Hij houdt één hand tegen zijn onderbuik gedrukt. De tranen lopen hem over de wangen. Het zijn tranen van pijn, maar ook van angst.

'Meneer Coughlin, u mag uw bed niet uit voordat de dokter u toestemm...'

'Mijn telefoon,' zegt Danny. Hij is schor en hij hijgt. 'Die ligt in mijn la, maar hij is leeg. Alsjeblieft, ik moet hem opladen. Ik moet bellen.'

Vlak voordat hij in slaap viel, viel de pijn wel mee, maar door het lopen is het veel erger geworden. Hij vertrekt zijn gezicht en valt bijna om. Chuck slaat een arm om hem heen, maar dat is niet genoeg. Hij tilt Danny op en draagt hem terug naar zijn kamer. Zodra hij in zijn bed ligt, steekt Chuck hem zijn eigen telefoon toe. 'Hier. Gebruik de mijne maar als het zo belangrijk is.'

Danny schudt zijn hoofd. Zijn haar plakt aan zijn voorhoofd. Zijn gezicht druipt van het zweet. 'Ik moet in mijn contacten kijken. Haar nummer staat in mijn contacten. Al is het maar twee procent. Ik móét bellen.'

## 65

Terwijl Danny's telefoon in de zusterpost aan een oplader ligt, rijdt Jalbert op Route 56, richting Great Bend. De snelweg zou korter zijn, maar op deze weg loopt hij minder risico de politie tegen te komen en hij heeft natuurlijk wel een vuurwapen bij zich. Volgens zijn gps zou hij er ongeveer drieënhalf uur over doen als hij zich aan de maximumsnelheid houdt, maar aangezien de weg op dit tijdstip zo goed als verlaten is, rijdt hij 140. Toen hij wegreed was het al bijna half één en hij verwacht er uiterlijk om drie uur te zijn. 150 minuten, dus één tot en met zeventien bij elkaar opgeteld. Dan houd je er weliswaar drie over, maar een kniesoor die daarop let.

Het is van het grootste belang dat hij Coughlin de straf geeft die hij verdient en die hij anders zou ontlopen. Daarbij mag niets hem in de weg staan. Het wordt zijn ultieme offer, om alle meisjes en vrouwen te redden die Coughlin anders mogelijk ooit nog tegen kan komen.

De prepaidtelefoon die hij heeft gebruikt om Andersson te bellen ligt in de middenconsole van zijn auto. Alvorens voor de allerlaatste keer van huis te gaan, heeft hij het nummer van het politiebureau van Great Bend er alvast in gezet. Hij belt het nummer om 02.15 uur, zonder zijn blik af te wenden van het schijnsel van zijn koplampen op de weg vóór hem. De stemvervormer die hij voor Andersson heeft gebruikt heeft hij niet bij zich, dus wanneer de centralist opneemt – 'Politie Great Bend, wat kan ik voor u doen?' – maakt Jalbert zijn stem alleen een beetje hoger. Hij hoopt daarmee als een tiener te klinken, maar eigenlijk doet dat er niet veel toe – ze gaan er toch wel op af. Dit soort meldingen moeten ze altijd serieus nemen.

'Er gaat straks een bom af op de middelbare school. Een grote. Het gebeurt rond de tijd dat de kinderen op school aankomen.' En dan, het floept er gewoon uit: 'Drie.'

'Sir, waar belt u vanda...'

'Drie bommen,' zegt hij, al improviserend. 'Drie. Ze willen de hele school de lucht in laten vliegen.'

'Sir...'

Jalbert beëindigt het gesprek. Zonder snelheid te minderen smijt hij de telefoon uit het raampje. Misschien wordt het toestel gevonden en als dat gebeurt, zullen ze zijn vingerafdrukken erop vinden, maar dat geeft niet. Straks is hij er niet meer en dat zal een hele opluchting zijn.

## 66

Wanneer verpleger Chuck Danny zijn telefoon komt geven, is het toestel voor vijf procent opgeladen. Dat moet voldoende zijn.

'Luister, Chuck. Ik wil dat je de nachtzusters – Karen en die andere, de blonde, ik weet niet meer hoe ze heet – gaat halen en met ze naar beneden gaat.'

'Wat? Waarom?'

'Vertrouw me nou maar. We hebben niet veel tijd.' Danny kijkt naar de klok op zijn nachtkastje. Het is 02.10 uur. Chuck staat in de deuropening en kijkt hem fronsend aan. 'Schiet op. Het is een kwestie van leven en dood. Ik meen het serieus.'

'Je hebt toch geen reactie op de pijnmedicatie, hè?'

*Geloof*, denkt Danny. *Het gaat allemaal om geloof.*

'Néé. Naar beneden. Jullie allemaal. Over een uur is alles hoe dan ook voorbij. Maak intussen dat je wegkomt. Breng jezelf in veiligheid.'

Hij gaat naar zijn contacten. Even is hij bang dat Davis er niet in staat, dat hij alleen maar dácht dat hij haar nummer heeft overgenomen van het visitekaartje dat ze hem heeft gegeven. Maar het nummer staat erin en hij belt haar, in de hoop dat ze haar telefoon niet heeft uitgezet.

Hij gaat vier keer over. Vijf keer. Net wanneer hij begint te wanhopen, neemt ze op. Slaperig klinkt ze menselijker dan ooit. 'H'llo? Met wie...'

'Met Danny Coughlin,' zegt hij. 'Wakker worden, rechercheur Davis. Luister goed. Ik heb weer gedroomd. Deze keer was het een voorspellende droom. Begrijp je wat ik zeg?'

Het blijft even stil. Wanneer ze antwoordt, klinkt ze wakkerder. 'Bedoel je...'

'Hij komt voor mij, maar als er niets gebeurt om hem tegen te houden, gaat er straks geschoten worden in de gang, ik denk bij de zusterpost. Iemand schreeuwt. Dan is hij er opeens. Hij is hetzelfde gekleed als toen jullie die eerste keer naar de school kwamen. Zwarte jas, spijkerbroek. Alleen was hij toen niet gewapend. En nu wel.'

'Ik bel de politie,' zegt ze, 'maar als dit een of andere stomme grap is...'

'Klink ik alsof ik een grap maak?' Hij schreeuwt het bijna. 'De politie komt niet, want hij heeft ze met een kluitje in het riet gestuurd, vraag me niet hoe ik dat weet, want het kwam niet voor in de droom, maar ik...'

'Zo zou hij dat doen,' zegt ze. 'Als hij echt voor jou komt... ja, dan zou hij het zo doen.' Ze klinkt nu klaarwakker. 'Ik bel de politie in Dundee en Pawnee Rock en daarna kom ik er zelf ook aan. Ik ben bij mijn zus, dat is maar tien kilometer bij het ziekenhuis vandaan.'

Deze tweede droom staat hem nog net zo duidelijk voor de geest als de droom over County Road F, het Texaco-station en het constante *tinke-tinke-tinke* van die borden met brandstofprijzen tegen de roestige paal. Net zo echt als de hond en de opgegraven arm. Er klonken – klinken straks – schoten bij de zusterpost, gevolgd door een enkele schreeuw. De schreeuw van een man, dus waarschijnlijk van Chuck, de verpleger. En daarna stond – staat straks – de man in de zwarte jas en de oversized spijkerbroek in zijn deuropening, als een dreigende gestalte, met die eigenaardige V-vormige pluk haar, met aan weerszijden die intens bleke, diepe inhammen, en die diepliggende, vermoeide ogen.

*Voor die arme Miss Yvonne*, zal hij zeggen terwijl hij het pistool richt. En op het moment dat hij schiet, draait Danny zijn hoofd om op het kussen. Hij kijkt naar de klok op zijn nachtkastje.

'Ik heb tegen de verpleger gezegd dat hij iedereen naar beneden moet sturen, maar ze gaan niet. Ik kan ze hier horen. Ze geloven me niet. Net als hij. Net als jij.'

In zijn droom keek hij op de klok – dat doet hij nu ook. 'Dundee en Pawnee Rock kun je wel vergeten, rechercheur. Veel te ver weg. Om één minuut voor drie begint het schieten. Je hebt negenendertig minuten om er iets aan te doen.'

## 67

Ella's zus Regina ligt helemaal alleen in de ouderslaapkamer. Haar man is op een van zijn vele zakenreisjes. Davis heeft haar bedenkingen bij die reisjes en ze vermoedt dat Regina die ook heeft, maar dat is iets voor een andere keer. Op de digitale klok naast Regina's bed staat 02:24.

'Reg! Reggie! Wakker worden!'

Regina beweegt en opent haar ogen. Davis draagt een spijkerbroek, sneakers zonder sokken en een T-shirt met het logo van de Kansas University, duidelijk zonder beha. Maar het is de aanblik van het pistool op haar heup en het gelamineerde ID-pasje dat haar zus net om haar nek hangt waardoor ze in één keer klaarwakker is.

'Wat...'

'Ik moet weg. Nu meteen. Maar ik ben terug voordat Laurie wakker wordt.' Dat hoopt ze tenminste. 'Er is iets aan de hand.'

'Wat dan?'

'Dat kan ik nu niet uitleggen, Reg. Hopelijk is het vals alarm.' Dat gelooft ze niet echt, niet meer. Ze gelooft Coughlin. Over alles. Ze kan alleen maar hopen dat het nog niet te laat is. 'Ik bel je zodra het is opgelost.'

Reggie stelt nog steeds vragen wanneer haar zus al weg is. Ella rent met twee treden tegelijk de trap af en grist haar sleutels uit het mandje bij de voordeur. Haar eigen auto staat op de oprit geparkeerd en verdomme, Regina heeft haar auto er pal achter gezet. Davis rijdt vooruit tot de nabijheidssensor begint te loeien en ze met haar bumper het tuinhek raakt. Ze draait aan het stuur en rijdt achteruit om Reggies Subaru heen, waarbij ze de bumper van de Subaru zo hard raakt dat hij heen en weer staat te schudden. Wanneer ze achteruit de straat op rijdt mist ze vervolgens op een haar na de brievenbus. Ze kijkt op het dashboardklokje. 02:28.

De straten zijn verlaten en ze negeert alle stopborden en neemt alleen gas terug om te kunnen zien of ze ergens koplampen ziet opdoemen. Ze neemt 7th Street, wat een vergissing blijkt. Blijkbaar wordt er aan de weg gewerkt. Er staat een hele rij vuurpotten voor een kuil in de weg op de plek waar waarschijnlijk een duiker wordt aangelegd. De potten gloeien rokerig oranje op in de nacht. Ze rijdt iemands oprit op, keert en neemt 8th Street, zich verbijtend om de vertraging. Ze wurmt haar telefoon uit haar zak en wanneer ze voor een rood knipperlicht staat op de kruising met McKinley Street, geeft ze Siri opdracht het politiebureau in Great Bend te bellen.

Davis zegt wie ze is en vertelt de centralist dat er mogelijk een schutter op weg is naar het Regional Hospital en dat daar dus alle beschikbare mankracht op af moet worden gestuurd. De centralist vertelt haar dat ze niemand heeft om te sturen. Iemand heeft een bommelding op de middelbare school doorgegeven – er is zelfs sprake van drie bommen – en de paar agenten die nachtdienst hadden zijn ernaartoe gegaan om alle straten die naar het gebouw leiden af te zetten. De explosievenopruimingsdienst is onderweg vanuit Wichita.

'Er is geen bom,' zegt Davis. 'Die vent wil al jullie mensen uit de weg hebben tot hij heeft afgemaakt waarvoor hij komt.'

'Mevrouw... rechercheur... hoe weet u dit als ik vragen mag?'

Op de klok op haar dashboard staat 02:39. Ella bedenkt dat een gebrek aan geloof de vloek is van intelligentie. Zonder het gesprek af te breken gooit ze haar telefoon op de passagiersstoel en rijdt McKinley op. Ze geeft plankgas en stampt met twee voeten op de rem wanneer een zwerver die nog laat op pad is een winkelkarretje de straat op duwt. Ze beukt op de claxon. De zwerver steekt een lome middelvinger naar haar op en zwaait ermee heen en weer terwijl hij gewoon doorloopt. Davis rijdt om hem heen en geeft plankgas.

Dan, eindelijk, Cleveland Street en het ziekenhuisgebouw. De grote, rode letters SPOEDEISENDE HULP boven de ingang vormen haar baken. Het is 02.46 uur. *Ik ben hem voor*, denkt Davis. *Als Danny gelijk had wat betreft de tijd, ben ik h...*

Dan doemt er in haar achteruitkijkspiegel een rode SUV op. Hij raakt bijna haar zijkant wanneer hij haar op hoge snelheid passeert. Davis vangt slechts een glimp op van de bestuurder, maar die glimp is voldoende. Die v-vormige pluk haar tussen die inhammen is genoeg om te weten wie het is. Remlichten flitsen op wanneer de SUV pal voor de hoofdingang tot stilstand komt. Jalbert stapt uit: zwarte jas, slobberbroek. Ondanks haar angst en het gevoel dat ze zelf droomt – het is per slot van rekening amper een uur geleden dat ze uit een diepe slaap werd gewekt door haar telefoon – is er ook een gevoel van verbijsterde verwondering. Omdat Danny over alles gelijk heeft gehad en omdat ze nu weet hoe hij zich moet hebben gevoeld bij dat Texaco-station, toen hij zijn droom werkelijkheid zag worden.

Ze remt niet af, maar rijdt keihard in op de achterkant van Jalberts auto. Hij draait zich stomverbaasd om en zijn hand gaat naar zijn pistool. Ella beukt met haar rechterhand op de claxon – *Wakker worden, mensen, wakker worden* – en opent met haar linkerhand het portier.

Terwijl ze uitstapt trekt ze haar eigen wapen en intussen hoopt ze twee dingen – dat ze haar ex-partner niet zal hoeven neerschieten en dat haar ex-partner háár niet neerschiet. Ze heeft een dochtertje om naar terug te keren.

'Frank! Doe het niet! Ga niet naar binnen!'

'Ella? Wat doe jij hier?'

*Hij kijkt zo verwilderd*, denkt ze. *Zo verloren*. En zo gevaarlijk.

'Doe dat wapen weg, Frank.'

Er beginnen mensen naar buiten te komen. Verpleegsters in roze en blauw polyester, een paar verplegers in het wit, een arts in groene operatiekleding, een paar patiënten van de 24-uursopname, een van hen met zijn arm in een mitella.

'Hij liegt, Ella. Natuurlijk liegt hij, ben je blind of zo?'

Ze staan met hun getrokken Glocks tegenover elkaar als een paar revolverhelden in de slotscène van een western. De munitie die voor deze vuurwapens wordt gebruikt is op een korte afstand als deze dodelijk. Als er wordt geschoten zal een van hen – of misschien wel allebei – het vrijwel zeker niet overleven.

'Nee, Frank. Ze hebben de dader gearresteerd in Wyoming. Zijn naam is Andrew...'

'Iverson, ja.' Jalbert knikt. 'Dat zal best, maar ze hebben het samen gedaan. Zie je dat dan niet? Denk logisch na, Ella, ze vormden een moordduo! Gebruik je hersens. Hoe kun je zijn verhaal nou geloven? Daar ben je veel te slim voor! Zestien keer te slim! Achttien keer te slim!'

Inmiddels zijn er nog meer mensen naar buiten gekomen. Ze blijven dicht bij elkaar staan op de trappen. Davis wil ze weer naar binnen sturen, maar ze durft Jalbert niet uit het oog te verliezen. Dan hoort ze een sirene. Het geluid komt dichterbij, maar het is nog ver weg, te ver weg.

'Frank, waarom denk je dat ik hier ben? Hoe denk je dat ik hier ben gekomen?'

Voor het eerst lijkt hij onzeker. 'Dat weet ik... niet.'

'Danny heeft mij gebeld. Hij wist dat je eraan kwam. Hij heeft het gedroomd.'

'Dat is belachelijk! Gelogen! Een sprookje voor kinderen!'

'Maar toch ben ik hier. Hoe wil je dat anders verklaren?'

Een verpleegster – een grote vrouw in een blauwe tuniek – is door de deur van de Spoedeisende Hulp naar buiten gekomen en besluipt Jalbert nu van achteren. Ella wil tegen haar zeggen dat dit een slecht idee is, het slechtst denkbare idee, maar ze durft het niet. Jalbert zal denken dat ze hem probeert af te leiden en dan zal hij schieten.

'Dat kan ik niet,' zegt Jalbert. 'Jij hoort hier niet te zijn. Ik denk dat je hier niet echt bént. Je bent een hallucin...'

De grote vrouw slaat haar armen om Jalbert heen en drukt zijn armen stijf tegen zijn lichaam. Ze is zeker dertig kilo zwaarder dan hij, maar hij reageert razendsnel. Hij stampt keihard op een van haar voeten. Ze gilt het uit. Haar greep verslapt. Hij trekt een arm los en beukt een elleboog achteruit tegen haar keel. De verpleegster wankelt kokhalzend weg. Hij draait zich naar haar om en keert zich daarmee van Davis af.

'Frank, laat je wapen vallen! LAAT VALLEN LAAT VALLEN LAAT VALLEN!'

Hij lijkt haar niet te horen. De verpleegster staat voorovergebogen, met haar handen om haar keel. Jalbert heft zijn wapen. Hij doet het heel langzaam. Ella heeft tijd om aan alle kilometers te denken die ze samen door Kansas hebben gereden en aan alle maaltijden die ze hebben gegeten in *diners*. Hoe ze elkaar voorbereidden als ze moesten getuigen in een zaak. Hoe ze samen eindeloze briefings hebben uitgezeten. Ze heeft tijd genoeg om hem neer te schieten, maar ze doet het niet. Ze kan het niet. Ze kan alleen toekijken hoe Jalbert het wapen omhoogbrengt, alleen richt hij het niet op de verpleegster. Hij richt het op zijn eigen hoofd.

'Frank, niet doen. Alsjeblieft, doe het niet.'

'Ik heb het allemaal gedaan voor die arme Miss Yvonne.' Dan zegt hij: 'Drie, twee, één.' En haalt de trekker over.

## 68

Het is bijna een uur later wanneer Ella eindelijk Danny Coughlins kamer binnen mag. Er staan twee agenten voor zijn deur om hem te bewaken. Dit lijkt haar een perfect voorbeeld van de put dempen wanneer het kalf al lang verdronken is. Chuck de ziekenbroeder is er ook, en een arts. Ella meent dat het de arts is die ze tijdens die laatste confrontatie op de trappen heeft zien staan, maar ze kan zich ook vergissen. Ze lijken allemaal op elkaar in die groene operatiekleding. In zijn ziekenhuispyjama ziet Danny eruit alsof hij twintig kilo is afgevallen. Hij oogt net zo verwilderd als Jalbert op het laatst, maar zijn blik heeft een soort helderheid die anders is.

Ella aarzelt geen moment. Ze loopt naar hem toe en omhelst hem. 'Het spijt me. Het spijt me allemaal zo verschrikkelijk.'

'Het is al goed,' zegt Danny tegen haar. Hij streelt haar haar. Het lijkt verkeerd om dat te doen. Maar ook juist goed.

Ze maakt zich van hem los.

'Mevrouw,' zegt de arts, 'deze man heeft voldoende opwinding gehad voor vandaag. Hij heeft zijn rust nodig.'

'Ik weet het. Ik ga al. Maar Danny... waarom kreeg jij die droom? Waaróm? Heb je zelf enig idee?'

Hij lacht. Het is een verdrietig lachje. 'Waarom wordt iemand tot twee keer toe door de bliksem getroffen?'

Ze schudt haar hoofd. 'Ik heb geen idee.'

'Ik ook niet.' Hij wijst. 'Ik zie dat je je kruisje draagt.'

Ze raakt het aan. 'Dat draag ik altijd.'

'Natuurlijk. Maar geloven is moeilijk, hè?' Hij laat zijn hoofd op zijn kussen zakken, slaat zijn handen voor zijn ogen – alsof hij beide werelden wil buitensluiten, de zichtbare en de wereld die zich daarachter bevindt en die zich maar zo zelden laat zien – en zegt het nogmaals. 'Geloven is moeilijk.'

Hij laat zijn handen zakken. Ze kijken elkaar zonder iets te zeggen aan. Er valt niets te zeggen.

# Finn

Finn had meteen al een slechte start. Hij glipte uit de handen van een vroedvrouw die al honderden bevallingen had gedaan en liet zijn eerste huiltje horen toen hij de grond raakte. Toen hij vijf was, hielden de overburen een feestje. Hij mocht buiten, aan zijn kant van de straat, naar de muziek luisteren (uit de draagbare speakers schalden nummers van The Pogues). Het was zomer, hij liep op blote voetjes, en toen een uitgelaten feestganger met rotjes begon te gooien viel er eentje met een sissende lont vlak voor hem neer en knalde de kleine teen van zijn linkervoet eraf.

'Zoiets gebeurt in duizend jaar geen tweede keer,' zei zijn oma.

Op zijn zevende speelde hij met zijn zusjes in Pettingill Park terwijl oma vlakbij op een bankje afwisselend zat te breien en een van haar woordzoekers zat op te lossen. Finn gaf niet om de schommels, had niets met de wip en al helemaal niets met de draaimolen. Wat hij leuk vond was de Twisty, een fascinerende, zes meter hoge kronkelglijbaan van blauw kunststof. Er was wel een trapje, maar Finn vond het leuker om op handen en knieën via de glijbaan zelf omhoog te klauteren, rond en rond, steeds hoger. Eenmaal boven ging hij zitten en gleed hij naar beneden. Op de Twisty was hij nog nooit gevallen.

'Hou daar nu eens een keer mee op,' zei Oma op een dag. 'Je zit altijd maar op die Twisty. Probeer eens iets nieuws. Ga eens op het klimrek. Laat je oma eens een kunstje zien.'

Zijn zusjes, Colleen en Marie, zaten al op het klimrek. Ze klauterden eroverheen en hingen eraan te zwaaien als... nou ja, als aapjes. Dus klom hij om Oma een plezier te doen op het klimrek, gleed weg toen hij net op zijn kop hing, viel eraf en brak zijn arm.

Zijn schooljuf dat jaar, de mooie miss Monahan, sloot elke schooldag af met de vraag: 'Wat hebben we vandaag geleerd, kinders?' Op de Spoedeisende Hulp, waar zijn arm werd gezet (de lolly die hij na afloop kreeg was wat hem betreft maar een schamele compensatie voor de pijn), bedacht Finn wat hij die dag had geleerd, namelijk: *Hou het bij de Twisty.*

Toen hij veertien was en in een geweldige onweersbui van het huis van zijn vriend Patrick naar huis rende, sloeg pal achter hem de bliksem in, zo dichtbij dat zijn haar alle kanten op stond en er een zwarte, verbrande streep op de rug van zijn jas zat. Finn viel voorover, met zijn hoofd op de stoeprand, had een hersenschudding en lag twee dagen bewusteloos in bed voordat hij bijkwam en vroeg wat er was gebeurd. Het was Deirdre Hanlon van de overkant (een van de feestgangers van die Pogues-dag van lang geleden, hoewel zij niet degene was die het rotje had gegooid) die hem zag liggen en de bewusteloze jongen uit de goot viste. 'Ik was echt even bang dat die arme Finn dood was.'

Wijlen zijn vader zei altijd dat Finn onder een ongelukkig gesternte was geboren. Oma (die nooit sorry had gezegd voor de klimrekdag) dacht daar anders over. Zij zei tegen Finn dat je van God, voor elke tegenvaller die Hij uitdeelde, twee meevallers kreeg. Finn dacht hier eens over na en zei dat hij nog nooit een noemenswaardige meevaller had gehad, of het moest het feit zijn dat hij niet rechtstreeks door die bliksem was geraakt.

'Je moet juist blij zijn met zo veel pech,' zei Oma. 'Misschien krijg je dan al je meevallers in één keer en win je de lotto. Of er gaat een rijk familielid dood die alles aan jou nalaat.'

'Ik heb geen rijke familie.'

'Voor zover je wéét,' zei Oma. Zij was het type vrouw dat altijd het laatste woord wil hebben. 'Wanneer er dingen misgaan, moet je maar zó denken: "God is me het een en ander schuldig." En God betaalt Zijn schulden altijd.'

Wat Finn betrof gebeurde dat echter niet snel genoeg. En er stond hem nog veel ergere pech te wachten.

Op een avond, hij was inmiddels negentien, rende Finn van het huis van zijn vriendinnetje naar huis, niet omdat het regende, maar omdat al dat geknuffel en gezoen en geflikflooi hem nogal had opgewonden. Hij had het gevoel dat hij moest rennen omdat hij anders zou ontploffen. Hij droeg een leren jack, jeans, een FC Cabinteely-pet en een vintage T-shirt met het logo van een oude band – Nazareth – op de voorkant. Toen hij de hoek om rende naar Peeke Street kwam hij in botsing met een jongeman die de andere kant op rende. Ze vielen allebei op de grond. Finn krabbelde overeind en begon zich te verontschuldigen, maar de jongeman rende alweer verder en keek alleen nog even achterom. Hij droeg ook jeans, een petje en een T-shirt, wat Finn niet per se heel toevallig vond – in deze stad was dat het uniform van alle jongeren, zowel van de mannen als de vrouwen.

Finn rende verder over Peeke en wreef tijdens het rennen over zijn geschaafde elleboog. Een zwart bestelbusje kwam met gedoofde koplampen zijn kant op rijden. Finn schonk er geen aandacht aan tot het busje naast hem kwam rijden, afremde en een paar mannen – minstens vier – er aan de achterkant uit sprongen voordat het goed en wel tot stilstand was gekomen.

Twee van hen grepen hem bij zijn armen. Finn kon nog net 'Hé!' roepen.

Een derde man zei: 'Wát je zegt!' en trok een zak over zijn hoofd.

Hij voelde een prik in zijn bovenarm, vlak boven zijn geschaafde elleboog. Hij voelde nog dat hij hardhandig werd meegesleurd, zonder dat zijn voeten de straat raakten, en toen dreef de wereld van hem weg.

Toen Finn bijkwam, lag hij op een bed in een klein kamertje met een hoog plafond. In een van de hoeken stond een tafellamp zonder tafel eronder. In een andere hoek stond een wc-pot. De pot was van blauw kunststof, precies dezelfde kleur blauw als de Twisty in Pettingill Park. Meer meubilair was er niet. Er was wel een bovenlicht, maar dat was met een paar slordige, nonchalante vegen zwart geschilderd.

Finn kwam overeind en vertrok zijn gezicht. Hij had niet echt hoofdpijn, maar wel een vreselijk stijve nek en zijn arm was net zo pijnlijk als nadat hij zijn covidvaccinatie had gehaald. Hij keek ernaar en zag dat iemand er een pleister op had geplakt, vlak boven zijn geschaafde elleboog. Toen hij de pleister een beetje lostrok zag hij een piepklein gaatje met een rode rand eromheen.

Finn voelde aan de deur en kwam erachter dat die op slot zat. Hij klopte erop en vervolgens begon hij erop te bonken. Bij wijze van antwoord bulderde opeens een nummer van AC/DC, 'Dirty Deeds Done Dirt Cheap', met iets van tweeduizend decibel in zijn oren. Finn hield zijn handen voor zijn oren. Het ging zo'n twintig, dertig seconden door en toen hield het plotseling op. Toen hij omhoogkeek, zag hij dat er heel hoog tegen de muren drie speakers hingen. Zo te zien waren het speakers van Bose, dure dingen dus. In de hoek boven de tafellamp zonder tafel keek de lens van een camera op hem neer.

In tegenstelling tot die keer dat hij bijna door de bliksem was getroffen, wist Finn nog wat er was gebeurd voordat hij tijdelijk buiten westen was geraakt en vermoedde hij wat dit betekende. Het was absurd, maar hij stond er niet van te kijken. Gekidnapt worden was weer eens een typisch voorbeeld van Finn Murrie-pech.

Hij begon weer op de deur te bonzen en te roepen dat er iemand moest komen. Toen dat niet gebeurde, deed hij een stap naar achteren en keek omhoog naar de camera.

'Is daar iemand? Iemand die, zeg maar, naar me zit te kijken? Als dat zo is, kom me hier dan uit halen. Volgens mij hebben jullie het zwaar verkloot. Jullie hadden die andere gozer moeten hebben.'

Het bleef bijna een volle minuut stil. Finn liep net terug naar het bed, om daarop te gaan liggen wachten tot iemand kwam herstellen wat ongetwijfeld een vergissing was geweest, toen de speakers weer begonnen te bulderen. Finn vond de Ramones best goed, maar niet op dit apocalyptische volume in een afgesloten ruimte. Deze keer duurde de aanval op zijn trommelvliezen ongeveer twee minuten en stopte toen weer net zo abrupt als zo-even.

Hij ging liggen en begon net in te dommelen toen Cheap Trick uit de speakers schalde. Twintig minuten later waren het Dexys Midnight Runners.

Zo ging het een hele tijd door. Waarschijnlijk urenlang. Finn kon het niet met zekerheid zeggen. Zijn ontvoerders hadden hem toen hij bewusteloos was zijn horloge afgenomen.

Hij lag te slapen toen de deur openging. Er kwamen twee mannen binnen. Finn wist niet helemaal zeker of het dezelfde waren die hem bij zijn armen hadden gegrepen, maar hij dacht van wel. Een van hen had een hangend ooglid. Deze laatste zei: 'Ben je van plan om moeilijk te gaan doen, Bobby-O?'

'Niet als jullie dit gaan rechtzetten,' zei Finn. Hij merkte amper op dat ze hem Bobby-O noemden en dacht dat het een soort bijnaam was, zoiets als Daddy-O, of wat zijn vader vroeger altijd zei als hij een dronkenlap over straat zag zwalken: 'Daar gaat weer een Paddy O'Reilly.'

'Dat heb je zelf in de hand,' zei de ander. Hij had een smal gezicht en donkere ogen, net een wezel.

Ze verlieten de kamer, Finn tussen de twee mannen in, die allebei chino's droegen en witte overhemden. Ze hadden geen van beiden een pistool, wat wel een geruststelling was, ook al twijfelde Finn er niet aan dat ze hem met gemak in bedwang konden houden als hij er toch voor koos moeilijk te gaan doen. Ze maakten een fitte indruk. Finn was wel lang, maar heel tenger.

De muren van de kamer waar ze even later naar binnen gingen hingen vol planken, allemaal leeg. Voor Finn zag het eruit als een soort voorraadkamer of, gezien de afmetingen, wat zijn oma een provisiekast zou noemen. Als jonge vrouw had ze 'een dienstje' gehad.

Via de voorraadkamer betraden ze de grootste keuken die Finn ooit had gezien. Op het aanrecht stonden een paar lege kommen met lepels erin. Te zien aan de restjes op de bodem, vermoedde hij dat er soep in had gezeten. Zijn maag knorde. Hij wist niet hoelang hij al niet had gegeten. Voordat hun geflikflooi was begonnen, had Ellie roereieren voor hem klaargemaakt, maar Finn had het gevoel dat hij die al lang had verteerd. Als dat proces tenminste doorging wanneer je bewusteloos was. Hij dacht van wel. Je lichaam ging ongetwijfeld gewoon zijn eigen gang.

Vervolgens kwamen ze in een eetkamer met een glimmende, mahoniehouten tafel die lang genoeg was om op te sjoelbakken. De zware, paarsrode overgordijnen waren helemaal dichtgetrokken. Finn spande zich in om te horen of hij passerend verkeer kon horen, maar hij hoorde niets.

Ze liepen een gang door en de man met het hangende ooglid opende aan de rechterkant een deur. De wezel gaf Finn een duwtje. In de kamer stond een deftig bureau. Langs de wanden stonden kasten vol boeken en dossiermappen. Ook de dieprode gordijnen voor het raam achter het bureau waren gesloten. Achter het bureau zat een man met wit, achterovergekamd haar (een beetje in de stijl van een jonge Cliff Richard). Zijn gebruinde gezicht was gerimpeld. Hij leek niet veel ouder dan Finns vader toen hij overleed.

'Ga zitten.'

Finn ging tegenover de man met het witte haar zitten. Meneer Hangoog ging in de ene hoek staan en meneer Wezel in de andere. Ze hielden hun handen gevouwen voor hun middel.

De witharige man had een dossiermap voor zich liggen die dunner was dan de exemplaren die overal om hen heen op de planken stonden. Hij sloeg hem open, nam er een vel papier uit, bekeek dit en zuchtte. 'Dit kan makkelijk of moeilijk, meneer Feeney. Dat hangt helemaal van uzelf af.'

Finn boog zich naar voren. 'Zo heet ik helemaal niet. U hebt de verkeerde voor u.'

De witharige man keek belangstellend. Hij legde het vel papier weer in de dunne map en sloeg die dicht. 'U bent dus niet Bobby Feeney? Kijk eens aan.'

'Mijn naam is Finn Murrie. Murrie met ie op het eind, dus niet met ay.' Dat detail alleen al leek hem voldoende om de witharige man te overtuigen. Het was zo specifiek.

'O ja?' zei de witharige man. 'De wonderen zijn de wereld nog niet uit!'

'Laat mij u vertellen wat er is gebeurd. Of wat ik dénk dat er is gebeurd. Toen ik de hoek om kwam van Peeke Street, botste ik tegen een jongen aan die precies de andere kant op rende. We liepen elkaar omver. Hij stond op en rende verder. Ik stond op en rende verder. Die kerels daar...' Hij wees naar de mannen in de hoeken. '... moeten mij hebben aangezien voor die andere knul, Bobby Feeney. Hij was hetzelfde gekleed als ik.'

'Precies hetzelfde? FC Cabinteeley-petje? T-shirt met het logo van Nazareth? Leren jack?'

'Nou ja, wat er op z'n shirt stond weet ik niet en ik weet ook niet meer of hij een pet droeg, het gebeurde allemaal zo snel, maar ik weet zeker dat hij degene is die u moest hebben. Dit overkomt mij zo vaak.'

De witharige man leunde naar voren, met zijn handen (vol littekens, zag Finn, of misschien verbrand) gevouwen op zijn dunne dossiermap. Hij keek nog belangstellender dan eerst. 'Dus je wordt wel vaker opgepakt en opgesloten?'

'Nee, ik bedoel dat ik vaak pech heb. Ik heb echt heel vaak pech.' Hij vertelde de witharige man dat de vroedvrouw hem al bij zijn geboorte op de grond had laten vallen en hij vertelde over het rotje, de gebroken arm omdat hij zich door zijn oma had laten overhalen een ander speeltoestel dan de Twisty te proberen, de blikseminslag. Hij had nog meer kunnen vertellen, maar de blikseminslag en de hersenschudding die daarvan het gevolg was geweest leek hem wel een goede plek om te stoppen. Net zoiets als de climax van een spannend verhaal. 'Dus u zult wel begrijpen dat ik niet de jongen ben die u zoekt.'

'Goh.' De witharige man leunde naar achteren, drukte een hand tegen zijn buik alsof hij daar pijn had en slaakte een zucht.

Finn kreeg een ingeving. 'Gaat u maar na, sir. Als ik op de vlucht was voor die kerels van u, dan was ik toch wel weggerend? Maar dat deed ik immers niet? Ik liep ze zogezegd recht in de armen. Het was die andere knul, die Bobby Feeney, die ervandoor ging.'

'Jij bent dus niet Bobby Feeney?'

'Nee, sir.'

'Jij bent Finn Donovan.'

'Finn Murrie. Met ie.' Dit had hij nu toch duidelijk genoeg gemaakt? Dat dit kennelijk niet zo was, bezorgde Finn een slecht gevoel.

'Kun je dat ergens mee bewijzen? Want als je een portefeuille met legitimatie bij je had, dan moet je die in je reet hebben verstopt, want dat is de enige plek waar we niet hebben gekeken.'

Finn reikte naar zijn achterzak, maar herinnerde zich opeens iets. 'Die heb ik bij mijn vriendin laten liggen. We zaten op de bank...' In werkelijkheid hadden ze op de bank gelégen, met Ellie bovenop. '... en mijn portefeuille prikte in mijn bil, dus haalde ik hem uit mijn zak en legde hem op een klein tafeltje, waar we ook onze bierblikjes op hadden gezet. En toen ben ik hem vergeten.'

'Vergeten,' zei meneer Wezel, grijnzend.

'Dat spreekt vanzelf,' zei meneer Hangoog. Hij stond ook te grijnzen.

'Kijk, nu hebben we dus al meteen een probleem,' zei de man met het witte haar.

Opeens kreeg Finn nog meer inspiratie. De onaangename situatie waarin hij zich bevond – of liever gezegd de ongelooflijke situatie, hoewel hij geen andere keus had dan het te geloven – leek heel snel nieuwe inspiratie op te leveren. 'Ik had mijn Odeon-pasje in mijn zak. Dat had ik apart gehouden voor het geval Ellie nog naar de film wilde...'

Hij wilde het pasje pakken. Het was weg.

De witharige man sloeg zijn map open, bladerde door de papieren die erin zaten en haalde er een oranje pasje tussenuit. 'Bedoel je dit soms?'

'Ja, dat is het. Ziet u mijn naam staan?' Hij stak zijn hand ernaar uit. De witharige man leunde naar achteren. Meneer Wezel en meneer Hangoog ontvouwden hun handen, klaar om in te grijpen als dat nodig mocht zijn.

De witharige man hield het pasje vlak voor zijn gezicht, alsof hij bijziend was. 'Finn Murray, staat hier. Met ay.'

Finn voelde het bloed naar zijn wangen stijgen, alsof hij op een leugen was betrapt. Dat was niet zo, maar zo voelde het. 'Namen worden zo vaak verkeerd gespeld. Mijn vader heette Stephen en dat werd door mensen zo vaak met een v geschreven, of zelfs met een f, net als in Stefan.'

De witharige man legde het Odeon-pasje terug in de map. 'Heb je een beetje genoten van de muziek die we in je kamer voor je hebben afgespeeld?'

'Ik weet waarom jullie dat doen. Dat heb ik op tv gezien. Het is een soort tactiek. Om mensen wakker te houden.'

'Aha, doen we dat dáárom? Zeg Pando, wist jij dat we dat daarom doen?'

'Moeilijk te zeggen,' antwoordde meneer Wezel schouderophalend. 'Ik heb wel eens horen zeggen dat muziek een wild beest kan kalmeren, ook al weet ik niet of dat een antwoord is op uw vraag.'

'We kunnen ook wel wat Nazareth voor je regelen, als je dat graag wilt,' zei de witharige man. 'Aangezien je een fan bent.' En met een soort groteske trots: 'We hebben Spotify!'

'Ik wil naar huis.' Finn was er niet blij mee dat zijn stem een beetje trilde, maar hij kon er niets aan doen. 'Jullie hebben je vergist en nu wil ik naar huis. Ik zal echt niks zeggen.' Zodra hij het had gezegd, had hij er al spijt van. Dit zeiden ontvoeringsslachtoffers altijd en het werkte nooit. Dat had hij ook op tv gezien.

'Naar huis gaan kunnen we ook voor je regelen. Heel makkelijk zelfs. Maar eerst moet je antwoord geven op één vraag. Wat heb je met het koffertje gedaan, Bobby? Dat koffertje met de papieren. Want je had het niet bij je toen je hier binnen werd gebracht.'

Finn voelde tranen prikken in zijn ooghoeken. 'Sir...'

'Als je wilt kun je me Mr. Ludlum noemen. Vroeger noemde ik mezelf Mr. Deighton, maar daar ben ik een beetje op uitgekeken.'

'Mr. Ludlum. Ik ben Bobby Feeney niet en ik heb geen koffertje. Nooit gehad ook. Ik ben niet degene die u zoekt en terwijl u mij hier zit te ondervragen kan degene die u echt zoekt ontkomen.'

'Dus jouw naam is Bobby Murrie. Met ie.'

'Ja. Ik bedoel nee. Ik ben Finn Murrie. Fínn.'

'Doc.' De witharige man – Mr. Ludlum – knikte naar de man met het hangende ooglid. 'Help deze jongeman eens zich zijn eigen naam te herinneren.'

Doc kwam naar voren. Pando, alias meneer Wezel, greep Finn bij zijn schouders. Doc haalde een grote ring van zijn vinger, stopte hem in zijn broekzak en gaf Finn een harde klap in het gezicht. En daarna nog een klap vanaf de andere kant. Er vlogen speekselspetters uit Finns mondhoek. Het deed flink pijn, maar wat hij op dat moment het meeste voelde was verbijstering. En schaamte. Er was niets om zich voor te schamen, maar toch schaamde hij zich.

'Ziezo,' zei Mr. Ludlum, terwijl hij naar achteren leunde en zijn handen gevouwen op zijn maag legde, 'en hoe heet je nu?'

'Finn! Finn Murr...'

Mr. Ludlum knikte naar Doc, die nog eens twee fikse klappen uitdeelde. Finns oren tuitten. Zijn wangen gloeiden. Er vloeiden tranen. 'Dit kunt u niet doen! Wáárom doet u dit? Dit is een vergissing!'

'Ik kan dit wel degelijk doen.' Mr. Ludlum sloeg zijn map open en gooide hem over het bureau een brochure toe. 'Slaan met de vlakke hand is een wereldwijd geaccepteerde ondervragingstechniek. Je moet dit maar eens goed doorlezen voordat we elkaar weer spreken. Dan kun je zien welke andere technieken we mogelijk nog gaan toepassen. Neem hem maar weer mee, mannen. Mr. Bobby Donovan heeft wat huiswerk te doen.'

'U weet niet eens wie u...'

Hij werd overeind gesleurd door Pando aan de ene kant en Doc aan de andere. Pando pakte de brochure van het bureau en propte die in Finns jeans. 'Kom mee, Bobby-O,' zei hij.

'Dag hoor,' zei Mr. Ludlum. 'Wees vriendelijk voor iedereen, dan is iedereen vriendelijk voor jou.'

Met die woorden werd Finn meegenomen, met gloeiende wangen en tranende ogen.

Terug in zijn kamer – zijn cel – trok Finn de brochure uit zijn jeans en bekeek hem. Het was geen boekje, er zat niet eens een nietje doorheen. Het waren gewoon wat losse, in elkaar gevouwen velletjes papier. Op de voorkant, slordig en enigszins scheef gedrukt, stond: WERELDWIJD GOEDGEKEURDE TEGNIEKEN VOOR GEAVANSEERDE ONDERVRAGING.

'Dit ga je niet menen!' zei Finn. Hij sprak fluisterend, zodat de microfoons – als die camera daar hing, waren er vast en zeker ook microfoons – het niet zouden opvangen. Zijn eerste gedachte was dat de 'brochure' een grap was. Maar die klappen waren geen grap geweest. Zijn gezicht gloeide er nog van.

De eerste pagina van de brochure: SLAGEN MET DE VLAKKE HAND, *OKÉ!*

De tweede pagina: ONTHOUDEN VAN SLAAP (HARDE MUZIEK, GELUIDSEFFECTEN, ETC.), *OKÉ!*

Derde pagina: BEDRIJGING (VAN FAMILIELEDEN, FUCKBUDDY'S, ETC.), *OKÉ!*

Vierde: KLISMA'S, *OKÉ!*

Vijfde: STRESSHOUDINGEN, *OKÉ!*

Zesde: WATERBORDING, *OKÉ!*

Zevende: VUISTSLAGEN, SLAAN OP DE VOETZOLEN, BRANDWONDEN TOEBRENGEN (MET SIGARETTEN OF AANSTEKERS), VERKRAGTING EN SEXUEEL MISBRUIK, *NIET OKÉ!*

Achtste: INDIEN NIET SPESIFIEK VERMELD, *WAARSCHIJNLIJK OKÉ!*

De rest van de pagina's was blanco.

'Ze kunnen verdomme niet eens spellen,' fluisterde Finn. Maar het was dus geen vergissing, of iemands macabere idee van een grap, het kon betekenen dat hij in handen was gevallen van psychopaten. Die gedachte was angstaanjagender dan te denken dat het om een geval van persoonsverwisseling ging, want dát kon worden opgelost.

Een van zijn grootmoeders tegeltjeswijsheden (daar had ze er veel van) schoot hem te binnen: *De meeste mensen zijn best redelijk, zolang je maar zacht spreekt en ze een kans geeft.*

Omdat hij niets beters kon bedenken, liet hij de brochure op de grond vallen, stond op en keerde zijn gezicht naar de camera. Hij sprak zacht. 'Mijn naam is Finn Murrie. Ik woon op Rowan Tree Road 19, met mijn oma en mijn twee zusjes, Colleen en Marie. Mijn moeder is op zakenreis, maar ze kan worden bereikt op haar mobiele nummer...' Finn noemde het nummer. 'Deze mensen zullen stuk voor stuk bevestigen dat ik ben wie ik beweer te zijn. En dan...'

Ja, wat dan?

Een moment van inspiratie. Of logica. Misschien allebei.

'En dan kunt u een zak over mijn hoofd doen, me desnoods weer bewusteloos slaan, en me achterlaten op een willekeurige straathoek. Dat kunt u doen omdat ik niet weet wie u bent en ook niet waar ik me nu bevind. Ik heb geen koffertje en ik heb geen papieren. Wees alstublieft redelijk.'

Hij wist niet meer hoe vaak hij al 'alstublieft' had gezegd. Vast heel vaak.

Finn ging weer op het bed liggen. Hij begon weg te doezelen. Net toen hij bijna in slaap viel, dreunde opeens Anthrax door de speakers: 'Madhouse'.

Hij viel bijna van het bed. Hij bedekte zijn oren. Na twee minuten die veel langer leken te duren, stopte de muziek. Hij had geen slaap meer, maar wel honger. Zouden ze hem te eten geven? Misschien niet. Een gevangene uithongeren werd niet specifiek vermeld, dus was het *WAARSCHIJNLIJK OKÉ!*

Hij viel in slaap.

Ze gaven hem vier uur.

Toen kwamen ze hem halen.

Finn zag niet of het Doc en Pando waren of misschien een paar van de anderen. Voordat hij besefte wat er gebeurde werd hij, nog half in slaap, overeind gesleurd. Hij kreeg een zak over zijn hoofd, die vaag naar kippenstront rook. Vervolgens werd hij hardhandig naar voren geduwd, tegen de zijkant van de deur.

'Oeps, sorry!' zei iemand. 'Je raakt een beetje uit de koers, Bobby.'

Hij werd naar achteren getrokken en kreeg nogmaals een duw. Zijn neus bloedde en was misschien wel gebroken. Hij snoof bloed op, stikte er bijna in en begon te hoesten. Ze sleurden hem met een moordende snelheid mee en zijn trappelende voeten raakten de vloer nauwelijks. Ze kwamen bij een trap, waar hij met geweld naar beneden werd gedreven. Toen hij bijna beneden was lieten ze hem los en gaf een van de mannen hem een harde duw in zijn rug. Finn schreeuwde het uit onder de zak. Hij stelde zich een val voor van dertig, vijftig, honderd meter, en een landing met gebroken ledematen, beneden, waar de dood op hem wachtte.

Het waren maar twee of drie treden. Hij struikelde over de onderste en viel languit op de grond. Hij werd opnieuw vastgegrepen. Telkens wanneer hij inademde, kwam de zak in zijn mond en proefde hij zijn eigen bloed, vers en warm, vermengd met een vleugje kippenstront.

'Stop!' gilde hij. 'Stóp, ik krijg geen lucht!'

'Stel je niet aan, Bobby,' zei een van hen. 'Dat je geen lucht krijgt, komt straks pas.'

Zijn knieën raakten iets hards. Hij kreeg een klap met een vlakke hand in zijn nek en viel voorover op iets wat aanvoelde als een houten bank.

'Draai die pannenkoek eens om, anders brandt-ie aan,' zei iemand vrolijk en hij werd omgedraaid. Een van zijn wild om zich heen maaiende handen raakte iets zachts.

'Blijf van m'n kruis af,' zei een nieuwe stem en hij kreeg dwars door de zak heen een harde klap. 'Daar mag alleen m'n vriendin aan zitten.'

'Alsjeblieft,' zei Finn. Hij huilde en probeerde niet te stikken in het bloed dat in zijn keel liep. Zijn neus bonsde als een ontstoken kies. 'Hou alsjeblieft op, ik ben niet wie jullie zoeken, ik ben niet die Bobby Donovan...'

Iemand gaf een geweldige klap tegen de zijkant van zijn gezicht. 'Bobby Fééney, stom varken.'

Er werd een doek over de zak gelegd. De eerste stem zei: 'Daar gaan we, Bobby! *Woesj!*'

Warm water doordrenkte de doek, de zak en vervolgens Finns gezicht. Hij kreeg water in zijn mond en spuwde het weer uit. Hij hield zijn adem in. Het water bleef stromen. Uiteindelijk moest hij wel ademen. In plaats van lucht, kreeg hij water binnen. Hij gorgelde, stikte erin, spuugde het uit, slikte het in. Er was geen lucht meer. Alle lucht was weg. Lucht was iets van vroeger, iets uit een ver verleden. Hij was aan het verdrinken.

Finn kronkelde en spartelde. Er bleef maar water door de kap stromen. Er was geen gevoel van langzaam wegdrijven, geen rust, alleen de gruwel van het constante water. Hij snakte wanhopig naar bewusteloosheid, maar die kwam niet. Alleen maar steeds meer water.

Eindelijk hield het op. Ze rolden hem op zijn zij. Hij gaf over in de zak. Een van de mannen klopte het vanaf de buitenkant voorzichtig over zijn gezicht. 'Een gezichtsbehandeling met kots!' riep hij uit. 'En het kost hem geen cent!'

Ze rolden hem op zijn rug en rukten de zak van zijn hoofd. Ze stonden hem toe met één hand zijn gezicht af te vegen, terwijl hij aan één stuk door bleef hoesten. Eindelijk kon hij weer voldoende zien om Mr. Ludlum te herkennen, die op hem neer stond te kijken. Omdat hij aan het hoofdeinde van het bankje stond, zag Finn hem ondersteboven.

'Ben jij Bobby Feeney of Finn Murrie?' vroeg Mr. Ludlum.

Aanvankelijk was Finn zo aan het hoesten dat hij geen antwoord kon geven. Toen het wat minder werd, zei hij: 'Wat u maar wilt. Ik vind het best. Als dit maar ophoudt. Alstublieft, ik kan niet meer.'

'Laten we zeggen dat wij tot onze tevredenheid hebben kunnen vaststellen dat jij Murrie bent in plaats van Feeney. Waar is hij?'

'Wie?'

Mr. Ludlum knikte. Een van de mannen, niet Doc, niet Pando, die waren hier niet – verkocht hem een geweldige klap met zijn vlakke hand. Een mengeling van braaksel en water vloog in het rond.

'Feeney, Feeney, Fééney! Waar is hij?'

'Dat weet ik niet!'

'Waar is die bommenfabriek? Laatste kans, m'n jongen, voordat je nog een keer wordt gedoopt.'

Finn hoestte en proestte, draaide zijn hoofd opzij, kokhalsde, spuugde. 'U had het over... papieren. Papieren in een koffertje.'

'Die papieren kunnen me gestolen worden. Waar is die bommenfabriek?'

'Ik weet helemaal niks van...'

Mr. Ludlum knikte. De natte doek ging over Finns gezicht. Het water begon te stromen. Algauw wilde hij dood. Dat wilde hij liever dan wat dan ook. Maar hij ging niet dood. Ten slotte, half bewusteloos en met de ondergekotste zak weer over zijn hoofd, werd hij teruggebracht naar zijn cel. Honger had hij niet meer. Dat was tenminste íéts.

Het laatste wat Mr. Ludlum zei voordat hij de deur dichtdeed was: 'Het hoeft niet zo te gaan, Finn. Vertel ons wat Feeney met de blauwdrukken heeft gedaan en het is voorbij.'

Er kwam geen muziek meer, maar Finn lag toch nog heel lang wakker. Telkens wanneer hij begon in te dommelen, schrok hij weer wakker van een nieuwe hoestbui. De laatste was zo hevig dat hij dacht dat hij het bewustzijn zou verliezen, wat hij niet erg had gevonden. Alles om aan deze nachtmerrie te ontsnappen. Door de slordig aangebrachte zwarte verf op het dakvenster boven hem, vielen een paar straaltjes gedempt licht naar binnen. Buiten, in een wereld die niet langer de zijne was, was het dag. Misschien vroeg, misschien al laat. Maar hoe laat het ook was, buiten deden mensen wat ze altijd deden, onwetend van het feit dat hier in deze cel een jongeman die altijd alleen maar pech had probeerde water uit zijn longen te hoesten.

*Voor elke tegenslag die God uitdeelt*, had zijn oma gezegd, *geeft Hij je twee meevallers.*

'Ik geloof er niks van,' zei Finn schor voordat hij eindelijk in slaap viel.

Hij droomde van Pettingill Park. Colleen zat op de draaimolen. Marie hing ondersteboven aan het klimrek in haar neus te pulken – een gewoonte waarvan ze niet af te brengen was. Oma zei dat Marie op haar sterfbed nog in haar neus zou liggen pulken. De oude dame zat vlakbij op een bankje met haar breiwerk op schoot fronsend haar laatste woordzoeker te bestuderen. Finn beklom op handen en knieën de spiraalvormige kronkels van de Twisty, ging toen zitten en gleed omlaag en daarna deed hij het nog een keer en nog een keer.

Er kwamen geen muzikale intermezzo's om deze prettige droom te verstoren, die uiteindelijk stilletjes wegzakte, zoals dromen dat meestal doen. Hij werd, een onbekende tijd later, wakker gemaakt door Doc en een andere man, ouder dan de anderen. Ze sleurden hem van het bed en voerden hem door de keuken en de eetkamer mee naar de werkkamer, waar de witharige Mr. Ludlum op hem zat te wachten. De witharige Mr. Ludlum zag er vanochtend (dat wil zeggen, voor Finn was het ochtend) een beetje grauw uit. Hij had roodomrande ogen en iets wat eruitzag als een mosterdvlek op zijn overhemd. Zijn handen lagen weer gevouwen op zijn bureau en Finn zag dat zijn met littekens bedekte knokkels gezwollen leken. En een beetje vies. Was dat bloed?

Mr. Ludlum staarde hem aan. Finn staarde terug en dacht aan iets anders wat hij een keer op tv had gezien in een van die eindeloze praatprogramma's op de BBC waar zijn moeder zo graag naar keek om redenen waar hij en zijn zussen en Oma (die dol was op *Coronation Street*, *EastEnders* en *Doctor Who*) nooit iets van snapten. Die keer ging de discussie over geavanceerde ondervragingstechnieken (oftewel foltertechnieken) en een van de panelleden – een gezette man die leek op hoe prins Andrew eruit zou zien na een jaar in een darkroom op een dieet van milkshakes en dubbele hamburgers – zei dat die nooit werkten.

'Want als die arme kerel niet weet wat zijn... *ahum*... zijn *gesprekspartners* van hem willen weten, dan zal hij... *ahum*... iets verzinnen. Dat is toch logisch!'

Dat was inderdaad logisch en Finn was een vindingrijke jongen – vindingrijk genoeg om zich zowel thuis als op school en in de buurt uit heel wat netelige situaties te hebben kunnen redden. Maar vindingrijk of niet, het lukte hem niet een verhaal te bedenken dat Mr. Ludlum tevreden zou stellen en hem zou behoeden voor een volgende bijna-verdrinking. Finn had wel een verhaal kunnen verzinnen over het vermiste koffertje, inclusief de blauwdrukken, maar moest hij dan zeggen dat die blauwdrukken waren opgeborgen in een koffertje in de bommenfabriek? Dat klonk als iets uit dat bordspel, Cluedo. En wat zou er nog volgen? Gestolen duikbootonderdelen? Gehackte wachtwoorden voor de bankrekeningen van Russische oligarchen?

Intussen bleef Mr. Ludlum hem aankijken.

'Ik heb honger,' flapte Finn er opeens uit. 'Zou ik misschien iets te eten kunnen krijgen, sir?'

Mr. Ludlum bleef kijken. Net toen Finn tot de conclusie was gekomen dat hij niets zou gaan zeggen, dat hij in een soort trance verkeerde, zei Mr. Ludlum: 'Wat dacht u van een uitgebreid Iers ontbijt, Mr. Herlihy?'

Finns mond viel open.

Mr. Ludlum begon te lachen. 'Ik neem je gewoon een beetje in de maling, Finn. Vandaag Finn, voor altijd Finn. Wat dacht je van een ontbijtje met alles erop en eraan? Eieren, spek, champignonnetjes en een lekker vet worstje. En een tomaat, omdat dat mooi staat!'

Finns maag knorde. Daar moest Mr. Ludlum weer om lachen. 'Dat lijkt me duidelijk genoeg – zo duidelijk als de haren op mijn kinnie-kin-kin. Om maar te zwijgen van mijn Finny-Finn-Finn. Ja toch? Nou? Nou?'

'Voelt u zich wel goed, Mr. Ludlum?' Gezien de omstandigheden was het misschien vreemd dat juist Finn hem deze vraag stelde, maar de man leek opeens 'niet meer zo fris en bij de pinken', zoals Oma altijd zei wanneer iemand in een televisiequiz niet op het goede antwoord kon komen en de tijd intussen wegtikte.

'Ik voel me gewéldig,' zei Mr. Ludlum. 'Ik ben een geweldige kerel. Jij krijgt je ontbijt, Finn, als je de titels kunt noemen van drie nummers van wijlen Elvis Presley.'

Finn nam niet de moeite om te vragen waarom – de man was duidelijk gek – maar dacht in plaats daarvan aan de uitgebreide platenverzameling van zijn oma. Een van haar favorieten, die ze had gedraaid tot de groeven een vreemde, wittige kleur hadden gekregen, alsof er kalk overheen was gestrooid, heette *50.000.000 Elvis-fans kunnen geen ongelijk hebben.* Colleen en Marie vonden dat al die miljoenen fans best ongelijk konden hebben. Zij trokken lelijke gezichten en hielden hun handen voor hun oren wanneer Oma die verzamelplaat opzette, maar trok Oma zich daar iets van aan? Welnee.

Hij zei: 'Krijg ik dan echt een ontbijt?'

Mr. Ludlum legde zijn hand op zijn hart en ja, het waren vrijwel zeker bloedvlekken op zijn knokkels. 'Erewoord.'

Finn zei: 'Goed dan. "I Got Stung". Dat is één. "One Night of Sin". Dat is twee. En "A Bigga-Bigga-Hunka Love". Dat is drie.'

'Heel goed!' De oudste van de mannen stond in de hoek, met zijn gevouwen handen voor zich. Mr. Ludlum draaide zich naar hem om en zei: 'Ontbijt voor onze vriend Finn, Marm! Hij heeft het verdiend!'

Marm liep de kamer uit. Doc bleef staan. Finn vond dat Doc er moe uitzag en – misschien – verdrietig.

'Jij kent je Elvis-klassiekers,' zei Mr. Ludlum. Hij leunde naar voren en keek Finn aan met ogen die niet alleen roodomrand, maar ook bloeddoorlopen waren. 'Maar ken je Elvis ook? Ken je de King of Rock and Roll?'

Finn schudde zijn hoofd. Het enige wat hij van Elvis wist, was dat hij een ouwe knakker was die op het toilet was doodgegaan. En dat Oma gek op hem was. Waarschijnlijk had ze in haar jonge jaren voor hem staan gillen.

'Hij was er een van een twééling,' zei Mr. Ludlum zachtjes en Finn rook een lucht van alcohol – scotch misschien, of whisky – die over het bureau heen in zijn richting dreef. 'Een tweeling, maar toch was er maar sprake van één geboorte. Hoe verklaar je die paradox?'

'Geen idee.'

'Dan zal ik het je vertellen. De toekomstige King of Rock and Roll nam zijn tweelingbroertje *in utero* in zijn eigen lichaam op. Hij verorberde hem in een daad van foetaal kannibalisme!'

Een ogenblik lang was Finn zo geschokt dat hij zijn eigen problemen vergat. Hij wist zeker (vrij zeker) dat Elvis' tweelingbroer net zo mythisch was als het koffertje vol gestolen papieren en de zogenaamde bommenfabriek, maar het idee van foetaal kannibalisme was eigenaardig fascinerend.

'Kan dat echt?'

'Dat kan en het is dan ook echt gebeurd,' zei Mr. Ludlum. 'Mijn lieve, oude moeder was heel keurig en netjes, maar ze had een grove grap over meneer Presley. Ze zei altijd dat hij Elvis de Pelvis was en dat zijn tweelingbroer Enis de Penis zou hebben geheten. Vat je 'm, Finn?'

Finn knikte en dacht: *Ik word hier gevangengehouden en gefolterd door een man die denkt dat ik weet waar een of andere bommenfabriek staat en dat Elvis Presley zijn tweelingbroertje heeft opgepeuzeld terwijl hij nog in zijn moeders buik zat.*

'Ik heb Elvis altijd een beetje gay gevonden,' zei Mr. Ludlum op peinzende toon. 'Er zitten nummers bij... "Teddy Bear" om er maar eens een te noemen, en "Wooden Heart"... die hij zingt met een soort fluisterende falsetstem. Je ziet dan bijna voor je hoe hij daar een beetje arrogant kwelend in de studio staat, armen gespreid, met wapperende handen, misschien wel op lakschoenen. Ik heb dat verhaal over Elvis en Nick Adams nooit geloofd, pure lulkoek, maar die glitterpakken die hij op het laatst droeg... en die sjaaltjes... er gingen zelfs geruchten over jarretels... ja, er speelde toch echt wel iets... misschien iets wat latent aanwezig was...' Hij zweeg, zuchtte en sloeg even zijn handen voor zijn gezicht. Toen hij ze weer liet zakken, zei hij: 'Twee van mijn mensen zijn vertrokken, Finn. Ze zijn 'm gesmeerd. Ertussenuit geknepen. Opgekrast. Ik heb geprobeerd ze over te halen om te blijven, maar ze hebben het gevoel dat onze vijanden dichterbij komen. De trouweloze ellendelingen.'

Hij knipoogde met één bloeddoorlopen oog. 'We hebben dus niet veel tijd meer. Ik stuur je nu terug naar je verblijf om te ontbijten, maar denk intussen heel goed na. Je wilt vast en zeker geen verder ongemak ervaren. Het enige wat we willen weten is waar je de vertaling hebt gelaten. En de sleutel tot de code zelf natuurlijk. Die willen we ook hebben. Doc, breng jij onze jonge vriend even weg?'

Doc liep naar de deur en wenkte Finn, die opstond en zich bij hem voegde. 'Zal je braaf zijn?' vroeg Doc.

Finn, die aan eieren met spek en champignonnetjes en ook nog een lekker worstje dacht, knikte dat hij braaf zou zijn. Absoluut. Hij liep met Doc mee naar de keuken, waar de oudere man, Marm, met een keukentang een zo op het oog perfect gegaard worstje op een bord legde waarop al twee eieren (goed doorgebakken, precies zoals Finn ze het lekkerst vond) lagen, vier repen spek, champignons die nog in de boter lagen te sissen en een plak tomaat. Finn ging op het bord af als een kompasnaald die naar het magnetische noorden draait. Doc trok hem terug.

'Even wachten,' zei hij. 'Het is hier geen zelfbediening, knul.' En tegen Marm: 'Ik neem het hier verder wel van je over. Hij heeft je nodig.'

Marm knikte, gaf Finn een knipoog en vertrok naar Mr. Ludlums werkkamer.

Doc pakte het bord met alles wat erop lag aan cholesterolrijk lekkers, maar zodra Marm weg was, zette hij het weer neer en trok Finn mee naar rechts, weg van de voorraadkamer en de ruimte daarachter.

'Hé!' zei Finn. 'Mijn ontbijt!'

Docs hand greep Finns elleboog zo hard beet dat het pijn deed. Hij sleurde Finn mee naar een deur tussen de gootsteen en de koelkast. Even later stonden ze in een steeg. Finn rook frisse lucht vermengd met benzine. Daar stond het zwarte bestelbusje, met draaiende motor. Achter het stuur zat meneer Wezel. Toen hij hen zag aankomen, kroop hij tussen de stoelen door naar achteren. De achterdeuren vlogen open.

'Schiet verdomme op,' zei Pando.

'Rustig aan, hij zit nu toch op de plee,' zei Doc.

'Ja, maar daar zit hij de laatste tijd niet meer zo lang en hij is ook nog steeds niet helemáál gek. Stap in, knul.'

Finn had nog net tijd voor een verwonderde blik op het smalle strookje blauwe lucht boven de steeg en klauterde vervolgens achter in het busje. Zijn benen waren stijf en hij viel, nog maar half binnen, voorover. Pando greep hem beet en sleepte hem verder naar binnen. Hij trok een zwarte kap uit zijn achterzak.

'Doe deze over je hoofd. Niet tegenstribbelen. Daar is dit niet het goede moment voor.'

Finn trok de zak over zijn hoofd. Zijn handen trilden. Een van de mannen – hij dacht dat het Doc was – gaf hem een duw en hij viel op zijn achterste en stootte zo hard zijn hoofd tegen de zijkant van het busje dat hij sterretjes zag in de zak. De deuren vielen dicht.

'Rijden,' snauwde Doc. 'En kijk uit dat je nergens tegenaan knalt.'

Finn hoorde Pando weer achter het stuur kruipen en het piepen van de stoelveren toen hij ging zitten. Het busje zette zich in beweging. Aan het eind van de steeg stonden ze even stil, onmiddellijk gevolgd door een scherpe bocht naar rechts.

Doc plofte met een diepe zucht naast Finn neer. 'Dit is echt geen leven voor een crimineel,' zei hij.

*Nou nou,* dacht Finn, *wat een zelfkennis.*

'Brengen jullie me ergens naartoe om me te vermoorden?' Hij vond het niet eens zo'n verschrikkelijke gedachte. Zeker niet als hij het vergeleek met op z'n rug op een plank moeten liggen met een kletsnatte handdoek over zijn gezicht.

Doc maakte een brommend geluidje dat wel iets weg had van een lachje. 'Als ik je dood had gewild, had ik je dat ontbijt wel laten eten. Die champignons waren vergiftigd.'

'Wat...'

'Vergif, vergif! Heb je daar nog nooit van gehoord, stom jong?'

'Waar heb je...'

'Kop dicht.'

Ze sloegen verschillende keren links en rechts af en namen minstens twee rotondes. Op een gegeven moment stonden ze een hele tijd stil – voor een stoplicht, veronderstelde Finn – en gaf Pando een klap op de claxon omdat de rij auto's voor hem niet snel genoeg naar zijn zin doorreed.

'Laat dat, stommeling,' riep Doc.

En daar gingen ze weer. Nog meer bochten naar links en naar rechts. Toen begon het busje meer snelheid te maken, dus reden ze kennelijk op een grotere weg, maar Finn hoorde niet genoeg lawaai om te denken dat het een snelweg was. De tijd verstreek. Hij hoorde de klik van een aansteker en rook een sigaret.

'Van hem mogen we nooit roken wanneer we aan het werk zijn,' zei Doc.

Finn hield zijn mond. Hij dacht aan de vergiftigde champignons. Als ze tenminste echt vergiftigd waren.

Een tijdje later – een minuut of vijftien misschien, of misschien twintig – stak Doc nog een sigaret op en zei: 'Hij denkt dat hij er maar twee kwijt is, maar de rest is er afgelopen nacht ook vandoor gegaan. Pando en ik waren de laatsten. Op Marm na. Maar Marm laat hem niet in de steek.'

Vanaf zijn plek achter het stuur zei Pando: 'Marm is net zo gek als hij.'

'Wij hebben ons leven gewaagd om jou daar weg te krijgen, Finn,' zei Doc. 'Niet dat ik een bedankje verwacht, maar het is wel zo.'

Finn bedankte hem toch maar. Zijn stem trilde en zijn benen waren aan het shaken. *Shake, shake, sugar, but you'll never shake me*, dacht hij. Dat kwam uit een nummer van Elvis, 'Stuck on You'. Finn vroeg zich af of zijn oma wist dat Elvis zijn tweelingbroertje had opgepeuzeld.

'Heel erg bedankt.'

'Ik weet niet of je een knip voor je neus waard bent, maar je hebt het niet verdiend om alleen maar te sterven omdat hij is zoals hij nu is. Heb je die brochure gezien waar hij zo trots op is? Omdat hij die zelf heeft geschreven? Maar zo is hij niet altijd geweest. Nee. We hebben vroeger goed werk gedaan, of niet soms, Pando?'

'In '17 hebben we de hele fucking wereld gered,' zei Pando, 'en er zijn hooguit tien mensen die dat ooit hebben geweten. Maar wíj wisten het, jochie, wij wisten het.'

'Feeney is iets van plan,' zei Doc. 'Daaraan heb ik nooit getwijfeld. Jij hebt daar niets mee te maken, maar hij kon die gedachte niet loslaten. Ook al herinnert hij zich geen moer.'

'Is het...'

'Kop dicht,' zei Doc. 'Wees jij nou maar gewoon een brave jongen en hou je verdomde smoel. Tenzij je je nog meer problemen op je nek wilt halen.'

Vanaf zijn plek voor in de wagen, zei Pando: 'Nee, zo is hij niet altijd geweest. Ik weet nog... ach, laat ook maar. Ik ben in staat straks zelf een kogel door je stomme kop te schieten.'

Twee uur later – minstens twee – bereikten ze een andere stad, best groot, aan het geluid van de auto's en vrachtwagens en stemmen bij de stoplichten te horen. Stemmen en gelach, klanken die hem vreemd in de oren klonken.

Eindelijk stond de bestelwagen stil en trok Doc de zak van Finns hoofd. 'Dit is jouw halte, knul. En dit is voor de moeite.' Hij stopte iets in Finns broekzak. Toen, plotseling – Doc leek zelf niet eens te weten dat hij het ging doen totdat hij het al had gedaan – gaf hij Finn een kus op zijn voorhoofd. 'Bid voor me. Ik zal het verdomme hard nodig hebben.'

Hij opende de achterdeuren. Finn stap-strompelde naar buiten. De wagen reed al weg terwijl Doc nog bezig was de deuren dicht te trekken. Finn keek om zich heen als een man die ontwaakt uit een levendige droom. Een fietser belde en riep: 'Links, kijk uit je doppen!'

Finn stapte op de stoep om niet te worden aangereden door een oude vetzak met een witte snor en een neus als de voorsteven van een torpedobootjager. Rechts van hem zat de tijdschriftenwinkel waar hij Oma's boekjes met woordzoekers altijd kocht en soms – als hij in een gulle bui was – een *OK!* of een *Heat* voor zijn zusjes. Daar vlak naast zat de frietzaak waar Finn in de loop van de afgelopen tien jaar een half vermogen had uitgegeven. Hij bevond zich nog geen anderhalve kilometer van huis.

Hij liep langzaam die kant op, terwijl hij om zich heen keek en andere voetgangers in de ogen keek (van wie de meesten onmiddellijk wegkeken, waarschijnlijk in de overtuiging dat ze te maken hadden met een gestoorde zwerver). Hij keek naar de hemel en hij keek overal naar binnen. *Ik leef nog*, dacht hij. *Ik leef, ik leef, ik leef.* Ook keek hij een paar keer over zijn schouder, om zeker te weten dat er van de zwarte bestelwagen geen spoor meer te bekennen was.

Op de hoek van Peeke Street bleef hij staan om om een hoekje te gluren en zich ervan te overtuigen dat deze keer Bobby Feeney hem niet van de sokken zou lopen en zou verdwijnen met de geheime papieren of de blauwdrukken en misschien wel op weg naar de bommenfabriek. Hij zag niemand. Hij voelde in zijn broekzak en haalde er een bundeltje bankbiljetten uit: groene euro's, minstens veertig stuks. Hij propte het bundeltje terug in zijn zak.

*Voor elke tegenvaller krijg je twee meevallers*, had Oma gezegd. Nou, hij had hier minstens vierduizend euro, dat was een meevaller. En hij leefde nog, dat was er ook een.

Nog twee huizenblokken, dan was hij thuis. Ze waren vast ongerust, misschien was zijn moeder wel eerder naar huis gevlogen van dat zakenreisje, maar ze konden nog wel iets langer wachten. Hij liep via Peeke Street terug naar Emberly en vervolgens van Emberly naar Jane Street. Halverwege Jane Street lag Pettingill Park. Het was waarschijnlijk een doordeweekse middag, want de speeltuin was verlaten, op een paar peuters na die, geduwd door hun moeder of oppas, langzaam rondjes draaiden op de draaimolen. Finn ging op een bankje zitten.

Hij keek naar de Twisty en opeens kwam er een akelige gedachte bij hem op. In zijn laatste schooljaar had meneer Edgerton de klas opdracht gegeven een verhaal te lezen van Ambrose Bierce. Toen ze het allemaal hadden gelezen (of bewéérden het te hebben gelezen, want niet al Finns klasgenoten waren lezers), liet meneer Edgerton hun een op het verhaal gebaseerde korte film zien over het ophangen van een slavenhouder in de Amerikaanse Burgeroorlog. De slavenhouder wordt van een brug geduwd, maar het touw breekt en hij brengt zich zwemmend in veiligheid. De clou van het verhaal was dat die fortuinlijke ontsnapping zich geheel in zijn hoofd afspeelde, een soort minidroom, voordat hij wérkelijk met een strop om zijn nek van die brug wordt geduwd.

*Misschien is dat wat er nu met mij gebeurt, dacht Finn. Ze zijn te ver gegaan met dat waterboarden en nu ben ik aan het verdrinken. Alleen flitst niet mijn hele leven aan me voorbij, zoals dat normaal gesproken schijnt te gaan, maar beeld ik me in dat Doc me daar weg heeft gehaald, dat Pando ons heeft weggereden en dat ik nu hier zit, in het park waar ik het als klein ventje altijd zo naar mijn zin heb gehad. Want zeg nou zelf: is mijn ontsnapping waarschijnlijk? Realistisch? In een verhaal zou je het misschien geloven, maar in het echte leven?*

Maar was dit het echte leven? Of niet?

Finn pakte een van zijn wangen, die nog gevoelig was van de klappen die Doc hem had gegeven voordat Doc zo'n (onwaarschijnlijke) ommezwaai had gemaakt. Hij kneep er heel hard in. Het deed pijn en even leek Pettingill Park te zinderen als een luchtspiegeling. Maar dat werd veroorzaakt door tranen van pijn.

Of toch niet?

En die ommezwaai van Doc was niet het enige wat bizar was. Mr. Ludlum die vroeger Mr. Deighton was... de slecht gedrukte brochure (en slecht gespeld, niet te vergeten)... dat verhaal over Elvis' tweelingbroertje... waren dat niet allemaal dingen die alleen in dromen gebeurden? Wat als hij door toedoen van Bobby Feeney niet op zijn achterste was gevallen maar op zijn hoofd? Wat als hij daarbij op de plek was gevallen waar hij ooit een hersenschudding had opgelopen op die gedenkwaardige dag (waarvan hij zich overigens niets kon herinneren) toen hij bijna door de bliksem was getroffen? Zou dat niet een typisch gevalletje Finn Murrie-pech zijn? Wat als hij ergens in een ziekenhuisbed lag, in een diep coma, terwijl zijn beschadigde hersenen een of andere krankzinnige andere werkelijkheid lagen te creëren?

Finn stond op en liep langzaam naar de Twisty. Hij had die kronkelglijbaan al jarenlang niet meer beklommen, al niet meer sinds hij drie turven hoog was, zoals Oma zou zeggen. Nu klom hij door zich aan de opstaande zijkanten omhoog te trekken weer naar boven. Het paste maar net, maar het lukte.

De moeder of oppas hield op met het duwen van de peuters op de draaimolen. Ze hield een hand boven haar ogen en zei: 'Waar ben jij nou mee bezig? Straks maak je hem stuk, grote lummel!' Finn gaf geen antwoord en hij maakte ook niets stuk. Toen hij boven was, draaide hij zich om en ging met zijn benen naar voren zitten. Hij dacht: *Of ik ben er nog wanneer ik beneden ben, of niet. Een van die twee. Zo simpel als wat.*

Hij keek naar de vrouw en zei: 'Elvis has left the building.' Toen zette hij zich af.

# Op Slide Inn Road

Opa's dinosaurus van een Buick kruipt met een gangetje van dertig kilometer per uur over de onverharde weg. Frank Brown zit met half dichtgeknepen ogen en stijf op elkaar geperste lippen achter het stuur. Corinne, zijn vrouw, zit naast hem met haar iPad opengeklapt op schoot en wanneer Frank haar vraagt of ze zeker weet dat ze goed rijden, antwoordt ze dat het helemaal oké is, dat hij gewoon door moet rijden, dat ze dan over een kilometer of tien, hooguit twaalf, weer bij de grote weg zijn en daarna in een vloek en een zucht op de snelweg zullen zitten. Ze zegt liever niet dat het knipperende blauwe stipje dat hun locatie aangeeft vijf minuten geleden verdwenen is en dat de routekaart is vastgelopen. Ze zijn veertien jaar getrouwd en Corinne kent deze blik van haar man. Die betekent dat hij op het punt staat uit zijn vel te springen.

Op de ruime achterbank zitten Billy Brown en Mary Brown met tussen hen in hun opa, die zijn grote oude zwarte schoenen aan weerszijden van de bult heeft geplaatst die daar in de vloer zit. Billy is elf. Mary is negen. Opa is vijfenzeventig, wat zijn zoon betreft een ongelooflijke lastpost en eigenlijk te oud om nog zulke jonge kleinkinderen te hebben, maar het is nu eenmaal niet anders.

Toen ze uit Falmouth vertrokken voor een bezoekje aan opa's op sterven liggende zus in Derry, had opa aan één stuk door zitten kletsen, voornamelijk over de weekendtas op de achterbank. Daar zitten Nans honkbalaandenkens in. Stapelgek op honkbal was ze, vertelt hij. Er zitten honkbalplaatjes in die volgens hem een vermogen waard zijn (iets waar Frank Brown grote twijfels bij heeft), en ook haar door Dom DiMaggio gesigneerde softballhandschoen en de allergrootste schat, een honkbalknuppel, een Louisville Slugger, gesigneerd door Ted Williams. Die heeft ze ooit gewonnen in een loterij voor een goed doel. Dat was in het jaar voordat de Splendid Splinter, zoals Ted Williams ook wel werd genoemd, zijn honkbalknuppel aan de wilgen hing.

'Ted Williams heeft later nog in Korea gevlogen,' zegt opa tegen de kinderen. 'Daar heeft hij die spleetogen platgebombardeerd.'

'Dat is geen woord dat de kinderen hoeven te kennen,' zei Corinne vanaf de voorbank – ook al koestert ze weinig hoop dat het iets zal uitmaken. Haar schoonvader is opgegroeid in een politiek-incorrect tijdperk en hij is daar altijd in blijven hangen. Ze heeft eraan gedacht hem te vragen wat een stervende, semicomateuze tachtigjarige in vredesnaam met een knuppel en een handschoen moest, maar ook daarover heeft ze haar mond gehouden. Donald Brown heeft nooit veel over zijn zus verteld, in positieve noch in negatieve zin, maar kennelijk voelt hij toch iets voor haar, anders had hij er niet op gestaan deze tocht te maken. Ook had hij erop aangedrongen met zijn oude Buick te gaan. Omdat die ruimer was en omdat hij beweerde een kortere weg te weten, die misschien een beetje hobbelig was. Hij heeft gelijk gekregen.

Hij heeft ook een stapel van zijn oude stripboekjes in de tas gestopt. 'Dan hebben de jongelui onderweg iets te lezen,' zei hij. Billy geeft geen zak om oude stripboekjes, maar Mary is op haar knieën gaan zitten, heeft opa's tas opengeritst en heeft er een stapeltje uit gehaald. De meeste zijn smoezelig en gescheurd, maar sommige zien er nog best goed uit. In de strip die ze nu zit te lezen, maken Betty en Veronica ruzie om Archie en trekken daarbij aan elkaars haar en zo.

'Weet je, vroeger reed je voor drie dollar aan benzine naar Fenway,' zegt opa. 'En dan kon je naar de wedstrijd, en een hotdog en een biertje kopen...'

'En dan kreeg je nog geld terug ook,' mompelt Frank achter het stuur.

'Precies!' roept opa. 'Reken maar! Bij de eerste wedstrijd die ik ooit samen met mijn zus heb gezien was Ellis Kinder de werper en stond Hoot Evers op het middenveld. Allemachtig, wat kon die jongen slaan! Toen hij er een over het hek knalde juichte Nan zo hard dat ze haar popcorn liet vallen!'

Billy Brown geeft ook geen zak om honkbal. 'Opa, waarom zit jij altijd zo graag in het midden? Nu moet je zo onhandig je benen spreiden.'

'Zo laat ik mijn ballen luchten,' zegt opa.

'Welke ballen?' vraagt Mary en ze fronst wanneer Billy begin te grinniken.

Corinne kijkt over haar schouder. 'Zo kan-ie wel weer, opa,' zegt ze. 'Wij brengen je naar je zus en we gaan op jouw verzoek met je oude auto, dus...'

'En dat ding zuipt benzine,' zegt Frank.

Corinne slaat geen acht op wat hij zegt. Zij laat zich niet afbrengen van wat ze wil zeggen: 'Daarmee doen we jou een lol. Dus doe mij dan ook een lol en hou je vieze praatjes voor je.'

Opa zegt dat hij dat zal doen, sorry, en lacht vervolgens zijn kunstgebit bloot in een grijns die zegt dat hij verdomme toch lekker precies zal doen waar hij zin in heeft.

'Welke ballen?' vraagt Mary nogmaals.

'Honkballen,' zegt Billy. 'Opa kan alleen nog maar aan honkballen denken. Dus lees jij je boekje nou maar en hou je mond. Leid me niet af. Ik zit al in level vijf.'

'Als Nan met ballen was geboren, had ze profspeler kunnen worden,' zegt opa. 'Dat wijf was zo goed!'

'Donald!' Corinne schrééuwt het bijna. 'Genoeg!'

'Nou, dat was ze echt,' zegt de oude man mokkend. 'Ze speelde nota bene softball in het studententeam van de Universiteit van Maine dat meedeed aan de World Series voor vrouwen. Helemaal in Oklahoma City, waar ze nog bijna is meegesleurd door een tornado!'

Frank draagt niets bij aan het gesprek. Hij tuurt alleen voor zich uit naar de weg die hij nooit had moeten nemen en dankt God op zijn blote knietjes dat hij zijn eigen zin niet heeft doorgezet om met de Volvo te gaan. Wordt de weg steeds slechter? Hij weet het wel zeker. Zelfs de naam van de weg is onheilspellend. Wie noemt een weg, zelfs een kloteweg als deze, nou Slide Inn Road? Volgens opa was het een kortere route naar Highway 196 en Corinne was het, nadat ze het op haar iPad had opgezocht, met hem eens geweest. Hoewel Frank er geen fan van is om automatisch voor de kortste route te gaan (als bankier weet hij dat dit maar al te vaak tot problemen leidt), liet hij zich aanvankelijk verleiden door het gladde, zwarte asfalt. Al snel maakte het asfalt echter plaats voor een onverharde weg en een paar kilometer verder voor een harde, stenige ondergrond met diepe wielsporen, aan beide kanten omzoomd door hoog onkruid, guldenroede en starende zonnebloemen. Ze rijden over een soort wasbord dat de Buick laat schudden als een hond die net uit het water komt. Het zou hem niet kunnen schelen als dit stokoude, benzineslurpende, arrogante stuk Detroits onbenul zich hier ter plekke helemaal dood zou schudden, als dan niet de kans bestond dat ze hier dan midden in Oost-Nergenshuizen vast kwamen te zitten.

En nu, goeie god, heeft een verstopte duiker de halve weg laten onderlopen en moet meneer Brown helemaal links gaan rijden, zodat de wielen aan zijn kant de greppel nog maar net weten te ontwijken. Als er voldoende ruimte was geweest om rechtsomkeert te maken, zou hij hebben gezegd jullie kunnen me wat en terug zijn gegaan, maar die ruimte is er niet.

Ze redden het ternauwernood.

'Hoe ver nog?' vraagt hij aan Corinne.

'Een kilometer of acht.' Nu MapQuest is vastgelopen heeft ze eigenlijk geen idee, maar ze is van nature een hoopvol mens. Gelukkig maar, want ze is er jaren geleden al achter gekomen dat haar huwelijk met Frank en het moederschap niet echt waren wat ze ervan had verwacht en nu is, als een waardeloze bonus, ook nog eens deze onaangename oude man bij hen ingetrokken omdat ze zich niet kunnen veroorloven hem onder te brengen in een bejaardentehuis. Het enige wat haar erdoorheen sleept is hoop.

Ze gaan op bezoek bij een oude dame die stervende is aan kanker, maar op een dag hoopt Corinne Brown op een cruise te gaan en dan iets te drinken met een papieren parapluutje erin. Ze hoopt op een rijker, voller leven wanneer de kinderen eindelijk groot zijn en het huis uit gaan. Ze zou ook best een badmeester willen neuken met spieren, een gebruinde huid en een oogverblindende lach vol witte tanden, maar ze begrijpt het verschil tussen hoop en fantasie.

'Opa,' zegt Mary, waarom noemen ze dit eigenlijk de Slide In Road, de glij-weg? Wie is hier dan weggegleden?'

'Het is Inn met twee n'en, in de betekenis van "herberg", of "hotel",' zegt opa. 'Vroeger stond hier een heel mooi hotel. Er hoorde zelfs een golfbaan bij, maar die "inn" is tot aan de grond toe afgebrand. De weg is wel erg slecht geworden sinds ik hier voor het laatst heb gereden. Vroeger was hij zo glad als een paar babybilletjes.'

'Wanneer was dat, pa?' vraagt Frank. 'Toen Ted Williams nog voor de Red Sox speelde? Want inmiddels stelt het niet echt veel meer voor.' Ze rijden door een kuil. De Buick bokt en hobbelt. Frank verbijt zich.

'Oepsie-woepsie!' roept opa en wanneer Billy hem vraagt waarom hij dat zegt, vertelt opa hem dat dat nu eenmaal is wat je zegt wanneer je door zo'n diepe kuil rijdt. 'Ja, toch, Frank? Dat zeiden we vroeger toch altijd?'

Meneer Brown geeft geen antwoord.

'Ja toch?'

Frank geeft geen antwoord. Zijn knokkels op het stuur zijn spierwit.

'Ja toch?'

'Ja, pa. Oepsie-fucking-woepsie.'

'Frank!' zegt Corinne op berispende toon.

Mary giechelt. Billy grinnikt. Opa grijnst zijn kunstgebit weer bloot.

*Wat hebben we een pret*, denkt Frank. *Jeetje, kon dit tochtje maar langer duren. Ik wou dat er nooit een einde aan kwam.*

Het probleem met die ouwe rotzak, denkt Corinne, is dat hij het leven nog steeds zo leuk vindt en mensen die het leven leuk vinden doen er heel lang over om het loodje te leggen.

Billy gaat verder met zijn spelletje. Hij is nu bij level zes. Level zeven is hem nog niet gelukt.

'Billy,' zegt Frank, 'heb jij streepjes op je telefoon?'

Billy klikt zijn spelletje even weg om dit te checken. 'Eentje, maar dat gaat telkens aan en uit.'

'Geweldig. Fantastisch.'

Een nieuwe serie hobbels doet de Buick weer trillen en Frank mindert vaart tot hij nog hooguit vijfentwintig kilometer per uur rijdt. Hij vraagt zich af of hij zijn naam kan veranderen, zijn gezin kan lozen en een baan kan zoeken bij een of andere kleine bank in een stadje in Australië, waar hij dan kan leren om iedereen *mate* te noemen.

'Kijk nou, kinderen!' brult opa.

Hij leunt naar voren, zodat hij zowel in het rechteroor van zijn zoon als in het linkeroor van zijn schoondochter kan tetteren. Ze deinzen in tegenovergestelde richting bij hem weg, niet alleen voor het lawaai, maar ook voor zijn adem. Die stinkt alsof er een klein dier in zijn mond is doodgegaan en al creperend heeft liggen schijten. Hij begint 's ochtends meestal met het oprochelen van slijm en smakt na afloop met zijn lippen, alsof het hem goed heeft gesmaakt. Het kan nooit veel goeds zijn wat er in zijn lichaam gaande is, en toch blijft hij zo gruwelijk vitaal. *Soms*, denkt Corinne, *denk ik dat ik hem zou kunnen vermoorden. Echt waar. Ik denk alleen dat de kinderen wel dol op hem zijn. God mag weten waarom, maar het is zo.*

'Kijk dan, dáár!' Een door artrose misvormde vinger prikt tussen meneer en mevrouw Brown door. De hoornachtige klauw aan het uiteinde ervan haalt bijna mevrouw Browns wang open. 'Dat is de oude Slide Inn, of wat er van over is, dat hotel waarover ik jullie net vertelde. Daar heeft het gestaan! Ik ben er een keer geweest, samen met mijn zuster Nan en onze ouders. We kregen ontbijt op onze kamers!'

De kinderen kijken gehoorzaam naar de restanten van de Slide Inn: een paar verkoolde balken en een diepe put waar ooit de kelder moet zijn geweest. Mevrouw Brown ziet tussen het onkruid en de zonnebloemen een oud bestelbusje staan. Het ziet er nog ouder uit dan opa's Buick en op de zijkanten zit een dikke laag roest.

'Cool, opa,' zegt Billy en hij gaat weer verder met zijn spelletje.

'Cool, opa,' zegt Mary en ze buigt zich weer over haar stripverhaal.

De ruïne van het hotel verdwijnt achter hen in de verte. Frank vraagt zich af of de eigenaren het misschien met opzet hebben laten uitbranden. Voor de verzekering. Want zeg nou zelf, waarom zou iemand hier in godsnaam een weekend willen doorbrengen, of nog erger, een huwelijksreis? Maine heeft heel veel mooie plekjes, maar daar hoort deze plek niet bij. Dit is niet eens een plek waar je langs komt om ergens anders te komen, als je het maar enigszins kunt vermijden. En zij hadden het kunnen vermijden. Dat irriteert hem mateloos.

'Wat als oudtante Nan doodgaat voordat wij er zijn, opa?' vraagt Mary. Ze heeft haar stripboekje uit. Het volgende boekje gaat over 'Little Lulu' en interesseert haar niet erg. Little Lulu ziet eruit als een drol in een jurkje.

'Tja, dan gaan we weer naar huis,' zegt opa. 'Na de begrafenis natuurlijk.'

De begrafenis. O, god, de begrafenis. Frank heeft er nog niet eens bij stilgestaan dat ze inmiddels al dood kan zijn. Misschien knijpt ze er wel tussenuit terwijl zij er zijn en dan moeten ze blijven voor de begrafenis van het ouwe mens. Hij heeft maar één stel andere kleren bij zich en...

'Kijk uit!' roept Corinne. 'Stop!'

Frank stopt en hij is net op tijd. Bovenaan de heuvel stuiten ze op nog een verstopte duiker en nog een overstroming. Alleen loopt deze overstroming over de hele breedte van de weg. Zo te zien is het water minstens een meter breed. God weet hoe diep het is.

'Wat is er, pap?' vraagt Billy, die zijn spelletje weer even pauzeert.

'Wat is er, pap?' vraagt Mary, en ze staakt haar zoektocht naar een volgende Archie-strip.

'Wat is er, Frankie?' vraagt opa.

Even blijft Frank Brown zo zitten, met zijn handen op tien voor twee op het stuur, uitkijkend over de lange motorkap van de Buick. Vroeger, in die goeie ouwe tijd, wisten ze nog hoe ze auto's moesten maken, zegt zijn vader wel eens. Natuurlijk bedoelt hij daarmee dezelfde goeie ouwe tijd toen een zichzelf respecterende vrouw nooit de deur uit ging zonder step-in en een gordeltje met jarretels waaraan ze haar kousen vast kon maken, de tijd waarin homoseksuele mensen hun leven niet zeker waren en je overal snoepjes kon kopen die 'negerbaby's' werden genoemd. Jazeker, leve de goeie ouwe tijd!

'Nou, fuck dat fucking binnenweggetje van jou,' zegt hij. 'Je ziet waar het ons heeft gebracht.'

'Frank,' begint Corinne, maar voordat ze kan uitpraten stapt hij uit en gaat naar de plek staan kijken waar de weg is opengebarsten.

Billy buigt zich over opa's schoot heen om zijn zusje iets in haar oor te fluisteren. 'Fuck dat fucking binnenweggetje.' Zij slaat haar handen voor haar mond en giechelt. Dat is leuk. Opa grinnikt, wat nog leuker is. Ze zijn niet voor niets zo dol op hem.

Corinne stapt uit en gaat bij haar man staan, met haar rug naar de spottende grille van de Buick. Ze kijkt in de diepe barst in de weg en ziet dat die niet veel goeds belooft. 'Wat denk je dat we moeten doen?'

De kinderen komen ook kijken, Mary naast haar moeder en Billy naast zijn vader. Dan komt ook opa vrolijk aangeschuifeld op zijn grote zwarte schoenen.

'Ik weet het niet,' zegt Frank, 'maar hier kunnen we in elk geval niet verder.'

'We zullen achteruit terug moeten rijden,' zegt opa. 'Helemaal naar beneden, naar die goeie ouwe Slide Inn. Je kunt daar keren op de toegangsweg van het hotel.'

'Jezus,' zegt Frank en hij haalt zijn handen door zijn dunner wordende haar. 'Goed. En wanneer we bij de hoofdweg zijn, kunnen we beslissen of we doorrijden naar Derry of maar weer naar huis gaan.'

Opa kijkt diep verontwaardigd bij het idee terug naar huis te gaan, maar wanneer hij het gezicht van zijn zoon bekijkt – vooral de rode vlekken op zijn wangen en de rode streep over zijn voorhoofd – houdt hij wijselijk zijn mond.

'Iedereen weer instappen,' zegt Frank, 'maar deze keer ga jij aan de linker- of de rechterkant zitten, pa, zodat ik kan zien waar ik rij zonder dat jouw hoofd in de weg zit.'

*Als we nu de Volvo hadden*, denkt hij, *kon ik de achteruitrijcamera gebruiken. In plaats daarvan zitten we hier met dit veel te grote stomme ding.*

'Ik loop wel,' zegt opa. 'Het is nog geen tweehonderd meter.'

'Ik ook,' zegt Mary en ook Billy wil gaan lopen.

'Ook goed,' zegt Frank. 'Probeer niet te vallen en je been te breken, pa. Dat zou echt de bekroning zijn op een werkelijk fantastische dag.'

Opa en de kinderen beginnen de heuvel af te dalen naar de toegangsweg tot het uitgebrande hotel. Mary en Bill houden allebei een van zijn handen vast. Frank vindt het wel iets weg hebben van een schilderij van Norman Rockwell: *En een stinkende ouwe rotzak zal hen leiden.*

Hij gaat achter het stuur van de Buick zitten. Corinne stapt naast hem in. Ze legt een hand op zijn arm en schenkt hem haar liefste glimlach, de glimlach die zegt: *Ik hou van je, grote, sterke man die je bent.* Frank is niet groot, hij is ook niet bijzonder sterk en er is weinig bloeiends meer aan de roos van hun huwelijk (hij is een beetje verlept, die roos, en de blaadjes worden al wat bruin aan de randjes), maar ze moet hem kalmeren en uit de gevarenzone halen en lange ervaring heeft haar geleerd hoe dat moet.

Hij zucht en zet de Buick in z'n achteruit.

'Probeer niet over ze heen te rijden,' zegt ze, over haar schouder kijkend.

'Breng me niet in de verleiding,' zegt Frank en hij begint tergend langzaam achteruit te rijden. De greppels aan beide kanten van het smalle weggetje zijn diep en als de achterkant van de wagen in een van de greppels zou zakken, hebben ze de poppen pas goed aan het dansen.

Opa en de kinderen zijn al bij de toegangsweg voordat Frank zelfs maar halverwege de heuvel is. De oude man ziet bandensporen in het hoge gras. Het bestelbusje ziet eruit alsof het er al jaren staat, maar opa vermoedt dat dit toch niet het geval is. Misschien heeft iemand besloten hier een paar dagen te kamperen. Het is het enige wat hij kan bedenken. Er valt hier in elk geval niets meer te roven, dat kan iedereen zien.

Donald Brown houdt van zijn zoon en er is veel wat Frankie heel goed kan (ook al zou opa op dat moment even niet kunnen zeggen wat dan precies), maar wanneer het erop aankomt die Buick Estate Wagon achteruit een heuvel af te rijden, is hij geen knip voor zijn neus waard. De achterkant van de wagen zwaait heen en weer als de staart van een oude, vermoeide hond. Hij laat hem bijna wegzakken in de linker greppel, draait het stuur veel te ver door naar de andere kant, waarna bijna hetzelfde weer gebeurt aan de rechterkant.

'Nou, dat doet hij niet zo goed,' zegt Billy.

'Stil,' zegt opa. 'Hij doet het prima.'

'Mogen Mary en ik een kijkje gaan nemen bij de oude Slip Inn?'

'Slide Inn,' zegt opa. 'Ja, hoor, jullie mogen wel even gaan kijken. Hollen maar en zorg dat je gauw weer terug bent, want je vader is niet in een goede bui.'

De kinderen rennen de overwoekerde toegangsweg op.

'Val niet in de kelderput!' roept opa hun na en hij wil er nog aan toevoegen dat ze in het zicht moeten blijven, maar voordat hij dat kan doen, klinkt er een gekraak en een kort getoeter, gevolgd door een reeks stevige verwensingen van zijn zoon. Kijk eens aan. Dat is dus een van de dingen waar hij goed in is.

Opa draait zich om van de rennende kinderen en ziet hoe Frank, nadat hij erin is geslaagd om zonder van de weg te raken achteruit de heuvel af te rijden, de wagen alsnog in een greppel rijdt terwijl hij een driepuntsbocht probeert te maken.

'Kop dicht, Frankie!' roept opa. 'Hou op met vloeken en zet de motor uit!' Hij heeft inmiddels waarschijnlijk de halve uitlaat er al af gereden, maar het heeft nu geen zin hem daarop te wijzen.

Frank schakelt de motor uit en stapt uit. Corinne stapt ook uit, wat nog niet meevalt. Ze duwt het portier open en drukt daarmee een halve cirkel hoog onkruid plat. De rechter achterkant van de wagen hangt tot aan de bumper in de greppel en de linker voorkant wijst schuin omhoog.

Frank loopt naar zijn vader. 'De bodem zakte weg terwijl ik bezig was met keren!'

'Je hebt de bocht te krap genomen,' zegt de oude man. 'Daarom is alleen je rechter achterwiel weggegleden.'

'De bodem zakte weg, ik zweer het je!'

'Te krappe bocht.'

'Wel godverdomme, de bodem zakte weg!'

Zoals ze daar staan, vlak naast elkaar, ziet Corinne opeens hoeveel ze op elkaar lijken en ook al is de gelijkenis haar al vaker opgevallen, toch treft het haar op deze ellendige zomerochtend als een openbaring. Ze realiseert zich dat haar man op de lopende band van de tijd staat en dat hij, alvorens eraf te rollen en op het knekelveld te belanden, ook echt zijn vader zal wórden, maar dan zonder opa's wrange, maar af en toe aanstekelijke gevoel voor humor. Ze kan soms opeens zo moe worden. Van Frank, ja, maar ook van zichzelf. Want is zij eigenlijk zelf wel een haar beter? Ze zou graag denken van wel, maar eigenlijk gelooft ze er niet in.

Ze kijkt om zich heen om te zien waar Billy en Mary gebleven zijn en vraagt dan aan opa: 'Donald? Waar zijn de kinderen?'

De kinderen inspecteren het bestelbusje bovenaan de heuvel, vlak bij de plek waar eens de Slide Inn heeft gestaan. De band aan de bestuurderskant is plat. Terwijl Mary om het busje heen loopt om de kentekenplaat te bekijken (ze is altijd op zoek naar nieuwe exemplaren, een spelletje dat ze van opa heeft geleerd), loopt Billy naar de rand van de langwerpige put in de grond, op de plek waar ooit het kleine hotel heeft gestaan. Hij kijkt omlaag en ziet dat de put vol staat met donker water. Er steken verkoolde balken uit omhoog. En een vrouwenbeen. Aan de voet zit een felblauwe sneaker. Hij staart, aanvankelijk als versteend, en deinst dan naar achteren.

'Billy!' roept Mary. 'Hij komt uit Delaware! Mijn eerste Delaware!'

'Dat klopt, schatje,' zegt iemand. 'Uit Delaware.'

Billy kijkt op. Aan de andere kant van de funderingsput komen twee mannen aangelopen. Ze zijn jong. De een is lang, met rood haar dat er vet en klitterig uitziet. Zijn gezicht zit vol met pukkels. De ander is klein en dik. Hij heeft een tas in zijn hand die veel lijkt op opa's oude bowlingtas waarop in verschoten blauwe letters ROLLING THUNDER geschreven staat. Op deze tas staan geen letters. De mannen glimlachen allebei.

Billy probeert terug te lachen. Hij weet niet of het er echt uitziet als een glimlach, of meer als de blik van een kind dat zijn best doet om niet te gillen, maar hij hoopt dat het een glimlach is. Hij wil deze twee mannen niet laten merken dat hij in de put heeft gekeken.

Mary komt om het witte bestelbusje met de platte band heen lopen. Haar glimlach is volkomen natuurlijk. En waarom ook niet? Ze is een klein meisje en zij weet niet beter dan dat iedereen kleine meisjes lief vindt.

'Hoi,' zegt ze. 'Ik heet Mary. Dat is mijn broer Billy. Onze auto is in een greppel gereden.' Ze wijst omlaag, waar haar vader en opa naar de achterkant van de Buick staan te kijken en haar moeder omhoog naar hen.

'Hallo, Mary,' zegt de roodharige. 'Leuk om kennis met je te maken.'

'En ook met jou, Billy.' De dikke jongeman legt een hand op Billy's schouder. Billy schrikt van de aanraking, maar hij is te bang om iets te laten merken. Hij houdt uit alle macht zijn glimlach vast.

'Ja, ja, die hebben een probleempje,' zegt de dikke jongeman, terwijl hij naar beneden tuurt, en wanneer Corinne heel voorzichtig een hand opsteekt, doet de dikke man hetzelfde. 'Denk je dat we iets voor ze kunnen doen, Galen?'

'Dat denk ik wel,' zegt de roodharige. 'Wij hebben zelf ook een probleempje, zoals je ziet.' Hij wijst naar de platte band. 'Geen reserveband.' Hij buigt zich naar Billy toe. Zijn ogen zijn helderblauw. Ze lijken volkomen leeg. 'Heb je in die put gekeken, Billy? Hij is echt heel groot.'

'Nee,' zegt Billy. Hij probeert heel normaal te klinken, alsof het een doodgewone vraag is, maar hij weet niet of hij dat in zijn stem weet te leggen. Hij is bang dat hij flauw gaat vallen. Hij wilde, o god, hij wilde dat hij nooit in die put had gekeken. Blauwe sneaker. 'Ik was bang dat ik erin zou vallen.'

'Slimme jongen,' zegt Galen. 'Vind je ook niet, Pete?'

'Heel slim,' beaamt de dikke en hij zwaait nog eens naar Corinne. Opa staat nu ook omhoog te kijken. Frank kijkt nog steeds, met afhangende schouders, naar de achterkant van de Buick.

'Is die magere je vader?' vraagt de roodharige Galen aan Mary.

'Ja, en die ander is onze opa. Hij is al oud.'

'Je meent 't,' zegt Pete. Zijn hand ligt nog steeds op Billy's schouder. Billy kijkt ernaar en ziet iets wat op bloed lijkt onder de nagel van Petes middelvinger.

'Weet je wat?' zegt Galen – hij bukt zich, en praat tegen Mary, die lachend naar hem opkijkt. 'Ik wil wedden dat we dat oude bakbeest er wel uit kunnen duwen. En dan kan je vader ons misschien een lift geven naar een garage, zodat we een nieuwe band kunnen kopen voor onze eigen wagen.'

'Komen jullie uit Delaware?' vraagt Mary.

'Daar zijn we wel doorheen gekomen,' zegt Pete. Dan kijken hij en Galen elkaar even aan en beginnen te lachen.

'Laten we maar eens een kijkje gaan nemen bij die auto van jullie,' zegt Galen. 'Zal ik je dragen, schatje?'

'Nee, dat hoeft niet,' zegt Mary en opeens lijkt haar lachje wat voorzichtiger. 'Ik kan best lopen.'

'Je broer zegt niet veel, hè?' zegt Pete. De hand waarmee hij niet de bowlingtas (als het dat is) vasthoudt, ligt nog steeds op Billy's schouder.

'Normaal gesproken is hij niet stil te krijgen,' zegt Mary. 'Hij is veel te goed van de tongriem gesneden, zegt opa altijd.'

'Misschien heeft hij iets gezien waar hij bang van is geworden en is hij daar een beetje stil van,' zegt Galen. 'Een bosmarmot of een vos. Of iets anders.'

'Ik heb niks gezien,' zegt Billy. Hij is bang dat hij gaat huilen en zegt tegen zichzelf: niet doen niet doen.

'Nou, laten we dan maar gaan,' zegt Galen. Hij pakt Mary's hand – dat staat ze toe – en ze beginnen de overwoekerde toegangsweg af te lopen. Pete loopt naast Billy, met zijn hand nog steeds op Billy's schouder. Hij grijpt zijn schouder niet echt vast, maar Billy heeft het idee dat hij dat wel zou doen als hij zou proberen om weg te rennen. Hij weet vrij zeker dat de mannen hem in de met water gevulde put hebben zien kijken. Hij heeft het idee dat ze een groot probleem hebben.

'Hé, heren! Hallo, mevrouw!' Galen klinkt zo vrolijk alsof ze binnenkomen op een feestje. 'Zo te zien hebben jullie een probleempje. Hulp nodig?'

'O, dat zou fantastisch zijn,' zegt Corinne.

'Geweldig,' zegt Frank. 'Die verdomde bodem zakte onder me weg terwijl ik bezig was met keren.'

'Te krap bochtje,' zegt opa.

Frank kijkt hem vuil aan en richt zich dan weer lachend tot de nieuw aangekomenen. 'Ik wed dat we hem er met jullie hulp zó weer uit hebben.'

'Zeker weten,' zegt Pete.

Frank steekt zijn hand uit. 'Frank Brown. En dit zijn mijn vrouw, Corinne en mijn vader, Donald.'

'Pete Smith,' zegt de dikke jongeman.

'Galen Prentice,' zegt de roodharige.

Er worden handen geschud. Opa mompelt iets als 'aangenaam', maar keurt hun nauwelijks een blik waardig. Hij kijkt Billy aan.

'Mevrouw,' zegt Galen, 'misschien kunt u achter het stuur gaan zitten? Dan kunnen Pete en ik en uw knappe manlief hier duwen terwijl u stuurt.'

'Ik weet niet,' zegt Corinne.

'Ik doe het wel,' zegt opa. 'Het is mijn auto. Van vroeger. Toen wisten ze nog hoe ze goede auto's moesten maken.' Hij klinkt mokkend en Billy voelt de moed, die hij net een beetje had gekregen, weer in zijn schoenen zakken. Hij had het idee gehad dat opa de mannen met argwaan bekeek, maar blijkbaar is dat toch niet zo.

'Nee, ouwe, het lijkt me beter dat jij alleen maar toekijkt, dat is zwaar zat. Ik weet zeker dat Franks vrouw wel kan rijden. Of niet soms?'

'Ja, ik denk...' zegt Corinne aarzelend.

Galen steekt zijn duim naar haar op. 'Natuurlijk kun je dat! Gaan jullie maar naast die ouwe staan, kinderen.'

'Hij heet opa,' zegt Mary. 'Niet ouwe.'

Galen grijnst. 'Maar natuurlijk,' zegt hij. 'Natuurlijk heet hij opa.'

Corinne gaat achter het stuur van de Buick zitten en schuift de stoel wat naar voren. Billy kan alleen maar aan het been denken dat uit het donkere water van de kelderput stak. Die blauwe sneaker.

Galen en Pete nemen hun plek in, links en rechts van de gekantelde achterkant van de Buick. Frank staat in het midden.

'Starten maar, mevrouw!' roept Galen en wanneer zij dat doet, buigen de drie mannen zich naar voren, zetten hun voeten schrap en plaatsen hun handen op de platte achterkant van de stationwagen. 'Oké! Geef maar wat gas. Niet te veel, rustig aan!'

De motor giert. Opa buigt zich naar Billy toe. Zijn adem ruikt net zo smerig als altijd, maar het is opa's adem en Billy vindt het niet erg. 'Wat is er aan de hand, knul?'

'Dode vrouw,' fluistert Billy terug en dan komen de tranen. 'Dode vrouw in die put daarboven.'

'Meer!' roept dikke Pete. 'Trap 'm op z'n staart!'

Corinne geeft een dot gas en de mannen duwen. De achterwielen van de Buick draaien en krijgen dan opeens greep op de bodem. De Estate Wagon rijdt de weg op.

'Whooo, hooo!' roept Galen.

Plotseling merkt Billy tot zijn verwarring dat hij het liefst zou willen dat zijn moeder nu gewoon weg zou rijden en hen hier zou achterlaten, zodat zij in elk geval in veiligheid zou zijn. Maar ze stopt, zet de Buick in z'n vrij en stapt uit, waarbij ze met de muis van haar hand de zoom van haar jurk op zijn plek houdt.

'Fluitje van een cent!' roept Galen uit. 'Die staat weer zo goed als nieuw met vier bandjes op de weg! Alleen hebben wij nu nog steeds ons eigen probleempje. Nietwaar, Pete?'

'Klopt als een zwerende vinger,' zegt Pete. 'Onze bus heeft een lekke band en we hebben geen reserveband. We zullen onderweg wel over een spijker zijn gereden, denk ik.' Hij blaast zijn stoppelige wangen, inmiddels glimmend van het zweet, bol en maakt het geluid van een band die leegloopt: *Pwsshhh!* Hij had zijn tas neergezet om te duwen, maar pakt hem nu weer op. En ritst hem open.

'Verdomme,' zegt Frank. 'Geen reserveband dus?'

'Balen hè?' zegt Galen.

'Wat deden jullie eigenlijk daarboven?' vraagt Corinne. Ze heeft de motor van de Buick laten lopen en het portier open laten staan. Ze kijkt naar haar man, die zijn brede bankiersglimlach laat zien, en vervolgens naar haar twee kinderen. Haar dochtertje lijkt oké, maar Billy ziet zo wit als een doek.

'Kamperen,' zegt Pete. Zijn hand is verdwenen in de tas die geen bowlingtas is.

'Goh,' zegt Frank. 'Dat is...'

Hij maakt zijn zin niet af, misschien weet hij niet hoe, en niemand lijkt te weten hoe het gesprek weer op gang kan worden gebracht. Vogels zingen in de bomen. Krekels wrijven hun dunne pootjes tegen elkaar in het hoge gras, de enige wereld die zij kennen. De zeven mensen staan in een losse kring achter de stationair draaiende Buick. Frank en Corinne kijken elkaar aan met een blik van: wat gebeurt hier?

Opa weet het. Hij heeft in Vietnam meer mannen als deze gezien. Scharrelaars en onderkruipers. Hij heeft meegemaakt dat er een door zijn eigen mannen tegen een houten hek was gezet en doodgeschoten. Dat was na afloop van het Tetoffensief, een clusterfuck waarover de kleinkinderen waarvoor hij veel te oud is waarschijnlijk nooit iets zullen lezen in hun geschiedenisboekjes.

Intussen komt Frank plotseling als een soort opwindpoppetje tot leven. Zijn uw-lening-is-goedgekeurd-glimlach is weer terug. Hij haalt zijn portefeuille uit zijn achterzak. 'Ik zou willen dat ik jullie naar een garage of zo kon brengen, maar wij rijden al met een volle bak, zoals jullie zien...'

'Je vrouw mag wel bij mij op schoot,' zegt Pete en hij laat zijn wenkbrauwen veelbetekenend op en neer gaan.

Frank besluit de opmerking te negeren. 'Maar ik beloof jullie dat we bij de eerste de beste gelegenheid die zich voordoet zullen stoppen om iemand naar jullie toe te sturen. Wat denken jullie intussen van een tientje per persoon? Omdat jullie ons hebben geholpen.'

Hij opent zijn portefeuille. Galen plukt hem heel voorzichtig uit zijn hand. Frank probeert hem niet tegen te houden. Hij staart alleen maar met grote ogen naar zijn eigen handen, alsof de portefeuille daar nog is. Alsof hij het gewicht ervan nog voelt, ook al is hij nu onzichtbaar.

'Zal ik het gewoon maar allemaal nemen?' zegt Galen.

'Geef terug!' zegt Corinne. Ze voelt Mary's handje in de hare kruipen en ze vouwt haar vingers eroverheen. 'Die is niet van jou!'

'Nu wel.' Zijn stem klinkt net zo zachtaardig als de hand die de portefeuille heeft gepakt. 'Eens even kijken wat we hier hebben.'

Hij maakt hem open. Frank zet een stap naar voren. Pete haalt zijn hand uit zijn tas die geen bowlingtas is. Hij houdt een revolver vast. Opa denkt dat het een .38 is.

'Terug jij, Frankie-Wankie,' zegt Pete. 'We gaan even zakendoen.'

Galen haalt een klein stapeltje bankbiljetten uit de portefeuille. Hij vouwt ze dubbel, stopt ze in de zak van zijn spijkerbroek en gooit de portefeuille dan naar Pete, die hem in de tas stopt. 'En nu die van jou, ouwe.'

'Schurken,' zegt opa. 'Dat zijn jullie.'

'Klopt,' beaamt Galen met zijn zachte stem, 'en als je niet wilt dat ik dit ventje een knal voor z'n kop geef, zou ik je portefeuille maar geven.'

Het wordt Billy te veel. Hij verliest de controle over zijn blaas en voelt zijn kruis warm worden. Hij begint te huilen, deels van schaamte en deels van angst.

Opa vist zijn oude, gehavende portefeuille uit de linker voorzak van zijn ruimvallende broek en geeft hem af. Het ding zit propvol, maar voornamelijk met pasjes, foto's en kassabonnetjes van de afgelopen vijf jaar of langer. Galen haalt er een briefje van twintig en een paar van één dollar uit, propt ze in zijn zak en gooit de leren portefeuille naar Pete, die hem in zijn tas gooit.

'Je moet af en toe eens grote opruiming houden, ouwetje,' zegt Galen. 'Wat een zooitje in dat ding.'

'Zegt de man die eruitziet alsof hij zijn haar met Thanksgiving voor het laatst heeft gewassen,' zegt opa, waarna Galen hem, zo snel als een slang die tevoorschijn schiet uit het struikgewas, een harde klap in het gezicht geeft. Mary barst in tranen uit en verbergt haar gezichtje tegen de heup van haar moeder.

'Hou daarmee op!' zegt Frank, alsof het niet al is gebeurd en zijn vader geen bloedende lip en neus heeft. Waarna hij er onmiddellijk op laat volgen: 'Hou je mond, pa!'

'Zo'n brutale bek pik ik van niemand,' zeg Galen, 'zelfs niet van oude mannen. Juist oude mannen zouden beter moeten weten. Zo, en nu Corinne. Laten we je tasje maar eens uit de auto gaan pakken. Je dochtertje mag ook mee.' Hij pakt Mary vast en drukt zijn vingertoppen diep in haar dunne armpje.

'Laat haar met rust,' zegt Corinne.

'Jij hebt hier niets te vertellen,' zegt Galen. 'Als je me nog één keer vertelt wat ik moet doen, zal ik je gezicht eens verbouwen. Pete, zet Frank en zijn vader maar bij elkaar. Met hun schouders tegen elkaar aan. En als een van de twee het waagt zich te bewegen...'

Pete maakt een beweging met de revolver. Opa gaat schuifelend naast zijn zoon staan. Frank staat heel snel en oppervlakkig door zijn neus te ademen. Het zou opa niet verbazen als hij straks onderuit gaat.

'Je hebt het gezien, hè?' vraagt Pete aan Billy. 'Geef het nou maar toe.'

'Ik heb niks gezien,' zegt Billy door zijn tranen heen. Hij staat te blèren als een baby en hij kan er niets aan doen. Blauwe sneaker.

'Jokkebrok,' zegt Pete. Hij lacht en woelt met zijn hand door het haar van de jongen.

Galen komt terug met nog meer bankbiljetten in zijn broekzak. Hij laat Mary los. Het meisje klampt zich vast aan haar moeder. Corinne kijkt verdwaasd uit haar ogen.

Opa verspilt geen tijd aan zijn eigen familie. Hij kijkt toe hoe Galen weer bij Pete gaat staan. Hij wil zien wat er tussen die twee gebeurt en dat is wel ongeveer wat hij al verwachtte. Het heeft geen zin daar doekjes om te winden. Ze kunnen de Buick meenemen en de familie Brown achterlaten, of ze kunnen de Buick meenemen en de familie Brown vermoorden. Als ze worden gepakt, gaan deze twee sowieso voor de rest van hun leven achter de tralies, ongeacht hoeveel slachtoffers ze verder nog maken.

'Er is nog meer,' zegt opa.

'Wat zeg je?' vraagt Galen. Hij is de prater. Zijn collega-schurk is meer het zwijgzame, dikke type.

'Meer geld. Best veel. Ik zal het je geven als je ons verder met rust laat. Als jullie de wagen meenemen en ons ongemoeid laten.'

'Hoeveel meer?' vraagt Galen.

'Dat durf ik niet met zekerheid te zeggen, maar ik schat zo rond de drieëndertighonderd. Het zit in mijn weekendtas.'

'Waarom zou zo'n ouwe zak als jij hier door de rimboe toeren met drieduizend en nog wat dollar in zijn tas?'

'Vanwege mijn zuster Nan. We waren op weg naar Derry om haar nog een keer te kunnen zien voordat ze sterft. Ze heeft niet lang meer, als ze inmiddels al niet is overleden. Ze heeft kanker. Het zit in haar hele lijf.'

Pete heeft de tas die geen bowlingtas is weer neergezet. Nu wrijft hij twee vingers tegen elkaar en zegt: 'Dit is het kleinste viooltje ter wereld dat "Mijn hart pompt paarse pis voor jou" speelt.'

Opa schenkt er geen aandacht aan. 'Ik heb een groot deel van mijn Social Security laten uitbetalen om de begrafenis te kunnen bekostigen. Nan heeft geen rooie cent en je krijgt korting als je contant betaalt.' Hij geeft Billy een schouderklopje. 'Dat heeft deze jongen allemaal voor me uitgezocht op het internet.'

Dat heeft Billy helemaal niet gedaan, maar behalve een paar hikkende snikjes, houdt hij zijn mond. Waren hij en Mary maar nooit naar de Slide Inn gelopen en wanneer hij door betraande ogen naar zijn vader kijkt, ervaart hij een moment van pure haat. *Het is jouw schuld, pap*, denkt hij. *Jij hebt de wagen in een greppel gereden en nu hebben deze mannen ons geld gestolen en gaan ze ons vermoorden. Opa weet het ook. Dat zie ik aan hem.*

'Waar is die weekendtas?' vraagt Galen.

'Achterin, bij de rest van de bagage.'

'Ga maar halen.'

Opa loopt naar de Buick. Hij kreunt wanneer hij de achterklep opent – dat is zijn rug die bijna in een kramp schiet. Eerst begeeft je rug het, als laatste je jongeheer en daartussenin de rest, zei zijn eigen vader vroeger altijd.

De tas lijkt veel op die van Pete, met een rits aan de bovenkant, alleen is hij langwerpiger – meer een sporttas dan een bowlingtas. Hij ritst de tas open.

'Er zit toch geen pistool in, wel, ouwe?' vraagt Galen.

'Nee, nee, dat laat ik aan jongens als jullie over, maar moet je dit zien.' Opa haalt een versleten, oude honkbalhandschoen tevoorschijn. 'Die zus over wie ik het net had? Deze was van haar. Ik heb hem meegenomen zodat ze hem nog een keer kan zien, als ze nog niet is overleden. Of in coma ligt. Ze heeft hem gebruikt tijdens de Women's World Series, in Oklahoma City. Softball was dat. Dat was nog vóór de Tweede Wereldoorlog, geloof het of niet. En kijk eens!' Hij draait de handschoen om.

'Ouwe,' zegt Galen, 'met alle respect hoor, maar het interesseert me geen reet.'

'Oké, maar hier op de achterkant,' houdt opa vol. 'Zie je? Gesigneerd door Dom DiMaggio. Dat was de broer van Joltin' Joe, hoor.'

Hij gooit de handschoen ter zijde en duikt weer in de tas. 'Ik heb hier ook nog zo'n tweehonderd honkbalplaatjes. Sommige zijn gesigneerd en veel geld waard...'

Pete grijpt Billy's arm en draait hem om. Billy gilt het uit.

'Niet doen!' gilt Corinne. 'Laat mijn zoon met rust!'

'Het is anders zijn schuld dat jullie dit nu overkomt,' zegt Pete. 'Het is een nieuwsgierige bemoeial.' Dan, tegen opa: 'Wij hoeven die fucking honkbalplaatjes niet!'

Mary huilt, Corinne huilt, Billy ziet dat zijn vader op het punt staat om flauw te vallen en opa lijkt zich van niemand iets aan te trekken. Opa heeft zich teruggetrokken in zijn eigen wereld. 'En wat dachten jullie van stripboekjes?' zegt hij. Hij haalt een handvol boekjes uit de tas en houdt ze omhoog. 'De Archies en Caspers leveren niks op, maar er zitten een paar oude Superman-strips tussen... en een paar Batmans, ook eentje waarin hij het tegen de Joker opneemt...'

'Als je nu niet ophoudt met tijdrekken zeg ik tegen Pete dat hij je zoon moet doodschieten,' zegt Galen. 'Zit het geld in die tas of niet?'

'Ja, ja,' zegt opa, 'helemaal onderin, maar ik heb hier nog iets anders dat je misschien zal interesseren.'

'Ik interesseer me helemaal nergens voor,' zegt Galen. Hij loopt op opa af. 'Ik pak dat geld zelf wel. Als het er tenminste in zit. Uit de weg, jij.'

'O, hou toch op,' zegt opa. 'Hiervoor vang je twee keer zo veel als wat ik aan contanten heb.' Hij haalt de Louisville Slugger tevoorschijn. 'Gesigneerd door Ted Williams, de Splendid Splinter zelf. Als je deze op eBay zet, brengt-ie zó zevenduizend piek op. Minstens.'

'Hoe is je zus hieraan gekomen?' vraagt Galen, die eindelijk interesse toont. Hij ziet de handtekening, vervaagd maar leesbaar, op het slaghout staan.

'Gewoon, met een glimlach en een knipoogje toen hij na een wedstrijd handtekeningen stond uit te delen,' zegt opa en hij haalt uit met de knuppel. Hij raakt Galen tegen zijn slaap. Zijn schedel barst open als een eierschaal. Bloed spat op. Hij knijpt zijn ogen dicht van pijn en verbazing. Hij wankelt, steekt een hand uit, maait met zijn armen om zich heen om zijn evenwicht te bewaren.

'Pak die andere, Frankie!' schreeuwt opa. 'Grijp 'm!'

Frank verroert zich niet en staat alleen maar met open mond te kijken.

Pete staart naar Galen. Een ogenblik lang is hij volslagen verbijsterd, maar dat ogenblik is snel voorbij. Hij richt de revolver op opa. Billy springt op hem af.

'Nee!' gilt Corinne. 'Billy, nee!'

Billy grijpt Petes arm en trekt die omlaag en wanneer Pete schiet, verdwijnt de kogel tussen zijn voeten in de grond.

Galen richt zich op. Hij houdt zich met één hand vast aan de open achterklep van de stationwagen. Opa verzamelt, zonder acht te slaan op een protesterend gebrul achter hem, al zijn krachten en raakt de roodharige met bijna een kilo massief Kentucky-essenhout tegen zijn ribben. Galen zakt door zijn knieën en zijn uitroep – 'Pete, schiet die klootzak neer!' – is niet veel meer dan een fluistering. Opa brengt het slaghout omhoog. Er klinkt opnieuw een schot, maar hij wordt niet geraakt (althans, hij denkt van niet) en hij laat de knuppel neerkomen op Galens gebogen hoofd. Galen valt plat voorover in een van de bandensporen van de Buick.

Pete probeert Billy af te schudden, maar Billy klemt zich, met uitpuilende ogen en zijn tanden diep in zijn onderlip, aan hem vast als een fret. De revolver zwaait van links naar rechts en gaat nog een derde keer af. Ditmaal schiet hij recht omhoog, de lucht in.

'En nu jij, stom rund,' bijt opa hem toe.

Eindelijk weet Pete Billy van zich af te schudden, maar voordat hij de revolver kan optillen, laat opa de honkbalknuppel neerkomen op zijn pols en breekt die. Het wapen valt op de grond. Pete draait zich om en rent weg, waarbij hij de tas die geen bowlingtas is op de grond laat staan.

De twee kinderen rennen naar opa toe en omhelzen hem zo stevig dat hij bijna omvalt. Hij duwt ze weg. Zijn oude hart gaat als een bezetene tekeer en het zou hem niet verbazen als het er nu opeens mee ophield.

'Billy, pak de tas van die dikke. Onze spullen zitten erin en ik denk niet dat ik kan bukken.'

De jongen doet niet wat hij zegt, misschien hebben de schoten hem een beetje doof gemaakt, maar het meisje wel. Ze gooit de tas achter in de

Buick en veegt dan haar handen af aan de voorkant van haar T-shirt, waar de afbeelding van een eenhoorn op staat.

'Frank,' zegt opa, 'is die knul met het rode haar dood?'

Frank verroert zich niet, maar Corinne knielt bij Galen neer. Na een paar tellen kijkt ze op, haar ogen heel erg blauw onder haar bleke voorhoofd. 'Hij ademt niet.'

'Nou, dat is niet bepaald een verlies voor de mensheid,' zegt opa. 'Billy, raap die revolver op en hou je handen uit de buurt van de trekker.'

Billy raapt het gevallen wapen op. Hij wil het aan zijn vader geven, maar Frank kijkt er alleen maar naar. Opa neemt het uit zijn hand en stopt het in de zak waarin eerst zijn portefeuille heeft gezeten. Frank staat daar maar en kijkt neer op Galen, die met zijn gezicht in het gras ligt, met een ingeslagen schedel.

'Opa, opa!' zegt Billy, terwijl hij de oude man aan zijn arm trekt. Zijn mond trilt, de tranen stromen over zijn wangen en zijn bovenlip glimt van het snot. 'Wat als die dikke nog een pistool in dat bestelbusje heeft liggen?'

'Wat als we gewoon maken dat we hier wegkomen?' zegt opa. 'Corinne, jij rijdt. Dat lukt mij niet. Kinderen, achterin.' Hij weet niet eens of hij zelf wel kan zitten, want zijn rug is er ellendig aan toe, maar het zal toch moeten, hoeveel pijn het ook zal doen.

Corinne gooit de achterklep dicht. De kinderen kijken nog één keer de overwoekerde toegangsweg af, om te zien of Pete weer terugkomt, en rennen dan naar de auto.

Opa loopt naar zijn zoon. 'Je had een kans en je stond daar maar. Door jou was ik bijna dood. Door jou waren we allemaal bijna dood.' Opa geeft Frank een harde klap in zijn gezicht, precies zoals hij zelf is geslagen door de man die nu dood aan hun voeten ligt. 'Stap in, jongen. Misschien ben je te oud om er iets aan te kunnen doen, ik weet het niet.'

Frank loopt als in een droom naar de deur aan de passagierskant van de wagen en stapt in. Opa trekt het achterportier open en merkt dat het hem niet lukt om te bukken. Hij laat zich achterover op de achterbank vallen en trekt dan, met een zacht gekreun van pijn, zijn benen naar binnen. Mary kruipt over hem heen om het portier dicht te trekken en ook dat doet pijn. Het is niet alleen zijn rug. Het voelt alsof er ook iets niet goed is gegaan in zijn buik.

'Opa, gaat het wel?' vraagt Corinne. Ze kijkt om. Frank staart recht voor zich uit door de voorruit. Zijn handen liggen op zijn knieën.

'Ja hoor,' zegt opa, ook al voelt het echt niet goed. Hij zou wel zin hebben in een stuk of zes van de pijnstillers die de oncoloog van zijn zus haar ongetwijfeld heeft voorgeschreven, maar Nan is honderdzestig kilometer hiervandaan en hij denkt niet dat ze haar vandaag nog zullen zien. Nee, vandaag niet meer. 'Rijden.'

'Had je dat geld echt in je tas zitten, opa?' vraagt Billy wanneer zijn moeder wegrijdt in de richting waar ze vandaan zijn gekomen, maar dan veel sneller dan Frank had gereden. Ze wil de Slide Inn zo snel mogelijk achter zich hebben. En de Slide Inn Road ook.

'Natuurlijk niet,' zegt opa. Hij veegt de tranen van het gezichtje van zijn kleindochter en drukt haar tegen zich aan. Dat doet pijn, maar hij doet het toch.

'Opa,' zegt ze. 'Je hebt tante Nans bijzondere honkbalknuppel laten liggen.'

'Dat geeft niet,' zegt opa, terwijl hij haar haar streelt, dat helemaal in de klit zit en nat is van het zweet. 'Die pikken we misschien een andere keer wel eens op.'

Dan laat Frank zich eindelijk horen. 'Vlak voor die afslag op Route 196, zijn we op de heenweg langs een kleine winkel gekomen. Daar kan ik de politie bellen.' Hij draait zich om en kijkt de oude man aan. De klap heeft een rode plek op zijn gezicht achtergelaten. 'Dit is jouw schuld, Pa. Het is allemaal jouw schuld. We moesten toch zo nodig met die kloteauto van jou? Als we met de Volvo waren gegaan...'

'Hou je mond, Frank,' zegt Corinne. 'Doe me een lol. Hou deze ene keer nu eens je mond.'

En dat doet Frank.

*Denkend aan Flannery O'Connor*

# Rood scherm

Wilson heeft een slechte ochtend. Hij snijdt zich bij het scheren en staat net met een Kleenex een beetje bloed van zijn kin te vegen wanneer Sandi haar hoofd om de hoek steekt om hem een standje te geven omdat hij de wc-bril omhoog heeft laten staan en het dopje van de tandpasta niet op de tube heeft gedraaid. Hij morst sap op zijn stropdas en moet een schone pakken. Voordat hij naar zijn werk kan vluchten, volgen er nog meer verwijten: ze heeft bierflesjes in de vuilnisbak gevonden in plaats van de recyclebak en hij is vergeten het schaaltje waaruit hij ijs heeft gegeten om te spoelen alvorens het in de vaatwasser te zetten. Er is er nog een, maar die gaat het ene oor in en het andere oor uit zonder dat er ergens daartussenin iets van blijft hangen. Kortom, een beetje jammer allemaal. Is hij de laatste tijd vergeetachtiger en slordiger geworden, of is zij de afgelopen zes of acht maanden veel prikkelbaarder geworden? Hij weet het niet en het is te vroeg om zich dat soort dingen af te vragen.

Maar zodra hij in de auto zit en achteruit de oprit af rijdt, komt er een gedachte bij hem op die hem in een betere stemming brengt. Als er zoiets bestaat als slecht karma, dan heeft hij zijn portie voor vandaag wel gehad en kan hij verder...

'Ongestoord mijn gang gaan!' roept hij uit en hij trakteert zichzelf op een sigaret uit het pakje in het handschoenenkastje.

Deze optimistische gedachte duurt zo'n vijftien minuten. Dan krijgt hij een telefoontje dat hem naar 34th Avenue in Queens stuurt. Hij krijgt opdracht zich bij de politiemensen ter plaatse te vervoegen, wat nooit een goed teken is voor je karma.

Vijf uur later, wanneer hij eigenlijk aan zijn lunch zou moeten denken, staat Wilson in plaats daarvan via een doorkijkspiegel naar binnen te kijken in een kleine verhoorruimte. Er staan een tafel en twee stoelen. Op een van de stoelen zit ene Leonard Crocker. Hij draagt handboeien die zijn bevestigd aan een ijzeren ring aan zijn kant van de tafel. Hij draagt een mouwloos onderhemd op een kaki werkbroek. Zijn overhemd zit in een gelabelde plastic zak en wordt straks naar de forensische afdeling gebracht. Wanneer het daar aan de beurt is (dat kan even duren, want ze werken daar altijd met een achterstand), zullen van het bloed dat erop zit de bloedgroep en het DNA worden bepaald. Dat is een formaliteit. Crocker heeft de moord al bekend. Straks worden zijn onderhemd en broek verruild voor gevangeniskleding.

Wilson hangt zijn sleutelkoord met legitimatie om zijn hals. Wanneer hij de kamer binnengaat doet hij dat met een glimlach op zijn gezicht. 'Hallo, meneer Crocker. Kent u mij nog?'

Leonard Crocker lijkt zich volledig op zijn gemak te voelen, met handboeien en al. 'Jij bent de rechercheur.'

'Klopt!' Wilson gaat zitten. 'Hoe word je genoemd: Len, Lennie of Leonard?'

'Meestal Lennie. Zo noemen de jongens bij het loodgietersbedrijf me.'

'Dan houden we het op Lennie. We zijn hier voor een voorbereidend gesprek, ben je het daarmee eens? Ik neem aan dat je inmiddels op je rechten bent gewezen?'

Lennie glimlacht als een man die doorheeft dat hem een strikvraag wordt gesteld. 'Eerst door de politie ter plaatse en daarna door jou. Je weet dat ik ze zelf heb gebeld, hè? De politie.'

'Mooi zo! Dus nog even ten overvloede: alles wat je zegt...'

'Kan tegen me worden gebruikt.'

Wilsons glimlach verbreedt zich tot een grijns. 'Bingo! En hoe zit het met juridische bijstand? Weet je dat ook nog? Want alles wat we hier zeggen wordt opgenomen, zoals je weet.'

'Ik kan te allen tijde een advocaat krijgen. Als ik me die niet kan veroorloven, krijg ik er van jullie eentje toegewezen. Zo is de wet.'

'Goed geantwoord! Dus, als je er een wilt, dan zeg je het maar.' *Dan kan ik gaan lunchen*, denkt Wilson.

'Ik vind het prima om met jou te praten, maar tijdens het proces heb ik zeker wel een advocaat nodig?'

'Tenzij je je eigen verdediging wilt voeren. Maar een man die zijn eigen verdediging voert...'

Lennie steekt een vinger op en houdt zijn hoofd een beetje schuin. Het is eerder het gebaar van een wetenschapper dan van een loodgieter. '... heeft een stommeling als cliënt.'

Wilson lacht en knikt. 'We hebben een winnaar!' Dan wordt hij serieus, vouwt zijn handen onder zijn kin en kijkt Lennie recht in de ogen. 'Zullen we maar meteen ter zake komen? Jij hebt vanochtend je vrouw vermoord. Je hebt haar drie keer in haar buik gestoken, waarna ze is doodgebloed. Dat heb je de politiemensen verteld. En mij ook.'

Lennie schudt zijn hoofd. 'Wat ik letterlijk heb gezegd, misschien weet je dat nog, was: "Ik heb het gedaan."'

'Waarmee je bedoelde dat je je vrouw hebt vermoord. Arlene Crocker.'

'Ze was niet mijn vrouw.'

Wilson haalt zijn notitieboekje uit zijn binnenzak en raadpleegt het. 'Is Arlene Crocker niet jouw vrouw?'

'Vandaag niet. Het afgelopen jaar niet.' Hij denkt even na: 'Misschien al langer niet. Dat is moeilijk te beoordelen.'

'Wil je beweren dat je een onbekende hebt vermoord? Iemand die toevallig veel leek op de vrouw met wie je negen jaar getrouwd bent geweest?'

'Ja.' Lennie kijkt Wilson aan met een geduldige blik, een blik die zegt: *Op een gegeven moment ga je vast de goede vragen wel stellen, maar ik ga je niet helpen.*

'Dus... wanneer wij het bloed op je keukenvloer en op je overhemd gaan analyseren, zal het DNA niet overeenkomen met dat van de overleden vrouw?'

'O, vast wel.' Lennie knikt peinzend. 'Dat weet ik wel bijna zeker. Ook al hoop ik dat jullie onderzoekers oog zullen hebben voor bepaalde eigenaardige... mmm.' Hij zoekt naar het juiste woord. 'Eigenaardige bestanddelen. Ik denk niet dat jullie die zullen vinden, maar jullie zouden er wel verstandig aan doen er alert op te zijn. Ik verwacht de gevangenis in te gaan voor het vermoorden van dat ding, maar ik zou het liever niet doen.'

Nu begrijpt Wilson het. Crocker mikt erop ontoerekeningsvatbaar te worden verklaard.

'Wat wil je daarmee zeggen, Lennie? Dat je vrouw bezeten was? Help me eens.'

Lennie denkt even na. 'Ik denk niet dat je het zo zou kunnen noemen.

Wanneer iemand bezeten is – als ik het mis heb moet je het maar zeggen, rechercheur – is er sprake van een geest, of misschien een demon, die iemand overneemt, maar dan is die persoon er nog wel, diep vanbinnen. Die zit dan eigenlijk gevangen in zijn eigen lichaam. Zo is het toch?'

Wilson heeft *The Exorcist* gezien en nog een paar van dat soort films, dus hij knikt. 'Zoiets, ja. Maar dat is dus niet wat er met jouw vrouw is gebeurd?'

'Nee. Zij stierf toen het in haar kwam. Zo gaat het met hen allemaal.'

'Met wie allemaal?'

'Tot nu toe zijn het er nog niet zo heel veel, als je het vergelijkt met de hele wereldbevolking, die op dit moment acht miljard zielen telt – googel het maar – maar het worden er wel steeds meer. Ze nemen het over, rechercheur. Het is de volmaakte vermomming. Wíj zíjn de volmaakte vermomming.'

Wilson doet net of hij hier even over na moet denken. Wat hij werkelijk denkt is dat de officier van justitie niets aan dit gesprek zal hebben. Dit gaat een heleboel rompslomp met zich meebrengen – een paar psychiaters van de kant van de aanklager, plus Crockers eigen zielenknijper. Wilson zou er niet van opkijken als Crocker er al eentje klaar heeft staan.

'Buitenaardse wezens?'

Crockers gezicht zegt: *Het kwartje valt.* 'Inderdaad, buitenaardse wezens. Ik weet niet of ze afkomstig zijn uit de ruimte, of uit een of andere parallelle wereld. Daarover lopen de meningen op de verschillende websites nogal uiteen. Zelf denk ik uit de ruimte. Dat lijkt me meer voor de hand liggen, vanwege...' Hij buigt zich met een ernstig gezicht naar voren. 'De snelheid van het licht, begrijp je wel.'

'Wat is daarmee?' Niet dat het Wilson iets kan schelen. Hij heeft al geen interesse meer. Wat hem interesseert is een clubsandwich met ham en kalkoen van de delicatessenzaak een eindje verderop. En als toetje een Marlboro.

'Ruimteschepen kunnen die niet overschrijden, anders keren ze terug in de tijd of desintegreren ze gewoon. Dat is wetenschap. Maar de géést, rechercheur... díé kan de sprong wel maken. Alleen, wanneer ze hier eenmaal zijn, hebben ze lichamen nodig. Anders sterven ze waarschijnlijk. Wij bevinden ons nu in de voorbereidende fase van de invasie, maar als regeringen overal ter wereld niet snel ingrijpen, komen ze straks met duizenden, honderdduizenden, miljoenen tegelijk.'

Terwijl hij dit zei, zat Crocker naar voren geleund, over zijn geboeide en vastgeketende handen heen, maar nu leunt hij naar achteren op zijn stoel. 'Het internet staat er vol mee.'

'Dat geloof ik onmiddellijk, Lennie. Ik wil wedden dat Kamala Harris een van die indringers is. Die zit vast te wachten tot Biden het loodje legt, zodat zij de touwtjes in handen krijgt.' Hij staat op. 'Het lijkt me verstandig dat je nu naar je cel gaat en hier nog eens goed over nadenkt voordat je wordt voorgeleid. En neem van mij aan dat je een goede advocaat nodig hebt. Want alleen een heel goede zal het lukken dit aan een jury te verkopen.'

'Ga zitten,' zegt Lennie zacht. 'Dit wil je echt even horen.'

Wilson kijkt op zijn horloge en besluit Leonard Crocker nog vijf minuten te geven, misschien zelfs tien. Misschien weet hij dan of de man echt gek is of alleen maar probeert hem voor de gek te houden. Dat moet toch lukken. Hij is niet voor niets rechercheur.

'Vijf, zes jaar geleden heeft iemand ontdekt wat er gaande is. Het staat op het darkweb, rechercheur, en van daaruit verspreidt het zich. Als een inktvlek in water.'

'Dat zal best.' Wilsons glimlach is verdwenen. 'Samen met bloeddrinkende democraten, chloorklysma's om covid te genezen, dierenmishandeling en kinderporno. Jij hebt je vrouw vermoord, Lennie. Hou op met die onzin en denk dáár eens over na. Je hebt haar neergestoken met een slagersmes en toegekeken hoe ze doodbloedde.'

'Ze veranderen. Ze worden opvliegend en kritisch. Ze zijn niet meer tevreden met het feit dat ze hier zijn, ze willen domineren. Maar we hebben nog een kans, want een of ander computergenie heeft een manier gevonden om ze op te sporen. Als we dit overleven, komt er in alle landen een standbeeld van hem te staan, overal ter wereld. De buitenaardse wezens activeren een *deep command*, oké? Automatisch. Zonder uitzondering. Slechts een paar mensen weten ervan, maar de informatie verspreidt zich. Dat is waar het internet goed voor is, voor het verspreiden van informatie.'

*En dan hebben we het nog niet over psychische stoornissen*, denkt Wilson.

'Het belooft een race te worden.' Lennie kijkt hem met grote ogen aan. 'Een race tegen de tijd.'

'Ho, ho, even terug naar het begin, oké? Dus jij hebt je vrouw vermoord omdat ze opvliegend en kritisch werd?'

Lennie glimlacht. 'Doe nu niet alsof je gek bent, rechercheur. Veel vrouwen zeuren, dat weet ik heus wel. Net als mannen overigens. Het is heel makkelijk om de eerste tekenen over het hoofd te zien.' Hij spreidt zijn handen zo ver als de handboeien dat toelaten. Wat niet erg ver is.

Wilson zegt: 'Ik denk dat Arlene, aangezien ze met jou getrouwd was, genoeg had om opvliegend en kritisch over te zijn.'

'Ze begon op me te vitten, en ze ging maar door en door. Aanvankelijk werd ik er alleen maar depressief van...'

'Je zelfbeeld kreeg zeker een knauw?'

'Maar toen begon ik argwaan te krijgen.'

'Mijn eigen vrouw zeurt ook wel eens,' zegt Wilson. 'Dan krijg ik bijvoorbeeld te horen dat mijn auto een rijdende zwijnenstal is, of ze wordt pissig als ik vergeet de toiletbril naar beneden te doen. Maar voorlopig ben ik nog niet zover dat ik naar een slagersmes grijp.'

'Ik kreeg het rode scherm. Eén of twee tellen maar, zodat zij het niet zullen zien. Maar toen ik het zag, wist ik het meteen.'

'Wat ik weet is dat dit gesprek afgelopen is.' Wilson wendt zich tot de doorkijkspiegel aan de muur links van hem en beweegt de zijkant van zijn hand langs zijn keel: *Ik ben hier klaar*.

'Het is heel subtiel,' zegt Lennie. Hij kijkt Wilson aan met een blik die tegelijkertijd medelijdend is en arrogant. 'Net als dat verhaal over hoe je een kikker kan koken door de hitte onder de pan héél langzaam op te voeren. Ze ontnemen je alles. Ze ontnemen je je zelfrespect en wanneer je zwak bent...' Hij brengt zijn hand zo ver als de ketting het toelaat omhoog en maakt een wurggebaar. '... kosten ze je je leven.'

'Vrouwen dus?'

'Vrouwen of mannen. Wat dat betreft maken ze geen onderscheid.'

'Dus niet *The Exorcist*, maar *Invasion of the Body Snatchers*.'

Op het gezicht van de man die zijn vrouw heeft vermoord verschijnt een brede grijns. 'Precies!'

'Hou dat maar goed vol, Lennie. Kijken hoe ver je ermee komt.'

Wilson komt om kwart voor zeven thuis. Sandi zit in de woonkamer naar het journaal te kijken. De keukentafel is gedekt voor één persoon. Het ziet er een beetje eenzaam uit.

'Hé, schatje,' roept hij.

'Je eten staat in de oven. De kip zal wel helemaal droog zijn. Je zou om vijf uur thuis zijn.'

'Er kwam het een en ander tussen.'

'Zo gaat het altijd bij jou.'

Had hij echt tegen Sandi gezegd dat hij om vijf uur thuis zou zijn? Wilson kan het zich werkelijk niet herinneren. Wat hij zich wel herinnert is dat Crocker – die nu waarschijnlijk zit af te koelen in een cel – zei dat het 'subtiel' was.

Hij haalt kip en aardappelen uit de oven en sperziebonen uit de stoompan op het fornuis. De aardappelen lijken wel oké, maar de kip en de boontjes ogen verpieterd en onsmakelijk.

'Heb je die kleding opgehaald bij de stomerij?'

Terwijl hij bezig is een stuk kipfilet door te snijden, of liever gezegd door te zágen, kijkt hij op. 'Welke kleding?'

Ze staat op en komt in de deuropening staan. 'De ónze! Bij de stomerij! Ik heb het gisteravond nog tegen je gezegd, Frank. Jezus!'

'Ik...' Zijn telefoon gaat over. Hij neemt hem van zijn riem, en kijkt wie het is. Als het zijn partner was geweest, had hij niet opgenomen. Maar die is het niet. Het is inspecteur Alvarez. 'Deze moet ik even nemen.'

'Natúúrlijk,' zegt ze en ze draait zich weer om naar de zitkamer om vooral de laatste coronasterftecijfers niet te missen. 'Godsámme!'

Even overweegt hij achter haar aan te lopen en te proberen het goed te maken, maar het is zijn baas die hem belt, dus neemt hij op. Hij luistert naar wat Alvarez te zeggen heeft en gaat dan zitten. 'Méén je dat nou? Hóé dan?'

Zijn stem brengt Sandi weer terug naar de deuropening. En zijn verslagen houding – telefoon aan zijn oor, het hoofd gebogen en één onderarm op zijn bovenbeen – brengt haar naar de tafel.

Wilson blijft nog even zitten luisteren en hangt dan op. Hij loopt met zijn bord naar de gootsteen en gooit alles in de afvalvermaler. 'De perfecte fucking afsluiting van een perfecte fucking dag.'

'Wat is er gebeurd?' Sandi legt een hand op zijn arm. Haar aanraking is licht, maar hij is er erg blij mee.

'We hadden een vent in hechtenis die zijn vrouw had vermoord. Ik was op de plaats delict, een vreselijke puinhoop. Bloed door de hele keuken en daar lag zij middenin. Op het bureau heb ik het voorbereidende verhoor gedaan. De dader was zo gek als een deur. Hij beweerde dat zij een buitenaards wezen was en deel uitmaakte van een invasieleger.'

'O, mijn god.'

'Hij heeft zelfmoord gepleegd. Ze waren bezig met zijn intake bij het Metropolitan Detentiecentrum. Hij pakte een potlood, brak het kettinkje waar het aan vastzat en stak zichzelf in zijn halsslagader. Alvarez noemt het domme pech, maar volgens de agent die de intake deed, leek het alsof hij precies wist waar hij moest steken.'

'Misschien had hij een medische achtergrond.'

'Sandi, hij was lóódgieter.'

Ze schiet in de lach en daardoor moet Wilson ook lachen. Hij drukt zijn voorhoofd tegen het hare.

'Het is niet grappig,' zegt Sandi, 'maar het was de manier waarop je het zei. Lóódgieter.' Ze begint weer te lachen.

'Hij heeft met ze gevochten, zei Alvarez. Al die tijd dat het bloed eruit liep – eruit gútste – bleef hij vechten. Toen hij het bewustzijn verloor hebben ze hem naar het Presbyterian gebracht, maar toen was het al te laat. Hij had te veel bloed verloren.'

'Zet jij de tv even voor me uit,' zegt Sandi. 'Dan zal ik een paar eieren voor je bakken.'

'Met spek?'

'Slecht voor je cholesterol, maar vanavond... oké.'

Ze vrijen voor het eerst in... weken? Nee, langer. Minstens een maand. Het is fijn. Na afloop zegt Sandi: 'Rook je nog steeds?'

Even wil hij liegen. Hij denkt aan de woorden van de nu overleden loodgieter: *Ze begon op me te vitten, en ze ging maar door en door.* Hij denkt eraan hoe fijn deze avond was. Hoe anders dan de afgelopen zes of acht maanden.

*Ze veranderen.* Had Lennie gezegd. *Ze worden opvliegend en kritisch.*

Hij liegt niet. Hij zegt dat hij nog steeds rookt, maar niet meer zo veel. Hooguit een half pakje per dag. Hij verwacht dat ze zal zeggen: *Dat is al genoeg om dood aan te gaan.*

Dat zegt ze niet. Ze zegt: 'Heb je er een bij de hand? Want dan wil ik er ook wel eentje.'

'Jij rookt al niet meer sinds...'

'Er is iets wat ik je moet vertellen. Ik schuif het steeds maar voor me uit.'

*O god,* denkt Wilson.

Hij knipt zijn leeslampje aan. Op het nachtkastje liggen zijn sleutels, portefeuille, telefoon en wat los geld. Zijn dienstwapen heeft hij in de la gelegd. Dat doet hij altijd. Er vlak achter ligt een pakje Marlboro en een Bic-aansteker. Hij geeft haar een sigaret en denkt: *Na al die jaren zonder, zal ze van één enkel trekje wel tegen de vlakte gaan.*

'Neem er zelf ook een.'

'Ik heb geen asbak. Wanneer ik wil roken, ga ik meestal naar de gastenbadkamer.'

'Dan gebruiken we mijn waterglas wel.'

Hij geeft haar een vuurtje en steekt dan zelf een sigaret op. Roken in bed, net als toen ze pas getrouwd waren en dachten dat ze een stel kinderen zouden krijgen en nog lang en gelukkig zouden leven. Twaalf jaar later zijn er geen kinderen en voelt Wilson zich behoorlijk sterfelijk.

'Je gaat me toch niet vertellen dat je wil scheiden, hè?' Hij maakt een grapje. Hij maakt geen grapje.

'Nee. Ik wil je vertellen waarom ik sinds afgelopen voorjaar zo fucking chagrijnig en lastig in de omgang ben.'

'Oké...'

Ze neemt een trekje van haar sigaret, maar inhaleert niet. 'Ik ben al een tijdje onregelmatig.'

'Ik heb geen idee wat dat betekent, Sandi.'

'Het betekent dat ik in de overgang raak, Frank. Dit noemen ze de menopauze. Nog even en het is de menostop.'

'Weet je dat zeker?'

Ze schenkt hem een wrange blik, maar laat dan een kort lachje horen. 'Ik denk dat ik dat zelf wel weet, denk je ook niet?'

'Maar schatje... je bent pas negenendertig.'

'In mijn familie beginnen we vroeg en stoppen we vroeg. Mijn zus Pat raakte al op haar zesendertigste in de overgang. Mijn emoties schieten alle kanten op. Zoals je waarschijnlijk wel hebt gemerkt.'

'Waarom heb je niets gezegd?'

'Omdat ik het dan voor mezelf moest toegeven.' Ze zucht. 'Mijn laatste menstruatie was vier maanden geleden en sindsdien heb ik alleen wat heel licht bloedverlies gehad. Zoiets als de laatste druppels uit een kraan wanneer je hem dichtdraait.' Er glijdt een traan over haar wang. Eéntje maar. Ze laat haar half opgerookte sigaret in het waterglas vallen en slaat een hand voor haar ogen. 'Ik voel me dróóg, Frankie. Oud en opgebruikt en onaantrekkelijk. Ik ben echt een kreng tegen je geweest en dat spijt me.'

Hij laat zijn eigen sigaret ook in het water vallen. Hij zet het glas op zijn nachtkastje en neemt haar in zijn armen. 'Ik hou van je, Sandi. Ik heb altijd van je gehouden en dat zal ik altijd blijven doen.'

'Dank je, lieveling.'

Ze reikt langs hem heen, waarbij haar borst even tegen zijn wang drukt en doet het licht uit. Even, niet langer dan een seconde, licht het schermpje van zijn telefoon rood op.

Dan is het donker en Sandi Wilson glimlacht.

# De turbulentie-expert

## 1

Craig Dixon zat in de woonkamer van een juniorsuite in het Four Seasons Hotel, at een dure roomservicemaaltijd en keek een betaalde speelfilm toen de telefoon ging. Zijn eerder zo rustige hartslag verloor zijn magische kalmte en versnelde drastisch. Dixon had geen familie, was de perfecte definitie van een rusteloze zwerver en er was maar één persoon die wist dat hij hier zat in dit luxe hotel aan de overkant van het grote stadspark, Boston Common. Hij overwoog niet op te nemen, maar dan zou de man die hij 'de bemiddelaar' noemde gewoon terugbellen en dat zou hij net zo lang blijven doen tot hij opnam. Als hij niet opnam, zou dat consequenties hebben.

*Dit is niet de hel,* dacht hij, *daar is deze accommodatie te mooi voor, maar het is wel het vagevuur.* En voorlopig had hij nog lang geen uitzicht om eruit te kunnen stappen.

Hij zette het geluid van de tv zacht en nam de telefoon op. Hij zei geen hallo. Wat hij zei was: 'Dit is niet eerlijk. Ik ben net twee dagen terug uit Seattle. Ik ben nog aan het bijkomen.'

'Begrepen en sorry, het spijt me heel erg, maar ik krijg dit net binnen en jij bent de enige die beschikbaar is.' Sorry kwam eruit als *fworry*.

De bemiddelaar had een geruststellende, kalme stem, waarin heel af en toe een licht geslis doorklonk. Dixon had hem nog nooit gezien, maar stelde zich de man voor als lang en slank, met blauwe ogen en een leeftijdloos, rimpelloos gezicht. In werkelijkheid was hij waarschijnlijk dik, kaal en onguur, maar Dixon wist nu al dat het plaatje in zijn hoofd nooit zou veranderen, aangezien hij niet verwachtte de bemiddelaar ooit te zullen zien. Hij had in de loop van zijn jaren bij de firma – als het een firma wás – een aantal turbulentie-experts gekend en niet één van hen had de man ooit gezien. Sowieso was niet één van de experts die voor hem werkten vrij van rimpels – zelfs degenen die in de twintig of in de dertig waren leken wat dat betreft van middelbare leeftijd. Het lag niet aan het werk, waarvoor ze af en toe wel lange dagen maakten, maar dat fysiek niet zwaar was. Het lag meer aan wat hen in staat stelde het werk te dóén.

'Vertel,' zei Dixon.

'Allied Airlines, Vlucht 19. Rechtstreeks van Boston naar Sarasota. Vertrektijd is 20.10 uur vanavond. Je hebt nog net tijd genoeg om dat te halen.'

'En je hebt níémand anders?' Dixon realiseerde zich dat hij bijna zat te jammeren. 'Ik ben moe, man. Echt móé. Die vlucht vanaf Seattle was echt verschrikkelijk.'

'Je gebruikelijke stoel,' zei de bemiddelaar, waarbij hij het laatste woord uitsprak als *fwtoel*. Toen hing hij op.

Dixon keek naar de zwaardvis, waar hij geen trek meer in had. Hij keek naar de tv-serie met Kate Winslet, die hij nooit helemaal uit zou kijken, of in elk geval niet in Boston. Hij dacht eraan – en dat was niet voor het eerst! – om zijn boeltje te pakken, een auto te huren en naar het noorden te rijden, eerst naar New Hampshire, dan naar Maine en vervolgens de grens over naar Canada. Maar ze zouden hem te pakken krijgen. Dat wist hij zeker. En de geruchten over wat er met TE's gebeurde die ervandoor gingen waren bepaald niet mis, want er werd gesproken over elektrocutie, het levend verwijderen van de ingewanden en zelfs levend worden gekookt. Dixon hechtte geen geloof aan deze geruchten... maar ergens toch ook weer wel.

Hij begon zijn koffer te pakken. Het was niet veel. Turbulentie-experts reisden niet met veel bagage.

## 2

Zijn ticket lag al voor hem klaar bij de balie. Er was zoals altijd een stoel voor hem gereserveerd in de economyclass, net achter de stuurboordvleugel, in de middelste stoel. Hoe die plek altijd beschikbaar kon zijn was ook een mysterie, net als wie de bemiddelaar was, waar hij vandaan belde, of voor wat voor soort organisatie hij werkte. Net als de ticket stond ook de stoel altijd op hem te wachten.

Dixon zette zijn tas in het bagagecompartiment en bekeek zijn buren en medereizigers van vanavond: een zakenman met rode ogen en ginadem aan het gangpad, een dame van middelbare leeftijd die eruitzag als een bibliothecaresse aan het raam. De zakenman bromde iets onverstaanbaars toen Dixon zich met gemompelde excuses langs hem heen wurmde. De man zat een paperback te lezen met de charmante titel: *Laat je niet naaien door je baas*. De bibliothecaresse zat uit het raam naar de verschillende voertuigen te kijken die heen en weer reden, alsof ze nog nooit zoiets fascinerends had gezien. Er lag een breiwerkje op haar schoot. Zo te zien werd het een trui.

Ze draaide zich om, glimlachte en stak een hand naar hem uit. 'Hallo, ik ben Mary Worth, net als dat meisje in die strip.'

Dixon kende geen stripfiguur die Mary Worth heette, maar hij gaf haar een hand. 'Craig Dixon. Aangenaam.'

De zakenman bromde en sloeg een bladzijde van zijn boek om.

'Ik heb hier zo veel zin in,' zei Mary Worth. 'Ik ben al twaalf jaar niet op vakantie geweest. Ik heb samen met een stel vriendinnetjes een appartementje gehuurd op Siesta Key.'

'Vriendinnetjes,' bromde de zakenman. Het gebrom leek zijn standaardreactie te zijn.

'Ja!' zei Mary Worth stralend. 'We hebben het voor drie weken gehuurd. We hebben elkaar nog nooit in het echt ontmoet, maar we zijn echte vriendinnen. We zijn allemaal weduwe. We hebben elkaar leren kennen in een chatroom op internet. Zo fantastisch, dat internet. Zoiets hadden we niet toen ik jong was.'

'Pedofielen zijn er ook heel blij mee,' zei de zakenman en hij sloeg weer een bladzijde om.

Mevrouw Worths glimlach verbleekte, maar keerde al snel weer terug. 'Aangenaam kennis met u te maken, meneer Dixon. Reist u voor uw werk of voor plezier?'

'Werk,' zei hij.

Uit de speakers klonk een *ding-dong*. 'Goedenavond, dames en heren, hier spreekt uw gezagvoerder, mijn naam is Stuart. Wij rijden nu weg van de gate en gaan straks taxiën over startbaan 3, waar wij als derde aan de beurt zullen zijn om op te stijgen. De vlucht naar SRQ, de luchthaven van

Sarasota, zal naar schatting twee uur en veertig minuten gaan duren, wat inhoudt dat u even voor elven in het land van palmen en witte stranden zult arriveren. We hebben een heldere hemel en verwachten dan ook een rustig verloop van de vlucht. Wilt u dan nu uw riemen vastmaken en de tafeltjes vóór u opklappen...'

'Alsof we iets hebben gekregen om erop te zetten,' bromde de zakenman.

'... en persoonlijke spullen die u wellicht hebt gebruikt opbergen. Bedankt dat u vandaag met Allied Airlines vliegt. Wij zijn ons ervan bewust dat de keuze reuze is.'

'M'n reet,' bromde de zakenman.

'Laat die reet maar zitten en lees gewoon verder,' zei Dixon. De zakenman keek hem verbaasd aan.

Dixons hart begon al sneller te kloppen, zijn maag was van streek en zijn keel voelde droog van de spanning. Hij kon zichzelf wel voorhouden dat het allemaal goed zou komen, en het kwám ook altijd goed, maar dat hielp niet. Hij zag op tegen de dieptes die zich straks voor hem zouden openen.

Allied 19 steeg om 20.13 uur op, dus met slechts drie minuten vertraging.

3

Ergens boven Maryland duwde een stewardess een snackkarretje door het gangpad. De zakenman legde zijn boek weg en wachtte vol ongeduld tot ze bij hem was. Toen het zover was, kocht hij een blikje Schweppes-tonic, twee flesjes gin en een zakje Frito's. Zijn Mastercard deed het niet toen hij die wilde gebruiken en hij gaf haar zijn American Express-card, terwijl hij haar woedend aankeek, alsof het haar schuld was dat de Mastercard het niet deed. Dixon vroeg zich af of hij de Mastercard misschien niet kon gebruiken omdat zijn betalingslimiet was bereikt en of Mr. Zakenman de Amex misschien altijd in reserve hield voor noodgevallen. Het zou kunnen, hij was slecht geknipt en hij zag er een beetje verlopen uit. Niet dat dit Dixon ook maar iets kon schelen, maar het was even iets anders om aan te denken dan die constant aanwezige diepe angst. De spanning. Ze vlogen nu op 34.000 voet en het was dus een heel eind naar beneden.

Mary Worth vroeg om een wijntje en schonk het netjes in het kleine plastic glas.

'Neemt u niets, meneer Dixon?'

'Nee. Ik eet en drink nooit in vliegtuigen.'

Mr. Zakenman bromde. Hij had zijn eerste gin-tonic al achterovergeslagen en begon net aan zijn tweede.

'Bent u zo iemand die met witte knokkels vliegt?' vroeg Mary Worth begripvol.

'Ja.' Hij had geen reden om het te ontkennen. 'Ik vrees van wel.'

'Onzin,' zei Mr. Zakenman. Verfrist door zijn drankje sprak hij nu echte woorden, in plaats van ze voor zich uit te brommen. 'De veiligste vorm van vervoer die ooit is uitgevonden. Er is al ik weet niet hoelang geen commerciële vlucht meer neergestort. Niet in dit land in elk geval.'

'Ik heb er zelf geen hekel aan,' zei Mary Worth. Haar flesje wijn was inmiddels halfleeg en ze had nu blosjes op haar wangen. Haar ogen schitterden. 'Ik heb niet meer gevlogen sinds mijn man vijf jaar geleden overleed, maar samen vlogen we zeker drie, vier keer per jaar. Ik voel me hier dichter bij God.'

Precies op dat moment begon er een baby te huilen.

'Als het in de hemel net zo druk en lawaaierig is als hier,' merkte Mr. Zakenman op, uitkijkend over de propvolle cabine van de 737, 'hoef ik er niet naartoe.'

'Ze zeggen dat het vijftig keer zo veilig is als reizen per auto,' zei Mary Worth. 'Misschien nog wel meer. Het kan ook honderd keer zijn geweest.'

'Ik denk eerder vijfhonderd keer veiliger.' Mr. Zakenman boog zich voor Dixon langs en stak een hand uit naar Mary Worth. De gin had zijn tijdelijke wondertje verricht en hem van knorrig in beminnelijk veranderd. 'Frank Freeman.'

Ze schudde hem glimlachend de hand. Craig Dixon zat, stijf rechtop en met een ellendig gevoel in zijn lijf, tussen hen in, maar toen Freeman hem een hand toestak, schudde hij die.

'Wauw,' zei Freeman en hij lachte er zowaar bij. 'Jij bent écht bang. Maar je weet wat ze zeggen: koude handen, warm hart.' Hij goot de rest van zijn drankje naar binnen.

Dixons eigen creditcards deden het altijd. Hij verbleef in eersteklas hotels en at eersteklas maaltijden. Soms bracht hij een nacht door met een mooie vrouw en betaalde dan extra om toe te kunnen geven aan wat ongebruikelijke wensen die, als hij moest afgaan op bepaalde internetsites die Mary Worth hoogstwaarschijnlijk nooit bezocht, niet eens zo heel erg ongebruikelijk waren. Hij had vrienden onder de andere turbulentie-experts. Ze vormden een hecht team, en voelden zich niet alleen met elkaar verbonden door hun beroep, maar ook door hun angsten. De betaling was veel beter dan goed en dan waren er ook nog al die bijkomende voordelen... maar op dit soort momenten leek dat er allemaal niet toe te doen. Op dit soort momenten was er alleen de angst.

Het kwam wel goed. Het kwam áltijd goed.

Maar terwijl hij wachtte tot de ellende begon, had die gedachte geen enkele kracht. En dat was natuurlijk wat hem zo goed maakte in dit werk.

Vierendertigduizend voet. Een heel eind naar beneden.

## 4

CAT – *clear air turbulen*ce – ofwel hevige turbulentie zonder dat er sprake is van bewolking.

Dixon wist heel goed wat het was, maar was er nooit op voorbereid. Allied 19 vloog ergens boven South Carolina toen het begon. Een vrouw was op weg naar het toilet achter in het toestel. Een jongeman in jeans en met een modieus stoppelbaardje boog zich opzij om iets tegen een vrouw te zeggen die aan de andere kant van het gangpad zat – ze moesten allebei ergens om lachen. Mary Worth zat met haar hoofd tegen het raampje een beetje weg te dommelen. Frank Freeman was halverwege zijn derde borrel en zijn tweede zakje Frito's.

Het passagiersvliegtuig helde plotseling naar bakboordzijde en schoot opeens een enorm eind omhoog. Alles trilde en kraakte. De vrouw die op weg was naar het toilet werd over de achterste rij stoelen aan de rechterkant geworpen. De jongeman met het stoppelbaardje vloog tegen een schot en kon nog net op tijd een hand omhoogsteken om de klap te verzachten. Verschillende mensen die hun stoelriemen hadden losgemaakt stegen boven hun rugleuningen uit alsof ze zweefden. Er werd gegild.

Het vliegtuig viel, als een baksteen in een waterput, maakte een reusachtige klap en ging weer omhoog, nu naar de andere kant hellend. Freeman had net zijn drankje naar zijn mond willen brengen en zat nu helemaal onder.

'Fuck!' riep hij uit.

Dixon sloot zijn ogen en wachtte op de dood. Hij wist dat hij niet zou sterven als hij zijn werk deed, want daar was hij hier voor, maar toch ging het altijd zo. Hij wachtte altijd op de dood.

Daar klonk de *ding-dong* weer. 'Hier spreekt uw gezagvoerder.' Stuarts stem klonk – zoals een of andere sportverslaggever dit ooit had uitgedrukt – zo koel als de achterkant van het kussen. 'We lijken in wat onverwachte turbulentie te zijn beland, mensen. Ik heb...'

Weer werd het vliegtuig angstaanjagend hoog opgetild, zestig ton metaal dat omhoogdwarrelde als een flintertje verkoold papier in een schoorsteen, en wederom met zo'n enorme krakende plof neergesmeten. Er klonk nog meer gegil. De dame die op weg was geweest naar het toilet en weer overeind was gekrabbeld, wankelde achteruit, maaide om zich heen met haar armen en viel boven op de stoelen aan stuurboordzijde. Meneer Stoppelbaard zat gehurkt in het gangpad en klemde zich vast aan de armleuningen aan weerskanten van hem. Twee of drie van de bagagecompartimenten schoten open en de bagage viel eruit.

'Fuck!' zei Freeman nogmaals.

'Uw stoelriemen moeten weer vast,' ging de piloot verder. 'Sorry, mensen, over enkele ogenblikken...'

Het toestel begon op en neer te stuiteren in een serie korte, hevige schokbewegingen, als een steen die over een vijver scheert.

'... is alles weer rustig, dus nog even geduld.'

Het vliegtuig viel en schoot weer omhoog. De handbagage in het gangpad stuiterde omhoog en omlaag. Craig Dixon hield zijn ogen stijf dichtgeknepen. Zijn hart bonkte nu zo snel dat er bijna geen ruimte meer tussen de hartslagen leek te zitten. Hij proefde de adrenaline in zijn mond. Hij voelde een hand in de zijne kruipen en deed zijn ogen open. Mary Worth zat hem met grote ogen aan te kijken. Ze zag lijkbleek.

'Gaan we dood, meneer Dixon?'

*Ja*, dacht hij. *Deze keer gaan we echt dood.*

'Nee,' zei hij. 'Het komt helemaal g...'

Het vliegtuig leek tegen een bakstenen muur aan te vliegen, smeet hen naar voren in hun stoelriemen en helde vervolgens over naar links: dertig graden, veertig, vijftig. Net toen Dixon ervan overtuigd was dat het helemaal om zou rollen, kwam het weer recht. Dixon hoorde mensen schreeuwen. De baby jammerde. Een man riep: 'Het is in orde, Julie, dit is normaal, alles is in orde!'

Dixon kneep zijn ogen weer dicht en liet zich helemaal overnemen door de angst. Het was verschrikkelijk – het was de enige manier.

Hij zag het toestel weer kantelen, maar deze keer stopte het niet en rolde het helemaal om. Hij zag het grote straalvliegtuig zijn plek verliezen in het thermodynamische mysterie dat het eerder in de lucht had gehouden. Hij zag de neus eerst snel omhooggaan, toen iets langzamer en vervolgens omlaagkantelen als een achtbaankarretje dat aan zijn afdaling begint. Hij zag het vliegtuig aan de ultieme duik beginnen. De passagiers die niet in de riemen hadden gezeten hingen nu tegen het plafond en de gele zuurstofmaskers dansten een laatste wanhopige tarantella in de lucht. Hij zag de baby naar voren vliegen en nog steeds huilend in de businessclass verdwijnen. Hij zag hoe het toestel zich in de aarde boorde, de neus en het businessclassgedeelte niets anders meer dan een verfrommeld stalen boeket dat tot in de economyclass groeide en waaraan draden ontsproten en plastic en afgerukte ledematen, terwijl intussen alles explodeerde in een enorme vuurzee en Dixon nog een laatste keer ademde en daarmee zijn longen voelde wegbranden als papieren zakjes.

Dit alles duurde slechts luttele seconden – dertig misschien, hooguit veertig – en het was zo echt dat het werkelijk leek te gebeuren. Toen, na een laatste stuiterende beweging, stabiliseerde het toestel en opende Dixon zijn ogen. Mary Worth zat hem met tranen in haar ogen aan te kijken.

'Ik dacht dat we zouden sterven,' zei ze. 'Ik wist zéker dat we zouden sterven. Ik zág het.'

*Ik ook*, dacht Dixon.

'Nonsens!' Freeman klonk weliswaar zelfverzekerd, maar hij zag bepaald wit om zijn neus. 'Deze vliegtuigen zijn zo gebouwd dat ze zelfs door een orkaan kunnen vliegen. Ze...'

Een vochtige boer onderbrak zijn uiteenzetting. Freeman viste een kotszakje uit de zak op de achterkant van de stoel vóór hem, maakte het open en hield het voor zijn mond. Er volgde een geluid dat Dixon deed denken aan een kleine maar efficiënte koffiemolen. Het hield op en begon toen opnieuw.

De *ding-dong* klonk weer. 'Sorry hiervoor, mensen,' zei de gezagvoerder, die nog steeds zo koel klonk als de achterkant van het kussen. 'Dit gebeurt heel af en toe, een meteorologisch fenomeen dat wij *clear weather turbulence* noemen. Het goede nieuws is dat ik het heb gemeld en dat een ander toestel om het betreffende probleemgebied heen zal worden geleid. Nog beter nieuws is dat we over veertig minuten zullen landen en dat ik u verder een rustige vlucht kan garanderen.'

Mary Worth lachte bibberig. 'Dat heb ik hem al eerder horen zeggen.'

Frank Freeman boog zich over zijn kotszakje en deed dat als een man die er ervaring mee had. 'Dat was geen angst, als jullie dat soms mochten denken, maar gewoon een gevalletje ouderwetse reisziekte. Ik kan niet eens achter in een auto zitten zonder kotsmisselijk te worden.'

'Ik neem de trein terug naar Boston,' zei Mary Worth. 'Dit wil ik niet meer meemaken, dank je hartelijk.'

Dixon keek toe hoe de stewardessen eerst controleerden of de passagiers die hun riemen hadden losgemaakt niets mankeerden en vervolgens alle gevallen bagage uit het gangpad begonnen op te ruimen. De cabine vulde zich opeens met pratende stemmen en nerveus gelach. Dixon keek en luisterde, terwijl intussen zijn eigen hartslag normaliseerde. Hij was moe. Hij was altijd moe nadat hij een vliegtuig vol passagiers had gered.

De rest van de vlucht verliep zonder incidenten, zoals de gezagvoerder al had voorspeld.

## 5

Mary Worth haastte zich naar haar bagage, die beneden zou arriveren, op bagageband 2. Dixon, die alleen maar handbagage had, ging wat drinken in Dewar's Clubhouse. Hij wilde Mr. Zakenman ook een drankje aanbieden, maar Freeman schudde zijn hoofd. 'Ik heb mijn kater van morgen er ergens boven de grens tussen Georgia en Carolina uit gekotst, dus ik denk dat ik hier beter voor kan bedanken. Succes met uw werkzaamheden in Sarasota, meneer Dixon.'

Dixon, die boven diezelfde grens zijn werkzaamheden al had uitgevoerd, knikte en bedankte hem. Terwijl hij aan zijn whisky-soda zat, ontving hij een sms'je. Het was een berichtje van de bemiddelaar en het bestond uit twee woorden: *Goed werk.*

Hij nam de roltrap naar beneden. Beneden werd hij opgewacht door een man in een donker kostuum en met een chauffeurspet op, met een bordje in zijn hand met zijn naam erop. 'Dat ben ik,' zei Dixon. 'Waar ben ik ondergebracht?'

'Het Ritz-Carlton,' zei de chauffeur. 'Mooi hotel.'

Natuurlijk was het dat en er wachtte hem ongetwijfeld een mooie suite, waarschijnlijk met uitzicht op de baai. Verder wist hij dat er een huurauto voor hem klaarstond in de hotelgarage, voor als hij zin had in een bezoekje aan het strand of een van de plaatselijke bezienswaardigheden. In de kamer lag een envelop met een lijst van de verschillende diensten die dames hem konden verlenen, maar waarvan hij vanavond geen gebruik ging maken. Het enige wat hij vannacht wilde was slapen.

Toen hij en de chauffeur naar buiten liepen, zag hij Mary Worth staan. Ze stond helemaal in haar eentje en maakte een ietwat verloren indruk. Zowel links als rechts van haar stond een koffer (twee dezelfde natuurlijk, met een Schotse ruit). Ze had haar telefoon in haar hand.

'Mevrouw Worth,' zei Dixon.

Ze keek op en glimlachte. 'Hallo, meneer Dixon. We hebben het overleefd, hè?'

'Zeker weten. Wacht u op iemand? Een van uw vriendinnen?'

'Mevrouw Yeager – Claudette – zou me ophalen, maar haar auto start niet. Ik wilde net een Uber bellen.'

Hij dacht aan wat ze had gezegd toen de turbulentie – veertig seconden die naar zijn gevoel vier uur hadden geduurd – uiteindelijk was gestopt: *Ik wist zéker dat we zouden sterven. Ik zág het.*

'Dat is echt niet nodig. Wij kunnen u wel naar Siesta Key brengen.' Hij wees naar de verlengde limousine die even verderop langs het trottoir stond en wendde zich toen tot de chauffeur. 'Ja toch?'

'Natuurlijk, sir.'

Ze keek weifelend naar hem op. 'Weet u dat zeker? Het is al vreselijk laat.'

'Het zal mij een genoegen zijn,' zei hij. 'Kom, dan gaan we.'

## 6

'Ooo, wat heerlijk is dit,' zei Mary Worth, terwijl ze zich in de leren stoel nestelde en haar benen voor zich uit strekte. 'Ik weet niet wat u voor werk doet, meneer Dixon, maar blijkbaar bent u erg goed in wat u doet.'

'Zeg maar Craig, hoor. Jij bent Mary en ik ben Craig. We kunnen elkaar beter bij de voornaam noemen, want ik wil even met je praten.' Hij drukte op een knopje en het privacyscherm ging omhoog.

Mary Worth keek een beetje zenuwachtig wat er gebeurde en wendde zich toen tot Dixon. 'Je was toch niet van plan om, zoals ze dat noemen, misbruik van de situatie te maken, hè?'

Hij glimlachte. 'Nee, je bent volkomen veilig bij mij. Je zei dat je de trein terug wilde nemen. Meende je dat?'

'Absoluut. Weet je nog dat ik zei dat ik me in een vliegtuig dichter bij God voelde?'

'Ja.'

'Ik voelde me helemaal niet dicht bij God toen we op tien, elf kilometer hoogte door elkaar werden gehusseld als een bak sla. Totaal niet. Ik voelde me alleen maar heel dicht bij de dood.'

'Denk je dat je ooit nog gaat vliegen?'

Hier dacht ze even goed over na, terwijl de limo intussen in zuidelijke richting over de Tamiami Trail reed en zij de palmen en de autodealers en de fastfoodzaken voorbij zag glijden. 'Ik denk het wel. Als iemand bijvoorbeeld op sterven zou liggen en ik er heel snel naartoe moest. Alleen weet ik niet wie die iemand dan zou moeten zijn, want ik heb eigenlijk niet veel familie. Wijlen mijn man en ik hebben nooit kinderen gekregen, mijn ouders zijn overleden, dus blijven er alleen een paar nichten en neven over, met wie ik amper e-mailcontact heb, laat staan dat ik ze wel eens zie.'

*Het wordt steeds beter*, dacht Dixon.

'Maar je zou dus wel bang zijn.'

'Ja.' Ze keek hem met grote ogen aan. 'Ik dacht echt dat we het niet zouden overleven. In de lucht als het vliegtuig uit elkaar zou vallen, of op de grond als dat niet zou gebeuren. Ik wist zeker dat er niets van ons over zou blijven dan verkoolde kleine stukjes.'

'Laat me je dan een hypothetisch verhaal voorleggen,' zei Dixon. 'Niet lachen, denk er maar eens serieus over na.'

'Oké...'

'Stel dat er een organisatie zou bestaan die ervoor moet zorgen dat het veilig is om te vliegen.'

'Die bestaat al,' zei Mary Worth glimlachend. 'Dat is de FAA, als ik het goed heb.'

'Die laten we even buiten beschouwing. We hebben het nu over een organisatie die kan voorspellen welke vliegtuigen, ongeacht op welke vlucht, op zeer zware, onverwachte turbulentie zullen stuiten.'

Marty Worth klapte zachtjes in haar handen en lachte nog wat breder. Ze zat helemaal in het verhaal. 'En daar werken dan natuurlijk mensen die een speciale gave hebben, precognitie! Dus mensen die...'

'Mensen die de toekomst kunnen zien,' zei Dixon. En was dat niet gewoon mogelijk? Of zelfs waarschijnlijk? Hoe kwam de bemiddelaar anders aan zijn informatie? 'Maar laten we zeggen dat hun gave om de toekomst te kunnen zien beperkt is tot alleen dit ene.'

'Maar waarom? Waarom zouden ze geen voorspellingen kunnen doen over verkiezingen... voetbaluitslagen... de Kentucky Derby...'

'Dat weet ik niet,' zei Dixon, terwijl hij dacht dat ze dat misschien ook wel konden. Misschien konden ze van alles voorspellen, die helderziende bemiddelaars, wanneer ze bij elkaar zaten in een of andere hypothetische werkkamer. Misschien deden ze dat wel. Het kon hem eigenlijk niet schelen. 'Dan gaan we nu een stapje verder. Laten we veronderstellen dat meneer Freeman het bij het verkeerde eind had en dat het soort turbulentie dat we vanavond hebben meegemaakt veel ernstiger is dan iemand – inclusief de luchtvaartmaatschappijen – gelooft of bereid is toe te geven. Stel dat dit soort turbulentie alleen kan worden overleefd als er op elke vlucht die ermee in aanraking komt ten minste één getalenteerde, doodsbange passagier in het toestel zit.' Hij zweeg even. 'En stel nu dat op de vlucht van vanavond, ík die getalenteerde, doodsbange passagier was.'

Ze begon vrolijk te lachen en stopte daar pas mee toen ze zag dat hij niet met haar meedeed.

'En de vliegtuigen die voor meteorologisch onderzoek door orkanen vliegen dan, Craig? Volgens mij zei meneer Freeman daar iets over, vlak voordat hij het kotszakje moest gebruiken. Die vliegtuigen overleven turbulentie die waarschijnlijk nog erger is dan wat wij vanavond hebben meegemaakt.'

'Maar de mensen die dat doen weten waar ze aan beginnen,' zei Dixon. 'Die zijn daar mentaal op voorbereid. Hetzelfde geldt voor veel commerciële vluchten. Dan meldt de piloot zich vlak voor vertrek door de intercom en zegt: "Dames en heren, het spijt me, maar het belooft vanavond een wat onrustige vlucht te worden, dus ik raad u aan uw stoelriemen niet los te maken."'

'Ik snap het,' zei ze. 'Mentaal voorbereide mensen zouden – hoe zou je dat moeten noemen? – vereende telepathische krachten kunnen gebruiken om het toestel in de lucht te houden. Voor onverwachte turbulentie daarentegen, zou je de aanwezigheid nodig hebben van iemand die al voorbereid is. Een doodsbange... mmm... ik weet niet hoe je zo iemand zou moeten noemen.'

'Turbulentie-expert,' zei Dixon zacht. 'Zo zou je zo iemand noemen. Zo zou je mij noemen.'

'Dat meen je niet.'

'Toch wel. En je denkt nu ongetwijfeld dat je in deze auto zit met een man die aan ernstige waandenkbeelden lijdt en waarschijnlijk kun je niet wachten om uit deze auto te stappen. Maar dit is wel degelijk mijn werk. Ik word er goed voor betaald en...'

'Door wie?'

'Dat weet ik niet. Ik word opgebeld door een man. Ik en de andere turbulentie-experts – er zijn er enkele tientallen – noemen hem "de bemiddelaar". Soms duurt het weken voordat hij weer belt. Eén keer zelfs twee maanden. Deze keer maar twee dagen. Ik vloog vanuit Seattle naar Boston, over de Rocky Mountains...' Hij ging met een hand langs zijn mond. Hij wilde het zich niet herinneren, maar hij herinnerde het zich toch. 'Laten we het erop houden dat het héél erg was. Er waren zelfs een paar gebroken armen.'

Ze namen een bocht. Dixon keek uit het raampje en zag een bord met de tekst: SIESTA KEYS, 3 KM.

'Als dit echt waar is,' zei ze, 'waarom zou je dit werk dan in godsnaam willen doen?'

'Het betaalt goed. Er zitten veel voordelen aan. Ik hou van reizen... of liever gezegd: ik híéld ervan, want na vijf of tien jaar begint alles op elkaar te lijken. Maar vooral...' Hij boog zich naar voren en nam een van haar handen tussen zijn eigen handen. Hij dacht dat zij haar hand misschien terug zou trekken, maar dat deed ze niet. Ze keek hem met een gefascineerde blik aan. 'Ik red levens. Er zaten vanavond meer dan honderdvijftig mensen in dat vliegtuig. Alleen hebben de luchtvaartmaatschappijen het nooit over "mensen", maar over "zielen" en dat is precies de juiste term. Ik heb vanavond honderdvijftig zielen gered. En sinds ik met dit werk ben begonnen heb ik er al duizenden gered.' Hij schudde zijn hoofd. 'Nee, tienduizenden.'

'Maar elke keer ben je weer verschrikkelijk bang. Ik heb je vanavond gezien, Craig. Je verkeerde in doodsangst. Net als ik. In tegenstelling tot meneer Freeman, die alleen maar moest overgeven omdat hij luchtziek was.'

'Meneer Freeman zou dit werk nooit kunnen doen,' zei Dixon. 'Je kunt dit werk alleen maar doen als je er elke keer dat de turbulentie begint van overtuigd bent dat je gaat sterven. Daar moet je heilig van overtuigd zijn, ook al weet je dat juist jij degene bent die ervoor zal zorgen dat het niet gebeurt.'

Op dat moment zei de chauffeur zacht door de intercom: 'Vijf minuten, meneer Dixon.'

'Ik moet zeggen dat ik dit een fascinerend gesprek vond,' zei Mary Worth. 'Mag ik vragen hoe je eigenlijk aan deze unieke baan bent gekomen?'

'Ik ben gerekruteerd,' zei Dixon. 'Precies zoals ik nu bezig ben jou te rekruteren.'

Ze glimlachte, maar deze keer deden haar ogen niet mee. 'Oké, ik zal het spelletje meespelen. Stel dat je me nu rekruteert? Wat zou jou dat dan opleveren? Een bonus?'

'Ja,' zei Dixon. Twee jaar korter in dienst blijven, dat was de bonus. Twee jaar dichter bij stoppen met werken. Hij had de waarheid verteld over zijn altruïstische beweegredenen – het redden van levens, van zíélen – maar hij had ook de waarheid verteld over hoe vermoeiend het reizen op een gegeven moment werd. Wat trouwens ook gold voor het redden van zielen, waarvoor hij de prijs moest betalen van al die eindeloze ogenblikken van doodsangst, hoog boven de aarde.

Moest hij haar vertellen dat je, wanneer je er eenmaal aan begon, niet meer terug kon? Dat je het in wezen op een akkoordje gooide met de duivel? Dat zou hij eigenlijk wel moeten doen. Maar hij deed het niet.

Ze reden de cirkelvormige oprit op van een flatgebouw aan het strand. Twee dames – ongetwijfeld vriendinnen van Mary – stonden al te wachten.

'Zou je mij je telefoonnummer willen geven?' vroeg Dixon.

'Waarom? Zodat je me zelf kunt bellen? Of zodat je het kunt doorgeven aan je baas? Je bemiddelaar?'

'Het laatste,' zei Dixon.

Ze dacht even zwijgend na. De wachtende vriendinnen stonden bijna te dansen van opwinding. Toen maakte Mary haar tasje open en haalde er een kaartje uit. Ze gaf het aan Dixon. 'Dit is mijn mobiele nummer. Je kunt me ook bereiken in de openbare bibliotheek van Boston.'

Dixon lachte. 'Ik wíst gewoon dat je bibliothecaresse bent.'

'Dat weet altijd iedereen,' zei ze. 'Het is een beetje saai, maar ik moet toch ergens de rekeningen van betalen.' Ze deed de deur open. Toen de vriendinnen haar zagen, begonnen ze te gillen als groupies.

'Er bestaan opwindender beroepen,' zei Dixon.

Ze wierp hem een ernstige blik toe. 'Er is een groot verschil tussen tijdelijke opwinding en doodsangst, Craig. Zoals wij volgens mij allebei wel weten.'

Daar viel niets tegen in te brengen, maar het was ook niet echt een afwijzing. Hij stapte uit en hielp de chauffeur met haar koffers terwijl Mary Worth twee van de weduwen omhelsde die zij in een chatroom op internet had leren kennen.

## 7

Mary was weer terug in Boston en ze was Craig Dixon al bijna vergeten toen op een avond haar telefoon overging. De beller was een man die licht sliste. Ze zaten een hele tijd te praten.

De volgende dag zat Mary Worth aan boord van Jetaway Flight 694, rechtstreeks van Boston naar Dallas, in de economyclass, pal achter de stuurboordvleugel. Middelste stoel. Ze wilde niets eten of drinken.

Boven Oklahoma sloeg de turbulentie toe.

# Laurie

## 1

Een half jaar na de dood van de vrouw met wie hij veertig jaar getrouwd was geweest, reed Lloyd Sunderlands zus van Boca Raton naar Rattlesnake Key om hem op te zoeken. Ze had een donkergrijze pup bij zich, die volgens haar een kruising was tussen een bordercollie en een mudi. Lloyd had geen idee wat een mudi was en het zou hem ook een zorg zijn.

'Ik wil geen hond, Beth. Een hond is wel het laatste waar ik behoefte aan heb. Ik kan amper een beetje voor mezelf zorgen.'

'Dat zie ik,' zei ze, terwijl ze de piepkleine halsband van de hond losmaakte. 'Hoeveel ben je afgevallen?'

'Geen idee.'

Ze bekeek hem van top tot teen. 'Ik schat zeker zo'n zeven kilo. Je kunt het hebben, maar het moet niet veel meer worden. Ik ga roereieren met worstjes voor je bakken. Met geroosterd brood. Heb je eieren?'

'Daar heb ik geen trek in,' zei Lloyd, terwijl hij de hond bekeek. Het beestje zat op het witte hoogpolige vloerkleed en hij vroeg zich af hoelang het zou duren voordat het daar zijn visitekaartje zou achterlaten. Het kleed moest nodig worden gestofzuigd en schoongemaakt, maar er was in elk geval nog nooit op gepiest. De hond keek hem aan met zijn amberkleurige ogen.

'Heb je nu wel of geen eieren?'

'Ja, maar...'

'En worst? Nee, natuurlijk niet. Je leeft natuurlijk al die tijd al op Eggowafels en Campbell's-soep. Ik haal wel wat bij de Publix. Ik kijk meteen wel even in je koelkast om te zien wat je verder nodig hebt.'

Ze was vijf jaar ouder dan hij en ze had hem na de dood van hun moeder min of meer in haar eentje opgevoed. Als kind was hij nooit tegen haar opgewassen geweest. Nu waren ze oud en was hij dat nog steeds niet, en al helemaal niet nu Marian er niet meer was. Sinds Marian was overleden had Lloyd het gevoel dat er een leegte in zijn lijf was gekomen waar ooit zijn ingewanden hadden gezeten. Misschien werd die leegte ooit weer gevuld – misschien ook niet. Vijfenzestig was een beetje oud om helemaal opnieuw te beginnen. Maar die hond – daar was hij wel tegen opgewassen. Hoe haalde Bethie het in godsnaam in haar hoofd?

'Ik ga hem echt niet houden,' zei hij tegen haar rug terwijl zij op haar ooievaarsbenen de keuken in liep. 'Jij hebt hem gekocht, dus je brengt hem ook maar weer terug.'

'Ik heb hem niet gekocht. De moeder was een raszuivere bordercollie die uit huis ontsnapte en het aanlegde met een buurhond. Dat was de mudi. Het lukte de eigenaar de drie andere pups weg te geven, maar dit is de kleinste van het stel en niemand wilde haar hebben. De eigenaar – een boer met een klein tuinbouwbedrijfje – wilde haar net naar het asiel brengen toen ik langskwam en een briefje aan een telefoonpaal zag hangen. WIE WIL ER EEN HOND, stond erop.'

'En toen dacht je aan mij.' Hij keek nog steeds naar de pup, die ook naar hem keek. De gespitste oortjes leken groter dan het hondje zelf.

'Ja.'

'Ik ben in de róúw, Beth.' Zij was de enige tegen wie hij dat zo ronduit kon zeggen.

'Dat weet ik.' Hij hoorde het gerammel van flessen in de open koelkast. Hij zag haar schaduw op de muur toen ze zich bukte en dingen verplaatste. Ze is net een ooievaar, dacht hij, een menselijke ooievaar en ze heeft waarschijnlijk het eeuwige leven. 'Iemand die in de rouw is heeft iets nodig wat hem bezighoudt. Iets om voor te zorgen. Dat dacht ik toen ik dat briefje zag. Het gaat er niet om wie er een hond wil hébben, het gaat erom wie er eentje nódig heeft. Jij dus. Jezus christus, die koelkast is één groot schimmelparadijs. Een wetenschappelijk experiment. Walgelijk gewoon.'

De pup stond op, zette een voorzichtig stapje in Lloyds richting, veranderde toen van gedachten (als ze tenminste kon denken) en ging weer zitten.

'Dan neem je haar zelf maar.'

'Absoluut niet. Jim is allergisch.'

'Bethie, je hebt twee katten. Is hij daar dan niet allergisch voor?'

'Jawel. En aan die katten hebben we genoeg. Maar als je er zo over denkt, breng ik haar wel naar het asiel in Pompano Beach. Daar houden ze die beesten nog drie weken, voordat ze ze euthanaseren. Het is een mooi beestje met die donkergrijze vacht. Misschien neemt iemand haar wel mee voordat haar tijd gekomen is.'

Lloyd rolde met zijn ogen, ook al kon ze hem dat niet zien doen. Dat had hij ook vaak gedaan toen hij een jaar of acht was en Beth hem vertelde dat hij, als hij zijn kamer niet opruimde, vijf meppen op z'n billen kon krijgen met haar badmintonracket. Sommige dingen veranderden nooit.

'Hou je vast,' zei hij, 'Beth Young, nummer één als het erom gaat iemand een schuldgevoel aan te praten.'

Ze gooide de koelkast dicht en kwam weer naar de woonkamer. De pup keek haar even aan, maar ging toen verder met het bestuderen van Lloyd. 'Ik ga naar de supermarkt, waar ik ruim honderd dollar verwacht uit te geven. Ik zal de kassabon voor je meenemen, zodat je me kunt terugbetalen.'

'En wat moet ik intussen doen?'

'Misschien kun je kennismaken met het weerloze kleine hondje dat je naar de gaskamer wilt sturen?' Ze bukte zich om het hondje over haar kopje te aaien. 'Moet je die hoopvolle oogjes nou toch zien.'

Wat Lloyd in die amberkleurige ogen zag was uitsluitend evaluatie.

'Wat moet ik doen als ze op het kleed pist? Dat heeft Marian vlak voordat ze ziek werd nog gekocht.'

Beth wees naar de miniatuur-hondenriem op de poef. 'Laat haar uit. Laat haar kennismaken met Marians overwoekerde bloemperken. En trouwens, dat kleed is smerig.'

Ze pakte haar tas en liep op haar ooievaarsbenen met arrogante tred naar de deur.

'Een huisdier is verreweg het ergste cadeau dat je iemand kunt geven,' zei Lloyd. 'Dat heb ik op internet gelezen.'

'Dan zal het ongetwijfeld waar zijn.'

Ze bleef even staan en keek naar hem om. Het ongenadige septemberlicht van Florida's westkust viel op haar gezicht en liet zien hoe haar lipstick was doorgelopen in de rimpeltjes rond haar mond, hoe haar onderste oogleden weg begonnen te zakken van haar ogen en hoe er fragiele adertjes klopten in de holte van haar slaap. Ze werd binnenkort zeventig.

Zijn energieke, eigenwijze, sportieve, twistzieke, compromisloze zus was oud. Net als hij. Zij waren het bewijs dat het leven in wezen een korte droom was op een zomerse middag. Alleen had Bethie nog een man, twee volwassen kinderen en vier kleinkinderen – een keurige optelsom van de natuur. Zelf had hij Marian gehad, maar Marian was er niet meer en kinderen waren er niet. Moest hij zijn vrouw nu vervangen door een hondje, en nog een vuilnisbakkie ook? Die gedachte was zo smakeloos als een Hallmark-kaart en al net zo onrealistisch.

'Ik ga haar niet houden.'

Ze gaf hem dezelfde blik die ze hem als meisje van dertien had gegeven, en waarmee ze zei dat hij, als hij niet gauw deed wat ze zei, op de badmintonracket kon rekenen. 'Je houdt haar hier minstens tot ik terug ben van de supermarkt. Ik moet zelf ook nog wat boodschappen doen en honden gaan dood in hete auto's. Vooral zulke kleintjes.'

Ze deed de deur dicht. Lloyd Sunderland, gepensioneerd, net zes maanden weduwnaar, de laatste tijd zonder al te veel zin in eten (of andere geneugten des levens) zat naar de onwelkome gast op zijn hoogpolige kleed te kijken. Het hondje keek naar hem op.

'Wat zit je daar nou te kijken, stom beest?' vroeg hij.

De pup stond op en liep op hem af. Of eigenlijk was het meer waggelen wat ze deed, alsof ze door hoog gras liep. Het beestje ging bij zijn linkervoet zitten en keek omhoog. Lloyd liet voorzichtig zijn hand zakken, in de verwachting dat ze ernaar zou bijten. In plaats daarvan likte ze hem. Hij pakte de speelgoedriem en haakte hem vast aan het kleine roze halsbandje. 'Kom, dan haal ik je van dat verrekte kleed voordat het te laat is.'

Hij gaf een rukje aan de riem. De pup bleef zitten en keek hem aan. Lloyd zuchtte en tilde haar op. Ze likte opnieuw zijn hand. Hij droeg haar naar buiten en zette haar in het gras. Hij moest het nodig maaien, ze verdween er bijna in. Beth had ook wel gelijk over de bloemen. Ze stonden er verschrikkelijk bij en de helft was net zo dood als Marian. Die gedachte bracht een glimlach op zijn gezicht, ook al voelde hij zich meteen een slecht mens omdat hij om zo'n vergelijking moest lachen.

In het gras leek het hondje nog erger te waggelen. Ze zette een stuk of tien stapjes, liet zich toen door haar achterpootjes zakken en deed een plas.

'Goed zo, maar ik ga je nog steeds niet houden.'

Hij vermoedde nu al dat wanneer Beth terugging naar Boca, zij de hond niet bij zich zou hebben. Nee, dit ongewenste bezoek zou hier bij hem zijn, in zijn huis, een paar honderd meter van de ophaalbrug die de Key verbond met het vasteland. Het zou niet gaan werken, hij had nog nooit van zijn leven een hond gehad, maar tot hij iemand vond die haar wilde hebben, zou ze hem misschien iets anders te doen geven dan tv-kijken of voor zijn computer zitten om te patiencen en langs sites te surfen die hem toen hij net gepensioneerd was wel interessant hadden geleken, maar die hij inmiddels stomvervelend vond.

Toen Beth bijna twee uur later terugkwam, zat Lloyd weer in zijn leunstoel en lag de pup op het kleed te slapen. Zijn zus, van wie hij hield, maar aan wie hij zich al zijn hele leven ergerde, ergerde hem vandaag nog meer door terug te komen met heel veel meer dan hij had verwacht. Ze had een grote zak puppyvoer (biologisch natuurlijk) en een grote pot naturel yoghurt (die vermengd moest worden met het hondenvoer, omdat het kraakbeen in die grote ronde oren daarmee extra sterk zou worden). Verder had Beth absorberende puppypads meegebracht, een hondenmand, drie kauwspeeltjes (waarvan twee met een irritant piepje) en een kinderbox. Die zou voorkomen dat de pup 's nachts door het huis ging lopen scharrelen, zei ze.

'Jezus, Bethie, wat heeft die box wel niet gekost?'

'Het was een aanbieding bij de Target,' zei ze, de vraag ontwijkend op een manier die hij van haar kende. 'Kost je niets. Die krijg je van mij. En wil je, nu ik dit allemaal heb gekocht, nog steeds dat ik haar weer meeneem? Want als dat zo is, mag jij alles zelf terugbrengen naar de winkel.'

Lloyd was het wel gewend dat zijn zus hem te slim af was. 'Ik wil het proberen, maar ik stel het níét op prijs dat je me hiermee opzadelt. Je bent altijd al een bazig type geweest.'

'Klopt,' zei ze. 'Aangezien Moeder overleed en Pa een redelijk functionerende, maar in wezen hopeloze dronkenlap was, moest ik wel. Zal ik dan nu die eieren voor je bakken?'

'Goed dan.'

'Heeft ze al op het kleed geplast?'

'Nee.'

'Dat komt nog wel.' Beth leek het wel een leuk idee te vinden. 'Hoe ga je haar noemen?'

Als ik haar een naam geef is ze van mij, dacht Lloyd, alleen vermoedde hij dat ze dat al was, al vanaf die eerste voorzichtige lik. Net zoals Marian van hem was geweest vanaf de eerste voorzichtige kus. Alweer zo'n achterlijke vergelijking, maar je had toch niet in de hand hoe je hoofd naar dat soort dingen keek? Net zomin als je je dromen kon bepalen.

'Laurie.'

'Waarom Laurie?'

'Weet ik niet. Het kwam opeens bij me op.'

'Nou,' zei ze, 'dan is het goed.'

Laurie volgde hen naar de keuken. Waggelend.

2

Lloyd legde het hoogpolige kleed vol met puppypads en zette de box in zijn slaapkamer (waarbij hij nog bijna zijn vingers afknelde). Toen ging hij naar zijn werkkamer, zette zijn computer aan en begon een artikel te lezen met de titel 'Wij hebben een puppy!' Halverwege merkte hij dat Laurie bij zijn schoen was komen zitten en naar hem opkeek. Hij besloot haar te voeren en vond een plasje onder de toog tussen de keuken en de zitkamer, nog geen vijftien centimeter van de dichtstbijzijnde puppypad. Hij tilde Laurie op, zette haar bij het plasje en zei: 'Niet hier!' Vervolgens zette hij haar op de schone puppypad. 'Hier!'

Ze keek hem aan en liep vervolgens op haar waggelpootjes naar de keuken, waar ze naast het fornuis met haar snuit op een pootje naar hem ging liggen kijken. Lloyd pakte een handvol keukenpapier. Hij had zo'n vermoeden dat hij daar de komende week of zo veel van zou gaan gebruiken.

Zodra het plasje was opgeruimd (gelukkig was het maar een kleintje), deed hij een kwart kopje puppyvoer – de aanbevolen hoeveelheid, volgens 'Wij hebben een puppy!' – in een ontbijtschaaltje en roerde er yoghurt doorheen. De pup begon er gretig van te eten. Terwijl hij zat te kijken hoe zij at, ging zijn telefoon. Het was Beth, die hem belde vanaf een parkeerplaats ergens in de binnenlanden van Alligator Alley.

'Je moet nog wel met haar naar een dierenarts,' zei ze. 'Dat vergat ik je nog te vertellen.'

'Dat weet ik, Bethie.' Het stond in 'Wij hebben een puppy!'

Ze ging verder alsof hij niets had gezegd, ook een eigenschap van haar die hij maar al te goed kende. 'Ik denk dat ze sowieso vitamines nodig heeft en in elk geval medicijnen tegen hartworm, plus iets tegen vlooien en teken – volgens mij is dat een pil die je haar bij haar eten kan geven. En ze moet worden geholpen. Gesteriliseerd, snap je, maar dat kan waarschijnlijk pas over een paar maanden.'

'Ja,' zei hij. 'Als ik haar houd.'

Laurie was klaar met eten en drentelde naar de woonkamer. Met een vol buikje, was haar waggeltje nog duidelijker. Lloyd vond dat ze liep alsof ze lichtelijk beschonken was.

'Vergeet haar niet uit te laten.'

'Natuurlijk.' Om de paar uur, volgens 'Wij hebben een puppy!' Wat belachelijk was. Hij was echt niet van plan om twee uur 's nachts op te staan om met zijn ongenode logee naar buiten te gaan.

Gedachtelezen behoorde ook tot de specialiteiten van zijn zus. 'Je denkt nu waarschijnlijk dat midden in de nacht opstaan heel lastig gaat worden.'

'Dat schoot inderdaad wel even door mijn hoofd.'

Ze negeerde hem zoals alleen Bethie dat kon. 'Maar als het waar is wat je me vertelde over je slapeloosheid sinds Marian is overleden, denk ik dat het je niet al te veel moeite zal kosten.'

'Dat is bijzonder begripvol en attent van je.'

'Kijk gewoon hoe het gaat, meer vraag ik niet van je. Geef de kleine meid een kans.' Ze zweeg even. 'Ik maak me zorgen om je, Lloyd. Ik heb bijna veertig jaar voor een verzekeringskantoor gewerkt en ik kan je vertellen dat mannen van jouw leeftijd veel meer kans hebben om ziek te worden nadat ze hun echtgenote hebben verloren. En ook om dood te gaan natuurlijk.'

Hij zei niets.

'Dus doe je dat?'

'Wat?' Alsof hij dat niet wist.

'Haar een kans geven.'

Beth probeerde hem een toezegging af te dwingen die Lloyd niet bereid was haar te geven. Hij keek om zich heen, alsof hij inspiratie zocht, en zag opeens een drol liggen – één enkel klein worstje – precies op de plek waar het plasje had gelegen, vijftien centimeter van de dichtstbijzijnde puppypad.

'Nou, voorlopig is de kleine meid hier nog,' zei hij. Meer kon hij haar op dit moment niet vertellen. 'Rij voorzichtig.'

'Ik rij de hele weg honderd. Ik word heel veel ingehaald en sommige mensen toeteren naar me, maar als ik sneller ga vertrouw ik mijn reflexen niet meer.'

Hij nam afscheid, pakte nog wat keukenpapier en ruimde het drolletje op. Laurie zat met haar amberkleurige ogen naar hem te kijken. Hij nam haar weer mee naar buiten, waar ze niets deed. Toen hij twintig minuten later het hele artikel over het opvoeden van puppy's uit had, vond hij weer een plasje onder de toog. Vijftien centimeter van de dichtstbijzijnde puppypad.

Hij bukte zich, met zijn handen op zijn knieën en voelde hoe zijn rug hem de gebruikelijke waarschuwing gaf. 'Jij zit hier in blessuretijd, hond.'

Ze keek hem aan.

3

Aan het eind van de middag – na weer twee plasjes, waarvan eentje op de puppypad vlak bij de keuken – haakte Lloyd de miniatuur-hondenriem aan Lauries halsband, nam haar als een voetbal onder zijn arm en ging met haar naar buiten. Hij zette haar neer en liep met haar over het pad dat achter het kleine woonwijkje langs liep. Het pad leidde naar een ondiep kanaal dat op een gegeven moment onder de ophaalbrug door stroomde. Voor die brug stond een lange rij auto's te wachten tot iemands motorsloep de Golf van Mexico was binnengevaren. De pup liep in haar gebruikelijke waggeltred en bleef af en toe even staan om aan plukjes gras en onkruid te snuffelen die er voor haar uit moesten zien als een ondoordringbare jungle.

Langs het kanaal liep een vervallen houten vlonder die het Six Mile Path werd genoemd (om redenen die Lloyd nooit had begrepen, aangezien hij geen zes maar hooguit één mijl lang was) en daar stond zijn naaste buurman, tussen de borden met LAAT GEEN AFVAL ACHTER en VERBODEN TE VISSEN. Even verderop stond een bordje waarop eigenlijk hoorde te staan: PAS OP VOOR ALLIGATORS, alleen was ALLIGATORS met een spuitbus verf onleesbaar gemaakt en vervangen door ALIENS.

Altijd wanneer hij Don Pitcher zo zag staan, over zijn dure mahoniehouten wandelstok gebogen en sjorrend aan zijn breukband, werd Lloyd overvallen door een klein maar onmiskenbaar gevoel van valse voldoening. De man was een jukebox van vermoeiende politieke opvattingen en was iemand die een onbeschaamd genoegen schepte in andermans ellende. Als iemand in de buurt overleed, was Don de eerste die het wist. Als iemand in de buurt financiële problemen had, wist hij dat ook. Lloyds rug was niet zo best meer, evenmin als zijn ogen en zijn oren, maar hij was nog jaren verwijderd van een wandelstok en een breukband. Dat hoopte hij althans.

'Moet je dat jacht zien,' zei Don toen Lloyd zich bij hem voegde op de vlonder. Laurie bleef, voor zover haar riem haar dat toestond, zo ver mogelijk achter hen staan. Misschien was ze wel bang van water. 'Hoeveel arme mensen denk je dat je daar te eten van kunt geven in Afrika?'

'Ik denk niet dat hongerige mensen een boot kunnen eten, Don.'

'Je snapt toch wat ik... hé, wat heb je daar? Een nieuwe pup? Hij ziet eruit als een schatje.'

'Het is een zij,' zei Lloyd. 'Ik pas op haar voor mijn zus.'

'Hé daar, lieverdje,' zei Don, terwijl hij zich bukte en zijn hand uitstak. Laurie deinsde achteruit en blafte voor het allereerst sinds Beth haar hier had gebracht: twee hoge, scherpe kefjes, en toen was het stil. Don richtte zich weer op. 'Toch niet zo'n lieverdje dus?'

'Ze kent je niet.'

'Schijt ze de hele boel onder?'

'Valt mee,' zei Lloyd en ze bleven een tijdje naar het jacht staan kijken, dat waarschijnlijk eigendom was van een van de rijke stinkerds aan de noordkant van Rattlesnake Key. Laurie zat op de rand van de splinterende vlonder en keek naar Lloyd.

'Mijn vrouw wil geen hond,' zei Don. 'Ze zegt dat je er alleen maar rommel en ellende van krijgt. Als jongen had ik er wel een, een lieve oude collie. Die viel in een waterput. Deksel was helemaal verrot en daar ging ze hoor. We moesten haar omhoogtakelen met zo'n dinges.'

'O ja?'

'Ja. Kijk maar uit met haar bij de grote weg. Als ze opeens de weg op rent heb je de poppen aan het dansen. Kijk nou toch eens naar de afmetingen van die kolereboot! Wedden dat-ie vastloopt?'

De boot liep niet vast.

Toen de ophaalbrug dicht was en het verkeer weer kon doorrijden, keek Lloyd naar de puppy en zag dat ze op haar zij lag te slapen. Hij tilde haar op. Laurie deed haar ogen open, likte zijn hand en viel weer in slaap.

'Ik ga maar eens op huis aan om wat te eten in elkaar te flansen. Kalmpjes aan, Don.'

'Jij ook. En hou die pup in de gaten, voordat ze je hele hebben en houden kapotbijt.'

'Ik heb wat speeltjes waar ze op kan kauwen.'

Don glimlachte en liet daarmee een onregelmatig gebit zien dat Lloyd rillingen bezorgde. 'Ze vindt je meubilair vast lekkerder. Wacht maar af.'

## 4

Terwijl hij die avond naar het journaal zat te kijken, kwam Laurie naast zijn leunstoel staan en liet weer diezelfde twee scherpe kefjes horen. Lloyd zag hoe ze hem aankeek, woog de voors en tegens tegen elkaar af, tilde haar vervolgens op en nam haar op schoot.

'Als je op me pist, vermoord ik je.'

Ze deed het niet. Ze viel met haar neusje onder haar staart in slaap. Lloyd zat haar afwezig te aaien terwijl hij naar met een mobiele telefoon gemaakte beelden keek van een terroristische aanval in België. Toen het journaal afgelopen was, nam hij Laurie weer onder zijn arm mee naar buiten. Hij maakte haar riem vast en liet haar naar de rand van Oscar Road wandelen, waar ze haar behoefte deed.

'Goed gedaan. Ga zo door.'

Om negen uur bekleedde hij de box met een dubbele laag puppypads – hij zag al dat hij er morgen nog meer moest gaan halen, samen met keukenpapier – en zette haar erin. Ze ging zitten en keek naar hem. Toen hij een theekopje met water voor haar neerzette, dronk ze daar wat van, waarna ze ging liggen. Intussen bleef ze naar hem kijken.

Lloyd kleedde zich uit tot op zijn ondergoed en ging zelf ook liggen. Hij nam niet de moeite de sprei terug te slaan. Als hij dat deed, wist hij uit ervaring, lag het ding de volgende ochtend op de grond, als gevolg van zijn gewoel en gedraai. Vanavond viel hij echter vrijwel onmiddellijk in slaap en werd hij pas om twee uur wakker, van het geluid van schril gekef.

Laurie lag met haar snuitje tussen de spijlen van de box, als een gevangene die in eenzame opsluiting zat. Er lagen meerdere drolletjes op de puppypads. Met de gedachte dat er op dit late uur weinig of geen voorbijgangers op Oscar Road zouden lopen die zich konden storen aan de aanblik van een man in boxershorts en een onderhemd, trok Lloyd zijn Crocs aan en droeg zijn logee (zoals hij Laurie in gedachten nog steeds noemde) naar buiten. Hij zette haar neer op het schelpenpad. Ze waggelde en beetje rond, snuffelde aan een klodder vogelpoep en plaste erop. Hij prees haar opnieuw. Ze ging zitten en keek naar de verlaten weg. Lloyd keek omhoog naar de sterren. Hij had het idee dat hij er nog nooit zo veel had gezien, maar bedacht toen dat dit waarschijnlijk wel het geval was, alleen niet recentelijk. Hij probeerde zich de laatste keer te herinneren dat hij om twee uur 's nachts buiten was geweest, maar slaagde daar niet in. Hij keek omhoog naar de Melkweg, bijna gebiologeerd, tot hij zich realiseerde dat hij bijna in slaap stond te vallen. Hij droeg de pup weer naar binnen.

Laurie keek stilletjes toe hoe hij de puppypads verwisselde waarop ze had gepoept (en op twee ervan zaten ook gele vlekken), maar zodra hij haar in de box zette begon het gejank weer. Hij overwoog haar bij zich in bed te nemen, maar volgens 'Wij hebben een puppy!' was dat een heel slecht idee. De auteur (ene Suzanne Morris, dierenarts) zei ondubbelzinnig: 'Als je daar eenmaal mee begint, zal het heel moeilijk zijn het weer terug te draaien.' Daar kwam bij dat hij het geen prettig idee vond om morgenochtend wakker te worden en een van die kleine bruine drolletjes te vinden aan de kant van het bed waar zijn vrouw altijd had geslapen. Het leek hem niet alleen symbolisch respectloos, maar het zou ook betekenen dat hij het bed moest verschonen, een klus waar hij niet blij van werd.

Hij liep de kamer binnen die Marian altijd haar hobbykamertje had genoemd. Bijna al haar spullen lagen en stonden er nog, aangezien Lloyd, ondanks aandringen van zijn zus, nog niet de moed had verzameld om het leeg te ruimen. Sinds Marians dood had hij deze kamer zo veel mogelijk gemeden. Zelfs het zien van de schilderijtjes aan de muur deed hem pijn, vooral om twee uur 's nachts. Hij had het idee dat een mens in die nachtelijke uren een dunnere huid had en dat die huid pas tegen vijven, wanneer het in het oosten licht begon te worden, weer dikker werd.

Marian was nooit aan een iPod begonnen, en de draagbare cd-speler die ze altijd meenam naar haar tweewekelijkse gymnastiekclubje, lag op de plank boven haar kleine muziekverzameling. Hij bekeek de batterijen en zag geen corrosie op de kleine AAA's. Hij zocht tussen haar cd's, aarzelde even bij *Hall and Oates* en zocht toen verder tot hij bij *Joan Baez's Greatest Hits* kwam. Hij stopte de cd in de speler, die bevredigend begon te draaien toen hij hem dichtklapte. Hij nam het ding mee naar de slaapkamer. Zodra Laurie hem zag binnenkomen, hield ze op met piepen. Hij drukte op *play* en Joan Baez begon 'The Night They Drove Old Dixie Down' te zingen. Hij legde de cd-speler op een van de schone puppypads. Laurie snuffelde er even aan en ging er vervolgens naast liggen, met haar neus bijna op het plastic etiketje met EIGENDOM VAN MARIAN SUNDERLAND.

'Gaat dit werken? Ik mag het verdomme hopen.'

Hij ging weer in bed liggen, met zijn handen onder het kussen, waar het koeler was. Hij luisterde naar de muziek. Toen Baez 'Forever Young' zong, moest hij huilen. Zo voorspelbaar, dacht hij. Zo cliché. Toen viel hij in slaap.

## 5

September maakte plaats voor oktober, de beste maand van het jaar in Upstate New York, waar hij en Marian tot zijn pensionering hadden gewoond en naar Lloyds bescheiden mening (IMHO, zoals ze dat op Facebook noemden) ook de beste maand hier in het zuiden, aan de westkust van Florida. De ergste hitte was verdwenen, maar de dagen waren nog warm en de koude nachten van januari en februari moesten nog komen. Ook de meeste overwinteraars moesten nog komen en in plaats van vijftig keer per dag open en dicht te gaan, hield de ophaalbrug het verkeer maar een keer of tien, twaalf per dag op. Bovendien was er veel minder verkeer om op te houden.

Het Rattler Fish House, het visrestaurant, ging weer open na drie maanden dicht te zijn geweest en er werden honden toegelaten op de zogenaamde puppybinnenplaats. Lloyd nam Laurie er vaak mee naartoe. Ze wandelden dan samen op hun gemak over het Six Mile Path naast het kanaal. Lloyd tilde de hond over de plekken heen waar de vlonder werd overwoekerd door zaaggras. Zij op haar beurt drentelde met het grootste gemak onder de overhangende palmbladeren door waar Lloyd zich doorheen moest worstelen, met gebogen hoofd en één arm voor zich uit om het dichtste gebladerte weg te duwen, altijd bang dat er een boomrat op zijn hoofd zou vallen, ook al gebeurde dat nooit. Wanneer ze bij het restaurant aankwamen, ging zij rustig bij zijn schoen in het zonnetje zitten en werd af en toe voor haar goede gedrag beloond met een frietje van Lloyds portie fish-and-chips. De serveersters vonden haar allemaal schattig en bukten zich om haar donkergrijze vacht te aaien.

Vooral Bernadette, de gastvrouw, was dol op haar. 'Dat kóppie,' zei ze altijd, alsof dat alles verklaarde. Dan knielde ze bij Laurie neer en schonk daarmee Lloyd een uitstekend en altijd bijzonder gewaardeerd uitzicht op haar decolleté. 'Ooo, dat kóppie!'

Laurie accepteerde de aandacht, maar leek er niet bijzonder naar te verlangen. Ze bleef rustig zitten en bekeek haar nieuwe bewonderaar alvorens haar aandacht weer op Lloyd te vestigen. Deels had die aandacht misschien te maken met de frietjes, maar dat was niet het enige. Ze bekeek hem net zo aandachtig wanneer hij tv zat te kijken. Net zo lang tot ze uiteindelijk in slaap viel.

Ze werd heel snel zindelijk en ondanks Dons voorspelling knaagde ze niet aan de meubels. Dat deed ze wel aan haar speeltjes, die zich al snel van drie vermenigvuldigden tot zes en vervolgens tot een stuk of tien. Hij vond een oud kratje om ze in op te bergen. 's Ochtends ging Laurie naar die krat, zette haar voorpoten op de rand en bestudeerde de inhoud als iemand die in de supermarkt de aangeboden artikelen staat te bekijken. Uiteindelijk koos ze er eentje uit, nam het mee naar een hoekje en kauwde erop tot het speeltje haar begon te vervelen. Dan liep ze terug naar de kist en koos iets anders uit. Tegen het eind van de dag lagen de speeltjes verspreid door de hele slaapkamer, de woonkamer en de keuken. Lloyds laatste klusje voordat hij naar bed ging, was alle speeltjes verzamelen en opbergen in de krat. Niet vanwege de rommel, maar omdat de hond er zo veel plezier in leek te hebben 's ochtends haar verzamelde buit te bekijken.

Beth belde vaak om naar zijn eetgewoonten te informeren, hem te herinneren aan verjaardagen en trouwdagen van oude vrienden en oudere familieleden, en om hem te vertellen wie er nu weer allemaal dood waren. Ze eindigde altijd met de vraag of Laurie nog steeds op proef was. Lloyd zei altijd ja, tot een dag halverwege de maand oktober. Ze waren net terug van het Fish House en Laurie lag midden op de woonkamervloer te slapen, op haar rug, met alle vier haar poten wijd gespreid. Het briesje van de airco streelde zacht door haar buikhaartjes en Lloyd realiseerde zich dat ze heel mooi was. Het was geen sentimentele gedachte, het was gewoon een feit. Hij voelde hetzelfde bij het zien van de sterren wanneer hij haar 's avonds uitliet voor een laatste plasje.

'Nee, ik denk dat haar proeftijd er wel op zit. Maar als ze mij overleeft, Bethie, dan neem jij haar terug – en dan zullen Jims allergieën me een rotzorg zijn – of je zoekt een goed thuis voor haar.'

'Gesnopen, broertje.' Altijd wanneer Beth zoiets zei vond Lloyd dit tegelijkertijd vertederend en zo irritant als de neten. 'Ik ben blij dat het zo goed klikt tussen jullie.' Ze liet haar stem wat zakken. 'Dat had ik eerlijk gezegd niet verwacht.'

'Waarom heb je haar dan voor me meegenomen?'

'Tja, je probeert eens wat. Ik wist gewoon dat je iets arbeidsintensievers nodig had dan een goudvis. Kan ze al blaffen?'

'Het klinkt meer als keffen. Ze doet het wanneer de postbode langskomt, of UPS, of als Don binnenwipt voor een biertje. En altijd maar twee keer. Kef-kef, en dat is het dan. Wanneer kom je weer eens deze kant op?'

'De laatste keer ben ik naar jou toe gekomen. Nu ben jij aan de beurt om deze kant op te komen.'

'Dan moet ik Laurie meenemen. Ik laat haar echt niet hier bij Don en Evelyn Pitcher.' Toen hij naar zijn slapende puppy keek, besefte hij dat hij haar bij helemaal niemand ging achterlaten. Zelfs wanneer hij even naar de supermarkt ging, maakte hij zich zorgen om haar en hij was altijd opgelucht als ze hem bij thuiskomst bij de deur stond op te wachten.

'Dan breng je haar gewoon mee. Ik ben benieuwd hoe groot ze al is geworden.'

'En Jims allergieën dan?'

'Die zullen me een rotzorg zijn,' zei ze, waarna ze lachend ophing.

## 6

Nadat ze Laurie – die, op één plasstop na, de hele weg naar Boca op de achterbank had liggen slapen – uitgebreid had bewonderd en geliefkoosd, keerde Beth weer terug naar haar prioriteiten als grote zus. Hoewel ze hem over van alles aan zijn kop kon zeuren (daar was ze geweldig goed in), ging het deze keer vooral over dr. Albright en het feit dat Lloyd nodig een afspraak met hem moest maken voor zijn halfjaarlijkse check-up, waar hij al ruim te laat mee was.

'Hoewel je er goed uitziet,' zei ze. 'Dat moet ik toegeven. Je lijkt zowaar een kleurtje te hebben. Als het tenminste geen geelzucht is.'

'Nee, dat is van de zon. Ik laat Laurie drie keer per dag uit. Zodra we opstaan gaan we eerst naar het strand, 's middags via het Six Mile Path naar het visrestaurant, waar ik lunch, en dan 's avonds nog een keer naar het strand. Voor de zonsondergang. Daar vindt zij niets aan – honden hebben geen gevoel voor schoonheid – maar ik geniet ervan.'

'Loop je met haar over die vlonder langs het kanaal? Jezus, Lloyd, dat ding is zo bouwvallig als wat. Dat stort nog een keer in en dan lig je in de plomp, samen met dit prinsesje hier.' Ze aaide Laurie over haar kop.

'Dat ding staat er al meer dan veertig jaar. Ik denk dat het mij nog wel overleeft.'

'Heb je die doktersafspraak nou al gemaakt?'

'Nee, maar dat ga ik nog doen.'

Ze hield hem haar telefoon voor. 'Waarom doe je het niet nu meteen? Dan weet ik zeker dat je het doet.'

Hij zag aan de blik in haar ogen dat ze niet verwachtte dat hij op haar voorstel in zou gaan en dat was voor hem een reden om het juist wel te doen. Maar het was niet de enige reden. In voorgaande jaren had hij ertegen opgezien om naar de dokter te gaan. Hij was altijd bang voor het moment (ongetwijfeld ingegeven door te veel televisieseries) waarop de dokter hem ernstig aan zou kijken en zou zeggen: 'Ik vrees dat ik slecht nieuws voor je heb.'

Maar nu voelde hij zich juist goed. 's Ochtends bij het opstaan waren zijn benen stijf, waarschijnlijk van het vele wandelen, en zijn rug kraakte erger dan ooit, maar verder voelde hij niets om zich zorgen over te maken. Hij wist heel goed dat er in het lichaam van een oude man akelige dingen konden groeien – die langzaam groter werden tot het tijd was om tevoorschijn te komen – maar tot nu toe was daar aan de buitenkant nog niets van te merken: geen bloed in ontlasting of sputum, geen pijn in de onderbuik, geen moeite met slikken, geen pijn bij het urineren. Hij besefte dat het veel makkelijker was om naar de dokter te gaan wanneer je lichaam je vertelde dat er geen enkele reden voor was.

'Waar lach je om?' Beth klonk argwanend.

'Niks. Geef op dat ding.'

Hij stak zijn hand uit naar de telefoon, maar zij trok hem weg. 'Als je echt gaat bellen, gebruik je je eigen telefoon maar.'

## 7

Twee weken na zijn check-up vroeg dokter Albright hem om langs te komen voor de uitslagen. Die waren goed.

'Je gewicht is vrijwel precies hoe het moet zijn, je bloeddruk is goed en hetzelfde geldt voor je reflexen. Je cholesterolniveau is beter dan de vorige keer dat we wat bloed van je mochten afnemen...'

'Ik weet het, dat is best lang geleden,' zei Lloyd. 'Waarschijnlijk te lang.'

'Daar is niets waarschijnlijks aan. Maar goed, ik hoef je geen lipideregulerende medicijnen voor te schrijven, wat je als een overwinning kunt zien. Minstens de helft van mijn patiënten moet die slikken.'

'Ik wandel veel,' zei Lloyd. 'Mijn zus heeft me een hond gegeven. Een puppy.'

'Puppy's zijn Gods idee van een perfecte work-out. Hoe gaat het verder met je? Red je het een beetje in je eentje?'

Albright hoeft zijn vraag niet nader toe te lichten. Marian was ook patiënt bij hem geweest. Zij had zich veel beter dan haar man aan haar halfjaarlijkse controles gehouden – Marian Sunderland was in alle opzichten heel proactief geweest – maar de tumor die haar eerst van haar intelligentie en vervolgens van haar leven had beroofd, had zich niets aangetrokken van die proactiviteit. Hij had zich diep in haar lichaam genesteld. Een glioblastoom, dacht Lloyd, was Gods idee van een .45 kaliber kogel.

'Best goed,' zei Lloyd. 'Ik slaap weer. Ik ga bijna altijd moe naar bed en dat helpt.'

'Door de hond?'

'Ja. Voornamelijk door de hond.'

'Dan zou ik je zus maar eens bellen om haar te bedanken,' zei Albright.

Dat leek Lloyd een goed idee. Hij belde haar die avond en bedankte haar. Beth zei dat ze het heel, heel graag voor hem had gedaan. Lloyd nam Laurie mee naar het strand om haar uit te laten. Hij keek naar de ondergaande zon. Laurie vond een dode vis en plaste erop. Ze gingen allebei tevreden naar huis.

## 8

6 december van dat jaar begon heel gewoon, met een wandeling over het strand, gevolgd door een ontbijtje: brokken voor Laurie, roerei met toast voor Lloyd. Aan niets was te merken dat God zijn .45 in gereedheid bracht. Lloyd keek het eerste uur van het programma *Today* en ging toen naar Marians hobbykamertje. Hij had een paar boekhoudopdrachten

aangenomen voor het Fish House en een autodealer in Sarasota. Het was werk waar geen stress aan te pas kwam en ook al had hij geen financiële zorgen, toch was het leuk om weer aan het werk te zijn. Hij was erachter gekomen dat Marians bureau hem beter beviel dan zijn eigen bureau. Hij hield ook van haar muziek. Hij vermoedde dat Marian het fijn zou hebben gevonden dat haar kamer weer werd gebruikt.

Laurie zat naast zijn stoel en knaagde bedachtzaam aan haar speelgoedkonijn. Daarna deed ze een dutje. Om half elf sloeg Lloyd zijn werk op en schoof hij zijn stoel naar achteren. 'Tijd voor een snack, meisje.'

Ze liep achter hem aan naar de keuken en nam een kauwstaafje van koeienhuid van hem aan. Lloyd nam melk en een paar koekjes die uit een vroeg kerstpakketje kwamen dat Beth hem had toegestuurd. De onderkant was een beetje verbrand (aangebrande kerstkoekjes behoorden ook tot Beths specialiteiten), maar ze waren goed eetbaar.

Hij zat een tijdje te lezen – hij was bezig zich door John Sandfords omvangrijke oeuvre heen te werken – en schrok uiteindelijk op van een bekend geklingel. Het was Laurie, bij de voordeur. Haar riem hing over de deurknop en ze duwde met haar snuit het metalen gespje heen en weer. Lloyd keek op zijn horloge en zag dat het al kwart voor twaalf was. 'Oké, we gaan.'

Hij haakte haar riem vast, voelde aan zijn linker broekzak om zeker te weten dat hij zijn portefeuille bij zich had, en liet Laurie voor zich uit lopen, de zonnige middag in. Toen ze naar het Six Mile Path liepen, zag hij dat Don net was begonnen met het uitstallen van zijn gebruikelijke verzameling spuuglelijke plastic kerstversieringen: een kerststal (heilig), een grote plastic kerstman (profaan) en een hele verzameling tuinkabouters die hij had opgetuigd met allerlei kerstversieringen (surrealistisch). Straks zou Don ook nog zijn leven gaan wagen door op een ladder te klimmen en verlichting op te hangen die aan- en uitknipperde, zodat de bungalow van de Pitchers eruit zou zien als 's werelds kleinste, meest smakeloze casinoboot. In voorgaande jaren hadden Dons kerstversieringen Lloyd somber gestemd, maar vandaag lachte hij erom. Die klootzak deed het toch maar. Hij had reuma, slechte ogen en een slechte rug, maar hij gaf niet op. Voor Don waren die kerstversieringen gewoon heel erg belangrijk.

Evelyn Pitcher kwam naar buiten door de achterdeur. Ze droeg een verkeerd dichtgeknoopte roze duster, ze had een soort witachtig-gele crème op haar gezicht gesmeerd en haar haar stond alle kanten op. Don had

Lloyd een keer in vertrouwen verteld dat zijn vrouw een beetje de weg begon kwijt te raken en vandaag kon je dat goed aan haar zien.

'Heb jij hem gezien?' riep ze.

Laurie keek op en gaf haar haar vaste begroeting: *Kef kef.*

'Wie? Don?'

'Nee, John Wayne! Ja natuurlijk Don, wie anders?'

'Ik heb hem niet gezien,' zei Lloyd.

'Nou, als je hem ziet, zeg dan tegen hem dat hij ophoudt met lummelen en die verrekte kerstversiering komt afmaken. De verlichting hangt nog niet en de Wijzen uit het Oosten staan nog in de garage! Ik word gek van die man!'

'Als ik hem zie, zal ik het doorgeven.'

Evelyn leunde schrikbarend ver over het hekje van de veranda. 'Je hebt echt een mooie hond! Hoe heet hij ook weer?'

'Laurie,' antwoordde Lloyd, voor de zoveelste keer.

'O, het is een teefje!' riep Evelyn. 'Ik zal blij zijn als dat verdomde kerstfeest weer voorbij is, zeg dat ook maar tegen hem!'

Ze richtte zich op (een hele opluchting, want Lloyd dacht niet dat hij haar had kunnen opvangen als ze was gevallen) en ging weer naar binnen. Laurie stond op en drentelde de vlonder op. Ze ging op de geur van gefrituurd voedsel af die uit de richting van het restaurant kwam. Lloyd liep met haar mee, zich verheugend op een stuk gegrilde zalm op een bedje van rijst. Al dat gefrituurde spul lag hem de laatste tijd wat zwaar op de maag.

Het kanaal kronkelde en het Six Mile Path kronkelde mee en volgde kalmpjes alle bochten langs de overwoekerde waterkant. Hier en daar ontbrak een plank. Laurie bleef even staan om een pelikaan onder te zien duiken en weer boven te zien komen met een spartelende vis in zijn buidelvormige snavel, en liep toen weer door. Ze bleef staan voor een grote pol zaaggras die tussen twee losgeraakte planken omhoogstak. Lloyd tilde haar eroverheen. Hij tilde haar tegenwoordig onder haar buik, want ze werd te groot om haar als een voetbal onder zijn arm te nemen. Even verderop, net voor de volgende bocht, waren palmbladeren in een laaghangende boog over de vlonder gegroeid. Laurie was klein genoeg om eronderdoor te lopen, maar ze bleef toch wachten, met haar kop een beetje schuin vooruit. Lloyd haalde haar in en bukte zich om te zien waar ze naar stond te kijken. Het was Don Pitchers wandelstok. En hoewel die was gemaakt van keihard mahoniehout, zat er vanaf de rubber dop aan de onderkant bijna over de hele lengte een grote barst in.

Lloyd raapte hem op en bekeek de drie, vier druppels bloed die op het hout zaten. 'Dit betekent niet veel goeds. Ik denk dat we beter ter...'

Maar Laurie rende vooruit en trok de riem uit zijn handen. Ze verdween onder de groene boog van palmbladeren, terwijl de riem achter haar aan vloog. Toen begon het blaffen, niet gewoon haar gebruikelijke dubbele kefje, maar een indringend geblaf. Geschrokken dook Lloyd onder de palmbladeren door. Hij gebruikte de stok om het gebladerte opzij te duwen. De terugzwiepende takken haalden zijn wangen en voorhoofd open. Op sommige bladeren zaten druppels en vegen bloed. Op de planken vloer lag nog meer bloed.

Aan de andere kant stond Laurie, haar voorpoten wijd uit elkaar, haar rug gebogen en haar neus op de planken. Ze blafte naar een alligator. Hij was donkergroen, een volwassen dier van minstens drie meter lang. Hij staarde met zijn doffe, dode ogen naar Lloyds blaffende hond. Hij lag boven op Don Pitchers lichaam, met zijn stompe U-vormige neus op Dons door de zon verbrande nek en de korte, geschubde voorpoten bezitterig op Dons knokige schouders. Het was de eerste alligator die hij had gezien sinds een uitstapje naar Jungle Gardens in Sarasota met Marian, en dat was jaren geleden. De bovenkant van Dons hoofd was praktisch verdwenen. Dwars door wat resteerde van Dons haar, zag Lloyd versplinterd bot. Een flinke hoeveelheid vochtig bloed lag op te drogen op zijn wang. Er zaten grauwgrijze sliertjes in. Lloyd begreep dat hij naar een deel van Dom Pitchers hersenen stond te kijken. Dat Don misschien nog maar enkele minuten geleden met datzelfde spul had kunnen denken leek opeens de hele wereld betekenisloos te maken.

De lus van Lauries riem was over de rand van de vlonder in het water gevallen. Ze bleef blaffen. De alligator keek naar haar en verroerde zich niet. Het beest zag er opmerkelijk dom uit.

'Laurie! Stil! Hou verdomme je kop!'

Laurie stopte met blaffen, maar uit haar keel steeg een diep gegrom op. Ze leek opeens twee keer zo groot, omdat haar donkergrijze vacht nu niet alleen bij haar nek wijd uitstond, maar over haar hele lijf. Zonder zijn blik van de alligator af te wenden liet Lloyd zich op een knie zakken en stak zijn linkerhand in het water, op zoek naar de hondenriem. Hij vond hem, trok hem eruit, greep hem goed vast en stond weer op. Hij gaf een ruk aan de riem. Eerst leek het alsof hij aan een paal stond te trekken die in de grond was geslagen – zo stevig zette Laurie zich schrap – maar toen draaide zij zich naar hem om. Toen ze dat deed, tilde de alligator zijn staart op en liet hem weer neerkomen, met een platte klap die waterdruppels in het rond sproeide en de vlonder liet trillen. Laurie kromp ineen en sprong op Lloyds sneakers. Hij bukte zich en tilde haar op, alles zonder de alligator uit het oog te verliezen. Laurie beefde over haar hele lijf, alsof er een elektrische schok door haar heen ging. Haar ogen waren zo groot dat het oogwit rondom de pupillen zichtbaar was. Lloyd was zo verbijsterd geweest door de aanblik van de alligator op het dode lichaam van zijn buurman dat hij niet eens angst had gevoeld en op het moment dat hij weer kon voelen, voelde hij geen angst, maar een soort beschermende razernij. Hij maakte de riem los van Lauries halsband en liet hem vallen.

'Ga naar huis. Hoor je me? Ga naar huis. Ik kom zo.'

Hij bukte zich. Intussen bleef hij naar de alligator kijken, die zijn ogen ook niet van hem afwendde. Hij had Laurie toen ze kleiner was vaak gedragen als een voetbal. Nu gooide hij haar als een voetbal voor zich uit, tussen zijn benen door, regelrecht de boog van palmbladeren in.

Er was geen tijd om te zien of ze echt wegging. De alligator kwam op hem af. Het beest bewoog zich met een verbijsterende snelheid. Terwijl het zich afzette trapte het met zijn achterpoten Dons lichaam meters ver achter zich. De bek ging open en ontblootte tanden die eruitzagen als vieze, puntige paaltjes. Op de leerachtige, roze-zwarte tong zag Lloyd stukjes van Dons overhemd.

Hij gebruikte de wandelstok voor een zijwaartse klap tegen de zijkant van de alligatorkop, vlak onder een van die uitdrukkingloze ogen. De klap was zo hard dat de stok langs de barst in het mahoniehout afbrak. Het gedeelte dat afbrak verdween in het kanaal. De alligator bleef even staan, alsof de klap hem verbaasde, maar kwam toen weer op hem af. Lloyd hoorde het gekletter van de klauwen over de planken. De bek gaapte wijd open en de onderkaak gleed over het hout.

Lloyd dacht nergens meer aan. Iets wat diep in hem verborgen zat nam het over. Hij maakte stekende bewegingen met wat er over was van Dons wandelstok en stootte het scherpe uiteinde in het witte vlees aan de zijkant van de U-vormige kop. Hij greep het handvat van de stok met twee handen vast, leunde naar voren, zette zijn hele gewicht erop en duwde uit alle macht. Even liet de alligator zich opzijduwen. Voordat het dier zich kon herstellen, klonk er een snelle reeks krakende geluiden, alsof er met losse flodders werd geschoten. Een deel van de oude vlonder zakte door en de alligator viel half in het water. De staart kwam weer omlaag, sloeg tegen de kromgetrokken planken en liet Dons lichaam omhoogveren. Het water kolkte. Lloyd wist met moeite zijn evenwicht te bewaren en deed net op tijd een stap naar achteren toen de kop van de alligator boven water kwam en hij de kaken op elkaar zag klappen. Hij begon weer te steken, zonder te mikken, en de scherpe punt van de stok verdween in het oog van de alligator. Het beest deinsde achteruit en als Lloyd het gebogen handvat van de stok niet had losgelaten, zou hij het water in zijn getrokken en erbovenop zijn gevallen.

Hij draaide zich om en rende met zijn armen voor zich uit dwars door de palmtakken. Hij verwachtte elk moment van achteren te worden gebeten of omver gesmeten te worden wanneer de alligator onder de vlonder door zwom, zich afzette tegen de modderige bodem en dwars door de verrotte planken achter hem aan kwam.

Eindelijk was hij erdoorheen, besmeurd met Dons bloed en bloedend uit zijn eigen schrammen en krassen. Laurie was niet naar huis gegaan. Zij stond drie meter verder en toen ze hem zag, rende ze op hem af, zette zich af met haar achterpoten en nam een sprong. Lloyd ving haar op (zoals je een voetbal vangt na een gelukkige pass) en rende verder, zich er nauwelijks van bewust dat Laurie kronkelend en jankend in zijn armen lag en zijn hele gezicht bedekte met wilde likjes. Hoewel hij zich die later zou herinneren als kusjes.

Zodra hij van de vlonder af was en op het schelpenpad stond, keek hij achterom, in de verwachting de alligator met zijn griezelige, verbijsterende snelheid over de vlonder achter hen aan te zien komen. Hij was halverwege het pad naar zijn huis toen hij door zijn benen zakte en op de grond plofte. Hij huilde en trilde over zijn hele lichaam. Hij bleef maar achterom kijken, of de alligator eraan kwam. Laurie bleef zijn gezicht likken, maar beefde niet meer zo erg. Toen hij zich weer in staat voelde om te lopen, droeg hij Laurie de rest van de weg naar zijn huis. Tot twee keer toe werd hij licht in zijn hoofd en moest hij even blijven staan.

Toen hij naar zijn achterdeur strompelde, kwam Evelyn net weer naar buiten. 'Als je die hond zo blijft dragen, verwacht ze straks dat je het altijd doet. Heb je Don gezien? Hij moet de rest van die kerstversiering nog ophangen.'

Zag ze het bloed niet, vroeg Lloyd zich af, of wilde ze het niet zien? 'Er is een ongeluk gebeurd.'

'Wat voor ongeluk? Is er weer iemand tegen die verdomde ophaalbrug gevaren?'

'Ga naar binnen,' zei hij.

Hij ging zelf naar binnen, zonder af te wachten of zij het ook deed. Hij gaf Laurie een bak vers water en ze begon gulzig te drinken. Terwijl zij daarmee bezig was, belde Lloyd 911.

## 9

De politie moest meteen na het vinden van Dons lichaam naar het huis van de Pitchers zijn gegaan, want Lloyd hoorde Evelyn gillen. Waarschijnlijk duurde het gillen niet eens zo lang, maar dat leek wel zo. Hij vroeg zich af of hij naar haar toe moest gaan, misschien moest proberen haar te troosten, maar hij voelde zich er niet toe in staat. Hij kon zich niet herinneren ooit zo moe te zijn geweest, zelfs vroeger niet, na voetbaltraining op snikhete middagen in augustus. Het enige wat hij wilde was in zijn leunstoel zitten, met Laurie op zijn schoot. Zij sliep al, met haar neus op haar staart.

De politie kwam met hem praten. Na zijn verhaal te hebben aangehoord, zeiden ze dat hij ongelooflijk veel geluk had gehad.

'Maar afgezien daarvan hebt u ook heel goed en snel gehandeld,' zei een van de agenten, 'door de wandelstok van meneer Pitcher zo te gebruiken.'

'Hij zou me toch te pakken hebben gekregen als de buitenkant van de vlonder niet onder zijn gewicht was bezweken,' zei Lloyd. Waarschijnlijk zou hij Laurie ook te pakken hebben gekregen, want Laurie was niet naar huis gegaan. Laurie had gewacht.

Die avond nam hij haar bij zich in bed. Ze sliep aan Marians kant. Lloyd zelf sliep niet veel. Telkens wanneer hij wegzakte, zag hij weer voor zich hoe de alligator dwars over Dons lichaam heen had gelegen, alsof het zijn bezit was. Hoe het net had geleken alsof het beest naar hem grijnsde. De onverwachte snelheid waarmee het op hem af was gekomen. Telkens wanneer hij daaraan dacht streelde hij de hond, die naast hem lag te slapen.

De volgende dag kwam Beth vanuit Boca. Ze gaf hem op zijn donder, maar niet voordat ze hem herhaaldelijk had geknuffeld en gekust, wat Lloyd deed denken aan de manier waarop Laurie verwoed zijn gezicht had gelikt toen hij uit de palmentakken tevoorschijn was gekomen.

'Ik hou van je, stommeling,' zei Beth. 'En ik dank God dat je nog leeft.'

Toen pakte ze Laurie op voor een knuffel. Laurie verdroeg het geduldig, maar zodra Beth haar op de grond zette, ging ze ervandoor om haar rubber konijn te zoeken. Ze ging ermee in een hoek liggen, en liet hem herhaaldelijk piepen. Lloyd vroeg zich af of ze misschien fantaseerde dat ze de alligator aan stukken scheurde en zei tegen zichzelf dat hij niet zo idioot moest doen. Je moest dieren niet veranderen in iets wat ze niet waren. Dat had hij niet gelezen in 'We hebben een puppy!' Het was een van die dingen waar je zelf op een gegeven moment achter kwam.

## 10

De dag na Beths bezoekje kwam er een jachtopziener van *Florida Fish and Wildlife* bij Lloyd langs. Ze zaten in de keuken en de opzichter, die Gibson heette, accepteerde een glas ijsthee. Laurie vond het fijn om een poosje aan zijn laarzen en broekspijpen te snuffelen en krulde zich toen op onder de tafel.

'We hebben de alligator gevangen,' zei Gibson. 'U mag van geluk spreken dat u nog leeft, meneer Sunderland. Het was een verdomd groot exemplaar.'

'Dat weet ik. Is hij afgemaakt?'

'Nog niet en we weten nog niet helemaal zeker of we dat wel moeten doen. Toen het beest meneer Pitcher aanviel, beschermde het een legsel eieren.'

'Een nest?'

'Precies.'

Lloyd riep Laurie. Laurie kwam. Hij tilde haar op en begon haar te aaien. 'Hoelang was dat beest daar al? Ik liep bijna dagelijks met mijn hond over die vlonder naar het visrestaurant.'

'De normale incubatietijd is vijfenzestig dagen.'

'En dat beest heeft daar dus al die tijd gezeten?'

Gibson knikte. 'Grotendeels, ja. Diep verscholen tussen de struiken en het zaaggras.'

'Ze heeft gewoon naar ons liggen kijken.'

'Naar u en naar iedereen die gebruikmaakte van die vlonder. Meneer Pitcher moet, geheel per ongeluk, iets hebben gedaan wat haar prikkelde... tja...' Gibson haalde zijn schouders op. 'Ik zou het geen moederinstinct willen noemen, maar ze zijn wel geprogrammeerd om hun nest te beschermen.'

'Hij heeft waarschijnlijk met zijn wandelstok lopen zwaaien,' zei Lloyd. 'Dat deed hij altijd. Misschien heeft hij haar wel geraakt. Of het nest.'

Gibson dronk zijn glas leeg en stond op. 'Het leek mij dat u dit wel zou willen weten.'

'Dank u.'

'Graag gedaan. Wat een leuk hondje hebt u daar. Een kruising tussen een bordercollie en wat nog meer?'

'Een mudi.'

'Oké, ja, nu zie ik het. En zij was die dag dus bij u.'

'Ze liep voor me uit. Zij zag dat beest als eerste.'

'Dan boft zij ook dat ze nog leeft.'

'Ja.' Lloyd streelde haar. Laurie keek naar hem op met haar amberkleurige ogen. Hij vroeg zich zoals zo vaak af wat zij precies zag in het gezicht dat op haar neerkeek. Net als de sterren die hij zag wanneer hij haar 's avonds uitliet, was dat een mysterie. En dat was oké. Een beetje mysterie was alleen maar goed, vooral wanneer de jaren begonnen te tellen.

Gibson bedankte hem voor de ijsthee en vertrok. Lloyd bleef nog een tijdje zitten en streek met zijn hand door die grijze vacht. Toen zette hij de hond neer om haar haar eigen gang te laten gaan.

# Ratelslangen

## Juli-augustus 2020

Het verbaasde mij niet toen ik de bejaarde vrouw achter de tweelingwandelwagen met de lege zitjes zag lopen, ik was gewaarschuwd. Dit was op Rattlesnake Road, een weg die zich voortslingert langs de zesenhalve kilometer lange Rattlesnake Key aan de Golfkust van Florida. Huizen en flatgebouwen in het zuiden, een paar gigantische landhuizen aan de noordzijde.

Er ligt een onoverzichtelijke bocht op nog geen kilometer van Greg Ackermans landhuis, waar ik die zomer verbleef, helemaal alleen, als de laatste doperwt in een veel te groot blik. De weg werd omzoomd door dicht struikgewas dat boven mij uitstak (en ik ben één achtennegentig), waardoor de toch al smalle weg nog smaller leek. De bocht werd aan beide kanten aangegeven door fluorescerend groene, plastic kinderfiguurtjes, met de waarschuwing VERMINDER UW SNELHEID! SPELENDE KINDEREN. Ik was te voet, en aangezien ik tweeënzeventig ben en het een snikhete juliochtend was, liep ik behoorlijk langzaam. Ik was van plan naar het draaihek te wandelen dat de afscheiding vormt tussen het privégedeelte van de weg en het gedeelte dat wordt onderhouden door de county en dan weer terug te lopen naar Gregs huis. Ik begon me al af te vragen of ik misschien te veel hooi op mijn vork had genomen.

Ik was er niet zeker van geweest of Greg me niet voor de gek had gehouden over mevrouw Bell, maar daar was ze en ze kwam met haar oversized wandelwagen mijn kant op. Een van de wielen piepte en kon wel wat olie gebruiken. Ze droeg een wijde korte broek, sandalen met kniekousen en een grote blauwe zonnehoed. Ze bleef staan en ik herinnerde me dat Greg me had gevraagd of háár probleem – zo noemde hij het – ook voor míj een probleem zou zijn. Ik had gezegd dat dat niet zo was, maar nu begon ik toch te twijfelen.

'Hallo. Volgens mij moet u mevrouw Bell zijn. Mijn naam is Vic Trenton. Ik woon een tijdje in Gregs huis.'

'Een vriend van Greg? Wat leuk! Een oude vriend?'

'We werkten vroeger voor hetzelfde reclamebureau in Boston. Ik als copywriter en hij...'

'Illustraties en lay-out, ik weet het. Voordat hij heel veel geld ging verdienen.' Ze duwde de tweelingwandelwagen wat dichterbij, maar niet te dichtbij. 'Elke vriend van Greg is ook mijn vriend, nou ja, je snapt wel wat ik bedoel. Aangenaam kennis met je te maken. Aangezien we voor de tijd dat je hier bent buren zullen zijn, moest je me maar Alita noemen. Of Allie, dat mag ook. Gaat het goed met je? Geen tekenen van die nieuwe griep?'

'Met mij gaat het prima. Ik hoest niet en ik heb geen koorts. Ik neem aan dat dat voor jou ook geldt.'

'Absoluut. Gelukkig maar, gezien mijn leeftijd en de gebruikelijke oudemensenkwaaltjes waar ik last van heb. Een van de weinige fijne dingen aan de zomers hier, is dat de meeste mensen vertrekken. Ik zag vanmorgen op het nieuws dat dr. Fauci zegt dat er elke dag misschien wel honderdduizend nieuwe gevallen bij kunnen komen. Dat is toch niet te geloven?'

Ik vertelde haar dat ik dat ook had gezien.

'Ben je hier om eraan te ontkomen?'

'Nee. Ik moest er even tussenuit en toen kreeg ik dit aangeboden, dus dat heb ik met beide handen aangegrepen.' Dat was bepaald niet het hele verhaal.

'Volgens mij moet je een beetje gek zijn om in dit deel van de wereld je zomervakantie te komen doorbrengen, meneer Trenton.'

*Volgens Greg ben jij degene die gek is*, dacht ik. *En aan de wandelwagen te zien die je loopt te duwen, heeft hij niets te veel gezegd.*

'Zeg maar Vic, hoor,' zei ik. 'We zijn immers buren.'

'Wil je misschien even gedag zeggen tegen de tweeling?' Ze gebaarde naar de kinderwagen. Op het ene zitje lag een blauw broekje en op het andere een groen broekje. Over de rugleuningen hingen twee T-shirtjes. Op het ene stond STOUT, op het andere STOUTER. 'Dit is Jacob,' zei ze, terwijl ze naar het blauwe broekje wees, 'en dit is Joseph.' Ze raakte even het shirtje met STOUTER aan. Het was een korte aanraking, maar heel zacht en liefdevol. Haar blik was kalm, maar voorzichtig. Ze wachtte af hoe ik zou reageren.

Gestoord? Zeker weten, maar ik voelde me er niet heel erg ongemakkelijk bij. Daar waren twee redenen voor. Ten eerste had Greg mij ingeseind. Hij had me verteld dat mevrouw Bell verder volkomen normaal en bij haar volle verstand was. Ten tweede: wanneer je je hele werkende leven in de reclame hebt gezeten, kom je heel veel gestoorde mensen tegen. Als ze nog niet gek zijn wanneer ze met werken beginnen, worden ze dat vanzelf.

*Wees maar gewoon een beetje aardig tegen haar*, had Greg gezegd. *Ze doet geen vlieg kwaad en ze bakt de lekkerste rozijnenkoekjes die ik ooit heb geproefd.* Ik wist niet of ik hem moest geloven wat betreft die koekjes – reclamemensen gebruiken graag superlatieven, zelfs degenen die het beroep vaarwel hebben gezegd – maar ik was absoluut bereid aardig tegen haar te zijn.

'Hallo, jongens,' zei ik. 'Leuk jullie te leren kennen.'

Aangezien ze er niet waren, zeiden Jacob en Joseph niets terug. En aangezien ze er niet waren, hadden ze geen last van de hitte en zouden ze zich nooit zorgen hoeven te maken om covid of huidkanker.

'Ze zijn onlangs vier geworden,' zei Allie Bell. Het zou behoorlijk bijzonder zijn als deze vrouw een vierjarige tweeling zou hebben, dacht ik, aangezien ze eruitzag alsof ze halverwege de zestig was. 'Eigenlijk zijn ze dus oud genoeg om zelf te lopen, maar die luie donderstenen laten zich liever rijden. Ik trek ze altijd verschillend gekleurde broekjes aan, omdat ik ze af en toe zelf niet eens uit elkaar kan houden.' Ze lachte. 'Ik laat je weer verdergaan met je wandeling, meneer Trenton...'

'Vic. Alsjeblieft.'

'Vic dan. Straks om tien uur is het tweeëndertig graden in de schaduw, en laten we het over de luchtvochtigheid maar helemaal niet hebben. Zeg eens netjes gedag, jongens.'

Kennelijk deden ze dat. Ik wenste hun een prettige dag en zei tegen Allie Bell dat ik het leuk vond haar nu te kennen.

'Insgelijks,' zei ze. 'En de tweeling vindt je een aardige meneer. Nietwaar, jongens?'

'Jullie hebben gelijk, want dat ben ik ook,' verzekerde ik de lege zitjes in de dubbele wandelwagen.

Allie Bell straalde. Als dit een test was, was ik er volgens mij voor geslaagd. 'Hou je van koekjes, Vic?'

'Zeker. Greg zei dat havermout-rozijnenkoekjes je specialiteit zijn.'

'*Spécialité de la maison, oui, oui*,' zei ze en ze liet een trillend lachje horen. Het had iets vaag verontrustends. Waarschijnlijk was het de context. Je wordt niet elke dag voorgesteld aan een al lang geleden overleden tweeling. 'Ik kom er binnenkort wel wat bij je langsbrengen, als je daar niets op tegen hebt.'

'Absoluut niet.'

'Maar dan kom ik wel 's avonds. Wanneer het een beetje is afgekoeld. Midden op de dag word ik soms wat kortademig, hoewel Jake en Joe geen last van de warmte lijken te hebben. En ik neem altijd mijn vanger mee.'

'Vanger?'

'Voor de slangen,' zei ze. 'Nou doei, het was me aangenaam.' Ze duwde de wandelwagen langs me heen en keek nog even om. 'Maar het is een slechte tijd om van de Golfkust te genieten. Daarvoor kun je beter in oktober of november komen.'

'Ik zal het onthouden,' zei ik.

Eigenlijk dacht ik dat Rattlesnake Key, het Ratelslangeneiland, zo genoemd was vanwege de vorm, die er vanuit de lucht opmerkelijk slangachtig uitziet met al zijn bochten en kronkels, maar Greg vertelde me dat er tot begin jaren tachtig werkelijk ratelslangen zaten en dat ze destijds zelfs daadwerkelijk een plaag vormden. Het was in de tijd dat er enorm veel gebouwd werd op de Keys ten zuiden van Fiesta en Casey. Tot die tijd werden al die eilandjes grotendeels met rust gelaten.

'Die slangen waren een soort ecologische oprisping,' zei Greg. 'Ik vermoed dat er op een gegeven moment een paar vanaf het vasteland zijn overgezwommen... kunnen slangen eigenlijk zwemmen?'

'Zeker kunnen ze dat,' antwoordde ik.

'Of misschien zijn ze meegelift in het ruim van een bevoorradingsschip of zoiets. Wát zeg ik, misschien wel in het ruim van de kajuitboot van een of andere rijke stinkerd. Ze krijgen hun jongen in het kreupelhout, waar vogels er niet zo makkelijk bij kunnen komen. Ratelslangen leggen namelijk geen eieren. De moeders broeden de eieren in hun lichaam uit en persen er vervolgens acht tot tien per keer uit en laat me je vertellen dat dat heel wat slangenleren laarzen zijn. Die rotbeesten zaten overal. Honderden, misschien wel duizenden. Toen het zuidelijk deel van de Key werd ontwikkeld werden ze naar het noorden verdreven. En toen de rijkelui daar kwamen...'

'Zoals jij,' zei ik.

'Eh, ja,' zei hij met gepaste bescheidenheid. 'De aandelenmarkt, met name Apple, heeft deze jongen geen windeieren gelegd.'

'En Tesla.'

'Klopt. Daar heb ik je nog over getipt, maar jij, als de voorzichtige New Englander die je bent...'

'Hou maar op,' zei ik.

'Toen die rijkelui dus naar het eiland kwamen en hun overdreven landhuizen begonnen te bouwen...'

'Zoals het jouwe,' zei ik.

'Toe nou, Vic. In tegenstelling tot de gepleisterde en betonnen wangedrochten in dit deel van Florida, is mijn huis architectonisch gezien wel degelijk het aankijken waard.'

'Als jij het zegt.'

'Toen de rijkelui begonnen te bouwen, vonden de aannemers overal slangen. Het krioelde ervan. De arbeiders doodden de exemplaren die ze op de bouwterreinen aantroffen – zowel aan de Golf-kant als aan de kant van de Baai – maar van een georganiseerde slangenjacht was pas sprake na de Bell-tweeling. De county wilde er zelfs toen nog steeds niets aan doen, omdat de noordkant van de Key particulier eigendom was, dus toen hebben de aannemers hun krachten gebundeld en zijn op slangenjacht gegaan. Ik werkte toen nog bij MassAds en deed het daytraden er alleen nog maar bij, dus ik was hier nog niet, maar ik heb gehoord dat op z'n minst honderd mannen en vrouwen, voorzien van handschoenen en hoge laarzen, zijn begonnen waar het draaihek nu staat en daarvandaan systematisch in noordelijke richting zijn gaan lopen, terwijl ze onderweg met stokken tegen alle struiken sloegen en elke slang die ze vonden doodden. Het waren voornamelijk ratelslangen, maar er zaten ook andere tussen – zwarte slangen, ringslangen, een aantal koperkoppen en, bijna niet te geloven, een fucking python.'

'Dus ze hebben niet alleen de gifslangen gedood, maar ook de ongevaarlijke soorten?'

'Allemaal,' zei Greg. 'Sindsdien vind je nog nauwelijks slangen op de Key.'

Die avond belde hij. Ik zat bij zijn zwembad van een gin-tonic te nippen en naar de sterren te kijken. Hij wilde weten hoe ik zijn huis vond. Ik zei dat ik het prima naar mijn zin had en bedankte hem nogmaals dat ik er gebruik van mocht maken.

'Hoewel dit geen goede tijd is om van de Key te genieten,' zei hij. 'Vooral niet nu de meeste toeristische attracties gesloten zijn vanwege covid. De beste tijd om...'

'Oktober en november. Dat hoorde ik al van mevrouw Bell. Allie.'

'Je hebt haar dus ontmoet.'

'Zeker. Haar en de tweeling. Jacob en Joseph. Dat wil zeggen, ik heb hun broekjes en shirtjes ontmoet.'

Het bleef even stil. Toen zei Greg: 'Kun je daar een beetje mee omgaan? Toen ik je mijn huis aanbood, dacht ik aan Donna. Ik heb er niet bij stilgestaan dat het je misschien zou herinneren aan...'

Ik wilde er niet aan denken, zelfs niet na al die jaren. 'Het is prima. Je had gelijk. Allie Bell is verder gewoon een aardig mens. Ze komt een keer koekjes brengen.'

'Je zult ze heerlijk vinden.'

Ik dacht aan de kleine ronde blosjes op haar wangen. 'Ze verzekerde me dat ze geen covid heeft – wat zij "die nieuwe griep" noemt – en ik heb haar niet horen hoesten, maar ze zag er niet echt gezond uit.' Ik dacht aan de dubbele wandelwagen met zijn lege shirtjes en broekjes. 'Fysiek, bedoel ik. Ze zei iets over lichamelijke kwaaltjes.'

'Nou ja, ze is in de zeventig.'

'Zo oud? Ik schatte haar ergens in de zestig.'

'Zij en haar man waren de eersten die aan de noordkant gingen bouwen, en dat was in de tijd toen Carter nog president was. Waarmee ik alleen maar wil zeggen dat op die leeftijd je fysieke garantieperiode wel zo'n beetje verstreken is.'

'Verder heb ik nog niemand gezien, maar ik ben hier ook pas drie dagen. Ik heb nog niet eens alles uitgepakt.' Niet dat ik veel bij me had. Ik wilde vooral veel lezen, want ik had mezelf beloofd dat ik dat zou gaan doen wanneer ik met pensioen was. Als ik tv-keek, zette ik bij de reclames het geluid uit. Wat mij betreft zou ik de rest van mijn leven geen reclame meer zien.

'Vriend, het is zomer. En ook nog eens de zomer van covid. Voorbij dat draaihek is er niemand anders dan jij en Alita, en...' Hij zweeg.

'En de tweeling,' maakte ik zijn zin af. 'Jake en Joe.'

'Weet je zeker dat je het niet erg vindt? Ik bedoel, gezien wat er is gebeurd met...'

'Echt niet. Het gebeurt soms dat kinderen nare dingen overkomen. Dat is Donna en mij overkomen en het is Allie Bell ook overkomen. Dat met onze zoon is heel lang geleden. Tad. Ik laat het rusten.' Een leugen. Sommige dingen laat je nooit rusten. 'Maar ik heb een vraag.'

'En ik heb een antwoord.'

Ik moest lachen. Greg Ackerman, ouder en rijker, maar nog steeds even bijdehand. Toen wij het Brite Company-frisdrankaccount hadden, kwam hij een keer een vergadering binnen met een flesje Brite Cola, met die opvallende lange hals, dat hij uit zijn open gulp liet steken.

'Weet ze het?'

'Ik begrijp geloof ik niet wat je bedoelt.'

Ik was er vrij zeker van dat hij dat wel degelijk wist.

'Weet ze dat die wandelwagen leeg is? Weet ze dat haar zoontjes al dertig jaar dood zijn?'

'Veertig,' zei hij. 'Misschien zelfs langer. En ja, dat weet ze.'

'Weet je dat zeker of denk je het alleen maar?'

'Dat weet ik zeker,' zei hij en hij zweeg toen heel even. 'Zo goed als.' Dat was ook typisch Greg. Zorg altijd voor een uitweg.

Ik keek naar de sterren en dronk mijn glas leeg. Boven de Golf rommelde en donderde het en zo nu en dan zag ik wat bliksemflitsen, maar het leken me loze dreigementen.

Ik pakte mijn tweede koffer uit, iets wat ik twee dagen eerder al had moeten doen. Toen ik klaar was – ik had er amper vijf minuten voor nodig – ging ik naar bed. Het was 10 juli. In de grote boze buitenwereld was het aantal gevallen van covid alleen al in de Verenigde Staten de drie miljoen gepasseerd. Greg had gezegd dat ik tot en met september in zijn huis kon blijven, als ik dat wilde. Ik had gezegd dat zes weken me wel lang genoeg leek om mijn hoofd tot rust te laten komen, maar nu het iets was afgekoeld, dacht ik dat ik misschien toch wel langer wilde blijven. Wachten tot het gevreesde virus was uitgewoed.

De stilte, slechts verbroken door het slaperige geluid van golven die over Gregs strand rolden, was verrukkelijk. Ik kon opstaan zodra de zon opkwam en eerder gaan wandelen dan ik vandaag had gedaan... en misschien liep ik Allie Bell dan ook wel mis. Ze was best aardig en ik dacht ook wel dat Greg gelijk had en dat ze ze minstens alle vier op een rijtje had, maar die dubbele wandelwagen met die verschillend gekleurde broekjes op de zitjes... dat was best eng.

'Stout en Stouter,' mompelde ik. De schuifdeur van de grote slaapkamer stond open en een vederlicht briesje tilde de dunne witte gordijnen op en veranderde ze in armen.

Ik begreep Gregs zorgen over de fantoomtweeling in relatie tot mij wel. Of in elk geval begreep ik die nu. Mijn begrip kwam wat laat, maar mensen zeiden toch altijd beter laat dan nooit? Toen hij mij voor het eerst over Alita Bells excentrieke gedrag vertelde, had ik het verband met mijn eigen leven helemaal niet gelegd. Dat verband had te maken met mijn zoon, die ook was overleden, en op ruwweg dezelfde leeftijd als Jacob en Joseph. Maar Tad was niet de reden waarom ik het gevoel had gehad een tijdje uit New England weg te moeten. Dat verdriet was oud. In dit belachelijk grote huis en gedurende deze hete zomerweken, had ik een nieuw verdriet om mee te dealen.

Ik droomde van Donna, zoals ik wel vaker deed. In deze droom zaten we hand in hand op de bank in onze oude woonkamer. We waren jong. We zeiden niets. Dat was alles, dat was de hele droom, maar ik werd wakker met tranen op mijn gezicht. De wind waaide nu harder, een warme wind, en de gordijnen leken nog meer op reikende armen dan eerder. Ik stond op om de schuifdeur dicht te doen, maar liep in plaats daarvan het balkon op. Overdag kon je vanuit de slaapkamers op de eerste verdieping (Greg had gezegd dat ik gerust de grote slaapkamer mocht gebruiken, dus dat deed ik) de hele Golf overzien, maar in de vroege ochtenduren zag je alleen maar zwart. Behalve dan zo nu en dan die bliksemflitsen, die nu dichterbij leken. De donder klonk ook luider en de dreiging van een storm was niet langer denkbeeldig.

Ik stond aan de balkonreling boven de betegelde patio en het zwembad en voelde mijn T-shirt en boxershort om mijn lijf wapperen. Ik kon mezelf wel wijsmaken dat ik wakker was geworden door het onweer, of door de verkoelende wind, maar het kwam natuurlijk door de droom. Wij samen op de bank, hand in hand, niet in staat om te praten over wat er tussen ons in stond. Het verlies was te enorm, te definitief, te aanwezig.

Mijn zoon was niet gedood door ratelslangen. Hij was gestorven door uitdroging in een hete auto. Ik heb het mijn vrouw nooit kwalijk genomen – zij was bijna samen met hem bezweken. Ik heb zelfs nooit de schuld gelegd bij de hond, Cujo, een sint-bernard die drie dagen lang onder de verzengende zon om onze kapotte Ford Pinto heen was blijven lopen.

Er is een boek van Lemony Snicket, *Een reeks ongelukkige gebeurtenis-*

*sen*, dat perfect beschreef wat mijn vrouw en zoon was overkomen. Het huis waar onze auto de geest gaf – vanwege een verstopte inlaatklep die een automonteur binnen vijf minuten had kunnen repareren – stond in een afgelegen gebied. De hond was hondsdol. Als Tad een beschermengel had, was die engel die julimaand even op vakantie.

Dat gebeurde allemaal lang geleden. Decennia.

Ik ging weer naar binnen, trok de schuifdeur dicht en deed hem voor alle zekerheid op de knip. Ik ging weer liggen en sliep al bijna toen ik heel vaag een piepend geluid hoorde. Ik schoot overeind en luisterde.

Je denkt soms vreemde dingen, dingen die overdag belachelijk lijken, maar die in de kleine uurtjes van de ochtend volkomen plausibel lijken. Ik wist niet meer of ik alles goed op slot had gedaan en kon me maar al te makkelijk voorstellen dat Allie, veel gestoorder dan Greg dacht, beneden was. Dat ze de dubbele wandelwagen met het piepende wiel door de grote woonkamer naar de keuken duwde, om daar een Tupperware-bak vol havermout-rozijnenkoekjes neer te zetten. En dat ze die wandelwagen voortduwde in de overtuiging dat haar tweelingzoontjes, die al veertig jaar dood waren, erin zaten.

*Piep*. Stilte. *Piep*. Stilte.

Ja, ik zag haar voor me. Ik zag zelfs Jake en Joe voor me... omdat zíj die kon zien. Maar omdat ik haar niet was kon ik wél zien dat ze dood waren. Bleke huid. Glazige ogen. Gezwollen benen en enkels omdat de slangen hen daar hadden gebeten.

Het was belachelijk, idioot. Dat wist ik best, terwijl ik daar rechtop in bed zat, met het laken op een hoopje in mijn schoot. En toch:

*Piep*. Stilte. *Piep*.

Ik knipte het lampje naast het bed aan en liep de kamer door terwijl ik mezelf voorhield dat ik niet bang was. Ik deed het grote licht aan en stak mijn hand door de deuropening om de halverlichting aan te doen, mezelf verzekerend dat niemand mijn graaiende hand ging vastpakken en dat ik niet zou gaan gillen als dat toch gebeurde.

Ik liep de galerij op en keek over de reling, die tot aan mijn middel reikte. Natuurlijk was er niemand in de grote kamer beneden, maar ik hoorde wel de eerste regendruppels tegen de ramen kletteren. En ik hoorde nog iets anders.

*Piep*. Stilte. *Piep*. Stilte.

Ik was vergeten de plafondventilator uit te zetten. Dat was die piep.

Overdag was de piep me niet eens opgevallen. De schakelaar zat bovenaan de trap. Ik zette hem om. De ventilator kwam langzaam tot stilstand en gaf ten slotte nog een laatste piep. Ik ging weer naar bed, maar liet de lamp op het nachtkastje aan, op de laagste stand. Als ik daarna weer droomde, kon ik me dat de volgende ochtend in elk geval niet herinneren.

Ik sliep uit, waarschijnlijk vanwege mijn angstige, nachtelijke avontuur, en sloeg mijn ochtendwandeling over, maar de drie ochtenden daarna werd ik vroeg wakker, terwijl de lucht nog fris was en zelfs de vogels nog zwegen. Ik maakte mijn wandeling naar het draaihek en terug en kwam een heleboel konijnen tegen, maar geen mensen. Ik kwam langs de brievenbus van de Bells, die aan het eind van een lange oprit stond en omgeven werd door rododendrons, maar kon bijna niets zien van het huis, dat aan de kant van de baai stond en werd afgeschermd door bomen en nog meer rododendrons.

Doordeweeks, tijdens kantooruren, hoorde ik bladblazers en zag ik, wanneer ik boodschappen ging doen, wel eens een paar auto's van een tuiniersbedrijf op Allies oprit staan, maar volgens mij was ze verder alleen. Net als ik. Daar kwam bij dat we allebei alleenstaanden waren die hun partners hadden overleefd. Misschien zat er een aardige romcom in (als iemand tenminste romcoms maakte over oude mensen – met *The Golden Girls* als de uitzondering die de regel bevestigde), maar de gedachte een poging te doen om haar te versieren trok me totaal niet aan. Nog minder dan dat, want wat dan? Samen de onzichtbare tweeling duwen, een aan elke kant van de kinderwagen? Net doen alsof we ze voerden?

Greg had een huisbewaarder, maar hij had mij gevraagd de bloemen water te geven die in grote potten aan weerszijden van de deuren stonden, zowel aan de kant van de oprit als aan de zwembadkant. Op een schemeravond, een dag of tien nadat ik in het huis was getrokken, was ik daarmee bezig toen ik het piepende wiel hoorde en de tuinslang dichtdraaide. Allie duwde de kinderwagen over de oprit. Ze droeg een soort schoudertas, met daarin een roestvrijstalen stang met een U-vormige haak aan het eind. Ze vroeg of ik me nog steeds goed voelde. Ik antwoordde bevestigend.

'Ik ook. Ik kom je koekjes brengen.'

'Dat is ontzettend aardig van je,' zei ik, hoewel ik het niet erg had gevonden als ze het was vergeten. Vanavond lag er op het ene zitje een rood broekje en op het andere een wit. De shirtjes hingen weer over de rugleuning. Op het ene stond SEE YA LATER ALLIGATOR, en op het andere AFTER A WHILE CROCODILE. Als er echte kinderen in die shirtjes hadden gezeten, waren ze best schattig geweest. Maar nu... nee.

Aan de andere kant was ze nog steeds mijn buurvrouw en deed ze geen vlieg kwaad. Dus zei ik: 'Hallo, Jake' en 'Hallo, Joe, hoe gaat-ie?'

Allie lachte haar trillende lachje. 'Je bent een echte lieverd.' En toen, terwijl ze me recht aankeek, zei ze: 'Ik weet wel dat ze er niet zijn.'

Ik wist niet wat ik moest zeggen. Allie leek er niet mee te zitten.

'En toch zijn ze er soms wel.'

Ik herinnerde me hoe Donna ooit iets dergelijks had gezegd. Dat was maanden na Tads dood en niet lang voor onze echtscheiding. *Soms zie ik hem*, zei ze en toen ik tegen haar zei dat dat onzin was – we waren inmiddels voldoende hersteld om onaardige dingen tegen elkaar te zeggen – zei ze: *Nee. Het is nodig.*

Allie reikte met één hand in haar schoudertas en haalde er een plastic zak met koekjes uit. Ik nam ze in ontvangst en bedankte haar. 'Kom binnen, dan snoepen we er samen van.' Ik wachtte even en voegde er vervolgens aan toe: 'En de jongens ook, natuurlijk.'

'Natuurlijk,' zei ze, alsof ze bedoelde: *Wat dacht je dan?*

Het huis had een binnentrap die van de garage naar de eerste verdieping leidde. Ze liet de wandelwagen aan de voet van de trap staan en zei: 'Kom er maar uit, jongens. Klauter maar naar boven, het is in orde, we zijn uitgenodigd.' Ze volgde hen met haar ogen. Toen legde ze de schoudertas op een van de zitjes.

Ze zag mij naar de slangenvanger kijken en glimlachte. 'Pak hem maar eens op, als je wilt. Het zal je verbazen hoe licht hij is.'

Ik pakte hem vast en tilde hem op. Hij woog waarschijnlijk nog geen anderhalve kilo.

'Staal, maar hol. Die scherpe punt aan het eind van de haak is om ze mee te steken, maar ze zijn veel te snel voor mij.' Ze stak haar hand uit en ik gaf haar de vanger. 'Meestal kun je ze wel wegduwen, maar als ze dan nog steeds niet weggaan...' Ze liet de kant met de priem zakken en tilde hem toen snel op. 'Dan kun je ze in de struiken gooien. Maar dat moet je wel heel snel doen.'

Ik wilde vragen of ze het ding wel eens echt had gebruikt, maar besloot dat ik het antwoord al wist. Als er onzichtbare jongetjes waren, dan waren er ook onzichtbare slangen. Dat leek me logisch. Ik zei dus maar dat het me een heel nuttig ding leek.

'Heel noodzákelijk,' zei ze.

Halverwege de trap bleef Allie staan, klopte op haar borst en haalde een paar keer diep adem. Ze had weer van die vurige blossen op haar wangen.

'Gaat het wel?'

'Mijn oude rikketik sloeg even een paar slagen over. Niets ernstigs en ik heb er pillen voor. Ik denk dat ik er maar een paar moet innemen. Misschien wil je een glaasje water voor me halen?'

'Wat dacht je van melk? Ik kan me niets lekkerders voorstellen bij de koekjes.'

'Melk en koekjes, dat klinkt heerlijk.'

We beklommen de rest van de trap. Ze ging met een zacht gekreun aan de keukentafel zitten. Ik schonk twee glaasjes melk in en legde zes rozijnenkoekjes op een bordje. Drie voor haar en drie voor mij, was het idee, maar uiteindelijk at ik er vier. Ze waren echt heel erg lekker.

Op een gegeven moment stond ze op en riep: 'Jongens, doe eens rustig en maak geen rommel! Denk aan je manieren!'

'Dat doen ze vast wel. Voel je je al wat beter?'

'Ja hoor, dank je.'

'Je hebt een beetje...' Ik tikte op mijn bovenlip.

'Een melksnor?' Ze giechelde. Het klonk wel schattig.

Toen ik haar een servet gaf uit de houder op het draaiplateau, zag ik dat ze naar mijn hand keek. 'Is je vrouw hier niet, Vic?'

Ik voelde even aan mijn ring. 'Nee. Ze is overleden.'

Haar ogen werden groot. 'O! Neem me niet kwalijk. Kort geleden?'

'Vrij kort. Wil je nog een koekje?'

Deze dame mocht dan een beetje in de war zijn wat betreft haar kinderen, ze wist heel goed wanneer ze ergens haar mond over moest houden. 'Oké... maar zeg het niet tegen mijn huisarts.'

We kletsten nog wat, maar niet over ratelslangen, onzichtbare kinderen of dode echtgenotes. Ze had het over het coronavirus en over bepaalde politici in Florida, die volgens haar het milieu om zeep hielpen. Ze zei dat de lamantijnen stierven doordat het gebruik van kunstmest het water vervuilde en raadde me aan het Mote Marine Aquarium op City Island in Sarasota te bezoeken om die zeekoeachtige dieren te bekijken, 'als ze nog open zijn'.

Ik vroeg haar of ze nog wat melk wilde. Ze glimlachte, schudde haar hoofd, stond op, wankelde een beetje, maar bleef toen toch stevig op haar benen staan. 'Ik moet naar huis met de jongens, ze hadden al op bed moeten liggen. Jake! Joe! Kom, jongens!' Ze wachtte even. 'Daar zijn ze. Wat hebben jullie uitgespookt?' Toen, tegen mij: 'Ze zijn in die kamer aan het eind van de gang geweest. Ik hoop niet dat ze ergens aan hebben gezeten.'

De kamer aan het eind van de gang was Gregs werkkamer, waar ik 's avonds vaak ging zitten lezen. 'Dat zal heus niet.'

'Kleine jongetjes hebben de neiging rommel te maken. Misschien laat ik ze op de terugweg de wandelwagen wel duwen. Ik ben de laatste tijd zo snel moe. Vinden jullie dat een goed idee, jongens?'

Ik liep met haar mee de trap af naar de garage, klaar om haar arm te grijpen als ze wankelde, maar de melk en de koekjes leken haar goed te hebben gedaan.

'Ik duw het eerste stukje wel,' zei ze tegen de tweeling en ze keerde de wandelwagen. 'We willen tenslotte niet tegen meneer Trentons auto botsen, hè?'

'Bots maar raak, hoor,' zei ik. 'Het is een huurauto.'

Daar moest ze weer even om giechelen. 'Kom, kinders. Dan lees ik jullie straks nog een verhaaltje voor.'

Ze duwde de wandelwagen de garage uit. De eerste sterren verschenen al aan de hemel en het was aardig afgekoeld. Julidagen zijn behoorlijk pittig aan de Golfkust, daar was ik inmiddels wel achter, maar de avonden kunnen heel zacht zijn. De overwinteraars missen dat.

Ik liep met haar mee tot de brievenbus.

'O, kijk nou toch, ze zijn al vooruit gerend.' Ze verhief haar stem. 'Niet te ver, jongens! En pas op voor slangen!'

'Ik geloof dat je de wandelwagen zelf zal moeten duwen,' zei ik.

'Daar ziet het wel naar uit, hè?' Ze glimlachte, maar ik meende een verdrietige blik in haar ogen te zien. Misschien lag het aan het licht. 'Je zal wel denken dat ik niet goed bij mijn hoofd ben.'

'Nee,' zei ik. 'We hebben allemaal onze eigen manier om met bepaalde dingen om te gaan. Mijn vrouw...'

'Wat?'

'Laat maar.' Ik was niet van plan haar te vertellen wat mijn vrouw had gezegd in die laatste, zware maanden van ons huwelijk (ons éérste huwelijk): *Soms zie ik hem*. Dat was een beerput die ik niet wilde openen. Ik keek haar na en terwijl zij langzaam verdween in de schemering, die langzaam overging in duisternis, hoorde ik dat piepende wiel en dacht eraan dat ik daar wel even een druppeltje olie in had kunnen doen. Ik zou er in een minuutje mee klaar zijn geweest.

Ik ging weer naar binnen, sloot af en spoelde onze bordjes af. Daarna pakte ik het boek waarin ik bezig was, een van de Joe Pickett-romans, en ging naar beneden, naar Gregs werkkamer. Ik had niets te zoeken in Gregs bureau en ik had niet eens de computer aangezet, maar hij heeft een heerlijke luie stoel met een staande lamp ernaast. De perfecte plek om voordat je naar bed gaat nog een paar uur een lekker boek te lezen.

Hij heeft ook een kat, Buttons, die nu waarschijnlijk in Gregs stulpje in East Hampton verblijft, samen met Greg en zijn huidige vriendin (die ongetwijfeld minstens twintig jaar jonger is dan Greg, als het geen dertig is). Buttons had een klein rieten mandje met speeltjes. Dat lag nu op z'n kant met het deksel open. Op de grond lagen een paar balletjes, een half stukgekauwde *catnip*-muis en een kleurige rubber vis. Ik bleef er een hele tijd naar staan kijken en probeerde mezelf ervan te overtuigen dat ik het mandje eerder die dag ongemerkt moest hebben omgegooid. Want wat kon het anders zijn geweest? Ik stopte de speeltjes er weer in en zette het mandje overeind.

Gregs huisbewaarder was meneer Ito. Hij kwam twee keer per week. Hij droeg altijd een bruin overhemd, een bruine korte broek tot op zijn knieën met scherpe vouwen, bruine sokken en bruine canvas schoenen. Ook droeg hij een bruine tropenhelm, die hij tot vlak boven zijn extreem grote oren trok. Zijn houding was altijd kaarsrecht en wat leeftijd betrof leek hij... nou ja, leeftijdloos. Hij deed me denken aan de sadistische kolonel Saito in *The Bridge on the River Kwai* en ik verwachtte steeds hem het motto van Saito – 'Schep genoegen in je werk' – naar zijn niet bepaald energieke zoon te horen roepen.

Alleen was meneer Ito – zijn voornaam luidde Peter – verre van sadistisch. Hij was hier in Florida geboren, in Tampa, opgegroeid in Port Charlotte en woonde aan de andere kant van de brug, in Palm Village. Greg was zijn enige klant op Rattlesnake Key, maar hij had nog genoeg andere huizen onder zijn hoede, in Pardee, Siesta en Boca Chita. Op de zijpanelen van zijn bedrijfsbusjes (hij reed zelf in het ene en zijn lusteloze zoon in het andere) stond PRACHTIG GROEN.

Het liep al tegen augustus toen ik hem op een dag even pauze zag nemen. Hij stond in de schaduw en dronk uit zijn veldfles (ja, die had hij). Hij stond te kijken hoe zijn zoon op een rijdende grasmaaier rondjes reed over het gazon rond Gregs tennisbaan. Ik liep de patio op en ging naast hem staan.

'Even een korte pauze, meneer Trenton,' zei hij, terwijl hij zijn mondkapje opzette. 'Ik ga zo weer verder. Ik kan niet meer zo goed tegen de hitte als vroeger.'

'Wacht maar tot je zo oud bent als ik,' zei ik. 'Ik wilde eigenlijk iets vragen. Herinner jij je de Bell-tweeling? Jake en Joe?'

'O, god, ja. Wie zou dat kunnen vergeten? 1982 of '83, meen ik. Verschrikkelijke geschiedenis. Ik was destijds zo oud als die sukkel daar.' Hij wees naar zijn zoon Eddie, die zo te zien terwijl hij het gras maaide met zijn telefoon communiceerde. Ik was bang dat hij opeens de tennisbaan op zou rijden. Dat kon wel eens heel verkeerd aflopen.

'Ik heb Allie ontmoet, en... nu ja...'

Hij knikte. 'Trieste dame. Trieste, trieste dame. Loopt altijd maar achter die wandelwagen van haar. Ik weet eigenlijk niet of ze nu werkelijk gelooft dat de kinderen erin zitten of niet.'

'Misschien wel allebei.'

'Soms wel, soms niet?'

Ik haalde mijn schouders op.

'Wat die kinderen is overkomen was gewoon zwaar klote, sorry dat ik het zeg, hoor. Zij was nog jong toen het gebeurde. Een jaar of dertig? Misschien iets ouder. Haar man was veel ouder. Henry, heette hij.'

'Klopt het dat de jongens door slangen zijn gebeten?'

Hij trok zijn mondkapje omlaag, nam nog een slok uit zijn veldfles en schoof het kapje weer op zijn plek. Ik had het mijne binnen laten liggen.

'Ja, slangen. Ratelslangen. Er is een onderzoek geweest en daar kwam uit dat hun dood een ongeluk was geweest. De kranten waren destijds nog veel discreter en er waren nog geen sociale media... alleen had iedereen het er wel over en eigenlijk is dat ook een soort sociaal medium, vindt u niet?'

Ik was het met hem eens.

'Meneer Bell zat boven in zijn werkkamer te telefoneren. Hij was een of andere hoge pief bij een beleggingsmaatschappij. Net als uw vriend, meneer Ackerman. Mevrouw stond onder de douche. De jongens speelden in de achtertuin, die was afgesloten met een hoog hek, dat op slot hoorde te zitten. Maar het zat niet op slot, dat leek alleen maar zo. De rechercheur die het onderzoek leidde zei dat de grendel op het hek meerdere malen was overgeschilderd vanwege roestvorming en daardoor niet meer goed sloot. Zo zijn de jongens weggekomen. Zij liep altijd met die jongens in de wandelwagen – geen idee of dat dezelfde was als die ze nu heeft – maar ze konden prima zelf lopen en waarschijnlijk hebben ze samen besloten om naar het strand te gaan.'

'Ze zijn dus niet over de vlonder gelopen?'

Meneer Ito schudde zijn hoofd. 'Nee. Geen idee waarom niet. Dat weet niemand. Het zoekteam kon precies zien hoe ze waren gelopen. Ze vonden afgebroken takken en een klein stukje van een shirtje aan een ervan.'

*See you later, alligator*, dacht ik.

'Het is ongeveer vierhonderd meter van Rattlesnake Road naar het strand. Een en al kreupelhout. Ze zijn tot ongeveer halverwege gekomen. Een van hen was al dood toen het zoekteam ze vond. De ander stierf voordat ze bij de weg waren. Mijn oom Devin zat in het zoekteam en hij zei dat die knulletjes allebei meer dan honderd keer waren gebeten. Dat geloof ik niet echt, maar ik neem aan dat het wel veel is geweest. De meeste beten, de meeste gaatjes – zaten op de benen, maar ze zaten ook op hun gezichtjes en handen.'

'Omdat ze op de grond vielen?'

'Ja. Zodra het gif zijn werk begon te doen zijn ze waarschijnlijk gevallen. Toen het zoekteam de jongens vond, was er nog één slang achtergebleven. Die is toen door een van de mannen gedood met een slangenvanger. Dat is een soort stang, met een haak...'

'Ik ken ze. Allie heeft er een, die heeft ze altijd bij zich wanneer het donker wordt.'

Meneer Ito knikte. 'Niet dat er nog veel slangen zijn. En zeker geen ratelslangen. Twee dagen na het ongeluk werd er een klopjacht georganiseerd. Er kwamen heel veel mensen. Een deel bestond uit aannemers en hun personeel en de rest kwam uit Palm Village. Oom Devin was er ook bij. Ze liepen in noordelijke richting en sloegen tegen alle struiken en begroeiing die ze tegenkwamen. Ik heb gehoord dat ze onderweg meer dan tweehonderd ratelslangen hebben gedood, en dan heb ik het nog niet eens over al het andere kronkelende ongedierte. Ze eindigden op de landpunt tussen Daylight Pass en Duma Key... dat wil zeggen, waar Duma ooit heeft gelegen, want het staat nu onder water. Een deel van de slangen zwom weg en is waarschijnlijk verdronken. De rest is ter plekke gedood. Volgens oom Devin waren dat er nog eens vier- of vijfhonderd, wat volgens mij pure nonsens is. Maar het zullen er ongetwijfeld heel veel zijn geweest. Henry Bell maakte ook deel uit van die groep, maar hij heeft het eindpunt niet gehaald. Hij viel flauw van de hitte en de spanning. En het verdriet, denk ik. Mevrouw Bell heeft de jongetjes niet gezien op de plek waar ze werden gevonden. Zij kreeg ze pas te zien nadat ze, u weet wel, toonbaar waren gemaakt door de begrafenisondernemer, maar hun vader maakte deel uit van het zoekteam dat ze vond. Hij is naar het ziekenhuis gebracht en hij is niet eens heel lang erna overleden aan een hartaanval. Ik denk dat hij er nooit overheen is gekomen. Ik bedoel, dat is toch ook niet te doen?'

Ik begreep het helemaal. Over sommige dingen kwam je nooit heen.

'Hoe hebben ze al die slangen gedood?' Ik was naar het einde van de Key geweest, naar dat kleine driehoekje schelpenstrand tussen de vaargeul en het kleine strookje groen, het enige wat nog resteerde van Duma Key, en ik kon me z'n enorme massa slangen op die plek gewoon niet voorstellen.

Voordat hij kon antwoorden, klonk er een enorm gekletter. Eddie Ito was uiteindelijk toch de tennisbaan op gereden.

'O nee, nee, nee!' schreeuwde meneer Ito en hij rende zwaaiend met zijn armen naar hem toe.

Eddie keek geschrokken op van zijn telefoon en reed snel weer met de maaier het gazon op, voordat hij grotere schade kon aanrichten aan de baan, ook al lagen er inmiddels voldoende kluiten en aarde om op te ruimen. Aan het einde van het verhaal kwamen we dus niet meer toe.

Donna en ik begroeven onze zoon op het Harmony Hill Cemetery, maar dat was slechts een klein deel van hem. Daar kwamen we achter in de maanden die volgden. Hij was er nog steeds, tussen ons in. We probeerden een weg om hem heen te zoeken en elkaar weer terug te vinden, maar dat lukte ons niet. Donna werd teruggetrokken. Ze leed aan PTSS, ze slikte pillen en ze dronk te veel. Ik kon haar moeilijk kwalijk nemen dat ze vast was komen te zitten op de boerderij van Camber, dus nam ik haar kwalijk dat ze een affaire had gehad met een of andere loser die Steve Kemp heette. Het had maar kort geduurd en geen enkele betekenis gehad en het had bovendien niets te maken met die verdomde verstopte inlaatklep, maar hoe meer ik over de pijnlijke plek bleef wrijven, hoe zwaarder ontstoken hij raakte.

Op een keer zei ze: 'Je geeft mij de schuld omdat je het universum niet de schuld kunt geven.'

Misschien was dat waar, maar het hielp niet veel. De scheiding die volgde was er een zonder strijd en zonder problemen. Ik zou kunnen zeggen dat het vriendschappelijk ging, maar dat was niet zo. We waren inmiddels emotioneel zo uitgeput, dat we de fut niet meer hadden om kwaad te zijn op elkaar.

Na meneer Ito's versie van de dood van de tweeling – niet echt betrouwbaar, maar misschien toch min of meer op waarheid gestoeld – te hebben aangehoord, kostte het me die avond moeite om de slaap te vatten. Uiteindelijk sliep ik heel licht. Ik droomde dat de dubbele wandelwagen vanaf de weg langzaam het pad op rolde. Eerst dacht ik dat hij uit zichzelf rolde, als een soort spookwagen, maar toen de beveiligingsverlichting aanging, zag ik dat hij door de tweeling werd geduwd. Ze leken als twee druppels water op elkaar en ik dacht: *Geen wonder dat ze hun verschillend gekleurde broekjes en shirtjes aantrekt.* Onder hun blonde haardos leek er op een of andere manier iets mis met hun gezichtjes. Of misschien waren het niet hun gezichten, misschien waren het hun nekken, die gezwollen leken. Alsof ze de bof hadden. Of covid. Toen ze dichterbij kwamen, zag ik dat hun armen ook gezwollen waren en dat er allemaal rode stipjes op zaten, als vlokjes rode peper.

*Piep*, stilte. *Piep*, stilte. *Piep*, stilte.

Ze kwamen nog dichterbij en ik zag dat er op allebei de zitjes in de wandelwagen een ratelslang lag te kronkelen. Misschien brachten ze mij de slangen als geschenk. Of als straf. Ik was per slot van rekening niet thuis geweest toen mijn zoon stierf. Mijn reden om naar Boston te gaan, problemen met een reclameaccount, was deels een excuus. Ik was kwaad over Donna's affaire. Nee, woest was ik. Ik moest afkoelen.

*Ik heb haar nooit dood gewenst*, probeerde ik tegen die kleine kinderen met hun nietsziende ogen te zeggen, maar misschien was dat maar de halve waarheid. Liefde en haat zijn ook een tweeling.

Ik werd een beetje suffig wakker, maar aanvankelijk dacht ik dat ik nog droomde, omdat ik nog steeds dat ritmische gepiep hoorde. Het was de plafondventilator in de grote kamer – kon niet anders – dus stond ik op om hem uit te zetten. Ik was nog niet eens bij de slaapkamerdeur toen ik merkte dat het piepen was gestopt. Ik liep de galerij op, nog steeds meer slapend dan wakker, en hoefde niet eens het licht aan te doen om te kunnen zien dat de ventilatorbladen niet bewogen.

Het was de droom, dacht ik. Die bleef gewoon doorgaan terwijl ik al half wakker was.

Ik ging weer naar bed, viel vrijwel onmiddellijk in een diepe slaap en deze keer kwamen er geen dromen.

Ik versliep me omdat ik midden in de nacht wakker was geweest. Dat dacht ik althans; misschien had ik ook wel gedroomd dat ik de galerij op was gelopen om te controleren of de ventilator uit was. Ik kon het me niet voorstellen, maar zeker weten deed ik het niet.

Als het heel warm was geweest was ik niet gaan lopen, maar die nacht had de hitte plaatsgemaakt voor een van de beruchte koufronten van de Golfkust. Ze zijn nooit héél erg koud, je moet een winter in Maine meemaken om te weten wat een echt koufront is, maar het was een graadje of vierentwintig en er stond een verfrissend briesje. Ik roosterde een Engelse muffin voor mezelf, besmeerde hem dik met boter en zette koers naar het draaihek.

Ik had nog geen vierhonderd meter gelopen toen ik gieren zag rondcirkelen – zowel van die grote zwarte als kalkoengieren met hun rode kop. Het zijn lelijke, lompe vogels, zo groot dat het ze moeite kost om te vliegen. Greg had me verteld dat ze met rood tij soms met honderden tegelijk komen opdagen om zich tegoed te doen aan alle dode vissen die dan aanspoelen op het strand. Maar er was die zomer geen rood tij geweest – het prikkende gevoel in je longen is niet iets wat je over het hoofd ziet – en deze vogels leken boven de weg te cirkelen in plaats van boven het strand.

Ik verwachtte een platgereden konijn of gordeldier aan te treffen op de weg. Misschien iemands weggelopen kat of hond. Maar het was geen dier. Het was Allie. Ze lag op haar rug bij haar brievenbus. De dubbele wandelwagen lag ondersteboven aan het begin van haar oprit. De broekjes en shirtjes waren eruit gevallen en lagen op de platgetrapte schelpen. Een stuk of zes gieren liepen om haar te ruziën. Ze hipten om haar heen, probeerden elkaar weg te jagen en pikten aan haar armen en benen en gezicht. Alleen was 'pikken' niet het goed woord. Ze rukten met hun grote snavels aan haar vlees. Ik zag hoe een van de vogels – een kalkoengier die minstens een paar kilo woog – zijn snavel in haar ontblote biceps zette en haar hele arm omhoogtrok. Toen hij zijn kop schudde, bewoog haar hand alsof ze naar me zwaaide.

Na een moment van verlammende schrik rende ik schreeuwend en wild met mijn armen zwaaiend op ze af. Een paar vogels fladderden moeizaam op, maar de meeste andere vluchtten in grote, onhandige huppelsprongen verder de weg op. Dat gold echter niet voor de vogel met zijn snavel in haar arm. Die bleef zijn kop schudden in een poging een stuk vlees los te scheuren. Ik wilde dat ik Allies slangenvanger had – of nog liever een honkbalknuppel – maar ik had nu eenmaal niets te willen dus toen ik een gevallen palmblad zag liggen, raapte ik dat op en begon ermee te zwaaien.

'Wegwezen!' schreeuwde ik. 'Flikker op, vuile rotzak!'

Die bladeren wegen bijna niks, maar de verdorde exemplaren maken een hard ratelend geluid. De gier gaf nog een laatste ruk met zijn kop en vloog toen langs mij heen met een reep van Allies arm in zijn snavel. De zwarte ogen leken me aan te kijken, alsof ze wilden zeggen: *Jouw beurt komt nog.* Ik sloeg naar hem, maar ik miste.

Er bestond geen twijfel aan dat ze dood was, maar ik wilde het toch zeker weten en knielde bij haar neer. Ik ben oud, en ik heb me laten vertellen dat je denkvermogen sowieso afneemt, zelfs als je niet wordt getroffen door alzheimer of dementie – een kromme, oude man op pantoffels, je kent dat wel – maar ik denk dat ik nooit zal vergeten wat die aasgieren hadden gedaan met de aardige dame die er behoefte aan had gehad net te doen alsof haar kinderen, die al zo lang dood waren, nog leefden. De dame die mij havermout-rozijnenkoekjes was komen brengen. Haar mond stond open en omdat de onderlip vrijwel verdwenen was, leek ze nog een laatste snauw te geven. De gieren hadden haar halve neus en allebei haar ogen al weggevreten. De bloedomrande oogkassen staarden me aan in een laatste geschokte blik.

Ik liep naar de overkant van de weg en gooide mijn Engelse muffin en ochtendkoffie eruit. Toen liep ik terug. Niet omdat ik dat wilde. Wat ik wilde was zo snel mijn stramme oudemannenbenen me konden dragen terugrennen naar Gregs huis. Maar als ik dat deed, zouden de gieren terugkomen en hun maaltijd voortzetten. Sommige cirkelden al boven mijn hoofd. De meeste waren neergestreken op de takken van Australische pijnbomen en palmen, als gieren in een krantencartoon over een horrorfilm. Ik had mijn telefoon bij me en belde 911. Ik vertelde wat er was gebeurd en zei dat ik bij het lichaam zou blijven tot de politie er was. Er zou waarschijnlijk ook een ambulance komen. Alsof ze daar nog wat aan zou hebben.

Ik wenste dat ik iets had om haar verminkte gezicht te bedekken en besefte opeens dat ik dat had. Ik zette de wandelwagen overeind, reed hem naar de dichte muur van rododendrons en stranddruif langs de oprit, en pakte een van de shirtjes die over de rugleuning gedrapeerd hingen. Ik legde het over wat er over was van haar gezicht. Haar benen lagen gespreid en haar rok zat opgestroopt tot aan haar dijen. Ik wist van tv dat je een lichaam nooit mag verplaatsen voordat de politie komt, maar ik besloot dat ze me nog meer konden vertellen. Ik legde haar benen naast elkaar. Er was ook aan gepikt en ik vond dat de rode plekken op slangenbeten leken. Ik pakte het andere shirtje en legde het over haar schenen. Het ene shirtje was zwart, het andere wit, maar op allebei stond dezelfde tekst: IK BEN EEN TWINDIVIDU!

Ik ging naast haar op de politie zitten wachten en wenste dat ik nooit naar Rattlesnake Key was gekomen. Duma was de Key waarvan werd beweerd dat het er zou spoken – dat had meneer Ito me verteld – maar wat mij betreft was Rattlesnake veel erger. Al was het alleen maar omdat het, in tegenstelling tot Duma, nog bestond.

De oprit naar het huis van de familie Bell werd omzoomd door grote schelpen. Ik raapte er een paar op en telkens wanneer de gieren dichterbij kwamen, gooide ik ze naar hun kop. Ik raakte er maar eentje, maar die slaakte dan ook een bevredigende kreet.

Ik wachtte op de sirenes. Ik probeerde niet naar de dode vrouw met de T-shirtjes over haar gezicht en benen te kijken. Ik dacht aan havermout-rozijnenkoekjes en over een reisje dat ik tien jaar eerder had gemaakt naar Providence. Ik was toen tweeënzestig en dacht aan stoppen met werken. Ik wist nog niet op welke manier ik al die nieuwe vrije tijd dan zou gaan invullen, maar het plezier dat ik altijd had gehad in het reclamevak – precies de goede slogan bedenken bij precies het goede idee – was de laatste tijd steeds minder geworden.

Ik was er, samen met twee collega's van het Bostonse bedrijf, voor een gesprek met een stel advocaten: Debbin & Debbin, toe maar.

Hun hoofdkantoor zat in Providence, maar ze hadden overal in New

England kantoren, gespecialiseerd in verzekeringsclaims in verband met verkeersongelukken, invaliditeit en verwondingen die het gevolg waren van uitglijden en vallen. De Debbins wilden een agressieve reclamecampagne die zou worden uitgezonden op alle tv-zenders van Cranston tot Caribou. *Iets swingends*, zeiden ze. *Iets wat mensen ertoe zal aanzetten ons nummer te draaien*. Ik zag niet bijzonder naar de vergadering uit, die lang en pittig beloofde te worden. Advocaten denken altijd dat ze alles weten.

De avond ervoor zat ik in de lobby van het Hilton Hotel te wachten tot mijn twee compagnons, Jim Woolsy en Andre Dubose, naar beneden kwamen. Het plan was om naar Olive Garden te gaan en daar wat te brainstormen, met als ultiem doel het bedenken van twee goede pitches. Niet meer dan twee. Advocaten denken alles te weten, maar advocaten raken ook snel in de war. Ik had alvast iets in mijn notitieboekje gekrabbeld: WAAROM ZOU JE JE LÁTEN NAAIEN WANNEER JE HET ZELF KAN DOEN? BEL DEBBIN & DEBBIN!

Vermoedelijk geen kanshebber. Ik sloeg het notitieboekje dicht, stopte het in mijn jaszak en keek naar de bar. Meer deed ik niet. Ik denk er nog wel eens aan, dat ik ook uit het raam had kunnen kijken, of naar de liften om te kijken of Jim en Andre er al aan kwamen. Maar dat deed ik niet. Ik keek naar de bar.

Op een van de krukken zat een vrouw. Ze was gekleed in een donkerblauw broekpak. Haar haar, zwart met hier en daar wat wit, was geknipt in een boblijn, die maar net haar nek bedekte. Haar gezicht was hooguit voor een kwart naar mij toe gedraaid toen ze haar glas naar haar mond bracht om een slokje te nemen, maar meer hoefde ik niet te zien. Sommige dingen wéét je gewoon. Hoe iemand het hoofd een beetje schuin houdt. De manier waarop de kaaklijn overgaat in de kin. De manier waarop een van de schouders altijd een beetje hoger lijkt dan de andere, alsof de persoon in kwestie goedmoedig een schouder ophaalt. Het gebaar van een hand die een haarlok naar achteren strijkt, met twee vingers, terwijl de andere vingers gekruld in de handpalm liggen. De tijd heeft altijd een verhaal te vertellen, denk je ook niet? De tijd en liefde.

*Ze is het niet*, dacht ik. *Dat kan niet.*

Terwijl ik de hele tijd al wist dat ze het wel was. Ik wist dat het niemand anders kon zijn. Ik had haar meer dan twintig jaar niet gezien en we waren elkaar compleet uit het oog verloren. Sinds een jaar of tien stuurden we elkaar zelfs geen kerstkaarten meer, maar ik herkende haar onmiddellijk.

Ik stond op, op benen die gevoelloos leken. Ik liep naar de bar. Ik ging naast haar zitten, een wildvreemde die ooit mijn allerbeste maatje was geweest, de vrouw van wie ik hield en naar wie ik verlangde. De vrouw die ooit een hondsdolle hond had gedood om haar zoon te redden, maar te laat, te laat, te laat.

'Hallo daar,' zei ik. 'Wil je misschien iets van me drinken?'

Ze draaide zich verschrikt om, klaar om te zeggen wat ze had willen zeggen, dank je, maar ik heb met iemand afgesproken, dank je, maar ik heb geen behoefte aan gezelschap... en toen zag ze mij. Haar mond vormde een perfecte O. Ze zakte naar achteren op haar kruk. Ik pakte haar schouders. Haar ogen op de mijne. Haar donkerblauwe ogen op de mijne.

'Vic? Ben jij het echt?'

'Zat hier iemand?'

Jim en Andre deden de brainstormsessie met z'n tweeën en de advocaten gaven uiteindelijk groen licht voor een ronduit afschuwelijke reclamecampagne met een hoofdrol voor een gewezen cowboy-ster. Ik nam mijn ex mee uit eten en niet in de Olive Garden. Onze eerste maaltijd samen sinds drie maanden na de scheiding. Dat laatste etentje eindigde in een ordinaire ruzie – zij smeet haar bord met sla naar mijn hoofd en we werden eruit gezet. 'Ik wil je nooit meer zien,' zei ze. 'Als je iets te melden hebt, schrijf je me maar.'

Ze liep weg zonder nog om te kijken. Reagan was president. We dachten dat we oud waren, maar we wisten niet wat oud was.

Die avond in Providence werd er niet geruzied. Er was heel veel bij te praten en er werd flink wat gedronken. Zij ging met me mee naar mijn hotelkamer. We brachten de nacht met elkaar door. Drie maanden later – lang genoeg voor ons allebei om zeker te weten dat dit geen illusie was die voortkwam uit een wens om het verleden vast te houden – trouwden we voor de tweede keer.

De politie arriveerde met drie patrouillewagens – misschien ietwat overdreven voor één dode oude vrouw. En ja, er kwam ook een ambulance. De shirtjes werden weggehaald van Allie Bells lijk en na te zijn onderzocht door de ambulancemedewerkers en het nemen van het soort foto's ter plekke die niemand graag wil zien, werd mijn buurvrouw in een lijkzak geritst.

De politieman die mijn verklaring opnam was P. ZANE. Degene die de foto's nam en mijn verklaring filmde was D. CANAVAN. Canavan was jonger en nieuwsgierig naar de wandelwagen en de kinderkleertjes. Voordat ik uitleg kon geven, zei Zane: 'Ze is een soort beroemdheid. Zo gek als een deur, maar heel aardig. Ken je dat nummer: "Delta Dawn"?'

Canavan schudde zijn hoofd, maar als fan van countrymuziek in het algemeen en Tanya Tucker in het bijzonder, wist ik waar hij het over had. De overeenkomst was niet exact, maar het klopte toch aardig.

Ik zei: 'Het nummer gaat over een vrouw die steeds maar op zoek blijft naar haar verloren geliefde. Mevrouw Bell wandelde graag met haar tweeling, ook al was die er al heel lang niet meer. Ze stierven jaren geleden.'

Canavan dacht even na en zei toen: 'Dat is gestoord.'

Ik dacht: *Misschien moet je een kind hebben verloren om het te kunnen begrijpen.*

Een van de ambulancemedewerkers kwam bij ons staan. 'Er komt nog een autopsie, maar ik denk dat het een beroerte of een hartaanval is geweest.'

'Ik gok op de hartaanval,' zei ik. 'Ze slikte pillen voor een onregelmatige hartslag. Misschien zitten ze in de zak van haar jurk. Of...'

Ik liep naar de wandelwagen en keek in de opbergnetjes aan de achterkant van de zitjes. In het ene zaten twee kleine Tampa Rays-honkbalpetjes en een tube zonnebrandcrème. In het andere zat een flesje met pillen. De ambulancemedewerker nam het van mij aan en bekeek het etiket. 'Sotalol,' zei hij. 'Voor een snelle of onregelmatige hartslag.'

Ik dacht dat ze de wandelwagen misschien wel omver had getrokken toen ze haar medicijnen probeerde te pakken. Wat kon het anders zijn geweest? Ze kon in elk geval geen ratelslang hebben gezien.

'Ik vermoed dat u wel zult moeten getuigen bij het gerechtelijk onderzoek,' zei agent Zane. 'Blijft u hier nog een tijdje, meneer Trenton?'

'Ja. Het lijkt wel of iedereen deze zomer hier blijft.'

'Klopt,' zei hij en hij trok zijn mondkapje recht. 'Misschien kunt u even met ons meelopen, dan gaan we kijken of ze het huis open heeft gelaten. Als dat zo is, moeten we alles op slot doen.'

Ik duwde de wandelwagen, voornamelijk omdat niemand zei dat ik het niet moest doen. Zane had de pillen in een envelop gestopt.

'Jezus,' zei Canavan. 'Dat ze niet helemaal gek werd van dat gepiep.' Opeens besefte hij wat hij had gezegd: 'Ook al was ze dat eigenlijk al.'

'Ze kwam me laatst koekjes brengen,' zei ik. 'Die avond wilde ik dat wiel voor haar smeren, maar ik ben het vergeten.'

Het huis achter de muur van rododendrons en palmen was zeker geen poenerige megavilla. Eigenlijk leek het meer op het soort zomerhuisje dat halverwege de twintigste eeuw, lang voordat de rijkeluistypes de eilandjes voor de Golfkust ontdekten, voor vijftig of zeventig dollar per week gehuurd kon worden door een paar vissers of een gezin dat er een vakantie wilde doorbrengen.

Er stond een grotere, nieuwere aanbouw achter, maar dat maakte het nog steeds niet groot genoeg (of ordinair genoeg) om het een villa te noemen. De garage was met het woonhuis verbonden door middel van een overdekte gang. Ik keek naar binnen, met mijn handen tegen het glas, en zag een simpele oude Chevrolet Cruze staan. Door de zijramen viel genoeg licht naar binnen om de twee kleine kinderzitjes achterin te kunnen zien.

Agent Zane klopte op de voordeur van het huis, een formaliteit, en probeerde toen de knop. Hij ging open. Hij gaf Canavan opdracht met hem mee te gaan en alles te filmen, vermoedelijk zodat hij later zijn bazen en de officier van justitie kon aantonen dat hij nergens aan had gezeten. Zane vroeg of ik mee wilde. Daar bedankte ik voor. Toen zij echter binnen waren, voelde ik aan de zijdeur van de garage. Die zat evenmin op slot. Ik reed de wandelwagen naar binnen en zette hem naast de auto. Voor later die dag waren onweersbuien voorspeld en ik wilde niet dat hij nat zou worden.

'Lief zijn, jongens,' zei ik. De woorden waren er al uit voordat ik wist dat ik ze ging zeggen.

Tien minuten later kwamen Zane en Canavan naar buiten. Canavan liep nog steeds te filmen, terwijl Zane verschillende sleutels aan een sleutelring probeerde tot hij er een had gevonden die op de voordeur paste.

'Alles in huis stond open,' zei hij tegen mij. 'Ook alle ramen. Ik heb de achterdeur en de patiodeuren van binnenuit op slot gedaan. Ze was blijkbaar erg goed van vertrouwen.'

*Tja*, dacht ik, *ze had haar kinderen natuurlijk bij zich en verder gaf ze nergens om.*

Na nog wat gerommel aan de sleutelring van de overleden vrouw, sloot Zane ook de garage af. Inmiddels had Canavan de videocamera uitgezet. We liepen met z'n drieën terug naar de weg. De agenten trokken hun mondkapjes omlaag om hun hals. Ik was het mijne weer eens vergeten – ik had niet verwacht iemand tegen te komen.

'Ito werkt voor u, hè?' vroeg Zane. 'Die Japans-Amerikaanse man uit de Village?'

Ik zei dat dat klopte.

'Werkte hij ook voor mevrouw Bell?'

'Nee, alleen voor mij. Haar tuin wordt onderhouden door Plant World. Ik zag hun wagens wel eens. Ze kwamen denk ik zo'n twee keer per week.'

'Maar geen huisbewaarder? Niemand om een verstopte afvoer of een lekkend dak te repareren?'

'Voor zover ik weet niet. Misschien weet meneer Ito dat.'

Zane krabde aan zijn kin. 'Misschien was ze zelf wel handig. Zulke vrouwen heb je. Alleen het feit dat je denkt dat je kinderen na veertig jaar nog leven, wil nog niet zeggen dat je geen wasmachine of een raamkozijn kunt vervangen.'

'Ze was anders niet handig genoeg om het wiel aan die piepende wandelwagen te smeren,' zei Canavan.

'Misschien vond ze het een prettig geluid,' zei ik. 'Of...'

'Of niets,' zei Canavan lachend. 'Niemand houdt van piepende wielen.'

Zane zei niets. Ik evenmin, maar ik dacht dat de kinderen het misschien leuk hadden gevonden. Misschien vielen ze er wel van in slaap nadat ze de hele dag hadden gespeeld en gezwommen. *Piep*... stilte... *piep*... stilte... *piep*...

Toen we terugkwamen op de plek waar ik haar lichaam had gevonden, waren de ambulance en twee van de patrouillewagens al weg. Voordat ze weggingen hadden de andere agenten de oprit afgezet met geel politielint. Wij doken eronderdoor. Ik vroeg agent Zane wat er nu met het huis ging gebeuren en wie de financiële afwikkeling moest gaan doen.

Hij zei dat hij geen idee had. 'Waarschijnlijk had ze een testament. Iemand zal er binnen naar op zoek moeten gaan, net als naar haar telefoon en belangrijke documenten. Haar kinderen en echtgenoot zijn dood, maar ze heeft vast nog wel ergens verwanten. Tot we dat allemaal hebben uitgezocht kunt u ons misschien helpen, meneer Trenton. Vindt u het erg om samen met meneer Ito het huis een beetje in de gaten te houden? Dit kan best een tijdje duren. Deels vanwege al het papierwerk, maar vooral omdat wij momenteel maar drie rechercheurs hebben. Twee zijn er op vakantie en eentje is ziek.'

'Covid,' zei Canavan. 'Ik heb gehoord dat Tris het zwaar te pakken heeft.'

'Dat wil ik wel doen,' zei ik. 'Jullie willen natuurlijk voorkomen dat iemand erachter komt dat het huis leegstaat en daar misbruik van maakt.'

'Precies. Hoewel aasgieren die de woning van een overledene leeghalen dat meestal doen omdat ze het overlijdensbericht hebben gelezen, en wie plaatst er een overlijdensbericht voor mevrouw Bell? Ze was immers alleen.'

'Zal ik haar naam en wat ik over haar weet eens op Facebook plaatsen?'

'Oké, goed idee. Dan zorgen wij dat het op het nieuws komt.'

'Wat dacht je van Superopa?' zei Canavan. 'Kan hij niet een rondje door het huis maken? Om een testament te zoeken en misschien wel een adressenboekje?'

'Dat is eigenlijk best een goed idee,' zei Zane.

'Wie is Superopa?' vroeg ik.

'Andy Pelley,' zei Zane. 'Semigepensioneerd. Weigert om helemaal met pensioen te gaan. Hij springt af en toe bij als we handjes tekortkomen.'

'Medeoprichter van de 10-42 Club,' zei Canavan. Hij grinnikte, wat hem op een fronsende blik van Zane kwam te staan.

'Wat is dat?'

'Politiemensen die zich er niet toe kunnen zetten de stekker er helemaal uit te trekken,' zei Zane. 'Maar Pelley is een goeie vent, iemand met veel ervaring en hij is goeie maatjes met een van de plaatselijke rechters. Ik wil wedden dat hij wel aan een Bevelschrift wegens Dringende Noodzaak, of hoe zoiets ook mag heten, kan komen.'

'Dus ik zou dan niet per se het huis binnen hoeven te gaan...'

'Nee, nee, dat mag dan niet,' zei Zane. 'Dat zou Pelley dan moeten doen, als hij het wil doen. Maar bedankt voor de melding. En voor het feit dat u die fucking gieren bij haar weg hebt gehouden. Ze hebben haar behoorlijk toegetakeld, maar het had veel erger kunnen zijn. Sorry dat uw ochtendwandeling erbij in is geschoten.'

'Kwestie van pech, maar niettemin: klotezooi. Volgens mij is dat een uitspraak van Confucius.'

Canavan keek niet-begrijpend, maar Zane moest lachen. 'Vraag meneer Ito, wanneer u hem weer ziet, of hij iets weet over familieleden van mevrouw Bell.'

'Dat zal ik doen.'

Ik keek hoe ze in hun patrouillewagen stapten en zwaaide toen ze om de volgende bocht verdwenen. Daarna liep ik terug naar huis. Ik dacht aan Donna. Ik dacht aan Tad, de zoon die we hadden verloren en die nu – als die inlaatklep niet verstopt was geraakt – in de veertig zou zijn geweest en al grijze haren zou hebben. Ik dacht aan Allie Bell, die lekkere havermout-rozijnenkoekjes bakte en die zei: *Ik weet wel dat ze er niet zijn. En toch zijn ze er.*

Ik dacht aan de dubbele wandelwagen, die nu in de donkere garage stond, naast de Chevy Cruze met zijn eenvoudige zwarte banden. Ik dacht aan wat ik had gezegd, *lief zijn, jongens...* tegen een lege wandelwagen.

*Het was niet eerlijk.* Dat gold voor de Bell-tweeling, dat gold voor mijn zoon en dat gold voor de vrouw met wie ik twee keer was getrouwd. De wereld is vol ratelslangen. Soms stap je erbovenop en bijten ze niet. Soms stap je eroverheen en bijten ze toch.

Tegen de tijd dat ik weer thuis was, had ik trek. Nee, ik stierf van de honger. Ik bakte vier eieren en roosterde een broodje. Donna zou hebben gezegd dat mijn honger iets gezonds was, een bevestiging van het leven, een dikke vinger naar de dood, maar misschien was het doodgewoon honger. Het vinden van een dode vrouw aan het begin van haar oprit en vervolgens de gieren verjagen die haar wilden opeten moest heel wat calorieën hebben verbrand. Ik kreeg haar verminkte gezicht niet uit mijn hoofd, maar ik at toch mijn hele bord leeg en deze keer hield ik alles binnen.

Omdat het een aangename dag was in plaats van drukkend heet ('Heter dan een hondenscheet', zoals meneer Ito dat noemde), besloot ik toch een wandeling te maken... maar niet naar het draaihek, want dan zou ik weer langs de plek komen waar ik Allie had gevonden. In plaats daarvan nam ik Gregs houten vlonderpad naar het strand. Het eerste stuk lag ingeklemd tussen zaagpalmen en struiken, die het pad in een groene tunnel veranderden. Kennelijk was het een geliefde plek voor wasberen en ik moest oppassen om niet in de kleine hoopjes van hun poep te trappen. Aan het eind van de vlonder stond een prieel. Daarna maakten de bomen plaats voor een brede strook helmgras en duinriet. Het geluid van de golven was zacht en rustgevend. Meeuwen en sternen cirkelden boven de zee, lui zwevend op de wind boven de Golf. Ik zag ook andere vogels – grote en kleine. Greg was een amateurornitholoog en zou ze allemaal hebben gekend. Ik niet.

In zuidelijke richting zag ik dicht kreupelhout. Er staken een paar kleine palmen bovenuit, maar die zagen er gehavend en ongezond uit, waarschijnlijk omdat alles wat er aan onkruid groeide het grootste deel van het voedingsrijke grondwater opslurpte. Daar moest de plek zijn waar Jake en Joe in moeilijkheden waren geraakt. Ik kon hiervandaan de vlonder van de Bells zien en als ze die hadden genomen in plaats van ontdekkingsreizigertje te spelen, waren zij nu ook ergens in de veertig geweest, en zouden ze misschien wel hun eigen kinderen voortduwen in die oude wandelwagen. Áls ze dit, áls ze dat... ook die woorden zijn ratelslangen, vind ik. Ze zitten vol met gif.

Ik liet het prieel achter me en liep in noordelijke richting het strand op, dat breed en nat in de stralende zon lag. 's Middags zou er veel minder strand zijn en tegen de avond, wanneer het vloed was, zou het helemaal verdwenen zijn. Meneer Ito zei dat dit niet altijd zo was geweest. Hij zei dat het door de opwarming van de aarde kwam en dat er, tegen de tijd dat Eddie zo oud was als hij, helemaal geen strand meer zou zijn.

Het was een prettige wandeling met de Golf links van mij en de duinen rechts. Greg Ackermans huis was het laatste op de Key. Ten noorden van zijn terrein werd het gemeentegrond en keerde ook het dichte kreupelhout weer terug, zelfs tot zo dicht bij het strand dat ik af en toe palmbladeren weg moest duwen en over grote pollen strandkool heen moest stappen. Op een gegeven moment eindigde de begroeiing en liep het strand uit in een wat scheve, met een dikke laag schelpen bezaaide punt. Hier en daar zag ik haaientanden, sommige wel zo groot als mijn wijsvinger. Ik raapte er een paar op en stopte ze in mijn zak, met de bedoeling ze aan Donna te geven. Maar toen herinnerde ik me weer, o nee, dat mijn vrouw dood was.

*Weer gebeten*, dacht ik.

De driehoekige punt was scheef omdat Daylight Pass, de vaargeul, een stuk van het strand had afgesneden. Het water stroomde tegen het getij van Calypso Bay in, moest het eerst opnemen tegen de milde golven van de Golf en vormde een draaikolk alvorens zich erbij te voegen. Daylight Pass was negentig jaar eerder geopend door een orkaan. Dat had ik gelezen in *Een geïllustreerde geschiedenis van de South Keys*, dat op Gregs salontafel had gelegen toen ik mijn intrek nam in zijn huis. In de verte lag een drijvende strook groen, het enige wat nog over was van Duma Key, dat onder water was komen te staan in dezelfde orkaan die de vaargeul had geopend.

Ik verloor mijn belangstelling voor de haaientanden – dat doet de herinnering dat je vrouw dood is nu eenmaal met je – en ik stak mijn handen in mijn zakken en keek uit over het schelpenstrand waar Rattlesnake Key eindigde. Dit was de doodlopende punt waar die grote groep vrijwilligers destijds die enorme hoeveelheid slangen naartoe had gedreven. Een groep slangen noem je een knoop. Ik had geen idee hoe ik dat wist, maar ik wist het. De geest is niet alleen een giftig reptiel dat soms zichzelf bijt, maar is ook een enthousiaste vuilnisophaler. Freddy Cannon bracht zijn 45-toerenplaten uit op het Swan-label, waarop altijd de boodschap DON'T DROP OUT stond. James Garfields tweede voornaam was Abram. Dat zijn ook dingen die ik weet, maar waarvan ik niet weet hoe ik ze weet.

Daar stond ik dus, terwijl de wind mijn shirt deed opbollen en de vogels rondcirkelden boven mijn hoofd en die groene lap gebladerte die aangeeft waar ooit Duma Key heeft gelegen en op en neer dobberde op de golven, alsof hij ademde. Hoe hadden ze de slangen hiernaartoe gedreven? Dat was iets wat ik níét wist. En toen ze ze hier eenmaal hadden, hoe hadden ze toen de exemplaren gedood die niet trachtten te ontkomen door weg te zwemmen? Ook dat wist ik niet.

Achter mij hoorde ik een piep. En nog een. Het zweet in mijn nek werd opeens koud. Ik wilde mijn hoofd niet omdraaien, omdat ik zeker wist dat ik dan de wandelwagen zou zien, met daarin de dode tweeling, opgezwollen door de slangenbeten. Maar omdat ik nergens naartoe kon (net als die ratelslangen) en niet in geesten geloofde, deed ik het toch. Achter mij stonden een paar meeuwen – witte koppen, zwarte lijven, kleine kraaloogjes die zich afvroegen wat ik hier verdomme uitvoerde op hún plek.

Omdat ik bang was, gooide ik een paar haaientanden naar ze. Ze waren niet zo groot als de schelpen die ik naar de gieren had gegooid, maar ze werkten wel. De meeuwen vlogen verontwaardigd krijsend weg.

Krijsend.

Wat ik achter me had gehoord was píépen – zoals het wiel dat nodig gesmeerd moest worden. Ik zei tegen mezelf dat het onzin was en ik kon het bijna geloven. De bries droeg de geur mee van iets wat mogelijk kerosine of benzine was. Het verbaasde mij niet. Politici in Florida, van de gemeenteraadsleden tot en met de gouverneur zelf, hebben meer belangstelling voor het bedrijfsleven dan voor het conserveren van het kwetsbare ecosysteem van de Golfkust. Ze maken er misbruik van en uiteindelijk zullen ze het kwijtraken.

Ik zocht naar de veelzeggende regenboog van benzine of olie op het wateroppervlak of langs de randen van die constante draaikolk, maar ik zag niets. Ik ademde diep in en rook niets. Toen ging ik naar huis... want zo noemde ik de woning van Greg Ackerman inmiddels in gedachten.

Ik weet niet of een tweede huwelijk met dezelfde persoon in de regel goed werkt. Als er statistieken over bestaan, heb ik die nog nooit gezien. Bij ons lukte het wel. Kwam het door de lange tijd die ertussen had gezeten? Al die jaren waarin we elkaar niet zagen en elkaar uiteindelijk helemaal uit het oog waren verloren? De schok van het elkaar terugvinden? Misschien had het daar iets mee te maken. Of kwam het doordat de verschrikkelijke wond van het verlies van onze zoon tijd had gekregen om te helen? Misschien, hoewel ik me afvraag of stellen ooit over een dergelijke gebeurtenis heen komen.

Als ik voor mezelf spreek, dacht ik minder vaak aan Tad, maar als ik het deed, was de pijn nog vrijwel even intens als altijd. Op een dag, op mijn werk, dacht ik eraan hoe ik hem bij het naar bed gaan altijd had voorgelezen uit *Monsterwoorden*, een prentenboek waarmee we hoopten zijn angst voor het donker weg te nemen, en moest ik op het toilet gaan zitten om een potje te huilen. Dat was niet eens één of twee of zelfs tien jaar nadat het was gebeurd – het was toen ik al in de vijftig was. Nu ben ik in de zeventig en kijk ik nog steeds niet naar foto's van hem, ook al was er een tijd dat ik er heel veel in mijn telefoon had staan. Donna zei dat ze het wel deed, maar alleen op zijn verjaardag – als een soort ritueel. Maar zij was altijd al sterker dan ik. Zij was een kanjer.

Ik denk dat de meeste huwelijken om romantiek draaien. Er zullen wel uitzonderingen zijn, mensen die voor het geld trouwen of om er op een andere manier beter van te worden, maar meestal zal een huwelijk toch wel worden ingegeven door het duizelige, onbezonnen gevoel waar popsongs altijd over gaan. Het nummer 'The Wind Beneath my Wings' – De wind onder mijn vleugels – is daar een goed voorbeeld van, zowel door het gevoel dat het oproept als vanwege het onvermijdelijke vervolg waar de tekst verder niet over rept: uiteindelijk gaat de wind namelijk liggen. Als je dan niet wilt neerstorten, zul je toch echt zelf moeten fladderen met die vleugels. Sommige stellen vinden dan een standvastiger soort liefde, die voortduurt wanneer de romantiek wegebt. Andere stellen komen tot de ontdekking dat die standvastiger liefde simpelweg niet tot hun repertoire behoort. In plaats van over geld te práten, maken ze er ruzie over. Vertrouwen maakt plaats voor wantrouwen. Geheimen bloeien op in de schaduwen.

En sommige huwelijken redden het niet omdat er een kind overlijdt. Allie Bells huwelijk hield stand, maar had het uiteindelijk misschien evenmin gered als haar man niet kort erna was overleden. Voor mij geen hartaanval, maar paniekaanvallen. Ik had altijd een papieren zak in mijn koffertje zitten, om in te blazen als ik een aanval voelde aankomen. Op den duur waren ze opgehouden.

Toen Donna en ik voor de tweede keer trouwden was er sprake van een oudere liefde, liever en gereserveerder. Er was geen geruzie over geld, waar veel jonge stellen die nog maar net zijn begonnen mee te kampen hebben. Ik had goed geboerd in de reclame en Donna was directeur van een van de grootste schooldistricten in het zuiden van Maine. Op de avond dat ik haar zag zitten in die bar, was ze in Providence voor een congres van schoolhoofden. Zij verdiende per jaar niet zo veel als ik, maar ze had een uitstekend salaris. Er wachtte ons allebei een royaal pensioen. Wat financiën betreft ontbrak het ons aan niets.

De seks was bevredigend, al was het zonder al te veel vuurwerk (behalve misschien die eerste keer na onze lange scheiding). Zij had haar huis, ik had het mijne en zo leefden we. Het pendelen was geen onoverkomelijk probleem. Het bleek dat we in al die tussenliggende jaren net iets meer dan honderd kilometer bij elkaar vandaan hadden gewoond. We waren niet altijd samen en dat was prima. Dat hoefde ook niet. Wanneer we wel samen waren, voelde het alsof je samen was met een goede vriend met wie je toevallig ook naar bed ging. Wij werkten aan de relatie op een manier die stellen die net beginnen niet nodig hebben, omdat ze die wind nog onder hun vleugels hebben. Oudere stellen, vooral degenen met een verschrikkelijke duisternis in hun verleden die ze moeten zien te vermijden, moeten fladderen. En dat deden wij.

Donna ging vervroegd met pensioen en in 2010 werden we weer één huishouden: in mijn huis, in Newburyport. Het was haar beslissing. Aanvankelijk dacht ik dat het was omdat ze meer tijd met mij wilde doorbrengen en dat was ook zo. Wat ik echter niet had begrepen was de reden waarom ze het noodzakelijk vond om vaker samen te zijn. Toen na een week alles een beetje op z'n plek stond, vroeg ze op een zonnige zaterdag in oktober of ik een wandeling met haar wilde maken naar de rotswand die mijn terrein scheidt van de rivier de Merrimack. We liepen hand in hand tegen de bladeren te schoppen, luisterden naar het geknisper en roken die zoetige kaneelgeur die ze krijgen voordat ze slap worden en beginnen te rotten. Het was een schitterende middag, met wollige, witte wolken aan een blauwe hemel. Ik zei dat ik het idee had dat ze was afgevallen. Ze zei dat dat klopte. Ze zei dat het kwam omdat ze kanker had.

Ik was bang dat ik niet zou kunnen slapen van de gedachte aan de gieren die zich tegoed deden aan Allie, dus ging ik op zoek in Gregs veel te grote medicijnkastje (hij was altijd al een beetje een hypochonder geweest, mijn vriend) en vond een flesje Zolpidem waar nog vier pillen in zaten. Volgens het etiket waren de slaappillen houdbaar tot mei 2018, maar ik dacht wat maakt 't uit en nam er een paar. Ik weet niet of ze werkten, of dat het door het placebo-effect kwam, maar ik sliep de hele nacht door, zonder dromen.

De volgende ochtend werd ik om zeven uur fris en uitgerust wakker en besloot mijn vaste wandeling te maken. Ik kon de plek waar Allie was gestorven toch niet de hele rest van mijn verblijf hier blijven mijden? Ik trok een korte broek en sneakers aan en ging naar beneden om het koffiezetapparaat aan te zetten. Gregs oprit komt uit op een grote binnenplaats aan de zijkant van het huis. Onderaan de trap zit een raam dat daarop uitkijkt. Ik was nog twee treden van de onderkant van de trap verwijderd toen ik uit dat raam keek en verstijfde.

Buiten stond de wandelwagen.

Ik kon het niet geloven. Het wilde gewoon niet tot me doordringen. Ik had het gevoel dat het een speling van licht en schaduw moest zijn, alleen waren er in dit vroegeochtendlicht geen schaduwen… behalve dan die schaduw die geworpen werd door de wandelwagen. Hij stond er. Hij was echt. Nog meer dan het ding zelf, was de schaduw daar het bewijs van. Schaduwen bestaan niet als er niets is om ze te maken.

Na dat eerste gevoel van ontkenning werd ik bang. Iemand, een of ander gemeen individu, was hiernaartoe gekomen en had die wandelwagen neergezet om mij een doodsschrik te bezorgen. Het werkte. Ik was me doodgeschrokken. Ik kon niemand bedenken die zoiets kon hebben gedaan. De politieagenten, Zane en Canavan, in elk geval niet. Meneer Ito had waarschijnlijk gehoord dat mevrouw Bell was overleden – nieuws verspreidt zich snel in kleine gemeenschappen – maar hij was niet het type om zulke grappen uit te halen en zijn zoon bracht het grootste deel van zijn tijd door in het dromenland van internet. Ik had geen verdachten en op een bepaalde manier deed dat er ook niet toe. Het enige wat ertoe deed was dat er iemand in wat schrijvers van pulpromans het holst van de nacht noemen naar mijn huis was gekomen.

Had ik alles afgesloten? In mijn eerste schrik en angst (aanvankelijk was ik niet eens kwaad), kon ik me dat niet herinneren. Ik wist niet eens of ik op dat moment de tweede voornaam van mijn vrouw nog had geweten als iemand me daarnaar had gevraagd. Ik rende naar de voordeur: op slot. Ik ging naar de deur die toegang gaf tot het zwembad en de patio: op slot. Ik liep naar de achterdeur, die naar de garage gaat, en ook die zat op slot. Er was dus in elk geval niemand binnen geweest, niemand die 's nachts door het huis had lopen sluipen. Dat had een opluchting moeten zijn, maar dat was het niet.

*Een van de agenten móét het ding hier hebben neergezet*, dacht ik. *Maar Zane heeft de garage op slot gedaan en de sleutels meegenomen.*

Dat leek logisch, maar ik geloofde het gewoon niet. Zane had op mij een degelijke en betrouwbare indruk gemaakt en leek me verre van dom. Daar kwam bij: had je werkelijk een sleutel nodig voor die garage? Waarschijnlijk niet. Het slot op de zijdeur zag eruit als zo'n slot dat je zó open had met een kleerhanger of een creditcard.

Ik ging naar buiten om de wandelwagen te bekijken. Ik dacht dat er misschien een briefje op zou zitten, net als in een of andere griezelige B-film: *Jij bent de volgende* en *Ga terug naar waar je vandaan bent gekomen*, waren teksten die me te binnen schoten.

Er lag geen briefje. Er lag iets veel ergers. Een geel broekje op het ene zitje, een rood broekje op het andere. Niet dezelfde als gisteren. En T-shirtjes over de rugleuning, ook niet dezelfde als gisteren. Ik wilde de shirtjes niet aanraken en dat was ook niet nodig om te kunnen lezen wat erop stond: TWEEDLEDEE en TWEEDLEDUM. Dit waren beslist shirtjes voor een tweeling, alleen was de tweeling die ze had gedragen al heel lang dood.

Wat ik nu met die verrekte wandelwagen moest, was de grote vraag, en een goeie ook. Nu de realiteit ervan tot me door begon te dringen, maakte mijn eerste schrik, vrijwel meteen gevolgd door angst, plaats voor nieuwsgierigheid en woede: wat een klotebegin van de dag. Ik had mijn mobiele telefoon in mijn broekzak zitten. Ik belde het politiebureau en vroeg naar agent Zane. De receptioniste zette me in de wacht en toen ze even later terug was, vertelde ze dat agent Zane tot maandag geen dienst had. Ik begreep ook wel dat het geen zin had om zijn privénummer te vragen, dus vroeg ik de telefoniste in plaats daarvan of ze aan hem door wilde geven dat Victor Trenton had gebeld en of hij hem a.u.b. terug wilde bellen.

'Ik zal kijken wat ik voor u kan doen,' zei de vrouw, een antwoord van niks waarvan mijn ellendige ochtend niet bepaald beter werd.

'Graag,' zei ik en ik hing op.

Meneer Ito zou ook pas aanstaande maandag weer komen en ik verwachtte geen ander bezoek, maar ik was toch niet van plan de wandelwagen in de tuin te laten staan. Ik besloot hem terug te rijden naar het huis van mevrouw Bell en hem weer in de garage te zetten. Ik kwam er toch langs wanneer ik ging wandelen en misschien kon ik dan meteen zien of een of andere grappenmaker dan wel rotzak de garagedeur had geforceerd. Eerst nam ik echter een paar foto's van de wandelwagen op de plek waar hij nu stond, om aan Zane te laten zien. Dat wilde zeggen: als het hem interesseerde. Hij zou er misschien niet blij mee zijn dat ik de wandelwagen had verplaatst van de plek waar ik hem had aangetroffen, maar was het een bewijsstuk van een misdrijf? Was Allie Bell soms doodgeslagen met een wandelwagen? Nee. Ik bracht het ding alleen maar terug naar de plek waar wij het hadden neergezet.

Ik duwde de wagen de weg op in de zinderende ochtendzon. Misschien zat de Zolpidem nog in mijn systeem, want zodra de angst was verdreven door de prozaïsche alledaagsheid van de wandelwagen (zelfs de broekjes en shirtjes waren prozaïsch, echt het soort kleertjes die je bij elke Walmart of op Amazon kon kopen), verviel ik in een soort vreemde roes. Als ik in bed had gelegen, of zelfs op de bank, was ik waarschijnlijk in slaap gevallen. Maar omdat ik op Rattlesnake Road liep, liet ik mijn gedachten de vrije loop.

Piepend wiel of geen piepend wiel (ik moet het echt smeren, dacht ik), de wandelwagen liep heel makkelijk, vooral zonder twee vierjarige jongetjes om hem te verzwaren. Ik duwde met mijn linkerhand. Met mijn rechterhand voelde ik aan de shirtjes die over de rugleuningen van de zitjes hingen – eerst het ene, toen het andere. Ik besefte pas later wat ik eigenlijk deed.

Ik dacht aan de jongetjes en hoe zij de weg waren overgestoken en zich dwars door het kreupelhout een weg naar het strand hadden gevochten. Ze werden niet boos en ze gebruikten niet hun kleinejongetjesverwensingen als ze in hun gezicht werden geslagen door een terugzwiepend palmblad of wanneer ze hun arm bezeerden aan een scherpe, uitstekende tak. Niet boos, niet ongeduldig, geen spijt dat ze de vlonder niet hadden genomen. Ze gingen helemaal op in hun gedeelde fantasie – ontdekkingsreizigers die door de jungle trokken met hoedjes van krantenpapier, die hun vader voor ze gemaakt had van de strippagina's van de zondagse kleurenbijlage van de *Tribune*. Misschien vonden ze wel een door piraten achtergelaten schatkist, of net zo'n gigantische aap als King Kong, een film die ze een keer 's middags, in kleermakerszit op de grond, op tv hadden gezien, als onderdeel van de *Tampa Matinee*, totdat hun moeder de televisie had opgeëist voor het avondjournaal met Tom Brokaw.

Ze horen het geratel, eerst heel zacht, maar steeds luider naarmate ze heldhaftig voortploeteren. Eerst negeren ze het en vervolgens maken ze de fatale vergissing er geen aandacht aan te schenken. Joe denkt dat het bijen kunnen zijn en dat ze dan misschien wel honing gaan vinden. Jake vraagt zijn broertje hoe vaak hij door die bijen geprikt wil worden en zegt dat hij niet zo stom moet doen. Ze willen een schat vinden. Honing is geen schat. Het ratelende geluid komt zowel van links als van rechts. Geen probleem! De weg naar het strand is almaar rechtuit. Ze kunnen de golven al horen en straks kunnen ze pootjebaden alvorens in het zand naar goud te gaan graven (en een kasteel te bouwen als het schatgraven niets oplevert). Ze willen door het water waden omdat het heet is, net zo heet als de dag waarmee mijn zoon later te maken kreeg. Hij had geen water om met blote voetjes doorheen te waden, hij zat samen met zijn mama opgesloten in een hete auto omdat er buiten een monster stond. Het monster ging niet weg en de auto wilde niet starten.

Ze zien de kuil niet omdat hij aan het oog wordt onttrokken door een wirwar van struiken. Die struiken verbergen ook een slangennest – een knoop ratelslangen die in de schaduw ervan leven. Jake en Joe, zij aan zij, kunnen er best omheen lopen, maar zo doen dappere ontdekkingsreizigers dat natuurlijk niet. Dappere ontdekkingsreizigers gaan recht op hun doel af en hakken met onzichtbare machetes al het groen weg dat hun de weg verspert.

Dat doen ze dus en omdat ze zij aan zij lopen, vallen ze samen in de kuil. En tussen de slangen. Tientallen zijn het er. Sommige zijn heel jong

– babyslangetjes – en hoewel ze al kunnen bijten, kunnen ze (in tegenstelling tot wat de meeste mensen denken) nog geen gif injecteren. Maar hun beet is niettemin erg pijnlijk en de meeste ratelslangen zijn volwassen dieren die onmiddellijk in de verdediging gaan. Ze schieten met hun ruitvormige koppen bliksemsnel naar voren en laten hun giftanden diep wegzinken.

De jongetjes gillen het uit – *au* en *niet doen* en *wat* en *het doet pijn*.

Ze worden meerdere keren in hun enkels en kuiten gebeten. Joe zakt door zijn knie. Een slang bijt in zijn bovenbeen en wikkelt zich strak om zijn knie. Jake worstelt zich uit de met takken gevulde kuil terwijl de slangen als een soort versieringen aan zijn enkels bungelen. Het ratelende geluid vult de hele wereld. Hij probeert Joe overeind te trekken en een slang zet razendsnel zijn giftanden in het vlees van zijn kleine handpalm. Joe ligt nu op zijn buik en de slangen kronkelen over hem heen. Hij probeert in elk geval zijn gezicht te beschermen, maar dat lukt niet. Hij wordt in zijn hals en zijn wangen gebeten en wanneer hij in een vergeefse poging eraan te ontkomen zijn hoofd omdraait ook in zijn neus en lippen. Zijn gezicht begint op te zwellen.

Jake draait zich om en begint terug te strompelen naar de weg en het huis van de Bells aan de overkant. Hij draagt nog steeds slangen om zijn enkels. Eentje valt eraf. Een andere begint langs zijn been omhoog te kronkelen naar de zoom van zijn korte broek. Waarom rent hij weg, terwijl die twee altijd alles samen hebben gedaan? Is het omdat hij weet dat zijn tweelingbroertje al niet meer kan worden geholpen? Nee. Is het blinde paniek? Nee – zelfs blinde paniek had hem er niet toe kunnen brengen Joe in de steek te laten. Het is omdat hij papa wil halen als die nog thuis is en mama als papa er niet is. Het is geen paniek, het is een reddingsactie. Jake trekt de slang van zijn been en ziet nog net de kille kraaloogjes voordat het beest zijn giftanden in zijn pols zet. Hij smijt het weg en probeert te rennen, maar hij kan niet rennen, want het gif stroomt al door zijn lichaam en zorgt ervoor dat zijn hart onregelmatig begint te kloppen en dat het steeds moeilijker wordt om adem te halen.

Joe schreeuwt niet meer.

Jake begint alles dubbel te zien en dan driedubbel. Hij kan niet meer lopen, dus probeert hij te kruipen. Zijn handen zwellen op. Hij probeert de naam van zijn broertje te zeggen en dat lukt niet omdat zijn keel...

Wat mij uit dit visioen wekte was het gerammel en gesnerp van het draaihek dat openging. De wandelwagen die ik voortduwde had de foto-elektrische lichtstraal onderbroken die het hek activeert. In mijn zombieachtige toestand was ik een heel eind voorbij Allies oprit gelopen. Ik zag mijn rechterhand nog steeds heen en weer gaan tussen het ene shirt (TWEEDLEDEE) en het andere (TWEEDLEDUM). Ik trok hem terug alsof ik me ergens aan brandde. De ochtend was nog steeds betrekkelijk koel, maar mijn gezicht droop van het zweet en mijn T-shirt was kletsnat. Ik had alleen maar gewandeld (dat dacht ik althans, want zeker weten deed ik het niet), maar ik liep te hijgen alsof ik net tweehonderd meter had gerend.

Ik trok de wandelwagen terug en het hek ging weer dicht. Ik vroeg me af wat er nu eigenlijk was gebeurd, maar ik meende het wel te weten. De andere leden van mijn team op het reclamebureau zouden me hebben uitgelachen – behalve misschien Cathy Wilkins, wier verbeeldingskracht verder reikte dan het verzinnen van een pakkende slogan voor toiletreiniger – maar ik wist niet hoe ik het anders moest verklaren. Ik had films en ten minste één televisiedocumentaire gezien waarin de politie de hulp inriep van zogenaamde helderzienden om de lichamen te vinden van mensen van wie werd vermoed dat ze niet meer leefden. Net als bloedhonden die een kledingstuk kregen om de geur te pakken te krijgen van degene die ze moeten volgen, kregen deze paranormaal begaafden voorwerpen die belangrijk waren geweest voor de persoon die ze moesten vinden. Meestal leverde het niets op, maar in enkele gevallen was het gelukt. Of leek dat althans zo.

Het kwam door de shirtjes. Door het aanraken ervan. En het gedeelte over Tad? Dat waren mijn eigen herinneringen die waren doorgedrongen in de droomtoestand of wat het dan ook was geweest waarin ik door die shirtjes was geraakt. Dat mijn zoon zich in mijn vreemde visioen had laten zien was geen verrassing. Hij was op ongeveer dezelfde leeftijd gestorven als de Bell-tweeling en ook rond dezelfde tijd. Een drieling in plaats van een tweeling. De ene tragedie na de andere.

Terwijl ik de wandelwagen keerde en aan de terugweg begon, begon de levendigheid van mijn visioen te vervagen. Ik begon me af te vragen of ik wel echt een authentieke paranormale ervaring had gehad. Ik wist immers wat er met de tweeling was gebeurd, dus misschien had mijn brein er alleen wat details aan toegevoegd, zoals de verborgen kuil waar ze in waren gevallen. Misschien was het helemaal niet zo gegaan.

Bovendien viel niet te ontkennen dat ik in een extreem ontvankelijke toestand had verkeerd vanwege de wandelwagen die opeens op de binnenplaats had gestaan.

Daar had ik werkelijk geen verklaring voor.

Ik dook onder het gele politielint door en duwde de wandelwagen het slingerende pad op naar het huis van de Bells. *Piep, piep, piep.* De zijdeur van de garage stond open en zwaaide loom heen en weer in een lichte bries. Ik zag geen splinters boven of onder de sluitplaat en ook niet op de deur zelf. Misschien was hij opengemaakt met een creditcard, maar hij was niet geforceerd.

Ik bestudeerde de deurknoppen, zowel aan de binnen- als aan de buitenkant. In de knop aan de buitenkant zat een sleutelgat, dat agent Zane had gebruikt om de deur op slot te doen. Om de deur vanbinnen op slot te doen had je geen sleutel nodig. In het midden van die deurknop zat een klein knopje dat je alleen maar hoefde in te drukken.

*De oplossing is heel eenvoudig,* dacht ik. *Het was de tweeling. Het waren Jacob en Joseph. Die hebben de knop aan de binnenkant omgedraaid. Dan schiet vanzelf het knopje omhoog en kan de deur open. Makkelijk zat. En daarna hebben ze samen de wandelwagen naar mijn huis geduwd, Jake aan de ene kant en Joe aan de andere.*

Ja hoor. En als je dat geloofde, geloofde je ook dat we in Vietnam hadden gewonnen, dat de maanlanding nooit had plaatsgevonden, dat de geschokte ouders van de kinderen die waren doodgeschoten door die schoolschutter in Sandy Hook allemaal acteurs waren en dat 11 september het werk van insiders was geweest.

En toch stond die garagedeur open.

En toch had de wandelwagen bij mijn huis gestaan, zeker vierhonderd meter verderop.

Mijn telefoon ging. Ik schrok op. Het was agent P. Zane. De telefoniste op het politiebureau had zich aan haar woord gehouden.

'Hallo, meneer Trenton, wat kan ik voor u doen?' Hij klonk vandaag meer ontspannen en zijn zuidelijke accent was veel beter te horen. Misschien omdat het zijn vrije dag was en hij dus in burger was.

'Ik sta nu bij het huis van mevrouw Bell,' zei ik en ik vertelde hem waarom. Het spreekt vanzelf dat ik het gedeelte over mijn visioen van de jongens die in de verborgen slangenkuil vielen achterwege liet.

Toen ik klaar was bleef het een ogenblik stil. Toen zei hij: 'Zet die kinderwagen maar gerust terug in de garage.' Hij klonk niet verbaasd en ook niet bezorgd. Hij had natuurlijk ook geen visioen gehad van al die slangen die over een gillende Joe Bell heen krioelden. 'Iemand heeft een grap met u uitgehaald. Waarschijnlijk tieners, die stiekem Rattlesnake Road op zijn geslopen om te kijken waar dat gekke mens is gestorven. Ze had nogal een reputatie in Palm Village.'

'Denk je werkelijk dat dat het was?'

'Wat anders?'

*Geesten*, dacht ik. *De geesten van kinderen*. Maar dat ging ik niet zeggen. Ik wilde het niet eens denken. 'Misschien heb je gelijk. Maar dan moeten ze dat slot open hebben gekregen met een creditcard of een rijbewijs. Het is niet beschadigd.'

'Natuurlijk. Dat is helemaal niet moeilijk.'

'Makkelijk zat.'

Hij grinnikte. 'Precies. Zet die wandelwagen maar terug en doe de deur goed dicht. De sleutels van de overleden mevrouw liggen hier op het bureau. Andy Pelley pikt ze daar op. U weet nog over wie ik het heb?'

'Natuurlijk. Superopa.'

Hij lachte. 'Klopt, maar noem hem nooit zo in zijn gezicht. Hoe dan ook, hij heeft zijn vriend die rechter is dat bevelschrift laten tekenen, zodat hij naar binnen kan om op zoek te gaan naar contactgegevens voor naaste familie en kennissen in de buurt. Andy ziet alles. Als er iemand binnen is geweest, dan ziet hij dat. We moeten er in elk geval achter zien te komen wie de verantwoordelijkheid op zich neemt voor de stoffelijke resten.'

*Stoffelijke resten*, dacht ik, terwijl ik stond te kijken hoe de deur heen en weer zwaaide in de wind. Wat een term. 'Ik neem aan dat ze niet gewoon in het mortuarium kan blijven?'

'Dat hebben we hier niet eens. Ze ligt nu in het uitvaartcentrum aan Tamiami Road. Hoor eens, nu u daar toch bent en de garage open is, zou u misschien even naar binnen willen gaan om te kijken of er op de een of andere manier vernielingen zijn toegebracht aan de auto van de oude dame? Lekgestoken banden, ingegooide ramen, barsten in de voorruit? Want dan moeten we het wat serieuzer nemen.'

'Met alle plezier. Sorry dat ik je lastigval op je vrije dag.'

'Geeft niet. Ik heb al ontbeten en ik zat net mijn krantje te lezen. Bel me als er iets aan de auto mankeert. Als dat zo is, bel ik Andy. En meneer Trenton?'

'Zeg maar Vic, hoor.'

'Oké, Vic. Als je bang bent dat de jongelui die de wandelwagen naar meneer Ackermans huis hebben gereden het nog eens zullen doen – tieners die zoiets doen zijn meestal niet erg creatief – kun je hem ook weer meenemen en in je eigen garage zette.'

'Ik denk dat ik hem maar hier laat.'

'Ook goed. Nog een prettige dag verder.'

Terwijl ik de wandelwagen de garage binnenreed, waarbij ik de voorkant omhoog moest wippen om hem over de drempel te krijgen, realiseerde ik me dat ik Zane ook niet over de broekjes en shirtjes had verteld.

De garage had geen airconditioning en ik liep al te zweten voordat ik goed en wel binnen was. Behalve dat hij een bezoekje aan de dichtstbijzijnde wasstraat kon gebruiken – op de zijkanten en de voorruit zat een dikke laag zout – zag Allies Chevy Cruze er zo op het oog goed uit. Ik betrapte mezelf erop dat ik naar de lege autozitjes op de achterbank (natúúrlijk waren ze leeg) stond te staren en dwong mezelf mijn blik af te wenden. Tegen de muur stond een aantal kartonnen dozen. Met een zwarte viltstift stond op elke doos in keurige blokletters DE J'S geschreven.

Mijn moeder zei altijd: *Alleen snuffelen is erger dan roddelen*, maar mijn vader plaagde haar graag met een andere uitspraak: *Nieuwsgierigheid is de kat z'n dood, maar tevredenheid bracht hem weer terug.*

Ik maakte een van de dozen open en zag houten kinderpuzzels, met van die grote puzzelstukken in de vorm van dieren. In een andere vond ik prentenboeken: Dr. Seuss, Richard Scarry, Beertje Paddington. In verschillende andere zaten kleren, waaronder korte broekjes en bij elkaar passende T-shirtjes met allerlei grappige tweelingteksten erop. Hier kwamen dus al die broekjes en shirtjes in de wandelwagen vandaan. Wat ik me afvroeg was of de grappenmaker had geweten op welke manier Allie die dingen in en op de kinderwagen legde, zoals een kind onzichtbare poppen aankleedt. Agent Zane zou hebben gezegd: vast wel, zulke details gaan als een lopend vuurtje. Ik was daar niet zo zeker van.

Verdriet sluimert, maar sterft niet. Of in elk geval niet doordat degene die verdriet heeft dat doet. Dit was een les die ik opnieuw leerde bij het openmaken van de laatste doos. Die zat vol met speelgoed. Matchbox-autootjes, Playstix, Star Wars-poppetjes, een spel en een stuk of tien plastic dinosaurussen.

Onze zoon had ook Matchbox-autootjes en speelgoeddinosaurussen. Hij was er gek op.

Mijn ogen prikten en mijn handen trilden een beetje toen ik de doos weer dichtdeed. Ik wilde weg uit deze hete, stille garage. En misschien ook wel van Rattlesnake Key. Ik was hier om het rouwen om mijn vrouw en alle jaren die we stom genoeg zonder elkaar hadden doorgebracht af te sluiten, niet om de al lang geleden geheelde wond van de gruwelijke dood van mijn zoontje weer open te rijten. En ook niet om van die paranormale flitsen te hebben. Ik nam me voor het nog een dag of twee, drie aan te zien en als ik er dan nog hetzelfde over dacht, zou ik Greg bellen, hem bedanken en meneer Ito vragen het huis een beetje in de gaten te houden. Daarna zou ik terugkeren naar Massachusetts, waar het ook heet was in augustus, maar niet zo krankzinnig heet.

Op weg naar buiten zag ik wat gereedschap – een hamer, een schroevendraaier en een paar moersleutels – op een plank links van de deur liggen. Er stond ook een ouderwets oliekannetje, zo eentje met een metalen pompje dat je moest indrukken en een lange tuit die me een beetje aan Allie Bells slangenvanger deed denken. Hoewel ik niet van plan was de kinderwagen terug te rijden naar Gregs huis, kon ik op z'n minst dat piepende wiel even smeren. Als er tenminste nog wat olie in het kannetje zat.

Ik pakte het van de plank en zag dat er nog iets op lag. Het was een dossiermap waarop in grote letters JAKE EN JOE geschreven stond. En, in nog grotere letters: BEWAREN!

Ik opende de map en zag twee hoedjes van krantenpapier liggen, gevouwen van de strippagina's van de zondagse kleurenbijlage. Ik vergat het piepende wiel en de olie en ik wilde de zelfgemaakte hoedjes niet aanraken. Misschien zorgde een aanraking wel voor nog zo'n visioen. In die hete garage leek dat geen rare gedachte, maar juist heel plausibel.

Ik sloot de garagedeur af en ging naar huis. Toen ik binnen was, zette ik mijn telefoon aan en zocht naar *Tampa Matinee*. Ik wilde het niet, maar ik had die hoedjes gevonden, dus deed ik het toch. Siri voerde me naar een nostalgische site, gemaakt door een voormalige werknemer van WTVT, een televisiestation dat al sinds jaar en dag uitzendt in Tampa. Er stond ook een lijst op van lokale programma's van de jaren vijftig tot de jaren negentig. 's Ochtends een poppenprogramma. Op zaterdagmiddag een muziekprogramma voor tieners. En *Tampa Matinee*, een middagfilm van vier tot zes, elke werkdag tot 1988. Ooit, slechts drie jaar na de dood van mijn zoontje, hadden Joe en Jake in kleermakerszit op de grond voor de tv zitten kijken hoe King Kong zich vastklampte aan de top van het Empire State Building.

Daar twijfelde ik niet aan.

Nadat we opnieuw waren getrouwd hadden we nog tien jaar. Negen daarvan, voordat de kanker terugkwam, waren goed. Het laatste jaar... nou ja, daar probeerden we iets goeds van te maken en de eerste zes maanden slaagden we daar aardig in. Toen begon de pijn toe te nemen, van erg naar heel erg tot het soort pijn waarbij je aan niets anders meer kunt denken. Donna onderging het moedig – aan lef had ze geen gebrek. Ooit had ze het opgenomen tegen een hondsdolle sint-bernard, gewapend met niets anders dan een honkbalknuppel. Nu de kanker door haar lichaam woedde had ze geen ander wapen tot haar beschikking dan haar eigen wilskracht, maar daar bleek ze heel lang genoeg aan te hebben. Tegen het einde was ze niet veel meer dan een schaduw van de vrouw die die nacht in Providence in mijn bed was beland, maar in mijn ogen bleef haar schoonheid onveranderd.

Ze wilde thuis sterven en die wens wilde ik honoreren. We hadden een dagzuster en een parttime nachtzuster, maar ik verzorgde haar voornamelijk zelf. Ik hielp haar met eten en toen ze niet meer naar het toilet kon, verschoonde ik haar. Die dingen wilde ik allemaal doen vanwege alle verspilde jaren. Achter ons huis stond een boom met een gespleten stam – misschien veroorzaakt door een blikseminslag – waarvan de twee delen weer naar elkaar toe groeiden en daarbij een hartvormige opening vrijlieten. Dat waren wij. Als die metafoor overdreven sentimenteel lijkt, dan is dat maar zo. Ik vertel de waarheid zoals ik die begrijp. Zoals ik die heb gevoeld.

Sommige mensen hebben het nog slechter getroffen. Wij hebben ons best gedaan met wat ons werd gegeven.

Ik lag in bed omhoog te staren naar de traag draaiende bladen van de plafondventilator. Ik dacht aan de wandelwagen met het piepende wiel en aan hoedjes van papier en aan speelgoeddinosaurussen. Maar ik dacht vooral aan de nacht waarin Donna stierf, een herinnering die ik tot nu toe had vermeden. Nu leek het op de een of andere manier noodzakelijk. Er stond een noordoosterstorm en het sneeuwde heel hard, met windsnelheden van zo'n vijfenzestig kilometer per uur. Om drie uur 's middags belde de nachtzuster vanuit Lewiston dat ze niet kon komen. De wegen, zei ze, waren onbegaanbaar. Het licht haperde af en toe, maar de stroom was nog niet uitgevallen, waar ik blij mee was. Ik wist niet wat ik moest doen als dat gebeurde. Donna was eind december overgegaan van OxyContin-tabletten op een morfinepomp. Het ding stond naast haar bed en werkte op elektriciteit. Donna sliep. Het was koud in onze slaapkamer – de verwarming kon niet op tegen die huilende januariwind – maar haar ingevallen wangen waren nat van het zweet en wat er over was van haar eens zo dikke haar plakte tegen de kwetsbare ronding van haar schedel.

Ik wist dat ze dicht bij het einde was en haar oncoloog wist dat ook. Hij had de begrenzer van de morfinepomp gehaald en sindsdien stond het kleine lampje altijd op groen. Hij gaf mij de verplichte waarschuwing mee dat te veel dodelijk voor haar kon zijn, maar daar leek hij zich geen grote zorgen om te maken. Waarom zou hij ook? De kanker had haar al grotendeels opgeslokt en was inmiddels aan de restantjes begonnen. Ik zat naast haar zoals ik de afgelopen drie weken vrijwel voortdurend naast haar had gezeten. Ik zag haar ogen heen en weer bewegen onder haar donker verkleurde oogleden terwijl ze haar stervende dromen droomde. Er zat een zakje in de pomp, bedacht ik, en als de stroom uitviel kon ik misschien een schroevendraaier uit de kelder gaan halen en...

Ze deed haar ogen open. Ik vroeg hoe het ging, hoe erg de pijn was.

'Valt wel mee,' zei ze. En toen: 'Hij wilde de eendjes zien.'

'Wie, lieverd?'

'Tad. Hij zei dat hij de eendjes wilde zien. Ik geloof dat dat het laatste was wat hij tegen me zei. Welke eendjes denk je dat hij bedoelde?'

'Ik zou het niet weten.'

'Herinner jij je eendjes? Misschien die keer toen we met hem naar de kinderboerderij in Rumford zijn geweest?'

Ik kon me niet herinneren daar ooit met hem te zijn geweest. 'Ja, dat zou kunnen. Ik denk...'

Ze keek langs me heen. Haar gezicht klaarde op. 'O, mijn god! Je bent gewoon helemaal volwassen! Kijk nou toch eens hoe gróót je bent!'

Ik keek om. Daar was natuurlijk niemand, maar ik wist wel wie ze zag. De wind huilde, loeide om de dakspanten en joeg de sneeuw zo hard tegen de luiken voor het slaapkamerraam dat het leek alsof er grind tegenaan werd gesmeten. De lichten dimden, keerden weer terug en ergens knalde een deur open.

'Je wilde niet ADEMEN!' gilde Donna.

Ik kreeg van top tot teen kippenvel. Volgens mij stond mijn haar rechtovereind. Ik weet het niet zeker, maar dat denk ik echt. Ik zou nooit hebben geloofd dat ze de kracht nog had om te gillen, maar ze wist mij altijd al te verrassen. Ze bleef me tot het bittere einde verrassen. De wind was nu binnen, als een inbreker die erop uit is het hele huis overhoop te halen. Ik voelde hem onder de gesloten slaapkamerdeur door blazen. In de woonkamer viel iets kapot.

'ADEM, Tad! ADEM!'

Er viel nog iets om. Misschien een stoel.

Donna was er op de een of andere manier in geslaagd half overeind te komen op haar ellebogen, ondersteund door bovenarmen die niet veel dikker waren dan potloden. Nu glimlachte ze en ging weer liggen. 'Goed,' zei ze. 'Dat zal ik doen. Ja.'

Het was alsof ik naar één kant van een telefoongesprek luisterde.

'Ja. Oké. Goed. Daar ben ik blij om. Wat?' Ze knikte. 'Dat zal ik doen.'

Ze sloot, nog steeds met een glimlach, haar ogen. Ik liep de kamer uit om de voordeur dicht te doen, waar al een minstens twee centimeter dikke waaier van sneeuw lag. Toen ik terugkwam, was mijn vrouw overleden. Misschien vind je het een idiote gedachte dat onze zoon mijn vrouw was komen halen en dat is je goed recht. Ik daarentegen heb ooit de stem van mijn kleine jongen uit zijn kast horen komen terwijl hij twintig kilometer verderop lag te sterven.

Dat heb ik niemand ooit verteld, zelfs Donna niet.

Al die herinneringen cirkelden en cirkelden maar. Het waren gieren, het waren ratelslangen. Ze pikten en ze beten en ze lieten me niet los. Rond middernacht nam ik nog maar eens twee van Gregs slaappillen die al zo lang over de datum waren. Ik ging weer liggen en wachtte tot ze begonnen te werken. Ik dacht er nog steeds aan hoe Donna op het moment dat ze deze wereld verliet Tad als volwassen man had gezien. Dat haar leven zo was geëindigd had een kalmerende werking op me moeten hebben, maar dat had het niet. De herinnering aan haar sterfbed deed me steeds denken aan mijn visioen van de twee jongetjes die in de slangenkuil vielen en hoe ik daarna weer bij mijn positieven was gekomen terwijl mijn hand heen en weer ging tussen TWEEDLEDEE en TWEEDLEDUM. Hoe ik had gevoeld aan wat zij hadden achtergelaten. Hun *resten.*

Ik dacht: *Wat als ik ze zou zien zoals Donna vlak voor het einde Tad zag? Wat als ik ze echt zou zíén? Allie heeft ze gezien, dat weet ik zeker.*

Voor Donna was het een troost geweest om Tad te zien bij haar overgang van leven naar dood. Zouden die jongens voor mij een troost zijn? Dat dacht ik niet. Degene die zij moesten troosten was er niet meer. Ik was een vreemdeling. Ik was... Ja, wat? Wat was ik eigenlijk voor hen?

Ik wilde het niet weten. Ik wilde niet dat ze bij me zouden komen spoken en de gedachte dat dat kon gebeuren... die hield me uit mijn slaap.

Ik begon net wat in te dommelen toen ik het ritmische gepiep hoorde. Het begon opeens en ik kon mezelf onmogelijk wijsmaken dat het de plafondventilator in Gregs woonkamer was – het geluid kwam namelijk uit de badkamer die grensde aan de slaapkamer waar ik op dat moment in bed lag.

*Piep* en *piep* en *piep.*

Ik was zo bang als alleen iemand kan zijn die helemaal alleen is in een huis aan het eind van een grotendeels verlaten weg. Maar als Donna het om haar zoon te beschermen slechts gewapend met een honkbalknuppel had op durven nemen tegen een hondsdolle sint-bernard, moest ik toch wel even in de badkamer durven kijken. Toen ik het lampje op mijn nachtkastje aanknipte en uit bed stapte, kwam zelfs even de gedachte bij me op dat ik me het geluid slechts inbeeldde. Had ik niet ergens gelezen dat Zolpidem hallucinaties kan veroorzaken?

Ik ging links van de badkamerdeur tegen de muur staan en beet op mijn lip. Ik draaide de knop om en duwde de deur open. Het gepiep klonk luider dan ooit. Het was een grote badkamer. Daarbinnen stond iemand die wandelwagen heen en weer te duwen, heen en weer.

Ik stak mijn hand om het hoekje van de deur, doodsbang – ik denk dat we dat in dergelijke situaties altijd zijn – dat een hand zich over de mijne zou sluiten. Ik vond het lichtknopje en stond een afschuwelijk lange tijd, waarschijnlijk maar twee of drie tellen, te klungelen om het aan te knippen, maar eindelijk ging het licht aan. Aan het plafond hing tl-verlichting, lekker fel. In de meeste gevallen is licht een betrouwbare verdrijver van nachtelijke angsten. Deze keer niet. Van waar ik stond kon ik nog steeds niet in de badkamer kijken, maar op de muur tegenover mij zag ik een grote schaduw heen en weer bewegen. De schaduw was te vormeloos om zeker te weten dat het die godverdomde wandelwagen was, maar ik wist zeker dat die het was. En werd hij geduwd door de jongetjes?

Hoe was hij hier anders terechtgekomen?

*Jongens*, probeerde ik te zeggen, maar het enige wat ik kon uitbrengen was een schor gefluister. Ik schraapte mijn keel en probeerde het nog een keer. 'Jongens, jullie zijn hier niet gewenst. Jullie zijn hier niet welkom.'

Ik realiseerde me dat ik een verbasterde versie van de Monsterwoorden gebruikte, waarmee ik vroeger mijn eigen kleine jongen troostte.

'Dit is mijn badkamer, niet die van jullie. Het is mijn huis, niet dat van jullie. Ga terug naar waar jullie vandaan komen.'

En waar was dat dan? In twee kleine doodskisten onder de aarde van de Palmetto Grove Begraafplaats? Duwden hun rottende lijfjes – hun rottende resten – die wandelwagen zo maniakaal heen en weer? Vielen er stukjes van hun dode vlees op de vloer?

*Piep* en *piep* en *piep*.

De schaduw op de muur.

Ik raapte al mijn moed bij elkaar, stapte van de muur weg en liep door de deur naar binnen. Het piepen stopte. De wandelwagen stond voor de glazen douchecabine. Nu lagen er twee zwarte lange broeken op de zitjes en hingen er twee zwarte jasjes over de rugleuning. Het waren begrafenispakjes, bedoeld om voor eeuwig te worden gedragen.

Terwijl ik naar de wandelwagen stond te staren, verstijfd door de gruwelijke gedachte dat er voor dit ding geen aardse reden kon zijn om hier te staan, maakte het piepen van het kinderwagenwiel plaats voor geratel. Eerst klonk het nog zacht, alsof het van ver weg kwam, maar daarna steeds harder, tot het klonk als het geluid van droge beenderen die heen en weer werden geschud in een twaalftal kalebassen. Ik had naar de douchecabine staan kijken. Nu keek ik naar Gregs luxe badkuip op pootjes, die lang en diep was. Hij was tot aan de rand gevuld met ratelslangen. Terwijl ik stond te kijken kwam er een klein, smekend handje omhoog uit de kronkelende massa, en strekte zich naar mij uit.

Ik vluchtte.

Het was de wandelwagen die me weer tot mezelf bracht.

Hij stond in het midden van de binnenplaats, net als de eerste keer... alleen werd de schaduw nu geworpen door een bijna volle maan in plaats van het ochtendlicht. Ik kan me niet herinneren dat ik, slechts gekleed in het sportbroekje waarin ik altijd sliep, naar beneden en via de patiodeur naar buiten ben gerend. Dat moet wel, want die deur stond open toen ik weer naar binnen ging.

Ik liet de wandelwagen waar hij was.

Ik ging weer naar boven, bang bij elke stap. Ik hield mezelf voor dat het een droom was geweest (behalve dan die wandelwagen die buiten stond, want die stond er toch echt), terwijl ik wist dat het niet zo was. Een visioen was het ook niet geweest. Het was een visitatie. Het enige wat mij ervan weerhield de rest van de nacht in mijn huurauto door te brengen, met de deuren op slot, was mijn duidelijke gevoel dat de visitatie voorbij was. Het huis was leeg, op mij na. En binnenkort, zei ik tegen mezelf, zou het helemáál leeg zijn. Ik was niet van plan op Rattlesnake Key te blijven terwijl ik zelf in Newburyport een prima huis had om naar terug te keren. De enige geest daar was de herinnering aan mijn dode vrouw.

De badkamer was leeg, zoals ik al had geweten. Er zaten geen ratelslangen in de badkuip en geen wielsporen op de namaakmarmeren vloer. Ik liep de galerij op en keek omlaag naar de binnenplaats, in de hoop dat de wandelwagen ook weg was. Maar helaas. Daar stond hij in het maanlicht, echter dan echt.

Maar hij stond in elk geval buiten.

Ik ging weer naar bed en geloof het of niet, ik viel in slaap.

De volgende ochtend stond de wandelwagen er nog steeds, deze keer met identieke witte broekjes op de zitjes. Toen ik echter dichterbij kwam, zag ik dat ze toch niet helemaal hetzelfde waren. Het ene broekje had rode verticale streepjes en het andere blauwe. Op de shirtjes stonden twee dezelfde tekenfilmfiguurtjes, twee kraaien, met daaronder hun namen: HECKLE en JEKKYL. Ik was absoluut niet van plan het ding weer terug te rijden naar Allie Bells huis. Na een lange carrière in de reclame had ik een scherp oog voor zinloze exercities. Ik zette hem in plaats daarvan in de garage.

Misschien vraag je je af of het in dat heldere ochtendlicht toch allemaal een droom leek – met uitzondering van de rusteloze wandelwagen. Het antwoord is simpel: nee, dat leek het niet. Ik had het piepen gehoord en de bewegende schaduw gezien toen de tweeling hun wandelwagen woest heen en weer duwde in die badkamer, die bijna zo groot was als een bescheiden woonkamer in een flat. Ik had de badkuip vol slangen gezien.

Ik wachtte tot negen uur om Delta Airlines te bellen. Een stem op een bandje vertelde me dat alle reserveringslijnen bezet waren en verzocht mij aan de lijn te blijven. Dat deed ik, dat wil zeggen, tot ik het nummer 'Stairway to Heaven' te horen kreeg, uitgevoerd door Honderd Comateuze Strijkers, waarna ik het opgaf en American Airlines belde. Zelfde verhaal. Jet Blue, idem dito. Southwest had voor donderdag een vlucht naar Cleveland, echter zonder een aansluitende vlucht naar Boston, maar dat kon nog veranderen, vertelde de telefoniste me. Dat was moeilijk te voorspellen. Dankzij het coronavirus liep alles in het honderd.

Ik boekte de vlucht naar Cleveland. Als er uiteindelijk geen aansluitende vlucht was, kon ik altijd nog een auto huren, naar Boston rijden en daar een Uber nemen naar Newburyport. Inmiddels was het half tien. Ik was me erg bewust van de wandelwagen in mijn garage. Het voelde alsof ik een gloeiend hete steen in mijn zak had zitten.

Ik ging naar de Hertz-site op mijn telefoon en werd eindeloos in de wacht gezet. Zo ging het ook bij Avis en Enterprise. Bij Budget werd de telefoon wel opgenomen en kreeg ik iemand aan de lijn die zijn computer checkte en mij vertelde dat ze geen *one-way* huurauto's beschikbaar hadden in Cleveland. Nu kon ik alleen Amtrak en de busmaatschappijen nog proberen, maar inmiddels was ik gefrustreerd en had ik er genoeg van om de telefoon bij mijn oor te houden. Ik bleef maar aan de wandelwagen denken en aan de shirtjes en de kleine, zwarte begrafenispakjes. Het licht van een hete augustusdag had moeten helpen, maar dat deed het niet. Hoe minder opties er overbleven, hoe meer ik uit Gregs huis weg en bij Allie Bells huis vandaan wilde – móést. Wat aanvankelijk een plek had geleken om bij te komen in de serene nabijheid van de Golf, voelde nu als een gevangenis.

Ik nam een kop koffie, drentelde wat door de keuken en probeerde te bedenken wat ik moest doen, maar het viel niet mee om aan iets anders te denken dan de kinderwagen (*piep*), de bijpassende shirtjes (*piep*) en de zwarte begrafenispakjes (*piep*). De doodskistjes waren ook bijpassend geweest. Wit, met gouden handgrepen. Dat wist ik.

Ik dronk de koffie zwart en opeens viel er nog een kwartje: de nachtelijke visitatie was wel voorbij, maar het spoken ging dus nog gewoon door.

Donderdag. Daar concentreerde ik me op. Ik had voor donderdag in elk geval een vlucht tot aan Cleveland. Over drie dagen.

*Zorg dat je tot die tijd niet meer op de Key bent. Dat moet toch wel lukken?*

In eerste instantie dacht ik dat dat wel kon. Makkelijk zat. Ik pakte mijn telefoon, vond Barry's Resort Hotel in Palm Village, en toetste het nummer in. Daar zouden ze toch zeker wel een kamer hebben waar ik drie nachten kon blijven? Ik had op het nieuws immers gezien dat er deze zomer zo weinig werd gereisd? Waarschijnlijk zou ik er met (*piep*) open armen worden ontvangen!

Wat ik kreeg was een bandje met een boodschap die kort en bondig luidde: 'Fijn dat u Barry's Resort Hotel belt. Wij zijn tot nader order gesloten.'

Ik belde de Holiday Inn Express in Venice en kreeg te horen dat ze wel open waren, maar geen nieuwe reserveringen aannamen. Motel 6 in Sarasota nam helemaal niet op. Bij wijze van laatste toevlucht (klein woordgrapje – *piep!*) belde ik de Days Inn in Bradenton. Ja, werd mij verteld, ze hadden kamers. Ja, ik kon er een reserveren op voorwaarde dat ik ter plekke mijn temperatuur liet opnemen en een mondkapje zou dragen. Ik nam de kamer, ook al lag Bradenton vijfenzestig kilometer en twee county's verder. Vervolgens ging ik naar buiten om te proberen mijn hoofd een beetje helder te krijgen alvorens te gaan inpakken. Ik had via de garage kunnen gaan, maar in plaats daarvan koos ik de patiodeur. Ik wilde de wandelwagen niet zien, laat staan het piepende wiel smeren. Misschien zou de tweeling dat niet leuk vinden.

Ik stond bij het zwembad toen een Ford F-150 pick-uptruck, oogverblindend in de zomerzon, de oprit op kwam rijden en op de binnenplaats tot stilstand kwam, exact op de plek waar ik beide keren die rotkinderwagen had aangetroffen. De man die uitstapte droeg een tropisch overhemd met papegaaien, een heel erg grote kaki korte broek en een strooien zonnehoed van het type waar alleen mensen die al hun hele leven aan de Golfkust van Florida wonen mee weg kunnen komen. Hij had een getekend, gebruind gezicht en een werkelijk enorme walrussnor. Hij zag mij en zwaaide.

Ik liep het trapje van de patio naar de binnenplaats af en stak alvast mijn hand uit. Ik was blij hem te zien. Hij doorbrak de vicieuze cirkel van mijn gedachten. Ik denk dat ieder ander dat ook zou hebben gedaan, maar ik was er in elk geval vrij zeker van wie dit was: Superopa.

In plaats van mijn hand te pakken, bood hij zijn elleboog aan. Ik stootte hem even aan met de mijne, want dit was nu het nieuwe normaal. 'Andy Pelley. En u bent meneer Trenton.'

'Klopt.'

'U hebt toch geen covid, meneer Trenton?'

'Nee. U wel?'

'Kerngezond, voor zover ik weet.'

Ik stond te grijnzen als een malle en waarom? Omdat ik blij was hem te zien. Zo blij om even niet aan zwarte pakjes en witte kistjes en piepende wielen te hoeven denken. 'Weet u op wie u lijkt?'

'O god, nou en of. Ik hoor niet anders.' Toen, met een glimlach onder die snor en een twinkeling in zijn ogen, gaf hij een heel behoorlijke imitatie van acteur Wilford Brimley weg. 'Quaker Oats! Er is geen betere!'

Ik lachte vrolijk. 'Perfect! Als twee druppels water!' Ik kletste maar wat. Kon er niets aan doen. 'Dat was een geweldige reclamecampagne en ik kan het weten, want...'

'Want u hebt in de reclame gezeten.' Hij lachte nog steeds, maar wat betreft die twinkeling in zijn blauwe ogen had ik me vergist. In werkelijkheid was het een taxerende blik. Een politieblik. 'U deed het Sharp Cereals-account, nietwaar?'

'Heel lang geleden,' zei ik en ik dacht: *Hij heeft me online opgezocht. Nagetrokken. Waarom? Geen idee. Tenzij hij denkt dat ik...*

'Ik wilde u een paar vragen stellen, meneer Trenton. Kunnen we misschien naar binnen gaan? Het is hier zo gruwelijk heet. Ik denk dat dat koufront alweer lang en breed verdwenen is.'

'Natuurlijk. En zeg maar Vic, hoor.'

'Vic, Vic, ik zal eraan denken.'

Ik wilde hem voorgaan naar de patio, maar hij liep al naar de garage. Toen hij de kinderwagen zag, bleef hij staan.

'Huh. Preston Zane zei dat je die had teruggebracht naar de garage van mevrouw Bell.'

'Dat klopt, maar iemand heeft hem hier neergezet. Alweer.' Ik voelde weer de neiging om door te kletsen en hem te vertellen dat ik niet wist waarom, geen idee had waarom de wandelwagen mij leek te achtervolgen als een vieze stank (als een vieze stank tenminste kon piepen), maar toen zag ik weer die taxerende blik in zijn door rimpels omringde ogen en ik dwong mezelf mijn mond te houden.

'Huh. Twee nachten achter elkaar. Wauw.'

Zijn ogen zeiden hoe onwaarschijnlijk dat was en vroegen me of ik loog, of ik een reden had om te liegen, of ik iets te verbergen had. Ik loog niet, maar ik had wel degelijk iets te verbergen. Want ik wilde niet worden weggezet als een halvegare. Of als een verdacht persoon, iemand die iets te maken had gehad met de dood van Allie Bell. Maar dat sloeg toch helemaal nergens op?

'Zullen we dan maar naar binnen gaan en de airco opzoeken, Vic?'

'Prima. Ik heb koffie, als je...'

'Nee, die loopt bij mij tegenwoordig in één keer door. Maar een glas koud water sla ik niet af. Met een ijsblokje erin misschien. Je bent toch echt niet ziek, hè? Want je ziet een beetje witjes.'

'Nee hoor.' In elk geval niet op de manier die hij bedoelde.

Pelley nam geen enkel risico. Hij haalde een mondkapje uit zijn omvangrijke korte broek en zette dat op zodra we binnen waren. Ik schonk ijswater voor hem in en nam zelf nog een kop koffie. Ik overwoog zelf ook mijn mondkapje op te zetten, maar deed het toch niet. Ik wilde dat hij mijn hele gezicht kon zien. We gingen aan de keukentafel zitten. Telkens wanneer hij een slokje van zijn water nam, trok hij het kapje even omlaag en schoof het dan snel weer op zijn plek. De snor liet het mondkapje opbollen.

'Ik heb begrepen dat jij mevrouw Bell hebt gevonden. Dat moet een schok zijn geweest.'

'Dat was het zeker.' Het gevoel van opluchting omdat ik nu gezelschap had – een tweede levend wezen in dit spookhuis – was vervangen door behoedzaamheid. Deze man mocht dan deel uitmaken van wat Canavan de 10-42 Club had genoemd, maar Zane had gelijk: hij was messcherp. Dit was eerder een verhoor dan een beleefdheidsbezoekje.

'Ik zal je met alle plezier vertellen wat er is gebeurd en hoe ik haar heb gevonden, maar nu je hier toch bent, wil ik toch graag iets weten.'

'O ja?' Die ogen op de mijne. Er waaierden lachrimpeltjes uit die ooghoeken, maar op dit moment deden ze niets.

'Agent Zane vertelde me dat je hier al heel lang woont.'

'Dat kun je wel zeggen, ja,' zei hij. Hij nam een slokje van zijn water, veegde met een grote arbeidershand de druppels uit zijn snor en schoof het mondkapje weer waar het hoorde.

'Ik ken het verhaal van de ratelslangen die de tweeling van mevrouw Bell het leven hebben gekost. Wat ik wel eens zou willen weten is hoe die grote groep vrijwilligers daarmee heeft afgerekend. Weet jij dat?'

'Nou en of ik dat weet.' Voor het eerst leek hij te ontspannen. 'Ik kan het weten, want ik was erbij. Elke politieman in de county die geen dienst had was erbij, plus nog heel veel andere kerels en een paar vrouwen. Ik denk dat we met honderd man waren. Misschien wel meer. Een echt eilandfeest, alleen maakte niemand plezier. Het was een hete dag, nog veel heter dan vandaag, maar we droegen allemaal laarzen, lange broeken, hemden met lange mouwen, handschoenen en maskers die wel iets weg hadden van het mondkapje dat ik nu draag. En sluiers.'

'Sluiers?'

'Voor een deel waren het imkersluiers, sommige waren gemaakt van dat spul – tule of zoiets – dat dames wel eens dragen op hun zondagse hoedjes. Althans, dat deden ze vroeger. Want zie je...' Hij leunde naar voren, keek me recht in de ogen en leek opeens nog meer op Wilford Brimley dan ooit tevoren. 'Want zie je, een slang schiet wel eens omhoog. Als hij bang genoeg is. Dan sproeit hij zijn gif, in plaats van het via zijn giftanden te injecteren. En als je het in je ogen krijgt...' Hij wuifde met zijn hand. 'Dan zit het zó in je hersenen en dan kun je het wel schudden.' En vervolgens, zonder pauze: 'Ik zie dat je nachtelijke bezoeker mevrouw Bells slangenvanger ook heeft teruggebracht.'

Hij wilde me ermee overvallen en dat lukte. 'Wát?'

'Ik zag hem in de garage tegen de muur staan.' Hij bleef me onafgebroken aankijken, wachtend tot ik weg zou kijken of op een andere manier iets prijs zou geven. Ik bleef strak terugkijken, maar knipperde onwillekeurig wel een keer met mijn ogen.

'Dat had je dus nog niet gezien.'

'Ik... inderdaad. Ik denk...' Ik wist niet wat ik moest zeggen, dus haalde ik alleen mijn schouders op.

'Ik herkende hem meteen aan dat kleine, zilveren ringetje aan het handvat. Mevrouw had hem altijd bij zich, in elk geval op de Key. Veel mensen aan Rattlesnake Road en aan de overkant van de brug in de Village wisten ook dat die van haar was'

'Net als de wandelwagen,' zei ik.

'Ja, daar liep ze graag achter. Ze praatte er soms ook tegen. Dan praatte ze tegen die overleden zoontjes van haar. Ik heb het haar wel eens zien doen.'

'Ik ook.'

Hij wachtte. Ik wilde bijna zeggen: *Die wandelwagen stond vannacht in mijn badkamer en die dode tweeling duwde hem.*

'Maar je vroeg naar de slangen.' Hij nam een slok van zijn water en veegde met een vuist zijn snor af. En daar ging het mondkapje weer. 'De Grote Slangenjacht van Tweeëntachtig of Drieëntachtig. Om zeker te zijn van het jaar zou ik het op moeten zoeken. Of misschien heb jij dat al gedaan, Vic?'

Ik schudde mijn hoofd.

'Nou ja, degenen onder ons die geen slangenvangers hadden, hadden honkbalknuppels, mattenkloppers, of tennisrackets. Van alles en nog wat. Om mee tegen de struiken te slaan, begrijp je. En visnetten. Aan visnetten geen gebrek aan de Golfkust. Alle keys voor de westkust zijn smal, en dit eiland is zelfs nog smaller dan de rest. De Golf aan de ene kant, Calypso Bay aan de andere. Op het breedste punt, en dat is bij de draaibrug, is het maar zeshonderd meter van de ene kant naar de andere. Aan deze kant, waar de ratelslangen naartoe zijn getrokken toen aan de zuidkant de bouw begon, is het maar half zo breed. Hiervandaan kun je zowel de Golf als de baai zien. Ja toch?'

'Inderdaad, als je in de zijtuin staat.'

'Dit huis stond hier destijds nog niet eens. Alleen maar palmen en strandkool – daar zijn slangen dol op – en dennen. Plus nog een heleboel struiken waarvan ik de naam niet eens ken. We verspreidden ons in een lange rij, van de Golf tot aan Calypso, en liepen zo in noordelijke richting, terwijl we tegen de struiken sloegen en die netten voortsleepten en op de grond stampten. Slangen horen slecht, maar ze voelen wel trillingen. Ze wisten dat we eraan kwamen. Je kon het gebladerte zien schudden, vooral die strandkool. Voor die slangen moet het hebben aangevoeld als een aardbeving. En toen we het einde van de Key naderden, waar de begroeiing ophoudt, konden we ze zien. Die rotbeesten waren óveral. Het was alsof de grond bewoog. We konden onze ogen niet geloven. En het geratel. Ik hoor het nóg.'

'Als droge beenderen in een kalebas?'

Hij keek me strak aan. 'Precies. Hoe weet jij dat?'

'Ik heb ze wel eens gezien in de Franklin Park Zoo.' Ik vertelde deze leugen met een stalen gezicht. 'Dat is in Boston. En ik ken het natuurlijk uit natuurprogramma's.'

'Het is een goede beschrijving. Alleen moet je in dit geval denken aan tientallen kalebassen, misschien wel honderden, en een heel kerkhof vol beenderen.'

Ik dacht aan Gregs grote badkuip. En aan de hand die oprees uit die krioelende massa.

'Ben je al eens naar de noordkant van de Key geweest, Vic?'

'Ik ben er toevallig laatst naartoe gewandeld.'

Hij knikte. 'Ik ben er sinds de slangenjacht niet meer geweest, maar ik heb het heel vaak gezien tijdens het vissen. De Key is de afgelopen veertig jaar heel erg veranderd, er is verschrikkelijk veel gebouwd, maar de noordkant ziet er nog precies hetzelfde uit als toen. Een schelpenstrand dat op een grote, scheve driehoek lijkt, waar of niet?'

'Exact,' zei ik.

Hij knikte. Het mondkapje kwam weer omlaag. Een slokje water. Het kapje ging weer omhoog.

'Daar kwamen de slangen dus terecht. Ze konden nergens meer naartoe. Het enige waar ze nog heen konden was Daylight Pass. Ze stonden met hun rug tegen het water, zou je kunnen zeggen, alleen zijn slangen natuurlijk een en al rug. Die paar honderd vierkante meter strand was volledig bedekt met slangen. Je zag helemaal geen schelpen meer, alleen af en toe heel even wanneer ze bewogen en hun staarten lieten ratelen. Ze krioelden over elkaar heen. Die slangen hadden bij elkaar voldoende gif om de halve bevolking van Tampa om zeep te helpen.

'We hadden een paar brandweerlui van de kazerne in Palm Village bij ons en ook een paar uit Nokomis. Grote, sterke kerels. Dat moest ook wel, want ze droegen Smokechasers op hun rug, met een inhoud van vijfenzeventig liter. Die dingen worden gebruikt bij het bestrijden van natuurbranden, alleen zat er die dag geen water in. Ze waren gevuld met kerosine. Toen we de slangen – het grootste deel ervan, want er werden maanden later nog exemplaren gevonden – zodanig in het nauw hadden gedreven dat ze alleen nog maar water achter zich hadden, sproeiden die jongens ze helemaal onder. Vervolgens ontstak mijn oude vriend Jerry Grant, de brandweercommandant van Palm Village, inmiddels al lang overleden, een Bernzomatic-propaanbrander en gooide die er middenin. Die ratelslangen gingen op in een vlammenzee en de stank – o, god, die was verschrikkelijk. Die heb ik nooit meer uit mijn kleren gekregen. Niemand van ons. Wassen hielp niet. We moesten ze verbranden, net als de slangen.'

Hij bleef even zwijgend naar zijn glas water zitten kijken. Hij zou weer terugkeren naar de reden waarom hij hier was, maar op dit moment was hij hier helemaal niet. Hij zag weer die brandende ratelslangen en rook hun stank toen ze kronkelden in de vlammen.

'Destijds was Duma er nog en sommige slangen zwommen daarnaartoe. Misschien dat een paar het hebben gehaald, maar de meeste verdronken. Ik weet niet of het je is opgevallen dat er een draaikolk is op het punt waar het water van de baai het water van de Golf ontmoet...'

'Ik heb het gezien.'

'Die draaikolk... die werveling... was veel sterker toen Duma Key er nog was, omdat het water er met veel meer kracht doorheen stroomde. Ik wil wedden dat het op de plek waar het water zo kolkt wel vijf meter diep is, misschien nog dieper. De bedding is uitgegraven. Bovendien was het die dag laag tij, waardoor er meer water uit de baai vloeit. We zagen slangen rondtollen in die draaikolk, sommige zelfs nog brandend.

'En dat, Vic, was de Grote Slangenjacht van Weetikveel-tachtig.'

'Wat een verhaal.'

'En nu moet je mij er een vertellen. Over hoe je Alita Bell kende en hoe je haar hebt gevonden.'

'Ik kende haar helemaal niet en ik heb haar maar twee keer gezien. Levend, bedoel ik. De tweede keer kwam ze havermout-rozijnenkoekjes brengen. We hebben er aan deze tafel een paar zitten eten. Met een glas melk erbij. Ik heb hallo gezegd tegen de tweeling.'

'Is 't werkelijk?'

'Dat klinkt misschien idioot, maar zo voelde het niet. Het voelde gewoon als iets wat je doet uit beleefdheid. In elk ander opzicht kwam ze op mij namelijk over als volstrekt normaal. Ik zal het je nog sterker vertellen...' Ik probeerde me te herinneren wat ze precies had gezegd. 'Ze zei dat ze wist dat ze er niet waren.'

'Huh.'

Had ze ook niet gezegd: *En toch zijn ze er*? Ik meende van wel, maar ik wist het niet meer zeker. Als ze het had gezegd, dan had ze gelijk gehad. Dat wist ik nu zelf.

'En iemand heeft die wandelwagen teruggebracht. Niet één, maar zelfs twee keer.'

'Ja.'

'Maar je hebt niemand gezien.'

'Nee.'

'Niemand gehoord.'

'Nee.'

'Ook niet gemerkt dat de bewegingsmelders aangingen? Want ik weet dat Ackerman die heeft laten installeren.'

'Nee.'

'En je hebt niet zelf die slangenvanger mee naar huis genomen?'

'Nee.'

'Vertel eens hoe je haar hebt gevonden.'

Ik deed wat hij vroeg. Ik vertelde ook dat ik een schelp had gegooid – misschien wel meer dan één, ik was erg overstuur geweest en ik wist het niet meer precies – om de gieren bij haar weg te houden. 'Dat heb ik ook allemaal tegen Zane en Canavan verteld.'

'Dat weet ik. Het staat in hun rapport. Alleen natuurlijk niet dat de wandelwagen een tweede keer is opgedoken. Dat is wat je noemt nieuwe informatie.'

'Daar kan ik je verder niets over vertellen. Ik lag te slapen.'

'Huh.' Het mondkapje ging weer omlaag. Hij dronk zijn glas leeg en zette het weer op. 'Pete Ito zegt dat u van plan bent hier tot september te blijven, meneer Trenton.'

Het ontging me niet dat hij meneer Ito dus had gesproken en evenmin dat ik opeens weer 'meneer Trenton' was.

'Plannen veranderen. Als je een dode vrouw vindt die door gieren wordt aangevreten, kan dat gebeuren. Ik heb voor vanavond een kamer in de Bradenton Days Inn en voor aanstaande donderdag heb ik een vlucht geboekt van Tampa naar Cleveland. Hoe ik daarvandaan naar mijn huis in Massachusetts moet komen, moet ik nog uitzoeken. Het is momenteel nogal een gekkenhuis hier in Amerika.'

'De hele wereld is een gekkenhuis,' zei Pelley. 'Waarom bent u hier eigenlijk in de zomer naartoe gekomen? Dat doen niet veel mensen, tenzij ze kortingsbonnen hebben voor Disney World.'

Als hij Pete Ito had gesproken, wist hij het antwoord ongetwijfeld al. Ja, dit was beslist een verhoor. 'Mijn vrouw is onlangs overleden en ik worstel nogal met de verwerking daarvan.'

'En eh... nu? Bent u inmiddels een beetje uitgeworsteld?'

Ik keek hem recht in de ogen. Hij leek opeens niet meer op Wilford Brimley. Hij leek me opeens eerder een probleem.

'Wat is hier nu eigenlijk aan de hand, sheriff Pelley? Of moet ik u "meneer Pelley" noemen? Ik heb begrepen dat u met pensioen bent.'

'Nog niet helemaal. Ik ben geen rechercheur meer, maar parttime hulpsheriff met een uitstekende reputatie. En u zult uw vlucht moeten annuleren.' Legde hij iets meer nadruk op het woord 'vlucht'? 'U krijgt vast uw geld wel terug. Die kamer moet u ook annuleren. U zou misschien naar Barry's kunnen gaan, in de Village, maar zeker niet verder...'

'Barry's is gesloten. Die heb ik geprobeerd. Wat...'

'Maar ik zou liever zien dat u hier blijft tot de lijkschouwing op mevrouw Bell heeft plaatsgevonden. Of liever gezegd, meneer Trenton, dat zou de County Sheriff's Department liever zien.'

'Ik weet niet of u me wel tegen kunt houden.'

'Ik zou het risico niet nemen als ik u was. Als ik u een goede raad mag geven.'

Opeens hoorde ik het, vaag maar hoorbaar: *piep* en *piep* en *piep.*

Ik zei tegen mezelf dat ik het niet echt hoorde. Dat het belachelijk was. Dat ik niet in een verhaal zat dat 'De verraderlijke kinderwagen' heette.

'Nogmaals, meneer Pelley... húlpsheriff Pelley... wat is hier nu eigenlijk aan de hand? U doet nu net alsof die vrouw is vermoord en ik een verdachte ben.'

Pelley bleef onverstoorbaar. 'De lijkschouwing zal naar alle waarschijnlijkheid uitwijzen hoe zij aan haar eind is gekomen. En eveneens naar alle waarschijnlijkheid gaat u dan vrijuit.'

'Ik had geen idee dat ik niet vrij was.'

'En wat betreft uw vraag wat hier aan de hand is – en wat de zaak zo compliceert – kan ik u dit laten zien. Dit lag op de keukentafel toen ik vanochtend om zes uur haar huis binnenging.'

Hij rommelde wat op zijn telefoon en gaf die aan mij. Hij had een foto genomen van een grote, witte envelop. In keurig schuinschrift stond het volgende erop geschreven: *Te openen in geval van mijn dood* en *Alita Maria Bell.*

'De envelop was niet verzegeld, dus heb ik de vrijheid genomen hem open te maken. Swipe maar naar de volgende.'

Ik deed het. Het briefje dat in de envelop zat was in hetzelfde keurige schuinschrift geschreven. En de datum die erboven stond...

'Dat is de dag nadat we hier samen koekjes hebben zitten eten!'

Het gepiep kwam van beneden, uit de garage. En net als de politie in het verhaal van Edgar Allan Poe, leek Pelley het niet te horen. Maar hij was een oude vent, en misschien een beetje doof.

'O ja?'

'Ja, en we hebben heel gezellig zitten praten.' Ik was niet van plan hem te vertellen dat Allie Jake en Joe naar Gregs werkkamer had gestuurd om te spelen en dat ik later het rieten mandje met kattenspeeltjes omgevallen had aangetroffen. Dat was wel het láátste wat ik deze scherpziende (maar mogelijk slechthorende) man ging vertellen. Zoals ik hem ook niet ging vertellen dat ik zelf, min of meer, met de tweeling had gepraat. *Hallo, Jake. Hallo Joe, hoe gaat-ie?*

Het was een onschuldig knipoogje geweest naar de weemoedige fantasie van een oude dame. Dat had ik tenminste gedacht, maar wanneer open je een deur naar een spookachtige achtervolging? Of hoe?

'Lees nu ook de rest.'

Ik deed het. Het was kort en informeel.

> *Dit is mijn laatste wilsbeschikking en testament, waarmee alle voorgaande testamenten ongeldig worden. Wat eigenlijk onzin is, omdat er in mijn geval geen andere zijn. Ik ben bij mijn volle verstand, ook al laat mijn lichamelijke gezondheid te wensen over. Ik laat dit huis, mijn bankrekening bij First Sun Trust, mijn investeringsrekening bij Building the Future LLC en al mijn andere wereldse goederen na aan VICTOR TRENTON, momenteel woonachtig op Rattlesnake Road 1567. Mijn advocaat, die ik niet heb geraadpleegd toen ik dit opschreef, is Nathan Rutherford, in Palm Village.*
>
> *Was getekend,*
> *Alita Maria Bell*

Er stond nog een andere handtekening onder, in een ander handschrift: *Roberto M. Garcia, Getuige.*

Ik vergat het gepiep in de garage (of misschien was het wel opgehouden). Ik las haar doodsbrief – hoe moest je het anders noemen? – nogmaals door. En een derde keer. Toen schoof ik Pelleys telefoon over de tafel naar hem toe, iets harder dan eigenlijk nodig was. Met één gebruinde en gerimpelde hand stopte hij hem als een hockeypuck.

'Dit slaat nergens op.'

'Dat zou je denken, hè?'

'Ik heb haar maar twee keer ontmoet. Drie keer als je de keer meerekent toen ik haar dood vond.'

'Geen idee waarom ze u alles zou willen nalaten?'

'Nee. En hé, dat... dat briefje... kan onmogelijk rechtsgeldig zijn. Ik denk dat haar familie een rolberoerte krijgt, maar dat hoeft niet, want ik zal hun rechten niet aanvechten.'

'Roberto Garcia is de eigenaar van Plant World, het bedrijf dat haar terrein onderhield.'

'Ja, ik heb hun auto's wel eens op haar oprit zien staan.'

'Bobby G. woont hier ook al jaren en jaren. Als hij zegt dat hij haar dit heeft zien schrijven – en ik heb hem gesproken en hij zegt dat dat inderdaad het geval is, ook al hield ze haar hand over de tekst toen hij zijn handtekening zette, zodat hij niet wist wat erin stond – dan moet ik dat wel geloven.'

'Dat maakt niet uit.' Mijn woorden kwamen normaal over mijn lippen, maar mijn hele gezicht was gevoelloos, alsof ik verdoofd was met Novocaine. Een heel raar gevoel. 'Die advocaat zal wel contact opnemen met haar familie en...'

'Ik heb Nate Rutherford gesproken. Ik ken hem al...'

'Jaren en jaren, dat zal best. U hebt het druk gehad, hulpsheriff Pelley.'

'Ik doe mijn best,' zei hij, met een tevreden blik. 'Nate kende mevrouw Bell ook al...' Hij leek te willen zeggen 'jaren en jaren', maar zag daar bij nader inzien van af. '... tientallen jaren. Hij heeft haar zaken waargenomen nadat meneer Bell en de jongens overleden. Ze was wat je noemt overmand door verdriet. En zal ik u eens wat vertellen. Hij zegt dat ze geen familie hééft.'

'Iedereen heeft familie. Donna – mijn vrouw – beweerde dat haar familie helemaal terugging tot Mary Stuart, ook wel bekend als Mary, Queen of...'

'Queen of Scots. Ik heb ook op school gezeten, meneer Trenton, heel lang geleden, toen alle telefoons nog draaischijven hadden en auto's geen veiligheidsgordels hadden. Ik vroeg Nate hoeveel de nalatenschap van mevrouw Bell in totaal waarschijnlijk zal bedragen en dat wilde hij niet zeggen. Maar gezien het huis en de grond eromheen – met uitzicht op de baai en de Golf, heel mooi – denk ik dat het om een aardig sommetje gaat.'

Ik stond op, spoelde mijn koffiekopje om en vulde het met water. Het gaf me even tijd om na te denken. En om te luisteren of ik de wandelwagen hoorde, maar die was stil.

Ik liep weer naar de tafel en ging zitten. 'Wilt u nu serieus suggereren dat ik die mevrouw op de een of andere manier heb gedwongen een neptestament te schrijven en dat ik haar toen... wat? Heb vermoord?'

Zijn ogen boorden zich in de mijne. 'Wat ik denk is dat u dat zojuist zélf hebt gesuggereerd, meneer Trenton. Maar nu u het zelf hebt aangekaart... hebt u dat gedaan?'

'Goeie god, néé!' Ik heb haar twee keer gesproken! Ik ging mee in haar kleine fantasietje. Vervolgens heb ik haar dood aangetroffen! Gestorven aan een hartaanval, naar alle waarschijnlijkheid – ze heeft me zelf verteld dat ze last had van een onregelmatige hartslag.'

'Nee, dat denk ik niet echt en daarom ben ik hier niet om u te vragen een officiële verklaring af te leggen. Maar u hebt toch wel begrip voor de situatie waarin ik – waarin de politie – op dit moment verkeert? Mevrouw maakt vlak voor haar dood een eigenhandig geschreven testament op, laat het ondertekenen door een getuige en vervolgens blijkt de man – de volslagen onbekende man – die haar lichaam vindt, tevens de enige begunstigde te zijn.'

'Ze moet uiteindelijk toch in meerdere opzichten gek zijn geweest en niet alleen wat betreft haar kinderen,' mompelde ik en ik moest opeens denken aan dat nummer waarover agent Zane het had gehad – 'Delta Dawn'.

'Misschien wel, misschien niet. Hoe dan ook, de lijkschouwing vindt waarschijnlijk op dit moment plaats. Daar zullen we wel wijzer van worden. En u zult natuurlijk moeten getuigen bij het gerechtelijk onderzoek. Dat wordt wel officieel.'

De moed zonk me in de schoenen. 'Wanneer?'

'Waarschijnlijk pas over een paar weken. Het zal wel via een van die computer-videoverbindingen gaan. FaceTime, Zoom, geen idee. Ik ben al blij dat ik met dit telefoontje hier overweg kan.'

Ik geloofde er helemaal niets van.

'Het zou in elk geval een goed idee zijn om in de buurt te blijven, Vic.' Nu voelde mijn voornaam als een soort val. 'Ik vrees zelfs dat ik erop zal moeten staan. Zoals de zaken er nu voor staan, met covid dat zo wild om zich heen grijpt, lijkt het me de veiligste optie dat je gewoon hier blijft en in de stad een mondkapje draagt. Denk je ook niet?'

Dat was waarschijnlijk het moment waarop ik begon te beseffen wat Alita Bell had gedaan, hoewel pas die avond alle puzzelstukjes op hun plaats zouden vallen.

Of misschien had zij het niet zelf gedaan. Ik dacht aan Donna op die laatste avond. Hoe ze langs me heen had gekeken en hoe haar stervende ogen nog één laatste kleer oplichtten. *O, mijn god*, had ze gezegd. *Je bent gewoon helemaal volwassen!*

Kinderen konden geen complotten smeden en plannen maken. Volwassenen daarentegen...

'Vic?'

'Hmm?'

De lachrimpeltjes in zijn ooghoeken rimpelden. 'Ik dacht even dat ik je kwijt was.'

'Nee, ik ben er nog. Ik zat wat... te denken.'

'Ja, er is heel wat om over na te denken. Voor mij ook, hoor. Het lijkt wel een spannend boek. Het lijkt me beter dat je je aan je oorspronkelijke plan houdt. Dat je hier tot september blijft. Maak 's ochtends een wandeling, of juist in de koele vooravond. Neem een duik in het zwembad. We moeten dit tot op de bodem uitzoeken.'

'Ik zal erover nadenken.'

De lachrimpeltjes verdwenen. 'Doe dat, en blijf intussen in deze county.' Hij stond op en greep zijn riem om zijn broek op te hijsen. 'En nu denk ik dat ik genoeg van je tijd in beslag heb genomen.'

'Ik zal je uitlaten.'

'Niet nodig. Ik vind het wel.'

'Ik zal je uitlaten,' herhaalde ik en hij hief zijn handen alsof hij wilde zeggen: *Jij je zin.*

We liepen de trap af naar de garage. Halverwege bleef hij even staan en vroeg, met precies de juiste combinatie van nieuwsgierigheid en medeleven: 'Waaraan is je vrouw overleden, Vic?'

Het was een heel gewone vraag en ik had geen reden om te denken dat hij erachter wilde komen of er iets verdachts aan de hand was geweest, maar ik had toch het idee dat dat door zijn hoofd speelde. En niet eens door zijn achterhoofd.

'Kanker,' zei ik.

Hij liep verder de trap af. 'Gecondoleerd.'

'Dank je. Neem jij de wandelwagen mee terug naar het huis van mevrouw Bell? Je zou hem achter in je pick-up kunnen zetten.' Ik wilde ervanaf.

'Eh, jawel,' zei hij. 'Dat zou ik kunnen doen. Maar waarom? Best kans dat hij gewoon weer terugkomt als die... grappenmaker... vastbesloten is jou een poets te bakken. We laten een paar keer per nacht een patrouillewagen over Rattlesnake Road rijden, maar dan blijft er nog veel tijd over. En een paar agenten liggen ziek thuis met covid, dus het lijkt me makkelijker om hem gewoon hier te laten staan.'

*Hij denkt dat er geen grappenmaker is,* dacht ik. *Hij denkt dat ik het zelf heb gedaan. Beide keren. Hij weet niet waarom, maar dat is wel wat hij denkt.*

'En hoe zit het met vingerafdrukken?'

Hij krabde aan de zijkant van zijn gerimpelde en diep gebruinde nek. 'Ja, dat kan, ik heb een vingerafdrukkit in mijn auto liggen, maar dat zou betekenen dat ik de afdrukken die ik heb gemaakt moet overbrengen en dan maak ik er misschien een rommeltje van. Mijn handen zijn niet meer zo vast als ze geweest zijn.'

Dat was me niet opgevallen en dat deed het nog steeds niet.

Zijn gezicht lichtte op. 'Weet je wat? Ik kan op z'n minst het metalen frame onderzoeken op vingerafdrukken en met mijn telefoon wat foto's nemen als ik iets vind. De handgrepen hoef ik niet te proberen, die zijn van rubber en de armleuningen naast de zitjes zijn van stof. Maar die metalen duwstangen, ja, die zijn ideaal voor vingerafdrukken. Hebben Zane of Canavan die aangeraakt?'

'Dat weet ik niet zeker, maar volgens mij alleen ik. En Allie Bell natuurlijk.'

Hij knikte. We stonden nog steeds onderaan de trap. We waren de garage nog niet binnengegaan.

'Dus ik zou twee sets afdrukken kunnen vinden – de jouwe en die van mevrouw Bell. Hoewel me dat niet waarschijnlijk lijkt, want de meeste mensen gebruiken alleen de rubber handgrepen.'

'Ik geloof dat ik me heb gebukt om hem over de drempel van haar garage te krijgen. Als dat zo is, heb ik misschien die stangen vlak onder de handgrepen vastgepakt. Misschien dat je daar geen vingerafdrukken op vindt, maar afdrukken van mijn handpalmen.'

Hij knikte en we liepen Gregs garage in. Hij ging naar buiten om de vingerafdrukkit te halen, maar ik pakte zijn elleboog om hem tegen te houden. 'Kijk,' zei ik en ik wees naar de wandelwagen.

'Wat is daarmee?'

'Hij is verplaatst. Toen ik hem naar binnen bracht, heb ik hem aan de bestuurderskant van mijn auto gezet. Nu staat hij aan de passagierszijde.'

Dus ik had wel degelijk gepiep gehoord.

'Ik weet het niet meer.'

Zijn fronsrimpel – de verticale lijn tussen zijn wenkbrauwen was zo diep dat ik de bodem niet kon zien – vertelde me dat hij het nog wel wist, maar het niet wilde geloven.

'Kom nou, Andy.' Ik gebruikte opzettelijk zijn voornaam, een oud trucje dat ik vroeger bij vergaderingen gebruikte wanneer discussies uit de hand dreigden te lopen. Ik wilde dat we dit samen zouden doen, als dat enigszins mogelijk was. 'Je bent zo lang politieman geweest dat ik zeker weet dat het opmerken van details een tweede natuur van je is geworden. Die wandelwagen stond in de schaduw. Nu staat hij aan de andere kant van mijn auto, in de zon.'

Hij dacht even na en schudde zijn hoofd. 'Ik durf het niet met zekerheid te zeggen.'

Ik wilde hem dwingen het toe te geven, ik wilde hem vertellen dat ik het wiel had horen piepen toen de kinderwagen werd verplaatst, ook al had hij niets gehoord. Ik wilde de arm die ik vasthield door elkaar schudden. In plaats daarvan liet ik hem los. Het was moeilijk, maar ik deed het. Omdat ik hem niet wilde laten denken dat ik gek was... en als hij dacht dat ik degene was die de kinderwagen 's nachts heen en weer reed tussen het huis van de Bells en dat van Greg, dan was hij al bijna tot die conclusie gekomen. En dan was er ook nog Allie Bells eigenaardige, zelfgefabriceerde testament waarover hij na moest denken. Geloofde hij eigenlijk wel echt dat Allie en ik elkaar amper kenden en elkaar maar twee keer hadden ontmoet? Zou ik dat zelf hebben geloofd?

Ik had het idee dat de vragen voor mij nog maar net begonnen.

'Ik ga mijn vingerafdrukkit halen,' zei Pelley. 'Hoewel ik er niet veel van verwacht.'

Een minuut of tien, vijftien later reed hij weg in zijn pick-up, nadat hij me er nogmaals op had gewezen dat ik de county niet mocht verlaten, omdat dat echt *een heel slecht idee zou zijn*. Hij beloofde me dat hij of een van de fulltime rechercheurs na de lijkschouwing contact met me zou opnemen.

Ik had al een lange dag achter de rug. Ik probeerde een dutje te doen, maar dat lukte niet. Een paar keer dacht ik het piepende wiel te horen en ik ging naar beneden om in de garage te kijken. De wandelwagen stond nog op dezelfde plek. Het verbaasde me niet. Ik had het gehoord toen Pelley aan mijn keukentafel zat – dat was echt gebeurd. De keer daarna was het iets anders geweest. Verbeelding, zou je denken, maar dat was het niet. Niet echt. Het leek een soort pesterij. Je kunt het geloven of niet, maar dat dacht ik werkelijk.

Nee, ik wíst het.

Op een gegeven moment hoorde ik het piepende wiel (niet echt, maar in mijn hoofd was het wel echt) en ging ik naar de garage. Ik meende de schaduwen van slangen op de muur te zien, maar toen ik mijn ogen stijf dichtkneep en ze daarna weer opende, waren ze verdwenen. Ze waren er niet geweest, maar toch wel. Nu zag ik alleen de kinderwagen, die in de zon op de betonnen garagevloer stond en zijn doodnormale schaduw wierp.

Tegen de middag, terwijl ik een broodje kipsalade zat te eten, overwoog ik het piepende wiel toch maar te gaan smeren – er stond in de garage nog een kannetje olie op de werkbank – maar ik besloot het toch niet te doen. Ik vond het een akelig idee de wandelwagen te moeten aanraken, hoewel ik het wel had gekund. Ik was er niet hysterisch over of overdreven angstig voor. Maar ik herinnerde me wel de oude fabel van Aesopus over de muizen die de kat de bel aanbonden. Waarom deden ze dat? Omdat ze in staat wilden zijn hem te horen aankomen.

Zo voelde dat ook bij de wandelwagen. Vooral nadat Pelley de metalen stangen had onderzocht op vingerafdrukken en niets had kunnen vinden – zelfs geen vlekken en vegen, die je eigenlijk wel zou verwachten. 'Ik denk dat hij is schoongeveegd. Door je *grappenmaker*.'

Terwijl hij het zei keek hij me recht in de ogen.

Die avond liep ik heel Rattlesnake Road af, naar de draaibrug. Een flinke wandeling voor een oude man, maar ik had veel om over na te denken. Ik begon met mezelf opnieuw af te vragen of ik gek was. Het antwoord was een nadrukkelijk nee. De slangen in de badkuip en de wuivende hand konden een door stress veroorzaakte hallucinatie zijn geweest (niet dat ik dat geloofde, maar het was een mogelijkheid). De wandelwagen in de badkamer daarentegen had er echt gestaan. Ik had alleen de schaduw ervan gezien, maar het geluid van het piepende wiel was onmiskenbaar geweest. En toen hij in de garage stond, was hij echt verplaatst. Dat had ik gehoord. Ik dacht niet dat Pelley het had gehoord, maar hij wist wel dat hij op een andere plek stond, ook al wilde hij dat tegenover mij (en waarschijnlijk tegenover zichzelf) niet toegeven.

De draaibrug was dag en nacht in bedrijf. Die avond werd hij bemand door Jim Morrison ('Níét die van de Doors,' zei hij er zelf altijd bij), een man die waarschijnlijk nog ouder was dan Pelley of ikzelf. Toen ik er was, maakten we een praatje – over het weer, de komende verkiezingen, hoe covid de honkbalstadions had ontruimd, op de kartonnen omtrekken van neppubliek na. Toen vroeg ik hem naar mevrouw Bell.

'Jij hebt haar gevonden, hè?' zei Jim. We stonden voor zijn kleine hokje, waar hij een televisie had en een aftandse leunstoel en een toilethokje. Hij droeg zijn gele veiligheidsvest en zijn rode pet met RATTLESNAKE KEY op de klep. Uit een van zijn gerimpelde mondhoeken stak een tandenstoker.

'Ja.'

'Arme vrouw. Arm oud mens. Ze is nooit over het verlies van haar jongens heen gekomen. Ze duwde die kinderwagen overal naartoe.'

Wat een perfecte inleiding was voor wat ik hem werkelijk wilde vragen. 'Denk je dat ze echt geloofde dat de jongetjes erin zaten?'

Terwijl hij nadacht krabde hij aan zijn stoppelige kin. 'Zeker weten doe ik het niet, maar ik denk het wel, ook al was het misschien niet altijd. Maar meestal toch wel, denk ik. Ik denk dat ze zichzelf dwong het te geloven. Wat naar mijn mening best gevaarlijk is.'

'Waarom zeg je dat?'

'Het is het beste om de dood te accepteren, het litteken te dragen en verder te gaan met je leven.'

Ik wachtte of hij nog meer zou zeggen, maar dat deed hij niet.

'Was jij ook bij die grote slangenjacht na hun dood? Andy Pelley vertelde me erover.'

'O ja, daar was ik ook bij. Tot op de dag van vandaag ruik ik die brandende ratelslangen nog. En zal ik je eens wat vertellen? Soms denk ik ze ook te zien, vooral rond deze tijd van de dag.' Hij leunde over de reling en spuugde zijn tandenstoker in de Golf van Mexico. 'Rond de schemering. Alles wat echt is, oogt dan dunner. Dat vind ik tenminste. Mijn vrouw zei vroeger altijd dat ik dichter had moeten worden, met zulke ideeën. Wanneer de sterren eenmaal aan de hemel staan ben ik weer oké. Vanavond zullen er genoeg te zien zijn. Ik heb tot twaalf uur dienst en daarna neemt Patricia het van me over.'

'Ik had niet gedacht dat hier nog veel boten langskomen in deze tijd van het jaar, en zeker niet 's nachts.'

'O, daar zou je nog van opkijken. Kijk daar.' Hij wees naar de maan, die net opkwam en haar zilveren licht over het water liet schijnen. 'Mensen maken graag een tochtje bij maanlicht. Dat vinden ze romantisch. Zonder maan is het een ander verhaal. In de zomer. Dan zijn het voornamelijk boten van de kustwacht. Of de DEA, van de drugsbestrijding. Die lui hebben altijd haast. Alsof ze door een hoop lawaai te maken deze ouwe brug sneller open kunnen laten gaan.'

We praatten nog wat, tot ik op een gegeven moment zei dat ik maar weer eens op huis aan ging.

'Ja,' zei Jim. 'Een stevige wandeling voor een man op leeftijd. Maar gelukkig heb je het licht van de maan om je bij te lichten.'

Ik wenste hem een fijne avond en wilde weer teruglopen over de brug.

'Vic?'

Ik draaide me om. Hij stond met zijn armen voor zijn borst gevouwen tegen zijn kleine hokje geleund. 'Twee weken na de dood van mijn vrouw, ging ik midden in de nacht naar beneden voor een glas water en zag ik haar in haar favoriete nachtpon aan de keukentafel zitten. Het licht in de keuken was uit en de ruimte was vol schaduwen, maar ze was het echt. Dat durf ik te zweren op alles wat me heilig is. Toen deed ik het licht aan en...' Hij hief een losjes gebalde vuist en opende de vingers. 'Weg.'

'Ik heb mijn zoontje gehoord nadat hij was overleden.' Na wat Jim me had verteld, leek het me niet meer dan normaal om hem mijn eigen ervaring te vertellen. 'Hij praatte tegen me vanuit de kast. En dat durf ik ook te zweren.'

Hij knikte alleen maar, wenste me goedenacht en ging weer naar binnen.

De eerste anderhalve kilometer van mijn wandeling naar huis, misschien iets meer, stonden er nog heel veel huizen, eerst huizen met een normale omvang, maar gaandeweg steeds groter en luxueuzer. In een paar van de huizen, waar ook auto's op de met schelpen bedekte oprit stonden, brandde licht, maar de meeste huizen waren donker. Hun bewoners zouden na de kerstdagen terugkeren om vervolgens vóór Pasen weer te vertrekken.

Afhankelijk van hoe het er dan voor stond met de pandemie natuurlijk.

Toen ik eenmaal voorbij het draaihek aan de noordzijde van de Key was, gingen de paar megavilla's aan deze kant van het eiland verborgen achter de rododendrons en kleine palmbomen die langs beide zijden van de weg stonden. De enige geluiden waren die van de krekels, de branding op het strand aan de kant van de Golf, een nachtzwaluw en mijn eigen voetstappen. Tegen de tijd dat ik het gele politielint bereikte waarmee de oprit van mevrouw Bell was afgezet, was het bijna helemaal donker. De driekwart maan stond inmiddels hoog genoeg om mijn pad te verlichten, maar werd nog steeds grotendeels tegengehouden door al het groen dat zo welig tiert in Florida's broeikasklimaat.

Zodra ik Allies oprit was gepasseerd begon het piepen. Het klonk zo'n tien, twaalf meter achter me. Het zweet brak me uit en mijn tong plakte aan mijn gehemelte. Ik bleef staan, niet in staat om verder te lopen, laat staan om te rennen (met mijn krakkemikkige heupen was ik trouwens toch niet ver gekomen). Ik begreep wat er gebeurde. Ze hadden op hun eigen oprit op me gewacht. Ze hadden staan wachten tot ik langskwam zodat ze me konden volgen naar het huis van Greg. Wat ik me van dat eerste ogenblik vooral herinner is hoe mijn ogen voelden. Alsof ze opzwollen in hun kassen. Ik weet nog dat ik dacht dat ik blind zou zijn als ze zouden barsten.

Het piepen hield op.

Nu kon ik een ander geluid horen: mijn eigen hartslag. Een soort gedempt getrommel. De nachtzwaluw zweeg. Net als de krekels. Een druppel koud zweet droop langzaam vanuit de holte van mijn slaap naar de ronding van mijn kaak. Ik zette een stap. En nog een. Iets makkelijker. Een derde, nog makkelijker. Ik begon weer te lopen, maar het was alsof ik op stelten liep. Ik was misschien vijftien meter dichter bij Gregs huis toen het piepen weer begon. Ik bleef staan en het gepiep hield op. Het was de wandelwagen. De tweeling die de wandelwagen duwde. Ze begonnen wanneer ik begon te lopen en stopten wanneer ik stopte. Ze grijnsden, dat wist ik zeker. Omdat ze een goeie grap uithaalden met hun nieuwe... nieuwe wat? Wat was ik precies voor hen?

Ik was bang dat ik het wel wist. Allie Bell had mij haar huis, haar geld en haar beleggingen nagelaten. Maar dat was niet het enige wat ze me had nagelaten. Toch?

'Jongens,' zei ik. Mijn stem klonk niet als de mijne. Ik keek nog steeds voor me en mijn stem was niet de mijne. 'Jongens, ga naar huis. Jullie horen al lang op bed te liggen.'

Niets. Ik wachtte tot koude handen me zouden aanraken. Of tot ik zou zien hoe tientallen slangen over de door de maan verlichte weg kronkelden. Die slangen zouden ook koud zijn. Dat wil zeggen, tot ze beten. Zodra het gif in je lichaam zat, begon de hitte. Die zich naar mijn hart zou verspreiden.

*Geen slangen. De slangen zijn weg. Ook al zou je ze zien, dan zouden ze nog steeds niet echt zijn.*

Ik begon weer te lopen. De wandelwagen volgde. *Piep* en *piep* en *piep*.

Ik bleef staan. De wandelwagen bleef staan. Ik was nu vlak bij Gregs huis, ik zag de omtrekken ervan zich al aftekenen tegen de hemel, maar dat was geen opluchting. Ze konden binnenkomen. Dat hadden ze al eens gedaan.

*Zie ons. Zie ons. Zie ons.*

*Rij met ons. Rij met ons. Rij met ons.*

*Kleed ons aan. Kleed ons aan. Kleed ons aan.*

Ik werd er gek van. Het leek wel zo'n oorwurmnummer dat in je hoofd gaat zitten en dat je niet meer kwijtraakt. 'Delta Dawn', bijvoorbeeld. Maar ik kon ze tegenhouden. Ik wist waarmee ik ze weg kon jagen, al was het maar tijdelijk.

Zij wisten het ook.

*Zie ons. Rij met ons. Kleed ons aan.*

Ik durfde me niet om te draaien, maar er was toch iets wat ik kon doen. Als ik het durfde. Mijn telefoon zat in de zak van mijn korte broek. Ik haalde hem tevoorschijn, opende de camera-app en zette hem in de selfiestand, zodat ik naar mijn eigen doodsbange gezicht keek, lijkbleek in het maanlicht. Ik hield de telefoon boven mijn schouder, zodat ik achterom kon kijken zonder daadwerkelijk mijn hoofd om te draaien. Ik probeerde mijn hand stil te houden. Ik had nog niet eens gemerkt dat ik zo trilde.

Jacob en Joseph waren er niet en de wandelwagen evenmin... maar hun schaduwen waren er wel. Twee menselijke vormen en de hoekige omtrekken van de dubbele wandelwagen waarin hun moeder hen had rondgereden. Ik kan niet zeggen dat die lichaamloze schaduwen erger waren dan ze in het echt zouden zijn geweest, maar ze waren gruwelijk genoeg. Ik drukte mijn duim op het scherm om de foto te nemen, bang dat het niet zou werken, maar ik hoorde de klik.

*Zie ons. Rij met ons. Duw ons.*

Ik sloot de foto-app en opende de spraakmemo.

*Zie ons, rij met ons, duw ons.*

De schaduwen leken me te lang om de schaduwen te zijn van vierjarige kinderen en ik dacht weer aan Donna aan het eind van haar leven: *Je bent gewoon helemaal volwassen! Kijk nou toch eens hoe gróót je bent!*

*ZIE ONS RIJ MET ONS DUW ONS!*

Ik liep weer door. Het gepiep volgde me, eerst dichtbij, maar gaandeweg steeds verder achter mij. Tegen de tijd dat ik bij Gregs huis was, was het verdwenen, maar de schreeuwende gedachten – geen stemmen, gedáchten – in mijn hoofd waren luider dan ooit. Het waren mijn eigen gedachten, maar ik werd gedwongen ze te denken. De wandelwagen stond weer op de binnenplaats. Natuurlijk stond hij daar en hij wierp dezelfde hoekige schaduw die ik op mijn telefoon had gezien. De shirtjes hingen nog steeds netjes over de rugleuningen: HECKLE op het ene en JEKYLL op het andere. Ik wist hoe ik de storm in mijn hoofd tot bedaren kon brengen. Ik raakte de rugleuningen van de zitjes aan. Ik raakte de shirtjes aan. De schreeuwende, steeds weer herhaalde gedachten stierven weg. Ik duwde de wandelwagen de garage weer in, deed een stap naar achteren en wachtte af. De gedachten kwamen niet terug. Maar ze zouden natuurlijk terugkeren. De volgende keer zouden ze nog harder en nog dwingender zijn. De volgende keer zouden ze meer willen dan mijn aanraking.

De volgende keer zouden ze een wandeling willen maken.

Ik deed alle deuren op slot – alsof dat wat zou helpen – en deed overal in huis het licht aan. Toen ging ik aan de keukentafel zitten en keek op mijn telefoon. Ik had een oproep gemist van Nathan Rutherford, maar ik had dringender zaken aan mijn hoofd dan de advocaat van Allie Bell. Ik bekeek de foto die ik had genomen. Hij was een beetje wazig omdat ik mijn hand niet helemaal stil had kunnen houden, maar de schaduwen van de jongens en de wandelwagen waren goed zichtbaar. Er was niets om de schaduwen te werpen. De weg was verlaten. Vervolgens opende ik de dictafoonapp en drukte op 'play'. Twintig seconden lang hoorde ik het ritmische gepiep van het wiel van de wandelwagen. Toen ebde het weg.

Ik overwoog contact op te nemen met Andy Pelley, want ik wist zeker dat hem na afloop van ons gesprek was opgevallen dat de wandelwagen op een andere plek stond. Hij had me zijn kaartje gegeven. Ik kon hem de foto en de spraakmemo mailen, maar hij zou ze allebei afdoen als onzin. Hij zou zeggen dat het de schaduwen van kleine palmbomen waren. Misschien zou hij zelf wel iets anders denken, maar toch zou hij dat zeggen. En het piepende wiel? Hij zou denken dat ik dat zelf had gedaan door de wandelwagen heen en weer te rijden door de garage en het geluid op te nemen. Hij zou het misschien niet met zoveel woorden zeggen, maar hij zou het wel denken. Hij was een politieman, geen geestenjager.

Maar misschien was dat niet erg. Ik had voor mezelf empirisch bewijs. Ik had al geweten dat wat er gebeurde echt was, maar desondanks had de gedachte dat het allemaal tussen mijn oren zat me niet losgelaten.

Ik zat aan de keukentafel, met mijn handen tegen mijn voorhoofd gedrukt, en dacht na. *Mijn oude rikketik slaat af en toe een paar slagen over*, had Allie gezegd toen ik haar vroeg of alles in orde was, maar stel nu dat ze veel zieker was geweest dan ze had beweerd? En dat ze dat had geweten? Stel dat het geen hartritmestoornis was geweest, maar hartfalen? Of kanker, zo'n glioblastoom bijvoorbeeld, wat een soort doodvonnis is?

Stel dat ze zich wel met haar eigen dood had verzoend, maar niet met de dood van haar kleine jongens? Ze waren per slot van rekening al een keer doodgegaan en teruggekomen. Of liever gezegd, zij had ze teruggebracht. En toen...

'En stel dat ze mij toen tegenkwam,' zei ik.

Ja, stel je dat eens voor.

Ik belde Nathan Rutherford, stelde mezelf voor en kwam meteen ter zake: ik had geen belang bij Allie Bells nalatenschap.

Ik denk dat zijn lachje eerder cynisch was dan verbaasd. 'En toch lijkt die van u te zijn, meneer Trenton.'

'Belachelijk. Spoor haar familie op.'

'Die beweerde ze niet te hebben. Ze beweerde dat zij na de dood van haar man en de kleine J's – zo noemde ze haar zoontjes – het allerlaatste takje aan de familiestamboom was. Het is de enige reden waarom dat slappe aftreksel van een testament rechtsgeldig kan zijn. Haar nalatenschap vertegenwoordigt heel veel geld. Zeven cijfers, misschien zelfs acht. Ze moet wel bijzonder met u ingenomen zijn geweest, sir.'

*Nee*, dacht ik, *ik ben degene die is ingenomen. Maar ik ben niet van plan dat te blijven.*

'Het heeft mij in een lastig parket gebracht, meneer Rutherford. Ik heb haar gevonden en in afwachting van de lijkschouwing lijk ik nu een man met een goed motief om haar te vermoorden. Dat begrijpt u toch wel?'

'Had u reden te geloven dat u in aanmerking kwam om van haar te erven? Hebt u misschien vóór haar overlijden dat vod van een testament ingezien?'

'Nee, maar hulpsheriff Pelley heeft me verteld dat de envelop waar het in zat niet verzegeld was. Een aanklager die er een zaak van zou willen maken zou kunnen aanvoeren dat ik er toegang toe had.'

'De tijd zal het leren,' zei Rutherford. Hetgeen helemaal niets betekende. Hij had een geruststellende stem opgezet, die hij waarschijnlijk gebruikte voor cliënten die overstuur waren. Maar natuurlijk alleen voor degenen met geld en het leek erop dat ik opeens heel veel meer geld bezat dan mijn pensioen. 'Als het testament niet wordt aangevochten en wordt bekrachtigd, kunt u met de nalatenschap doen wat u goeddunkt. Verkoop het huis. Als u wilt, kunt u het geld altijd nog aan liefdadigheidsinstellingen schenken.'

Hij zei nog net niet dat liefdadigheid thuis begint, maar zijn toon suggereerde dat wel. Ik had er genoeg van. Hij wilde het hebben over het kronkelende juridische pad dat voor me lag, maar ik had mijn eigen kronkelaars om me zorgen om te maken. Buiten was het donker en ik was bang. Ik bedankte hem en beëindigde het gesprek.

Had ze haar testament opgesteld en zich vervolgens van het leven beroofd, met een overdosis Digitalis of Sotalol bijvoorbeeld?

*Nee,* dacht ik. *Dat zouden de kleine J's niet willen. Dan zit ik straks misschien in de gevangenis, waar ze niets zouden hebben aan* zie ons rij met ons kleed ons aan. *De uitkomst van het onderzoek zal ongetwijfeld luiden dat het een ongeluk is geweest, maar tot die tijd zit ik hier... en zij ook.*

'Omdat ze willen dat ik blijf,' fluisterde ik.

Ik nam een douche, trok een sportbroekje aan, deed de badkamerdeur dicht en ging op Greg Ackermans grote tweepersoonsbed liggen. Als min of meer vrijgezel had hij dit bed ongetwijfeld met heel wat schatjes gedeeld. Mijn eigen schatje was er niet meer. Zij lag onder de grond. Net als mijn zoon.

Ik kruiste, in een onbewust beschermend gebaar, mijn armen over mijn borst en staarde naar het plafond. Het lag niet aan haar, het kwam door hen. Zíj wilden dat ik bleef. Ze wilden me bewerken. Ze wilden dat ik de taak van hun moeder overnam, zodat ze niet weg hoefden, naar waar het ook is waar rusteloze teruggekeerden naartoe gaan. Ze vonden het hier fijn, op Rattlesnake Key. Waar – als ik niet wilde dat mijn hoofd vol zat met schreeuwerige, zich steeds herhalende gedachten, als ik het piepende wiel van de wandelwagen niet voortdurend achter me wilde horen – ik in Allies huis zou moeten wonen. Waar ik in Allies keuken zou eten en in Allies bed zou slapen. Waar ik achter hun wandelwagen zou lopen.

En waar ik hen uiteindelijk zou gaan zien.

*Ik hoef hier niet te blijven*, dacht ik. *Ik heb een huurauto met een volle tank benzine. Ik kan weggaan. Weg van hén. Ik denk niet dat de county-sheriff een arrestatiebevel voor me zal uitvaardigen, ook al zou een rechter me misschien middels een aanhoudingsbevel willen dwingen om terug te komen en de uitkomst van het onderzoek hier af te wachten... Dat zal Rutherford wel weten en ik neem aan dat hij nu mijn advocaat is... maar ik zou me er niet bij neerleggen. En terwijl de juristen daar ruzie over maakten, zouden Jake en Joe steeds zwakker worden. Omdat zij er niet meer is en ik het enige ben wat ze nog hebben.*

Ja. Dat was allemaal waar. En ik wás bang, geloof mij maar. In Scorseses *Mean Streets* wordt op een gegeven moment iets gezegd wat mij altijd is bijgebleven: 'Je klooit niet met de eeuwigheid.' Maar ik was ook kwaad. Ik was in een kist gestopt waaruit ik niet mocht ontsnappen. Niet door hun moeder – diep in mijn hart wist ik zeker dat Allie Bell hier niet van had geweten – maar door een paar kínderen. Dóde kinderen, ook dat nog.

Ik had geen geheim wapen om hen mee te bestrijden, geen kruis of knoflook om vampiers (wat ze, als ik gelijk had, in zekere zin wel degelijk waren) af te weren, geen exorcismeritueel, maar ik had mijn gezonde verstand en ik was verdomme te oud om me te laten koeioneren door Stout en Stouter.

Als Allie de kist waarin ik zat niet had gebouwd, hoe konden zij dat dan hebben gedaan? De meeste jongetjes – vergeet niet, ik had er zelf een gehad – kunnen amper een bezoekje aan de wc plannen.

Ik viel in slaap met de gedachte aan Donna, enkele minuten voor haar einde: *Je bent gewoon helemaal volwassen! Kijk nou toch eens hoe gróót je bent!*

*Piep. Piep. Piep.*

Ik werd gelukkig niet wakker in het pikkedonker, want ik had het licht niet uitgedaan. Deze keer klonk het piepende wiel van de wandelwagen niet uit de badkamer direct naast mijn slaapkamer. Het geluid kwam van verder weg. Ik had het idee dat het uit het gedeelte van het huis kwam dat Greg met veel poeha 'het gastenverblijf' noemde. Dit verblijf bestond uit een kleine zitkamer op de begane grond en een wenteltrap die naar een slaapkamer met aangrenzende badkamer op de eerste verdieping leidde.

De wandelwagen stond waarschijnlijk in die slaapkamer. De echte wandelwagen stond misschien nog wel in de garage, maar het spookexemplaar was ook echt, net als de tweeling die hem als gekken heen en weer reed.

De gedachten sijpelden weer in mijn hoofd. Eerst heel zacht, maar allengs luider, alsof een onzichtbare hand aan de volumeknop draaide. *Zie ons, rij met ons, kleed ons aan. Zie ons, rij met ons, kleed ons aan! ZIE ONS, RIJ MET ONS, KLEED ONS AAN!*

Ik lag op mijn rug, drukte mijn handen tegen mijn borst, beet op mijn lip en probeerde uit alle macht de gedachten – hún gedachten, míjn gedachten – tot zwijgen te brengen. Ik had net zo goed kunnen proberen de zon zover te krijgen dat ze niet onderging. Ik kon nog steeds andere dingen denken – hoelang dat nog zou kunnen wist ik niet – en het leek erop dat ik slechts drie dingen kon doen: hier blijven liggen en gek worden zodra die oorwurmen alles hadden verzwolgen, naar beneden gaan en de wandelwagen in de garage aanraken, wat ze voorlopig de mond zou snoeren, of de confrontatie met de tweeling aangaan. Ik besloot dat laatste te doen.

Ik dacht: *Ik laat me niet gek maken door kinderen.*

En ik dacht: *Rij met ons, rij met ons, duw ons, duw ons. Wij zijn van jou, jij bent van ons.*

Ik stapte uit bed en liep de galerij op naar het gastenverblijf. Halverwege stopte het piepen. Ik stopte niet en de gedachten – *rij met ons, duw ons, kleed ons aan, wij zijn van jou, jij bent van ons* – evenmin. Bij de deur, die op een kier stond, aarzelde ik geen moment. Als ik even was blijven staan, om na te denken met het deel van mijn geest dat nog in staat was tot onafhankelijk nadenken, had ik me omgedraaid en was ik hard weggerend. Wat ging ik daarbinnen doen? Ik had geen flauw idee. Zeggen dat ze naar huis moesten of ze een pak slaag geven zou in elk geval niet werken.

Wat ik zag deed me verstijven. De wandelwagen stond midden in de kamer. Jacob en Joseph lagen in het logeerbed. Ze waren geen kinderen meer... en toch weer wel. De lichamen onder de sprei waren lang, de lichamen van volwassen mannen, maar de hoofden, zij het grotesk gezwollen, waren die van kinderen. Het ratelslanggif had hun hoofden zo doen opzwellen dat het pompoenen met halloweengezichten waren geworden. Hun lippen waren zwart. Hun voorhoofden, wangen en nek zaten vol slangenbeten. De ogen waren diep weggezonken, maar keken duivels levend en alert. Ze grijnsden naar me.

*Verhaaltje! Verhaaltje! Verh...*

Toen waren ze weg. De wandelwagen was weg. Het ene moment lag de tweeling nog te wachten op hun verhaaltje voor het slapengaan. Het volgende was de kamer helemaal leeg. Maar de sprei was aan beide kanten in keurige driehoeken teruggeslagen en toen ik hier was aangekomen uit Massachusetts was dat bed nog strak opgemaakt geweest. Ik had het zelf gezien.

Mijn benen leken weer op stelten. Ik liep de kamer in en keek naar het bed waar de jongens hadden gelegen. Ik was niet van plan geweest erop te gaan zitten, maar ik deed het toch omdat mijn knieën het begaven. Mijn hart ging nog steeds als een bezetene tekeer en ik hoorde mezelf, als van een afstand, naar adem happen.

*Dit is hoe oude mannen sterven*, dacht ik. *Wanneer ik werd gevonden – waarschijnlijk door Pete Ito – zal de lijkschouwer tot de conclusie komen dat het een hartaanval is geweest. Ze zullen niet weten dat ik me letterlijk ben doodgeschrokken van twee dode mannen met kinderhoofden.*

Alleen zou de tweeling niet willen dat ik doodging. Nu hun moeder er niet meer was, was ik hun enige link met de wereld waarin ze wilden blijven.

Ik stak mijn beide handen uit om de teruggeslagen driehoeken van de sprei aan te raken en wist meteen dat ze dit geen fijn bed vonden. In het huis verderop aan de weg hadden ze hun eigen bedjes. Fijne bedjes. Hun moeder had ongetwijfeld niets aan hun kamer veranderd sinds de dag van hun dood, meer dan veertig jaar geleden. Dat waren de bedden die ze fijn vonden en wanneer ik daar woonde zou ik hen 's avonds instoppen en *Winnie de Poeh* voorlezen, zoals ik dat voor Tad ook had gedaan. Ik zou hun in elk geval niet Tads *Monsterwoorden* voorlezen, omdat *zíj* de monsters waren.

Toen ik weer op kon staan, liep ik langzaam over de galerij terug naar mijn eigen kamer. Ik zou misschien niet kunnen slapen, maar ik verwachtte niet dat ik vannacht het piepende wiel van de wandelwagen nog zou horen. De visitatie was voorbij.

Het was nooit bij ons opgekomen de auto waarin mijn zoon was gestorven te houden. We zouden hem ook niet hebben gehouden als hij niet op tien verschillende plekken was ingedeukt door de hond die erin probeerde te komen om bij hen te kunnen komen. Een kraanwagen bracht hem naar ons huis. Donna weigerde er zelfs maar naar te kijken. Ik kon het haar niet kwalijk nemen.

Castle Rock had geen autokerkhof. Het dichtstbijzijnde was dat van Andretti, in Gates Falls. Ik belde ze. Ze kwamen, namen de Pinto – de doodswagen – mee en persten hem tot een vierkant blok met hier en daar glanzende stukjes glas, ramen, achterlichten, koplampen, voorruit. Ik nam er een foto van. Donna wilde er niet naar kijken.

Inmiddels waren de ruzies begonnen. Zij wilde dat ik met haar meeging op haar wekelijkse pelgrimages naar Harmony Hill, waar Tad was begraven. Ik weigerde dat, zoals zij had geweigerd naar het samengeperste blok metaal van de doodsauto te kijken. Ik zei dat Tad voor mij nog overal in huis was en dat dat altijd zo zou blijven. Zij zei dat dat erg mooi en hoogdravend klonk, maar dat het niet waar was. Ze zei dat ik niet durfde. Dat ik bang was om in te storten en daar had ze natuurlijk gelijk in. Ik stel me voor dat ze dat elke keer als ze me aankeek in mijn gezicht zag.

Zij was degene die vertrok. Ik kwam terug van een zakenreis naar Boston en ze was weg. Er lag een briefje met alle gebruikelijke dingen, die je waarschijnlijk wel kunt raden: *Kan zo niet doorgaan... een nieuw leven beginnen... de bladzijde omslaan...* blah-blah-blah. Het enige originele wat erin stond, was de regel die ze onder haar naam had gekrabbeld, misschien omdat ze er achteraf pas aan dacht: *Ik ben nog steeds verliefd op je en ik haat je en ik ga bij je weg voordat de haat de overhand krijgt.*

Ik hoef je waarschijnlijk niet te vertellen dat ik voor haar hetzelfde voelde.

De volgende ochtend belde agent Zane me op terwijl ik een kommetje Rice Chex-muesli zat op te lepelen – niet omdat ik dat lekker vond, maar omdat mijn lichaam brandstof nodig had om de dag door te komen. Hij zei dat de lijkschouwing was afgerond. Alita Bell, echtgenote van Henry en moeder van Jacob en Joseph, was overleden aan een hartaanval.

'Volgens de lijkschouwer mag het een wonder heten dat ze nog zo lang heeft geleefd. Alles was voor negentig procent dichtgeslibd en dat was niet het enige. Het hart vertoonde ook littekenvorming, wat wil zeggen dat ze al eerder een aantal lichte infarcten moet hebben gehad. Hij zei ook... nou ja, dat doet er verder niet toe.'

'Nee, ga door. Alsjeblieft.'

Zane schraapte zijn keel. 'Hij zei dat zelfs kleine hartinfarcten, die je misschien niet eens voelt, het geestelijk vermogen kunnen aantasten. Dat zou kunnen verklaren waarom ze soms geloofde dat haar kinderen nog leefden.'

Ik overwoog hem te vertellen dat ik zeker wíst dat haar kinderen nog leefden, of half leefden, en dat ik nog nooit een hartinfarct had gehad. Ik geloof dat ik het hem bijna vertelde.

'Meneer Trenton? Vic?'

'Ik zat even te denken,' zei ik. 'Betekent dit dat ik niet meer hoef op te draven voor het gerechtelijk onderzoek?'

'Nee, daar moet je nog steeds bij zijn. Jij hebt het lichaam gevonden.'

'Maar als het een hartaanval was, dan is het toch duidelijk...'

'O, maar dat is het ook. Alleen laat het toxicologisch rapport nog een paar dagen op zich wachten. Dat moet uitwijzen wat er in haar maag zat. Een kwestie van puntjes op de i zetten, snap je.'

Mij leek het wel iets meer dan dat. Ik had het gevoel dat Andy Pelley zeker wilde weten dat Allie Bells onverwachte erfgenaam haar niet iets had toegediend. Digitalis in haar roereieren tijdens een vroeg ontbijtje misschien. Intussen praatte Zane door en moest ik hem vragen even terug te spoelen.

'Ik zei dat we een probleem hebben. Best uniek. We hebben een lichaam, maar geen instructies wat betreft de begrafenis. Andy Pelley zegt dat jij daar misschien maar over moet beslissen.'

'Wacht even, wát? Moet ik haar begrafenis gaan organiseren?'

'Waarschijnlijk niet echt een begrafenis,' zei Zane, met een ietwat gegeneerde klank in zijn stem. 'Behalve de brugwachters en misschien Lloyd Sunderland – die woont aan de andere kant van de brug – zou ik niet weten wie er zouden moeten komen.'

*Haar kinderen waarschijnlijk*, dacht ik. *Hoewel niemand die zou zien. Behalve misschien hun plaatsvervangende papa.*

'Vic? Meneer Trenton? Ben je daar nog?'

'Jazeker. Ik heb de naam van haar advocaat. Die nu mijn advocaat is, veronderstel ik, in elk geval tot dit allemaal is uitgezocht. Ik denk dat ik hem straks maar even ga bellen.'

'Dat is een goed idee. Doe dat. Een prettige dag verder.'

Was het maar waar.

De rest van mijn muesli hoefde ik niet meer. Ik had er amper iets van geproefd. Ik spoelde de kom om in de gootsteen *(zie ons)* en zette hem in de vaatwasser *(kleed ons aan)* en vroeg me af wat ik nu moest doen. Alsof ik dat niet wist.

*Maak een wandeling met ons. Rij met ons!*

Ik verzette me tegen de gedachten – die deels míjn gedachten waren, dat was nog het ergste – tot ik me had aangekleed en gaf me toen gewonnen. Ik liep naar de garage en pakte de handgrepen van de wandelwagen. Ik voelde een zucht van verlichting, de mijne of de hunne, of allebei, dat wist ik niet. De ratrace in mijn hoofd stopte. Ik dacht eraan de wandelwagen naar het draaihek te rijden, maar ik wist dat dat een slecht idee was. Jacob en Joseph waren er al in geslaagd mijn bewustzijn binnen te dringen. Hoe meer ik deed wat zij wilden, hoe makkelijker het voor hen zou worden mij onder controle te houden.

Wat ik in het gastenverblijf had gezien bleef door mijn hoofd spoken: mannenlichamen, door slangengif opgezwollen kinderhoofden. Ze waren groter geworden in de dood; ze waren hetzelfde gebleven. Ze hadden de wilskracht van mannen en de simpele zelfzuchtige verlangens van kleine kinderen. Ze hadden macht en dat was niet best. Maar ze waren ook psychotisch.

Dat gezegd hebbende, dat geaccepteerd hebbende, voelde ik nog steeds een bepaalde mate van mededogen. Ze waren tussen die ratelslangen gevallen. Ze waren doodgebeten door slangen. Wie zou niet tot waanzin worden gedreven door een dergelijk levenseinde? En wie zou niet terug willen keren en de kindertijd willen hebben die hun was ontzegd, ook al moest daar iemand voor gevangen worden gehouden?

Ik rolde de wandelwagen een paar keer heen en weer over de betonnen garagevloer, bijna alsof ik huilerige kindjes met pijn in hun buikjes in slaap probeerde te sussen. Ik vroeg me af of het ook iemand anders had kunnen zijn, maar ik vermoedde van niet. Ik was perfect. Een man alleen, die zelf met zijn eigen verdriet worstelde.

Ik liet de handgrepen los en wachtte tot het *zie ons rij met ons kleed ons aan* weer begon. Dat gebeurde niet. Ik liep de garage uit. Ik wilde de warmte van de zon op mijn levende gezicht voelen. Ik hief mijn hoofd op en sloot mijn ogen. Het bloed in mijn oogleden lichtte rood op. Zo stond ik, als in aanbidding of meditatie, hopend op de oplossing van een probleem dat meer was dan existentieel. Een probleem waarover ik niemand kon vertellen.

*Ik word geacht haar te begraven omdat ze niemand anders heeft... aan deze kant van de dood. Maar ben ik niet hetzelfde? Mijn ouders zijn dood, mijn oudere broer is dood, mijn vrouw is dood. Wie zal mij begraven? En wat gaat die tweeling doen – stel dat ze hun zin krijgen en ik hier blijf, een mannelijke versie van Delta Dawn – wanneer ik doodga? Gezien mijn leeftijd en de actuariële tabellen, zal dat niet al te lang meer duren. Verschrompelen en verdwijnen ze dan? Ik kan Allie begraven, maar wie begraaft mij?*

Ik deed mijn ogen open en zag Allies slangenvanger op de keien van de binnenplaats liggen, precies op de plek waar de wandelwagen elke keer dat hij was teruggekomen had gestaan. Ik bedacht dat het misschien wel weer een illusie was, net als die badkuip vol slangen, maar ik wist dat het niet zo was. Dit was geen visioen of visitatie. De tweeling had hem hier niet neergelegd. De wandelwagen was meer hun ding.

Ik raapte de slangenvanger op. Hij was echt. De metalen stang lag warm in mijn hand. Als hij hier nog veel langer in de zon op de stenen had gelegen, was hij bijna te heet geweest om vast te pakken. Er was hier niemand geweest, dus wie had hem meegenomen uit de garage?

Met de slangenvanger in mijn hand besefte ik opeens dat mijn ouders, mijn broer en mijn vrouw niet de enige geliefde doden in mijn leven waren. Er was nog iemand. Iemand die op jonge leeftijd een gruwelijke dood was gestorven.

'Tad?'

Het had in het beste geval pathetisch moeten klinken en in het slechtste geval krankzinnig. Een oude man die hardop de naam van zijn dode zoon zegt op de verlaten binnenplaats van een absurd grote villa op een eilandje in Florida. Zo klonk het niet, dus zei ik het nog een keer.

'Tad, ben je daar?'

Niets. Alleen de slangenvanger, die onmiskenbaar echt was.
'Kun je me helpen?'

Aan het eind van Gregs houten vlonderpad stond dat krakkemikkige prieel. Ik liep ernaartoe met de slangenvanger over mijn schouder, zoals een soldaat uit vroeger tijden zijn geweer had gedragen... en hoewel het ding geen bajonet had, zat er wel een gemene haak aan het eind. Op de vloer van het prieel lagen een paar door schimmel aangetaste reddingsvesten die er niet uitzagen alsof ze iemands leven konden redden en een oude surfplank die onder de wasbeerpoep zat. Ik ging op het bankje zitten. Het kraakte onder mijn gewicht. Ik hoefde geen Hercule Poirot te zijn om te weten dat Greg hier niet veel tijd doorbracht. Hij had nota bene een huis aan de Golfkust dat zes tot acht miljoen dollar waard was, en dit prieeltje stond erbij als een vergeten buitenplee ergens in de wildernis van Bossier Parish, Louisiana. Maar ik was hier niet voor de interessante architectuur. Ik was hier om na te denken.

O, maar dat was onzin. Ik was hier om te proberen de geest van mijn dode zoontje op te roepen.

Je had verschillende methodes om doden op te roepen, ervan uitgaande dat ze al niet waren weggedreven naar waar ze naartoe gaan wanneer ze hun belangstelling voor deze wereld beginnen te verliezen. Voordat ik hiernaartoe kwam, had ik er een paar opgezocht op internet. Je kon een ouijabord gebruiken, maar dat had ik niet. Je kon een spiegel gebruiken, of kaarsen, die ik allebei wel had... maar na wat ik daar de vorige avond over op mijn telefoon had gezien, durfde ik die methode niet te proberen. Er waren wel degelijk geesten in Gregs huis, maar de geesten waarvan ik zeker was waren mij niet vriendelijk gezind. Uiteindelijk was ik met lege handen naar dit verwaarloosde prieel gekomen. Ik keek uit over een strand waarop geen enkele voetafdruk zichtbaar was en een Golf waarop geen enkel zeil te zien was. In februari of maart zou het zowel op het strand als in en op het water krioelen van de mensen. In augustus was ik hier helemaal alleen.

Tot ik hem voelde.

Of iemand voelde.

Of misschien was de wens de vader van de gedachte.

'Tad?'

Niets.

'Als je daar bent, jochie, zou ik wel wat hulp kunnen gebruiken.'

Maar hij was geen jochie, niet meer. Er waren vier decennia verstreken sinds Tad Trenton was gestorven in die gloeiend hete auto, terwijl die hondsdolle sint-bernard heen en weer liep over het erf van een boerderij die net zo verlaten was als de noordpunt van Rattlesnake Key. De doden konden ouder worden. Het was een mogelijkheid waarbij ik nooit had stilgestaan, maar nu wist ik het.

Maar alleen als ze dat wilden. Als ze het lieten gebeuren. Het was blijkbaar mogelijk om zowel te groeien als niet te groeien, een paradox die de gruwelijke hybriden had opgeleverd die ik in de logeerkamer in dat tweepersoonsbed had zien liggen: mensachtigen met de opgezwollen hoofden van vergiftigde kinderen.

'Je bent mij helemaal niets verschuldigd. Ik was te laat. Dat weet ik. Dat geef ik toe. Alleen...' Ik zweeg. Je zou denken dat een man alles kan zeggen wanneer hij alleen is, nietwaar? Alleen wist ik niet zeker of ik wel alleen was. Zoals ik ook niet zeker wist wat ik wilde zeggen totdat ik het zei.

'Ik heb om je gerouwd, Tad, maar ik heb je laten gaan. Na verloop van tijd deed Donna dat ook. Dat is toch niet verkeerd? Het zou verkeerd zijn geweest als we je waren vergeten. En als we je te stevig waren blijven vasthouden... ik denk dat daar monsters van komen.'

Ik had de slangenvanger dwars over mijn schoot gelegd. 'Als je deze voor mij hebt achtergelaten, dan zou ik echt wat hulp kunnen gebruiken.'

Ik wachtte. Er was niets. En er was iets, een aanwezigheid of de hoop van een oude man die zich half dood was geschrokken en werd gedwongen zich oud verdriet te herinneren. Elke slang die hem ooit had gebeten.

Toen kwamen de gedachten terug. Ze verdreven het heel kwetsbare iets dat heel misschien naar mij toe was gekomen.

*Kleed ons aan, rij met ons, zie ons. Zie ons, kleed ons aan, rij met ons!*

De kinderen wilden mij. De kinderen die *míjn* kinderen wilden zijn. En het waren ook *míjn* gedachten, dat was het gruwelijke ervan. Voelen hoe je eigen geest tegen je wordt gekeerd is een goudomrande uitnodiging tot krankzinnigheid.

Wat hen stoorde – in elk geval gedeeltelijk – was het getoeter van een claxon. Toen ik me omdraaide zag ik dat er iemand naar me zwaaide. Een silhouet aan de rand van de binnenplaats, maar de omtrekken van de dunne beentjes onder de wijde korte broek waren voldoende om mij te vertellen wie mijn bezoeker was. Ik zwaaide terug, zette de slangenvanger tegen de dunne reling van het prieel en liep terug over de vlonder. Andy Pelley kwam mij al tegemoet en wij troffen elkaar halverwege.

'Goedemorgen, meneer Trenton.'

'Vic, weet je nog?'

'Vic, Vic, oké. Ik moest hier in de buurt zijn en ik dacht, kom, ik wip even langs.'

*Maak dat de kat wijs*, dacht ik. En ik dacht *rij met ons, kleed ons aan, zie ons, we wachten op je.*

'Wat kan ik voor je doen?'

'Ik wilde je even bijpraten over de lijkschouwing.'

'Agent Zane heeft me al gebeld en me alles verteld.'

Door de manier waarop zijn borstelige snor zijn mondkapje een eindje bij zijn gezicht vandaan hield kon ik niet zien of hij hierom fronste, maar zijn wenkbrauwen – ook al zo borstelig – trokken naar elkaar, dus ik denk het wel.

'O, mooi. Dat is mooi.'

*Dat vind jij echt niet mooi*, dacht ik en ik dacht *rij met ons rij met ons dan voel je je vast beter dat weet je best.*

We liepen terug naar het huis. De houten vlonder was te smal om naast elkaar te lopen, dus liep ik voor hem uit. De gedachten – de mijne, daar moest ik steeds aan denken – bezorgden me hoofdpijn.

'We zijn natuurlijk nog in afwachting van het toxicologisch rapport.'

We bereikten het einde van de vlonder en wandelden over de binnenplaats, langs zijn pick-uptruck, ik nog steeds voorop. Hij was hier niet alleen om mij over de lijkschouwing te vertellen. Dat wist ik en ik had een helder hoofd nodig om met hem te praten.

'Ja, dat zei agent Zane al. Hij zei ook dat ik desondanks bij het gerechtelijk onderzoek word verwacht. Was er verder nog iets, hulpsheriff? Want ik was daar gaan zitten om na te denken en een poging te doen een beetje tot rust te komen. Meditatie, zou je het kunnen noemen.'

'En ik ga je zo weer met rust laten. Ik heb alleen even een paar vraagjes.'

We gingen de garage binnen, waar het ietsje koeler was. Ik liep naar de wandelwagen. Toen ik dichterbij kwam, deden de gedachten er een schepje bovenop: *KLEED ONS AAN! RIJ MET ONS! ZIE ONS!*

Even leek ik hen werkelijk te zien en niet als wangedrochten, maar als de kinderen die ze waren geweest toen ze stierven. Heel even maar. Op het moment dat ik een van de handgrepen van de wandelwagen vastpakte, waren ze verdwenen... als ze er werkelijk waren geweest. En de gekmakende klaagzang in mijn hoofd verstomde. Ik rolde de wandelwagen heen en weer.

*Gewoon om iets te doen te hebben, Andy. Dus denk er verder maar niets van.*

'Ik heb je een beetje nagetrokken,' zei Andy.

'Dat weet ik wel.'

'Verschrikkelijk, wat er met je eigen zoontje is gebeurd. Echt verschrikkelijk.'

'Het is lang geleden. Andy, werk jij aan deze zaak? Als er tenminste sprake is van een zaak? Hebben ze jou erop gezet? Want op de een of andere manier betwijfel ik dat.'

'Nee, nee,' zei hij, terwijl hij zijn handen naar me ophief in een gebaar van: stel je voor zeg. 'Maar je weet hoe het gaat – je kunt de man wel uit de politie halen, maar de politie niet uit de man. Zo zal het jou ook wel vergaan. Jij zat toch in de reclame?'

'Dat weet je heel goed en het antwoord is nee. De zeldzame keren dat ik naar live-tv kijk in plaats van programma's te streamen, zet ik bij de reclames het geluid uit. Jij hebt hier eigenlijk helemaal niets te zoeken, is het wel?'

'Nou, zo ver zou ik nu ook weer niet willen gaan. Het is gewoon dat... man, ik ben nieuwsgierig. Dit is zo'n maffe zaak. En dan bedoel ik maf in de zin van eigenaardig, niet in de zin van grappig. Dat begrijp je wel.'

Heen en weer ging de wandelwagen, een halve meter vooruit, een halve meter achteruit. Om de kinderen te kalmeren, om ze rustig te houden.

'Waarom heeft ze alles aan jou nagelaten? Dat fascineert me. En ik wed dat jij dat weet.'

Inderdaad. Dat wist ik.

'Ik heb geen idee.'

'En waarom haal je die wandelwagen iedere keer weer van haar huis hiernaartoe? Want jij bent immers de enige die dat kan doen? In deze tijd van het jaar is hier gewoon niemand anders.'

'Dat doe ik niet.'

Hij zuchtte. 'Lucht je hart bij me, Vic. Waarom niet? Als het toxicologisch onderzoek niets heeft opgeleverd, dan ben je gewoon weggekomen met wat het ook is waarmee je bent weggekomen.'

Dat was het dus. Hij dacht dat ik haar had vermoord.

'Doe een oude vent een lol. We zijn hier immers onder elkaar.'

Ik mocht deze man, die mij was komen storen terwijl ik iets heel gevoeligs probeerde, helemaal niet. Waarschijnlijk was het toch niet gelukt, maar daar ging ik hem niet aardiger van vinden, dus deed ik maar alsof ik nadacht over zijn vraag. Ik zei: 'Laat me je telefoon eens zien.'

Zelfs de bobbel van zijn snor kon de glimlach om zijn mond niet helemaal verhullen. Ik kon niet helemaal peilen wat voor glimlach het was, maar ik durf er wat om te verwedden dat het er een van het type je-hebt-me-door-vriend was. De telefoon kwam uit zijn broekzak en hij stond inderdaad op 'opnemen'.

'Ik moet per ongeluk het knopje hebben ingedrukt.'

'Dat zal best. Zet hem nu dan maar weer uit.'

Hij deed het zonder tegen te sputteren. 'Nu zijn we écht onder ons. Dus bevredig alsjeblieft mijn nieuwsgierigheid.'

'Goed dan.' Ik laste een dramatische pauze in – van het soort dat meestal goed werkte bij cliënten voordat je de reclamecampagne onthulde die je voor ze had gemaakt – en begon toen met twee leugens, gevolgd door de naakte waarheid.

'Ik heb geen flauw idee waarom iemand steeds haar wandelwagen terug komt brengen. Dat is één. Ik heb geen idee waarom ze dat idiote testament heeft opgemaakt. Dat is twee. En dan zijn we nu bij drie, agent Pelley: ik heb haar niet vermoord. De lijkschouwing bewijst dat er zo goed als zeker sprake is van een natuurlijke dood. Het toxicologisch rapport zal het onomstotelijke bewijs leveren.'

Dat hoopte ik althans. Ik hoopte dat de spooktweeling niet op de een of andere manier in haar hoofd was gaan zitten en haar had overgehaald een handjevol van haar hartmedicatie te slikken, zodat zij konden overspringen naar een iets gezondere gastheer. Je zou denken dat een toxicologisch rapport waarin werd aangetoond dat ze te veel pillen had geslikt juist niet in hun belang zou zijn, en die gedachte zou geheel terecht zijn… maar het waren kínderen.

'Ik vind dat je nu maar beter kunt gaan.' Ik hield op met het duwen van de kinderwagen. 'En neem dit ding alsjeblieft mee.'

'Ik wil dat ding niet,' zei hij en hij leek zelf verbaasd over de felheid van zijn eigen stem. Hij wist dat er iets niet aan klopte, o ja, reken maar dat hij dat wist. Hij liep de garage uit, en keek toen achterom. 'Ik ben nog niet klaar met jou.'

'O, in godsnaam, Andy, ga gewoon lekker wat anders doen. Ga vissen. Geniet van je pensioen.'

Hij liep naar zijn pick-up, stapte in, gaf een dot gas en spoot hard genoeg weg om een rubbertattoo achter te laten op de bestrating van de binnenplaats. Ik wilde weer teruggaan naar het prieel... maar toen begonnen de oorwurmen weer.

Eigenlijk waren het geen oorwurmen. Slangen waren het. Slangen in mijn hoofd, twee stuks, en als ik niet deed wat ze wilden, zouden ze hun gif in me spuiten uit gifklieren die nooit leeg raakten.

In zekere zin kon ik Pelley zijn verdenkingen niet eens kwalijk nemen. Allies advocaat, Rutherford, had er waarschijnlijk ook wel een paar. Het hele verhaal was zó fout. Het meest foute eraan was mijn huidige ellendige positie. Wat vandaag onaangenaam was, werd vanavond verschrikkelijk. Ze werden steeds sterker. Wat had Jim de brugwachter gezegd? *Rond de schemering, begrijp je wel. Alles wat echt is oogt dan dunner.*

Het was waar. En zodra de nacht valt, kan de muur tussen wat echt is en een heel ander niveau van bestaan helemaal verdwijnen. Eén ding leek vast te staan – elke kans om contact te leggen met mijn dode zoon was verkeken. De oude politieman had de betovering verbroken. Ik kon net zo goed even naar de Golf gaan zitten kijken en proberen Pelley – *Ik ben nog niet klaar met jou* – uit mijn hoofd te zetten. Na te denken over wat ik moest doen nu ik nog kon denken.

Toen ik bij het prieel was en naar binnen keek bleef ik doodstil staan. Pelley was blijkbaar niet de enige die nog niet met mij klaar was. Tad – of iemand anders – had toch contact gemaakt. De slangenvanger stond niet meer tegen de reling. Hij lag op de vloer van het prieel. De stapel oude reddingsvesten was aan de kant geschoven. In een van de surfplanken waren – ongetwijfeld met behulp van de scherpe punt van de haak van de slangenvanger – letters gekrast. Er was een begin gemaakt met een woord, maar het was nog niet af.

Ik keek naar de letters en wist wat ik moest doen. De oplossing had al die tijd binnen handbereik gelegen. Jacob en Joseph – Heckle en Jekyll, Stout en Stouter – waren niet zo oppermachtig als ze leken. Uiteindelijk hadden ze nu hun moeder er niet meer was nog maar één connectie met de wereld van de levenden.

De letters die in de plank waren gekrast waren WANDELW. Van de eerstvolgende stond er alleen nog maar de schuine streep van een A.

*Wandelwagen.*

*Was het gedaan als het gedaan is, dan was 't goed als 't vlug gedaan werd.*

Dat was Macbeths idee over kwesties zoals deze en hij was een echte denker. Ik geloofde dat het mogelijk zou moeten zijn om met mijn twee hybride harpijen af te rekenen, maar dan moest ik heel snel zijn. Als ik dat niet deed, en de gedachteslangen groeven zich steeds dieper in mijn geest, had ik straks misschien nog maar twee opties: zelfmoord of een leven als hun surrogaatvader. Als hun slaaf.

Ik ging terug naar het huis en wandelde op mijn gemakje de garage in: *Kijk mij eens, geen vuiltje aan de lucht.*

De gedachten begonnen onmiddellijk. Ik hoef je niet meer te vertellen wat ze waren. Ik pakte de handgrepen van de wandelwagen en rolde hem heen en weer, luisterend naar het helse gepiep. Als ik niet van ze af wist te komen, ging ik dat piepende wiel smeren. Nou en of. En dat niet alleen: ik zou andere shirtjes over de rugleuning van de stoeltjes hangen! Andere broekjes op de zitjes leggen! Wanneer ik mijn intrek nam in het Bell-huis (wat dan het Trenton-huis zou worden), zou ik tegen ze gaan praten. Ik zou 's avonds hun dekentjes voor ze terugslaan en ze voorlezen uit *Sylvester en de toversteen.* Ik zou ze de plaatjes laten zien!

'Hoe gaat het met jullie, jongens?'

*Goed, goed.*

'Zullen we een eindje gaan wandelen?'

*Ja, ja.*

'Goed, zullen we dat dan maar doen? Ik moet nog even een paar dingen doen, maar ik ben zo terug.'

Ik liep het huis binnen en griste mijn telefoon van de keukentafel. Ik checkte de getijdenkaart en was blij met wat ik zag. Het was eb en even na elven zou het getij het laagste punt bereiken. Dat was al snel.

Ik had nog steeds mijn sportbroekje aan en een T-shirt met afgeknipte mouwen. Ik gooide het shirt op de grond, schopte mijn sandalen uit en rende naar boven. Daar trok ik een spijkerbroek en een sweatshirt aan. Ik zette een Red Sox-honkbalpetje op mijn hoofd. Ik had geen laarzen, maar in de kast beneden vond ik een paar overschoenen. Ze waren van Greg en te groot voor mij, dus ging ik weer naar boven en trok nog drie paar sokken aan om mijn voeten wat groter te maken. Tegen de tijd dat ik weer beneden was, liep ik ondanks de airco te zweten. Buiten, in de augustushitte, zou ik nog veel meer gaan zweten.

Andy Pelley had gezegd dat ze de slangen naar de noordpunt van de Key hadden gedreven, waar alle slangen die niet waren verbrand waren verdronken, maar hij had ook gezegd dat de lange rij slangenjagers ze niet allemaal te pakken had gekregen. Ik had geen idee of de J's de exemplaren die wellicht waren overgebleven konden oproepen. Misschien niet, of misschien waren er na veertig jaar helemaal geen slangen meer, maar ik was er nu in elk geval op gekleed. Ik wist dat Florida een reptielvriendelijke omgeving is.

Ik keek onder de gootsteen en vond een paar rubber keukenhandschoenen. Ik trok ze aan en liep weer naar de garage, terwijl ik een brede glimlach op mijn gezicht toverde. Als iemand me tegen die lege wandelwagen had horen praten, had hij gedacht dat ik net zo gek was als Allie Bell. Maar er was niemand anders dan ik. En zij, natuurlijk.

'Willen jullie niet liever zelf lopen?' Ik probeerde een beetje plagerig te klinken. Ik probeerde het concept aan de man te brengen, zoals we dat in mijn vak zeiden. 'Grote jongens zoals jullie kunnen toch al zelf lopen?'

*Nee! Rijden, rijden!*

'Zullen jullie lief zijn als ik jullie meeneem naar het strand?'

*Ja! Rijden, rijden!*

En toen, ik kreeg het er ijskoud van:

*Rij met ons naar het strand, papa!*

'Oké,' zei ik, terwijl ik dacht: *Er is maar één jongetje dat ooit het recht had om mij zo te noemen, kleine ettertjes.* 'Daar gaan we.'

We staken in de hete augustuszon de binnenplaats over – *piep* en *piep* en *piep*. Ik zweette nu al als een otter in mijn sweatshirt. Ik voelde de druppels langs mijn zij naar de tailleband van mijn jeans druipen. Ik duwde de wandelwagen over de vlonder. De houten planken rammelden onder de wielen. Tot nu toe ging het makkelijk. Eenmaal op het strand zou het zwaarder worden. Misschien kwam ik wel vast te zitten. Ik moest vlak bij het water blijven, waar het zand nat en stevig was. Misschien werkte dat. Misschien ook niet.

Ik reed de wandelwagen door het prieel. In het voorbijgaan raapte ik de slangenvanger op en legde die horizontaal over de handgrepen van de wandelwagen.

'Hebben jullie het naar je zin, jongens?'

*Ja! Ja!*

'Willen jullie echt niet een stukje zelf lopen?' Alsjeblieft, zeg nee.

*Rijden! Rijden!*

'Oké, maar hou je goed vast. Het wordt een beetje hobbelig.'

Ik reed de wandelwagen voorzichtig het lage treetje af tussen het prieel en de strook met strandkool en helmgras. Even later waren we op het strand. Ik had de helling mee toen ik de wandelwagen naar het stevige zand langs de waterkant reed. De gespen aan de overschoenen rinkelden.

'Jippie!' zei ik. Mijn gezicht was kletsnat van het zweet, maar mijn mond was kurkdroog. 'Vinden jullie het leuk, jongens?'

*Ja! Rijden!*

Ik kon ze inmiddels een beetje uit elkaar houden. Dat was Joe. Jake zei niet veel. Dat beviel me niet.

'Jake? Vind jij het ook leuk, grote jongen?'

*Ja-a...*

Zijn weifelende toontje beviel me ook niet. Er was nog iets anders wat me niet beviel – ze begonnen zich van me los te maken. Werden sterker. Aanweziger. Deels had het te maken met de wandelwagen, maar het lag ook aan mijzelf. Ik had mezelf voor hen opengesteld. Ik moest wel. Ik had geen keus.

Ik duwde de wandelwagen in noordelijke richting. Kleine vogeltjes hipten voor ons uit en fladderden ten slotte op. De overschoenen rinkelden en plonsden. De wielen van de wandelwagen maakten kleine regenboogjes in het ondiepe water waar de Golf overging in land. Het zand was stevig, maar het duwen viel me hier toch zwaarder dan op de planken van de vlonder. Algauw liep ik hoorbaar te hijgen. Mijn conditie was niet slecht, ik dronk niet overdreven veel en gerookt had ik nooit, maar ik was al in de zeventig.

Jake: *Waar breng je ons naartoe?*

'O, we maken gewoon een ritje.' Ik wilde stoppen en even uitrusten, maar ik was bang dat de wielen vast kwamen te zitten als ik langzamer ging lopen. 'Jullie wilden toch rijden, dus neem ik jullie mee uit rijden.'

Jake: *Ik wil terug.*

Dat was meer dan twijfel. Dat was argwaan. En Joe nam het van zijn broertje over, precies zoals hij waarschijnlijk ook verkoudheidjes van zijn broertje had overgenomen.

Joe: *Ik ook! Ik ben moe! De zon is te heet! We hadden onze hoedjes op moeten doen!*

'Nog een klein stukje ver...' begon ik en op dat moment begonnen de slangen uit de strandkool en de palmbladeren tevoorschijn te komen. Grote slangen, tientallen, kronkelden naar het strand. Ik aarzelde, maar hooguit één tel – als ik langer had geaarzeld was de wandelwagen vast komen te zitten. Ik duwde ze door de slangen heen en opeens waren ze verdwenen. Net als de slangen in de badkuip.

Jake: *Terug. Breng ons terug! BRENG ONS TERUG!*

Joe: *Ik vind het hier niet leu-heuk!* Hij begon te huilen. *Ik vind die slangetjes niet leuk!*

'We zijn schatzoekers.' Ik liep nu zwaar te hijgen. 'Misschien zien we King Kong wel, net als in de film. Wat denken jullie daarvan, kleine boefjes?'

Een eind verderop zag ik de driehoek van opgehoopte schelpen waar Rattlesnake Key eindigde. Daarachter lag Daylight Pass, met zijn eeuwige draaikolk. Andy zei dat de stroming de vaargeul heel diep had gemaakt. Ik wist niet meer hoe diep. Vijf meter, misschien. Maar die dikke laag schelpen tussen mij en het water vormde een probleem. Daar liepen de wielen zeker in vast en ik zag er ook twee slangen overheen kronkelen die volgens mij geen illusie of geesten waren. Daarvoor waren ze te aanwezig. Restanten van de grote slangenjacht? Nieuwkomers? Het deed er niet toe.

Jake, niet smekend maar gebiedend: *Breng ons terug! Breng ons terug of je gaat er spijt van krijgen!*

*Ik héb al spijt*, dacht ik. Ik kon het niet hardop zeggen, daar had ik niet genoeg lucht voor. Mijn hart ging tekeer. Ik verwachtte dat het elk moment uit elkaar kon klappen als een te hard opgeblazen ballon.

Tot mijn afgrijzen begon de tweeling steeds meer vorm te krijgen. Hun mannenlichamen waren te groot voor de dubbele zitjes van de wandelwagen, maar ze zaten er toch in. Hun gezwollen kinderhoofden draaiden om om mij aan te kijken, de ogen zwart en boosaardig, de wangen en voorhoofden vol rode stippen van de slangenbeten. Alsof ze een apocalyptisch geval van waterpokken onder de leden hadden.

De twee slangen waren in elk geval echt. Hun lichamen maakten een droog sissend geluid terwijl hun S-bochten door de schelpen kronkelden. Hun staarten ratelden – droge beenderen in een kalebas.

Jake: *Bijt 'm, bijt 'm heel hard!*

Joe: *Bijt 'm, laat hem stoppen! Zorg dat hij ons terugbrengt!*

Toen ze toesloegen voelde dat alsof de rubber overschoenen werden geraakt door kogeltjes of hagelstenen. De wandelwagen kwam nu dan toch eindelijk vast te zitten en de wielen stonden diep in de dikke laag schelpen. De man-kinderen die erin zaten draaiden zich om en staarden mij aan, maar zo te zien konden ze er niet uit. Nog niet tenminste. Een van de ratelslangen had zich om mijn overschoen gedraaid en probeerde omhoog te kruipen. Omdat de wandelwagen toch was vastgelopen, liet ik hem los om de slangenvanger te kunnen pakken. Ik stootte hem naar de slang. Ik hoopte maar dat ik mezelf geen lelijke jaap in mijn been zou toebrengen, maar ik kon me geen aarzeling veroorloven. Ik wist de haak tussen de slang en de overschoen te wrikken en slingerde de slang in de richting van het water. De tweede slang zette zijn tanden in mijn linker overschoen. Een ogenblik lang zag ik zijn zwarte ogen naar mij opkijken en hij dacht dat het dezelfde ogen waren die me aankeken vanuit de wandelwagen. Toen bracht ik de haak omlaag en stak hem vlak achter zijn driehoekige kop. Toen ik de slangenvanger optilde voelde ik zijn staart tegen mijn schouder zwiepen, misschien op zoek naar houvast. Die vond hij niet. Ik slingerde hem weg. Even stond hij als een kronkelend streepje afgetekend tegen de lucht, toen verdween hij in het water.

De wandelwagen schommelde heen en weer terwijl de dingen die erin zaten – zichtbaar maar vluchtig – worstelden om eruit te komen. Het lukte ze nog steeds niet. De wandelwagen was hun connectie met de wereld en met mij. Ik kon hem niet verder duwen, dus liet ik de slangenvanger vallen en duwde hem omver. Ik hoorde ze schreeuwen toen ze op de schelpen vielen en toen waren ze weg. Daar bedoel ik mee dat ik ze niet meer

*(zie ons, zie ons)*

kon zien, maar ze waren er nog wel. Ik hoorde Jake gillen en Joe huilen. Snikken, eigenlijk, zoals hij waarschijnlijk had gesnikt toen hij zich realiseerde dat hij was overdekt met slangenbeten en dat zijn veel te korte leven ten einde was. Die geluiden maakten me verdrietig – ik wist zeker dat mijn zoon ook had gehuild toen hij en Donna zaten te stikken van de hitte in die Pinto – maar dat weerhield me er niet van om door te zetten. Ik moest als dat enigszins mogelijk was afmaken waarmee ik was begonnen.

Zwaar hijgend sleepte ik de wandelwagen naar de vaargeul. Naar de draaikolk.

Jake: *Nee! Nee! Je moet voor ons zorgen! Met ons rijden! Ons duwen! Ons aankleden! Nee!*

Zijn broertje gilde alleen maar van doodsangst.

Ik was zes meter van de waterkant verwijderd toen overal om me heen vlammen uit de grond schoten. Ze waren niet echt, ze waren niet heet, maar ik rook kerosine. De stank was zo hevig dat ik begon te hoesten. Het hoesten veranderde in kokhalzen. De oogverblindend witte schelpenhopen waren verdwenen en hadden plaatsgemaakt voor een tapijt van brandende slangen. Ook die waren niet echt, maar ik hoorde wel het popcornachtige geluid van hun ratels die openbarstten in de vlammen. Ze probeerden me te bijten met koppen die er niet waren.

Ik bereikte het water. Ik kon de wandelwagen erin duwen, maar dat was niet afdoende. Dan lukte het ze misschien het spookachtige ding er weer uit te krijgen, net zoals ze erin geslaagd waren het van het huis van de Bells naar dat van Greg te verplaatsen. Maar ik had me laten vertellen dat mannen en ook vrouwen – zelfs kleine vrouwen – soms in staat waren auto's op te tillen als hun kinderen eronder beklemd lagen. En ooit had een vrouw, ene Donna Trenton, het, gewapend met niets anders dan een honkbalknuppel, opgenomen tegen een zeventig kilo zware sintbernard... en gewonnen. Als zij dat kon, moest ik dit ook kunnen.

De wandelwagen woog geen zeventig kilo, maar misschien vijftien. Als die dingen erin hadden gezeten en als ze ook nog eens iets hadden gewogen, had ik hem niet eens tot aan mijn middel kunnen optillen. Maar ze zaten er niet in. Ik tilde hem op aan de stangen boven de achterwielen. Ik draaide mijn heupen naar rechts, een beweging die mijn rug hoorbaar liet kraken. Toen draaide ik de andere kant op en gooide de wandelwagen als 's werelds onhandigste discuswerper zo ver mogelijk van me af. Hij landde hooguit anderhalve meter van de rand van het schelpenstrand. Niet ver genoeg dus, maar het water van Calypso Bay werd meegevoerd door het afgaande tij en er stond een sterke stroming. De wandelwagen kantelde van links naar rechts en werd toen in de draaikolk getrokken. Ze zaten er weer in. Misschien moesten ze er wel in zitten. Ik zag nog één keer die afschrikwekkende gezichten voordat ze werden meegesleurd. Toen ik de wandelwagen weer zag langsdrijven, was hij aan het zinken en waren de zitjes al onder water. Er zat niemand meer in. De shirtjes dreven een voor een weg. Ik hoorde een laatste kreet van woede in mijn hoofd. Dat was Jake Bell, de sterkste van de twee. De volgende keer dat de wandelwagen langskwam in zijn waterige draaimolen, staken alleen de handgrepen nog boven water. De keer daarna was hij helemaal verdwenen, op een waterige schittering na, ongeveer een meter onder water.

De vlammen waren ook verdwenen. Evenals de brandende slangen. Alleen de stank van kerosine bleef. Ik zag een blauw broekje mijn kant op drijven. Ik pakte de slangenvanger, viste het broekje uit het water en slingerde het verder de golf in.

Mijn rug kraakte weer. Ik bukte me en probeerde hem te ontspannen. Toen ik me weer oprichtte en uitkeek over Daylight Pass, zag ik veel meer dan een paar stroken drijvend groen. Ik zag Duma Key. Het eiland leek net zo echt als de hand die omhoog was gekomen uit de badkuip vol slangen, of de gruwelijke hybride wezens die in het logeerbed in het gastenverblijf hadden gelegen. Ik zag palmbomen en een roze huis op palen. En ik zag een man. Hij was lang en hij droeg jeans, met daarop een effen wit katoenen overhemd. Hij zwaaide naar me.

*O, mijn god,* had Donna enkele seconden voor haar dood gezegd. *Je bent gewoon helemaal volwassen! Kijk nou toch eens hoe gróót je bent!*

Ik zwaaide terug. Ik geloof dat hij glimlachte, maar dat weet ik niet zeker, want inmiddels stonden mijn ogen vol tranen, die waterige kleurenprisma's vormden die de felheid van de zon nog eens verviervoudigden. Toen ik ze had weggeveegd, was Duma Key weer verdwenen, en hij ook.

Het had maar tien minuten gekost om de wandelwagen naar het eind van de Key te rijden. Of misschien een kwartier – ik had het een beetje te druk om op mijn horloge te kijken. De weg terug, naar het prieel en de vlonder, kostte me zeker drie kwartier, omdat mijn rug steeds in een kramp schoot. Tijdens het lopen ontdeed ik me van de handschoenen en het sweatshirt. Ik schopte de overschoenen uit en ging even op het zand zitten om de spijkerbroek uit te trekken. Al die dingen deden minder pijn dan lopen, maar ze waren toch flink pijnlijk. Net als overeind komen nadat ik de spijkerbroek had uitgetrokken, maar ik was wel een stuk lichter. En de afschuwelijke ratrace van gedachten in mijn hoofd was verdwenen. Wat mij betreft had ik daar de rugpijn – waarvan ik tot op de dag van vandaag nog steeds last heb – graag voor over. De rest van de weg legde ik slechts gekleed in mijn sportbroekje af.

Eenmaal thuis vond ik in Gregs medicijnkastje een flesje paracetamol en nam er drie. De pijn ging er niet van weg, maar werd wel wat gedempt. Daarna viel ik in een vier uur durende, droomloze, heerlijke slaap. Toen ik wakker werd, was mijn rug zo stijf dat ik een strategie moest bedenken – stap A, stap B, stap C – om overeind te komen, op de rand van het bed te gaan zitten en te gaan staan. Ik nam een hete douche en dat hielp wel enigszins. Een handdoek gebruiken om me af te drogen leek me nog een stap te ver, dus liet ik mezelf aan de lucht opdrogen.

Beneden – stap voor kermende stap – dacht ik eraan om Pelley te bellen, maar eigenlijk wilde ik de man helemaal niet spreken.

In plaats daarvan belde ik Zane. Hij vroeg wat hij voor me kon doen en ik zei dat ik belde om aangifte te doen van een verdwenen wandelwagen. 'Heeft iemand van jullie – Pelley misschien – soms eindelijk besloten dat ding te komen oppikken?'

'Huh. Volgens mij niet. Ik zal even navraag doen en dan hoor je nog van me.'

Uiteindelijk belde hij inderdaad terug, om me te vertellen dat niemand van het politiebureau de wandelwagen had opgehaald. Daar was ook eigenlijk geen reden voor, zei hij.

'Dan zal degene die hem tot twee keer toe hier heeft neergezet hem wel weer naar haar huis hebben teruggebracht,' zei ik.

Dat idee had hij ook. En dat was waar de kwestie van de bezeten wandelwagen eindigde.

## Mei 2023

Dit gebeurde allemaal drie jaar geleden. Ik ben terug in Newburyport en ben niet van plan Florida, de 'Sunshine State', ooit nog te bezoeken. Zelfs Georgia zou me nog te dichtbij zijn.

Alita Bells toxicologisch onderzoek bracht niets verdachts aan het licht, wat mij definitief van het verdachtenlijstje schrapte. Nathan Rutherford regelde Allies begrafenis. Hij en ik woonden die bij. Net als Zane en Canavan, de oude Lloyd Sunderland (vergezeld door zijn hond) en een stuk of zes brugwachters, onder wie Jim Morrison.

Andy Pelley was er ook. Op de receptie kwam hij naar me toe terwijl ik in de rij stond voor een glaasje punch. De geur van whisky van onder zijn snor kwam me al tegemoet. Hij droeg geen mondkapje om het te verhullen. 'Ik denk nog steeds dat je ergens mee bent weggekomen, vriend,' zei hij en voordat ik iets kon antwoorden liep hij al – niet helemaal recht – naar de deur.

Ik legde vanuit Gregs huis en via Zoom een verklaring af voor het gerechtelijk onderzoek. Er werden geen lastige vragen gesteld. Sterker nog, de lijkschouwer gaf me een vette pluim omdat ik zo mijn best had gedaan de gieren van de overledene weg te houden tot de hulpdiensten ter plaatse waren.

Er hebben zich nooit meer familieleden gemeld om Alita Bells zelf in elkaar geflanste testament aan te vechten. Het had nog heel wat voeten in de aarde voordat het testament eindelijk was bekrachtigd, maar in juni 2022 was alles wat van haar was geweest officieel van mij. Ongelooflijk maar waar.

Ik zette het onroerend goed te koop. Ik wist dat niemand het huis zou willen hebben, dat ondanks Allies kluskwaliteiten behoorlijk vervallen was. De grond waar het op stond was een heel ander verhaal. In oktober 2022 verkocht ik het voor net iets minder dan zeven miljoen dollar. Alleen de plek al, tussen de Baai en de Golf – eersteklas vastgoed. Het zal niet lang duren voordat er op die plek weer zo'n poenerige megavilla staat. De rest van Allies bezittingen leverde een totaalbedrag op van zes miljoen. Na vermogensbelasting en alle andere kosten die aan zo'n enorme nalatenschap vastzitten, hield ik van die dertien miljoen, vierenhalf miljoen dollar over. Een aardige meevaller, als je de verschrikkelijke kinderen die er oorspronkelijk bij hoorden niet meerekent.

Ik stortte een half miljoen in mijn pensioenfonds – laten we zeggen voor verleende diensten en een rug waar ik waarschijnlijk tot mijn dood last van zal blijven houden. De rest schonk ik aan de voedselbank in Sarasota, waar ze dolblij waren – *compleet in de fucking wolken*, zou Donna hebben gezegd – om het geld in ontvangst te nemen. De enige andere uitzondering die ik maakte was de achtduizend dollar die naar advocaat Rutherford ging.

Om de kosten van Allies begrafenis te dekken.

Ik bleef nog in Gregs huis tot na het gerechtelijk onderzoek, toen de kwestie-Allie Bell officieel was afgesloten. Al die tijd had ik geen last van visioenen of piepende wielen. Natuurlijk keek ik 's ochtends altijd nog even of er geen wandelwagen in de garage of op de binnenplaats stond, meestal zelfs voordat ik koffie ging zetten. Niet alleen verdriet laat littekens achter. Doodsangst doet dat ook. Vooral bovennatuurlijke doodsangst.

Maar de tweeling was weg.

Op een dag vroeg ik meneer Ito mij de kuil te laten zien waar Jacob en Joseph hun ongelukkige val hadden gemaakt tijdens hun fatale wandeling door het kreupelhout naar het strand. Na enige tijd te hebben gezocht, vonden we de plek. Meneer Ito viel er bijna zelf in. Hoewel het moeilijk te zien was, aangezien de kuil is volgegroeid met strandkool en madeliefjes die zo groot waren dat het wel mutanten leken, leek de kuil me ongeveer zo lang als Gregs luxe badkuip en net zo diep.

Ik had de sleutels van het huis van de Bells en ik ben er één keer naar binnen gegaan. Ik was nieuwsgierig naar dat laatste visioen – of hallucinatie, hoe je het ook noemen wilt – dat ik had ervaren toen ik de wandelwagen over het schelpenstrand sleepte: vlammen, een tapijt van slangen, de stank van kerosine. De tweeling was gestorven vóór de grote slangenjacht, dus hoe konden zij daarvan hebben geweten?

In het huis was alles nog precies zoals Allie het had achtergelaten toen zij de spooktweeling had meegenomen voor hun laatste wandeling (met haar). In de gootsteen lag een bord met een vork en een mes erop. Op het aanrecht stond een doos cornflakes, waarvan de onderkant was aangevreten door kleine knaagdiertjes die op zoek waren naar eten. Ik dwong mezelf om een kijkje te nemen in de slaapkamer van de jongens. Ik had verwacht dat ze die precies zo had gelaten als tijdens Jake en Joe's korte leventjes en dat klopte. Er stonden twee bedjes. De lakens en de kussenslopen waren bedrukt met grappige dinosaurussen. Tad had precies dezelfde gehad. Dit besef bezorgde me rillingen, maar was tegelijkertijd ook een soort troost.

Ik trok de deur dicht. Op de deur stond, in kleurige plakletters: HET KONINKRIJK VAN DE TWEELING.

Ik wist niet waar ik naar op zoek was, maar toen ik het vond wist ik het meteen. Henry Bells werkkamer zag er ook nog precies hetzelfde uit als al die jaren geleden. Links van zijn IBM Selectric-typemachine lag een keurig stapeltje schrijfblokken en rechts lagen mappen. Aan elke kant stond, als een presse-papier, een ingelijste foto: Joe op de schrijfblokken, Jake op de mappen. Aan de muur hing een foto van een onwaarschijnlijk jonge en knappe Allie.

Aan een andere muur hingen drie ingelijste zwart-witfoto's van de grote slangenjacht. Op een ervan stonden mannen auto's uit te laden, rugzakken met Smokechasers om te hangen en allerlei beschermende kleding aan te trekken. Op een andere liepen mensen in een lange rij tegen de struiken te slaan om de slangen naar het noorden te drijven. De derde foto toonde het driehoekige schelpenstrand terwijl duizenden slangen in de vlammen lagen te verbranden. Ik wist dat Jake en Joe al heel lang in dit huis rondspookten voordat ze dat in mijn huis kwamen doen. Misschien had Allie ze hier wel eens mee naar binnen genomen om ze de foto's te laten zien.

*Zien jullie wel, jongens? Dat is er gebeurd met die lelijke slangen die jullie pijn hebben gedaan!*

Ik ging weg. Ik was blij dat ik het huis achter kon laten. Ik ben er nooit meer geweest.

Nog één ding.

Iemand heeft ooit eens gezegd dat grond het enige is waar niet méér van wordt gemaakt, en in Florida is grond goud waard, vooral sinds het uitbreken van de pandemie. En hoewel er niet meer van wordt gemaakt, is terugwinnen niet onmogelijk.

De county praat nu over het terugwinnen van Duma Key.

Een consortium van vastgoedmakelaars (onder wie degene die het huis van mevrouw Bell voor mij heeft verkocht) heeft een saneringsbedrijf in de arm genomen om de mogelijkheid te onderzoeken. Bij een bijeenkomst bijgewoond door de countycommissarissen en voorgezeten door de beheerder, heeft een aantal experts van Land Gold Inc. een powerpointpresentatie gehouden, compleet met een geïdealiseerde artist's impression van een uit de golven herrezen Duma. Het zou betrekkelijk makkelijk en goedkoop zijn, zeiden ze. Het was een kwestie van het opnieuw afsluiten van de vaargeul, van Daylight Pass, zodat er geen water meer doorheen kan stromen. Dan een jaar of wat baggeren en klaar is Kees.

Terwijl ik dit schrijf zijn er discussies over gaande. De milieuactivisten staan op hun achterste benen en ik doneer maandelijks geld aan de Red de Daylight Pass-organisatie die is opgericht, maar uiteindelijk zal het toch gaan gebeuren, want in Florida – vooral in de delen waarvoor de rijken een voorkeur lijken te hebben – gaat geld boven alles. Ze zullen de vaargeul afsluiten en tijdens de werkzaamheden vinden ze dan ongetwijfeld een verroeste wandelwagen. Ik weet zeker dat de gruwelijke dingen die erin hebben gezeten dan verdwenen zijn.

Bijna zeker.

Als het niet zo is, hoop ik dat ze mij met rust laten. Want als er ooit een nacht komt waarin ik dat piepende kinderwagenwiel weer hoor aankomen, moge God me dan bijstaan.

Moge God me dan bijstaan!

*Denkend aan John D. MacDonald*

# De dromers

Ik weet niet wat het universum betekent. Misschien heb ik wel een idee. Jij misschien ook. Of niet. Het enige wat ik kan zeggen is dat je moet oppassen voor dromen. Die zijn gevaarlijk. Dat heb ik aan den lijve ondervonden.

Ik ben als soldaat twee keer in Vietnam geweest. In juni '71 ben ik afgezwaaid. Er is niet op me gespuugd toen ik in New York uit het vliegtuig stapte en niemand noemde me een babymoordenaar. Ik ben natuurlijk ook niet bedankt voor mijn werk, dus nou ja. Dit verhaal – deze autobiografie? bekentenis? – heeft niets met Vietnam te maken, maar toch ook weer wel. Toch wel. Als ik geen zesentwintig maanden door de jungle had lopen banjeren, had ik Elgin misschien wel tegengehouden op het moment dat we die tanden zagen. Niet dat me dat dan was gelukt. De Gentleman Wetenschapper was vast van plan om door te zetten en op een bepaalde manier heeft hij dat ook gedaan. Maar ik had in elk geval zelf weg kunnen lopen. Dat heb ik niet gedaan, omdat de jongeman die naar Vietnam ging niet dezelfde jongeman was die terugkwam. Die jongeman was leeg. Ontdaan van emoties. Dus het is nu eenmaal gebeurd. Ik houd mezelf daar niet verantwoordelijk voor. Zonder mij was hij ook doorgegaan. Ik weet alleen dat ik ben gebleven terwijl ik wist dat we langs de grens van gezond verstand laveerden. Ik denk dat ik mezelf weer wakker wilde schudden. En ik denk dat ik dat heb gedaan.

Ik ging terug naar Maine en bleef daar een tijdje bij mijn moeder in Skowhegan. Het ging goed met haar. Ze was assistent-manager bij George's Bananenkraam – dat klinkt als een kraampje langs de weg, maar het is een supermarkt. Ze zei dat ik was veranderd en ik zei dat weet ik. Ze vroeg wat voor werk ik ging doen en ik zei dat ik iets ging zoeken in Portland. Ik zei dat ik ging doen wat ik van Sissy had geleerd en zij zei dat ze dat een goed idee vond. Volgens mij was ze blij dat ik weer wegging. Ik denk dat ze zenuwachtig van me werd. Ik vroeg haar een keer of ze mijn vader miste of mijn stiefvader. Ze zei mijn vader. Over Lester zei ze die ben ik liever kwijt dan rijk.

Ik kocht een tweedehands auto en reed naar Portland en solliciteerde daar bij een bedrijf dat Temp-O heette. De vrouw bij wie ik mijn sollicitatieformulier inleverde zei: 'Ik zie hier niet waar je op school hebt gezeten.' Dat was mevrouw Frobisher.

'Heb ik ook niet.'

'Wat heb je ook niet?'

'Op school gezeten.'

'Je begrijpt het niet, jongeman. Wij nemen hier stenografen aan om in te vallen wanneer ergens iemand ziek wordt of ontslag neemt. Sommige van onze uitzendkrachten werken bij de rechtbank.'

'Kom maar op,' zei ik.

'Ben je bekend met Gregg-steno?'

'Ja. Dat heb ik van mijn zus geleerd. Ik hielp haar altijd met haar huiswerk, maar uiteindelijk werd ik er beter in dan zij.'

'Waar werkt je zus?'

'Ze is dood.'

'Het spijt me dat te horen.' Mevrouw Frobisher klonk helemaal niet spijtig en dat kon ik haar niet kwalijk nemen. Mensen hebben al genoeg aan hun eigen ellende, zonder dat ze zich de ellende van anderen ook nog eens aan moeten trekken. 'Hoeveel woorden per minuut?'

'Honderdtachtig.'

Ze glimlachte. 'Echt waar?'

'Echt waar.'

'Ik betwijfel het.'

Ik zei niets. Ze gaf me een schrijfblok aan en een potlood, een #2 Eberhard Faber. 'Ik wil wel eens een honderdtachtig in actie zien. Dat lijkt me wel wat.'

Ik sloeg het schrijfblok open. Ik dacht eraan hoe Sissy en ik in haar kamer zaten, zij aan haar bureautje in een cirkel van lamplicht, ik op het bed. Ze zei dat ik beter was dan zij. Ze zei dat ik het supersnel oppikte en dat was waar. Het was net zoiets als het oppikken van Vietnamees, en de dialecten van de Tay en de Muong. Dat is geen vaardigheid, maar gewoon een handigheid. Ik zag woorden veranderen in op- en neerhalen. Dikke lijnen, dunne lijnen, krullen. Ze marcheerden in dichte rijen door mijn hoofd. Je zou me kunnen vragen of ik dat fijn vind en dan zou ik antwoorden soms. Op de manier zoals iemand het soms fijn vindt om te ademen. Het grootste deel van de tijd dóé je dat gewoon.

'Klaar?'

'Helemaal.'

'Dat zullen we nog wel eens zien.' En toen, heel snel: 'Genade dwingt men niet als milde regen valt zij uit de hemel op aarde neder je kunt hier niet zomaar binnen komen lopen en beweren dat je honderdtachtig woorden kunt transcriberen dubbel is haar zegen ze zegent hem die geeft en hem die neemt. Lees dat maar eens voor me terug.'

Ik las het haar voor zonder erbij te vertellen dat ze in het eerste gedeelte van Portia's toespraak een paar woorden had overgeslagen. Ze keek me alleen maar een paar tellen aan en zei toen: 'Verdomd, krijg nou wat.'

Ik werkte daarna een maand of tien voor Temp-O. In Vietnam waren we aan het verliezen. Je hoefde geen genie te zijn om dat te zien. Soms weten mensen niet wanneer ze moeten stoppen. Dat doet me meteen aan Elgin denken. De Gentleman Wetenschapper.

Toen ik begon waren we met z'n vieren, daarna met zes, toen drie en vervolgens weer met z'n zessen. Uitzendwerk was werk met een groot verloop. Het waren allemaal vrouwen, behalve Pearson, een lange, knappe vent met een kale plek op z'n hoofd die hij probeerde te verbergen en eczeem rond zijn neus en bij zijn mondhoeken. Bij zijn mondhoeken zag het eruit als opgedroogd spuug. Pearson was er toen ik kwam en ook nog toen ik weer vertrok. Hij haalde misschien zestig woorden per minuut. Als hij een goede dag had. Als je te snel ging zei hij rustig aan, rustig aan. Dat weet ik omdat we soms, wanneer we niet veel te doen hadden, onderlinge wedstrijdjes hielden. Twee minuten tv-reclames. Vaatwasmiddel. Tandpasta. Keukenrollen. Dingen die vrouwen die overdag tv-kijken kopen. Ik won altijd. Na een tijdje probeerde Pearson het niet eens meer. Hij noemde het een kinderachtig spelletje. Ik weet niet waarom mevrouw Frobisher Pearson in dienst hield. In elk geval niet omdat ze iets met hem had. Misschien was hij voor haar gewoon iets wat ze over het hoofd zag, zoals een stapeltje kerstkaarten dat tegen Valentijnsdag nog steeds op het tafeltje in de gang ligt. Hij mocht mij niet. Ik vond eigenlijk helemaal niets van hem, want zo iemand was ik in '71 en '72. Via Pearson kwam ik bij Elgin terecht. Min of meer. Het was niet echt zijn bedoeling.

We kwamen altijd om half negen, negen uur binnen en zaten dan in de achterkamer, daar in Exchange Street, waar we koffie dronken en donuts aten, naar een kleine draagbare tv keken of wat lazen. Soms hielden we een wedstrijdje. Meestal lagen er wel twee of drie exemplaren van de *Press Herald* en Pearson ging er altijd eentje zitten lezen. Dan zat hij een beetje te mompelen over de artikelen en krabde aan zijn eczeem zodat het over zijn kleren sneeuwde. Voor een gewone klus riep mevrouw Frobisher Anne of Diane of Stella. Ik kreeg meestal de rechtbankklussen wanneer er iemand was uitgevallen. Ik moest het juridische steno leren en ik moest een stenomasker, een handmicrofoon die is ingebouwd in een soort masker dat over je mond viel, dragen, maar dat vond ik niet erg. Soms werd ik naar belangrijke vergaderingen gestuurd waar opnameapparatuur streng verboden was. Dan was het alleen ik en mijn schrijfblok. Dat vond ik, voor zover ik het werk leuk vond, de leukste opdrachten. Soms moest ik mijn schrijfblok na afloop inleveren en dat vond ik ook prima. Soms kreeg ik een fooi.

Pearson had de gewoonte de delen van de krant die hij uit had op de grond te gooien. Op een dag zei Diane dat ze dat slordig vond en zei Pearson tegen haar dat ze, als het haar niet beviel, de krantenpagina's maar heel klein moest oprollen en in haar reet moest steken en een week of twee later stapte Diane op. Soms raapte ik de stukken krant die Pearson liet vallen op en las ze vluchtig door. De achterkamer, die wij het hok noemden, was saai wanneer we niets te doen hadden. De spelletjesprogramma's en praatprogramma's waren stikvermoeiend. Ik had altijd een paperback bij me, maar die dag, de dag dat ik erachter kwam wie Elgin was (ook al kende ik zijn naam nog niet omdat die niet in de advertentie stond) kon het boek dat ik las me niet boeien. Het was een oorlogsboek, geschreven door een man die niets van oorlog wist.

Het krantenkatern dat ik opraapte was het gedeelte met rubrieksadvertenties. Auto's te koop op de ene pagina en personeel gezocht op de andere. Ik liet mijn blik langs de personeel-gezochtadvertenties glijden, niet omdat ik op zoek was naar ander werk, ik vond het wel oké bij Temp-O, maar meer om de tijd te doden. Mijn blik viel op de vetgedrukte woorden 'Gentleman Wetenschapper'. En op het woord 'flegmatieke'. Geen woord dat je vaak tegenkomt in de rubrieksadvertenties.

> GENTLEMAN WETENSCHAPPER zoekt assistent voor hulp bij serie experimenten. Goede kennis van stenografie vereist (60-80 wpm of beter). Uitstekend salaris op voorwaarde van uitstekende referenties. Tevens discretie en flegmatieke inborst vereist.

Er stond een telefoonnummer bij. Nieuwsgierig om te weten te komen wie er op zoek was naar een flegmatieke assistent, belde ik het. Om de tijd te doden. Dat was op een donderdagmiddag. Die zaterdag reed ik in mijn tweedehands Ford de pakweg honderdtwintig kilometer naar Castle Rock, waar ik de Lake Road nam, die eindigde bij een meer, Dark Score Lake. Op het strand stond een groot stenen huis met een oprijlaan met een poort ervoor, met daarachter een klein stenen huisje waar ik in kwam te wonen zolang ik in dienst was van Elgin, de Gentleman Wetenschapper. Het huis was geen landhuis, maar het scheelde niet veel. Er stonden een Volkswagen Kever en een Mercedes op de oprit. De Kever had een kentekenplaat van de staat Maine en een bloemensticker op de tankdop en een bumpersticker met STOP THE WAR. Ik herkende hem. De Mercedes had een kenteken van Massachusetts. Ik vermoedde dat die laatste van de Gentleman Wetenschapper was en dat bleek te kloppen. Ik heb nooit geweten hoe Elgin aan zijn geld kwam. Misschien zegt een gentleman dat niet. Wat ik dacht was dat hij het had geërfd, want voor zover ik kon beoordelen werkte hij niet, behalve dan zijn amateur-wetenschappelijke werkzaamheden, en hij noemde het net-geen-landhuis zijn zomerhuisje. Geen idee waar zijn winterhuis stond. Waarschijnlijk in Boston of een van die buitenwijken waar de enige zwarte of Aziatische gezichten die je ooit zag achter grasmaaiers liepen of de lunch serveerden. Ik had die dingen wel kunnen uitzoeken en hier en daar wat navraag kunnen doen, want mensen in een kleine stad weten vaak van alles en als je het op de goede manier vraagt zullen ze het je altijd vertellen, ze willen het vertellen, er is geen fijner tijdverdrijf dan roddelen en ik kende die goede manier omdat ik zelf in een kleine stad was opgegroeid, maar zo zat ik niet in elkaar. Het kon mij niet schelen of het Weston of Brookline of de Back

Bay was. Het was niet eens dat ik de baan wel of juist niet wilde. Ik was niet ziek of zo, maar ik zat niet goed in mijn vel. Misschien begrijp je dat en misschien ook niet. De meeste nachten sliep ik niet veel en duisternis zit vol lange uren. De meeste nachten vocht ik tegen de oorlog en won die dan. Het is een oud verhaal, ik weet het. Je kunt het elke week op tv zien.

Ik parkeerde naast de Kever. Een jonge vrouw kwam naar buiten met een aktetas in haar ene hand en het stenoblok in de andere. Ze droeg een mantelpakje. Het was Diane, die voor Temp-O had gewerkt.

'Hallo, tijd niet gezien,' zei ik.

'Ook hallo. Jij bent zeker de volgende. Hopelijk heb jij meer geluk.'

'Heb je de baan niet gekregen?'

'Hij zei dat hij me nog zou bellen. Ik weet wat dat betekent. Werkt Pearson daar nog steeds?'

'Ja.'

'Oetlul.'

Ze stapte in de Kever en reed weg. Ik belde aan. Elgin deed open. Hij was lang en mager, met een heleboel naar achteren gekamd wit haar, net als een concertpianist. Hij droeg een wit overhemd en een kaki broek met een laaghangend kruis, alsof hij veel was afgevallen. Hij leek me een jaar of vijfenveertig. Hij vroeg of ik William Davis was. Ik zei dat ik dat was. Hij vroeg me of ik een stenoblok had. Ik zei dat ik er achter in mijn auto een stuk of zes had liggen.

'Ga er dan maar eentje pakken.'

Ik deed wat hij zei en dacht intussen dat het wel weer hetzelfde zou gaan als bij mevrouw Frobisher. Hij nam me mee naar de woonkamer, waar de geest van de winter nog leek te hangen wanneer het huis leegstond en het meer bedekt was met een laag ijs. Hij vroeg of ik mijn cv had meegebracht. Ik pakte mijn portefeuille en liet hem mijn eervol ontslag uit het leger zien en vertelde hem dat dat mijn cv was. Ik kon me niet voorstellen dat hij wilde weten dat ik na de middelbare school als pompbediende had gewerkt en als hulpkelner in de Headless Woman.

'Sinds ik uit het leger ben, heb ik voor Temp-O gewerkt, een uitzendbureau in Portland. Uw vorige sollicitant heeft daar ook gewerkt. Als u wilt, kunt u ze bellen. Vraag maar naar mevrouw Frobisher. Misschien laat ze me zelfs mijn baan wel houden als ze erachter komt dat ik naar iets anders op zoek ben.'

'Waarom zou ze dat doen?'

'Omdat ik de beste ben die ze heeft.'

'Wil je deze baan werkelijk hebben? Want je lijkt, hoe zal ik het noemen, wat ongeïnteresseerd.'

'Ik wil wel eens iets anders.' Dat was waar.

'En het salaris? Wil je dat niet weten? Of hoelang het gaat duren?'

Ik haalde mijn schouders op.

'Dus eigenlijk ben je een beetje een zwerver?'

'Ik weet het niet.' Dat was ook waar.

'Vertel me eens, meneer Davis, kun je "flegmatiek" spellen?'

Ik spelde het.

Hij knikte. 'De vorige kon dat namelijk niet, ook al moet ze het in mijn advertentie hebben gelezen. Ik betwijfel zelfs of ze wist wat het betekende. Ze leek me een beetje een leeghoofd. Was ze dat, toen ze jouw collega was?'

'Zo zou ik dat niet willen zeggen.'

Hij glimlachte. Dunne lippen. Diepe groeven die vanuit zijn mondhoeken omlaagliepen, zoals bij een buikspreekpop. Bril met een hoornen montuur. Ik vond hem er niet uitzien als een wetenschapper. Hij zag eruit alsof hij probéérde eruit te zien als een wetenschapper.

'Waar heb je gediend? Vietnam?'

'Voornamelijk.'

'Heb je iemand gedood?'

'Daar praat ik niet over.'

'Medailles gekregen?'

'Praat ik ook niet over.'

'Goed. Wanneer je zegt dat je de beste bent bij Temp-O – ik heb nog een paar andere sollicitanten gehad die daarvandaan komen, niet alleen Diane Bissonette – over hoeveel woorden per minuut hebben we het dan?'

Ik vertelde het hem.

'Dat wil ik dan wel even testen. Ik moet wel. Als je echt de beste bent, dan ben jij degene die ik zoek. Alles wordt uitsluitend in steno vastgelegd. Bijna uitsluitend. Er komen geen audio-opnames van mijn experimenten. Geen gefilmde beelden. Alleen polaroidfoto's, die ik zal houden als ik ga publiceren en zal vernietigen als dat niet het geval is.'

Hij wachtte af of ik nieuwsgierig was geworden en dat was ik, maar niet genoeg om vragen te stellen. Hij zou het me vertellen of hij zou het me niet vertellen. Er lag een stapeltje boeken op de salontafel. Hij pakte het bovenste en testte me daaruit. Het boek was *De mens en zijn symbolen*. Hij hield een behoorlijk tempo aan, maar ging niet zo snel als mevrouw Frobisher had gedaan. Er kwam wat technisch jargon in voor, zoals 'activatiesynthese', en een paar moeilijke namen, zoals Aniela Jaffé en de Universiteit van Brescia, maar ik zag ze goed. Want dat is het eigenlijk, een soort zien. Ik noteerde ze, ook al struikelde hij zelf over de naam van Jaffé, die hij uitsprak als Jaff. Ik las alles voor hem terug.

'Jij verspilt je talent bij Temp-O,' zei hij.

Daar had ik niets op te zeggen.

'Voor de duur van mijn experimenten zou je hier komen wonen. In het gastenverblijf hierachter. Vrije dagen. Voldoende vrije tijd. Heb je wellicht wat medische kennis opgedaan in je diensttijd?'

'Tot op zekere hoogte. Ik kan een gebroken bot zetten en ik kan iemand reanimeren. Als die persoon tenminste op tijd uit het meer zou worden gevist. Ik neem aan dat u hier weinig zou hebben aan sulfapreparaten.'

'Hoe oud ben je?'

'Vierentwintig.'

'Je lijkt ouder.'

'Oké.'

'Was je toevallig ook in My Lai?'

'Dat was voor mijn tijd.'

Hij pakte een van de andere boeken van de stapel: *Archetype en onbewuste*. Toen pakte hij er nog een, getiteld *Herinneringen Dromen Gedachten*. Hij tilde ze op en leek ze op elke hand te wegen, alsof ze op een weegschaal lagen. 'Weet je wat deze boeken met elkaar gemeen hebben?'

'Ze zijn allebei geschreven door Carl Jung.'

Hij trok zijn wenkbrauwen op. 'Je spreekt zijn naam goed uit.'

Beter dan jij Aniela Jaffé uitspreekt, dacht ik, maar dat zei ik niet.

'Spreek je toevallig Duits?'

'*Ein wenig*,' zei ik en ik hield de toppen van mijn duim en wijsvinger een klein stukje uit elkaar.

Hij pakte een ander boek van de stapel. Het heette *Gegenwart und Zukunft*. 'Dit is mijn schat. Heel zeldzaam, een eerste editie. *Onze tijd en zijn toekomst*. Ik kan het niet lezen, maar ik kan de illustraties bekijken en ik heb de diagrammen bestudeerd. Wiskunde is een universele taal, zoals je ongetwijfeld zult weten.'

Ik wist het niet, want geen enkele taal is universeel. Getallen kun je, net als honden, kunstjes leren. Maar het boek kon me niet schelen. Wat me interesseerde was het boek dat onder *Gegenwart und Zukunft* lag. Het was het enige boek dat niet van Jung was. Het was *Beyond the Wall of Sleep*, van H.P. Lovecraft. Iemand die ik had gekend in de jungle, een boordschutter, had er een pocketuitgave van gehad. Het boek ging in vlammen op en hij ook.

We praatten nog even verder. Het salaris dat hij voorstelde was zo hoog dat ik me afvroeg of zijn experimenten wel helemaal legaal waren. Hij bood me meerdere kansen om ernaar te informeren, maar dat deed ik niet. Uiteindelijk besloot hij me niet langer te plagen en vroeg hij of ik kon raden waar zijn experimenten mee te maken hadden. Ik zei dat dromen me het meest waarschijnlijk leken.

'Ja, maar ik denk dat ik de uiteindelijke strekking van mijn onderzoek, dus waar mijn belangstelling voornamelijk naar uitgaat, voorlopig nog even voor me houd.'

Ik had hem daar helemaal niet naar gevraagd, maar ook dat zei ik maar niet. Hij maakte met zijn polaroidcamera een foto van mijn ontslagpapieren en bood me vervolgens de baan aan. 'Je zou natuurlijk ook voor Temp-O kunnen blijven werken, maar hier zou je me kunnen helpen bij het verkennen van werelden die geen enkele psycholoog, zelfs Jung niet, ooit heeft bezocht. Onontgonnen gebied.'

Ik zei oké. Hij zei dat we half juli zouden beginnen en ik zei oké. Hij vroeg mijn telefoonnummer en dat gaf ik hem. Ik vertelde hem dat ik in een pension zat en dat het een gemeenschappelijke telefoon was, op de gang. Hij vroeg of ik een vriendin had. Ik zei nee. Hij droeg geen trouwring. Ik heb nooit een huishoudster bij hem gezien. Toen ik eenmaal in het kleine gastenverblijf woonde, kookte ik mijn eigen maaltje of at ik in een van de cafés in het stadje. Ik heb geen idee wie zijn eten klaarmaakte. Elgin had iets tijdloos, alsof hij geen verleden en geen toekomst had. Hij was geen opvallende persoonlijkheid. Hij rookte, maar ik heb hem nooit alcohol zien drinken. Het enige wat hij had was zijn obsessie met dromen.

Toen ik opstond om weg te gaan zei ik: 'U wilt over de muur van de slaap, nietwaar?'

Hij moest lachen. 'Nee. Ik wil eronderdoor.'

Op 1 juli belde hij me op en zei dat ik alvast mijn ontslag kon indienen. Ik had namelijk een opzegtermijn van twee weken en ik verwachtte niet dat mevrouw Frobisher zou zeggen dat ik me daar niets van aan hoefde te trekken en dat ik gewoon kon gaan wanneer ik wilde. Ik was haar beste kracht en ze wilde zo lang mogelijk gebruik van me blijven maken. Op 8 juli belde hij om te zeggen dat ik meteen in het gastenverblijf kon trekken wanneer ik de 14e klaar was met werken. Hij zei dat ik, aangezien ik in een pension woonde, waarschijnlijk niet veel spullen had. Dat klopte helemaal. Hij zei dat hij meteen al een klusje voor me had, een kleintje.

Mijn laatste interactie bij Temp-O was met Pearson. Ik zei tegen hem dat hij een klootzak was. Hij reageerde niet. Mogelijk was hij het met me eens. Of misschien dacht hij dat ik hem ging slaan. Ik weet het niet. Ik reed naar het gastenverblijf en zag een sleutelhanger met twee sleutels aan de deur hangen en een derde sleutel in het slot steken. Vier kamers. Keurig netjes. Warmer dan het grote huis, waarschijnlijk omdat het later was gebouwd, toen spouwmuurisolatie in zwang raakte. De woonkamer had een open haard en achter het huisje, onder een stuk zeildoek, lag voldoende droog haardhout opgestapeld. Ik hou van een brandend haardvuur, altijd al gedaan. Ik ging niet naar het grote huis. Ik ging ervan uit dat Elgin mijn auto wel zou zien staan. In het kleine keukentje stond een intercom, met een faxapparaat ernaast. Ik had nog nooit een fax bij iemand thuis gezien maar ik wist wat het was, want ik had ze in Vietnam wel eens in een hoofdkwartier zien staan. Op de keukentafel lag een soort plakboek. Er zat een briefje op geplakt waarop stond: *Bekijk deze goed. Misschien is het handig om aantekeningen te maken.*

Ik bladerde het boek door. Ik maakte geen aantekeningen. Ik heb een goed geheugen. Er waren twaalf pagina's en twaalf foto's onder cellofaan, of misschien was het *isinglass*. Er zaten twee pasfoto's bij en twee portretfoto's. Zes vrouwen en zes mannen. Allemaal van verschillende leeftijden. De jongste leek me een middelbarescholier. Onder de foto's stonden hun namen en beroepen. Twee waren studenten. Twee waren docenten, waarschijnlijk tijdens hun zomervakantie. Een was gepensioneerd. De anderen werden arbeiders genoemd door mensen die dat werk zelf niet doen, serveersters en winkelmedewerkers, een timmerman en een vrachtwagenchauffeur.

In de koelkast lagen eieren en spek. Ik bakte vier eieren in spekvet. Aan de zijkant van het huisje was een klein terras met uitzicht op het meer. Daar ging ik zitten eten en keek ik uit over het water. Toen de zon tussen Mount Washington en Mount Jefferson stond en het meer goud kleurde, ging ik naar binnen en naar bed. Ik sliep die nacht beter dan ik dat de vier jaar daarvoor had gedaan. Tien uur van diepe slaap, zonder gedachten, zonder beelden. Zo moest het voelen om dood te zijn.

Op zaterdagochtend liep ik naar de oever van het meer. Daar stond een bankje, waarop Elgin zat te roken. Hetzelfde witte overhemd en dezelfde kaki broek met laag kruis. Of misschien waren het andere. Ik heb hem nooit iets anders zien dragen, alsof het een soort uniform was. Hij vroeg me om bij hem te komen zitten. Dat deed ik.

'Ben je helemaal geïnstalleerd?'

'Ja.'

Hij haalde zijn portefeuille uit zijn broekzak en overhandigde me een cheque. Hij was van De Droomcorporatie bv en uitgeschreven aan mij, voor een bedrag van duizend dollar.

'Je kunt ermee naar de Key Bank in Castle Rock. Daar heb ik mijn rekeningen, zowel privé als van de bv. Als je wilt kun je daar je eigen rekening openen.'

'Kan ik het ook contant laten uitbetalen?'

'Natuurlijk. Herinner je je de eerste proefpersoon in het boek dat ik voor je heb neergelegd?'

'Ja. Althea Gibson. Een kapster. Zo te zien een jaar of veertig.'

'Goed geheugen. Fotografisch? Gezien je stenografische snelheid en je kennis van Vietnamees, zou dat wel eens kunnen.'

Dus hij had me nageplozen. Wat telefoontjes gepleegd, zoals ze dat noemen. 'Kan best. Steno heb ik van mijn zus opgepikt. Ik hielp haar bij haar studie.'

'En jij was er beter in.'

'Eigenlijk wel, maar ze is toch op haar pootjes terechtgekomen. Ze kreeg een baan op de afdeling personeelszaken van Eastern Maine Medical. Goed betaald.' Hij hoefde niet te weten dat ze dood was en ik wilde het hem niet vertellen.

'En jij was vertaler in Vietnam.'

'Onder andere.'

'Wil je er niet over praten? Ook goed, hoor. Fijn plekje hier, hè? Rustig.

Later op de dag komen hier veel mensen om te picknicken. Het geluid van de boten is irritant, dat gaat maar door, van Memorial Day tot Labor Day, maar de picknickers zitten wat verderop op het strand.'

'Dus dit deel is privé.'

'Ja. Ik ben erg op mijn privacy gesteld. Meneer Davis, ik geloof dat ik de wereld ga veranderen.'

'U bedoelt hoe de wereld over dromen denkt.'

'Nee. De wéreld. Als ik in mijn opzet slaag.' Hij stond op. 'Ik ga je een fax sturen. Bekijk die. Dinsdag om twee uur komt mevrouw Gibson hiernaartoe. Ik betaal haar om haar kapsalon te sluiten. Jij moet haar ontvangen en binnenlaten. Van tevoren zal ik je laten zien wat de bedoeling is. Laten we zeggen om twaalf uur. Voor het geval dat ze wat eerder is.'

'Dat is goed.'

'Lees de fax. Als je op- of aanmerkingen hebt, gebruik dan de intercom. Verder ben je tot dinsdag vrij.' Hij stak een hand uit. Ik stond op om hem te schudden. Ik werd opnieuw getroffen door zijn tijdloze uiterlijk. Een soort serene rust. Hij geloofde dat hij de wereld zou veranderen. Dat geloofde hij echt.

De fax schreeuwde toen ik koffie stond te zetten. Het was een vrijwaring van aansprakelijkheid voor zijn proefpersonen. Ik vroeg me opnieuw af hoe legaal deze hele operatie was. Voor de proefpersonen was ruimte opengelaten om hun naam, adres en telefoonnummer in te vullen. Daaronder stond dat ondergetekende geïnformeerd was en toestemming gaf voor het toedienen van een licht slaapmiddel voor de proef. Er stond bij dat het middel in zes uur of minder uitgewerkt zou zijn en dat de proefpersoon zich dan weer uitstekend zou voelen. Aangezien Elgin degene was die het middel ging toedienen en ik niet aansprakelijk kon worden gesteld als er iets misging, had ik geen op- of aanmerkingen. Ik moet eerlijk bekennen dat ik nu toch wel wat nieuwsgieriger begon te worden. Het leek me niet onmogelijk dat Elgin niet goed bij zijn hoofd was. Na Vietnam had ik daar een neus voor.

Ik ging de stad in om boodschappen te doen. De bank was tot twaalf uur 's middags open. Ik opende een rekening en zette het geld van de cheque erop. Ik haalde er honderd dollar in contanten af. Ik hoefde niet te wachten tot de cheque was gecontroleerd, dus kennelijk wisten ze dat hij gedekt was. Ik lunchte in de Castle Rock Diner, ging terug naar het gastenverblijf en deed een dutje. Ik droomde niet.

Dinsdag ging ik om twaalf uur naar het grote huis. Elgin stond me buiten al op te wachten. Wanneer je binnenkwam kreeg je aan je linkerhand eerst de zitkamer waar hij mijn ontslagpapieren had bekeken en me zijn boeken van Jung had laten zien. Rechts bevonden zich twee openslaande deuren. Die duwde hij open. Ooit was het een eetkamer geweest, maar nu was het de kamer waar hij zijn experimenten wilde gaan uitvoeren. De kamer was in tweeën gedeeld door een scheidingswand die eruitzag alsof hij van multiplex was. De ene helft van de kamer was voor zijn proefpersonen. Er stond een ligbank met een verhoogd hoofdeinde en een wat lager voeteneind, net als een bank bij de psychiater. Aan één kant van de bank stond een polaroidcamera op een statief en naar beneden gericht. Aan de andere kant stond een klein tafeltje met een op de eerste blanco pagina opengeslagen Blue Horse-schrijfblok en een pen. Hij verlangde dus van zijn proefpersonen dat ze aantekeningen zouden maken, of dacht dat ze dat zelf zouden willen, waarschijnlijk over hun dromen terwijl die nog vers in hun geheugen lagen. Aan de muren hingen Bose-speakers. In het midden van de multiplexwand, recht tegenover het verhoogde gedeelte van de bank hing een spiegel en je moest echt iemand zijn die nog nooit een politieserie op tv had gezien om niet te weten dat het een doorkijkspiegel was. Aan Elgins kant van de wand stond een bureau en een tweede polaroid op statief, die gericht stond op de doorkijkspiegel en de bank die ervoor stond. Op het bureau stond een microfoon en zag ik een hele rij knoppen. Aan de muren hingen nog meer speakers. Er stond ook een Philips-stereo-installatie met een plaat op de draaitafel. Bij de doorkijkspiegel stond een stoel.

'Die is voor jou,' zei hij, op de stoel wijzend. 'Jouw post, waar jij gaat zitten kijken. Heb je een leeg schrijfblok?'

'Ja.'

'Ik wil dat je alles noteert wat ik zeg. Als mevrouw Gibson iets zegt, hoor je dat via de speakers aan deze kant en schrijf je dat ook op. Als je niet begrijpt wat ze zegt, wat iemand in zijn slaap zegt is vaak onverstaanbaar, noteer je daarvoor een dubbele streep.'

'Als u een taperecorder zou hebben...' begon ik, maar dat wuifde hij weg.

'Ik heb je al verteld dat er niets zal worden opgenomen of gefilmd. Alleen polaroids. Ik bedien het geluidssysteem en beide camera's vanaf het bureau.'

'Geen audio, geen film, begrepen.' Ik zag ook nergens medische apparatuur, om bijvoorbeeld de hersengolven van zijn proefpersonen of hun remslaap vast te leggen. Het was idioot, maar de cheque was gedekt geweest, dus ik vond het verder best. Ik zag geen opwinding op zijn gezicht en zag geen enkel teken van nervositeit. Alleen die serene kalmte. Hij ging de wereld veranderen. Daar was hij heel duidelijk in.

Althea Gibson was een kwartier te vroeg. Zij was een van de twee proefpersonen die Elgin een portretfoto hadden gestuurd, waarschijnlijk gemaakt door een professionele fotograaf die een ringlamp had gebruikt om haar wat jonger te laten lijken. Ze was een jaar of veertig en aan de stevige kant. Ik haalde haar op bij haar auto en stelde mezelf voor als de assistent van meneer Elgin.

'Ik vind het wel een beetje spannend,' zei ze, terwijl we naar het huis liepen. 'Ik hoop dat het goed gaat. Het zal toch wel goed gaan, meneer Davis?'

'Natuurlijk,' zei ik. 'Het is zo makkelijk als wat.'

Ze zeggen wel eens dat de waarheid vaak vreemder is dan fictie. Hier stond een vrouw aan het einde van een landweg die doodliep op een privéstrand, te praten met een man die ze nog nooit had gezien, en had ze Elgin ooit gezien of misschien over de telefoon gesproken? Ze dacht niet dat haar iets akeligs zou overkomen, terwijl haar toch was verteld dat ze een medicijn toegediend zou krijgen dat als een 'licht slaapmiddel' werd omschreven. Dat dacht ze niet, omdat akelige dingen alleen andere mensen overkwamen, op het journaal. Was het een gebrek aan voorstellingsvermogen dat ze nooit aan een verkrachting had gedacht of aan een ondiep graf, of was het de beperkte horizon van haar waarneming? Dat roept vragen op over wat voorstellingsvermogen en waarneming eigenlijk zijn. Misschien dacht ik op een bepaalde manier omdat ik bepaalde dingen had gezien aan de andere kant van de wereld, waar voortdurend akelige dingen gebeurden met mensen, soms zelfs met kapsters.

'Voor achthonderd dollar kon ik toch geen nee zeggen?' Ze liet haar stem een beetje zakken en zei: 'Ga ik straks high worden?'

'Ik weet het werkelijk niet. U bent onze eerste...' Wat? 'Onze eerste klant.'

'U gaat toch geen misbruik van me maken, hè?' Ze zei het op een grappende manier die betekende dat ze hoopte dat ze echt een grapje maakte. 'Of hij?'

'Niets van dat al,' zei Elgin, die de hal in kwam lopen om haar bij de voordeur te begroeten. Hij had een klein plat koffertje, net zoiets als het kaartenkoffertje van een verkenningsofficier, over zijn schouder hangen. 'U bent bij mij en Bill in veilige handen.' Hij stak zijn beide handen uit, pakte haar beide handen en gaf er een zacht kneepje in. 'U gaat hiervan genieten. Dat beloof ik u.'

Ik gaf haar het vrijwaringsformulier, dat waarschijnlijk zo legaal was als een bankbiljet van drie dollar. Ze bekeek het vluchtig, vulde het in en zette haar handtekening eronder. Ze leefde haar leven en geloofde niet dat het zou eindigen of zelfs maar zou veranderen. Blind zijn voor mogelijkheden kan een zegen zijn of een vloek. Kies zelf maar. Hij leidde haar naar de bank in de voormalige eetkamer en haalde een beker heldere vloeistof uit zijn koffertje. Hij haalde het rubber deksel eraf en gaf hem aan haar. Ze nam hem voorzichtig aan, alsof hij kokendheet kon zijn.

'Wat is het?'

'Een licht slaapmiddel, zoals ik u heb verteld. Het zal u in een toestand van serene kalmte brengen, en van daaruit mogelijk zelfs in slaap laten vallen. Het heeft geen bijwerkingen en u krijgt er geen kater van. Het kan totaal geen kwaad.'

Ze keek naar de beker, maakte toen een proostend gebaar naar mij en zei: 'Nou, daar gaan we dan.' Zo gemakkelijk deed ze het, de waarheid is inderdaad vreemder dan fictie, en vervolgens keek ze Elgin aan. 'Ik verwachtte een sterke smaak, maar ik proef niks. Weet u zeker dat het geen water was?'

'Het is voornamelijk water,' zei hij met een glimlachje. 'Om vier uur zit u weer in uw auto op weg naar... waar woont u ook weer? Help me even.'

'North Windham.'

'In uw auto op weg naar North Windham met een cheque voor achthonderd dollar in uw tas. Intussen wil ik u vragen te ontspannen en zal ik u vertellen wat u moet doen. Het is heel eenvoudig.' Hij pakte de beker, deed het deksel er weer op en borg hem weer op in zijn kleine koffertje, waar een speciale lus in zat om de beker in te steken. Er zat nog iets in het koffertje en dat haalde hij er nu uit. Het was een foto van een klein huis in het bos. Het huisje was rood geschilderd. Het had een groene deur met twee stenen treden ervoor en een bakstenen schoorsteen. Hij gaf haar de foto.

'Ik ga nu een stukje muziek afspelen. Heel zacht en heel rustig. Ik wil dat u naar de muziek luistert en naar deze foto kijkt.'

'Ooo, nu begin ik het te voelen.' Ze glimlachte. 'Het is net of ik een joint heb gerookt. Lekker!'

'Kijk naar de foto, mevrouw Gibson, en zeg tegen uzelf dat u wilt weten wat er in dat huis te zien is.'

Ik schreef alles op, G voor Gibson en E voor Elgin. Op- en neerhalen vlogen in sneltreinvaart over de pagina van een nieuw stenoblok.

'Wat is daarbinnen dan te zien?'

'Dat is aan u. Misschien gaat u dromen dat u naar binnen gaat en dan kunt u het zelf zien. Wilt u dat proberen?'

'Als ik niet van de binnenkant van dat huis droom, mag ik die achthonderd dollar dan toch houden?'

'Absoluut. Zelfs als u alleen maar een lekker dutje doet.'

'Als ik in slaap val, maakt u me dan om vier uur wakker?' Ze begon weg te zakken. 'Mijn buurvrouw haalt mijn dochter van school, maar ik moet om zes uur terug zijn om haar... om haar...'

'Om haar eten klaar te maken?'

'Ja, haar eten. Moet je die groene deur nou zien! Ik zou de deur van een rood huis nooit groen verven. Het lijkt wel kerstmis.'

'Kijk naar de foto.'

'Dat dóé ik.'

'Droom van het huis. Probeer naar binnen te gaan.' Een hypnotiserende klank in zijn stem.

'Goed.'

Ik had het idee dat ze al in trance was. Als Elgin haar nu vroeg om te blaffen als een hond, zou ze dat volgens mij nog proberen ook.

'Ga naar binnen en kijk rond.'

'Goed.'

'Ga naar de woonkamer.'

'Goed.'

'Niet naar binnen, blijf in de deuropening staan.'

'Moet ik vertellen hoe het eruitziet in de woonkamer? Wat voor meubels en wat voor behang? Dat soort dingen?'

'Nee, ik wil dat u op uw knieën gaat zitten en op zoek gaat naar een opening in de vloer. In de deuropening van de woonkamer.'

'Is die er dan?'

'Dat weet ik niet, mevrouw Gibson. Althea. Het is jouw droom. Als er een opening zit, steek je vingers er dan in en til de vloer op.'

Ze schonk hem een dromerig glimlachje. 'Ik kan de vloer toch niet optillen, gekkie.'

'Misschien niet, maar misschien ook wel. In dromen zijn dingen mogelijk die in werkelijkheid niet kunnen.'

'Zoals vliegen.' De dromerige glimlach werd breder.

'Zoals vliegen, ja.' Hij klonk een beetje alsof hij het onzin vond, hoewel het idee van vliegen in dromen mij net zo logisch voorkwam als wat dan ook. Volgens Jung wijzen dromen over vliegen op het verlangen van de psyche om los te breken uit de verwachtingen van anderen, of nog moeilijker, en meestal onmogelijk, de eigen verwachtingen.

'Til de vloer op. Kijk wat eronder zit. En als je dat nog weet wanneer je wakker wordt, schrijf het dan op, op het schrijfblok dat ik voor je heb neergelegd. Ik ga je dan een paar vragen stellen. Als je je iets niet kunt herinneren, is dat niet erg. We komen straks terug, nietwaar Bill?'

We verlieten het patiëntgedeelte van de voormalige woonkamer en gingen de andere ruimte binnen. Ik ging met mijn schrijfblok op mijn knie op mijn plek voor de doorkijkspiegel zitten. Elgin ging aan het bureau zitten en drukte op een van zijn knoppen. De plaat begon te draaien, de naald zakte omlaag en de muziek begon te spelen. Het was Debussy. Elgin drukte op een andere knop en de muziek in onze helft van het onderzoeksstation stopte, maar ik hoorde de klanken nog wel uit mevrouw Gibsons helft komen. Ze keek naar de foto. Ze giechelde en ik schreef, niet in steno, maar voluit: *G lacht om 14.14 uur.*

De tijd verstreek. Tien minuten, zag ik op mijn horloge. Ze bestudeerde de foto van het huis met de aandacht van iemand die echt serieus stoned is. De foto begon beetje bij beetje uit haar hand te glijden. Omdat het hoofdeinde van de bank naar ons toe stond, kon ik zien hoe haar ogen dichtvielen en toen weer opengingen. Haar vuurrood gestifte lippen werden week. Elgin stond nu naast me, voorovergebogen, met zijn handen op zijn knieën. Hij leek op een luchtvaartkolonel die ik daarginds in die andere wereld had gekend en die ik door zijn verrekijker had zien toekijken hoe de F-100D's van het 352ste laag over Bien Hoa vlogen, zwaar van de vuurgel die ze zouden droppen in een oranje gordijn dat een miskraam zou branden in de buik van het groen en een deel van het geboomte in as en palmskeletten zou veranderen. Net als de mannen en de vrouwen, degenen die *nahn tu, nahn tu* schreeuwden tegen niemand die het horen kon of die het iets zou kunnen schelen als dat wel zo was.

De foto van het huis lag nu op haar buik. Ze sliep. Elgin liep naar het bureau en zette de muziek uit. Blijkbaar zette hij ook meteen het geluid aan onze kant harder, want ik kon haar heel licht horen snurken. Hij kwam terug en nam zijn eerdere plekje weer in. De polaroids, die op timers werkten, flitsten om de dertig seconden of zo, zowel die aan onze kant als die aan de kant van Gibson. Elke keer als ze flitsten kwam er met dat katachtige snorgeluid dat ze maken een foto uit, die dan op de grond viel. Een minuut of drie, vier nadat ze in slaap was gevallen zag ik iets en ik leunde naar voren. Ik geloofde het niet, zoals je dingen nu eenmaal niet kunt geloven als ze in strijd zijn met hoe dingen behoren te gaan. Maar het was er toch echt. Ik wreef met mijn handpalm over mijn ogen en het was er nog steeds.

'Elgin, haar mond.'

'Ik zie het.'

Haar lippen gleden open en haar tanden kwamen omhoog. Het was alsof je iets vulkanisch zag oprijzen uit de oceaan, alleen waren er geen scherpe punten, behalve dan haar hoektanden. Het waren geen slagtanden of dierentanden, het waren haar eigen tanden, alleen langer en groter. Haar lippen klapten terug en onthulden hun roze binnenkant. Haar handen schokten en draaiden heen en weer en haar vingers wiebelden. De polaroids flitsten en snorden. Weer twee keer bij haar en twee keer bij ons. De foto's vielen op de grond. Toen waren de camera's door hun film heen. Haar tanden begonnen zich weer terug te trekken. Haar handen schokten nog een keer en de vingers leken een onzichtbare piano te bespelen. Toen hield ook dat op. Haar lippen sloten zich, maar er zat nog een vaag rood vlekje vlak onder haar neus, waar haar bovenlip een lipstickafdruk had achtergelaten.

Ik keek Elgin aan. Hij leek kalm, maar toch ook weer niet. Ik ving een korte glimp op van wat zich onder die serene kalmte bevond, zoals een wolkendek zich aan het eind van de dag net lang genoeg kan openen om de bloedrode gloed van de ondergaande zon te kunnen zien. Als ik er al ooit aan had getwijfeld dat de Gentleman Wetenschapper eigenlijk een

Gestoorde Gentleman Wetenschapper was, dan was die twijfel nu verdwenen.

'Wist u dat dat zou gebeuren?' vroeg ik.

'Nee.'

Twintig minuten later, om 14.58 uur, begon mevrouw Gibson zich te roeren. We gingen naar binnen en Elgin schudde haar wakker. Ze was meteen wakker, zonder eerst duf en doezelig te zijn. Ze rekte zich uit en spreidde haar armen alsof ze de hele wereld wilde omhelzen.

*G: Dat was heerlijk. Een heerlijk middagdutje.*
*E: Mooi. Wat hebt u gedroomd? Herinnert u zich iets?*
*G: Ja! Ik ging naar binnen. Het was het huis van mijn opa! Dezelfde klok in de gang, die mijn zus en ik altijd opa's tiktak noemden.*
*E: En de woonkamer?*
*G: Dat was ook die van Opa. Dezelfde stoelen, dezelfde bank, van glad paardenhaar, hetzelfde tafelmodel televisietoestel met een vaas erop. Ik kan gewoon niet geloven dat ik dat allemaal nog wist. Maar u zei dat dat niet erg was.*
*E: Hebt u geprobeerd de vloer op te tillen?*
*G: (na een lange pauze) Ja... ik kreeg hem een klein stukje omhoog...*
*E: Wat zag u?*
*G: Duisternis.*
*E: De kelder dus.*
*G: (na een lange pauze) Volgens mij niet. Ik heb hem weer neergelegd. De vloer. Hij was zwaar.*
*E: Verder niets? Toen u de vloer optilde?*
*G: Een nare lucht. Vies. (lange pauze) Stank.*

Die avond liep ik naar het strand. Elgin zat op het bankje en ik ging naast hem zitten.

'Heb je je aantekeningen uitgewerkt, William?' Hij klikte zijn aansteker aan en uit.

'Dat doe ik vanavond. Wat zat er in die beker?'

'Niets bijzonders. Flurazepam. Niet eens een werkzame dosis. Sterk verdund.'

'Geen enkel medicijn doet wat wij hebben gezien.'

'Nee, maar het maakte haar beïnvloedbaar. Ik zei tegen haar wat ze moest doen en ze deed het. Ik kreeg toegang tot de realiteit onder de droom, zou je kunnen zeggen. Als er zo'n realiteit bestaat. Of niet.'

'Wat het met haar tanden deed...'

'Ja.' De kalmte was weer terug. 'Opmerkelijk, hè? Bewijs. De polaroids tonen het aan, voor het geval je misschien denkt dat we een hallucinatie hebben gedeeld.'

'Die gedachte is niet eens bij me opgekomen. Waar bent u mee bezig?'

'Dat vraag je me nú.'

'Ja, dat vraag ik u nu.'

'Heb je wel eens nagedacht over het bestaan, William? Echt serieus nagedacht? Want er zijn maar weinig mensen die dat doen.'

'Ik heb erover nagedacht en ik heb het einde ervan gezien.'

'In de oorlog, bedoel je.'

'Ja.'

'Maar oorlogen worden gevoerd door mensen. In relatie tot het universum, dat alle bestaan omvat, inclusief de tijd die geweest is en nog gaat komen, hebben menselijke oorlogen niet meer betekenis dan de oorlogen die je met een vergrootglas in een mierenhoop kunt zien. De aarde is onze mierenhoop. De sterren die we 's nachts zien vormen slechts de eerste paar centimeter van de eeuwigheid. Op een dag zullen telescopen de ruimte in worden geslingerd, misschien wel zo ver als de maan of Mars of nog verder, en ons sterrenstelsel na sterrenstelsel laten zien, sterrennevels die zich verscholen houden achter andere sterrennevels, wonderen die we ons niet kunnen voorstellen, steeds maar meer en meer tot de rand van het universum, waarachter ons wellicht weer een ander universum wacht. En denk eens aan de andere kant van dat spectrum.'

Hij legde zijn Zippo weg, bukte zich om een handvol strandzand te pakken en liet het door zijn vingers glijden.

'Tienduizend piepkleine korreltjes aarde in mijn vuist, misschien wel twintig- of zelfs vijftigduizend. Elk korreltje is samengesteld uit een miljard of een biljoen of een googolplex rondwervelende atomen en protonen. Wat houdt het allemaal bij elkaar? Wat is de verbindende kracht?'

'Hebt u een theorie?'

'Nee, maar ik heb nu wel een manier om daarnaar te zoeken. Dat heb je vandaag gezien. Net als ik. Stel dat onze dromen een barrière vormen tussen ons en deze oneindige matrix van het bestaan? Die verbindende kracht? Stel dat het een bewustzijn heeft? Stel dat we die barrière kunnen slechten, niet door te proberen erdoorheen te breken, maar door eronder te kijken, als een kind dat onder een circustent door gluurt om naar de voorstelling te kunnen kijken?'

'Barrières zijn er meestal niet voor niets.'

Hij lachte alsof ik iets grappigs had gezegd.

'Wilt u God zien?'

'Ik wil zien wat daar is. Misschien slaag ik er niet in, maar wat wij vandaag hebben gezien doet me geloven dat het mogelijk is. De vloer van haar droom was te zwaar voor haar. Ik heb nog elf proefpersonen. Misschien is een van hen sterker.'

Toen had ik weg moeten gaan.

In juli kwamen er nog twee proefpersonen. Een van hen was een timmervrouw, Melissa Grant genaamd. Zij droomde over het huis, maar het lukte haar niet om naar binnen te gaan. De deur werd voor haar dichtgehouden, zei ze. De ander was de eigenaar van een boekwinkel in New Gloucester. Hij zei dat hij zijn winkel waarschijnlijk moest sluiten, maar hij wilde het nog niet opgeven en met achthonderd dollar kon hij weer een maand de huur betalen en een lading boeken aanschaffen die maar heel weinig mensen zouden kopen. Hij sliep twee uur lang terwijl Debussy speelde en zei dat hij niet van het huis had gedroomd, maar van zijn vader, die al twintig jaar dood was. Hij zei dat hij had gedroomd dat ze gingen vissen. Elgin gaf hem zijn cheque en stuurde hem naar huis. Er stond voor juli nog een afspraak in onze agenda, met ene Norman Bilson, maar die kwam niet opdagen.

Op 1 augustus kwam ene Hiram Gaskill naar het huis aan het eind van Lake Road. Hij was een bouwvakker die was ontslagen. Hij schopte zijn laarzen uit en ging op de bank liggen. Hij zei vooruit dan maar en dronk de beker leeg zonder te vragen wat erin zat. Hij keek naar de foto en aanvankelijk dacht ik nog dat het middel geen uitwerking op hem zou hebben, hij was een grote kerel, waarschijnlijk wel zo'n honderddertig kilo, maar uiteindelijk viel hij toch in slaap en begon hij te snurken. Elgin stond op zijn gebruikelijke plek naast mij. Hij boog zich als een gier naar voren, met zijn neus tegen het glas, dat besloeg door zijn adem. Bijna een uur lang gebeurde er niets. Toen stopte het gesnurk en greep Gaskill in zijn slaap naar de pen op het opengeslagen schrijfblok. Zonder zijn ogen open te doen schreef hij iets op.

'Noteer dat,' zei Elgin, maar dat had ik al gedaan, niet in steno, maar voluit: *Om 15:17 schrijft Gaskill ong. 15 sec. Laat pen vallen. Slaapt & snurkt nu weer.*

Om 15.33 uur werd Gaskill uit zichzelf wakker, kwam overeind en zwaaide zijn benen van de bank. We gingen naar binnen en Elgin vroeg wat hij had gedroomd.

'Niks. Sorry, meneer Elgin. Krijg ik toch het geld?'

'Ja. Dat zit wel goed. Weet u zeker dat u zich niets herinnert?'

'Helemaal niks, maar ik heb wel lekker geslapen.'

Ik keek naar het schrijfblok en vroeg hem of hij in het leger had gezeten.

'Nee, meneer. Bij het lichamelijk onderzoek zeiden ze dat ik hoge bloeddruk had. Daar slik ik nu pillen voor.'

Elgin keek op het schrijfblok en wat daarop geschreven stond. Toen Gaskill was weggereden in zijn oude pick-up, waarbij hij een grote blauwe wolk uitlaatgassen achterliet die wegdreef op de wind, tikte Elgin met een vinger op de enkele regel die daar geschreven stond, in keurige blokletters, terwijl de man die de pen had gehanteerd dat met zijn ogen dicht had gedaan. Hij had weer die opgewonden, triomfantelijke, blik in zijn ogen.

'Dit is niet zijn handschrift. Het lijkt er niet eens op.'

Hij legde Gaskills vrijwaringsformulier naast het schrijfblok. De naam en het adres op het formulier waren geschreven door iemand die zelden schreef en er duidelijk moeite mee had. Hoewel Elgin niet alleen niet over een echte wetenschappelijke uitrusting beschikte om zijn proefpersonen mee te testen, maar ook niets van hun achtergrond wist, deed Gaskills moeizame handschrift vermoeden dat hij iemand was die niet meer onderwijs had genoten dan in de staat Maine verplicht was en, op de praktische vakken na, nog met veel tegenzin ook. Het handschrift op het schrijfblok was keurig netjes, ook al ontbraken de diakritische tekens boven bepaalde letters en klopte de spelling ook niet. Het was alsof Gaskill had opgeschreven wat hij hoorde. Alsof hij een dictaat had opgenomen, zoals een stenograaf dat zou doen. Hetgeen de vraag opriep wie hem dit had gedicteerd.

'Vietnamees? Dat is het, hè? Daarom vroeg je of hij in het leger had gezeten.'

'Ja.'

Natuurlijk was het Vietnamees. *Mat trang da day cua ma guy.*

'Wat betekent het?'

'Het betekent: de maan is vol demonen.'

Toen ik die avond naar het water wandelde, zat Elgin weer op het bankje te roken. Het water was loodgrijs. Er was geen boot te zien. Uit het westen dreven donderwolken onze kant op. Ik ging zitten. Zonder mij aan te kijken, zei Elgin: 'Die boodschap was voor jou bedoeld.'

Natuurlijk was die voor mij bedoeld.

'Hij wist dat je in Vietnam hebt gezeten. Hij wist zelfs dat je de taal sprak.'

'Een beetje maar.'

Meer dan een kilometer bij ons vandaan sloeg de bliksem in het water en elektrocuteerde elke vis die per ongeluk vlak onder de oppervlakte zwom. Ze zouden boven komen drijven en voer worden voor de meeuwen. Straks ging het regenen. De heuvels aan de overkant van Dark Score waren al verdwenen achter een grijs gordijn, dat straks ook aan onze kant zou neerdalen.

'Misschien is het tijd om te stoppen,' zei ik. 'Iets aan de andere kant van uw barrière zegt: bemoei je met je eigen zaken.'

Hij schudde zijn hoofd, zonder zijn blik af te wenden van de naderende regen. 'Helemaal niet. We zijn heel dichtbij. Ik voel het. Ik weet het zeker.' Nu draaide hij zich om. 'Ga alsjeblieft niet weg, William. Ik heb je vaardigheden nu harder nodig dan ooit. Als dit tot een publicatie leidt, heb ik je originele aantekeningen nodig, niet alleen de foto's en de uitgewerkte transcripties. Bovendien ben je een getuige.'

Niet alleen maar een getuige. Ik was degene tot wie Gaskill, of wat er in Gaskill was gevaren, zich had gericht. Niet Elgin. De Gentleman Wetenschapper speelde met iets heel gevaarlijks en dat wist hij, maar óf hij wilde niet stoppen óf hij kon het niet en uiteindelijk komen die dingen op hetzelfde neer. Zelf kon ik wel stoppen, wat het des te dommer maakte dat ik ermee doorging, maar er speelde nog iets anders mee. Er was iets met me gebeurd. Ik was nieuwsgierig geworden. Iets wat in gelijke mate welkom en verschrikkelijk was. Het was een gevoel en in mijn wereld waren gevoelens bijzonder schaars geworden. Je ziet een man die zijn benen kwijt is en bij wie zijn gezicht van zijn schedel glijdt terwijl hij nog schreeuwt van de pijn, je ziet zijn tanden als een barbaarse halsketting op zijn hemd liggen, terwijl je weet dat je seconden eerder zelf nog op de plek stond waar hij de volle laag had gekregen en het verdooft al je gevoel, precies zoals een konijn dat je met een eind hout op zijn kop hebt geslagen als verdoofd plat op de grond zal liggen, zwaar ademend maar met een blik die heel ver weg is, en wanneer die gevoelens terug beginnen te komen zie je opeens de mogelijkheid dat je menselijkheid niet zo definitief verdwenen is als je had gedacht.

'Ik blijf.'

'Dank je, William.' Hij gaf een kneepje in mijn schouder. 'Dank je wel.'

Het begon te regenen, druppels vermengd met hagelstenen die staken als bijen. Hij ging terug naar het grote huis en ik naar het kleine. De hagel kletterde tegen de ramen. De wind ook. Die nacht droomde ik van een holle maan, vol demonen die elkaar levend opaten. Die zichzelf levend opaten, net als de Worm Ouroboros. Onder de holle maan zag ik het rode huis staan. Met de groene deur.

We ontvingen nog twee proefpersonen voordat het experiment ten einde was. De zesde, ene Annette Crosby, gilde zichzelf wakker. Toen ze was gekalmeerd zei ze dat ze van het rode huis had gedroomd, dat ze de groene deur had geopend en dat ze zich daarna niets anders herinnerde dan duisternis en wind en een vieze stank en, vanuit het niets, een stem die een woord zei dat klonk als *tantullah* of *tamtusha*. Het vervulde haar met doodsangst. Ze zei dat ze nooit meer van dat huis wilde dromen, zelfs niet voor nog eens achthonderd dollar. Of achtduizend. Maar ze pakte Elgins cheque wel aan. Waarom ook niet? Ze had het verdiend.

Daarna kwam Burt Devereaux, een wiskundeleraar aan de Saint Dominic Academy in Lewiston. Hij vulde het formulier in en voordat hij het tekende, stelde hij Elgin een aantal vragen, veel meer dan de anderen, over het 'lichte slaapmiddel' dat hij moest innemen. Elgin beantwoordde de vragen naar Devereaux' tevredenheid. Hij ondertekende het formulier, ging op de bank liggen en dronk de beker heldere vloeistof leeg. Ik ging met mijn schrijfblok op mijn knie voor de doorkijkspiegel zitten. Elgin nam plaats aan zijn bureau en startte de muziek. In de testruimte bestudeerde meneer Devereaux de foto van het rode huis met de groene deur. Uiteindelijk begonnen zijn ogen dicht te vallen en zakte de foto op zijn borst. Alles verliep zoals al onze andere testen, tot daar verandering in kwam.

Ik zat op mijn stoel. Elgin zat op zijn eigen plek naast mij. Er verstreken tien minuten. Met zijn ogen dicht reikte Devereaux naar de pen en het schrijfblok en liet toen zijn hand vallen. De hand balde zich tot een vuist en ontspande weer. Dat ging nog even zo door. De andere hand kwam omhoog, aarzelde even, maar bewoog toen heel snel. Ik schreef: *15:29, Dev tilt rechterhand op & maakt een vuist & slaat zich tegen wang.*

'Hij probeert zichzelf wakker te maken,' zei ik.

Devereaux begon opeens te rillen als een man met hoge koorts. Zijn benen schokten en trapten. Hij kromde zijn rug. Zijn rug kwam omhoog van de bank en plofte weer neer en ging weer omhoog. Zijn voeten tapdansten en hij begon een geluid te maken, *mump-mump-mump*, alsof zijn lippen aan elkaar plakten en hij zijn best deed om ze te openen en iets te zeggen.

'We moeten hem wakker maken.'

'Wacht.'

'Jezus, Elgin.'

'Wacht.'

De polaroids flitsten. Hun slimme ingebouwde motortjes zoemden. Zowel in Devereaux' gedeelte als in het onze dwarrelden foto's op de grond die al bezig waren te ontwikkelen. Zijn oogleden begonnen op te bollen tot de ogen die eronder zaten ongeveer zo groot moesten zijn als golfballen, alsof ze waren volgespoten met vloeistof. De oogleden openden niet op een natuurlijke manier, maar barstten open. Devereaux had grijze ogen gehad. De ogen die nog steeds verder uit hun kassen bleven puilen waren gitzwart. Ze groeiden als tumoren uit zijn gezicht. Elgins hand klemde zich om mijn schouder, maar ik voelde het amper. We vroegen geen van beiden wat er gebeurde, niet omdat we het niet konden geloven, maar omdat we dat juist wel konden. Devereaux schreeuwde en zijn oogbollen barstten en ragfijne zwarte draadjes maakten zich los van de bollen waar ze uit voortkwamen en dreven aanvankelijk in een kleine wolk naar ons toe, maar naarmate ze dichterbij kwamen smolten ze weg en verdwenen ze.

'Die heb ik nodig!' riep Elgin. 'Ik heb ze nodig! Het is bewijs! Bewijs!'

Hij wilde naar de deur rennen. Ik greep hem vast en hield hem tegen. Hij probeerde zich los te rukken, maar ik was sterker. Ik was niet van plan hem daar naar binnen te laten gaan, niet omdat ik genoeg om hem gaf om hem tegen zichzelf te willen beschermen, maar omdat ik niet wilde dat hij die deur opendeed en ze eruit zou laten.

Toen begonnen de gespleten zwarte oogbollen zich als een film die werd teruggedraaid terug te trekken naar het gezicht van Devereaux. Hij zei *mump-mump-mump*. Zijn blaas ontspande en het kruis van zijn broek kleurde donker. De gespleten zwarte oogbollen heelden zichzelf. Eerst was er nog een naadje zichtbaar, maar toen was ook dat verdwenen en waren ze weer dicht, alleen puilden ze nog wel uit zijn gezicht als van die kleine knoesten die je wel eens ziet op een oude boom. Toen trokken ze weer naar binnen en zakten zijn oogleden dicht, waarna Devereaux vanuit zijn middel een plotselinge, krampachtige draai maakte en op de grond viel. Elgins witte overhemd scheurde toen hij zich losrukte uit mijn greep. Voor ik het wist was hij al bij de deur en rende hij om de scheidingswand heen de andere ruimte binnen. Hij knielde en sloeg zijn armen om Devereaux' schouders.

'Help me, William! Kom me helpen!'

Als Devereaux dood was, zou dit deels mijn schuld zijn en zelfs in mijn schok wist ik dat heel goed. Zeggen dat ik slechts een getuige was en geen medeplichtige, zou me niet helpen. Dus liep ik om de scheidingswand heen de testruimte binnen en vroeg aan Elgin of hij nog ademde.

Hij boog zich over hem heen en deinsde meteen terug. 'Ja, maar zijn adem stinkt verschrikkelijk.'

Het was niet alleen zijn adem die stonk. Hij had ook zijn ontlasting laten lopen. Ik keek om me heen. Niet alle zwarte draadjes waren verdwenen. Een deel van wat Devereaux had meegebracht uit het rode huis toen hij daar de vloer had opgetild, misschien omdat het op hem af was gekomen vanuit de duisternis en hem door één inademing had geïnfecteerd, dreef nog in een hoek aan de andere kant van de kamer, vlak onder een van de speakers. Ik hield ze in de gaten. Als ze onze richting op kwamen, was ik van plan ervandoor te gaan en de Gentleman Wetenschapper aan zijn lot over te laten. Dit was per slot van rekening zijn experiment. Maar zelfs in die eindeloze ogenblikken dacht ik aan verre sterren, buiten het bereik van telescopen, en het dampende binnenste van honderdduizenden korrels zand en wist ik dat het ook mijn experiment was. Ik was niet weggegaan. Dat had ik kunnen doen, maar ik deed het niet. Ik had een tinteling voelen terugkeren van iets wat enigszins in de buurt kwam van een normaal menselijk wezen, wat dat ook mag zijn en ervan uitgaande dat zoiets echt bestaat. Als een arm waar je op hebt gelegen en die is gaan slapen en nu weer wakker begint te worden. Ik was zwaar de lul, maar fuck it, het was niet anders dus ik moest aan de bak.

'We moeten hem hier weg zien te krijgen.' Ik wees naar de zwarte draadjes. Ze bewogen zachtjes, rusteloos. Ik denk dat ze ons in de gaten hielden.

'Ik moet er een monster van nemen.'

'Het enige wat jij moet is nadenken hoe je eruit zou zien in gevangeniskleding. Help eens.'

We tilden hem op. Elgin pakte zijn enkels en ik tilde de rest. Zo droegen we hem de kamer uit en de gang door naar de woonkamer. Daar legden we hem op de grond. Uit zijn beide mondhoeken droop speeksel. Ik liep terug en sloot de openslaande deuren van de voormalige eetkamer, om ze op te sluiten, die zwarte dingen die afkomstig waren van die andere plek, die plek onder de vloer, tenzij ze onder de gesloten deur door bij ons binnen konden komen. Ik hoopte dat de rest gewoon zou verdwijnen. Als Elgin met die dingen wilde klooien, dan ging hij zijn gang maar. Ik was er helemaal klaar mee.

Maar eerst was er nog de kwestie van Devereaux. Ik zei tegen Elgin dat hij me moest helpen hem overeind te sjorren, zodat wat er nog van hem over was niet zou stikken. Met Elgin aan de ene kant en ik aan de andere, met onze handen verstrengeld achter Devereaux' rug, trokken we zijn bovenlichaam overeind. Uit zijn ooghoeken liepen zwartrode tranen. Bloed en nog iets anders. Ik wilde niet weten wat dat andere was. Ik gaf hem een tik tegen zijn wang en boog me over het oor aan mijn kant om te zeggen dat hij wakker moest worden en zijn ogen open moest doen, hoewel ik er niet aan moest denken hoe die ogen er dan uit zouden zien.

Zijn ogen gingen open. Ze waren bloeddoorlopen en net zo grijs als ze aanvankelijk waren geweest, alleen waren ze volkomen leeg. Ik knipte vlak voor zijn ogen met mijn vingers, maar er veranderde niets. Hij was een ademende, mansgrote pop.

'O, mijn god,' zei Elgin, 'komt hij nog terug, denk je?'

'Geen idee. Wat denk jij? Jij bent de wetenschapper.'

Elgin tilde een van Devereaux' handen op. De hand hing slap omlaag tot hij hem weer neerlegde.

'We geven het een uur,' zei hij.

We gaven het twee uur. De meeste zwarte draadjes waren inmiddels verdwenen, maar er waren er nog een paar en Elgin trok een paar plastic handschoenen aan, zette een mondkapje op en verzamelde ze in een plastic zakje. Ik probeerde hem ervan te weerhouden, maar hij wilde niet luisteren. Ik dacht dat ze misschien in zijn hand zouden smelten, maar dat gebeurde niet. Een ervan krulde zich om zijn gehandschoende wijsvinger en hij moest het losmaken door zijn vinger langs de binnenkant van het zakje te wrijven.

'Je bent gek dat je met die dingen klooit,' zei ik, waarop hij weer zei: 'Bewijs.'

Het was niet goed om nu zo aan hem vast te zitten. De wiskundeleraar was een kwijlende lappenpop geworden, die geen enkel teken van herstel toonde en daar moest ik iets mee, niet voor Elgin, maar voor mijzelf. Gelukkig was de voormalig leraar en huidig leeghoofd niet getrouwd en had hij geen gezin.

Ik dacht: ik ben de lul.

Ik dacht: fuck it, ik moet aan de bak.

'Had je hem zijn cheque al gegeven?'

'Wat? Nee. Die geef ik altijd pas na afloop, wanneer ze naar huis gaan. Dat weet je toch?'

'Verbrand hem dan. Hij is niet komen opdagen. Net als die ander, Bilson.'

Wat een manier om weer bij je positieven te komen.

Ik viste zijn sleutels uit zijn natgepiste broekzak. We sjouwden hem als een zak kletsnat wasgoed naar zijn auto en zetten hem op de passagiersstoel. Hij zakte naar voren, met zijn hoofd tegen het dashboard, alsof hij tot Allah zat te bidden. Ik zei tegen Elgin dat hij hem naar achteren moest duwen en ik gespte de veiligheidsgordel vast. Niet alle auto's hadden die dingen, maar deze wel. Het was een driepuntsgordel, zo eentje met een riem schuin over de borst, en die hield hem min of meer overeind, hoewel zijn hoofd omlaaghing, met zijn kin op zijn borst. Ik vond het er wel goed uitzien. Als iemand hem zag, zouden ze denken dat hij sliep. Een van die zwarte draadjes kwam uit zijn neus en dreef naar mij toe, maar Elgin had zijn nitrilhandschoenen nog aan. Hij graaide het uit de lucht en blies het weg. Ik vroeg me af of er nog meer binnen in Devereaux zaten.

'Wat ga je met hem doen?' vroeg Elgin.

'Geen idee.'

Ik stapte in de Chevy en reed terug over Lake Road. Toen ik in de achteruitkijkspiegel keek, zag ik hoe Elgin ons op zijn oprit stond na te kijken.

Ik reed met de raampjes open en de airco op de hoogste stand. Ik droeg een paar van Elgins nitrilhandschoenen. Er kwamen nog twee van die zwarte dingen uit zijn neus en eentje uit zijn open mond, maar die waaiden alle drie het raampje uit. Ik reed in de richting van Lewiston-Auburn, maar ik was niet van plan zo ver door te rijden. Ik wist waar hij woonde, zijn adres op Minor Avenue had op het vrijwaringsformulier gestaan, maar daar ging ik hem echt niet helemaal naartoe rijden. Eerst moest ik hem nog op de bestuurdersstoel zien te krijgen en daarvoor had ik een rustig plekje nodig.

Ik reed op Route 119 in Waterford toen ik een parkeerplaats met picknickplek, Wolf Claw geheten, tegenkwam. Op het heetst van de dag was daar niemand. Ik parkeerde onder de bomen, liep om de wagen heen, opende het portier en maakte de veiligheidsgordel los. Meteen zakte Devereaux weer naar voren tot zijn voorhoofd op het dashboard rustte. Had ik de Gentleman Wetenschapper nu maar om een mondkapje gevraagd, maar wat zou het eigenlijk voor zin hebben om mijn mond en neus te bedekken? De zwarte draadjes waren uit Devereaux' ogen gekomen, dus waarschijnlijk konden ze net zo gemakkelijk in mijn ogen komen. Ik kon alleen maar hopen dat ze allemaal verdwenen waren. Ik had er de afgelopen twintig kilometer niet één meer gezien, maar misschien waren ze wel door het open raampje weggewaaid terwijl ik op de weg zat te letten.

Ik trok hem naar me toe en verder de auto uit, waarna ik hem om de motorkap heen sleepte. Hij droeg instappers en verloor er eentje. Zijn nietsziende ogen staarden recht in de zon. Het lukte me hem achter het stuur te krijgen, maar het kostte veel tijd en het viel niet mee. Dat had ik ook niet verwacht. Hij ademde nog, maar vanbinnen was hij dood en ik wist van mijn tijd in Vietnam dat dode mensen zwaarder zijn. Eigenlijk kan dat niet, maar toch is het zo. Zwaartekracht hunkert naar de doden en wil ze in de grond. Zo denk ik erover, maar ik ben niet de enige.

Hij zakte weer naar voren en ik greep hem bij zijn haar en trok hem terug voordat zijn voorhoofd de claxon zou raken. Ik maakte zijn gordel vast en zijn hoofd zakte naar voren tot zijn kin op zijn borst rustte. Ik vond het er wel goed uitzien zo. Ik hoopte dat er niemand zou komen voordat ik me uit de voeten had gemaakt. Ik stak het autosleuteltje in het contact, sloot de deur en liep weg. Ik had een paar honderd meter gelopen toen ik opeens aan de schoen dacht en terugging. Er is nu vast al iemand, dacht ik, iemand die in het open raampje van de Chevy met de St. Dom-sticker op de bumper heeft gekeken en heeft gezegd hé, meneer, word eens wakker, gaat het wel goed met u en wat zijn dat trouwens voor zwarte dingen die uit uw neus komen?

Maar er was nog niemand. Ik raapte de instapper op, trok het portier weer open en deed de schoen aan zijn voet. Toen veegde ik de sporen weg die zijn hielen om de voorkant van de auto heen hadden getrokken en ging weer op weg. Na een kilometer of acht, mijn schaduw begon al steeds langer te worden, kwam ik aan bij een benzinestation met een supermarktje en een telefooncel. Ik had genoeg kleingeld in mijn zak, dus ik hoefde niet naar binnen om geld te wisselen, waar iemand me zou kunnen zien en mijn gezicht zou kunnen onthouden. Dat had vast niet veel kwaad gekund, maar ik dacht inmiddels als een dief of een moordenaar. Ik belde Elgin om hem te vragen mij op te komen pikken. Elgin nam niet op en ik was inmiddels voldoende tot leven gekomen om angst te voelen. Ik had een plan om geen verdenking op mij en de Gentleman Wetenschapper te laten vallen, maar plannen veranderen. Ik dacht er steeds aan hoe hij de hele tijd had gezegd: bewijs, bewijs. Ik bleef eraan denken dat hij gek was en toen dacht ik eraan hoe ik dat dan wist. Ik had het al die tijd geweten, maar ik had gedacht: hup, aan de bak en had me er niets van aangetrokken.

Ik begon de andere kant op te lopen, zodat mijn steeds langer wordende schaduw niet meer achter mij was, maar vóór mij. Er kwam een auto aan en ik stak mijn duim op. Hij reed door, net als de volgende, maar daarna kwam er een pick-up die langzamer ging rijden en stopte. De man achter het stuur had een verweerde rode kop onder grijs stekeltjeshaar.

'Waar moet je naartoe?'

'Castle Rock, daar woont mijn vader.'

'Nou, spring er maar in. Heb je in het leger gezeten? Zo zie je eruit en zo te zien heb je er de juiste leeftijd voor.'

'Ja, sir, dat klopt.'

'Ik heb zelf ook gediend. Zo'n tienduizend jaar terug. Weinig keus, klotezooi.'

Hij liet de koppeling met een schok opkomen en praatte over Korea en vroeg me wat ik van die pacifisten, van die achterlijke vredesidioten vond.

Ik zei zeg dat wel. Hij zei stop ze lekker allemaal bij elkaar dan kunnen ze gitaar spelen en stickies roken en ik zei zeg dat wel. Hij bood me een van de biertjes aan die hij achterin had liggen. Ik dronk en hij zei pak er nog maar een, soldaat en dat deed ik. Een half uur later zette hij me af in Main Street, in Castle Rock.

'We zullen die spleetogen leren.'

'Inderdaad, sir.'

'Pas goed op jezelf, jongen.'

'Dat ben ik wel van plan.'

En daar ging hij. Het was inmiddels avond en in het westen verschenen steeds meer onweerswolken. Ik legde de bijna tien kilometer naar Lake Road te voet af. Tegen de tijd dat ik er was, geselde de regen zich alweer een weg over het meer. Bliksemflitsen. Donderslagen. De geur van ozon in de lucht, als een brand zonder vlammen. Mijn auto stond nog steeds naast Elgins Mercedes. Ik ging naar binnen. Hij had de lichten niet aangedaan en de hal was vol schaduwen.

'Elgin?'

Ik kreeg geen antwoord. De woonkamer was verlaten, de boeken lagen over de grond. *Beyond the Wall of Sleep* lag met de voorkant naar boven. Op de salontafel stond een glazen asbak, met ernaast een pakje Winstons en zijn Zippo-aansteker. Ik pakte de Zippo en stak hem in mijn zak. Ik liep naar de voormalige eetkamer, overwoog de kamer met de bank binnen te gaan, maar deed dat gelukkig toch niet. In plaats daarvan liep ik de kamer met het bureau binnen, ging op mijn stoel zitten en keek door de doorkijkspiegel. Wat er over was van de Gentleman Wetenschapper lag op de bank. Overal lagen polaroids. De beker lag verbrijzeld tussen de foto's. Om zijn hoofd zat iets wat eruitzag als een zwarte zak. Een deel van de foto's, die met de goede kant naar boven lagen, liet zien hoe die zich vormde over zijn slapende gezicht. De foto van het rode huis met de groene deur lag ook op de grond, net als het plastic zakje waarin hij zijn monsters had opgeborgen. Dat zakje was nu leeg. De zwarte zak om zijn hoofd was van die sliertige draden gemaakt en bewoog bij elke ademhaling in en uit wat er nog over was van zijn mond. Ik herinnerde me hoe hij me had verteld over eindeloze sterrenstelsels hoog boven en ook onder onze voeten. Ik dacht aan een gezicht dat van een mensenschedel gleed. Ik dacht aan een brandende helikopter die verdween in de zee van napalm die hij zelf had gecreëerd. Ik dacht eraan hoe ik Devereaux' schoen weer aan zijn voet had gedaan. Ik dacht aan alle onbekende en onkenbare onderwereldwezens die mogelijk bestonden onder een barrière van dromen. Ik dacht eraan dat plannen konden veranderen. Elgin kwam hier nooit meer weg, maar ik misschien nog wel.

Sommige van de sliertige draden voelden mijn aanwezigheid, maakten zich los van de zwarte zak, dreven naar de doorkijkspiegel en drukten zich tegen het glas. Er kwamen er steeds meer. En meer. Ik keek hoe ze kronkelden en krioelden tot ze uiteindelijk mijn naam vormden: WILLIAM DAVIS.

In de keuken stond een gasfornuis. Ik draaide alle pitten open en blies vervolgens een voor een alle blauwe gasbloemen uit. Ik zette de oven aan en opende de ovendeur. In de oven ging een lichtje branden, dat ik ook doofde. Terwijl ik deze gasbom in wording creëerde, keek ik constant over mijn schouder, uit angst voor de zwarte draden. Ik verkeerde in *su kinh hai*. Paniek. Ik verkeerde in *rung ron*. Doodangst. Ik sloot de ramen. Ik sloot de deuren. Ik liep naar het gastenverblijf om al mijn spullen in mijn weekendtas en mijn enige koffer te pakken. Ik zette ze in de kofferbak van mijn auto. Toen ging ik terug naar de voordeur en wachtte, terwijl ik de bovenkant van de aansteker op en neer liet klikken. De bliksem zette het meer in vuur en vlam en de donder rommelde. Na een minuut of tien begon het te regenen, eerst heel zachtjes, als een soort voorspel van de storm. Ik opende de deur. Ik rook de stank van het gas. Ik klikte de Zippo aan, kreeg een vlammetje, gooide de aansteker naar binnen en rende naar mijn auto. Ik sprong erin en begon net te denken dat er niks ging gebeuren toen de keuken explodeerde. Toen ik wegreed barstte de regenbui los. In mijn binnenspiegel zag ik het huis branden onder een zwarte hemel die werd opengespleten door de bliksem. Er stonden nog meer huizen en zomerhuisjes langs Lake Road, maar in deze storm waagde niemand zich buiten en als iemand toevallig uit een raam keek zouden ze niets anders zien dan koplampen met daarachter een autovormige vlek. Ik reed van Castle Rock naar Harlow. De regen werd minder en stopte toen. In mijn achteruitkijkspiegel, net voordat de zon onderging achter de bergen in New Hampshire, zag ik een regenboog. Toen was de zon verdwenen en ging de regenboog uit als een neonreclame. Ik sliep die nacht in een motel in Gates Falls en reed de volgende ochtend naar Portland, naar het pension waar ik had gewoond toen ik voor Temp-O werkte. Er hing een bordje met KAMERS TE HUUR voor het raam. Ik belde aan en mevrouw Blake deed open.

'Jij weer.'

'Ja. Op het bordje staat dat u een kamer hebt.'

'Dat klopt, maar het is niet jouw kamer. Het is een kamer op de tweede verdieping, zonder airco.'

'Is hij goedkoper dan die op de eerste?'

'Nee.'

'Ik neem hem.'

De volgende dag ging ik terug naar Temp-O en werd weer aangenomen. Ik was niet van plan lang voor mevrouw Frobisher te blijven werken, maar ik wilde een baan hebben voor als de politie bij me kwam aankloppen. Pearson zat in de koffiekamer. Diane ook. Op de tv was een praatprogramma bezig. Diane schonk me een scheef glimlachje en zei: 'We gaan weer aan de slag, beste vrienden.' Pearson zat de krant te lezen en rond zijn schoenen hoopten de afgedankte katernen zich op. Hij wierp één blik op mij en hield de krant weer voor zijn neus.

'Dus je bent weer terug,' zei ik tegen Diane.

'Jij ook. Is het niks geworden bij Elgin?'

'Het ging wel een tijdje goed, maar toen zijn experimenten niet lukten begon hij zich vreemd te gedragen.'

'En toen waren we weer terug bij af. Alle wegen leiden naar Temp-O.'

Mevrouw Frobisher kwam binnen. 'Wie wil er een getuigenverklaring bij Brune and Cathcart doen?' Ze wachtte het antwoord niet af, maar wees naar een nieuwe vrouw, die ik nog niet kende. 'Jij, Janell. Hup, in de benen.'

Pearson was klaar met het plaatselijke nieuws, dus raapte ik die pagina's op. Onderaan pagina 1B stond een artikel met als kop MAN UIT CASTLE ROCK KOMT OM IN GASEXPLOSIE AAN DARK SCORE LAKE. Er stond dat de zaak werd behandeld als een ongeluk of mogelijke zelfmoord. Er stond dat het vuur zich vanwege zware regenval niet had verspreid.

Ik zei: 'Krijg nou wat, mijn vorige baas is dood,' en ik liet het artikel aan Diane zien.

'Pech voor hem, gelukkig voor jou.' Ze las het verhaal. 'Was hij suïcidaal, denk je?'

Daar moest ik even over nadenken. 'Ik weet het niet.'

De volgende dag had ik dienst bij de rechtbank. Toen ik terugging naar het pension, zaten twee agenten me op te wachten in de zitkamer. Een van hen was in uniform, de ander was een rechercheur. Ze stelden zich voor en vroegen hoelang ik voor Elgin had gewerkt. Ik zei bijna een maand. Ik vertelde hun wat ik Diane had verteld, dat Elgin zich vreemd begon te gedragen toen zijn experimenten niet naar wens verliepen en dat ik toen was vertrokken. Ja, tot die tijd had ik in het gastenverblijf gewoond. Nee, ik was daar niet geweest toen het huis de lucht in ging. Ze vroegen me of ik ene Burton Devereaux kende. Ik zei dat ik de naam wel kende, want die had op Elgins lijstje met proefpersonen gestaan, maar de man zelf niet. Ik had hem nooit gezien. De rechercheur gaf me zijn kaartje en vroeg of ik hem wilde bellen als me nog iets te binnen schoot. Ik zei dat ik dat zou doen. Ik vroeg of de rechercheur dacht dat Elgin zichzelf van het leven had beroofd.

'Zou u daarvan opkijken, meneer Davis?'

'Niet echt.'

'Hij heeft het gasfornuis aangezet en we hebben een gesmolten deel van een aansteker op de keukenvloer gevonden, dus wat denkt u zelf?'

Wat ik dacht was dat een slimme rechercheur zich had kunnen afvragen wat de restanten van de Zippo op de keukenvloer deden, terwijl Elgin op de bank in de voormalige eetkamer was gevonden. Maar ik denk dat hij niet zo slim was.

Ik werkte tot september bij Temp-O, nam toen ontslag en reed naar Nebraska. Daar had ik geen speciale reden voor, het was gewoon waar ik naartoe ging. Ik vond tijdelijk werk op een boerderij, zo'n enorm uitgestrekt agrarisch bedrijf, en toen het oogstseizoen erop zat, wilde de voorman me wel houden. Ik werk er nu nog. Er woedt een sneeuwstorm. De I-80 is afgesloten. Ik zit aan een bureau en denk aan sterrenstelsels voorbij sterrenstelsels. Straks doe ik dit schrift dicht en dan doe ik het licht uit en ga ik naar bed. Het geluid van de wind zal me in slaap sussen. Soms droom ik van de jungle en mannen die gillen in de vlammen. Soms zijn het vrouwen die gillen in de vlammen. Kinderen. *Nahn tu*, roepen ze. *Nahn tu, nahn tu*. Dat zijn de goede dromen. Je zult het misschien niet geloven, maar dat is echt zo. In de akelige dromen sta ik voor een rood huis met een groene deur. Als ik aan die deur zou voelen, zou hij voor me opengaan. Dat weet ik en ik weet ook dat ik op een dag naar binnen zal gaan en in de deuropening van de woonkamer op mijn knieën zal gaan zitten. *Nahn tu*, zal ik roepen, *nahn tu*, maar wanneer die laatste droom komt zal er geen genade zijn. Niet voor mij.

*Denkend aan Cormac McCarthy en Evangeline Walton*

# De Antwoordman

## I

Phil Parker had het enorme geluk – of de enorme pech – om de Antwoordman gedurende zijn leven drie keer te ontmoeten. De eerste keer, in 1937, was hij vijfentwintig, verloofd en in het bezit van een rechtendiploma waarvan de inkt amper droog was. Tevens zat hij in zijn maag met zo'n reusachtig dilemma dat het huilen hem nader stond dan het lachen wanneer hij eraan dacht.

Toch moest hij eraan denken en het op de een of andere manier zien op te lossen. Met dat doel voor ogen verliet hij zijn appartement in Boston en ging hij naar het kleine plaatsje Curry, in New Hampshire, waar zijn ouders een zomerhuis hadden. Hier wilde hij een weekend doorbrengen om een beslissing te nemen. Vrijdagavond zat hij met een sixpack bier op het terras met uitzicht op het meer. Hij dacht aan zijn dilemma, sliep er een nachtje over en werd zaterdagochtend wakker met een kater en zonder een beslissing te hebben genomen.

Zaterdagavond zat hij met een kwart liter Old Tyme-gemberbier op het terras met uitzicht op het meer. Zondagochtend werd hij wakker zonder een beslissing te hebben genomen, maar ook zonder kater – wat een verbetering was, maar nog niet genoeg. Wanneer hij die avond terug was in Boston, zou Sally Ann hem daar opwachten om te vragen wat hij had besloten.

Dus klom hij na het ontbijt in zijn oude Chevrolet en vertrok op deze verrukkelijke, zonnige oktoberdag voor een ritje over de landweggetjes van New Hampshire. De bomen stonden in volle, vurige herfsttooi en Phil stopte af en toe om het uitzicht te bewonderen. Hij bedacht dat er niets mooiers bestond dan herfst in New England.

Naarmate de ochtend vorderde en het tegen de middag begon te lopen, werd hij kwaad op zichzelf omdat hij zo treuzelde. Dronken worden van bier had zijn probleem niet opgelost, gemberbier drinken had het niet opgelost en zich vergapen aan najaarskleuren ging dat ook niet doen. En toch vermoedde hij dat deze aandacht voor zijn omgeving meer was dan één zijn met de natuur. Of het maakte deel uit van de oplossing, óf van de pogingen van zijn geest om zich te onttrekken aan een beslissing die hoe dan ook de rest van zijn leven en dat van zijn verloofde zou bepalen.

*Het hoort bij volwassen worden*, zei hij tegen zichzelf.

Ja, maar de gedachte een keuze te maken stuitte hem verschrikkelijk tegen de borst. Hij wist dat het moest gebeuren, maar dat betekende nog niet dat hij er blij mee hoefde te zijn. Was het niet net zoiets als moeten kiezen in welke gevangeniscel je je gevangenisstraf wilde uitzitten? Je levenslange gevangenisstraf? Het leek stom en overdreven... maar toch ook weer niet.

Zijn dilemma was simpel en duidelijk, zoals de meeste echte kloteklussen dat zijn: waar ging hij zijn werk als advocaat doen? Elke keus had zo veel consequenties.

Phils vader was senior partner bij een oud, prestigieus advocatenkantoor in Boston – Warwick, Lodge, Nestor, Parker, Allburton & Frye. Sally Anns vader was senior partner bij hetzelfde kantoor. John Parker en Ted Allburton waren al sinds hun studietijd beste vrienden. Ze waren een jaar na elkaar getrouwd en getuige geweest bij elkaars huwelijk. Phil Parker was geboren in 1912, Sally Ann in 1914. Als kinderen waren ze speelkameraadjes geweest en ze waren elkaar zelfs aardig blijven vinden gedurende die lastige periode in het begin van de puberteit, wanneer jongens en meisjes nogal eens publiekelijk uiting geven aan hun algehele minachting voor het andere geslacht, ongeacht wat ze er misschien diep in hun hart van vinden.

De ouders aan beide kanten waren misschien nog wel het minst verrast toen Phil en Sally Ann 'kennis aan elkaar kregen' zoals dat destijds heette, maar niemand durfde te hopen dat de genegenheid van hun kinderen een scheiding van vier jaar zou overleven: Vassar voor Sally Ann en Harvard voor Phil. Toen dat toch zo bleek te zijn, waren de ouders in de wolken, net als Phil en Sally Ann (natuurlijk). Liefde was niet het probleem. Niet in eerste instantie althans, hoewel de liefde er wel mee te maken had (zoals bijna altijd).

Curry was het probleem, dat kleine plaatsje vlak bij de grens tussen Maine en New Hampshire, waar beide families, de Parkers en de Allburtons, een zomerhuis hadden op pal naast elkaar gelegen percelen aan het meer.

Phil was al minstens zo lang verliefd op Curry als op Sally Ann en nu leek het erop dat hij tussen die twee moest kiezen. Hij wilde graag een praktijk beginnen in Curry, ook al kon het plaatsje slechts bogen op tweeduizend inwoners die er het hele jaar woonden. Het centrum, waar Route 23 en Route 111 elkaar kruisten, bestond uit een restaurant, twee benzinepompen, een doe-het-zelfzaak, een A&P-supermarkt en het gemeentehuis. Er was geen café en geen bioscoop. Voor die voorzieningen moest je naar North Conway, een behoorlijk eind weg. Er was wel een lagere school (zoals dat toen nog heette), maar geen middelbare. Tieners uit Curry moesten met de bus naar Patten High School, vijftien kilometer verderop.

Er zat ook geen advocatenkantoor. Phil zou de eerste kunnen zijn. De Parkers en de Allburtons verklaarden hem voor gek dat hij het zelfs maar overwoog om in Curry te gaan wonen. John Parker was gekwetst en boos dat zijn zoon eraan dacht niet bij zijn firma te komen werken, waar zijn grootvader nota bene al senior partner was geweest in de tijd van paard-en-wagens. Ook vond hij het moeilijk te geloven, zei hij, dat een jongeman die cum laude was afgestudeerd aan Harvard een praktijk wilde beginnen in de wildernis van New Hampshire... die hij de *vergeten* wildernis van New Hampshire noemde (en soms, na een paar cocktails, de *onzalige* wildernis).

'Als cliënten krijg je daar boeren die elkaar aanklagen voor koeien die hekken hebben beschadigd,' zei John Parker. 'Je grootste zaken zullen gaan over stropen of kop-staartaanrijdingen op Route 23. Dit kun je niet menen.' Maar de ontzetting op zijn gezicht maakte duidelijk dat hij wist dat zijn zoon dit misschien wel degelijk meende.

Ted Allburton was nog kwader dan zijn oude vriend. Hij had nog een andere reden om kwaad te zijn dan de redenen die John zijn zoon al duidelijk had gemaakt: Phil zou niet alleen volstrekt moedwillig zijn eigen toekomst verwoesten. Hij was van plan iemand mee te sleuren in die ellende, namelijk Teds dochter.

Toen Phil voet bij stuk hield, had Allburton een grens getrokken, een duidelijke, hardvochtige grens. 'Dan verbied ik het huwelijk.'

'Sir,' had Phil gezegd, op rustige en (naar hij hoopte) beleefde toon: 'Ik hou van Sally Ann. Zij zegt dat ze ook van mij houdt. En ze is meerderjarig.'

'Je bedoelt dat ze ook zonder mijn toestemming met je kan trouwen.' Ted was een grote, breedgeschouderde man met een voorkeur voor bretels. Zijn blauwe ogen konden warm zijn, maar die dag waren ze staalhard. 'Dat is waar, dat zou ze kunnen doen. En ik mag je graag, Phil. Altijd al gedaan. Maar als je doorzet wat je nu van plan bent, zal het een huwelijk zijn zonder mijn zegen. En dat, durf ik wel te zeggen, zou haar erg ongelukkig maken. Sterker nog, ik betwijfel zelfs of ze het zal doen.'

Phil had in die staalharde ogen gekeken en begrepen dat Ted Allburton er eigenlijk wel zeker van was dat Sally Ann het niet zou doen.

Phil wist niet of ze het zou doen of niet, vooral als meneer Allburton dan ook zou afzien van een bruidsschat in contanten. Phil wist dat Sal beter dan hun ouders, die het gewoon helemaal niet wilden of konden begrijpen, begreep wat hij wilde en hij wist dat ze het ergens zelf ook wel wilde. Zij had immers zelf ook de zomers van haar jeugd en af en toe een enkele besneeuwde, magische kerst, in Curry doorgebracht.

Zij was bereid geweest naar hem te luisteren toen Phil haar vertelde dat hij geloofde dat Curry en heel het zuiden van New Hampshire in de toekomst zouden groeien. 'Aanvankelijk zal het nog langzaam gaan,' had hij haar die zomer verteld, toen hij nog de hoop koesterde dat zijn ouders zich achter zijn voorzichtige plan zouden scharen, ook al waren de Allburtons tegen. 'Van de economische crisis zijn we de eerste jaren nog niet af... tenzij er werkelijk een oorlog komt. Mijn vader denkt dat dat zal gebeuren, maar ik niet. De groei zal beginnen in het gebied rond North Conway en zich van daaruit verspreiden. Tegen 1950 zullen er meer grote wegen zijn. Meer grote wegen betekent meer toeristen en meer toeristen betekent meer werk. Al die mensen zullen uit Massachusetts komen, Sal, en uit New York en het zullen er duizenden zijn. Tienduizenden! Om 's zomers in schone meren te kunnen zwemmen, in het najaar van de herfstkleuren te genieten en om in de winter te kunnen skiën. Je vader denkt dat ik in armoede zal leven en in armoede zal sterven. Ik denk dat hij zich vergist.'

Helaas was het nog geen 1950, of zelfs 1945. Het was 1937 en hij was niet in staat geweest iemand op andere gedachten te brengen. Hij had het niet – nog niet – aangedurfd om Sally te vragen definitief zijn kant te kiezen, wat wellicht zou betekenen dat ze haar familie de rug moest toekeren...

of dat haar familie haar zou laten vallen. Het leek ontzettend oneerlijk, maar om haar zo te laten lijden onder zijn dilemma was ook niet eerlijk. Daarom had hij haar verteld dat hij hier een weekend naartoe zou gaan om de knoop door te hakken. Dus óf de firma aan Commonwealth Avenue, óf het kleine, houten gebouwtje achter het gemeentehuis van Curry en naast de benzinepomp. Boston of Curry. En wat hij tot dusverre had besloten was...

'Helemaal niets,' mompelde hij. 'Verdorie nog aan toe!'

Hij reed nu op Route 111, op de terugweg naar het meer. Zijn maag probeerde hem iets te vertellen over lunchen, maar wel zachtjes en op respectvolle toon, alsof hij zich een beetje geneerde voor Phils onvermogen om een besluit te nemen.

Zijn grootste wens was het om zijn vader en moeder te laten inzien dat de firma gewoon niet de juiste keus voor hem was, dat hij er niet op zijn plaats zou zijn. Het feit dat de firma dat wel was geweest voor zijn vader en grootvader (om maar te zwijgen van de edelachtbare Theodore Allburton Esq., en diens vader) wilde niet zeggen dat dit ook voor hem gold. Hij had op alle mogelijke manieren getracht hun duidelijk te maken dat hij wellicht prima werk kon verrichten in het enorme herenhuis aan Commonwealth Avenue en daar toch ontzettend ongelukkig kon worden. Of dat gevoel invloed zou hebben op zijn gezinsleven? Dat leek hem wel waarschijnlijk.

'Onzin!' had zijn vader geantwoord. 'Zodra we je een beetje netjes hebben afgericht, haha, zul je het geweldig vinden. Zo is het bij mij ook gegaan en zo gaat het bij jou ook. Elke dag een nieuwe uitdaging! Geen zaakjes over kleine vorderingen voor kapotte ploegen en gestolen boerenkarren!'

*Afgericht*. Wat een uitdrukking! Het had hem het hele voorjaar en de hele zomer dwarsgezeten. Dat was iets wat je met paarden deed. Je richtte ze af, liet ze voor je werken tot het oude knollen waren en liet ze dan afvoeren naar de lijmfabriek. Hij voelde dat de metafoor weliswaar melodramatisch was, maar ook realistisch.

Zijn moeder, die in elk geval aanvoelde dat zijn stress echt heel diep zat, reageerde liever. 'Je weet niet of de firma de juiste plek voor je is voordat je het hebt geprobeerd,' zei ze en dat was de meest redelijke en verleidelijke redenering in het voordeel van de firma die hij had gehoord. Omdat hij zichzelf kende.

Hij was een heel goede rechtenstudent geweest. Niet goed genoeg om briljant te zijn misschien, maar het was geen schande om gewoon heel goed te zijn. Maar hij was niet echt het rebelse type, en dat was Sally Ann evenmin. Waren ze dat wel geweest, dan hadden ze het niet zo erg gevonden om tegen de wensen van hun ouders in te gaan – ze waren verdorie geen tieners meer!

Als hij voor de firma ging werken, vermoedde Phil dat hij bepaalde aspecten ervan inderdaad uitdagend zou gaan vinden en zijn vermoeden dat hij op den duur inderdaad *afgericht* zou zijn was zo mogelijk nog veel sterker. Zijn idee om de eerste advocaat te worden in een slaperig klein plaatsje dat op een dag wellicht zou uitgroeien tot een welvarende grotere plaats, misschien zelfs kleine stad, zou naar de achtergrond verdwijnen. Eerst langzaam, maar naarmate de eerste grijze haren aan zijn slapen zouden verschijnen, steeds sneller. Binnen vijf jaar zou het meer een droom lijken dan een wens. Er zouden kinderen komen en een eigen huis, steeds meer financiële blokken aan zijn been en het zou elk jaar – nee, elke maand, elke week, elke verdomde dag – moeilijker worden om zich te bedenken.

Een levensbepalende beslissing.

Hij probeerde zich voor te stellen dat hij Sally Ann zou vertellen dat hij voor Curry had gekozen. Zijn ouders zouden hen (waarschijnlijk) helpen, ook al deden de Allburtons dat niet. Hij had wat spaargeld, net als Sal (niet veel). Het zou moeilijk zijn, maar niet onmogelijk (misschien). Hij vermoedde dat Ted Allburton het bij het verkeerde eind had toen hij zei dat zijn dochter niet zou trouwen zonder zijn zegen. Phil meende te geloven dat hij Sal wat dat betreft beter kende dan haar vader, maar hoe zou een huwelijk zonder die zegen verlopen? Was het voor hen allebei wel eerlijk om met zo veel bitterheid te beginnen, in plaats van met de steun van alle ouders?

Zo gingen zijn gedachten heen en weer – platteland of stad – terwijl hij omhoogreed over een van de lange heuvels op Route 111. Opeens viel zijn oog op een felgeel met de hand geschilderd bord. 3 KILOMETER NAAR DE ANTWOORDMAN, stond erop te lezen. Phil grinnikte en begon toen hardop te lachen. *Wat zou het fijn zijn als er zo iemand bestond*, dacht hij. *Ik zou wel wat antwoorden kunnen gebruiken.*

Hij reed door en even later passeerde hij nog een bord, ditmaal knalblauw. ANTWOORDMAN 1,5 KILOMETER.

Phil bereikte opnieuw het hoogste punt van een helling en zag van daaruit, helemaal onderaan een vuurrood vlekje langs de kant van de weg. Naarmate hij dichterbij kwam, zag hij dat het een grote strandparasol was, met een hangende schulprand. Er stond een tafel onder. Achter de tafel zat een man in de schaduw. Phil vond het geheel eruitzien als een van die limonadekraampjes die je 's zomers vaak tegenkwam. Maar die werden bemand door hoopvolle kleine kinderen die meestal de suiker in hun veel te zure, met water aangelengde citroensap waren vergeten. Bovendien was het geen zomer, maar al halverwege de herfst.

Nieuwsgierig zette Phil zijn roestbak langs de kant en stapte uit. 'Hallo!'

'Ook hallo,' antwoordde de Antwoordman kalmpjes.

Hij leek een jaar of vijftig. Zijn dunner wordende haar vertoonde al aardig wat grijs. Zijn gezicht was gerimpeld, maar zijn ogen keken helder en belangstellend en hij had kennelijk nog geen bril nodig. Hij droeg een wit overhemd, een effen grijze pantalon en zwarte schoenen. Zijn lange, smalle handen lagen keurig gevouwen op zijn tafel. Naast een van de tafelpoten stond een soort dokterstas. Hij leek een intelligente kerel en Phil vond hem niets excentrieks hebben. Hij deed Phil eerder denken aan het twaalftal advocaten, allen van gemiddeld niveau en van middelbare leeftijd, in de firma: degelijke, fatsoenlijke mannen die net dat laatste beetje extra misten om het tot partner te schoppen. Het was vooral dat gevoel van gezapige, zakelijke normaliteit wat de aanwezigheid van de man, hier onder een knalrode parasol, in het midden van nergens in het bijzonder, zo curieus maakte.

Aan de andere kant van de tafel stond een houten klapstoel. Kennelijk de stoel die bestemd was voor de cliënt. Op de tafel, voor die klapstoel, stonden drie kleine bordjes opgesteld voor de toekomstige klanten van de Antwoordman.

DE ANTWOORDMAN

stond op het middelste.

$ 25 PER 5 MINUTEN

luidde de tekst op het bordje aan de linkerkant.

UW EERSTE 2 ANTWOORDEN GRATIS

stond er op het rechter bordje.

'Wat is dit precies?' vroeg Phil.

De Antwoordman keek hem aan met een blik die ironisch was, maar niet onvriendelijk. 'Jij lijkt me een slimme jongeman,' zei hij. 'Een jongeman die heeft gestudeerd, aan het vaantje te zien dat ik aan je autoantenne zie hangen. Harvard, toe maar!'

Phil glimlachte en de Antwoordman glimlachte terug. 'Jonge jongens zoals jij – en meisjes, en meisjes – zijn er zo aan gewend om vragen te stellen dat ze niet eens meer nadenken bij wat ze precies vragen. En aangezien het vanochtend niet druk is, ga ik je het plezier doen die vraag niet te beantwoorden. Dat betekent dat je nog twee gratis vragen overhebt, als je daar gebruik van wenst te maken.'

Zelfs al had de man ze niet allemaal op een rijtje, dacht Phil, dan nog klonk wat hij zei heel logisch. Hij had inderdaad een vraag gesteld waarop het antwoord voor de hand lag. Voor vijfentwintig dollar zou deze man vijf minuten lang vragen beantwoorden. Dat was het. En niet meer dan dat.

'Tja – vindt u vijfentwintig piek voor vijf minuten vragen beantwoorden niet een beetje prijzig? Geen wonder dat het hier niet stormloopt.'

'Ach, wat is prijzig? Nee, geef daar maar geen antwoord op – jij bent niet de Antwoordman, want dat ben ik. Mijn tarieven variëren al naargelang mijn locatie en mijn beoogde klandizie. Ik heb ook wel eens honderd dollar voor vijf minuten gerekend en bij één gedenkwaardige gelegenheid zelfs duizend! Duizend pietermannen! Ja! Maar ik heb ook wel eens een kwartje gevraagd. Je zou kunnen zeggen dat ik vraag naar draagkracht. Antwoorden zijn niet altijd pijnlijk, jongeman, maar correcte antwoorden zouden nooit goedkoop mogen zijn.'

Phil deed zijn mond open om te vragen of de man serieus was, maar klapte hem meteen weer dicht. Hij zag al voor zich dat de Antwoordman zou zeggen: *Ja, dat ben ik en dat was je tweede gratis vraag.*

'Hoe zou ik kunnen weten dat de antwoorden die u mij geeft waar en correct zijn?'

'Dat zou je nu nog niet weten, maar na verloop van tijd wel,' zei de Antwoordman. 'En dat is...'

'Twee,' zei Phil. Hij lachte breed. Hij had plezier in het spelletje. Hij zei: 'Over hoeveel tijd hebben we het dan?' Hij had het nog niet gezegd of hij sloeg een hand voor zijn mond, maar het was al te laat.

'Het is vandaag zo rustig, dat ik je een derde vraag gratis geef,' zei de man achter de tafel. 'Het antwoord luidt: dat varieert. Wat je dus absoluut niet helpt om door te dringen tot de waarheid van wat ik hier doe – als je tenminste op zoek bent naar de waarheid. Zie je nu wat ik bedoelde toen ik zei hoe gemakkelijk het is om vragen te stellen die geen antwoord behoeven? Het werkt zo devaluerend op het hele proces van vragen stellen, vind je ook niet? Van ergens in duiken?'

De Antwoordman leunde naar achteren in zijn stoel, verstrengelde zijn handen achter zijn nek en keek Phil aan. 'Ik zit nu al zo lang in dit vak dat het me niet meer zou moeten verbazen hoe nutteloos de vragen van slimme mensen soms zijn en toch verbaast me dat nog steeds. Het is slordig. Het is lui. Ik heb me vaak afgevraagd of slimme mensen eigenlijk wel echt begrijpen naar welke antwoorden in het leven ze op zoek zijn. Misschien zweven ze op hun gemakje op het magische tapijt van hun ego, terwijl ze aannames doen die vaak helemaal niet kloppen. Dat is de enige reden die ik kan bedenken voor de krachteloze vragen die ze stellen.'

'Krachteloos! Oké!'

De Antwoordman ging verder alsof hij het niet had gehoord. 'Je vroeg me hoe je kon weten of ik correcte antwoorden geef. "Waar en correct" zei je. Dus toen gaf ik je er eentje gratis. Als we op dit moment midden in de kerstdrukte zaten, had je twee minuten geleden alweer in je auto gezeten om je weg te vervolgen.'

De wind liet de geschulpte rand van de rode parasol wapperen en waaide door het grijzende haar van de Antwoordman. Hij keek met een uitdrukking van diepe melancholie naar de verlaten weg.

'Het najaar is altijd een rustige tijd voor mij en oktober is de allerrustigste maand. Ik denk dat in de herfst meer mensen in staat zijn zelf antwoorden te vinden.'

Hij bleef nog even naar het kronkelende, zwarte lint van de weg kijken. Toen lichtte zijn gezicht op en wendde hij zich weer tot Phil.

'Waarom stelde je me niet gewoon een specifieke vraag?'

Phil keek verbaasd op. 'Ik begrijp niet wat u bedoelt.'

'Wat je eigenlijk wilde weten is of ik de boel in de maling neem,' zei de Antwoordman. 'En als je me bijvoorbeeld had gevraagd wat de meisjesnaam van je moeder was, of de naam van je onderwijzer in de derde klas, dingen die ik onmogelijk zou kunnen weten, tenzij ik echt ben wat ik beweer te zijn, had je daarachter kunnen komen.' Hij schudde zijn hoofd. 'Mensen zonder jouw intellectuele talenten stellen over het algemeen dat soort vragen. Mensen mét die talenten – mensen met een Harvard-diploma bijvoorbeeld – doen dat vrijwel nooit. Het heeft te maken met wat ik eerder zei. Slimme mensen hebben een dubbele achterstand: ze kennen de antwoorden niet die ze nodig hebben en ze weten niet welke vragen ze moeten stellen. Een goede opleiding zegt niets over mentale discipline. Je zou denken van wel, maar het tegenovergestelde is vaak het geval.'

'Oké,' zei Phil (licht geïrriteerd). 'Wat is mijn moeders meisjesnaam?'

'Sorry,' zei de Antwoordman, en tikte op het bordje met $ 25 PER 5 MINUTEN. 'Daar moet je voor betalen.'

'U hebt me erin laten lopen!' riep Phil geamuseerd uit. Niet dat het hem werkelijk amuseerde, hij ergerde zich juist. Zowel aan de Antwoordman als aan zichzelf.

'Nee hoor,' antwoordde de Antwoordman kalmpjes. 'Dat heb je zelf gedaan.'

Phil wilde al protesteren, maar deed het toch niet. Hij zag wel dat de man een punt had. Dit was een soort intellectueel balletje-balletje.

'Ik vond het erg interessant, maar vijfentwintig dollar is een beetje veel voor een jongen die net klaar is met zijn studie en eraan denkt een eigen praktijk te beginnen, dus ik moest maar weer eens gaan. Het was erg gezellig even met u te kunnen kletsen.'

Terwijl hij zich omdraaide dacht Phil – nee, hij was er zeker van – dat de man onder de rode parasol zou zeggen: *Omdat het zo stil is, kan ik je misschien wel vijf minuten voor twintig dollar geven. Weet je wat, ik maak er vijftien van. Vijftien dollar en je hoeft over van alles en nog wat niet meer te piekeren.* En als dat gebeurde, besloot Phil, zou hij meteen weer gaan zitten en betalen. De man was overduidelijk een charlatan, aan wie ook nog eens een steekje los zat, maar wat maakte het uit. Hij had een twintigje, een tientje en twee briefjes van vijf in zijn portefeuille. Zelfs met een uitspattinkje hier, was dat meer dan genoeg voor een volle tank voor zijn oude bak en een goede lunch bij een wegrestaurant. Phil dacht dat zelfs het horen van de vragen – hardop uitgesproken in plaats van alleen maar in zijn hoofd – een goede manier kon zijn om tot een oplossing van zijn probleem te komen.

De zelfbenoemde Antwoordman had in één ding gelijk, dacht Phil: goede antwoorden krijgen was voornamelijk een kwestie van goede vragen stellen.

Maar het enige wat de Antwoordman zei was: 'Rij voorzichtig.'

Phil wandelde naar zijn auto, liep om het lichtelijk gedeukte voorspatbord heen, en keek om. Hij verwachtte nog steeds dat de Antwoordman hem een lager tarief zou aanbieden, maar de Antwoordman had al helemaal geen aandacht meer voor hem – hij keek in de richting van Vermont en gebruikte zacht neuriënd een dun takje om zijn nagels schoon te maken.

*Hij wil me gewoon laten gaan*, dacht Phil, alweer geïrriteerd. *Nou, hij kan me wat, want dat is precies wat ik ga doen.*

Hij opende de deur van zijn Chevy, aarzelde en sloot hem toen weer. Hij pakte zijn portefeuille. Hij haalde het twintigje en een van de vijfjes eruit.

*Ik wil gewoon de vraag even hardop horen*, dacht hij. *En ik hoef niemand te vertellen dat ik midden in een economische crisis geld heb uitgegeven aan een waarzegger.*

Bovendien was het misschien alleen al vijfentwintig dollar waard om die arrogante klootzak te zien zweten en uitvluchten te zien verzinnen wanneer Phil hem daadwerkelijk naar de meisjesnaam van zijn moeder vroeg.

'Van gedachten veranderd?' De Antwoordman stak zijn manicuretakje in het borstzakje van zijn overhemd en pakte zijn tas.

Phil glimlachte en stak hem zijn geld toe. 'De eerstvolgende vijf minuten ben ik degene die de vragen stelt.'

De Antwoordman lachte en wees met zijn wijsvinger naar Phil. 'Dat is een goeie, vriend. Ik mag jou wel. Maar voordat ik je geld aanneem, moeten we één regel afspreken.'

*O, nu gaan we het krijgen*, dacht Phil. *Nu krijg ik te horen op welke manier hij zich eruit hoopt te kletsen.*

De Antwoordman haalde iets uit zijn tas wat op een ouderwetse wekker leek. Toen hij hem op de tafel zette, zag Phil dat het in werkelijkheid een reusachtige stopwatch was, met cijfers van 5 tot 0.

'Ik ben geen psychiater of raadsman. Ik ben ook geen waarzegger, ook al weet ik zeker dat je dat denkt. Waar het om gaat is het volgende: probeer me geen vragen te stellen met "wat moet ik" erin. Geen wat moet ik zus, of wat moet ik zo. Ik beantwoord vragen, maar ik ga niet je problemen voor je oplossen.'

Phil, die van plan was geweest de man te vragen of hij voor de firma moest gaan werken, of in Curry een eigen kantoor moest openen, wilde zijn geld al terugtrekken. Toen dacht hij: *Als het me al niet lukt om mijn vragen zo te stellen dat ik aan deze voorwaarde voldoe, wat moet ik dan in vredesnaam voor advocaat worden?*

'Afgesproken,' zei Phil en hij gaf de man zijn geld. Het verdween in de tas van de Antwoordman.

'Ik kan je geen jongen blijven noemen, jongen. Misschien kun je me vertellen hoe je heet.'

'Phil.'

'Phil wat?'

Phil glimlachte sluw. 'Gewoon Phil. Meer hoeft u niet te weten, want zo lang zullen we hier niet bij elkaar zitten.'

'Goed dan, Gewoon Phil. Geef me even om dit ding op te winden. En ik zie dat je je eigen uurwerk draagt, zo te zien een bijzonder mooie Bulova, dus als je wilt controleren of hij gelijkloopt met de mijne, ga dan gerust je gang.'

'Dat zal ik zeker doen,' zei Phil. 'Ik wil wel waar voor mijn geld.'

'Dat ga je krijgen.' De Antwoordman wond zijn oversized stopwatch op met een klikkend geluid dat veel leek op dat van de wekker die altijd op Phils nachtkastje had gestaan in zijn studententijd. 'Ben je er klaar voor?'

'Ja.' Phil nam plaats op de klapstoel. 'Maar als u mijn eerste vraag niet kunt beantwoorden, wil ik ogenblikkelijk mijn geld terug. En als u me dat niet wilt geven, zal ik het met geweld terugnemen.'

'Dat klinkt behoorlijk agressief!' zei de Antwoordman... maar hij zei het lachend. 'Ik herhaal mijn vraag: ben je er klaar voor?'

'Ja.'

'Dan zijn we begonnen.' De Antwoordman drukte op een knop aan de achterkant van zijn klok en hij begon te tikken.

'Uw eigen suggestie: wat is de meisjesnaam van mijn moeder?'

De Antwoordman aarzelde geen moment. 'Sporan.'

Phils mond viel open. 'Hoe kunt u dat in vredesnaam weten?'

'Ik wil geen tijd verspillen waarvoor je hebt betaald, Phil, maar ik moet je er toch op wijzen dat je zojuist opnieuw een vraag hebt gesteld waarop je het antwoord al weet. Ik weet dat omdat ik, ta-daaa, de Antwoordman ben.'

Phil voelde zich alsof hij zojuist een rechtse directe op zijn kin had geincasseerd. Hij schudde zijn hoofd om het weer helder te krijgen. Het getik van de grote stopwatch van de Antwoordman klonk heel erg hard. De wijzer naderde de 4.

'Hoe heet mijn vriendin?'

'Sally Ann Allburton.' Opnieuw geen enkele aarzeling.

Phil begon bang te worden. Hij hield zichzelf voor dat dat nergens voor nodig was. Het was een mooie oktoberdag en hij was niet alleen jonger, maar ongetwijfeld ook sterker dan de man die tegenover hem zat. Het moest een truc zijn, dat kon niet anders, maar dat maakte het niet minder griezelig.

'De tijd is aan het vlieden, Phil.'

Hij schudde nogmaals zijn hoofd. 'Oké, ik probeer te bedenken wat ik moet...'

De Antwoordman schudde met zijn wijsvinger. 'Wat heb ik je verteld over dat woord?'

Phil probeerde zijn gedachten op een rijtje te zetten. *Doe net of dit een proefproces is,* dacht hij. *Hij is de rechter. Er is bezwaar gemaakt tegen je vraagstelling. Hoe kun je het omzeilen?'*

'Kunt u ook vragen beantwoorden over toekomstige gebeurtenissen?'

De Antwoordman rolde met zijn ogen. 'Volgens mij hebben we dat al vastgesteld. Ik zei dat je *na verloop van tijd* zou weten of mijn antwoorden waar en correct waren. Een dergelijk antwoord veronderstelt kennis van de toekomst. Voor mij bestaat er geen toekomst en geen verleden. Alles gebeurt nu.'

*Wat een dameskransjesnonsens,* dacht Phil. Intussen was de zwarte wijzer op de grote stopwatch bijna bij de 3.

'Zal Sally Ann ja zeggen wanneer ik haar ten huwelijk vraag?'

'Ja.'

'Gaan we in Curry wonen? Het plaatsje hier even verderop?'

'Ja.'

De zwarte wijzer op de stopwatch passeerde de 3.

'Worden we gelukkig?'

'Een brede vraag en bovendien eentje waarop je zelfs op jouw jonge leeftijd het antwoord al zou moeten weten. Er zullen hoogte- en dieptepunten zijn. Er zal overeenstemming zijn, maar ook onenigheid. Maar over het algemeen, ja – zullen jullie gelukkig zijn.'

*Op de een of andere manier wist hij mijn moeders meisjesnaam,* dacht Phil. *En de naam van Sally Ann. De rest is ordinair waarzeggersgiswerk. Maar waarom? Voor die miezerige vijfentwintig dollar?*

'De tijd is nog steeds aan het vlieden,' zei de Antwoordman.

Het tikken van de oversized stopwatch leek luider dan ooit. De wijzer was de 3 nu gepasseerd en dichtte langzaam het gat naar de 2. Phil had geen enkele normale reden om zich opgelucht te voelen door wat de Antwoordman hem vertelde, want het was immers wat hij wilde horen? En had hij zijn besluit om naar Curry te gaan eigenlijk al niet genomen? Was al dat 'duivels dilemma'-gedoe niet gewoon om dramatisch te doen? En wat Sal betreft... wist hij eigenlijk al niet vrijwel zeker dat ze toch wel met hem zou trouwen, ook al zou dat betekenen dat ze naar het platteland van New Hampshire zouden verhuizen? Niet helemáál zeker, niet honderd procent, maar negentig?

Hij sloeg abrupt een andere weg in. 'Vertel me waar mijn vader is geboren. Als u dat kunt.'

Opnieuw was er geen aarzeling. 'Hij is op zee geboren, aan boord van een schip dat de Marybelle heette.'

Phil had opnieuw een gevoel alsof hij een vuistslag tegen zijn kin had gekregen. Het was een oud geliefd familieverhaal, dat heel vaak werd verteld. Grootvader en grootmoeder waren op de terugweg naar Amerika na een pelgrimage naar Londen, waar hun ouders waren geboren en hun jonge jaren hadden doorgebracht. Oma had erop gestaan de reis te maken, ook al zou ze tegen de tijd dat ze teruggingen acht maanden zwanger zijn. Het ging stormen. Grootmoeder had zo veel last van zeeziekte dat de weeën begonnen. Er was een dokter aan boord en hij hielp haar bij de bevalling. Niemand verwachtte dat baby John het zou redden, maar – gewikkeld in katoenen lappen en gevoed met een oogdruppelaar – was dat toch gebeurd. En dat had het uiteindelijk mogelijk gemaakt dat Philip Yeager Parker, afgestudeerd aan de rechtenfaculteit van Harvard, hier nu zat.

Hij stond op het punt nogmaals te vragen hoe de man aan de andere kant van de tafel – nog steeds met zijn handen netjes gevouwen voor zich – dit kon weten, maar hij deed het niet. Hij zou hetzelfde antwoord krijgen: *Omdat ik de Antwoordman ben.*

Vragen schoten door zijn hoofd als een paniekerige menigte die uit een brandend gebouw probeerde te ontsnappen. De stopwatchwijzer bereikte en passeerde de 2. Het tikken leek luider dan ooit.

De Antwoordman wachtte, de handen gevouwen.

'Zal Curry echt zo groot en welvarend worden als ik nu denk?' flapte Phil eruit.

'Ja.'

*Wat nog meer? Wat nog meer?*

'Sally's vader... en haar moeder ook, denk ik... zullen zij zich bij onze keuze neerleggen?'

'Ja. Op den duur.'

'Hoelang zal dat duren?'

De Antwoordman leek even te moeten rekenen terwijl de klok intussen de 1 bereikte. Hij zei: 'Zeven jaar.'

Phil voelde de moed in zijn schoenen zinken. Zeven jaar was een eeuwigheid. Hij kon zichzelf wel voorhouden dat de Antwoordman er maar een slag naar had geslagen, maar dat geloofde hij niet meer.

'Je hebt niet veel tijd meer, Gewoon Phil.'

Dat zag hij zelf ook wel, maar hij kon geen andere vraag meer bedenken dan *hoelang zal ik leven* en de bijbehorende vraag *hoelang zal Sally Ann leven*. Wilde hij die antwoorden echt weten? Dat wilde hij niet.

Maar hij wilde zijn resterende veertig of vijftig seconden niet verspillen, dus vroeg hij het enige wat hem nog te binnen schoot: 'Mijn vader zegt dat er een oorlog zal uitbreken. Ik zeg van niet. Wie van ons heeft gelijk?'

'Hij.'

'Zal Amerika erbij betrokken raken?'

'Ja.'

'Hoelang duurt het nog voordat die oorlog uitbreekt?'

'Vier jaar en twee maanden.'

Hij had nu nog twintig seconden, misschien iets meer.

'Zal ík er een rol in spelen?'

'Ja.'

'Raak ik gewond?'

'Nee.'

Maar dat was geen goede vraag. Er bleef nog een mogelijkheid over.

'Zal ik sneuvelen?'

De grote stopwatch bereikte de nul en ging luid rinkelend af. De Antwoordman legde hem het zwijgen op.

'Je stelde je vraag vlak voordat de wekker afging, dus ik zal hem nog beantwoorden. Nee, Gewoon Phil, je zult niet sneuvelen.'

Phil leunde achterover in zijn stoel en slaakte een zucht. 'Ik weet niet hoe u dit hebt gedaan, sir, maar het was heel intens. Ik moet wel geloven dat dit een vooropgezet plan was, u moet hebben geweten dat ik langs zou komen en inlichtingen over mij hebben ingewonnen, maar u hebt uw vijfentwintig dollar ruimschoots verdiend.'

De Antwoordman glimlachte slechts.

'Maar ik wist zélf niet eens waar ik naartoe zou gaan of welke route ik zou kiezen... dus hoe kon u dat weten?'

Natuurlijk kreeg hij geen antwoord. Zijn vijf minuten waren voorbij.

'Weet u? Ik voel me... opeens zo raar. Draaierig.'

De wereld leek bij hem weg te drijven. De Antwoordman zat nog steeds aan zijn tafel, maar leek zich terug te trekken. Alsof hij op rails stond. Phils gezichtsveld begon langzaam steeds grijzer te worden. Hij bracht zijn handen naar zijn ogen om ze schoon te wrijven en toen werd het grijs zwart.

Toen Phil bijkwam zat hij achter het stuur van zijn Chevrolet, die stilstond in de berm van Route 111. Volgens zijn horloge was het 13.20 uur. *Ik ben flauwgevallen. Voor het eerst in mijn leven, maar zeggen ze niet dat er voor alles een eerste keer is?*

Flauwgevallen, ja. Maar eerst had hij de auto langs de kant van de weg gezet, goddank, en de motor afgezet. Waarschijnlijk van de honger. Hij had vrijdagavond zes flesjes bier gedronken en hij nam aan dat bier wel calorieën en iets van voedingsstoffen bevatte, maar gisteren en vandaag had hij verder niet veel gegeten, dus het leek ergens wel logisch. Maar droomde je eigenlijk ook wanneer je flauwviel? Want gedroomd had hij zeker. Hij herinnerde zich elk detail: de geschulpte rand van de rode parasol, de grote stopwatch (of misschien noemde je zo'n ding wel een stopklok), het grijzende haar van de Antwoordman. Hij herinnerde zich elke vraag en elk antwoord.

*Het was geen droom.*

'Jawel,' zei hij hardop. 'Ja, dat was het wel. Kan niet anders. In de droom wist hij moeders meisjesnaam en waar vader is geboren omdat ík die dingen wist.'

Hij stapte uit de auto en liep langzaam naar de plek waar de Antwoordman had gezeten. De tafel was verdwenen, de stoelen waren verdwenen, maar hij zag nog wel de afdrukken in de zachte aarde waar ze hadden gestaan. Hij begon weer grijze vlekken te zien en gaf zichzelf een harde klap, eerst tegen zijn ene wang en toen tegen zijn andere. Vervolgens schopte hij net zo lang in de aarde tot de afdrukken waren verdwenen.

'Dit is nooit gebeurd,' zei hij tegen de verlaten weg en de bomen in herfsttooi. Hij zei het nog een keer: 'Dit is nooit gebeurd.'

Hij stapte weer in, startte de motor en reed de weg op. Hij besloot Sally Ann niet te vertellen dat hij was flauwgevallen. Ze zou zich maar zorgen maken en er waarschijnlijk op aandringen dat hij naar de dokter zou gaan. Het kwam gewoon door de honger, dat was alles. Honger en de meest levendige droom die hij ooit had gehad. Van twee hamburgers, een Coca-Cola en een stuk appeltaart zou hij wel weer opknappen en hij wist bijna zeker dat er een hamburgertent zat in Ossipee, een kilometer of acht verderop.

Dit vreemde intermezzo langs de kant van de weg had één positief resultaat opgeleverd. Of nee, eigenlijk twee. Hij ging Sal vertellen dat hij had besloten een advocatenpraktijk te beginnen in het plaatsje Curry. En daarna zou hij haar vragen of ze dan nog steeds met hem wilde trouwen.

Die ouders konden hem nog meer vertellen.

Op 29 april 1938 traden Phil Parker en Sally Ann Allburton in het huwelijk in de Old South Church in Boston. Ted Allburton begeleidde zijn dochter naar het altaar. Dat hij dit deed, was het resultaat van de diplomatieke aanpak van zijn vrouw en de zachte smeekbedes van zijn dochter. Toen hij eenmaal in alle rust over Sals aanstaande huwelijk kon nadenken, realiseerde meneer Allburton zich dat er een tweede reden was om overstag te gaan: een zakelijke. John Parker was een senior partner in de firma. Ted was het nadrukkelijk oneens met Phils besluit om een prachtige toekomst weg te gooien en zich te vestigen in een boerengemeenschap, maar hij moest ook aan de firma denken. In de jaren die nog komen gingen mocht er geen frictie bestaan tussen de partners. Dus deed hij zijn plicht, zij het met een strak, effen gezicht. Terwijl hij de ceremonie gadesloeg, kwamen er bij Ted Allburton twee oude gezegdes op.

De jeugd heeft de toekomst, was het ene.

Wie haastig trouwt, heeft lang de tijd om het te berouwen, was het andere.

Er was geen huwelijksreis. Phils ouders hadden schoorvoetend zijn trustfonds vrijgegeven, dertigduizend dollar, en hij was vastbesloten het niet te verspillen. Een week na de plechtigheid opende hij het kleine kantoor pal naast de Sunoco-benzinepomp. Op het bordje op de deur – geschilderd door zijn kersverse echtgenote, stond PHILIP Y. PARKER, ADVOCAAT. Op zijn bureau stond een telefoon en er lag een agenda vol blanco pagina's. Ze bleven niet heel lang blanco. Meteen die eerste middag kwam er al een boer, Regis Toomey, binnenwandelen. Hij droeg een overall en een strooien hoed. Hij was alles wat Phils vader had voorspeld. Toomey bood aan zijn bemodderde laarzen uit te trekken, maar Phil zei dat dat niet nodig was.

'Ik neem aan dat u die modder op een eerlijke manier hebt verkregen. Neem plaats en vertel me de reden van uw komst.'

Toomey ging zitten. Hij zette zijn strohoed af en plaatste die op zijn schoot. 'Wat reken je?' Hij sprak met een vet yankeeaccent.

'Vijftig procent van wat ik voor u in de wacht weet te slepen. Als dat niets is, vijfentwintig dollar.' Hij was het bordje van de Antwoordman nog niet vergeten en hij, Phil, hoopte allerlei mensen aan antwoorden te kunnen helpen. Te beginnen met deze man.

'Klinkt redelijk,' zei Toomey. 'Het gaat om het volgende. De bank wil beslag leggen en de boerderij bij opbod verkopen. Maar ik heb een document...' Hij haalde het uit het borstzakje van zijn overall en gaf het Phil over het bureau heen aan. '... waarin staat dat ik negentig dagen de tijd heb. Die vent van de bank zegt dat dit van nul en gener waarde is als ik de laatste termijn niet heb betaald.'

'En hebt u die betaald?'

'Op tien dollar na. Moeder de vrouw moest boodschappen doen, snapt u wel, en toen kwam ik dus tien dollar tekort.'

Phil kon het nauwelijks geloven. 'Wilt u mij nu vertellen dat de bank u uw boerderij af wil nemen omdat u tien dollar in gebreke bent gebleven?'

'Dat zegt die kerel van de bank. Hij zegt dat ze bij opbod gaan verkopen, maar het zou me niks verbazen als ze al een koper op het oog hebben.'

'Dat zullen we dan nog wel eens zien,' zei Phil.

'Ik heb op dit moment even geen vijfentwintig dollar, advocaat Parker.'

Sally Ann kwam net binnenlopen met een pot koffie. Ze droeg een donkerblauwe jurk en een schort in een iets lichtere kleur blauw. Ze droeg geen make-up en haar gezicht straalde. Haar blonde haar droeg ze in een paardenstaart. Toomey stond met een mond vol tanden.

'Wij nemen uw zaak aan, meneer Toomey,' zei ze. 'En omdat het onze eerste is, brengen we u niets in rekening, ongeacht de uitkomst. Ja toch, Philip?'

'Absoluut,' zei Phil, ook al had hij zich al een beetje verheugd op die vijfentwintig dollar. 'Hoe heet die vent van de bank?'

'Meneer Lathrop,' zei Toomey en hij trok een gezicht alsof hij in iets zuurs had gehapt. 'Van de First Bank. Hij is het hoofd van de afdeling leningen en gaat over de hypotheken.'

Diezelfde middag stapte Phil naar de First Bank van New Hampshire en vroeg aan meneer Lathrop of zijn superieuren blij zouden zijn met een artikel in de *Union Leader* over een wrede bank die een boer in deze tijden van crisis zijn bezit afnam vanwege een geschil om een miezerige tien dollar.

Na enige discussie, deels redelijk verhit, zag meneer Lathrop het licht.

'Ik zou er veel voor voelen u desondanks voor de rechter te slepen,' zei Phil opgewekt. 'Oneerlijke handelspraktijken... onnodig leed... opzettelijke misleiding...'

'Dat is ongehoord,' zei meneer Lathrop. 'Dat zou u nooit winnen.'

'Misschien niet, maar de bank zou sowieso verliezen. Ik denk dat we met een storting uwerzijds van vijfhonderd dollar op de bankrekening van meneer Toomey deze kwestie tot tevredenheid van beide partijen kunnen afsluiten.'

Lathrop mopperde, maar het geld werd betaald. Toomey bood hem de helft aan, maar met instemming van Sally Ann sloeg Phil dit aanbod af. Na aandringen van Toomey nam hij wel vijfentwintig dollar van hem aan en dacht daarbij aan de Antwoordman.

Het nieuws verspreidde zich als een lopend vuurtje, zowel in Curry als in de omliggende gemeentes. Phil ontdekte dat meer banken dezelfde tactiek gebruikten om beslag te leggen op boerenbedrijven. In één geval kwam een boer in het nabijgelegen Hancock drie maanden voordat zijn hypotheek was afbetaald twintig dollar tekort. Zijn bedrijf werd in beslag genomen en voor twaalfduizend dollar verkocht aan een bouwonderneming. Phil bracht de zaak voor de rechter en kreeg achtduizend dollar terug voor de boer. Niet het volledige bedrag, maar beter dan niets en de berichtgeving in de pers was goud waard.

Voor het eind van 1939 was zijn kleine kantoor helemaal opgeknapt – compleet met nieuwe dakpannen en een nieuwe laag verf. Alles glom, net als Sally Anns wangen. Toen het benzinestation van Sunoco failliet ging, kocht Phil het en nam er een medewerker bij die zijn rechtenstudie net had afgerond. Sally Ann nam een secretaresse aan (slim, maar op leeftijd en onaantrekkelijk) die tevens dienstdeed als receptioniste, om hem te helpen het kaf van het koren te scheiden.

Tegen 1941 maakte zijn zaak winst. De toekomst zag er zonnig uit. Toen, vier jaar en twee maanden na Phils ontmoeting met de man onder de rode parasol, vielen de Japanners Pearl Harbor aan.

Niet lang voor hun huwelijk nam Sally Ann Allburton Phil bij de hand en nam hem mee naar het gazon achter het huis van de Allburtons in Wellesley. Ze gingen op een bankje bij de goudvisvijver zitten, waar een vliesdun laagje ijs nog maar net gesmolten was. Ze had een kleur en wilde hem niet aankijken, maar ze was vastbesloten hem iets te vertellen. Phil vond haar die middag meer dan ooit op haar vader lijken.

'Je moet een voorraadje preservatieven aanleggen,' zei ze, terwijl ze strak omlaag bleef kijken, naar hun verstrengelde handen. 'Weet je waar ik het over heb?'

'Ja,' zei Phil. Hij had ze ook wel condooms horen noemen en, in zijn studententijd, kapotjes. Hij had zo'n ding precies één keer gebruikt, tijdens een bezoekje aan een huis van lichte zeden in Providence. Het was een onderneming die hem nog steeds met schaamte vervulde. 'Maar waarom? Wil je dan geen...'

'Kinderen? Natuurlijk wil ik kinderen, maar niet voordat ik zeker weet dat ik mijn ouders – of de jouwe – niet zal hoeven smeken om financieel bij te springen. Dat zou mijn vader geweldig vinden, en hij zou er zeker voorwaarden aan verbinden. Voorwaarden die jou zouden afhouden van wat je het allerliefste doet. En dat wil ik niet. Dat wil ik absoluut niet.'

Ze wierp een snelle blik naar hem om te peilen wat hij ervan vond, en keek toen snel weer naar hun handen. 'Voor vrouwen is er ook wel iets, een pessarium noemen ze dat, maar als ik dat aan dokter Grayson ga vragen, zegt hij het tegen mijn ouders.'

'Dat mag een arts helemaal niet,' zei Phil.

'Maar hij zou het toch doen. Dus... preservatieven. Vind je ook niet?'

Hij overwoog haar te vragen hoe ze al die dingen wist, maar besloot dat hij dat liever niet wilde weten. Sommige vragen konden beter onbeantwoord blijven. 'Ja.'

Nu keek ze hem aan. 'En je moet ze in Portland of in Fryeburg of North Conway gaan kopen. Een flink eind uit de buurt in elk geval. Voor je het weet wordt erover gepraat.'

Phil begon te lachen. 'Sluw vosje dat je bent!'
'Ik ben wat ik moet zijn,' zei ze.
Zijn bedrijf floreerde en hij en Sally Ann hadden het er al een paar keer over gehad de preservatieven maar weg te gooien, maar in die eerste jaren maakte Phil lange dagen, van zonsopgang tot zonsondergang, vaak in de rechtbank, vaak op de weg, en leek het idee van een kleintje eerder een last dan een zegen.
Toen werd het 7 december.
'Ik ga dienst nemen,' zei hij die avond tegen Sally Ann. Ze hadden de hele dag naar de radio zitten luisteren.
'Je kunt uitstel aanvragen, hè? Je bent bijna dertig.'
'Ik wil geen uitstel.'
'Nee,' zei ze en ze pakte zijn hand. 'Natuurlijk wil je dat niet. Als je dat zou willen zou ik niet zo veel van je houden. Die vuile, geniepige jappen! En bovendien...'
'Bovendien wat?'
Het antwoord deed hem – net als die keer dat ze had gezegd dat hij zijn condooms ver van Curry moest kopen – beseffen hoezeer zij een kind van haar vader was. 'Bovendien zou het een slechte indruk maken. De zaak zou eronder lijden. Ze zouden je een lafaard kunnen noemen. Maar zorg dat je bij me terugkomt, Phil. Beloof me dat.'
Phil herinnerde zich wat de Antwoordman hem die dag in oktober onder de rode parasol had verteld: hij zou niet gewond raken en niet sneuvelen. Eigenlijk zou hij er na al die jaren niet in moeten geloven... maar dat deed hij toch. 'Ik beloof het. Echt waar.'
Ze sloeg haar armen om zijn hals. 'Kom dan mee naar bed. En laat dat verrekte kapotje maar zitten. Ik wil je in me voelen.'
Negen weken later zat Phil in een legerbarak op Parrish Island. Hij zweette en al zijn spieren deden pijn. Hij las een brief van Sally Ann. Ze was zwanger.

Op de ochtend van 18 februari 1944 leidde luitenant Philip Parker zijn contingent van het 22nd Marine Regiment aan land op de atol van Eniwetok. De marine had de Japanners onderworpen aan een drie dagen durend bombardement en volgens de inlichtingendienst waren er niet veel vijandelijke strijdkrachten meer op het eiland aanwezig. In tegenstelling tot veel andere informatie van de marine-inlichtingendienst leek dit te kloppen. Aan de andere kant had niemand de moeite genomen de mariniers te vertellen over de steile zandduinen die ze moesten beklimmen nadat de landingsvaartuigen hen aan land hadden gebracht. De jappen wachtten hen op, maar ze waren gewapend met scherpschuttersgeweren in plaats van de gevreesde lichte Nambu-machinegeweren. Phil verloor zes man van zijn zesendertig manschappen, twee gedood en vier gewond, van wie slechts één ernstig. Tegen de tijd dat ze de top van de duinen bereikten, hadden de jappen zich teruggetrokken in het dichte struikgewas.

Het 22$^{nd}$ Marine Regiment bewoog verder naar het westen en stuitte slechts hier en daar op verzet. Een van Phils mannen werd in de schouder geschoten, een ander viel in een kuil en brak zijn been.

'Fluitje van een cent,' zei sergeant Myers.

Toen ze aan de andere kant van de atol de oceaan bereikten, kreeg Phil een walkietalkiebericht vanuit het geïmproviseerde hoofdkwartier dat was opgezet aan de andere kant van de duinen waar ze hun zwaarste verliezen hadden geleden. Vanuit het zuiden hoorden ze nog hier en daar geweervuur, maar dat stierf al weg terwijl ze aan hun middagmaaltijd zaten. *Een picknick aan zee,* dacht Phil. *Wie had kunnen denken dat oorlog zo aangenaam kon zijn?*

'Wat is er loos, luit?' vroeg Myers toen Phil de walkietalkie weer opborg.

'Johnnie Walker zegt dat het eiland veilig is,' zei Phil. Hij had het over kolonel John T. Walker die samen met zijn medekolonel, Russel Ayers, leidinggaf aan dit zooitje ongeregeld.

'Zo klinkt het anders niet,' zei soldaat 1$^{ste}$ klasse Molocky. Hij knikte in de richting van het zuiden.

Tegen drieën was het schieten bijna weggestorven. Phil wachtte op zijn orders, kreeg die niet, zette drie bewakers aan de rand van het struikgewas, en zei tegen de rest van de mannen dat ze tot nader order konden inrukken. Om 20.00 uur kregen ze opdracht hun boeltje te pakken en terug te keren naar het oosten, waar ze zich weer zouden aansluiten bij de hoofdmacht. Er werd gemopperd omdat ze nu weer terug moesten door het dichte struikgewas terwijl het al bijna donker was, maar orders zijn orders en ze gingen op pad. Nadat soldaat Frankland zijn been in weer een andere kuil had gebroken en soldaat Gordon zich bijna een oog had uitgestoken door tegen een boom aan te lopen, zocht Phil radiocontact met het hoofdkwartier en vroeg toestemming om hun kamp op te slaan omdat het terrein te moeilijk begaanbaar was.

'Fúcking moeilijk zal je bedoelen,' zei soldaat 1ste klasse Molocky.

De toestemming werd verleend. Ze sliepen onder hun klamboes, maar het lukte nog genoeg muskieten om binnen te komen.

'De grond is tenminste droog,' zei Myers. 'Ik heb eens loopgraafvoet gehad en dat is niet voor watjes.'

Phil viel in slaap bij het geluid van zijn mannen die muggen wegsloegen en soldaat Frankland – die met het gebroken been – die lag te kreunen. Vlak voor zonsopgang werd hij wakker en zag hij, door de ochtendschemering heen, gestalten bewegen ten noorden van hun kleine kampement. Honderden gestalten. Later hoorde hij dat Eniwetok vergeven was van de schuttersputjes. Waarschijnlijk had Frankland in een van die dingen zijn been gebroken. Best mogelijk dat er onder in die kuil een Japanse infanterist had zitten kijken hoe Rangell en Myers hem eruit hadden gehesen.

Myers legde een hand op Phils schouder en fluisterde: 'Geen woord, geen geluid. Misschien zien ze ons over het hoofd. Ik denk...'

Op dat moment hoestte een van de mariniers. Lichten schenen tegen elkaar in, kriskras door de grijze ochtend – die nog grijzer leek onder het bladerdak – en pikten de in elkaar gedoken en in muskietennetten gewikkelde gestaltes er een voor een uit. De beschieting begon. Zes mariniers werden afgeslacht in hun slaap. Nog eens acht raakten verwond. Slechts één marinier slaagde erin zelf een schot te lossen. Myers hield zijn arm om Phil heen geslagen en Phil een arm om Myers. Ze hoorden de kogels over hun hoofden suizen en een aantal sloeg rondom hen in de grond. Toen klonk er een gesnauwd bevel in het Japans – het klonk als *zenpo, zenpo* – en de jappen renden verder, dwars door het struikgewas.

'Ze zijn bezig met een tegenaanval,' zei Phil. 'Dat is de enige reden die ik kan bedenken waarom ze ons niet allemaal hebben afgemaakt.'

'Denk je dat ze het op het hoofdkwartier hebben voorzien?' vroeg Myers.

'Dat moet haast wel. Kom mee. Jij, ik en verder iedereen die niet gewond is.'

'Je bent gek,' zei Myers. Zijn tanden schitterden toen zijn lippen zich openden in een grijns. 'Ik hou ervan.'

Phil telde slechts zes man die achter de Japanners aan gingen, misschien een of twee meer. Een eind verderop begon het schieten weer, eerst met tussenpozen, daarna onafgebroken. Granaten ontploften en Phil hoorde het geratel van de gevreesde Nambu. Het kreeg gezelschap van andere machinegeweren. Drie? Vier?

De overgebleven mariniers van Phils contingent kwamen uit de struiken tevoorschijn en zagen de andere kant van de duinen die het hun een dag eerder zo lastig hadden gemakt. Het wemelde er van de Japanse soldaten die op weg waren naar het slechts licht bemande hoofdkwartier, maar Phils mannen waren vlak achter hen.

Een stevige jap – waarschijnlijk de enige jap met overgewicht in het hele leger, dacht Phil later – was enigszins achteropgeraakt bij zijn kameraden. Hij droeg een Nambu-machinegeweer en was behangen met munitiegordels. Enige meters voor hem liep een andere, magere schutter.

Phil trok zijn mes en rende op de dikke soldaat af. Als hij het machinegeweer te pakken kon krijgen, zou hij daar aardig wat schade mee kunnen aanrichten. Misschien zelfs heel veel. Hij stak het mes in de achterkant van de nek van de Japanner. Het was de eerste keer dat hij iemand doodde, maar in het vuur van het moment drong dat nauwelijks tot hem door. De jap schreeuwde en viel voorover. De magere schutter vóór hem draaide zich om en bracht zijn wapen omhoog.

'Luit! Laat je vallen!' gilde Myers.

Phil deed het niet, want op dat moment dacht hij aan de Antwoordman. *Zal ik gewond raken?* had hij gevraagd. De Antwoordman zei nee, maar toen realiseerde Phil zich dat hij de verkeerde vraag had gesteld. Vlak voordat zijn vijf minuten op waren had hij de juiste vraag gesteld. *Zal ik sneuvelen?* Het antwoord luidde: *Nee, Gewoon Phil, je zult niet sneuvelen.*

Op dat moment, daar op Eniwetok, geloofde hij het. Misschien omdat de Antwoordman de meisjesnaam van zijn moeder had geweten en waar zijn vader was geboren. Misschien omdat hij gewoon geen andere keus had. De magere jap opende het vuur met zijn Nambu. Phil zag hoe Myers in een waaier van bloed achteruitwankelde. Destry en Molocky vielen aan weerszijden van hem. Hij hoorde kogels aan twee kanten langs zijn hoofd fluiten. Hij was zich bewust van rukjes aan zijn broek en hemd, alsof een speelse puppy erin liep te happen. Later zou hij meer dan twaalf kogelgaten in zijn kleding vinden, maar geen enkele kogel raakte hem of schampte hem zelfs maar.

Hij opende het vuur, harkte de buitgemaakte Nambu van links naar rechts en Japanse soldaten vielen neer als poppetjes in een schiettent.

Anderen draaiden zich om, verstijfden een ogenblik van schrik om deze onverwachte aanval in de rug, en begonnen terug te schieten. Kogels sloegen vlak voor Phil in de grond, zodat de neuzen van zijn laarzen met zand bedekt raakten. Nog meer kogels rukten aan zijn kleding. Hij zag dat minstens twee van zijn mannen terugschoten. Hij trok nog een munitieriem van de dode Jap aan zijn voeten en opende opnieuw het vuur, zich niet eens bewust van de tien kilo zware Nambu, zich niet bewust van het feit dat het geweer oververhit raakte en zich er niet van bewust dat hij stond te schreeuwen.

Nu schoten de Amerikanen ook vanaf de andere kant van het duin. Phil hoorde het aan het geluid van de karabijnen. Hij liep, nog steeds vurend, naar voren. Hij liep over dode Japanse soldaten heen. De Nambu blokkeerde. Hij gooide het ding weg, bukte zich en voelde hoe een kogel zijn helm van zijn hoofd schoot. Phil had het amper in de gaten. Hij raapte een ander machinegeweer op en begon weer te vuren.

Op een gegeven moment merkte hij dat Myers weer naast hem liep. De helft van zijn gezicht zat onder het bloed en een stuk van zijn hoofdhuid bungelde heen en weer tijdens het lopen. 'Yaah, klootzakken!' schreeuwde hij. 'Yaah, klootzakken, welkom in Amerika!'

Dat klonk zo idioot dat Phil begon te lachen. Hij lachte nog steeds toen ze de top van het duin bereikten. Hij smeet de Nambu weg en hief zijn beide armen in de lucht. 'Mariniers! Mariniers! Niet schieten! Mariniers!'

De tegenaanval – voor zover daar sprake van was geweest – was ten einde. Sergeant Rick Myers werd onderscheiden met een Silver Star (hij zei dat hij liever zijn rechteroog terug had gekregen). Luitenant Phil Parker was een van de 473 militairen die tijdens de Tweede Wereldoorlog de Medal of Honor kregen uitgereikt. Een fotograaf nam een foto van zijn door kogels doorzeefde hemd, met de zon die door de gaten scheen, en die foto haalde alle kranten thuis, in wat de mariniers zelf 'de wereld' noemden. Hij was een authentieke held en zou de rest van zijn diensttijd in Amerika doorbrengen, waar hij toespraken zou houden en oorlogsobligaties aan de man zou brengen.

Ted Allburton omhelsde hem en noemde hem een strijder. Noemde hem zoon. Phil dacht: *Deze man is een lachertje*. Maar hij omhelsde hem gewillig terug, in de wetenschap dat er een strijdbijl was begraven.

Hij maakte kennis met zijn zoon, die nu bijna drie jaar was.

Soms, wanneer hij 's nachts naast zijn slapende vrouw lag, dacht Phil aan die magere Japanse soldaat, degene die de doodskreet van zijn kameraad had gehoord. Hij zag hoe de magere soldaat zich omdraaide. Hij zag zijn grote bruine ogen onder zijn veldpet, met onder een van die ogen een litteken in de vorm van een vishaakje. Misschien iets wat de magere soldaat als kind had opgelopen. Hij zag de magere soldaat het vuur openen. Hij herinnerde zich het geluid dat de kogels maakten terwijl ze langs hem heen suisden. Hij dacht eraan hoe sommige van die kogels in het voorbijgaan speels aan zijn kleding hadden getrokken, alsof ze geen kogels des doods waren, of nog erger, brengers van levenslang letsel. Hij dacht eraan hoe zeker hij had geweten dat hij het zou overleven, dankzij de Antwoordman en zijn – want dat was het immers – profetie. En in die nachten vroeg hij zich af of de man onder de rode parasol de toekomst had gezien... of gemaakt. Op deze vraag vond Phil geen antwoord.

2

Op zijn tournee om oorlogsobligaties te verkopen, waarvoor hij voordrachten hield in New England en soms ook in New York, kreeg Phil de kans om veel soldaten te spreken die ook hadden gediend en kreeg hij veel verhalen te horen over moeizame thuiskomsten. Eén marinier vatte het kort en bondig samen. 'Na vier jaar van elkaar gescheiden te zijn geweest, waren we opeens vreemden die in één bed sliepen.' Phil en Sally Ann bleef deze ongemakkelijke fase bespaard, mogelijk – waarschijnlijk – omdat ze van jongs af aan met elkaar waren opgegroeid. De fysieke liefde tussen hen was iets heel natuurlijks. Eén keer, op het moment van hun gelijktijdige hoogtepunt, zei Sally Ann: 'O, mijn held,' en kregen ze allebei de slappe lach.

Aanvankelijk was Jacob een beetje verlegen. Hij klemde zich vast aan zijn moeder en keek met grote angstogen op naar de grote man die opeens in hun leven was gekomen. Wanneer Phil hem optilde, worstelde de jongen, soms huilend, om zo snel mogelijk te worden neergezet. Dan dribbelde hij naar zijn moeder, greep haar been en staarde naar de vreemdeling die hij papa moest noemen.

Op een avond, terwijl Jake tussen zijn moeders voeten met zijn blokken zat te spelen, ging Phil tegenover hem zitten en rolde een tennisballetje naar hem toe. Hij verwachtte er niets van, en was dolblij toen Jake het terugrolde. Heen en weer ging de bal. Sally Ann legde haar boek neer om te kijken. Phil liet de bal zachtjes stuiteren. Jake stak zijn handjes uit en ving hem. Toen Phil begon te lachen, lachte Jake met hem mee. Daarna ging het goed tussen hen. Beter dan goed. Phil vond alles aan zijn zoon geweldig – hij hield van zijn blauwe ogen, zijn fijne, bruine haar, zijn stevige lijfje. Maar het meest van alles hield hij van de mogelijkheden van de kleine jongen. Hij zag de man die Jake zou worden niet voor zich en dat wilde hij ook niet. *Laat dat maar een verrassing zijn*, dacht hij.

Er kwam een avond, eind 1944, toen Jake weigerde zich door Sally Ann te laten optillen en naar bed te laten brengen. 'Wil papa,' zei hij. Het was misschien niet de beste avond van Phils leven, maar hij kon zich geen betere herinneren.

*Zal Curry zo welvarend en groot worden als ik nu denk?* had hij gevraagd op die dag, die zo lang geleden was dat het een droom leek (ook al herinnerde hij zich elke gestelde vraag en elk gegeven antwoord). De Antwoordman had bevestigend geantwoord en ook daarin had hij gelijk gekregen. Deels vanwege zijn beroemdheid als een met de Medal of Honor onderscheiden marinier, maar voornamelijk omdat hij een redelijk honorarium rekende voor zijn diensten en omdat hij goed was in zijn werk ('een sluwe rakker', noemden ze hem), had Phil Parker in de jaren na de oorlog meer cliënten dan hij aankon.

De medewerker die hij in 1939 had aangenomen was omgekomen bij een bombardement boven Hamburg, dus nam Phil een nieuwe medewerker aan, toen een tweede en vervolgens – op aandringen van Sal – een jonge vrouw. Dat veroorzaakte wel enig gemor onder de oude yankees van Curry, maar in 1950 woonden er weer nieuwe mensen in Curry, met nieuwe ideeën en nieuw geld. In het naburige Patten werd een winkelcentrum gebouwd. Phil en zijn medewerkers deden het juridische werk en verdienden er leuk aan. In Curry maakten de vijf lokalen van de lagere school plaats voor een gloednieuwe basisschool met acht lokalen. Phil kocht het oude gebouw voor een appel en een ei en het werd zijn nieuwe kantoor: Phil Parker & Partners. De Allburtons kwamen vaak op bezoek bij hun dochter, hun kleinzoon... en natuurlijk bij de oorlogsheld. Phil wist bijna zeker dat Ted zelf was gaan geloven dat hij de vooruitziende blik en de beslissing van zijn schoonzoon om naar Curry te verhuizen altijd had gesteund.

Phil slaagde erin elke vorm van vijandigheid die hij wellicht nog jegens zijn schoonvader zou voelen opzij te zetten vanwege Teds diepe en onvoorwaardelijke liefde voor Jake. Op de zesde verjaardag van de jongen gaf Ted hem een kleine honkbalhandschoen en wierp hij de jongen in de achtertuin onderhandse ballen toe tot het bijna te donker was om de bal nog te kunnen zien en Sally Ann hen moest gaan halen om binnen te komen omdat ze gingen eten.

Hoe druk hij het ook had, Phil probeerde altijd vóór donker thuis te zijn om nog even een balletje te gooien met zijn zoon. Tegen de tijd dat Jake acht was, stonden ze negen meter uit elkaar, daarna twaalf en wierpen ze al bovenhands.

'Kom maar op, pap!' riep Jake dan. 'Lekker hard!'

Phil gooide niet half zo hard als hij had kunnen gooien, Jake was immers nog maar acht, maar hij voerde de snelheid wel beetje bij beetje op. In voorjaars- en zomerweekends zaten ze met z'n tweeën op de radio naar Red Sox-wedstrijden te luisteren. Soms zelfs met z'n drieën.

Op een dag in november, nadat ze in vijf centimeter sneeuw hadden staan oefenen, nam Sally Ann Phil even apart. 'Heb jij als kind ook gehonkbald? Want dat kan ik me helemaal niet herinneren.'

Phil schudde zijn hoofd. 'We deden wel eens een potje na schooltijd, maar niet vaak. Ik was wel een aardige veldspeler, maar slaan kon ik voor geen meter. De andere jongens lachten me gewoon uit.'

'Ik heb ook nooit aan sport gedaan, maar Jake... is hij echt goed, of is dat mijn moederlijke trots?'

'Hij is goed. Ik kan niet wachten om hem mee te nemen naar zijn eerste wedstrijd van de Sox.'

Dat gebeurde in 1950. Ze zaten op de tribune, Phil aan de ene kant, Ted aan de andere en de jongen tussen hen in. Met grote ogen keek het kind naar de groene grasmat van Fenway Park, met open mond en een zak popcorn vergeten op zijn schoot.

Ted boog zich naar hem toe en zei: 'Op een dag sta jij daar misschien ook, Jake.'

Jake keek naar zijn opa op en zei lachend: 'Dat weet ik wel zeker.'

Op een ongewoon warme oktoberdag in 1951 ging Phil naar de nieuwe Western Auto-zaak in North Conway en reed over Route 111 naar huis terug met een cadeau voor de hele familie in zijn achterbak: een Zenithtelevisietoestel, het Regent-model met een rond scherm. Hij kocht ook een huiskamerantenne. Met een antenne op het dak konden ze misschien ook zenders uit Boston krijgen. Hij vermoedde dat Jake dol zou worden van blijdschap bij het vooruitzicht eindelijk naar *Range Rider* te kunnen kijken, in plaats van ernaar te luisteren op de radio.

Hij dacht ook nog aan iets anders, iets wat in potentie belangrijker was dan de nieuwe tv. Hij had die ochtend een gesprek gehad met ene Blaylock Atherton, de Republikein die aan het hoofd stond van de senaat van New Hampshire. Senator Atherton was een man met veel macht en invloed en het was een bijzonder interessant gesprek geweest. Phil dacht na over wat Sally Ann ervan zou vinden, toen hij een felgeel bord aan een paal langs de kant van de weg passeerde. De tekst, 3 KILOMETER NAAR DE ANTWOORDMAN, bracht mooie herinneringen naar boven.

*Dat kan niet dezelfde zijn, na al die jaren*, dacht Phil. Maar diep in zijn hart wist hij dat het wel zo was.

Even voorbij de gemeentegrens van Curry passeerde hij een tweede bord, ditmaal in knalblauw, waarop vermeld stond dat de Antwoordman zich op anderhalve kilometer afstand bevond. Phil reed de heuvel aan de rand van de stad over. Tweehonderd meter verderop zag hij de rode parasol. Deze keer had de Antwoordman zich geïnstalleerd op een grote open plek niet ver van de nieuwe basisschool. Het was de plek waar over pakweg een jaar de nieuwe kazerne van de vrijwillige brandweer van Curry zou staan.

Met bonzend hart – de nieuwe tv en Blaylock Atherton was hij al helemaal vergeten – zette Phil zijn auto langs de kant van de weg en stapte uit. Zijn aftandse Chevrolet had hij al lang niet meer. Hij gooide de deur van zijn nieuwe Buick dicht en bleef een ogenblik stomverbaasd staan kijken. Of liever gezegd, als door de bliksem getroffen.

Phil was ouder geworden, de Antwoordman niet. Hij zag er nog precies zo uit als op die oktoberdag, veertien jaar geleden. Zijn dunner wordende haar was niet dunner geworden. Zijn ogen waren nog even helder blauw. Wit overhemd, grijze pantalon, zwarte schoenen – alles precies zoals destijds. Zijn lange, smalle handen lagen gevouwen voor hem op tafel, net als toen. Alleen de bordjes aan weerskanten van het bordje waarop stond dat hij de Antwoordman was, waren veranderd. Op het bordje aan de linkerkant stond $ 50 PER 3 MINUTEN. Op het bordje aan de rechterkant stond: EERSTE ANTWOORD GRATIS.

*Kennelijk is zelfs tovenarij dus niet immuun voor inflatie*, dacht Phil. Intussen nam de Antwoordman hem belangstellend op.

'Ken ik jou?' vroeg hij, waarna hij er grinnikend aan toevoegde: 'Geef maar geen antwoord. Jij bent niet de Antwoordman, dat ben ik. Laat me even denken.' Als een wezen in een sprookje legde hij zijn vinger tegen de zijkant van zijn neus. 'Ik weet het al. Jij bent Gewoon Phil. Jij wilde weten of je vriendin met je zou trouwen, ook al wist je best dat ze dat zou doen, en of je in dit kleine dorpje zou gaan wonen, ook al wist je dat al.'

'Het waren belangrijke vragen,' zei Phil.

'Ja, dat is zo. Dat waren ze inderdaad. Ga zitten, Gewoon Phil. Als het tenminste je bedoeling is om zaken te doen. Zo niet, dan staat het je natuurlijk vrij je weg te vervolgen. Vrijheid is wat Amerika groot maakt. Dat wordt althans beweerd.'

Niet ver weg luidde een bel. De deuren van de nieuwe basisschool vlogen open. Gillende kinderen met boekentassen en lunchdoosjes kwamen naar buiten gestormd. Een van hen was ongetwijfeld zijn zoon, ook al kon Phil hem in de drukte niet herkennen – er liepen heel veel jongetjes met Red Sox-petjes. Twee schoolbussen stonden klaar om de kinderen die verder dan anderhalve kilometer bij de school vandaan woonden naar huis te brengen.

Phil nam plaats op de stoel die bestemd was voor de klant. Hij stond op het punt om te vragen of deze vreemde koopman met zijn kraampje langs de kant van de weg een mens was of een of ander bovennatuurlijk wezen, maar kennelijk had hij wel iets geleerd tussen zijn vijfentwintigste en zijn negenendertigste, want hij klapte zijn mond dicht voordat hij zijn gratis vraag kon verspillen. Natuurlijk was de Antwoordman geen menselijk wezen. Niet één mens zag er na veertien jaar nog exact hetzelfde uit en niet één mens had kunnen weten dat hij een beschieting van heel dichtbij op Eniwetok zou overleven.

Wat hij in plaats daarvan zei was: 'Uw prijzen zijn behoorlijk gestegen.'

'Voor bepaalde mensen,' zei de Antwoordman.

'U wist dus dat ik zou komen.'

De Antwoordman glimlachte. 'Je probeert aan informatie te komen door stellingen te poneren. Dat trucje ken ik.'

*Dat geloof ik graag*, dacht Phil. *Je bent een sluwe vos.*

Er liepen nu kinderen langs de plek van de toekomstige brandweerkazerne en ook al waren kinderen van nature nieuwsgierig, toch wendde de enkeling die de kant van het braakliggende terrein op keek ongeïnteresseerd zijn blik af.

'Ze zien ons niet, hè?'

'Weer een vraag waarop je het antwoord al kent, goede vriend. Natuurlijk zien ze ons niet. De werkelijkheid heeft plooien en wij bevinden ons momenteel in een daarvan. Dat was je gratis vraag. Als je er nog meer wilt stellen, moet je ervoor betalen. En voor het geval je je dat afvraagt, nee, ik accepteer geen cheques.'

Met een gevoel alsof hij droomde, haalde Phil zijn portefeuille uit zijn broekzak. Er zaten drie briefjes van twintig in en eentje van tien (en achter zijn rijbewijs zat ook nog een honderdje voor noodgevallen). Hij overhandigde het tientje en twee van de twintigjes aan de Antwoordman, die ze liet verdwijnen. Hij pakte zijn tas – dezelfde tas – en haalde dezelfde grote stopwatch eruit. Deze keer gingen de cijfers maar van 0 tot 3, maar hij maakte nog hetzelfde ratelende geluid bij het opwinden.

'Ik hoop dat je er klaar voor bent, Gewoon Phil.'

Hij meende van wel. Er waren deze keer geen dilemma's, hij was volmaakt tevreden met de manier waarop zijn leven verliep, maar mannen en vrouwen waren natuurlijk altijd nieuwsgierig naar de toekomst.

'Ik ben er klaar voor. We kunnen beginnen.'

De Antwoordman reageerde op exact dezelfde manier als destijds in 1937. 'Dan gaan we beginnen.' Hij drukte op de knop aan de achterkant van zijn grote klok. Die begon te tikken en de enkele wijzer begon aan zijn reis van 3 naar 2.

Phil dacht aan zijn gesprek met Blaylock Atherton – geen voorstel, maar een mogelijkheid. Een proefballonnetje.

'Als ik ervoor word gevraagd, moet ik dan...'

De Antwoordman stak een waarschuwende vinger op. 'Ben je vergeten wat ik je over dat woord heb verteld? Ik ben de Antwoordman, geen Lieve Lita.'

Phil was het niet vergeten, maar hij was eraan gewend geraakt vragen te stellen waar je niet heel veel mee opschoot. Zinloze vragen eigenlijk.

'Goed, dan is dit mijn vraag: ga ik me kandidaat stellen voor de Senaat?'

'Nee.'

'Nee?'

'Het antwoord zal niet veranderen als je de vraag nog een keer stelt. Intussen is de tijd aan het vlieden.'

'Is dat omdat Sal niet zal willen dat ik het doe?'

'Nee.' De enkele wijzer op de klok passeerde de 2.

'Gaat Atherton iemand anders die kans geven?'

'Ja.'

'Rotzak,' zei Phil, maar was het werkelijk een teleurstelling? Ja, maar geen grote. Hij had zijn advocatenpraktijk en hij deed het werk nog steeds met plezier. Daar kwam bij dat hij niet stond te trappelen om New Hampshire te verlaten en in Washington DC te gaan wonen. Hij was een plattelander en dat zou hij waarschijnlijk altijd blijven.

Net als veertien jaar geleden, begon Phil over iets heel anders. 'Zullen Sal en Jake blij zijn met de tv?'

'Ja.' Er gleed even een glimlachje over het gezicht van de Antwoordman.

Nu hij aan Jake dacht, schoot Phil nog een vraag te binnen. Hij had hem al gesteld voordat hij zich realiseerde dat hij het antwoord misschien niet wilde weten.

'Wordt mijn zoon profhonkballer?'

'Nee.'

De wijzer op de klok gleed langs de 1 en ging op weg naar de nul.

'Een andere profsport dan?'

'Nee.'

Dit was teleurstellender dan horen dat hij niet zou worden gevraagd om zich kandidaat te stellen voor de senaat, maar was het verrassend? Dat niet. Sport was een piramide en alleen de bijna goddelijk getalenteerden bereikten de top.

'Studententeam?' Zo ver moest Jacob toch wel kunnen komen?

'Nee.'

Als een gokker die aan het verliezen is, maar toch steeds geld blijft inzetten, vroeg Phil: 'Het schoolteam dan? Dat zal toch...'

'Nee.'

Phil staarde de Antwoordman aan. Hij begreep er niets van en begon zich zorgen te maken. Hij begon zelfs een beetje bang te worden. *Niet vragen*, dacht hij en opeens schoot een van zijn moeders favoriete uitspraken hem te binnen:

*Gluur niet door een sleutelgat, want misschien kom je meer te weten dan je zou willen.*

Net voordat Phil zijn laatste vraag stelde, was de wijzer op de klok van de Antwoordman bij de 0 en liet zijn schorre *BRRRANG* horen. 'Is mijn zoon wel in orde?'

'Die vraag kan ik helaas niet beantwoorden. Je was net te laat, Gewoon Phil.'

'Echt waar?'

Geen antwoord. Natuurlijk niet. Zijn tijd zat erop.

'Dan zal het wel. Goed, dan wil ik nog een keer. Dat kan toch?' Geen antwoord, dus beantwoordde Phil zijn vraag zelf. 'Ja, natuurlijk kan dat. Op het bordje staat pér drie minuten.' Hij pakte zijn portefeuille en haalde het honderdje onder zijn rijbewijs vandaan. 'Ik zal even... oké, hier heb ik het...'

Hij keek op en zag dat de tekst op het bordje was veranderd in $ 200 PER 3 MINUTEN en GEEN GRATIS ANTWOORDEN.

'Wacht even,' zei hij. 'Dat stond er zo-even niet. U hebt me voor de gek gehouden.'

Net als destijds – of bijna – zei de Antwoordman: 'Misschien heb je jezelf voor de gek gehouden.'

En – net als destijds – leek de Antwoordman zich terug te trekken, alsof zijn stoel op rails stond. Alles begon grijs te worden. Phil trachtte zich er vergeefs tegen te verzetten.

Hij kwam bij achter het stuur van de Buick en hoorde dat er rechts van hem op het raampje werd getikt. 'Pap? Pap, wakker worden!'

Hij keek opzij. Eerst wist hij niet precies waar hij was, of wanneer. Toen zag hij dat zijn zoon door het raampje naar binnen stond te kijken. Zijn vriendje Harry Washburn stond naast hem. Ze droegen identieke Red Sox-petjes. Phil wist meteen weer waar hij was. Hij was niet in 1937, maar in 1951. Hij was geen jongeman met een diploma waarop de inkt nog amper was opgedroogd, maar een oorlogsveteraan die in dit gedeelte van New Hampshire belangrijk genoeg was om als mogelijke kandidaat voor de Senaat te worden beschouwd. Echtgenoot. Vader.

Hij leunde opzij en opende het portier. 'Hé, knul. Ik was een beetje ingedommeld.'

Dat interesseerde Jake niet. 'We hebben de bus gemist omdat we achter de school nog wat balletjes hebben staan slaan. Kunnen we meerijden?'

'Wat hadden jullie gedaan als ik hier niet was geweest?'

'Dan waren we natuurlijk gaan lopen,' zei Jake. 'Of we hadden een lift gevraagd aan juffrouw Keene. Die is heel aardig.'

'En mooi,' zei Harry.

'Nou, spring er maar in. Ik heb iets gekocht in North Conway wat jullie misschien wel leuk zullen vinden.'

'Echt?' Jake kwam naast Phil zitten. Harry stapte achter in. 'Wat dan?'

'Dat zal je wel zien.' Phil keek naar de plek waar de tafel en de parasol van de Antwoordman hadden gestaan. Hij keek in zijn portefeuille en zag dat het briefje van honderd keurig klein opgevouwen achter zijn rijbewijs zat. Tenzij het hele gebeuren een droom was geweest – en hij wist dat dat niet zo was – moest de Antwoordman het hebben teruggestopt. *Of misschien heb ik dat zelf gedaan.*

Hij reed naar huis.

De tv was een groot succes. Met de huiskamerantenne kregen ze alleen de zender WMUR uit Manchester (hoewel het beeld soms – nou ja, heel vaak – verborgen ging onder complete sneeuwbuien), maar toen Phil eenmaal een antenne op het dak had gezet, konden de Parkers twee televisiestations uit Boston ontvangen, WNAC en WHDH.

Phil en Sal genoten van avondprogramma's zoals *The Red Skelton Hour*, maar voor Jake was het meer dan genieten – hij omarmde de televisie met een hartstocht die deed denken aan verliefdheid. Na school keek hij naar *Weekday Matinee*, waar de hele week dezelfde oude film werd vertoond. Hij keek naar kinderseries als *Boston Blackie*. Hij keek naar reclames voor Camel-sigaretten en schoonmaakmiddelen. Op zaterdag verzamelden hij en zijn vriendjes zich voor het toestel alsof ze in de kerk zaten, en keken naar *De Boefjes* en duizenden oude tekenfilms.

Sally Ann vond het eerst grappig, maar begon zich er toen wat ongemakkelijk bij te voelen. 'Hij is verslaafd aan dat ding,' zei ze, zonder te weten dat deze ouderlijke verzuchting generaties lang herhaald zou worden. 'Hij wil nooit meer met je overgooien wanneer je thuiskomt van je werk en hij wil alleen maar waardeloze oude films zien die hij al vier keer eerder heeft gezien.'

Jake wilde af en toe best nog wel eens met hem overgooien of een balletje slaan achter de garage, maar veel minder vaak dan voorheen. In de tijd vóór de televisie stond Jake zijn vader al op te wachten met zijn vanghandschoen aan en zijn honkbalknuppel naast zich.

Eerlijk gezegd vond Phil het minder erg dan Sal dat Jake niet meer zo in honkbal geïnteresseerd was. Toen de Antwoordman hem vertelde dat

Jake niet in teamverband zou gaan spelen – zelfs niet op de middelbare school – had hij daarbij eerst (zoals elke ouder dat zou doen) aan allerlei verschrikkelijke mogelijkheden gedacht. Nu leek de reden echter veel prozaïscher te zijn: Jake had gewoon niet meer zo'n zin in honkballen, net zoals Phil geen zin meer had in zijn pianolessen toen hij zo oud was als Jake nu.

Geïnspireerd door televisieprogramma's als *The Lone Ranger* en *Wild Bill Hickok*, begon Jake zijn eigen cowboyverhalen te schrijven. Hij gaf ze titels (altijd met een uitroepteken) als *Gundown at Laramie!* en *Shoot-Out at Dead-Man's Canyon!* Ze waren wat luguber, maar helemaal niet slecht... dat wil zeggen: naar de mening van de vader van de auteur. Misschien werd hij later wel schrijver, in plaats van veldspeler voor de Boston Red Sox. Dat leek Phil wel wat.

Op een avond belde Blaylock Atherton om te vragen of Phil nog had nagedacht over een eventuele kandidatuur voor de Senaat, misschien nog niet bij deze verkiezingen, maar wat dacht hij van '56? Phil zei dat hij erover na zou denken. Hij vertelde Atherton dat Sally Ann niet enthousiast was, maar dat ze hem zou steunen als hij er toch toe mocht besluiten.

'Nou, denk er niet te lang over na,' zei Atherton. 'In de politiek moeten we vooruitdenken. De tijd vliedt.'

'Dat heb ik eerder gehoord,' zei Phil.

Op een zaterdagochtend in februari 1952 kwam Harry Washburn Phils kleine werkkamer thuis binnen, waar Phil verklaringen zat door te nemen voor een nieuw proces. Hij schrok toen hij een veeg bloed zag op een van Harry's sproetige wangen en nog meer op zijn handen.

'Heb je jezelf bezeerd, Harry?'

'Het is niet mijn bloed,' zei Harry. 'Jake heeft een bloedneus en het houdt niet op met bloeden. Zijn hele Roy Rogers-shirt zit onder het bloed.'

Phil dacht dat hij overdreef, tot hij het met eigen ogen zag. Op het ronde televisiescherm van de Zenith hield Annie Oakley een vuurgevecht met een slechterik, maar de vier of vijf jongetjes hadden alleen maar oog voor Jake. Zijn lievelingsshirt – het shirt waarin hij op zaterdagochtend altijd cowboyfilms keek – was inderdaad doordrenkt met bloed. Net als de schoot van zijn jeans.

Jake keek zijn vader aan en zei: 'Het stopt niet.' Zijn stem klonk verstikt en nasaal.

Phil zei tegen de andere jongens dat ze maar gewoon verder moesten kijken, er was niets aan de hand, alles was pico bello in orde. Hij wist zijn stem rustig te houden, maar de hoeveelheid bloed die hij zag joeg hem de stuipen op het lijf. Hij nam Jake mee naar de keuken, zette hem op een stoel en liet hem zijn hoofd naar achteren houden, waarna hij een theedoek vulde met ijsblokjes en die op de neus van de jongen drukte. 'Hou dit er maar even tegenaan, Jake-O, dan stopt het wel.'

Sally Ann, die boodschappen was wezen doen, kwam binnen, zag Jakes met bloed doordrenkte shirt en deed haar mond al open om te gillen, maar Phil schudde zijn hoofd naar haar en ze hield zich in. Ze hurkte bij Jake neer en vroeg wat er was gebeurd. 'Heeft een van je vriendjes je een stomp op je neus gegeven bij het cowboytje spelen?'

'Nee, het begon gewoon zomaar. Er ligt ook bloed op de grond, maar gelukkig niet op het blauwe kleed.'

'Bij mij kwam het ook op mijn kleren,' zei Sammy Dillon. Hij en Harry waren de keuken binnengekomen. De andere jongetjes stonden achter hen. 'Maar ik heb het eraf gewassen.'

'Goed gedaan, Sammy,' zei Sally Ann. 'Ik denk dat jij en de andere jongens nu beter naar huis kunnen gaan.'

Ze deden gehoorzaam wat er werd gezegd, maar draaiden zich in de deuropening nog even om voor een laatste blik op hun met bloed besmeurde vriendje. Toen ze weg waren boog Sally Ann zich over hun zoon heen en fluisterde tegen Phil: 'Ik geloof niet dat het stopt.'

'Dat komt wel,' zei Phil.

Maar het stopte niet. Het werd wel wat minder. Het stroomde er niet meer uit alsof iemand een kraan had opengedraaid, maar het bleef druppelen. De huisarts van de Parkers was met vakantie, dus namen ze hem mee naar het ziekenhuis in North Conway, waar Richmond, de dienstdoend arts, met een klein lampje in Jakes neus scheen en knikte. 'Dat hebben we zo verholpen, jongeman. Als je vader en moeder even op de gang wachten, gaan wij dit samen even verhelpen.'

Sal wilde blijven, maar Phil, die zich wel kon voorstellen wat de behandeling mogelijk inhield, pakte haar arm, leidde haar vastberaden naar de wachtkamer en deed de deur achter zich dicht. Wat niet veel hielp, want toen de bloeding in zijn neus werd dichtgeschroeid, drongen Jakes kreten door tot in alle hoeken van het kleine ziekenhuis. Phil en Sally

Ann hielden elkaar stevig vast en moesten allebei huilen terwijl ze zaten te wachten tot het voorbij was. Eindelijk was het dan toch voorbij... maar toch niet helemaal.

Dokter Richmond, met spetters van Jakes bloed op de revers van zijn witte jas, glimlachte en zei: 'Dapper ventje, want dit was geen lolletje. Vind je het goed als ik je ouders even alleen spreek, Jacob?'

Hij nam hen mee naar de spreekkamer. 'Hebben jullie die blauwe plekken gezien?'

'Ja, een paar op zijn armen,' zei Phil. 'Het is een jongen, dokter Richmond. Hij zal wel weer in bomen zijn geklommen of zoiets.'

'Op zijn borst zitten er ook een paar. Is hij een vechtjas?'

'Nee, eigenlijk niet,' zei Phil. 'Hij en zijn vriendjes stoeien wel eens, maar het is nooit menens.'

'Ik wil een bloedonderzoek doen,' zei dokter Richmond. 'Voor alle zekerheid, begrijpen jullie wel...'

'O, mijn god,' zei Sally Ann. Later zou ze Phil vertellen dat ze het op dat moment al wist.

'Dan controleren we zijn witte bloedlichaampjes en bloedplaatjes. Om vervelende zaken uit te sluiten.'

'Doc, het was maar een bloedneus,' zei Phil.

'Haal hem er maar bij, Phil,' zei Sally Ann. Ze zag bleek rond haar ogen en mond, iets wat Phil het komende jaar nog veel vaker zou zien.

Phil bracht Jake terug naar de spreekkamer en nadat hij ervan overtuigd was dat bloed afnemen een eitje was vergeleken bij het dichtschroeien van zijn neus, stroopte Jake zijn mouw op en liet zich stoïcijns prikken.

Een week later belde hun huisarts. Het speet hem dat hij hun het slechte nieuws moest vertellen, zei hij, maar het zag ernaar uit dat Jake acute lymfatische leukemie had.

Hun stoere, gezonde zoon ging heel snel achteruit. Acht maanden na de diagnose was er opeens sprake van een remissie, die zijn ouders enkele weken loze hoop gaf. Toen stortte hij in. Op 23 maart 1953 overleed Jacob Theodore Parker in het Portsmouth Regional Hospital. Hij was tien jaar.

Gedurende het grootste deel van Jakes afscheidsplechtigheid liet Sal haar hoofd op de schouder van haar man rusten. Ze huilde. Phil niet. Hij had zijn tranen opgebruikt tijdens Jakes laatste ziekenhuisopname. Sal had nog tot het laatst hoop gehad op een nieuwe remissie – ze had erom gebeden – maar Phil wist dat Jake het niet ging redden. Dat had de Antwoordman hem min of meer verteld.

Later die dag vroeg hij zich af of haar adem tijdens de begrafenis naar gin had geroken. Als dat zo was, was het nauwelijks waarneembaar geweest. De Parkers behoorden tot de drank-en-sigarettengeneratie. Sally Ann had al sinds haar zestiende lichte cocktails gedronken met haar vader en moeder en hun vrienden, en wanneer Phil thuiskwam stond er altijd een cocktail klaar. Meestal dronken ze er voor het eten al twee. Soms dronk Phil terwijl ze tv-keken nog een paar blikjes bier. Sal nam dan nog een gin-tonic. Pas veel later realiseerde Phil zich dat die ene gin-tonic in de avond er in de loop der tijd twee waren geworden en soms zelfs drie. Maar ze stond altijd om zes uur op om Jakes schoollunch en ontbijt voor hen drieën klaar te maken. Het was ook de generatie van vrouwen-koken-en-mannen-eten.

Bij het rouwbezoek na de plechtigheid aan het graf merkte hij het wel. Het viel niet te ontkennen. Sal stond in de keuken mevrouw Keene een verhaal te vertellen over hoe Jake zijn eerste melktandje was kwijtgeraakt, hoe zij één kant van een draadje om die lastige wiebeltand had geknoopt en de andere kant aan de knop van zijn slaapkamerdeur.

'Toen ik de deur dichtgooide, vloog dat ding er zó uit!' zei Sal, alleen kwam 'dat ding' eruit als *dadding*, en zag Phil hoe mevrouw Keene – de mooie juf, had Harry haar genoemd op de dag dat Phil de Antwoordman voor de tweede keer had ontmoet – stapje voor stapje achteruitdeinsde. Achteruitdeinsde voor haar adem. Sal deed op haar beurt steeds een stapje naar voren en begon een tweede verhaal. Ze hield het glas dat ze in haar hand hield steeds schever, zodat ze een deel van de inhoud op de vloer morste.

Phil pakte haar bij haar arm en vertelde haar dat zijn ouders haar wilden spreken (dat was niet zo). Sal liep gewillig met hem mee, maar keek nog wel even over haar schouder om te zeggen: 'Echt, hij vlóóg eruit! Pfoe, wat 'n raar gezicht *wazda*!'

Mevrouw Keene schonk Phil een meewarig glimlachje. Het was het eerste van vele.

Hij had Sal bijna bij de deur naar de woonkamer, toen ze door haar knieën zakte. Het glas viel uit haar hand. Hij ving het op en herinnerde zich opeens, heel kort maar god, wat heerlijk, hoe hij achter de garage een terugworp van Jake had gevangen. Hij loodste haar tussen de groepjes mensen in de woonkamer door, en moest daarbij bijna haar hele gewicht ondersteunen. Zijn moeder zag het en knikte: breng haar maar weg. Phil knikte terug.

Het had geen zin om te proberen haar naar boven te brengen, dus droeg hij haar de slaapkamer in en legde haar tussen de jassen van het rouwbezoek. Ze begon onmiddellijk te snurken. Toen Phil terugkwam, vertelde hij iedereen dat Sal overmand was door verdriet en dat ze liever even geen mensen wilde zien. Er waren meelevende knikjes en gemompelde condoleance – god, zó veel condoleances dat Phil bijna wenste dat iemand eens een schuine mop over een boerendochter zou vertellen – maar hij wist vrij zeker dat er ook mensen waren (mevrouw Keene bijvoorbeeld, en zijn moeder) die wisten dat zijn vrouw niet alleen overmand was door verdriet.

Het was de eerste leugen die hij vertelde over haar drankgebruik, maar niet de laatste.

Phil opperde dat ze misschien voor een tweede kindje konden gaan. Sal stemde daarmee in, maar met een soort lusteloze, wat-kan-mij-'t-schelen-desinteresse. Af en toe wilde hij haar bij haar schouders grijpen – zo hard dat het pijn deed, dat het blauwe plekken achterliet, om tot haar dóór te dringen – en haar te vertellen dat zij niet de enige was die een kind had verloren. Hij deed het niet. Hij hield zijn woede voor zich, want hij wist al wat ze zou zeggen: *Jij hebt je werk. Ik heb niets.*

Maar ze had wel degelijk iets. Ze had haar Gilbey's Gin en haar sigaretten. Twee pakjes per dag. Ze bewaarde ze in een kleine alligatorleren sigarettenkoker die eruitzag als een portemonneetje. In 1954 werd ze zwanger. Hij stelde voor dat ze zou stoppen met roken. Zij stelde voor dat hij zijn goede raad, hoe goed bedoeld ook, kon houden. In de vierde maand kreeg ze een miskraam.

'Dit wil ik niet meer,' zei ze tegen hem, vanuit haar bed in het ziekenhuis in North Conway. 'Ik ben veertig. Te oud voor een baby.'

Dus werden het weer condooms, maar op oudejaarsavond van 1956 zag Phil dat er nog drie over waren van een doosje van twaalf dat hij kort na Pasen in North Conway had gekocht. Sally Ann was best bereid haar nachtpon voor hem op te tillen, maar wanneer hij dan naar haar keek en haar naar het plafond zag kijken, wist hij dat ze alleen maar lag te wachten tot hij klaar was en van haar af zou rollen. Dat was niet erg bevorderlijk voor de intimiteit.

Slechts één keer, in 1957, sprak Phil haar aan op haar drankgebruik. Hij zei dat hij, als ze misschien naar zo'n ontwenningskliniek wilde om te stoppen of op z'n minst te minderen met drinken, hij een goede had gevonden in Boca Raton, ver genoeg van New Hampshire om zeker te weten dat niemand erachter zou komen. Hij kon zeggen dat ze bij vrienden logeerde. Hij kon zelfs zeggen dat ze in scheiding lagen, als dat was wat ze wilde, maar ze moest echt stoppen.

Ze keek hem aan, zijn inmiddels veel te zware vrouw met de slechte huid en de doffe ogen en het vettige haar. Vooral haar ogen fascineerden hem. Er zat geen enkele diepte in.

'Waarom?' vroeg ze.

Op de avond van 8 november 1960, kwam Phil thuis in een leeg huis. Er lag een briefje op de keukentafel met de tekst: *Eten in de oven. Ben naar GD om verkiezingsuitslagen te zien. S.*

Ze vroeg niet of Phil ook kwam en hij kwam trouwens toch niet graag in de Green Door in North Conway. Ooit, rond de tijd dat hij en Sal trouwden, was het best een gezellig café geweest. Nu was het een gribus.

Volgens het politierapport had mevrouw Parker de Green Door omstreeks 00.40 uur 's nachts verlaten. Dat was in de nacht van 9 november, kort nadat Kennedy was uitgeroepen tot winnaar van de verkiezingen. De barkeeper had haar vanaf elf uur niets meer willen inschenken, maar had wel goedgevonden dat ze bleef zitten om de uitslagen te volgen.

Toen ze even later, op weg naar huis, met hoge snelheid over Route 16 reed, was haar kleine Renault Dauphine van de weg geraakt en tegen een bruggenhoofd gereden. Ze was op slag dood. De autopsie maakte melding van een bloedalcoholpercentage van .39. Toen hij hoorde dat zijn dochter was overleden, kreeg Ted Allburton een hartinfarct. Na vijf dagen op de intensive care overleed hij. De twee begrafenissen, zo vlak na elkaar, deden Phil bijna wensen dat hij weer op Eniwetok zat.

Drie weken na de dood van zijn vrouw reed Phil naar de brandweerkazerne van Curry, op de plek waar ooit een braakliggend terrein was geweest. Het was al laat en de kazerne was donker. Tussen de roodgeschilderde deuren was een kerststal neergezet: Jezus, Maria, Jozef, de drie wijzen en verschillende dieren. Het stalletje stond – voor zover Phil zich kon herinneren – op exact de plek waar de rode parasol ooit voor schaduw had gezorgd voor de tafel van de Antwoordman.

'Kom alsjeblieft met me praten,' zei Phil tegen de winderige duisternis. Hij haalde een rolletje bankbiljetten uit zijn jaszak. 'Ik heb hier achthonderd dollar, misschien wel duizend, en ik heb een paar vragen. De eerste is deze: was het een ongeluk, of heeft ze zelfmoord gepleegd?'

Niets. Alleen de lege plek, de lege kazerne, een koude oostenwind en een stel stomme gipsen beelden, verlicht door een verborgen gloeilamp.

'Ten tweede: waaróm? Waarom ik? Ik weet dat dat klinkt als zelfmedelijden en dat zal het ook best wel zijn, maar ik ben er oprecht benieuwd naar. Dat achterlijke vriendje van Jake, Harry Washburn, leeft nog. Hij is in de leer bij een loodgieter in Somersworth. Sammy Dillon leeft ook, dus waarom leeft mijn jongen dan niet meer? Als Jake nog zou leven, zou Sally ook nog leven, of niet soms? Dus vertel het me. En eigenlijk wil ik niet eens meer weten waarom dit mij moet overkomen. Ik wil gewoon weten waarom dit moest gebeuren? Kom op, man. Kom tevoorschijn, wind je klok op en pak mijn geld aan.'

Niets. Natuurlijk.

'Je bent hier nooit geweest, hè? Je komt gewoon voort uit mijn fantasie, dus krijg de tering en laat mij en de hele wereld ook maar meteen de tering krijgen.'

De volgende drie jaar bracht Phil door in een toestand van chronische depressie. Hij deed zijn werk, was altijd op tijd op de rechtbank, won sommige zaken, verloor andere, en kon zich daar niet echt druk om maken. Af en toe droomde hij van de Antwoordman en in een aantal van die dromen sprong hij over de tafel, gooide de tikkende stopwatch op de grond en klemde zijn handen om de nek van de Antwoordman. Maar de Antwoordman verdween altijd in het niets alsof hij in rook opging. En eigenlijk was dat ook wat hij was, nietwaar? Niets anders dan rook.

Deze periode van zijn leven eindigde met de Verbrande Vrouw. Haar naam was Christine Lacasse, maar in gedachten noemde hij haar altijd de Verbrande Vrouw.

Op een dag in het vroege voorjaar van 1964 kwam zijn secretaresse bleek en enigszins overstuur zijn kantoor binnen. Phil meende tranen in Maries ogen te zien, maar wist het pas zeker toen ze ze met de rug van haar hand wegveegde. Phil vroeg wat er met haar aan de hand was.

'Met mij niets, maar er is net een vrouw binnengekomen die je wil spreken en ik wilde je even waarschuwen voordat ik haar naar binnen stuur.

Ze heeft brandwonden opgelopen en niet zo weinig ook. Haar gezicht... Phil, haar gezicht ziet er verschrikkelijk uit.'

'Wat wil ze van mij?'

'Ze zegt dat ze de New England Freedom Corporation wil aanklagen en dat ze vijf miljoen dollar van ze eist.'

Phil glimlachte. 'Dat zou nog eens wat zijn, hè?'

New England Freedom deed zaken in de zes staten die zich uitstrekten van Presque Isle tot Providence. Ze waren in de naoorlogse jaren uitgegroeid tot een van de grootste ontwikkelingsmaatschappijen in het noorden. Ze bouwden woonwijken, winkelcentra, industriële complexen, zelfs gevangenissen.

'Stuur haar maar naar binnen, Marie. Bedankt voor je waarschuwing.'

Niet dat iemand hem echt had kunnen voorbereiden op de vrouw die steunend op twee wandelstokken binnen kwam schuifelen. Aan de linkerkant van haar gezicht te zien, schatte Phil haar op eind veertig, begin vijftig. De rechterkant van haar gezicht ging verscholen onder een soort aardverschuiving van vlees dat eerst was gesmolten en vervolgens was gestold. De hand waarmee ze de stok aan die kant vasthield was een klauw. Ze zag zijn gelaatsuitdrukking en de linkerkant van haar mond trok omhoog in een grijns die de paar tanden die ze nog had ontblootte.

'Wat ben ik een plaatje, hè?' zei ze. Haar stem was zo schor als een kraai. Phil vermoedde dat ze de vlammen die haar hadden verbrand had ingeademd en dat die haar stembanden hadden geschroeid. Ze mocht waarschijnlijk van geluk spreken dat ze nog kon praten.

Phil dacht er niet aan om antwoord te geven op een vraag die niet anders dan retorisch kon zijn, of puur sarcastisch.

'Gaat u zitten, juffrouw Lacasse, en vertel mij eens wat ik voor u kan doen.'

'Het is "mevrouw". Ik ben weduwe, begrijpt u wel. En ik zal u vertellen wat u voor mij kunt doen – NEF voor de rechter dagen en ze helemaal kapotmaken. Vijf miljoen wil ik van ze hebben, geen cent meer en geen cent minder. Niet dat u dat gaat doen, daar durf ik heel wat om te verwedden. Ik ben al bij vijf of zes andere advocaten geweest en niet één van hen wil er zijn handen aan branden. NEF is te groot voor ze. Kan ik misschien een glaasje water krijgen voordat u me eruit gooit?'

Hij belde Marie en vroeg haar een glas water voor mevrouw Lacasse te brengen. Intussen zat de Verbrande Vrouw met haar goede hand in een klein zakje te rommelen dat ze om haar middel droeg. Ze haalde er een flesje pillen uit en reikte het Phil over het bureau heen aan.

'Wilt u dit even voor me openmaken? Ik kan het wel zelf, maar dat doet godvergeten veel pijn. Ik wil er twee. Nee, drie.'

Phil maakte het bruine flesje open, schudde er drie pilletjes uit, gaf ze aan haar en draaide het flesje weer dicht. Marie kwam binnen met het water en Lacasse nam er de pillen mee in. 'Het is morfine, begrijpt u wel. Tegen de pijn. Praten doet pijn. Nou ja, alles doet pijn, maar praten is het ergst. Eten is trouwens ook geen pretje. De dokter zegt dat ik binnen drie jaar doodga aan deze pillen. Ik zei dat dat niet gaat gebeuren voordat ik mijn zaak voor de rechter heb gebracht. Eerder zal ik niet rusten, advocaat Parker.

Ah, ze beginnen te werken. Mooi zo. Ik zou er nog wel eentje willen nemen, maar dan heb je kans dat ik dingen door elkaar ga halen.'

'Vertel me hoe ik kan helpen,' zei Phil.

Ze wierp haar hoofd naar achteren en liet een kakelend lachje horen. Hij zag dat een deel van haar nek rechtstreeks overging in haar schouder. 'Door me te helpen die klootzakken voor de rechter te slepen, zó kunt u me helpen.' En toen vertelde ze haar verhaal.

Christine Lacasse had met haar man en vijf kinderen in Morrow Estates gewoond, een door NEF gebouwde wijk in de gemeente Albany, even ten zuiden van North Conway. Het licht in hun woning bleef steeds maar knipperen en soms kwamen er rookpluimpjes uit de stopcontacten. Ronald Lacasse was een vrachtwagenchauffeur die goed verdiende, maar vaker niet dan wel thuis was. Christine Lacasse had een soort dameskapsalon aan huis en haar droogkappen en föhns veroorzaakten telkens kortsluiting. Op een dag vatten de stopcontacten in de bijkeukens van hun uit vier woningen bestaande huizenblok vlam en zaten ze bijna een week zonder stroom. Christine, destijds nog niet de Verbrande Vrouw, ging met de opzichter praten, die zijn schouders erover ophaalde en de netbeheerder, New Hampshire Power and Light, de schuld gaf.

'Ik wist wel beter,' zei ze tegen Phil, waarna ze een slokje water nam. 'Ik ben niet van gisteren. Een plotselinge stroomstoot veroorzaakt echt niet in vier huizen tegelijk brand. Dan zouden toch eerst de stoppen doorslaan. Er waren nog meer huizenblokken in Morrow Estates die problemen hadden met het licht en de centrale verwarming, maar niet zo erg als bij ons.'

Toen ze nul op het rekest kreeg bij de opzichter, belde ze het kantoor van NEF in Portsmouth, sprak met de verantwoordelijke daar en werd ook daar met een kluitje in het riet gestuurd. Ze ging naar de bibliotheek in North Conway om meer te weten te komen over de hoge omes van het bedrijf, vond het telefoonnummer van het hoofdkwartier van NEF in Boston en zei dat ze de directeur wilde spreken. Nee, kreeg ze te horen, die had het veel te druk en dus geen tijd voor een huisvrouw uit Nergenshuizen, New Hampshire. In plaats van hem kreeg ze een andere functionaris aan de lijn, waarschijnlijk iemand met een beter salaris en betere driedelige kostuums dan die in Portsmouth. Ze vertelde die vent in Boston dat soms, wanneer de lampen flikkerden, de muur in haar kleine thuiskapsalon helemaal warm werd en dat ze dan een gonzend geluid hoorde, alsof er wespen achter zaten. Ze zei dat ze een soort brandlucht rook. De man zei dat ze waarschijnlijk droogkappen en föhns met een te hoog voltage gebruikte. Mevrouw Lacasse informeerde of zijn moeder wél blij was met haar ándere kinderen en hing op.

Toen de kerstdagen eraan kwamen, had NEF overal in de Morrow Estates kerstverlichting opgehangen. 'Deed de corporatie dat?' vroeg Phil. 'Niet de vereniging van eigenaren van de Estates?'

'We hadden niet eens een vve,' zei ze tegen Phil. 'Na Thanksgiving kreeg iedereen een folder van NEF in hun brievenbus. Ze zeiden dat ze alles in kerstsfeer gingen brengen.'

'Vanuit de goedheid van hun hart,' zei Phil, terwijl hij intussen aantekeningen maakte.

De Verbrande Vrouw liet haar kakelende lachje weer horen en wees naar hem met een misvormde, half weggesmolten vinger. 'Ik mag jou wel. Je gooit me er straks vast uit, net als al die anderen, maar ik mag jou. En niet één van die anderen heeft iets opgeschreven van wat ik zei.'

'Hebt u die folder nog?'

'De mijne is verbrand, maar ik heb nog een stapeltje precies dezelfde.'

'Daar wil ik er een van hebben. Nee, ik wil ze allemaal. Vertel me nu eens over de brand.'

Ze zei dat haar man met kerst thuis was. De cadeaus lagen onder de boom. Twee nachten voor kerst, terwijl de kinderen boven in bed lagen te dromen, ontstond er brand in hun huis en in dat van hun buren, de familie Duffy. Christine werd wakker van geschreeuw buiten. Het huis stond vol rook, maar ze zag geen vlammen. Toen ze uit haar slaapkamerraam keek zag ze Rona Duffy, haar buurvrouw, door de sneeuw rollen in een poging haar brandende nachtpon te doven.

'Dat huis van hen brandde als een fakkel. Ik schudde Ronald wakker en zei dat hij de kinderen uit bed moest gaan halen, maar dat heeft hij nooit gedaan. Inmiddels stond ik al buiten, om sneeuw over Rona heen te gooien.' Op bijna zakelijke toon voegde mevrouw Lacasse eraan toe: 'Zij is dood. Haar twee kinderen waren bij haar ex-man in Rutland, dus die hadden geluk. De mijne hadden minder geluk. Ik weet niet wat er precies met ze is gebeurd. Ik denk dat Ronnie voordat hij bij ze kon komen bewusteloos is geraakt door de rook. Toen ik naar binnen ging om het zelf te doen heb ik verdomme het halve woonkamerplafond over me heen gekregen. Advocaat Parker, voordat ik het wist stond alles om me heen in lichterlaaie. Ik ben naar buiten gekropen, brandend. En weet je wat er in het jaar dat ik in het ziekenhuis lag gebeurde?'

'Ze jongleerden net zo lang met de schuldvraag tot er niets meer was om mee te jongleren,' zei Phil. 'Heb ik gelijk of niet?'

De misvormde vinger wees weer naar hem. En ze lachte haar kakellachje. Phil had het gevoel dat de verdoemden in de hel waarschijnlijk zo lachten.

'NEF zei dat het de schuld was van het bedrijf dat de bedrading had aangelegd. Het bedrijf dat de bedrading had aangelegd zei dat de gemeente zowel de kerstverlichting als de oorspronkelijke specificaties had gecontroleerd, en dat het dus hun schuld was. De gemeente zei dat de bedrading in de huizen die nog stonden afweek van de specificaties en dat het ingenieursbureau moest hebben gesjoemeld om geld te besparen. Het ingenieursbureau zei dat ze in opdracht hadden gewerkt van de New England Freedom Corporation. En weet u wat die zeiden?'

'Klaag ons maar aan als het je niet bevalt,' zei Phil.

'Dat is exact wat ze zeiden. Zo'n enorme corporatie tegen een vrouw die eruitziet als een kip die te lang in de oven heeft gelegen. Oké, zei ik, dan zie ik jullie bij de rechter. Ze hebben me nog wel een schikking aangeboden, veertigduizend dollar, maar die heb ik afgewezen. Ik wil vijf miljoen, één miljoen voor elk van mijn kinderen, van veertien tot drie jaar oud. Mijn man krijgen ze er gratis bij, die had ze eruit moeten halen. Moet ik al weg?'

Voor het eerst sinds het overlijden van Sal – misschien wel voor het eerst sinds het overlijden van Jake – voelde Phil een tinteling van oprechte belangstelling. En woede, dat ook. Hij vond het een mooi idee om het op te nemen tegen zo'n gigantische corporatie. Niet voor het geld, hoewel zijn aandeel van die vijf miljoen aanzienlijk zou zijn. Niet voor de publiciteit, want eigenlijk had hij al meer werk dan hij aankon... of wilde hebben. Het was iets anders. Het was zijn kans om zijn handen om een nek te klemmen die niet zou verdwijnen en in rook zou opgaan.

'Nee,' zei Phil. 'U hoeft helemaal niet weg.'

De volgende vijf jaar vervolgde Phil de New England Freedom Corporation op meedogenloze wijze. Zijn vader keurde het af en zei dat Phil een donquichotcomplex had en zijn andere zaken liet versloffen. Phil zei dat dat waarschijnlijk klopte, maar wees hem erop dat hij immers niet meer hoefde te sparen om zijn zoon naar Harvard te sturen, waarna John – inmiddels Oude John – er nooit meer een woord over zei. Ted Allburtons weduwe zei dat ze het begreep en stond voor honderd procent achter hem. 'Je doet dit omdat je de kanker niet kunt vervolgen die Jakey van ons heeft afgenomen,' zei ze.

Phil ontkende het niet – misschien zat er ook wel een element van waarheid in wat ze zei – maar eigenlijk deed hij het omdat hij de Antwoordman niet uit zijn hoofd kon zetten. Soms, wanneer hij niet kon slapen, zei hij tegen zichzelf dat hij niet zo stom moest doen: de Antwoordman was niet verantwoordelijk voor zijn tegenslagen of die van de Verbrande Vrouw. Dat was allemaal waar, maar iets anders was ook waar: toen hij werkelijk antwoorden nódig had, was de man met de rode parasol verdwenen. En net als mevrouw Lacasse moest hij toch íémand de schuld geven.

Hij kreeg NEF voor de arrondissementsrechtbank van Boston, vlak voordat mevrouw Lacasse in het ziekenhuis werd opgenomen met longontsteking. Hij won. NEF ging in beroep, zoals Phil en Christine al hadden verwacht, maar ze maakte dus toch die ene overwinning mee voordat de longontsteking haar in het najaar van 1967 fataal werd. Tegen die tijd zag Phil haar al met de dag zwakker worden en hij wist, zoals hij dat in het geval van Jake ook had geweten, dat het einde in zicht was. Hij procedeerde verder uit naam van de broer van Ronald Lacasse. Tim Lacasse had niet dezelfde dorst naar wraak als de Verbrande Vrouw, hij bezat niet haar vurige doorzettingsvermogen. Hij zei tegen Phil dat hij er maar flink tegenaan moest gaan en volgde het proces zelf vanuit zijn huis in North

Carolina. Hij wilde er zelf geen cent aan uitgeven, maar zou met alle plezier geld incasseren als dat vanuit Boston of New Hampshire in zuidelijke richting waaide en zomaar voor hem uit de lucht kwam vallen. De Verbrande Vrouw liet geen erfenis na. Phil ging toch door en betaalde de onkosten uit eigen zak. Tot twee keer toe bood NEF aan de zaak te schikken, eerst voor driehonderdduizend dollar en toen voor achthonderdduizend. Ze vonden de publiciteit *très* pijnlijk en gênant. Tim Lacasse drong er – van grote afstand – bij Phil op aan het geld aan te nemen. Phil weigerde. Hij wilde de hele vijf miljoen, omdat mevrouw Lacasse het zo had gewild. Een miljoen voor elk kind. Er werd uitgesteld en verdaagd. NEF verloor en tekende opnieuw beroep aan, maar toen het hooggerechtshof hun beroep afwees, konden ze geen kant meer op. De rekening die ze gepresenteerd kregen voor de kerstverlichting en de slechte bedrading, die, zo had Phil bewezen, standaard was bij projecten van NEF (zoals te zien was bij andere projecten die de corporatie had neergezet), bedroeg 7,4 miljoen dollar, ten gunste van eiser Tim Lacasse. Plus een aanzienlijk bedrag aan gerechtelijke kosten. NEF, dat aanvankelijk niet had kunnen geloven dat ze het zouden afleggen tegen een plattelandsadvocaat uit Oost-Nergenshuizen, had bijna tweeënhalf miljoen dollar kunnen besparen door het op te geven.

Tim Lacasse dreigde met een proces toen Phil hem vertelde dat ze allebei de helft van het geld zouden krijgen. 'Ga gerust je gang,' zei Phil. 'Dan zie je straks jouw drie-punt-zeven miljoen wegsmelten als sneeuw voor de zon.'

Uiteindelijk ging Tim Lacasse akkoord met de verdeling en op een dag in 1970 hing Phil in zijn kantoor een ingelijste foto aan de muur, op een plek waar hij hem elke dag zou zien. Het was een foto van Ronald en Christine Lacasse op hun trouwdag. Hij was een breedgebouwde, grijnzende vent. In haar witte touwjurk zag Christine er beeldschoon uit.

Onder de foto stonden zeven woorden, in hoofdletters die Phil er zelf zorgvuldig onder had geschreven.

VERGEET NOOIT DAT ANDEREN HET SLECHTER HEBBEN

Na die laatste toewijzing van de claim tegen New England Freedom – een zaak die hem in juridische kringen een soort ster maakte – kon Phil zo veel werk krijgen als hij wilde. In plaats daarvan nam hij juist gas terug, en aangezien hij er nu financieel warmpjes bij zat, begon hij steeds meer pro-bonozaken aan te nemen. In 1978, veertien jaar voordat het zogenaamde 'Innocence Project' werd gestart, wist hij een nieuw proces en uiteindelijk vrijspraak te bewerkstelligen voor een man die twaalf jaar van een levenslange gevangenisstraf had uitgezeten in de staatsgevangenis van New Hampshire.

Natuurlijk zat er een gat in zijn leven op de plek die vroeger werd ingenomen door Sal en Jake. Zijn werk kon dat gat niet vullen, dus werd hij actiever in de gemeenschap. Zo werkte hij als bewindvoerder voor de openbare bibliotheek van Curry en initieerde hij het eerste Curry Book Festival. Op de televisiekanalen van New Hampshire riep hij kijkers op om mee te doen aan de jaarlijkse bloeddonorcampagne. Hij werkte een avond per week bij de voedselbank van North Conway (omdat anderen het slechter hebben) en een avond bij Harvest Hills, het dierenasiel net over de staatsgrens in Fryeburg. In 1979 adopteerde hij daar een beaglepuppy. De veertien jaar daarna vergezelde Frank hem overal naartoe en in de auto zat hij altijd voorin, op de bijrijdersplaats.

Hij hertrouwde nooit, maar hij had wel een vriendin, in Moultonborough, die hij van tijd tot tijd bezocht. Haar naam was Sarah Coombes. Hij deed wat juridisch werk voor haar en loste haar hypotheek af. Hij en Frank bleven niet altijd slapen, maar Sarah had wel altijd een verpakking Gaines-Burgers in voorraad voor als ze dat wel deden. Met het vorderen der jaren kwamen die bezoekjes wat minder vaak voor. Phil ging aan het eind van de dag vaker naar huis en zette dan in de magnetron wat zijn huishoudster voor hem had klaargezet. Soms – niet altijd, maar soms – werd hij getroffen door de leegte in huis. Bij die gelegenheden riep hij Frank bij zich, krabde hem achter zijn oren en zei tegen hem dat anderen het slechter hadden.

Het enige vrijwilligerswerk dat hij weigerde was het coachen van het Little League-team van Curry. Dat kwam voor Gewoon Phil te dichtbij.

En zo verstreek de tijd en liep het verhaal ten einde. Het was voornamelijk een goede tijd. Er waren littekens, maar geen ontsierende en wat waren littekens eigenlijk anders dan geheelde wonden?

Hij kreeg last van zijn been en begon met een stok te lopen. Marie ging met pensioen. Hij kreeg last van artrose in zijn handen, voeten en heupen. Marie overleed. Hij kondigde zijn pensionering aan en de stad (Curry stond nu op het punt een kleine stad te worden) organiseerde een geweldig feest voor hem. Hij werd overladen met cadeaus, waaronder een plaquette die hem uitriep tot EREBURGER VAN CURRY. Er werden toespraken gehouden, met als hoogtepunt Phils eigen toespraak voor een gezelschap dat bijna de hele aula van de nieuwe middelbare school vulde. Het was een bescheiden toespraak, grappig en bovenal kort. Hij moest pissen als een paard.

Frank de beagle stierf een vredige dood in het najaar van 1993. Phil begroef hem in de achtertuin. Hij groef de kuil eigenhandig, ook al protesteerden al zijn gewrichten hevig bij elke schep aarde. Toen het graf gevuld was en gladgestreken, hield hij een grafrede, eveneens kort. ‘Ik hield van je, ouwe jongen, en dat doe ik nog steeds.’ Dat was het jaar waarin Phil eenentachtig werd.

In 1995 kreeg hij voor het eerst van zijn leven last van migraineaanvallen. Hij ging naar dokter Barlow, die hij in gedachten nog steeds de Nieuwe Doc noemde, ook al kwam Phil al tien jaar bij hem voor zijn artrose en zijn halfjaarlijkse check-ups. Barlow vroeg hem of hij behalve van de hoofdpijn ook last had van dubbelzien. Phil beaamde dit en moest ook bekennen dat hij, wanneer de hoofdpijn wegtrok, soms opeens ergens in zijn huis was, zonder zich te kunnen herinneren hoe hij daar was gekomen. Dokter Barlow stuurde hem naar Portsmouth voor een MRI.

‘Dit is geen goed nieuws,’ zei de Nieuwe Doc na de resultaten te hebben bestudeerd. ‘Het is een hersentumor.’ Toen, alsof hij hem gelukwenste: ‘Best zeldzaam voor een man van jouw leeftijd.’

Barlow verwees hem naar een neuroloog in Mass General. Omdat Phil geen lange ritten meer maakte, huurde hij een jonge knul, Logan Phipps, in om hem ernaartoe te rijden. Logan praatte honderduit over zijn familie, zijn vrienden, zijn meisje, het weer, zijn parttimebaan, zijn wens om weer naar school te gaan. En ook over andere dingen. Het ging bij Phil allemaal het ene lichtelijk dove oor in en het andere weer uit, maar hij knikte gewoon mee. Tijdens die rit kwam de gedachte bij hem op dat je je langzaam maar zeker losmaakt van het leven. Het was niet heel moeilijk. Alsof je heel langzaam een velletje papier afscheurt langs een perforatierand.

De neuroloog onderzocht Phil en bekeek de scans van Phils bejaarde hersenen. Hij zei tegen Phil dat hij kon opereren en die ellendige tumor er finaal uit kon snijden, hetgeen Phil deed denken aan een oud liedje waarin een meisje zei dat ze die man finaal uit haar haar ging wassen. Sal zong het vaak onder de douche, soms terwijl ze haar eigen haar stond te wassen, maar Phil had het nooit persoonlijk opgevat. Toen Phil de neuroloog vroeg hoe groot de kans was dat hij na de operatie bij zou komen – als zichzelf wel te verstaan – antwoordde de neuroloog: fiftyfifty. Phil zei dat het hem speet, maar dat hij die kans op zijn leeftijd liever niet nam.

'De kans bestaat wel dat uw hoofdpijnen nog veel erger worden voordat...' De neuroloog haalde zijn schouders op, omdat hij liever niet zei: voordat het afgelopen is.

'Anderen hebben het slechter,' zei Phil.

3

Op een winderige oktoberdag in de herfst van 1995 ging Phil voor het allerlaatst achter het stuur van zijn auto zitten. Dat was tegenwoordig geen barrel van een Chevrolet of een Buick meer, maar een Cadillac Seville, met alles erop en eraan. 'Ik hoop in godsnaam dat ik niemand doodrij, Frank,' zei hij tegen de hond die er niet meer was. Hij was vooralsnog vrij van hoofdpijn, maar er begon de laatste tijd wel een soort kou – een soort afstandelijkheid – in zijn vingers en tenen te kruipen.

Hij reed met dertig kilometer per uur door de stad en verhoogde zijn snelheid tot vijftig toen hij het centrum achter zich liet. Verschillende auto's reden al claxonnerend om hem heen. 'Ach, val toch dood,' mopperde Phil tegen al die bestuurders. 'Blaf als je het met me eens bent, Frank.'

Op Route 111 was er bijna geen verkeer meer over en was hij verbaasd toen hij het felgele bordje passeerde met het opschrift 3 KILOMETER NAAR DE ANTWOORDMAN? Dat was hij niet. Waarom riskeerde hij anders zijn eigen leven en de levens van iedereen die toevallig de andere kant op reed? Ook dacht hij niet dat het zich verspreidende rottingsproces in zijn hersenen valse informatie uitzond. Even later zag hij het tweede bord, knalblauw: ANTWOORDMAN 1,5 KILOMETER. En daar, net voorbij een heuvel aan de rand van Curry, stonden de tafel en de rode parasol. Phil zette de auto langs de kant van de weg en schakelde de motor uit. Hij greep zijn stok en worstelde zich moeizaam achter het stuur vandaan.

'Blijf jij maar zitten, Frank. Dit duurt niet lang.'

Verbaasde het hem te zien dat de Antwoordman geen spat veranderd was? Dezelfde heldere oogopslag, hetzelfde dunner wordende haar, dezelfde kleren? Nee, dat verbaasde hem niet. Er was voor zover Phil kon zien maar één ding veranderd, ook al kon hij het moeilijk zien omdat hij soms dubbel zag en soms zelfs driedubbel. Er stond maar één bordje op de tafel van de Antwoordman. Daar stond op:

ALLE ANTWOORDEN GRATIS

Hij ging met een zacht gekreun en een van pijn vertrokken gezicht in de stoel van de cliënt zitten. 'Jij bent niks veranderd.'

'Jij ook niet, Gewoon Phil.'

Phil lachte. 'Nu neem je me in de maling, hè?' Een domme vraag, veronderstelde hij, maar wat maakte het uit? Vandaag waren alle antwoorden gratis.

'Het is echt waar. Vanbinnen ben je nog precies dezelfde.'

'Als jij het zegt, maar ik betwijfel het. Heb je nog steeds die grote klok in je tas?'

'Ja, maar vandaag heb ik hem niet nodig.'

'Dus vandaag is alles gratis?'

'Was dat een vraag, Gewoon Phil?'

'Ja, maar het is een onzinvraag. Ben je daarmee bekend?'

'Ik ben bekend met alle soorten vragen. Wat is de jouwe?'

Phil besloot dat hij niet langer wilde vragen *waarom ik*. Het was, zou de Antwoordman zeggen, ook weer een onzinvraag. Waarom ik? Nou, dáárom. Een andere reden was er niet. Ook was hij niet nieuwsgierig naar hoelang hij nog zou leven. Misschien zou hij de sneeuw nog zien, maar het stond wel vast dat hij die in het voorjaar niet meer zou zien smelten. Er was maar één ding waar hij nieuwsgierig naar was.

'Gaan we verder? Na onze dood. Gaan we dan verder?'

'Ja.'

De randen van zijn gezichtsveld begonnen heel langzaam grijs te kleuren. Tegelijkertijd begon de Antwoordman zich terug te trekken. Ook heel langzaam. Phil vond het niet erg. Er was geen hoofdpijn, dat was een opluchting, en het gebladerte – wat hij er nog van kon zien – was schitterend. In het najaar, aan het einde van de cyclus leken de bomen in vuur en vlam te staan. En aangezien alle antwoorden gratis waren...

'Is het de hemel waar we naartoe gaan? Is het de hel? Is het reïncarnatie? Zijn we nog onszelf? Herinneren we ons alles? Zal ik mijn vrouw en zoon terugzien? Is het er fijn? Is het er verschrikkelijk? Zijn er dromen? Is er verdriet of vreugde of welke emotie dan ook?'

De Antwoordman, bijna verdwenen in het grijs, zei: 'Ja.'

Phil kwam bij achter het stuur van zijn Cadillac, verrast om te merken dat hij niet dood was. Hij voelde zich wel oké. Best goed eigenlijk. Geen hoofdpijn, geen pijn in zijn handen of voeten. Hij startte de wagen.

'Denk je dat het me lukt ons heelhuids thuis te brengen, Frank? En zonder iemand dood te rijden? Blaf één keer voor ja, twee keer voor nee.'

Frank blafte één keer, dus het was ja.

Het was ja.

*Voor Jonathan Leonard*

# Nawoord

Toen ik op een dag mijn ochtendwandeling maakte en terwijl ik luisterde naar 'Highway 49' van de Jeff Healey Band en aan niets anders dacht dan hoe gaaf die slidegitaarsolo is, zag ik twee groene plastic figuren met rode petjes staan. Ze stonden aan de kant van de weg en droegen de waarschuwing MINDER UW SNELHEID! SPELENDE KINDEREN. Het verhaal 'Ratelslangen' viel me in, helemaal kant-en-klaar. Het enige wat ik op dat moment nog niet wist, was dat een oude vriend uit *Cujo*, een roman die ik lang geleden had geschreven, de hoofdpersoon zou worden.

Zo werkt dat soms voor mij – een verhaal dient zich kant-en-klaar aan, en wacht alleen nog op de juiste aanleiding om zich bekend te maken. Het is iets heel cools. Ik ken maar zelden de details (de bejaarde politieman in 'Ratelslangen', Andy Pelley, kwam zomaar uit het niets), of hoe de verhalen moeten eindigen. Een deel van de lol, althans voor mij, ligt in het ontdekken daarvan. Waarom dit proces zo werkt, of hoe het werkt, is mij een volstrekt raadsel.

'Danny Coughlins nare droom' ging ook zo. Op een dag, terwijl ik me aankleedde en aan niets anders dacht dan aan een kom muesli en een wandeling met mijn hond, dacht ik: wat zou er gebeuren als een man één keer, in een flits, een paranormale ervaring heeft? Een droom die hem laat zien waar een lijk begraven ligt? Zou iemand hem geloven, of zouden ze denken dat hij de moordenaar is? Dat dacht ik terwijl ik mijn shirt aantrok. Tegen de tijd dat ik mijn jeans ophees, dacht ik aan een obsessieve politieman, zo iemand als inspecteur Javert in *Les Misérables*, die het op mijn hoofdpersoon heeft voorzien. De rest van het verhaal viel vanzelf op z'n plek. Ik wist niet dat mijn politieman – Jalbert, in plaats van Javert – een obsessie met tellen zou hebben, daar begon hij eigenlijk uit zichzelf mee. Ik volgde gewoon. Maakt dat van mij een verhalenverteller of een stenograaf, zoals William Davis in 'De dromers'? Misschien wel allebei.

Of ik nieuwsgierig ben naar het proces? Aangezien het een grote rol heeft gespeeld in mijn leven ben ik dat natuurlijk wel degelijk. Ik heb in mijn fictie over schrijvers geschreven en in mijn non-fictie over het schrijven zelf, maar ik begrijp het nog steeds niet. Ik begrijp niet eens waarom mensen verhalen nodig hebben, of waarom ik – en met mij vele anderen – de behoefte voel ze te schrijven. Het enige wat ik weet is dat de opwinding van het achterlaten van het gewone alledaagse leven en een band krijgen met mensen die niet bestaan, deel uitmaakt van bijna elk leven. De fantasie is een hongerig iets en dient te worden gevoed. En soms – opnieuw net als William Davis in 'De dromers' – zie ik de woorden al voordat ik ze opschrijf. De eerste alinea's van 'Rood scherm' en 'Finn' bestonden al weken voordat ik ze uiteindelijk neerpende. Ik kon elke punt en elke komma al zien. Plaatst dat mij 'op het spectrum' zoals dat heet? Misschien, zelfs waarschijnlijk, maar wat maakt 't uit? Met verhalen vertellen vermaak ik mezelf en anderen al jaren en daar word ik blij van.

Wat de vraag betreft waarom zo veel van mijn verhalen over duistere zaken gaan... dat is iets heel anders. Moet ik me verontschuldigen voor mijn materiaal? Ik dacht 't niet. Francisco Goya heeft eens een ets gemaakt waarin hij zichzelf laat zien terwijl hij, omringd door fantasiewezens, ligt te slapen en noemde het *De slaap van de rede brengt monsters voort*. Ik heb altijd het idee gehad dat die slaap, en zulke wezens, een noodzakelijk onderdeel zijn van gezond verstand. (Lees de eerste regel van Shirley Jacksons *De geesten van Hill House* – zij verwoordt het heel goed.) Horrorverhalen worden het meest op prijs gesteld door diegenen die meelevend zijn en empathisch. Een paradox, maar wel waar. Ik denk dat het de fantasielozen onder ons zijn, zij die niet in staat zijn de duistere kant van verzonnen verhalen te waarderen, die verantwoordelijk zijn geweest voor de meeste ellende in de wereld. In verhalen over het bovennatuurlijke en paranormale heb ik extra hard mijn best gedaan om de echte wereld te laten zien zoals ze is, en om de waarheid te vertellen over het Amerika dat ik ken en waarvan ik hou. Sommige van die verhalen schetsen een lelijk beeld, maar zoals het gedicht zegt, waar liefde is, worden littekens schoonheidsvlekjes.

De meeste van deze verhalen zijn vrij nieuw en de langste ervan zijn niet eerder gepubliceerd. Ik hoef niet in de herkomst van de meeste te duiken, dat zou alleen maar leiden tot een saaie opsomming van waar ik was toen ik op elk idee kwam. Als ik me al die keren al zou kunnen herinneren.

Het enige andere verhaal waarvoor dat de moeite waard is, is 'De Antwoordman'. Mijn neef, Jon Leonard, heeft in mijn oude werk zitten spitten, waarvan veel nooit afgemaakt en al lang vergeten is. Hij maakte een fotokopie van een zes pagina's lang fragment en deed er een briefje bij met de opmerking dat het te goed was om niet af te maken. Ik las het en vond dat hij gelijk had. Die eerste pagina's zijn geschreven toen ik dertig was. Ik heb het verhaal afgemaakt toen ik vijfenzeventig was. Terwijl ik eraan werkte, overviel me een eigenaardig gevoel. Het was alsof ik in een canyon van tijd schreeuwde en luisterde hoe de echo bij me terugkwam. Klinkt dat een beetje zinnig? Ik heb geen idee. Ik weet alleen dat het zo voelde.

Ik ben vaak productief genoemd, wat de trouwe lezers van mijn werk als een goede, en critici van mijn werk als een slechte eigenschap beschouwen. Het is nooit mijn bedoeling geweest om productief te zijn, het is ook nooit níét mijn bedoeling geweest. Ik heb gedaan wat mij is gegeven om te doen en ik heb het vrijwel altijd met veel plezier gedaan. Het enige minpunt, noem het de adder onder het gras (of de fatale onvolkomenheid, als je hoogdravend wilt doen), is dat de uitvoering nooit – echt, niet één enkele keer – net zo geweldig is geweest als het oorspronkelijke concept. De twee enige keren dat ik enigszins in de buurt ben gekomen waren twee gevangenisverhalen: *De groene mijl* en 'Rita Hayworth and Shawshank Redemption'. Alle andere zijn minder goed geworden dan ik had gewild. Zelfs bij lange romans, zoals *Het*, *De beproeving* en *Gevangen*, bleef ik zitten met het gevoel dat een betere schrijver het er beter van af zou hebben gebracht. Toch ben ik al met al trots op wat ik heb gedaan. En ik ben trots op mijn korte verhalen, waarschijnlijk omdat die me altijd meer moeite hebben gekost.

Ik kan onmogelijk alle redacteuren opnoemen die eraan hebben gewerkt en ze beter hebben gemaakt, maar wie ik kan bedanken is Julie Eugley, voor het letterlijk opgraven van tientallen oude verhalen, waarvan de meeste verschrikkelijk slecht waren en een paar erom smeekten te worden voltooid. Ook kan ik Jon Leonard bedanken, die het in de vergetelheid geraakte verhaal 'De Antwoordman' onder mijn aandacht heeft gebracht. Ik bedank ook mijn beide zoons voor hun samenwerking met mij en het feit dat ze hun eigen unieke talenten hebben ontwikkeld. Joe heeft samen met mij aan twee verhalen gewerkt, 'De hoogste versnelling' en 'Het hoge gras'. Met Owen heb ik samengewerkt aan *Schone slaapsters*, een van mijn grote favorieten. Ik kan ook mijn andere medewerkers bedanken, Stewart O'Nan, Richard Chizmar en wijlen Peter Straub. Met andere schrijvers samenwerken is altijd een risico, maar in elk van deze gevallen heb ik er alleen maar de fantastische vruchten van geplukt.

Ik moet mijn redacteur, Nan Graham en mijn agent, Liz Darhansoff bedanken. Zij heeft de plaats ingenomen van wijlen Chuck Verrill en heeft een last van mijn schouders genomen. Ook ben ik dank verschuldigd aan Robin Furth, mijn onvermoeibare researcher en mijn vriend. Boven alles bedank ik mijn vrouw, Tabitha, die mij met beide benen op de grond houdt. Zij kan zowel zacht als scherp zijn, soms in één adem, maar ze is altijd superslim. Zij was het die voorstelde dat ik meer over Danny Coughlins broer moest vertellen en ze wees me erop dat ik meer aan covid moest doen in 'Ratelslangen'.

Verder wil ik jullie, lieve lezers, bedanken omdat jullie me toelaten in jullie fantasie en jullie zenuwuiteinden. Jullie houden van duistere zaken? Mooi. Ik ook en dat maakt mij jullie zielsverwant.

PS De eerste regel van *De geesten van Hill House* luidt als volgt: 'Geen levend organisme kan lang in een wereld van volstrekte realiteit leven zonder daar gestoord van te worden, zelfs leeuweriken en sabelsprinkhanen dromen volgens sommigen.'

23 april 2023

Wanneer Penny Dahl het detectivebureau belt in de hoop dat ze haar vermiste dochter Bonnie kunnen vinden, weet Holly Gibney niet zeker of ze de zaak moet aannemen. Haar partner Pete is besmet met corona en haar (behoorlijk gecompliceerde) moeder is net overleden. Eigenlijk zou Holly met verlof moeten zijn. Maar iets in Penny Dahls wanhopige stem maakt het voor Holly onmogelijk om haar af te wijzen.

Slechts een paar straten van waar Bonnie Dahl verdween, wonen de professoren Rodney en Emily Harris. Als gepensioneerd, getrouwd stel leiden ze een gelukkig bestaan. Maar ze bewaken een kwaadaardig geheim in de kelder van hun mooie huis, een geheim dat te maken heeft met Bonnies verdwijning. Het is haast onmogelijk om hen te ontmaskeren: ze zijn geslepen, geduldig en genadeloos.

Charlie Reade ziet eruit als een doorsnee scholier. Hij is goed in honkbal en American football, en is een prima student. Maar hij draagt een zware last. Zijn moeder kwam om bij een auto-ongeluk toen hij tien was, en door het verdriet greep zijn vader naar de fles. Charlie leerde al op jonge leeftijd hoe hij voor zichzelf en voor zijn vader moest zorgen. Dan, wanneer Charlie zeventien is, ontmoet hij een hond genaamd Radar en zijn baas, Howard Bowditch, een kluizenaar in een groot huis op de top van een hoge heuvel, met een afgesloten schuur in de achtertuin. Soms komen er vreemde geluiden uit die schuur.

Charlie begint klusjes te doen voor meneer Bowditch en verliest zijn hart aan Radar. Als Bowditch sterft, laat hij Charlie een cassettebandje na met een verhaal zo absurd, dat niemand het ooit zou geloven. Wat hij zijn hele leven lang geheim heeft gehouden, is dat in de schuur een poort naar een andere wereld verborgen zit.

Billy Summers is een huurmoordenaar, de beste die er is. Hij stelt wel een voorwaarde: hij neemt een klus alleen aan als het doelwit echt een slechterik is. En nu wil Billy ermee stoppen. Maar eerst is er nog één laatste opdracht. Als een van de beste sluipschutters ter wereld en een onderscheiden oorlogsveteraan uit Irak is hij een houdini als het aankomt op verdwijnen nadat een klus is geklaard. Dus wat kan er misgaan?

Dit niet weg te leggen verhaal is enerzijds een oorlogsverhaal en anderzijds een liefdesverklaring aan kleine steden in Amerika en de mensen die daar wonen. Met in de hoofdrol een van de meest meeslepende en verrassende duo's die King ooit heeft geschreven, dat alles op alles zet om de misdaden van een buitengewoon slechte man te wreken. Een verhaal over liefde, geluk, het lot en een complexe held die nog één laatste kans op verlossing krijgt.

Verkrijgbaar als

*De telefoon van meneer Harrigan*
Na het overlijden van zijn enige vriend raakt Craig in een diep dal. Zoekend naar troost blijft hij meneer Harrigan bellen en zijn voicemail inspreken. Op een dag vertelt Craig dat hij wordt gepest. Maar als hij de volgende dag op school komt, is de pestkop spoorloos verdwenen…

*Het leven van Chuck*
Marty Anderson had zich het einde der tijden heel anders voorgesteld. Terwijl de Apocalyps met rasse schreden nadert, verschijnen overal advertenties die ene ‘Chuck’ bedanken voor 39 geweldige jaren dienst. Wie is deze Chuck? En kan het eind van de wereld nog worden afgewend?

*Als het bloedt*
Een bomaanslag op een basisschool eist tientallen slachtoffers, voornamelijk kinderen. Als Holly Gibney het nieuws op het journaal hoort, gaan haar nekharen overeind staan. Ze is ervan overtuigd dat de nieuwslezer iets met de gruwelijke aanslag te maken heeft. Maar wat?

*Rat*
Om in alle rust te kunnen schrijven, trekt Drew Larson zich terug in een afgelegen hut. Dat is niet zonder gevaar: de laatste keer dat Drew een verhaal kwijt moest, kostte hem dat bijna zijn verstand. Dit keer lijkt alles goed te gaan, tot er een mysterieuze rat verschijnt die aanbiedt hem te helpen. Tegen een prijs.

Midden in de nacht, in een huis in een rustige straat in een buitenwijk van Minneapolis, worden de ouders van Luke Ellis stilletjes vermoord. Luke zelf wordt in een zwarte SUV geladen en weggereden. Luke wordt wakker in het Instituut, in een kamer die precies op zijn slaapkamer lijkt, alleen zonder raam.

Het personeel van deze sinistere faciliteit, dat onder leiding staat van de genadeloze mevrouw Sigsby, wil de bovennatuurlijke gaven van kinderen inzetten voor zijn eigen doeleinden. Hoe meer kinderen er naar Achterkant worden gestuurd, hoe wanhopiger Luke wordt om te ontkomen en hulp te zoeken. Maar er is nog nooit iemand uit het Instituut ontsnapt…